文山诗史注释全编

（修订版）

韶音　注释

法律出版社
LAW PRESS · CHINA

注释者前言

（《文山诗史注释全编》简介）

这是我国南宋伟大爱国者文天祥依据他抗元的亲身经历，以宏大的史诗规模，写成的几本诗集的诗歌总集。

这是我国第一次把文天祥的爱国史诗逐首注释，使之成为当代人可以读懂，并可以亲切理解的书。

对这本书做简单介绍，首先解释一下书名：

“文山”。是文天祥的别号。他字宋瑞，又字履善。南宋时，江西吉州庐陵县人。我国稍有文化的人，都知道他是一位爱国情深，在国家危难中勇于献身的英雄。

“诗史”。是对文天祥后期诗歌的确认。他的后期诗歌，全部是写他的抗元斗争。他把自己的眼泪、鲜血、生命融入了活生生的历史，又把活生生的历史写成了诗歌。他的这些诗歌，有别于我国历史长河中的绝大多数诗歌，也有别于他自己早期的诗作。诗史，是说他以诗歌的形式，记录了南宋消亡的这一段历史，有人物、有事件、有矛盾、有斗争。虽然每一首诗各为独立的篇章，但始终以作者的命运为主要线索，又旁及多种生活的侧面，与现代的长篇叙事诗并无差别。本书注释者认为，以“诗史”一词概括文天祥的后期诗歌，是符合实际情况的。

"注释全编"。文天祥后期的诗，在他被关押在燕京监牢时，就受到当地人民的热爱，不胫而走，互相传抄。自元、明、清以至现代，经多次印刷流传。但是，一直缺少注释本。时代变迁，现代人读古诗已有困难，读文天祥写历史的诗，更加困难。新中国成立后，有了不多选本，注释了若干首，读者是欢迎的。如果把文天祥的诗作为诗史，把他经历的生活细节和内心感受，让人充分理解，当然更需要注释了。至于"全编"两个字，则是指这本书包括了文天祥后期诗歌的各个诗集：《指南录》《指南后录》《吟啸集》《集杜诗》。作为附录，也收入了他就义时的诗歌。以上全部诗歌，并加上逐首的注释，便是把这部书命名为《文山诗史注释全编》的由来。

也许有人会问，文天祥为国献身的悲剧，已经上演过去近千年之久，今天对他的诗歌进行注释，究竟还有什么意义？回答当然是正面的。文天祥的爱国精神，是我国人民宝贵的精神财富；近千年来，他的铿锵诗句，"人生自古谁无死？留取丹心照汗青"曾经鼓舞无数的爱国志士，为挽救国家的危难流血牺牲，前仆后继。应当坚信，他的诗将来也会鼓舞更多的后来者献身于建设国家、保卫国家的光辉事业。爱国主义，应该是一个国家公民的必修课。灵魂的强健，不应缺失精神的"补钙剂"。

如果你确实有一读文天祥诗史的兴趣，能静下心把这些诗读完它，你一定会有新的感受。我国的南宋，是一个多么值得令人深自思考的时代啊！尽管南宋拥有光辉灿烂的文化传统，非常发达而繁荣的经济生产，但是，却面临十分艰难的时世，统治者昏庸无能，入侵者强横残暴，人民只能在无边的苦难中挣扎。文天祥虽在科举考试中高中状元，但由于不满当朝的施政，仕途蹉跎。当敌人渡江南下，朝廷号召勤王时，他立即毁家纾难，组织民军奔赴前线。敌军兵临城下，当政者仍不致力抗敌，朝令夕改，反而派他去与敌军谈判；他遭到敌军的扣押，在同一时间内，太后、皇帝却树起了降旗；敌人胜券在握，强令他与投降官员一起赶赴北方。他在戒备森严的景况下，克服困难，逃亡出走，由海路南归闽、粤，继续抗元。他在南方开府招兵，与敌人周旋，虽然取得不小的胜利，但由于孤掌难鸣，实力悬殊，在敌人大力打击之下，又第二次被敌人俘虏。他的顽强抵抗，赢得敌人的高度敬重，元朝上下对他的怀柔、劝降，可以说费尽了心机。他们让他在船上亲眼观看了粉碎南宋政权的厓山海战；他们不惜万里跋涉，把他从海南押送到燕京；劝降不成，把他投入监牢，整整关押了他三年有余，等待他回心转意。不论是威逼，还是利诱，他都没有一丝一毫的动摇，只求一死殉国。读他在诗歌中描绘的许多细节，你不能不一次次地感到精神上的震撼。他无疑是封建时代突出的忠臣，但他又绝不是简单地仅只忠心于自己的君主。他的皇帝以及太后已经投降，甚至元人还派了投降的皇帝来说服他。他对原来的皇帝仍然恭敬如仪，而决不投降则依然故我。他是遵守封建伦理、节操的典范，他是崇高人格的化身，他以继承古圣先贤建立起来的华夏文化传统而自豪。

本书注释者读了文天祥的诗史以后，不断思考一个问题：如果说，他第一次被扣留，在万难中写出逃亡南归的《指南录》，还是锐意扶助新立的“二王”，抱有复兴南宋的大志；那么，他第二次被俘，已决心牺牲自己宝贵的生命，来完成对敌人最后的斗争，还要再写更大篇幅的《指南后录》和《集杜诗》，他的直接意图是什么呢？显然，他不会是仅只为了博取后人的同情，他应当是，经过深思熟虑，愿意以自己的经历警示后代，一定要牢记南宋灭亡的教训，热爱自己的国家。在他死难以后，有人是理解文天祥这番苦心的，在异常困难的条件下，把这部诗史传留下来了。我们的责任，是将这部诗史，让更多的人阅读它，读懂它；否则，便辜负了文天祥的一片苦心。为此，注释者才不揣浅陋，克服困难，把这部书注释出来。

愿更多的读者，对文天祥的诗史产生兴趣；愿通过对这部诗史的阅读，读者们对社会主义祖国更加热爱。

增补、订正说明

这本《文山诗史注释全编》，于2016年2月出版面世。按说，经过漫长的时日，克服不少困难，完成了这个不算小的工程，作为注释者来说，应当高兴才是。不想，我却为书中的一些遗憾深感不安。

书中存在什么遗憾呢？主要的是，《集杜诗》二百首五言绝句，没有按照全书的体例，给予注解和串释。这里不说我当时的理由失之偏颇。（在书中已作了说明。）只说这本以“文山诗史”作标帜的书，却对文天祥集杜甫的诗句精心构筑的“诗史”，没有认真地对待，怎能说不是一个疏漏呢？

疏漏应当增补。于是，我安下心来继续对《集杜诗》进行注解和串释。错讹也应当纠正。连同初版解释不够清楚的几条注解，还有一些没有及时纠正的错、漏字，这次一并作了订正。又用了两年时间，为《集杜诗》注释补了三万多字。为全书订正了注解七条，纠正错字一百余字。这是注释者应负的责任。

是不是经过增补、订正，这本书就完美无瑕了呢？不是。一定还有缺陷和不足，衷心希望这本书的读者提出宝贵意见。宣扬文天祥爱国精神，做得好一些，更好一些，应当是我们的共同心愿。

2018年秋

本书凡例

一、编制本书的基本构想，是把文天祥的后期诗歌看作一部完整的诗史。作者即诗史的主人公，作者的抗元经历，是诗史的主要脉络。从勤王始，第一次被扣留，逃出南归；第二次又被俘，跋涉北上；长期关押，最后死难。

二、这是一部文天祥后期诗歌各个诗集的总集，包括《指南录》《指南后录》《吟啸集》《集杜诗》。并附录他就义时的诗歌。

三、各诗集，包括《集杜诗》，均依照江西人民出版社一九八七年版《文天祥全集》卷十三之《指南录》四卷，卷十四之《指南后录》三卷，卷十五之《吟啸集》，卷十六之《集杜诗》原文及次序排录。

四、为尊重原作和所依据的原本，本书对文天祥诗、词以及诗歌前后的文字说明，除人名、地名明显的错字外，一律不作任何改动，尽力保持原貌。有些字、词存有疑义时，本书只在注释中说明，以资商榷，以备将来妥善处理。

五、为了解决今天的读者读懂文天祥诗歌的问题，本书对文天祥后期诗歌各个诗集及就义时的诗歌，逐首做了注释。注释以读懂诗歌为准，力求简明扼要，不求详尽。注释以三种形式加以体现，即［诗作背景］、［词语注解］、［诗义串释］。这样，从不同角度对诗歌阐释，以增强读者对诗歌的理解。

六、［诗作背景］。说明作者在什么情况下，写出这一首诗。有的说明大背景的情况，有的说明小背景的情况。大背景的情况，实际上关系文天祥命运的发展、变化、起止，就是文天祥所经历的故事。小背景多牵涉写诗的动机。文天祥喜爱在诗前、诗后用文字做一些交代，多用文言，不免文简语略，为了事实清楚，还是适当说明。

七、［词语注解］。这是古今通用的典型注释方法。一些不常见的字、词，一些不常见的历史人物，一些古代典故，都做了注解。因为这些都是构成诗歌的基本元素，不了解这些字、词、典故，无法了解诗歌的内容。本书为此做了较大努力，但远未臻完善，甚至难免错、漏，热切期待专家、读者的指教、帮助，将来有所提高。

八、［诗义串释］。这是为补充［词语注解］的不足，对每一首诗做出的整体解释。“串释”着重于力求保留诗歌的原意，并非严格意义的“语译”。为不完全失掉原诗的韵味，尽量注意了语言的精炼，还适当运用了韵脚。

九、《集杜诗》是文天祥诗史整体中的重要组成部分。这本诗集运用了特别的形式，全部是集唐代大诗人杜甫的诗句而成，来表现南宋消亡的历史，应当给予充分重视，仍然逐首进行了串释。文天祥在诗前、后大都交代了历史背景。注释时又据史料做了适度阐述。

十、就义时的几首诗歌，不在文天祥自己编辑的几本诗集之中，有的诗存在争议，有人质疑为元人假冒之作。因流传很广，诗史又需要结尾之作，仍然选录，但在注释中作了说明。

目录 Contents

卷　三

卷　四

文山诗史注释全编（二） 指南后录

卷一（上）

卷一（下）

卷 二

卷 三

文山诗史注释全编（三） 吟啸集

文山诗史注释全编（四） 集杜诗

文山诗史注释全编（附录）临刑诗歌

指南录

文山诗史注释全编（一）

Wenshanshishizhushiquanbian（yi）

自序

予自吴门被命入卫，守独松关。乃王正二日，除浙西大制抚，领神皋。予辞尹，引帐兵二千人诣行在。日夕赞陈枢使宜中谋迁三宫，分二王于闽、广。元夕后，予所部兵皆聚于富阳。朝廷拟除予江东、西，广东、西制置大使，兼广东经略，知广州、湖南策应大使。未及出命，陈枢使已去国。十九日，太皇除予右丞相，兼枢密使，都督诸路军马。时北兵驻高亭山，距修门三十里。是日，虏帅即引董参政以兵屯榷木教场。城中兵将官，纷纷自往纳降。予欲召富阳兵入城，已不及事。三宫九庙，百万生灵，立有鱼肉之忧。会使辙交驰，北约当国相见，诸执政侍从，聚于吴左丞相府，不知计所从出，交赞予一行。国事至此，予不得爱身，且意北尚可以口舌动也。二十日，至高亭山，诘虏帅前后失信。虏帅辞屈，且谓决不动三宫九庙，决不扰京城百姓，留予营中。既而吕师孟来，予数骂其叔侄，愈不放还。贾余庆者，逢迎卖国，乘风旨使代予位。于是北兵入城。所以误吾国、陷吾民者，讲行无虚日。北知卖国非予所容也，相戒勿令文丞相知。未几，贾余庆、吴坚、谢堂、家铉翁、刘岊，皆以府第为祈请使，诣北方。盖空我朝廷，北将甘心焉。

二月八日，诸使登舟，忽北虏遣馆伴逼予同往。予被逼胁，欲即引决。又念：未死以前，无非报国之日，姑隐忍就船。方在京时，富阳兵已退趋婺、处等州。予俟间还军，苦不自脱。至是，欲从道途谋遁，亦不可得。至京口，留旬日，始得盐商小舟，于二月晦夜走真州。朔日，守苗再成相见。论时事，慷慨流涕。予致书两淮间，合兵兴复，苗赞之甚力。初三日早，制司人来，乃出文书，谓丞相为赚城，欲不利于我。苗不以为然，送予出门，劝奔淮西。予谓此北反间也，否则，托辞以逐客也。李公仁人，使见予，必感动，遂之维扬，苗遣五十兵四骑从行。夜抵西门，欲待旦求见。呵卫严密，鼓角悲惨。杜架阁谓李公必不可见，徒为矢石所陷，不如渡海归从王室。予然之，自是日夜奔南。出入北冲，犯万万死，道途苦难，不可胜述。呜呼！予之得至淮也。使予与两淮合，北虏悬军深入，犯兵家大忌，可以计擒，江南一举而遂定也。天时不齐，人事好乖，一夫顿困不足道，而国事不竞，哀哉！

予至通，闻二王建元帅府于永嘉，陈枢使与张少保世杰，方以李、郭之事为己任。狼狈憔悴之余，喜不自制。跋涉鲸波，将蹑屐以从。意者天之所以穷饿困乏而拂乱之者，其将有所俟乎？

德祐二年闰月日，庐陵文天祥自序。

后序

德祐二年二月十九日，予除右丞相，兼枢密使，都督诸路军马。时北兵已迫修门外。战、守、迁皆不及施。缙绅大夫士萃于左丞相府，莫知计所出。会使辙交驰，北邀当国者相见。众谓予一行为可以纾祸。国事至此，予不得爱身，意北亦尚可以口舌动也。初奉使往来，无留北者。予更欲一觇北，归而求救国之策。于是，辞相印不拜。翌日，以资政殿学士行。初至北营，抗辞慷慨，上下颇惊动，北亦未敢遽轻吾国。不幸吕师孟构恶于前，贾余庆献谄于后，予羁縻不得还，国事遂不可收拾。予自度不得脱，则直前诟虏帅失信，数吕师孟叔侄为逆。但欲求死，不复顾利害。北虽貌敬，实则愤怒。二贵酋名曰馆伴，夜则以兵围所寓舍，而予不得归矣。

未几，贾余庆等以祈请使诣北。北驱予并往，而不在使者之目。予分当引决，然而隐忍以行。昔人云："将以有为也。"至京口，得间奔真州，即具以北虚实告东西二阃，约以连兵大举。中兴机会，庶几在此。留二日，维扬帅下逐客之令。不得已，变姓名，诡踪迹，草行露宿，日与北骑相出没于长淮间。穷饿无聊，追购又急，天高地迥，号呼靡及。已而得舟避渚洲，出北海，然后渡扬子江，入苏州洋，展转四明、天台，以至于永嘉。呜呼！予之及于死者，不知其几矣！诋大酋当死；骂逆贼当死；与贵酋处二十日，争曲直，屡当死；去京口，挟匕首，以备不测，几自颈死；经北舰十余里，为巡船所物色，几从鱼腹死；真州逐之城门外，几徬徨死；如扬州，过瓜洲扬子桥，竟使遇哨，无不死；扬州城下，进退不由，殆例送死；坐桂公塘土围中，骑数千过其门，几落贼手死；贾家庄，几为巡徼所陵迫死；夜趋高邮，迷失道，几陷死；质明，避哨竹林中，逻者数十骑，几无所逃死；至高邮，制府檄下，几以捕系死；行城子河，出入乱尸中，舟与哨相后先，几邂逅死；至海陵，如高沙，常恐无辜死；道海安、如皋，凡三百里，北与寇往来其间，无日而非可死；至通州，几以不纳死。以小舟涉鲸波，出无可奈何，而死固付之度外矣。呜呼！死生，昼夜事也。死而死矣，而境界危恶，层见错出，非人世所堪，痛定思痛，痛何如哉！

予在患难中，间以诗记所遭，今存其本，不忍废，道中手自抄录。使北营，留北关外，为一卷；发北关外，历吴门、毗陵，渡瓜洲，复还京口，为一卷；脱京口，趋真州、扬州、高邮、泰州、通州，为一卷；自海道至永嘉，来三山，为一卷。将藏之于家，使来者读之，悲予至焉。呜呼！予之生也幸，而幸生也何所为？求乎为臣，主辱臣死，有余戮；所求乎为子，以父母之遗体，行殆而死，有余责。将请罪于君，君不许；请罪于母，母不许；请罪于先人之墓，生无以救国难，死犹为厉鬼以击贼，义也！赖天之灵，宗庙之福，修我戈矛，从王于师，以为前驱。雪九庙之耻，复高祖之业，所谓誓不与贼俱生，所谓鞠躬尽力，死而后已，亦义也。嗟夫！若予者，将无往而不得死所矣。向也，使予委骨于草莽，予虽浩然无所愧怍，然微以自文于君亲，君亲其谓予何？诚不自意，返吾衣冠，重见日月，使旦夕得正丘首，复何憾哉！复何憾哉！

是年夏五，改元景炎，庐陵文天祥自序其诗，名曰《指南录》。

卷一

赴阙[1]

楚月[2]穿春袖，吴霜[3]透晓鞯[4]。
壮心欲填海，[5] 苦胆为忧天。[6]
役役惭金注，[7] 悠悠叹瓦全。[8]
丈夫竟何事， 一日定千年。[9]

诗作背景

公元1275年，宋恭帝（赵㬎）德祐元年，正月，元军大举进攻南宋。远在江西赣州任提刑官的文天祥，接到朝廷命令，要他起兵勤王。文天祥毁家纾难，克服种种艰难险阻，在极短时间内，募集五万义兵，准备赶赴京城临安（今杭州市）。哪里想到，这时的南宋朝廷，虽然面对险恶形势，亡国的厄运就在眼前，却仍顽固坚持苟且偷安、屈膝投降的打算，命令文天祥起兵勤王，只是作为议和、投降的砝码而已。于是，朝令夕改，几次改变文天祥的任命，最后命令他留屯隆兴府（今南昌市），不得开赴临安，他只得领兵暂住吉州三个月之久。在这几个月内，元军节节进逼，南宋军队在投降派指挥下，不断败退，长江天险已落元军之手。一直到7月，南宋朝廷在更加险恶的形势下，才允许文天祥率领义兵奔赴临安。文天祥到达临安提出抗元策略，要广泛团结抗敌力量，朝廷想的却是剥夺他的领兵权，先让他任工部尚书，又让他出知平江府（今苏州市）。当他所率义军的一部协守常州，与元军苦战时，宋军竟坐视不救，致使这支义军全军覆没。当他准备死守平江时，朝廷却又一再严命他去救援独松关。这便使文天祥疲于奔命，首尾难顾，平江既失，独松关也难以赶到。这首《赴阙》的诗，是在1275年末，即宋德祐元年年终，文天祥从平江奔向独松关，独松关失守，又奔向临安的行军路上写下的。这首诗概括了一年来国家面临的险恶形势，既以曲笔说明了作者内心的苦痛，又洋溢着炽热的爱国激情，是《指南录》激越、愤慨的序曲之作。

词语注解

①阙：皇帝宫外的门楼。赴阙，是指向皇帝宫门所在地趋赶。

②楚月：古楚国一带上空的月亮。

③吴霜：古吴国一带承受的寒霜。楚月吴霜，是作者用自己赴阙所处地理位置的变化，含蓄、概括而又形象地写明自己勤王的痛苦经历。

④鞯：马鞍下的布垫。

⑤壮心欲填海：作者用典故比喻自己保卫国家的雄心壮志，如同我国古代神话中的禽鸟精卫一样，不停地口衔石子去填大海，意志坚决，毫不动摇。

⑥苦胆为忧天：也是作者用典故描绘自己的内心世界，愿意像古越王勾践那样卧薪尝胆，发奋图强，兴复国家。

⑦役役惭金注：役役，指奔波的劳累；金注，指金注碗，一种金子做成的器皿。德祐元年十月，宋恭帝曾下诏表彰文天祥，并赐以二十两金子铸成的注碗。整句诗是说，虽然奔波得十分劳累，但对皇帝的倚重和赏赐，仍然深感惭愧。

⑧悠悠叹瓦全：悠悠，指深长的慨叹。瓦全，则指“宁为玉碎，不为瓦全”的典故。此前，文天祥多次提出与元军血战的建议，都遭到了当权者的制止。叹瓦全，是作者深感在生死存亡的关头，在宋朝决策人物中，苟安、瓦全的思想还占着上风。

⑨一日定千年：是作者深感赴阙救亡，时间紧迫，责任重大，希望

以急行军争取时间，力挽狂澜，以定国家存亡的千年大计。

诗义串释

楚地的月光，照射着春装的衣袖；吴地的寒霜，浸透了乘马的鞍鞯。怀着救国的壮志，带军队奔向临安，像精卫在衔石填海；担心国家覆亡，如越王勾践频尝苦胆。行军虽然劳累，想到国家对自己的倚重，曾经给予金注碗的赏赐，心里不免愧惭；令人感叹的是，到此危急关头，还有人打算着苟且、瓦全。真正的大丈夫，怎样面对这万难的形势？奔向临安，奔向临安！一天虽然短暂，却关系着国家存亡的大计千年。

所 怀

予自高亭山为北[①]所留，深悔一出之误。闻故人刘小村[②]、陈蒲塘[③]引兵而南，流涕不自堪。

只把初心[④]看，休将近事[⑤]论。
誓为天出力[⑥]，疑有鬼迷魂。[⑦]
明月夜推枕，春风昼闭门。
故人万山外，俯仰[⑧]向谁言？

诗作背景

据作者所述和历史的记载，文天祥在宋德祐二年元月二日赶到临安以后，先赴皇宫准备提出抗敌建议，但没受到接见。与丞相陈宜中会面后，参与谋划了将皇帝的两个弟弟，即吉王赵昰、信王赵昺，分别送到福建和广东地方，以因应未来形势的变化。元宵节后，有消息说朝廷打算任命文去广东、湖南、江西一带任制置大使。但文未接到任命，右丞相陈宜中即擅离职守，逃去温州。

正月十九日，文被任命为右丞相兼枢密使。这时元军已前进到距临安修门仅30里的高亭山。临安城内的宋军将领，不断向敌军投降。而文天祥率领的两千人马，都驻扎在富阳一带，已来不及保卫临安。元军不住地派人催促投降，宋朝的大臣们集合在左丞相吴坚府第里计议，谁也拿不出主意。后来，大家一致赞同由文天祥出面去敌营谈判，文天祥误以为当时的形势还有谈判的余地，便挺身而出，于二十日去了高亭山元军大营。没有想到，强大的元军，只一心要求宋朝投降，并无谈判余地，文天祥据理力争，反而遭到元军统帅伯颜的扣留。作者在这首诗的前言中说明，他对这次行动十分后悔，尤其是听说和他一起勤王的刘小村、陈蒲塘等人已带兵南去，更是感慨万分。这首诗是为怀念刘小村、陈蒲塘而作的。

词语注解

①北：指元军。

②刘小村：名刘洙，字渊伯，与作者同是江西吉安人。

③陈蒲塘：陈继周，字硕卿，宁都人，出身贡士，在州、县供职二十余年，曾立军功。自赣州起，和刘小村一起，随文天祥起兵勤王，陈对抗元策略谋划甚详。

④初心：本来的心愿。

⑤近事：指元军迫近临安，作者到元营谈判，被元军扣留等变故。

⑥为天出力：指为国家尽心尽力。

⑦疑有鬼迷魂：指赴敌营谈判的错误，像被鬼迷乱了灵魂。

⑧俯仰：源自《文选》苏子卿诗：“俯仰内伤心，泪下不可挥。”意为上下顾视，深自感慨。

诗义串释

只按照为国尽忠的意愿去看待世事，便没有办法对近来发生的变故做出判断。我曾发誓为国家竭尽全力，却做出自投敌人罗网的错事，像有恶鬼把灵魂迷乱。明月高照，推枕难眠，春风骀荡，闭门上闩。听说和我一起救亡的朋友们，已经远行到万山之外；他们可能已在筹谋如何恢复故国，我却只能俯首沉默，仰天慨叹，满腹心事向谁言传？

自 叹

正月十三夜，予闻陈枢使①将以十五日，会伯颜于长堰②，予力言不可，陈枢使为尼③此行，予自知非不明，后卒自蹈，殊不可晓也。

长安④不可诣⑤，何故会高亭⑥。
倦乌非无翼，⑦ 神龟弗自灵。⑧
乾坤增感慨， 身世付飘零。
回首西湖晓， 雨余山更青。

诗作背景

文天祥被元军扣留以后，回想不久前的往事，不免发出深长的感慨。据这首诗的前言说，正月十三日夜晚，作者听说，丞相陈宜中将要在十五日到长堰去会见元军统帅伯颜，便极力加以反对，认为这时与元军谈判并无实际意义，阻止了陈宜中的这次行动。作者本来十分清醒，自觉对形势看得还算清楚，但在朝廷上下不知所措的情况下，受到吴坚等人的鼓动，自己竟接受了到敌营谈判的建议，想来真是不可理喻。“自叹”实际上是“自怨”，铸成大错，后悔莫及。

词语注解

①陈枢使：指当时在任枢密使的陈宜中。

②长堰：临安（今杭州）西北25里之长安镇。宋时，在此地筑有长安堰，故名。

③尼：停止之意。

④长安：长安镇。

⑤诣：到达。不可诣，即不可以去。

⑥高亭：在临安（今杭州）东北30里，又称皋亭。

⑦倦鸟非无翼：这句诗是作者的自喻。意思是自己虽然像一只飞倦的鸟，但仍然有坚强的翅膀，不少的抗元志士，还在支持着自己。

⑧神龟弗自灵：是作者用《庄子·外物》中的典故，来自嘲自己亲赴敌营谈判的失策。据《庄子·外物》中说，宋元君梦见一只神龟，神龟告诉他，自己被渔人余且捕获。元君要余且把龟献出来，然后把龟给杀掉了。这个故事说明，龟虽有些灵性，可以托梦给人，但却不能避渔人的网捕之祸，更没有料到，正是它托梦求救的人把它给杀掉了。

诗义串释

既然知道到长安镇谈判不可贸然前往；是什么缘故，使我和敌酋伯颜相会在高亭？我虽然像一只倦鸟，但是并不缺高飞的双翼；为什么像《庄子》寓言中的神龟，预见不了被人杀害的命运？天地都会为此大加慨叹；从今而后，我将像落叶随风，到处飘零。……这是个无眠之夜啊，回头看看窗外，西湖上已经破晓，连宵风雨之后，湖边的青山一定更青。

铁错[①]

貔貅[②]十万众，日夜望南辕[③]。
老马翻迷路，[④]羝羊竟触藩。[⑤]
武夫[⑥]伤铁错，达士[⑦]笑金昏[⑧]。
单骑见回纥，汾阳岂易言。[⑨]

诗作背景

这也是一首作者悔恨出面谈判，反被元军扣留的诗作。写作时间约在德祐二年正月廿四日。据《纪年录·丙子》注所说，这一天，元军统帅伯颜派人偕宋降官一起解散文天祥招集的义军。文天祥听说，不禁流下眼泪，写作了这首诗。

词语注解

①铁错：像铁铸成的大错误。据《资治通鉴·唐昭宣帝天佑三年》载，罗绍威诛灭牙军以后，虽然除去了敌人，但自己统率的魏兵也从此衰落。罗曾说：合六州四十三县之铁，不能为此错也。意思是说，错误不只是如铁铸成，而且其大无比。

②貔貅：古代传说中的猛兽，多用以与勇猛、强盛的军队作比。这里是作者指自己率领的勤王义兵，当时号称十万，实际是二万至五万人。

③南辕：辕是驾车之木。车辕向南，就是车向南而行。这里是说，众多义士盼望作者乘南辕之车踏上归途。

④老马翻迷路：是指老马识途的典故。据《韩非子·说林》中说，春秋时齐桓公伐孤竹，迷失道路。管仲提出，放老马引路，军队随之而行，最后找到了路径，到达了目的地。“老马翻迷路”，是诗人反其意而用，意思是老马应当识途，却反而迷了路。

⑤羝羊竟触藩：是用《易经·大壮》中的典故，意思是公羊抵触篱笆，反被夹住了角。

⑥武夫：是作者的自喻。头脑简单，只考虑动武，以致铸成大错。

⑦达士：通达的人士。

⑧金昏：是用《庄子·达生》中的典故：“以瓦注者巧，以钩注者惮，以黄金注者殙。”意思是用不同的东西作赌注，赌者的心态各不相同。用瓦器当赌注，因为赌注轻微，赌者心里持无所谓的态度，反而常常取巧赌胜。以钩作赌注，因物稍贵重，便不免心中慌乱了。用黄金作

赌注，由于黄金本身十分贵重，可使人发昏。用这个典故，是作者比喻自己，由于心中以国家存亡为重，反而做出昏聩的错事。

⑨汾阳岂易言：这是用唐代郭子仪的典故。郭子仪因功封汾阳王，故诗中称汾阳。唐代宗时，回纥起兵入侵，有三十万人之众，郭子仪率兵抵御，但率领的不过万余人。在回纥首领的要求下，郭仪带随从与之谈判，联合起回纥力量，一起打败了另一支入侵的突厥军。作者用这个典故比喻自己与元军谈判，想学习郭子仪，但谈何容易。

诗义串释

我率领的十万义兵，都在盼望我乘起车子，踏上归途，继续抗元。识途的老马，反而迷失了路径；抵触篱笆的公羊，长角反而被篱笆夹住。头脑简单的武夫，竟犯了像用铁铸造的大错；读过书的达人，在国家存亡的大事面前，像拿金子作赌注的赌徒，心里紧张万分，做事更加糊涂。唐朝的郭子仪，单骑去和回纥谈判，为国家建功立业，向郭子仪学习，绝不是轻而易举的任务！

和言字韵[①]

予以议论大烈，北愈疑惮，不得归关。将校官属，日有叛去，世道可叹。

悠悠天地阔，　世事与谁论。
清夜为挥涕，　白云空断魂。[②]
死生苏子节[③]，贵贱翟公门[④]。
前辈如瓶戒，[⑤]　无言胜有言。

诗作背景

德祐二年（1276）正月二十二日，作者被元军扣留之后，先写了一首《所怀》的诗。后来听说，自己发起募集的抗元义军不少人叛离走散，不免有所感慨。于是，仍用《所怀》一诗的韵脚，又写了这首诗。

词语注解

①和言字韵：和，是指用另一首诗的韵脚，再写一首诗。如果和的是别人的诗，又称唱和。这首诗是作者用自己所写的《所怀》一诗的“言”字韵写成的，故名《和言字韵》。

②白云空断魂：是用唐代狄仁杰的典故。狄仁杰经太行山，看到一片白云飞过，便说：我双亲居住的村庄，恰在白云下面的地方，意思是白云勾起了他思亲的情愫。用在这里，是比喻作者虽然被敌人扣留，但对亲人有无限的思念。

③苏子节：是用汉代苏武的典故。苏武在汉武帝时奉命出使匈奴，遭到匈奴单于的扣留。匈奴单于威逼苏武投降，苏武始终不屈，持节牧羊十九年，最后归汉。节，即古代出使时显示使者的身份的节旄。用在这里，是作者比喻自己如苏武持节、坚决不投降的节操。

④翟公门：翟公，是汉文帝时的廷尉。为官时，家里宾客如云。罢官后，无人登门。后来复官，人又来了。翟公在门上写了“一贵一贱，交情乃见”的话。这是作者对部属发出的感慨。

⑤前辈如瓶戒：指古人守口如瓶的教导。

诗义串释

天地之间，辽阔无边；人事繁杂，忧心如焚。怎样弄得清楚，让我去和谁人讨论？寂寞的夜晚想到这些，不免流下眼泪；望见蓝天上的白云，不禁想起白云下的亲人。我自己不论生死，都将像汉代苏武那样，保持着忠贞的节操；一定要警惕，不能视贵贱不同而有所变化，去看待出入、往来的客宾。更不能忘记古人“守口如瓶”的告诫；以我眼前的处境，不讲话要比多讲话，更能表现严肃应对世事的精神。

愧故人

九门[①]一夜涨风尘[②]，何事痴儿[③]竟误身[④]！
子产片言图救郑，[⑤] 仲连本志为排秦。[⑥]
但知慷慨称男子， 不料蹉跎愧故人。
玉勒雕鞍南上去，[⑦] 天高月冷泣孤臣[⑧]。

诗作背景

诗人被扣留期间，作者深悔谈判之误，对一起抗元的老朋友，产生惭愧的心情，写出了这首诗。

词语注解

①九门：按照古代体制，皇帝居住的都城，应设九门。这里指南宋的都城临安，即今杭州市。

②涨风尘：指有战争警报，风烟、灰尘都飞扬起来。

③痴儿：指作者自己。

④误身：由于错误地估计形势，出面与元军谈判，被敌人扣留，作者认为是自误自身。

⑤子产片言图救郑：春秋时期，郑国的大夫公孙侨，字子产，擅长办理外交事务，口才极好，往往凭借了能言善辩，使郑国在对外交涉中得到好处。这里用这个典故，是说明作者出面和元军交涉，和公孙侨一样为救自己的国家。

⑥仲连本志为排秦：鲁仲连，战国时齐国人，有人议尊秦王为帝，他坚决反对。这里是比喻作者虽去元营，但本意和鲁仲连排秦是一模一

样的。

⑦玉勒雕鞍南上去：勒、鞍都是马具。南上去，即向南而去。这句诗指与作者一起勤王的故人刘小村、陈蒲塘等，已跨上战马，向南而去，恢复故国的希望在他们身上。

⑧孤臣：作者自谓，这句诗也道出作者的本意，自己慷慨激昂，不愧热血男儿，虽敢于赴汤蹈火，但为敌人扣留，愧对与自己一起共赴国难的故旧。

诗义串释

一夜之间，京都城门燃起了大火，扬起了灰尘；在这紧急的关头，我竟出面谈判而遭到扣押，像傻瓜一样自误了自身。和齐国的鲁仲连一样，我的本意是反对异国的侵袭；和郑国的子产相似，出面交涉是为了救国图存。我只想到要像一个男子汉挺身而出，却没想到敌人的背信弃义，对于一起起兵勤王的老朋友，我心里真是惭愧万分。老朋友们想必都跨上了战马，奔向南方，寻找战机，打击强敌；在高天冷月的下面，我只能掩面哭泣，成为茕茕孑立的故国孤臣。

求　客

眼看铜驼燕雀羞，① 东风花柳自皇州。
白云万里②易成梦，明月一间③都是愁。
男子铁心无地着，故人血泪向天流。
鸡鸣曾脱函关厄，④ 还有当年此客不？

诗作背景

文天祥被元军强行扣留，呼天不应，呼地无门，而形势瞬息万变，亡国的厄运即在目前。爱国、救亡的激情燃烧着他，产生了“求客”的幻想。作者是多么希望，求取学鸡鸣来救孟尝君逃出秦关的宾客啊。

词语注解

①“眼看铜驼燕雀羞”：这句诗是用晋代索靖的典故。索靖看天下行将大乱，便指着洛阳宫殿前的铜驼说：有朝一日我只能在荆棘草莽中看到你！诗以铜驼的遭遇比喻南宋的衰亡，意思是看到宫阙院落中的铜驼，就是燕雀也感到国家将亡的羞耻。

②白云万里：见《和言字韵》注释②。

③明月一间：明亮的月光，照亮满室。

④鸡鸣曾脱函关厄：这句诗是用战国时期孟尝君的典故。战国时，齐国的孟尝君被秦国扣留，他连夜逃走，走到秦国边境函谷关，天色尚未放明，按照规定要等到鸡鸣以后，才可以开关允许行人出入。如果等待鸡鸣，又怕秦王派兵追杀。恰好孟尝君带领的宾客中，有人善学鸡鸣，他学起鸡叫，附近村庄的鸡也都啼叫起来。于是，造成函谷关放行的条件，孟尝君得以逃脱秦国。

诗义串释

眼看宫阙中的铜驼，将为荆棘草莽所淹没，燕雀这等鸟类，也会满怀羞辱。一年一度的春风，依旧吹开了繁花，吹绿了杨柳，这里依旧是以前的皇都。望着白云，思念同在白云下面的亲人故旧，如同进入梦境；明月照满居室，满屋内充满忧愁，掩面痛哭。尽管我有男子汉的决心挽救危亡，但无处着力；朋友们和我双眼涌出血泪，也只是空自对天流注。古代的孟尝君依靠擅长鸡鸣的宾客，逃脱在函谷关遭遇的厄难；难道就没有这样的宾客，来把我救助出元人的桎梏？

纪事（一）六首

予诣北营，辞色慷慨。初见大酋伯颜[①]，语之云："讲解一段，乃前宰相首尾，非予所与知。今大皇以予为相，予不敢拜，先来军前商量。"伯颜云："丞相来勾当大事，说得是。"予云："本朝承帝王正统，衣冠礼乐之所在。北朝欲以为国欤？欲毁其社稷欤？"大酋以虏诏为解说，谓"社稷必不动，百姓必不杀"。予谓"尔前后约吾使多失信。今两国丞相，亲定盟好，宜退兵平江或嘉兴。俟讲解之说达北朝，看区处如何，却续议之"。时兵已临京城，纾急之策，惟有款北以为后图，故云尔。予与之辨难甚至。云："能如予说，两国成好，幸甚。不然，南北兵祸未已，非尔利也。"北辞渐不逊。予谓："吾南朝状元宰相，但欠一死报国，刀锯鼎镬，非所惧也。"大酋为之辞屈而不敢怒，诸酋相顾动色，称为丈夫。是晚，诸酋议良久，忽留予营中。当时觉北未敢大肆无状。及予既絷维，贾余庆以逢迎继之，而国事遂不可收拾。痛哉！痛哉！

三宫九庙[②]事方危，狼子心肠[③]未可知。
若使无人折狂虏，　东南那个是男儿。

春秋人物类能言，　宗国常因口舌存。
我亦濒危专对[④]出，北风满野负乾坤。

单骑堂堂诣虏营，　古今祸福了如陈。
北方相顾称男子，　似谓江南尚有人。

百索无厌不可支，　甘心卖国问为谁。
豺狼[⑤]尚畏忠臣在，相戒勿令丞相知。

慷慨轻身堕蒺藜[6]，　羝羊生乳是归期。[7]
岂无从吏[8]私袁盎，　恨我从前少侍儿[9]。

英雄未肯死前休，　风起云飞不自由。
杀我混同[10]江外去，　岂无曹翰[11]守幽州。

诗作背景

从这组诗的前言，并参照有关的史料来看，这一组六首绝句诗，记录了文天祥赴元营谈判的心态和过程。早在文天祥出使元营谈判之前，宋朝的主政者便派出了监察御史刘岊向元军统帅伯颜送上了请降书。然后右丞相陈宜中却未敢如约谈判，反而在德祐二年正月十七日逃走温州。两天以后，南宋朝廷任命文天祥为右丞相兼枢密使，当文武大臣集议于左丞相吴坚的府第时，在吴坚等人怂恿下，要文天祥出面谈判，文判定此前元军尚无扣留使臣的劣迹，产生了挺身而出的思想，寄希望于讲明道理，打动敌人。正月二十日，在宋朝太皇太后的命令下，文天祥和吴坚、谢堂、贾余庆等人一起前往元营。宋、元双方在明因寺会见。文天祥首先表明了自己的立场和态度，说明谈判是前任丞相的事情，我并不了解。现在，我被任命为丞相，没有就任，先来谈判、商量。然后提出，既然两国丞相亲自确定交好，元军就应当先退兵到平江或嘉兴，然后向元朝廷报告，进一步会议处理好两国关系。并说，两国交好，是幸运的事，南北交兵，战乱不已，对元军也并不有利。文天祥的态度，大出元国统帅伯颜的意料，渐渐拿出了胜利者的骄态来威胁对手；文天祥也辞色慷慨地申明，自己是宋朝状元宰相，情愿一死报国，刀锯在前，油锅在后，是不会害怕的。这时，伯颜才理屈辞穷，无言以对。他派了宋朝原来的降官程鹏飞等，陪同吴坚、贾余庆等返回临安，重写降表，却把文天祥扣留下来。文天祥怒加追问，据理力争，伯颜不住地推托，但横下心不放文天祥回去，以免宋朝王室的投降发生变故。就这样，文天祥被元军无理扣留了。

词语注解

①伯颜：元朝的右丞相，进攻临安的统帅。

②三宫九庙：三宫，指皇帝、太后、皇后三人的宫殿；九庙，祖庙五、亲庙四，祭祀皇帝祖先的庙宇。三宫九庙，是以皇帝一家的宫殿和祖先的庙宇为象征代表国家。

③狼子心肠：泛指凶残而具野心的人，这里指元军首领。

④专对：指独自和敌人应对交涉。

⑤豺狼：这里指凶恶狡诈的投降派人物。

⑥堕蒺藜：指被元军扣留，如跌入有刺的荆棘丛中，难以脱身。

⑦羝羊生乳是归期：是以汉代苏武的典故比喻自己。汉代苏武出使匈奴，被匈奴单于扣留，要他牧羊度日，羝羊生乳才可放归，而羝羊是公羊，生乳是不可能的。用这一典故比喻自己的处境，说明作者已洞察对手的阴谋，对放还不抱幻想。

⑧从吏：指随从。本句是用汉代袁盎的典故，汉袁盎有随从与婢女发生爱情关系，袁不加责罚，反而把婢女嫁给随从。后来袁盎遇到危难，随从对他进行了救助。

⑨少侍儿：仍然借用袁盎典故自喻，意为恨无侍女嫁给随从，也就无人救助自己了。

⑩混同：如同。意思是，敌人如果杀我，就如同让我远离长江，到长江流域之外漫游。

⑪曹翰：宋初大将。曾随赵匡胤征蜀、征太原等地。又征幽州，后守幽州多年。

诗义串释

皇帝的三宫九庙，已经遭遇到危难；对敌人的险恶用心，善良的人还没有清醒地预见。如果没有人出来打击凶顽，难道我们东南神州，竟找不到真正的男子汉？

春秋时代，能言善辩的人物很多，要保持国家的安全，常常要靠相互间的交涉。国家危殆的关头，我挺身而出与强敌周旋，面对凛冽的北风，竟辜负了国家的重托。

我高骑骏马，到敌营谈判。既然把生死置之度外，也便把祸福考虑得十分了然。元军虽然是敌人，顾盼间在默许我的勇敢，不得不从心里，对江南的人物加以称赞。

强敌一心亡我，勒索起来无厌无烦；有些人甘心卖国，好像专为敌人打算。这些豺狼般的人物，也畏惧忠良；如果不是这样，为什么他们互相告诫，一定要把丞相欺瞒。

我只顾一时慷慨，到敌方谈判，陷身荆棘丛中；像汉代的苏武一样，要羝羊生乳才可回去，当然没有可能。汉代的袁盎把侍女嫁给从吏，后来得到从吏的救助；现在从吏一类的人很是不少，可惜我没有侍女嫁人，想学袁盎也难以成功。

真正的英雄人物，在死亡之前，决不会把对敌斗争罢手；只可惜在扣留之中，渴望战斗又毫无自由。敌人杀掉我，真是求之不得，也不过是如同让我离开长江一带地方；我相信后继有人，绝不会少了曹翰那样的大将军，在万难的形势下守卫幽州。

纪事（二）

正月二十日晚，北留予营中。云："北朝处分，皆面奉圣旨。南朝每传圣旨，而使者实未曾得到帘前。今程鹏飞面奏大皇，亲听处分。程回日，却与丞相商量，大事毕，归阙。"既而失信，予直前责虏酋，辞色甚厉，不复顾死。译者再四失辞，予迫之益急。大酋①怒且愧，诸酋群起呵斥，予益自奋。文焕②辈劝予去。虏之左右，皆啧啧嗟叹，称男子心。

狼心那顾歃铜盘③，舌在纵横击可汗。④
自分身为齑粉碎，虏中方作丈夫看。

诗作背景

正月二十日晚，伯颜宣称程鹏飞和吴坚等人回临安修改降表，回来以后，即放文天祥回去。当然，这只是一种借口。程等回来，伯颜食言而肥。文天祥把生死置之度外，直接责问伯颜，有些话吓得翻译不敢翻给伯颜听。伯颜无言答复，其他元军头目只得呵斥吵嚷，威吓文天祥。文天祥更加神辞俱厉，争辩不休。在激烈斗争中，元军将领们，包括伯颜在内，进一步体察到文天祥忠君爱国的精神，内心十分折服，甚至交口称赞。这首诗生动地记录了这一斗争的场面，披露了作者的内心世界。

词语注解

①大酋：指伯颜。

②文焕：吕文焕。原是南宋京西安抚副使，受命扼守襄阳重镇，咸淳九年二月降元。

③歃铜盘：古时会盟，双方以牲血盛于铜盘，然后各以口含血，或将血涂于口旁，以表信誓。这里是说，元军违背了翌日放还文天祥的承诺。

④舌在纵横击可汗："舌在"是用唐颜真卿典故，颜大骂安禄山叛军，被割掉舌头。这是说只要舌还在，便要骂敌人，即抨击伯颜。

诗义串释

具有狼子野心的元军一心扣留使臣，哪里还顾及头一天答应放还的诺言；我的舌头还在，就一定纵击横敲，当面抨击敌顽。我经过深思熟虑，只有敢于拼争得粉身碎骨，敌人才能对待你像对待真正的男子汉。

纪事（三）四首

正月二十日，至北营，适与文焕[1]同坐，予不与语。越二日，予不得回阙，诟虏酋失信，盛气不可止。文焕与诸酋，劝予坐野中。以少迟，一二日即入城，皆绐辞也。先是，予赴平江，入疏言叛逆遗孽，不当待以姑息，乞举春秋诛乱贼之法。意指吕师孟[2]，朝廷不能行。至是文焕云："丞相何故骂焕以乱贼？"予谓："国家不幸至今日，汝为罪魁。汝非乱贼而谁？三尺童子皆骂汝，何独我哉。!"焕云："襄守六年不救。"予谓："力穷援绝，死以报国，可也。汝爱身惜妻子，既负国，又隤家声。今合族为逆，万世之贼臣也。"孟在傍甚忿，直前云："丞相上疏欲见杀，何为不杀取师孟。"予谓："汝叔侄皆降北，不族灭汝，是本朝之失刑也，更敢有面皮来做朝士，予实恨不杀汝叔侄！汝叔侄能杀我，我为大宋忠臣，正是汝叔侄周全我，我又不怕！"孟语塞，诸酋皆失色动颜。唆都以告伯颜，伯颜吐舌云："文丞相心直口快，男子心。"唆都闲云："丞相骂得吕家好。"以此见诸酋亦不容之。

不拼一死报封疆，　忍使湖山牧虎狼。
当日本为妻子计，　而今何面见三光[3]。

虎头牌子[4]织金裳，北面三年蚁梦长[5]。
借问一门朱与紫，　江南几世谢君王？

枭獍[6]何堪共劝酬，衣冠涂炭可胜羞。
袖中若有击贼笏，　便使凶渠面血流。

麟笔[7]严於首恶书[8]，我将口舌击奸谀。
虽非周勃安刘手[9]，　不愧当年产、禄诛[10]。

诗作背景

文天祥赴元营谈判，在元营同座的有南宋降元的将领吕文焕、吕师孟叔侄等人，文对他们不予理睬。吕文焕投降元军时，文天祥曾向朝廷上书，建议斩杀吕氏乱贼，以绝后患，但未被采纳。文天祥被扣留后，吕氏叔侄竟恬不知耻地问文，何以称他们为乱贼？你不是上书要杀我们吗？为什么到现在也不杀呀？文天祥说，你们爱惜性命，关顾妻、子，既卖国家，又对不起祖先，整个家族投降元军，不是乱贼是什么？朝廷不杀你，是宋朝的失误。我是恨不得杀掉你们的。今天，我不能杀掉你们，你们最好杀掉我，成全我作为宋朝的忠臣，我是决不会怕死的。文天祥把吕氏叔侄骂得哑口无言，一些元军将领也都受到震动。事后，唆都把这件事报告了伯颜，伯颜不禁咋舌称赞，文丞相心直口快，真是顶天立地的男子汉。唆都和文天祥闲谈时，也称赞说，你骂吕家，实在骂得好！这四首绝句，记录了这件史实。

词语注解

①文焕：见《纪事》（二）注释②。

②吕师孟：吕文焕之侄，原任宋兵部尚书。吕文焕投降元朝后，在伯颜进攻临安前降元。

③三光：古称日、月、星为三光。

④虎头牌子：古元代皇帝颁发给文武官员的一种仪仗标帜，以表示信任，可以便宜行事，不用每事上奏批准。

⑤蚁梦长：用唐代传奇淳于棼的典故。淳于棼曾梦入大槐安国，出将入相，醒后始知所到乃庭前槐树之蚁穴。

⑥枭獍：传说枭食母，是恶鸟；獍食父，是恶兽。用在这里，比喻忘恩负义的奸邪小人。

⑦麟笔：孔子作《春秋》，到获取麒麟时绝笔，因之称写作《春秋》的史笔为麟笔。

⑧首恶书：记录甘当恶名的罪魁祸首言行的文书。

⑨周勃安刘手：周为秦代沛人，汉开国功臣，封绛侯。刘邦死时曾

说，周勃厚重少文、安刘氏者，必勃也。后吕后家族作乱，勃与陈平共诛吕产、吕禄。

⑩产、禄诛：指周勃杀掉吕产、吕禄。

诗义串释

吕氏家族的逆贼们呀，在元军的进攻面前，你们不能保卫国土，完全辜负了国家的封赏。却忍心把国家的大好河山，让给残暴凶横的虎狼。你们屈膝投降，不过是求得妻子儿女的活命。做出这样的事，还有什么面目，去接受日、月、星辰的光亮。

出行的仪仗，为你高举着虎头牌子，身上穿着织金描银的衣裳；对敌酋朝拜三年，比唐代淳于棼梦游蚁国已经显得悠长。请问一下，你们当年在宋朝为官，有人穿着红袍，有人穿着紫袍，需要几代子孙，才报答得了宋朝的君王？

你们是枭獍一般的禽兽，给你们说报答君王，不过是一些废话；你们穿着人的衣服，戴着人的帽子，实际是对衣服、帽子的糟蹋。我袖子里如果有用以击打乱贼的笏板，一定会给以迎头痛击，让这些凶恶的禽兽满面开花。

申明春秋大义的史笔，当然比记录罪魁祸首恶行的文书，更要严肃；正因这样，我不惜鼓动口舌，把奸邪揭露。我虽然不是汉代周勃，成为保卫天下的高手，但一定无愧于古代的忠臣，把吕产、吕禄那样的小人诛戮。

信云父二首

信世昌，字云父，东平府人，公子无忌[1]之后。尝为虏大常丞，北方之儒也。隶唆都，唆都使之来伴予。云父知古今，识道理可语。中原遗黎[2]，甚惓惓於本朝，颇输情[3]焉。作诗见赠，内两句云："宗庙有灵贤相出，黔黎无害大皇明"，京师为之传诵。云父大意，以为高丽地方数千里，昨丧其半，遂称藩大元，喜其不拒，并侵疆归之，今传国如故。大宋衣冠正统，非高丽比，北必不敢无礼於吾社稷也。云父念本朝，亦愿望之辞。

东鲁遗黎老子孙，　南方心事北方身。
几多江左腰金客，　便把君王作路人。

信云父好为诗，而辞极俚近。一日问予诗法，予因举官词数章，比兴悠长，意在言外，云父恍有所得。明日，袖出一绝云："东风吹落花，残英犹恋枝。莫怨东风恶，花有再开时。"言予之不忘王室，而王室之必中兴也。云父居近阙里[4]，渐染孔氏之遗风，故其用意深厚，而超悟如此。

肯从悟室[5]课儿书，　啮雪[6]风流却减渠。
我爱信陵冠带[7]意，　任教句法问何如。

诗作背景

元军元帅伯颜派唆都来陪伴文天祥，唆都下属有一位名叫信云父的人，被唆都派到文天祥身边。信云父是山东东平府人士，由于东平已为元军占领多年，现任元军大常丞官职。信是汉族的读书人，东平距孔子家乡曲阜不远，自幼受儒家风习的影响颇深，对南宋王朝，尤其对文天祥本人，是同情而尊敬的。他曾写诗赠给文天祥，其中有两句说："宗庙有灵贤相出，黔黎无害大皇明。"（意思是宋朝供养先辈的庙宇还是有灵验的，所以产生了文天祥这样贤良的丞相；广大南宋王朝属下的百姓富有爱国精神，皇帝也还算英明。）写信向文天祥请教写诗的方法，文天祥告诉他写诗的知识，特别给他讲了写诗要用含蓄的手法，意在言外，不要直露。于是他写了一首绝句的诗："东风吹落花，残英犹恋枝。莫怨东风恶，花有再开时。"比喻文天祥忠心于南宋国家，国家是有希望中兴的。文天祥的这两首绝句，以朴实的笔触，如实地描绘了信云父其人。

词语注解

①无忌：魏无忌，即信陵君，魏国贵族安厘王之弟，曾窃兵符救赵，后任上将军。

②中原遗黎：家在中原地区的亡国之民。

③输情：表达真情。《三国志·周鲂传》："拳拳输情，陈露肝膈。"

④阙里：相传为孔子授徒之地，在洙泗两河之间。阙里一词，始见于《汉书》。后泛指孔子居处之地。

⑤悟室：古代佛教寺、庙与道教观、院中，多有感悟室之设，用以修行、学习。这里讲的悟室，应是一种比喻，将居室作为书房之意。

⑥啮雪：用汉代苏武的典故。苏武出使匈奴，被单于扣留，逼迫他投降叛国，他严词拒绝。单于把他关押起来，不给饮食。他便吞雪嚼毡，坚持几天不死，使单于信为神人。

⑦信陵冠带：意为信云父是古信陵君的后代，按照信陵君的衣冠、风习待人处世，颇具汉文化的素养。

诗义串释

你是东鲁一带地方的遗民，古老土地的嫡亲子孙。由于地区沦陷，身体虽在北方，但有一颗南方的心。你能做到这样，真是难能可贵。为什么江南一些身围金玉腰带的高官，竟把自己的君王当成了路人？

我是多么愿意像走进书房一样，教给你一些功课，这比较苏武只是吞雪嚼毡，要更加风流。你这位历史著名人物信陵君的后代，多么令人喜爱；只不知我讲的写诗方法，是否合乎你的需求？

则堂[1]二首

北入京城，贾余庆迎逢卖国，既令学士降诏，俾天下州郡归附之，又各州付一省札。惟枢密则堂家先生铉翁，於省札上不肯押号。吴丞相坚号老儒，不能自持，一切惟贾余庆之命，其愧则堂甚矣。程鹏飞见则堂不肯奉命，堂中作色，欲缚之去。则堂云："中书省无缚执政之理。"归私厅以待执，北竟不敢谁何。予在北以忠义孤立，闻其事以自壮云。

山河四塞旧瓯金[2]，艺祖高宗[3]实鉴临。
一日尽将输敌手，　何人卖国独甘心。

中书堂帖[4]下诸城，摇首庭中号独清。
此后方知枢密事，　从今北地转相惊。

诗作背景

伯颜率领的元军，终于进入了南宋都城临安。贾余庆为了讨好伯颜，让宋朝朝廷机构以皇帝的名义，发布文件，命令全国向元军归顺。一些南宋高官，都在文件上签了字，但作为枢密官员的家铉翁，却对签字作了拒绝。另一个降官程鹏飞要把家铉翁抓捕起来，元军顾及影响没有执行。文天祥虽然被扣留在元营，听说家铉翁的义行，深深受到鼓舞，为家铉翁写下这两首七言绝句。

词语注解

①则堂：家铉翁的号。家是眉州人，曾在常州任地方官，有政迹，后任枢密都丞旨、户部尚书等职，拜端明殿学士，宋亡时任签书枢密院事。降官们要他行文各州郡归降，他拒绝在附件上签署。此后丞相吴坚、贾余庆等经伯颜授意，强命家铉翁同为祈请使向元帝请降。家到元大都后，知宋亡，每日哭泣，不进饮食。元朝封以高官，家义不二君，在河间开馆教徒。后为元帝放还，所赐金帛，不予接受。又过数年，寿

终于家。

②旧瓯金：原有的金瓯。金瓯，比喻疆土的完整和坚固。源自梁武帝萧衍曾在巡视国土后说：我国家犹若金瓯，无一伤缺。

③艺祖高宗：艺祖是对祖先的美称，意为有文德才艺之祖。这里指宋高宗赵构，即钦宗时的康王。靖康二年金人攻破开封，胁钦、徽二宗北去，康王在南京即皇帝位，后定都临安，形成南宋偏安的局面。

④中书堂帖：中书为官名，专管皇帝诏书的起草、发布等事宜。堂帖是由丞相发布的判事文书，具有行政命令性质。

诗义串释

我们的神圣国土，原像一尊美丽的金瓯，是老祖宗开拓出来，又经过高宗悉心赎救。哪能想到，一日间把全部国土交入敌手；是什么人把自己的国家卖掉，丝毫不知道耻羞。

有人命令专管皇帝文告的官员发布诏书，各府县只许投降，不许反抗；这时候，管文告的官员摇头反对，表示拒绝，声调铿锵。这真是众人皆昏、一人独醒啊！后来听说，做出此事的就是我们的则堂。还听说，这件事在元军中互相传说，引起了一片惊慌。

思蒲塘

扬旌来冉冉，　卷旆去堂堂。
恨我飞无翼，　思君济有航。
麒麟①还共处，熊虎②已何乡。
南国应无恙，　中兴事会长。

诗作背景

陈蒲堂，即陈继周，号硕卿，又号蒲堂。江西宁都人。淳祐三年举乡贡生。后历任吉州永丰县、高安县县官。咸淳十年，文天祥在赣州起兵勤王，曾向陈请教起兵方略，陈率兵从军，为文天祥参赞军事。元军进占杭州，文天祥被扣留，宋恭帝赵㬎降元，陈继周率兵南下继续抗元，后在抗元战争中战死。这首诗，是文天祥被扣在元营时，写下的思念陈继周的诗篇。

词语注解

①麒麟：古代传说中的仁兽，麇身，牛尾，狼蹄，一角，比喻杰出的人物。

②熊虎：雄壮、威武的动物，这里比喻陈继周率领的抗元军。

诗义串释

高扬着旌旗，响应勤王的号召，率领队伍来得是那样从容不迫；形势变化，卷起旗帜主动撤退，脚步又是何等的正正堂堂。可恨我没有生就高飞的羽翼，和你们一起并肩抗元；真想和你们再度会面，共上一条大船，继续起航。回想起来，和蒲塘先生这样杰出人物为救亡共处，真是人生幸事；谁又知道，先生带领着熊虎之师，现在到达了什么地方？温馨的南国辽阔无边，但愿你们纵横驰骋，无病无灾；可以想象，前途光明，中兴有望。

思方将军

始兴溪子[①]下江淮，曾为东南再造来。

如虎如熊今固在，　将军何处上金台[②]。

诗作背景

方将军，即方兴。方原任广东统制，文天祥起兵勤王时，方自广东来参加义军，为义军总统。这首诗也是在文天祥被扣期间，为思念共同勤王的战友而作。

词语注解

①始兴溪子：始兴，广东地名，后改名韶州、南雄等名。方兴为广东始兴人，始兴有河，称始兴溪，始兴溪子，即始兴河之子。

②金台：黄金台的省称。相传，黄金台在北方易水流域的濡水支流一带，古燕国曾在此求贤。

诗义串释

不会忘记，始兴河之子方兴将军，英勇地来到江淮。他是为重新建造大宋江山的东南一隅而来。将军率领的如虎如熊一样的雄师，现在一定还坚强地存在。不知你将在什么时候受到重用？登上国家求取贤才的黄金台。

唆　都①

唆都为予言："大元将兴学校，立科举。丞相在大宋为状元宰相，今为大元宰相无疑。丞相常说国存与存，国亡与亡，这是男子心；天下一统，做大元宰相，是甚次第。国亡与亡四个字休道。"予哭而拒之。唆都常恐予之伏死节也。

虎牌②毡笠③号公卿，不直④人间一唾轻。
但愿扶桑⑤红日上，　江南匹士⑥死犹荣。

诗作背景

文天祥为元军统帅伯颜所扣留，伯颜派了唆都和忙古歹两个人陪伴文天祥，名为陪伴，实为监管。经过实地接触，唆都向文天祥不断讲说，元朝将要兴办学校，开办科举。文是宋朝的状元宰相，将来可当元朝宰相是没疑问的。还说，丞相讲过，国家存在，自己便存在，国家覆亡，自己也要死节，这是男子汉的一片真心。但是，大元皇帝灭掉了宋朝，当一个大元宰相，那是个什么地位？千万不要说什么国家覆亡、自己死节的话。文天祥听了这些话，大声痛哭，严词拒绝，然后专以唆都其人为题，写了这首诗。

词语注解

①唆都：在元军中任职宣抚。元军扣留文天祥后，伯颜派他对文劝降。

②虎牌：元朝表示官阶的牌子，牌上绘制虎头花纹，即二品官。

③毡笠：元代蒙族官长所戴的毡帽。

④直：古“直”字与“值”字同。

⑤扶桑：是我国古代神话中的树木，生长在日出的地方。全句为诗人的美好愿望，希冀自己的国家如红日东升。

⑥江南匹士：江南的一介书生。即诗人自谓。

诗义串释

出行的仪仗中，高举一块虎头牌，头上戴着毛毡做成的毡笠；这样的官员，便号称为公、卿。在我看来，这样的官，比正常人一口唾液的分量还轻。在这样的人面前，我心里只希望自己的国家如同东方的朝阳，从扶桑之地升起；作为江南的一介书生，就是丢掉生命，也觉得十分光荣。

二　王[①]

唆都、忙古歹一日问："度宗[②]几子？"答曰："三子。"问："皇帝是第几子？"答曰："第二子，立嫡也。"问："第一子、三子封王乎？"曰："一吉王[③]，一信王[④]。"问："今何在？"曰："大臣护之去矣。"骇云："去何处？"曰："非闽则广。宋疆土万里，尽有世界在。"云："既是一家。何必远去。"曰："何为恁地说，宗庙社稷所关，岂是细事。北朝若待皇帝好，则二王为人臣。若待皇帝不是，即便别有皇帝出来。"二酋为之愕眙不能对。

一马渡江[⑤]开晋土，五龙夹日[⑥]复唐天。
内家苗裔真隆准[⑦]，虏运从来无百年。[⑧]

诗作背景

在文天祥被扣留期间，被伯颜派去"陪伴"文天祥的唆都、忙古歹问："你们宋朝的度宗有几个儿子？"文天祥答："三个儿子。"又问："现在的皇帝，是度宗的第几个儿子？"文答："是第二个儿子。由于要立皇后生的嫡子，所以由他来当皇帝。"又问："那么，第一个和第三个儿子封王了吗？"文答："一位封为吉王，一位封为信王。"又问："吉王和信王现在哪里？"文答："专门派了大臣保护，已经走了。"问："去了什么地方？"文答："不是福建，便是去广东。宋朝的疆域不止万里，有足够的地方可去。"为此，文天祥写了这首题为《二王》的诗。

词语注解

①二王：指宋朝皇帝度宗之第一子赵昰，第三子赵昺。度宗死后，立皇后所生之子赵㬎为帝。其兄赵昰先封吉王，后徙封为益王。其弟赵昺先封信王，后徙封为广王。

②度宗：名赵禥，是宋代理宗之侄，在位约十年。

③吉王：见本诗注释①。在元军进攻下，赵㬎随其母全皇后降元。

赵昰流亡在福州即皇帝位，后两年，死于硇州。

④信王：见本诗注释①。赵昰死后，赵昺被立为帝。元军进攻至广东厓山，陆秀夫负赵昺死于海。

⑤“一马渡江”：是用晋元帝的典故。当时王室危殆，元帝等五王逃亡，元帝终于登基为帝。

⑥“五龙夹日”：是用唐冯绍正曾经画五条龙的典故。画龙，有天将降雨的预兆，龙夹太阳的形象，象征国家将有叛臣。一马“渡江”与五龙“夹日”两句诗，运用典故比喻国家兴亡有一定迹象和规律。

⑦隆准：指鼻梁隆起的福相。意为二王是皇帝的后裔，随时可登基为帝，延续宋朝，不至覆亡。

⑧虜運从来无百年：是说元人的统治不会超过百年。文天祥当时从爱国出发，写这首诗，后为历史证明：二王复兴宋朝的希望是落空了，但元朝的统治确实只经历了九十四年，诗句与历史形成巧合。

诗义串释

晋朝的元帝司马睿于内忧外患的纷乱之中南逃，渡江后在建康登基称帝，把东晋的局面开创。唐朝冯绍正绘制了一幅《五龙图》，表现了蓄云、降雨的景象，象征朝中有了叛臣，也预示了唐朝的覆亡。吉王和信王都是宋朝皇家的后裔，鼻梁高挺，满脸福相，有可能是中兴之君呀。外来的国家妄想统治中国，好运不会超过百年，一定不会久长。

气　慨

唆都[①]一日问予，“何以去平江[②]？”予曰：“有诏趣入卫。”问予兵若干。予对五万人。喟然叹曰：“天也。使丞相在平江，必不降。”予问：“何以知之。”云：“相公气慨，如何肯降，但累城内百姓。”予谓：“果厮打，亦未见输赢。”唆都大笑。

气概如虹俺得知，留吴那肯竖降旗。[3]
北人不解欺心语，正恐南人作浅窥[4]。

诗作背景

在文天祥被扣元营期间，一天，唆都问文，为什么离开平江。文答，皇帝有诏，命令我保卫临安。又问，带领了多少兵马？文答，有五万人。这时，唆都叹口气说，这真是天意，如果丞相不离开平江，肯定不会投降。文反问，你怎么知道？唆都说，我是看你的气概知道的；就凭你的精神、气势，是决不会投降的；当然，打起仗来，就要连累百姓受苦了。文天祥说，真打起来，就很难说谁输谁赢。唆都听了哈哈大笑。这首诗以传神的笔触，记录了当时的情景。

词语注解

①唆都：见《唆都》一诗注释①。

②平江：宋代的平江府，即今之江苏苏州市。

③这首绝句的前两句，是拟唆都的口吻。

④浅窥：看作浅薄，即小看。

诗义串释

“以俺的眼光看，丞相您的气概有如霓虹；如果留在平江不走，决不会竖起降旗。”看来，来自北方的元军将领，怕我们南方人小看他们，倒不去勉强说一些欺心的话语。

使北八首

北兵入城，既劫诏书，布告天下州郡，各使归附。又逼天子拜表献土，左丞相吴坚，右丞相贾余庆，枢密使谢堂，参政家铉翁，同知刘岊五人，奉表北庭，号祈请使。贾幸国难，自诡北人，气焰不可向迩。谢无识附和。吴老儒畏怯不能争。刘狎邪小人，方乘时取美官，扬扬自得。惟家公非愿从者，犹以为赵祈请，意北主或可语，冀一见陈说，为国家有一线，故引决所未忍也。五人之行，皆出北意，吴初以老病求免，且已许之，故表中所述，贾谢家刘四人，吴不与焉。二月初八日，四人登舟，忽伯颜趣予与吴丞相俱入北。予不在使者列，是行何为，盖驱逐之使去耳。予陷在难中，无计自脱。初九日，与吴丞相同被逼胁，黾勉就船。先一夕，予作家书，处置家事。拟翌日定行止，行则引决，不为偷生。及见吴丞相、家参政，吴殊无徇国之意，家则以为死伤勇，祈而不许，死未为晚。予以是徘徊隐忍，犹冀一日有以报国。惟是贾余庆凶狡残忍，出於天性，密告伯颜，使启北庭，拘予於沙漠。彼则卖国佞北，自谓使毕即归，愚不可言也。谢堂已宿谢村，初九日，忽驾舟而回，或谓唆都为之地，伯颜得贿而免。堂曲意奉北，可鄙恶尤多，诗记其事。

自说家乡古相州①，白蘼风旨②出狂酋。
中书尽出降元表，③ 北渡黄河衣锦游。贾。

至尊驰表献燕城，　肉食④那知以死争。
当代老儒居首揆⑤，殿前陪拜率公卿。吴。

江南浪子是何官，　只当空庐杂剧看。
拨取公卿如粪土，　沐猴⑥徒自辱衣冠。刘。

公子方张奉使旗，　行行且尼[7]复何为。
似闻倾尽黄金坞[8]，辛苦平生只为谁。谢。

廷争堂堂负直声，　飘零沙漠若为情。
程婴存赵[9]真公志，赖有忠良壮此行。家。

初修降表我无名，　不是随班拜舞人。
谁遣附庸祈请使，　要教索虏[10]识忠臣。

客子漂摇万里程，　北征情味似南征。
小臣事主宁无罪，　只作幽州谪吏行。

使旃尽道有回期，　独陷羁臣去牧羝。[11]
中尔含沙浑小事，　白云飞处楚天低。

诗作背景

元军进入临安以后，逼迫南宋以恭帝名义向元帝献出国土，以左丞相吴坚、右丞相贾余庆、枢密使谢堂、参政家铉翁、同知刘岊五个人为祈请史，带上宋帝的表章到大都去请求批准。这种玩弄傀儡的把戏，当然都是伯颜等人一手制造的。贾余庆在国难中爬上高位，自称自己也是北方人，对元军趋炎附势，趾高气扬。谢堂是个唯唯诺诺、只知跟着跑的人。而刘岊更是一个奸邪小人。只有家铉翁不愿意干这种傀儡勾当，但以为到大都见了元帝，还可以进行一些陈说，为国家寻求一线生机，为此而没有自杀。文天祥听说，这一行动策划时没有吴坚，表章内容中讲的只有贾余庆等四个人。不想，二月初八上船的时候，伯颜忽然提出要吴坚和文天祥和所谓的祈请使一起上路。吴坚胆小怕事，不敢不从。而文天祥根本不是使者，如何肯走。经过一番大闹，于二月初九，在胁迫之下，文、吴只得勉强上船。文天祥初八写好了家书，处理了家事。由于听说把自己送去北方，是贾余庆向伯颜做出的密告，为防文天祥继续抗元，建议将文监禁在沙漠。于是，文作出了自杀的准备。及至见到吴坚、家铉翁，吴并无殉国的打算，家铉翁认为还要力争好一些的形势出现，实无希望，再死不晚，文才又隐忍下来。后来，文天祥听人说，就在初九，他被胁迫上船的这天，本在前一天出发的谢堂，突然又乘船回去了。有人说，谢堂求唆都说情，向伯颜献了重金的贿赂，让谢堂逃掉这一趟遥远的跋涉。文天祥这组诗记录了这些群丑的恶行，赞扬了家铉翁的品德，表露了自己的心声。

词语注解

①相州：北魏时置，在邺县，即今河北省临漳县西南邺镇。辖今之河北邢台，河南林县、汤阴，山东武城、莘县一带。后曾缩小，但基本在冀南、豫北一带。金时为彰德府。

②白麻风旨：古代皇帝诏书都用白纸，因白纸易受虫蛀，唐高宗时改用麻纸。后世凡重要文书，如封皇后、太子尊号，任命将相大臣，大赦，征伐等文件，都要用麻纸，称白麻书。

③中书尽出降元表：中书，见《则堂》诗注释④。意思是管理中央文书的大臣，都在向元朝投降的表章上签了字。

④肉食：是用战国时曹刿的典故。齐军攻打鲁国，鲁人阻止曹刿向国家提出建议，认为可由“肉食者谋之”（由高官贵爵的人去管）。曹回答说，“肉食者鄙，未能远谋”（那些高官们见识不高明，难以有长远打算）。肉食者指高官。

⑤首揆：首相。揆，指管理、筹划，古时称丞相为百揆之官，而丞相不止一人，为首者称首揆。

⑥沐猴：猕猴。猕猴戴上帽子，虽有人形，并无人性。《史记·项羽传》：人言楚人沐猴而冠耳。

⑦行行且尼：尼即止息。《孟子·梁惠王》：行或使之，止或尼之。

⑧黄金坞：坞是构筑在村落外围作为屏障的土堡，古代又呼为库城，是存放贵重财物的所在。

⑨程婴存赵：是用战国时晋国的典故。晋景公时，大夫屠岸贾大杀赵氏。赵朔的妻子是晋成公的姐姐，怀孕在身，跑到晋宫躲藏，后生一子。屠闻讯搜查，公孙杵臼带假孤儿被杀。程婴带真孤儿藏于深山，后长大复仇救赵。这里比喻家铉翁和程婴一样，是想为保全宋朝出力。

⑩索虏：是南宋人对北方民族的一种辱称，因为北方少数民族蓄发结辫，故称。

⑪独陷羁臣去牧羝：这句诗是说自己将要独自一人以被俘的身份，到沙漠中去放牧，有用苏武牧羊典故的含义。

诗义串释

（第一首诗写贾余庆）

忽然吹嘘起自己的家乡，是北方的相州；这是因为在元军的逼迫下，伪称国家的名义，写了降表献给了敌酋。敌酋要他去北方祈请投降，他马上做起衣锦还乡的美梦，扬言要去旅游。

（第二首诗写吴坚）

国家的最高官员签署了投降表章，就要亲自到燕京献上；养尊处优、只知肉食的高官，哪里知道不惜一死，保护家邦；这样腐朽透顶的白痴，来当朝廷的领头人，只知道率领百官向敌人礼拜如仪，屈膝投降。

（第三首诗写刘岊）

他不过是一个江南浪子，哪里算得上是国家的官员；他的一些丑恶行动，只能当杂剧的丑角赏观。靠着吹、拍、捞取到公卿的职位，如同在粪土堆上爬钻；像猴子穿戴上人的衣冠，那身衣冠都感到无比羞惭。

（第四首诗写谢堂）

这位骄奢的贵公子也举起了祈请投降的旗子；还未上路，又用黄金行贿，把北行的脚步停止。虽然甘心投降，却又怕旅途辛苦，不能不把自己的玉体格外爱惜。

（第五首诗写家铉翁）

敢于在朝廷上与投降者抗争，由此而得到了正直的崇高名声；愿意去遥远的北方，完全是对国家的一片真情。像古代晋国程婴一样保留着希望，这才是铉翁先生的心胸。在胁迫下，让我和这样的忠良同路，深感到是一次壮行。

(第六首至第八首诗写作者自己)

开始写作投降表章，没有我的名分；向元人随班礼拜、屈膝投降的队伍中，根本没有我的身影。是谁人处心积虑，强逼我，同请降的人物北行？我一定要让敌人，长一下见识，宋朝毕竟还有忠臣铁骨铮铮。

这次远游要走过万里行程，我只把北征当作南征。作为臣子为君王做事，总会犯下一些错误，北去幽州，我只当犯下过错，做一次无计脱身的贬谪之行。

这些打投降旗子的人们，都在计算回归的日期；我作为被扣的宋朝孤臣，听说要被打发到沙漠中去放牧羊羝。有人建议让我羁留沙海，这也算不了什么，我会每天望着云天飘渺的南方，看那里的天空是怎样的亮丽。

卷二

杜架阁二首

天台杜浒，字贵卿，号梅壑。纠合四千人，欲救王室。当国者不知省。正月十三日，见予於西湖上。予嘉其有志，颇奖异之。十九日，客赞予使北，梅壑断断不可，客逐之去。予果为北所留。后二十日，驱予北行，诸客皆散。梅壑怜予孤苦，慨然相从，天下义士也。朝旨特改宣教郎，除礼兵架阁文字。

仗节[①]辞王室，悠悠万里辕[②]。
诸君皆雨别[③]，一士独星言[④]。
啼鸟乱人意，落花消客魂。
东坡爱巢谷，[⑤]颇恨晚登门。

昔趋魏公子[⑥]，今事霍将军[⑦]。
世态炎凉甚，交情贵贱分。
黄沙扬暮霭，黑海起朝氛。
独与君携手，行吟看白云。

诗作背景

这是元统帅伯颜强押文天祥北行时，文写下的两首五言律诗，诗的内容专写杜浒其人。从诗的前言和其他史料看，杜浒是浙江天台县人，年少时颇有侠义之风。德祐元年，他任某县县官，在勤王诏令下，集合四千人到临安勤王。德祐二年正月十九日，在议论文天祥是否出使元营时，文天祥的幕客陈吉道赞同丞相吴坚的建议，杜浒坚决反对，遭到陈的驱逐。文天祥被伯颜扣留后，陈潜逃。文天祥被强迫北行，杜浒挺身而出，和吕武、金应等十二人随从文天祥，并协助文天祥从虎口脱逃，海行南下，继续抗元。杜浒后在厓山海战中被元军俘虏，放出后在广州曾见文天祥，后忧愤病死。架阁，是管理档案、文件的官职；南宋时规定，礼部、兵部合设一架阁官员；杜浒任此一官职，想是勤王时赋予的。

词语注解

①仗节：手拿符节之意。文天祥被强迫北行，杜浒等人志愿随从文天祥，这里讲的仗节，是象征意义的。

②辕：拉车的杆称车辕，此处指车。

③雨别：指朋友们离散而去。古诗有云，“邈若附雨”。

④星言：是说晨星在天的时候出发上路。《诗经·鄘风》中有“星言夙驾”。

⑤东坡爱巢谷：巢谷是苏轼、苏辙年少时，在故乡四川眉山的朋友，相知甚深。当苏轼、苏辙为官得意时，巢谷从未探望，而当苏轼、苏辙遭到贬谪，巢谷却以七十三岁高龄，出川去广东探望苏氏兄弟。他去循州看了苏辙，又去儋耳看望苏轼，中途病亡。用这一典故，表示作者如苏轼爱重巢谷一样爱重杜浒。

⑥魏公子：魏无忌信陵君。由于信陵君位高权重，当时的平原君的宾客不少投向信陵君。

⑦霍将军：为汉代的霍去病。同时的卫青也是大将军，因霍去病威望渐高，权势日重，卫青的门客便有人投向霍去病。

诗义串释

手持着国家赋予的符节辞别了王室，坦然地跨上车辕，决心陪伴我作万里之行。众多的朋友离散而去，如雨点落下云层；一位义士挺身而出，和我一起出发上路，头上顶着散发微光的晨星。树上的鸟雀啼叫，把人的思绪扰乱；纷纷飘舞的落花，让游子的心神不宁。（还记得苏东坡和巢谷两个人的真挚友谊吗?）我像东坡先生热爱巢谷一样，从内心深处敬重杜架阁，遗憾于我们过晚相逢。

过去，有人看魏公子无忌更高贵，更富有，便改投到他的门下；后来，霍去病大将军更有权，更有势，便有人不断奔走，到将军府第中把关系扯拉。当今的人情世态，以贵贱确定热冷，凭权势的高低，调整态度的变化。我此次北行，只准备看到黄沙雾霭，因为遭到无理的扣押。杜架阁能和我一起携手同行，难能可贵，我们将一边行走，一边吟唱，遥望着白云飘散在遥远的天涯。

闻　鸡

自入北营，未尝有鸡唱。因泊谢村，始有闻。是夜，几与梅壑①逃去。二更，遣刘百户②二三十人拥一舟来，逼下船，遂不果。

军中二十日，　此夕始闻鸡。
尘暗天街③静，沙长海路迷。
铜驼④随雨落，铁骑向风嘶。
晓起呼詹尹⑤，何时脱蒺藜⑥。

诗作背景

德祐二年二月初九，文天祥被元军强行押解上船，与所谓祈请使一起北行，晚上船泊在临安北面不远、运河岸边的谢村。由于启行不久，看管不够严密，第二天晚上文天祥便萌生了逃跑的想法。二更时分，他与杜浒正要逃跑，元军派来一个刘百户，带了二三十人，乘一条大船来，逼着他和随从的诸人换乘大船，于是逃跑的想法便粉碎了。逃跑未成，心神难定，天色微明，村鸡报晓，这便是作者写这首诗的境况。

词语注解

①梅壑：杜浒。

②百户：是元朝的官名，属于军队系统，指挥百人，上一级为千户。

③天街：指天上的星星，古称昂、西二星为天街。

④铜驼：见《指南录》卷一《求客》注释①。

⑤詹尹：古代称专门进行占卜的人为詹尹。

⑥蒺藜：一种蔓生的草，种子表面生有针刺。这里指生活中的苦难。

诗义串释

在元军中被扣二十天，今天凌晨才第一次听到鸡鸣。灰尘满天，星辰黯淡，战乱中的皇都也失去光彩；沙洲漫长，江上更显得迷蒙。皇宫门前的铜驼，在潺潺的雨声中，显得衰颓乏力；任意驰驱的铁骑，迎风嘶叫，使人觉得无比骄横。早早起床便去找人占卜，看什么时候才能脱离这荆棘丛丛。

命 里

二月初十夜，为刘百户者所迫，中原人尚可告语也。贾余庆语铁木儿[①]曰：文丞相心肠别。铁木儿自驾一舟来，令命里千户捽予上船，凶焰吓人。见者莫不流涕。命里高鼻而深目，面毛而多须，回回人也。

熊罴十万建行台，单骑谁教免胄来。
一日捉将沙漠去，遭逢碧眼老回回。

诗作背景

二月初十夜晚，文天祥虽然受到元军刘百户的胁迫，必须下到船内，逃跑的打算被粉碎了，但刘百户是个归附元军的汉人，终究有些话还可以讲得通。听说贾余庆向负责押送文天祥的元军将领铁木儿建议，文丞相别有用心，企图逃跑。十一日早晨，铁木儿亲自坐船来逼迫文天祥。他命令一个名叫命里的千户，抓住文天祥的衣服，又提又推，强迫文天祥上船。命里是个高大、强悍、高鼻、深目，满脸大胡子的西域人，态度粗野、动作凶狠，使周围的人落下了眼泪。这首诗专记命里其人。

词语注解

①铁木儿：为元军将领，负责带领祈请使并押解文天祥等人北上。

诗义串释

敌军是号称十万之众的虎狼之师，在临安以北建立了营寨。可是，我偏偏不穿甲胄，毫无戒备之心，为谈判单骑来到敌人的行台。终于有这么一天，把我捕捉起来，准备押送遥远的沙漠；遭遇到这样蛮横无理的蓝眼睛大胡子，细想一下，并不使人感到意外。

留远亭二首

十一日，宿处岸上，有留远亭。北人燃火亭前，聚诸公列坐行酒。贾余庆有名疯子，满口骂坐，毁本朝人物无遗者，以此献佞。北惟亹亹笑。刘岊数奉以淫亵，为北所薄。文焕云：国家将亡，生出此等人物。予闻之，悲愤不已。及是，诸酋专以为笑具於舟中，取一村妇至亭中，使荐刘寝，据刘之交坐。诸酋又嗾妇抱刘以为戏。衣冠扫地，殊不可忍，则堂尤愤疾云。

甘心卖国罪滔天，酒后猖狂诈作颠。
把酒逢迎酋虏笑，从头骂坐数时贤。贾。

落得称呼浪子刘，樽前百媚佞旃裘①。
当年鲍老②不如此，留远亭前犬也羞。刘。

诗作背景

这是二月十一日，作者以诗歌的笔触描绘出的两幅漫画般的丑恶形象。下午，船停，上岸。岸上有座名为“留远亭”的亭子。元军在亭前燃起篝火，让北上的祈请使们喝酒。贾余庆是个出名的“疯子”，借了酒力更是狂妄无度，满口胡言乱语，专门谩骂宋朝的名人，对在座的元军将领讨好。刘岊更是无耻下流，专门讲说一些淫荡猥亵的肮脏语言，受到元军将领们的鄙薄。连投降元军的吕文焕也不住地叹息，说“看来国家真是要灭亡了，才养出这样人物。”元军将领们进一步拿刘岊取笑，找到一个村妇坐在刘岊腿上，又鼓动村妇抱住刘岊戏弄。这种丑恶的表演，使在座的文天祥、家铉翁十分愤慨。为此，作者写下了这两首七绝。

词语注解

①旃裘：毛毡制成的衣服。元军将领多穿此类衣装。

②鲍老：宋代戏剧中的角色，又称抱锣。这种角色假面披发，口吐烟火，赤足、提锣，扮为鬼神形状，跳跃、舞蹈。

诗义串释

看！这个罪恶滔天、甘心卖国的老贼，喝了酒更加猖狂，装疯作颠。他一面高举酒杯，满面堆笑，向元军头目蜜语甜言；一面满口脏话，遍数自己父母之邦的著名人物，一个个加以谩骂和诋贬。（贾余庆）

他已经得到最为恰当的称号，那就是令人作呕的“浪子刘”。你看他，丑态百出，话语肮脏，曲意巴结身穿毡衣的元军头头。即使是戏剧表演中的丑角，也没有这等做派，留远亭前的狗看着他，也替他害羞。（刘岊）

平江府①

予过吴门，感念凄怆。向使朝命不令入卫，严速予以死守，不死於是，即至今存可也。予托病，卧舟中，旧吏三五人来。遗民闻吾经过，无不垂涕者。舟到一时顷，即解缆夜行九十里，北似防我云。

楼台俯舟楫，② 城郭满干戈。
故吏归心少，③ 遗民出涕多。
鸠居无鹊在，④ 鱼网有鸿过。⑤
使遂睢阳志⑥，安危今若何？

诗作背景

押解文天祥的船到了平江府。这里，是作者一个月前还准备死守的城市，只是当时朝廷一定命令他撤离平江，才形成了临安的危局。他在敌人的押解下回到故地，心里很不平静。推说有病，倒卧在舱里，还是有不少过去的老部下来看望他。老百姓听说押解他的船来到平江，很多人面对航船掉泪、哭泣。元军看到这种情况，很快开船北行，夜航走了九十里。

词语注解

①平江府：今苏州市。

②楼台俯舟楫：是指两岸的房子高于河中的舟船。

③故吏归心少：宋朝的官吏对元军的占领，心里并未归附。

④鸠居无鹊在：鸠占鹊巢，鹊已不在，比喻元人侵占。语出于《诗经·台南·鹊巢》。

⑤鱼网有鸿过：网本是捕鱼的，却有鸿雁误投到网里来，比喻作者的错误。语出于《诗经·邶风·新台》。

⑥睢阳志：睢阳即今河南商丘市，唐代张巡、许远在这里抵抗过安禄山的叛军，坚守很长时日，不向敌投降。这里，作者用这个典故比喻自已有坚守平江的决心，如同张巡等守睢阳一样。

诗义串释

岸边的楼阁俯看着河里的舟船；满城市到处有元军的刀剑。宋朝的官吏们心里并未归附，亡国的百姓不时掩面哭泣，流泪难干。元军的南侵，像斑鸠占据了鹊鸟的窝巢；难以想象，我竟像鸿雁误投到捕鱼的罗网中间。如果按照我的想法，像唐代张巡、许远坚守睢阳那样坚守平江，国家的安危怎能像现在的局面？

无 锡

已未，予携弟壁赴廷对①，尝从长江入里河②，趋京口。回首十八年，复由此路，是行驱之入北。感今怀昔，悲不自胜。

金山③冉冉波涛雨，锡水④泯泯草木春。
二十年前曾去路，三千里外作行人。
英雄未死心为碎，父老相逢鼻欲辛。
夜读程婴存赵事⑤，一回惆怅一沾巾。

诗作背景

约在二月十五日，押解文天祥的船到达无锡。文天祥在十八年前，和胞弟文璧从江西到临安参加国家殿试，曾乘船由长江经无锡进入运河，当时他风华正茂，踌躇满志，正是这次殿试，他被取中状元。经过十八个春秋转换，他又乘船走过这里，却是忍受着亡国的悲痛，被元军押解北行，前途未卜。他以感今怀旧的心情，抑制住深切的悲愤，写作了这首七律。

词语注解

①廷对：封建考试制度的最后一次考试，在宫廷内进行对策，故称廷对。

②里河：指大运河无锡一段。

③金山：宋时在镇江长江之中，到清代末叶，由于泥沙淤积，和南岸相连接。

④锡水：大运河在无锡靠近城区的一段。

⑤程婴存赵事：见《指南录》卷一《使北》注释⑨。

诗义串释

面对着金山，长江无边的波涛上，连绵不断地下着冷雨；船行在无锡的河上，河水清清，映照着两岸草木的春色。怎会忘记，这是我十八年前曾经走过的旧路；谁会想到，在这远离家乡的异地，我作为囚徒，又一次重复走过。和一些乡亲相逢，鼻子里阵阵酸楚。我的心灵早已破碎，只是生命还未终结。夜里捧读史书，程婴保存赵氏后代的故事感动着我，不由得一阵惆怅，一阵忧伤。

哭尹玉

尹玉，江西宪司将官。五木之战，手杀七八十人。其麾下与北兵战，并死无一降者。朝廷赠濠州团练使，立庙。与二子官承节郎。下江西安抚使，拨赐良田二百亩。其间以捕寇死者何限，惟玉得其死所。恤典非细，哀荣备焉。

团练濠州庙赣川，　官其二子赐良田。
西台①捕逐多亡将，还有焚黄②到墓前。

诗作背景

参加五木之战的英雄们是应当悼念的。尹玉，是众多五木英雄的代表人物，更使文天祥悲悼不止。尹玉是江西宁都人，曾因捕盗立功，后随文天祥起兵勤王。五木之战，当张全撤退之后，尹玉率五百名残军与敌搏战整夜，给元军很大杀伤。他亲手杀敌数十人，敌箭密集于甲胄像刺猬一般，后来力尽被俘。元军以四支长枪对准他的脖颈，使之难以动弹，然后用木棍击打至死。

词语注解

①西台：指不久前南宋政权在西台地方捕捉叛逐之役。

②焚黄：封建时代为官，受到皇帝恩赏要祭告祖先，告文用黄纸书写，祭奠后要焚烧，称焚黄。

诗义串释

朝廷赠给你濠州团练使的官衔，还在赣江边为你立了庙宇；你的两个儿子也得了官，又赏赐了他们良田。记得西台平乱时，不少武将牺牲了，和他们相比，你可说是死得其所，重如泰山；后人将在你墓前祭奠、焚黄时，你对这些情况应有所了解，从而可得到一定的安慰，含笑九泉。

吊五木[①]

予初以朝廷遣张全，将淮兵二千救常州，以其为淮将，必经历老成，遂遣朱华将三千人从之。张全无统驭之材，自为畦町[②]，十月二十六日，提淮军自往横林，设伏虞桥。北兵至，麻士龙死之，张全不救，走回五木。五木乃朱华军所驻，如掘沟堑，设鹿角，张全皆不许朱华措置，殊不晓其意。二十七日，北兵薄朱华，自辰至未，朱华与广军与之对。北兵自路塘直来，死於水者，不可胜计。至晚，北兵绕山后薄赣军，尹玉当之。曾全、胡遇、谢云、曾玉先遁走，尹玉死焉。张提军隔岸，不发一矢，有利灾乐祸之心。吾军渡水挽张全军船，张全令诸军断挽船者之指，于是溺死者甚众。张全并宵遁，惟尹玉残军五百人，与北兵角一夕，杀北兵及马，委积田间。质明，止有四人得归，无一人降者。呜呼。使此战张全稍施援手，可以大胜捷，一夫无意，而事遂关宗社，呜呼天哉。余初欲先斩张全，然后取一时败将并从军法。以张全为朝廷所遣，请于都督，乃宥张全使自赎，予遂不及行法。后诣余杭发京师，姑取曾全以狗众[③]，而噬脐[④]多矣。过五木，吊战场，为之流涕不可御。续闻张全者，淮东之偾将[⑤]也。昨随许文德复清河，兵已入城，张全鸣金散众。许不敢以斩将自专，解赴制阃[⑥]，李公以使过期之，得不死。予不知受其误，其免罪又出於第二次侥幸，卒为降北，可叹恨云。

首赴勤王役，　成功事则天。
富平[7]名委地，好水[8]泪成川。
我作招魂[9]想，谁为掩骼缘[10]？
中兴须再举，　寄语慰重泉[11]。

诗作背景

押解文天祥的船走过了平江，走过了无锡，愈行愈北，走过的都是他在数月前曾经战斗过的地方。他痛心地回想五木之战，怎能不叹恨那些误国的权臣，又怎能不悼念那些视死如归的国殇英雄们呢。那是年前（德祐二年）的十月末，文天祥带领江西的义兵勤王，又被改任平江知府的时候，元军统帅伯颜带兵过了长江天险，直扑常州。南宋朝廷的中枢大臣陈宜中，派遣了淮军将领张全带领两千淮军紧急救援常州。出任平江知府不久的文天祥，考虑到渡过长江的元军已危及宋朝的存亡，常州又和平江唇齿相依，便派出了自己带领的义兵三千人，交由朱华带领，也去救援常州。

哪里想到，张全根本没有统率、指挥的才能，还要禀承陈宜中别有用心的意旨。他命令义军由麻士龙率领在虞桥埋伏，自己带领淮军退往横林。元军和麻士龙接战，张全不援救，反而再继续后退到五木，麻士龙在虞桥战死。五木由朱华、尹玉等人率义军驻守，张全退到这里，既不许义军挖堑壕、设障碍，反而作了进一步撤向五木河对岸的准备。十月二十七日，朱华带领义军中的江西兵和广东兵，和进攻的元军激战了一天，斩杀很多敌人。元军在正面没有取得进展，晚上绕到山后迂回进攻，尹玉带领义军中的江西兵，又和敌人展开血战。就在这时，张全带领的淮军不只不参战，还陆续乘船逃向对岸，河这边喊杀震天，河对岸一支箭也不射出，只是观望。在淮军的船驰向对岸时，间或有义军的兵丁抓住船帮泅水渡河，张全竟命令船上的淮军用刀砍断义军的手指，致使不少人淹死在河里。张全率领淮军连夜逃走了，河对岸只剩下尹玉率领的约五百名义军，他们趁着暗夜与元军进行了殊死之战，对元军的兵马给予最大的杀伤，义军只有四个人生还，没有一个人投降敌人，全部壮烈牺牲。战后，文天祥义愤填膺，要对张全处以军法，但由于张全是朝廷派遣的将领，需要向上请示，经请示而又不准，只杀掉了一个临阵脱逃的曾全。以后，张全连打败仗，最后投降了元军。

文天祥涌流着热泪，写下了这首凭吊五木英雄的诗篇。

词语注解

①五木：在常州东南，平江西北的村镇。

②畦町：指地垄、田界，也指一定的格局。这里是说，张全既无统率能力，又有他自己的打算。

③徇众：徇字，本指偏私。这里说徇众，意思是按照众人的意愿，惩办了临阵脱逃的曾全。

④噬脐：后悔已晚的意思。北齐颜之稚《颜氏家训》中有：“虽得免死，莫不破家，然后噬脐，亦复何及。”

⑤偾将：败事之将。

⑥制阃：请求中枢机关裁断。

⑦富平：秦置县，在宁夏吴忠县南。

⑧好水：在宁夏隆德西北。又名榆河或甜水河。1041 年，即宋庆历元年，西夏进攻宋，大败宋将任福于富平、好水一带，宋军伤亡很大，国家声誉遭到破坏。这里，作者以富平之战的典故比喻五木之战。

⑨招魂：古代丧礼，人死后升屋招回灵魂。《楚辞》有题为“招魂”的诗作。

⑩掩骼缘：骼为骨骼，掩埋骨骼的缘分。整联诗的意思是，我来为你们作招魂丧礼之想，但不知道什么人和你们有掩埋骨骼的缘分，只能由他们来掩埋你们的遗骨了。

⑪重泉：水极深的地方，即黄泉。《淮南子・齐俗训》：“积水重泉，鼋鼍之所便也。”

诗义串释

这是你们参加的第一次勤王战役，哪里想到，成功的希望全靠着上天。我朝庆历初年在宁夏富平与西夏的惨烈战斗，损伤了国家的声誉，为国殇痛哭的眼泪流成河川。这次五木之战和富平之战一样，对于为国捐躯的英雄们，我怀着悲痛为你们祝愿，不论什么人和你们有掩埋骨骼的缘分，你们都应当稍稍心安。国家的中兴，需要我们这些活着的人继续努力，但愿我的这些话，能慰藉你们的灵魂，在深深的地下九泉。

常 州

常州，宋睢阳郡[①]也。北兵愤其坚守，杀戮无遗种。死者忠义之鬼，哀哉。

山河千里在，烟火一家无。
壮甚睢阳守，冤哉马邑屠[②]。
苍天如可问，赤子果何辜。
唇齿提封旧，[③]抚膺[④]三叹吁。

诗作背景

德祐元年，元军统帅伯颜围攻常州。常州知州姚訔、通判陈炤等人领导全城军民死守城池。伯颜从夏天到冬天一直猛攻不止，先屠杀城外居民，破城后又凶残地进行屠城。文天祥北行经过这里，怎能不发出悲愤的慨叹。

词语注解

①宋睢阳郡：是说常州是宋朝的睢阳。唐代张巡、许远坚守睢阳，宋代常州军民坚守常州，可和唐守睢阳比美。

②马邑屠：马邑即今山西省朔县，汉代周勃征伐陈豨时，曾在这里屠城。

③唇齿提封旧：指常州和作者原任知府的平江，在行政区划上，是地区相连，唇齿相依的关系。

④抚膺：以手拍打胸膛。

诗义串释

绵长千里的山河仍然存在，但是居住在这里的人民遭受到屠杀，竟然连一家也燃不起炊烟。如同唐代张巡坚守睢阳、抵抗安禄山一样，坚守常州的军民，是多么豪气冲天；像汉代周勃屠杀马邑人民一样，常州人民遭到元军屠杀，又是何等屈冤。是否可以面对苍天发问，愿意过和平生活的广大百姓，为什么要遭受这种摧残？常州和我担任职守的平江唇齿相邻，看到常州的惨相，怎能不拍打胸膛，发出激愤的慨叹！

镇　江

至京口。予以十八年，曾自镇江趋京，今自京趋镇江。俯仰感叹，为之流涕。

铁瓮[①]山河旧，金瓯[②]宇宙非。
昔随西日上，　今见北军飞。
豪杰非无志，　功名自有机。
中流怀士稚，　风雨湿双扉。

诗作背景

这首诗当是作者北行抵达镇江时写下的。既感念着十八年前走过镇江时的往事，又感叹当前镇江的风景日非。

词语注解

①铁瓮：指国家疆域，如同铁瓮一样坚固。

②金瓯：也指国家疆域，如金瓯一样，既美丽又坚固。

诗义串释

在国家的疆域之内，山河依旧是过去的山河，由于强敌入侵，天地已非过去的天地。不会忘记，在夕阳照耀下，我赴临安考试经过这里，现在却光景大变，到处是北军驰驱。抗元的英雄们并不是没有恢复旧国的壮志，但真正要建功立业还需要一定的机遇。船行到了中流，更使人怀念起年轻的峥嵘岁月，哪里顾到江上的风雨已把两扇舱门打湿。

渡瓜州[①]二首

诸祈请使，十八日至镇江府。阿术在瓜州，即请十九日渡江。至则鲜腆[②]倨傲，令人裂眦。诸公皆与之语，予始终无言。后得之监守者云，阿术言文丞相不语，肚里有偻㑩[③]。彼知吾不心服也。

跨江半壁阅千帆，虎在深山龙在潭。
当日本为南制北，如今翻被北持南。

眼前风景异山河，无奈诸君笑语何。
坐上有人正愁绝。胡儿便道是偻㑩[③]。

诗作背景

二月十八日，押送文天祥的船到达镇江。当时，元朝丞相阿术驻守在长江北岸、大运河口的瓜州，他要所谓的祈请使们十九日到江北去见他，也带了文天祥一起去会见。见面时，阿术摆出了一副胜利者姿态，目中无人，满口大话。祈请使中的一些软骨头，都对阿术大加奉承，奴颜婢膝。文天祥气得眼睛都要裂开，始终没有搭理阿术。后来听看押的人说，阿术曾经表示，文天祥一言不发，肚子里还是另有打算。这两首绝句，记录了文与阿术见面的情景。

词语注解

①瓜州：在镇江对面的长江岸边，大运河过江的入口处，是重要的战略要地，十分险要。

②鲜腆：骄傲、矜持的态度。

③偻㑩：我国北方俗语，即肚子里另有打算，远没有完结的意思。

诗义串释

险峻的山崖直立在滚滚长江之上，站在这里可以遍览长江上来往的船帆；多么险要的形势啊，像猛虎藏在高山，蛟龙潜在深潭。原来，我们打算在这里据险扼守，控制北来的元军；哪里想到，这险峻的山川竟为敌人所利用，我们反而遭遇到艰难。

眼前风景和过去并没有两样，但又让人觉得，山河已不是过去的山河；令人奇怪的是，在这种氛围下，号称祈请使的大人先生们，怎么还如此兴高采烈？当然，座中也有人为了国破家亡愁苦沉默；占领者便很不满意地发话了：看来，你心里还是另有打算，难免要出一些偻㑩。

吊战场

连年淮水上，　死者乱如麻。
魂魄丘中土，　英雄粪上花。
士知忠厥主，　人亦念其家。
夷德[①]无厌甚，皇天定福华。

诗作背景

这首诗是作者渡江到瓜州时，眺望江淮大地后写出来的。作者对江淮大地所受的战争灾难，怀有沉重的忧郁，又对江北的军民寄托着极大的希望。

词语注解

①夷德：就是常道，也即是关系着众人命运的正常法则。《诗经·大雅·烝民》："天生烝民，有物有则，民之秉夷，好是懿德。"

诗义串释

广袤的江淮平原上，经过了连年的征战，死难的人像难以理清的乱麻。一个个活人变成坟墓中的土壤，无数英雄像施肥盛开的鲜花。读过书的士人，都知道应当忠于自己的君主；广大百姓没有人不关怀各自的故家。关系众人命运的正常法则，是难以违背的，上天会决定人的福祉，未来充满了希望，幸福总会开花。

回京口

予回京口，幸得间问舟，为脱去计，连日不如志，赋是诗。

早作田文①去，　终无苏武留。②
偷生宁伏剑，　忍死欲焚舟。
逸骥③思超乘④，　飞鹰志脱鞲⑤。
登楼望江上，　日日数行艘。

诗作背景

自二月十九日去瓜州，当日返京口后，至二十九日逃脱，作者在京口整整住了十天。开头几天，文天祥为逃脱做准备，很不顺利，写作了这首诗。

词语注解

①田文：指孟尝君。整句诗是说，如果像孟尝君偷出函谷关那样，逃脱而去。

②终无苏武留：比喻自己便不会像汉代苏武那样，被元军扣留。

③逸骥：奔跑、逃脱的马。

④超乘：原指跳上战车，向前进攻。这里是指向前猛跑，超过其他奔马。

⑤脱鞲：鞲为射箭、驾鹰专门制作的皮革臂套。这里是说，鹰并不情愿立在这样的臂套上，而是有志于高飞。

诗义串释

如果我能像孟尝君那样，逃出敌人的掌握，就不会如同苏武那样遭到扣留。为了留下生命恢复旧国，宁愿伏在剑下低眉俯首；有时候情愿忍痛一死，竟幻想放火烧掉自身乘坐的船舟。啊！多么想像一匹狂奔的骏马飞驰而去，又多么想像一只雄鹰脱掉羁绊高飞遨游。权且登上楼阁吧，不妨再去眺望着奔流的长江，细数江上一条接一条的行舟。

思小村[①]

春云惨惨兮，　春水漫漫。
思我故人兮，　行路难。
君辕以南兮，　我辕以北。
去日以远兮，　忧不可以终极。
蹇予马[②]兮江皋，　式燕[③]兮以游遨。
念我平生兮，　思君郁陶[④]。
在师中兮，　岂造次之可离。
忠言不闻兮，　思君忸怩。
毫厘之差兮，　天壤易位。
驷不及舌兮，　脐不可噬。[⑤]
思我故人兮，　怀我亲。
怀我亲兮，　思故人。
怀哉怀哉，不可忍兮，不如速死。
慨百年之未半兮，胡中道而遄止。
鲁连子兮，　义不帝秦。
负元德[⑥]兮，　羽不名为人。[⑦]
委骨草莽兮，　时乃天命。
自古孰无死兮，　首丘[⑧]为正。
我行我行兮，　梦寐所思。
故人望我兮，胡不归，胡不归。

诗作背景

在京口停留的十余日内，文天祥一面应付着看押自己的敌人，一面紧张地做着逃跑的准备，他的思想翻滚起伏，波动极大。这首思念他同乡挚友刘小村的诗，既抒发了他磊落的胸怀，也描绘了他细致的情感，读了可以更加深切地理解他的精神世界。

词语注解

①小村：姓刘，是江西庐州人，文天祥的同乡。刘小村名洙，《宋史》又作沐，疑有误。字渊伯。文与刘是邻居，自幼年时即为挚友，后随文起兵勤王，赞助机宜。文被元军扣留后，刘小村领兵返回江西，后文逃脱继续抗元，刘小村又领兵与文会合，后兵败，在南昌被元军杀害。他的大儿子与他一起被杀，二儿子在战乱中死难，小儿子跟随文天祥在广东战死。

②蹇予马：我的跛足马。

③式燕：意为用来。《诗经·小雅·鹿鸣》："我有旨酒，嘉宾式燕以敖"。

④郁陶：思念之意。《楚辞·九辩》："岂不郁陶而思君兮。"

⑤脐不可噬：噬脐，后悔已晚。北齐颜之推《颜氏家训》有："虽得免死，莫不破家，然后噬脐，亦复何及。"

⑥元德：大德，皇帝的恩德。《书经·酒诰》："兹亦惟天若元德。"

⑦羽不名为人：羽，指飞鸟，无名的飞鸟却成了人物。

⑧首丘：首，指头；丘，指狐穴所在的方向。《楚辞·九章·哀郢》："鸟飞返故乡兮，狐死必首丘。"传说狐死其头朝向巢穴的方向，后指人死时怀念故乡为"归心首丘"。

诗义串释

春天的云霭是这样惨淡啊，春水是这样漫漫无边。我多么思念老朋友啊，我们相隔得竟是这样遥远。你的车子向南行驶啊，我乘车前进的方向却和你正向违反。我离开太阳一天远似一天啊，忧心忡忡，无以舒缓。我的马已疲惫跛腿，不过才走到江边。我虽遨游大地，心里却没有一丝喜欢。一面走，一面回想我的生平啊，对你，我真有无尽的思念。我是在敌军的看押之中啊，想乘隙逃脱，真比登天还难。可惜我没有听从你的忠告啊，想起来还难免汗颜。正确、错误只是毫厘之差啊，结果却像是把天地翻转。再快的骏马也追不上语言啊，时机丧失，后悔已晚。思念老朋友啊，我的亲人。思念亲人啊，我的老朋友。无尽的、无尽的思念啊，难以忍受，不如把生命交还上天。只可惜百年未过一半啊，怎能够把征程中断。应当学习战国时的鲁仲连啊，决不接受异国的统治，义正辞严。我有负皇帝的大德啊，从一个无名小辈，戴起了官宦的冠冕。即使是把一把骨头抛弃在荒野之中啊，实在是命运使然。自古以来，作为人谁能离开死亡的归宿啊，我只希望魂归生我养我的乡关。向前行进，我还是继续前行啊，我还有梦寐以求的思念。我的老友是不是也在盼望着我啊，为什么还不回还，为什么还不回还？

沈颐家

予回京口，北人款之府中[①]。余不得离。岸上得沈颐家坐卧[②]，北不意予为逃计也。

孤舟霜月迥，　晓起入柴门。
断岸行簪影，　荒畦落履痕。
江山浑[③]在眼，宇宙付无言。
昨夜三更梦，　春风满故园。

诗作背景

在瓜州见过阿术以后，文天祥当天又被押回京口。由于他一直想着逃跑，提出来不愿在镇江府衙内居住，押解的元军，没有想到他有逃跑的打算，竟答应了他。在众多随从的协助下，他找到一个姓沈名颐的民家住宿。在沈颐家，他策划、实施了京口逃脱的整个过程。这首诗描绘了他对逃出虎口的执着与向往，具体而细微的情景。

词语注解

①府中：镇江府衙。

②坐卧：活动、休息的处所。

③浑：完全的意思。

诗义串释

江中的孤舟像天际的霜月一样遥远，晨光初起照进了柴门。江边陡峭的峭壁上，映着匆忙行走的人影，头上都顶着绾发的长簪；种植蔬菜的田圃荒废已久，菜畦里忽然落下错落了鞋印。……登上远航的船舷，祖国无限江山尽在眼前，广阔的天地沉默无言，万籁齐喑。啊，终于逃脱了敌人的羁绊，恢复故国的梦想，已经实现成真。早晨醒来，回味着三更时的梦境，太美了，真像是在温馨的故乡一样，迎来了温馨之春。

卷三

脱京口十五首

二月二十九日夜，予自京口城中，间道[1]出江浒登舟，泝[2]金山，走真州。其艰难万状，各以诗记之。

定计难

予在京城外，日夜谋脱不得。间者谢村几去，至平江欲逃，又不果。至镇江，谋益急。议趋真州[3]，杜架阁浒与帐前将官余元庆实与谋。元庆，真州人也。杜架阁与予云，事集万万幸。不幸谋泄，皆当死。死有怨乎。予指心自誓云，死靡悔。且办匕首挟以俱，事不济，自杀。杜架阁亦请以死自效。於计遂定。

南方人人苦泣岐[4]，壮心万折誓东归。
若非斫案[5]判生死，夜半何人敢突围？

谋人难

杜架阁如颠狂人，醉游於市。遇有言本朝而感愤追思者，即捐金与之，密告以欲遁之谋，无不愿自效，以无舟而辍。前后毋虑十数，其不谋泄，真幸耳。

一片归心似乱云，　逢人时漏话三分。
当时若也[6]私谋泄，春梦悠悠郭璞[7]坟。

踏路难

京口无城，通衢多隘，去江向十里。偶得一老校马[8]，引间道出三数巷，即荒凉野，走至江岸，路颇近。若使不知间道，只行市井正路，无可出之理。

烟火连甍铁瓮关，　要寻间道走江干[9]。
何人肯为将军地[10]，北府老兵思汉官。[11]

得船难

北船满江，百姓无一舟可问。杜架阁与人为谋，皆以无船长叹而止。是后，余元庆遇其故旧为北管船，遂密叩之，许以承宣使[12]、银千两。其人云，吾为宋救得一丞相回，建大功业，何以钱为？但求批帖[13]，为他日趋承[14]之证。后授以一批帖，约除廉车，及强委之白金。义人哉。使吾无此一遭遇，已矣。

经营十日苦无舟，　惨惨椎心[15]泪血流。
渔父[16]疑为神物遣，相逢扬子大江头。

绐[17]北难

自至镇江，即谋船不可得。至二月二十九日，方得之，喜甚。是午，过瓜州。贾余庆诸人皆渡矣。惟予与吴丞相在河次，得报最迟。於是托故，以来日同吴丞相渡江。幸而北不见疑，驱迫稍缓，是夕遂逃。若非得此一绐，从前经营，皆枉用心，惟有死耳，岂不痛哉。

百计经营夜负[18]舟，仓皇谁趣[19]渡瓜州？
若非绐虏成宵遁，　哭死界河天地愁。

定变难

老兵即踏路之人，杜架阁日与之饮，颜情甚狎。是夜，逃者十二人，二人坐舟，犹有十人。作一阵走，恐出门大冗[20]，则事易知觉。路必过老兵之门，於是遣三人先就老兵家，伺过门同遁。忽老兵中变，醉不省，其妻诘问之，欲唤四邻发觉。一人亟走报杜架阁，亟呼老兵出来，直至吾前藏之帐中。三人者同时而回。老兵酒醒，以银三百星系其腰，云，事至与之。遂至二更，引路而行。是举垂成，几为老兵老妪所误。全得杜架阁机警，故徂诈之，将作敌者，又随作使耳。危哉危哉。

老兵中变意差池[21]，仓卒呼来朽索危[22]。
若使阿婆真一吼，目生[23]随后悔何追。

出门难

北始款诸宰执於镇江府，惟吴丞相以病不离舟。予为遁计，宿府治，一夕，即托故还里河舟中，北亦不之疑。予遂於河近，得沈颐家坐卧。初，北分遣诸酋，监诸宰执。从予者曰王千户，狠突可恶，相随上下，不离顷刻。予在沈颐家，彼亦同卧席前后。是夜予醉，居亭主人复醉王千户者，伺其寝熟，启门而出。使微有知觉，吾事殆哉。

罗刹[24]盈庭夜色寒，人家灯火半阑珊。
梦回跳出铁门限[25]，世上一重人鬼关。

出巷难

北遣兵龊巷，禁夜不得往来。先是，有一酋忽入沈颐家。予问何人。刘百户。问何职。管夜禁。问官匀当何如。曰，官灯提照。往来从便。杜架阁闻之，即随刘百户出，强与之好。己而约为兄弟，拉之饮于妓舍，杜强刘宿，刘俾[26]杜欢。杜云。我随丞相在此，夜安置后方可出，怕禁夜耳。俺送尔灯，俺送小番[27]随着不妨事。杜遂约。后夕果如约，予变服色，随杜出，诸巷皆不呵问。杜至人家渐尽处，即以银两与小番，约之便归，来日候于某所。小番方十五六岁，无知，於是得遁。

不时徇铺[28]路纵横，　小队戎衣自出城。
天假汉儿灯一炬，　旁人只道是官行。

出隘难

北於市井尽处设险，以十余马拦路。予等至隘所，马惊，意甚恐。幸北军皆睡，因得脱。

袖携匕首学唧枚[29]，横渡城关马欲猜[30]。
夜静天昏人影散，　北军鼾睡正如雷。

候船难

予先遣二校坐舟中，密约待予甘露寺[31]下。及至，船不知所在，意窘甚。交谓船已失约，奈何。予携匕首，不忍自残。甚不得已，有投水耳。余元庆褰[32]裳涉水，寻一二里许，方得船至。各稽首[33]以更生为贺。

待船三五立江干，眼欲穿时夜渐阑。
若使长年期不至，江流便作汨罗[34]看。

上江难

予既登舟，意泝[35]流直上，他无事矣。乃不知江岸皆北船，连亘数十里，鸣梆唱更，气焰甚盛。吾船不得已，皆从北船边经过，幸而无问者至七里，江忽有巡者。喝云，是何船。哨答以河鲀[36]船。巡者大呼云歹船。歹船者，北以是名反侧奸细之称。巡者欲经船前，适潮退搁浅不能至。是时舟中皆流汗。其不来，侥幸耳。

蒙冲[37]两岸夹长川，鼠伏孤篷棹向前。
七里江边惊一喝， 天教潮退阁巡船。

得风难

予方为七里巡船所惊，忽有声如人哨，齿甚清丽。船梢立船头拜且祷曰，神道来送。问何神，曰江河田相公也。即得顺风送上。

空中哨响到孤篷，尽道江河田相公[38]。
神物自来扶正直，中流半夜一帆风。

望城难

初得顺风，意五更可达真州城下。风良久遂静，天明，尚隔真州二十余里。深恐北船自后追蹑，又惧有哨骑在淮岸，一时忧迫不可言。在舟之人，尽力摇桨撑篙，可牵处沿[39]岸拽缆，然心急而力不逮，既望见城，又不克进。甚矣，脱虎口之难。

自来百里半九十，望见城头路愈长。
薄命只愁追者至，人人摇桨渡沧浪[40]。

上岸难

真州濠[41]与江通，然潮长，舟方可到城。是日泊五里，遂上岸。城外荒凉，寂无人影，四平如掌，一无关防，幸而及城门无他虑。当行路时，盼盼回首，惟恐有追骑之猝至。既入城门，闻昨日早晨，哨马正到五里头。时三月朔[42]云。

岸行五里入真州，城外荒荒鬼也愁。
忽听路人嗟叹说，昨朝哨马到江头。

入城难

既至真州城下，问者群望，告以文丞相在镇江走脱，径来投奔城子。诸将校皆出，即延入城。苗守迎见，语国事移时，感愤流涕，即款之州治中，住清边堂，然后从者之始至也。引至直司㊸，搜身上军器，既知无他，然后见信。其关防之严密如此，向使恐疑横於胸中，闭门不受，天地茫茫何所归。嘻，危哉。

轻身漂泊入銮江㊹，太守欣然为避堂㊺。
若使闭城呼不应，人间生死路茫茫。

诗作背景

文天祥和他的随从们在镇江整整住了十天。这十余日，可能是押送的元军要办一些事情，这便给了文天祥逃脱的良机。他在以杜浒、余元庆等为首的随从们的协助下，不畏千难万险，于二月二十九日深夜逃出了虎口。《脱京口》是由十五首诗组成的组诗。这组诗，真实、细致、生动、深刻地描绘、记录了逃脱的全部过程，每首诗的标题上都有一个“难”字，十五首诗写了十五个“难”字，足见逃脱是难上加难。估计写作的时间，当在作者到达真州以后，以极短时间很快写成的。

《定计难》是组诗的第一首，专写决策逃脱的不易。当时跟随文天祥北上的义士共十二人，他们是：杜浒、余元庆、金应、张庆、吕武、夏仲、王青、邹捷、李茂、吴亮、肖发等。自从他们被迫北上开始，文天祥便和义士们一起，谋划逃脱，在谢村，没有逃成，在平江，又没有逃成。到了镇江，他们经过进一步的谋划，确定了逃脱后投奔江北的真州。当时江南到处是元军，很难行动，而江北真州至扬州一线，宋军仍然占据着城池，并未被元军攻下。参与谋划的除杜浒以外，还有余元庆，他原来是文天祥的帐前将官，又是真州人，了解一些江北情况。所以就这样下定了决心。杜浒经过深思熟虑，向文天祥提出来：如果逃跑成功，当然是万幸，万一泄露了，大家便要被处死，可不能后悔。文天祥手指心窝说：死而无悔！我买把匕首藏在身上，逃不脱，一定自杀。杜浒也表示：情愿一死，力争完成逃脱的计划。

杜浒担当起最艰巨的任务：寻找支持逃脱的合谋者。他装成疯癫的模样，再喝些酒，到街上到处游逛。一遇上怀念宋朝的人，便想方设法给予些银钱资助，然后请求帮助逃脱，找到的人没有不愿帮助的，但都因为没有船只得作罢。这样，前后共找了十几个人，竟没有泄露，不能不说够幸运的。

京口是个很繁盛的码头市镇，虽没有城池，沿江形成的大街有十里之长。为了加强控制，元军在这条长街上设立了许多关卡，盘查来往行人。文天祥随从的义士们无意中认识了一位为元军养马的老人，老养马人领他们走了一次江边，不走大道，只走三五条小巷，便到了野外，去江边近了许多，又躲开了哨卡。如果不知道这条近路，简直没有办法走出市镇。

文天祥策划脱逃，没有船是不行的。当时长江上帆樯林立，全都是元军管辖下的军用船只，老百姓一条船也没有。杜浒装疯卖傻到处找船，很多人想帮忙，但因为没有船，只得长叹一声作罢。后来，余元庆遇上一个老朋友，他专职替元军管理船只。余元庆找他，秘许将来给他承宣使的官衔，一千两银子，请他想法找船。他回答说，我能够替宋朝救回一个丞相，这是建立一大功劳，要银子干什么？我只希望给我写一张文书，将来我要求见官府时，可以作为证明。后来，文天祥果然给他写了一张文书，答应给他承宣使的官。他虽然不要钱，但还是强行劝说他收下一些银子。文天祥十分感动，称这个人是“义人”，如果没有这一遭遇，逃亡只是一番空想。

余元庆的老朋友答应给船，是二月二十九日谈妥的。文天祥和随从的义士们正暗自庆幸，中午接到元军的通知：立即过江到瓜州去。据说，已做好北行的准备。贾余庆等人也都过了江。只剩下文天祥和吴坚两人未走，因为他们住在河边，接到通知最晚。这怎么办呢？按元军的通知办，便要前功尽弃，不按元军的通知办，必须假托缘故。文天祥假装准备不及，推托到第二天过江。及至听说吴坚也要求第二天过江，文更推托说第二天和吴丞相一起走。元军没有想到他打算逃跑，只得答应了他。正是这天晚上，文天祥和随从他的义士们，逃出了樊笼。没有这次推脱，逃跑的梦想只能烟消云散。

为元军养马的老兵，答应了给文天祥等人领近路去江边。杜浒和他成了好朋友，每天拉他喝酒。到了逃走的这天，文天祥和杜浒等人商量，一起逃走的共有十二人，准备派两个人先到船上，还有十个人一起走。他们怕一起走的人太多，易于被元军发觉。便想到养马老兵的家正好在必经之路上，先派三个人到养马老兵家里，等后面的人到老兵家时再一起走。万没有想到，三个人到了老兵家里，情况发生了变化。老兵唱醉了酒，怎么叫也醒转不来。老兵的妻子连声发问，不知怎么回事，接着要去喊叫邻居。三个人连忙劝住老太婆，派人回来叫杜浒。杜浒对付老兵确实有些办法，他先把老兵拉出家来，几个人回到文天祥的住处，把他安置在蚊帐中休息。然后，用一个布口袋装上不少银子，等老兵酒醒，给他系在腰里，告诉他，领过路，银子便给他了。这样二更时分，才由老兵带领，十个人一起走小路奔赴江边。这首《定变难》，是专记这一具体过程的。作者害怕“几为老兵老妪所误”，连呼“危哉危哉”，也深自庆幸“全得杜架阁机警”，“将作敌者，又随作使耳”。

燃起文天祥逃亡希望的是一次偶然机会，那还是到达镇江之初，去江北瓜州见阿术回来，本来元军把北去的宋朝官员全都安置在镇江府衙内住宿，吴坚突然有病，提出来要住在船上。于是，文天祥也要求回船上住，元军没有怀疑，便答应了。文天祥又进一步要求在河边附近找民居借住，这才到了沈颐家来。元军对北去的宋朝官员监视得很严，每个人都派有专人看管。看管文天祥的是个姓王的千户，更是凶狠狡诈，始终跟随着文天祥不离开半步。文天祥住在沈颐家，他也跟着住在沈颐家，两个人的床相离不远。到了逃亡的夜晚，文天祥和房东两个人拉王千户喝酒，文天祥先假装喝醉，房东又陪王千户继续喝，一直喝到王千户醉倒、睡熟，文天祥等人才开始行动。

文天祥谋划逃亡，克服了重重困难。还有一道难关，怎样在夜禁中行动？元军在京口这样重要的城镇，夜间岗哨林立，要戒严不许随便行动。为了夜间行动方便，他们动了不少心机。有一天，一个元军头目到文天祥住处来，文便问他姓名，他答姓刘，官为百户。文又问他管理什么职守，他答专管夜间的戒严。文问戒严了官家怎样行动，他答提了官灯便可以任意往来。摸到这些情况，杜浒便和他交上朋友，一起吃喝，情同兄弟。逃亡的这天夜里，杜浒约了刘百户，到一家妓院喝酒，杜浒安排他住下，他拉杜浒也不要走。杜浒告诉他，回去还要照顾文丞相，等安置好了文丞相，便可回来；怕的是戒严，回来有困难。刘百户酒喝了不少，便拍着胸脯说，怕什么戒严，俺派个小兵，提了官灯送你！就这样，小兵提了官灯送杜浒，文天祥等人换上普通人衣服，跟随杜浒走出街巷。到了街巷尽头处，杜浒给了小兵一些银子，骗小兵说，你先回去，我随后就来，如来不了，明天我再找地方请刘百户喝酒，见面时交还你灯。小兵只有十五六岁年纪，还是个不懂事的孩子，便听了。文天祥、杜浒等人才得以逃脱。

这是逃离市镇的最后一个关口了！在街区的尽头，元军哨兵们把十几匹马拴在街口处，人找地方睡觉去了。文天祥一行走过马旁，马忽然惊恐不安起来，有的惊叫、有的跳跃，把人吓得心脏狂跳起来。也许是元军哨兵们睡得太死，竟没有听到马的骚乱，他们逃出了最后一道关口。

文天祥的逃亡计划部署得十分周密。余元庆已和管理元军船只的老友约定，船停在甘露寺下面等候。为了不至出现差错，他们还先期派了两个人到船上来。哪里想到，文天祥等人费尽千难万险，来到甘露寺下的江边，江水滔滔，根本不见船的踪影。呼喊，是危险的，岂不是告知敌人？等待，又将等到何时，万一元军发觉追来，还不是束手就擒？文天祥暗暗握紧了藏在衣下的匕首，但又觉得自裁还不是时候，到紧急的时刻，还有纵身跳入长江的办法，于是隐忍着、隐忍着。余元庆也不明究竟，为什么约定得清清楚楚，船却不见了呢？他把衣服往上一提，沿着江岸涉水寻找船的踪迹。还好，找出去一二里路，在江雾迷蒙中找到了船。文天祥一行不禁向天作揖行礼，感谢上天，有了生路。

文天祥一行上了船，大家不约而同地舒了一口气，觉得船将逆流而上，不会再有什么麻烦事了。他们没有想到，沿着长江岸边，停泊的全是元军的船舶，几十里路，一只挨着一只。船上敲梆打更，鸣锣放哨，文天祥等人乘的船，只能从这些船边擦帮而过。走了一段时候，忽然遇上一只元军巡逻的船，船上喊问：什么船？回答，河鲀船！对面大喝一声：歹船！巡逻船要追到船前，逼迫文天祥的船停下来。就在这千钧一发的时候，文天祥等人不由得汗流浃背，做好应付紧急局面的准备，巡逻船突然停住不走了。船家们都是驾船的里手，知道由于潮退水浅，元军的巡逻船被搁浅了，于是，猛摇橹、棹，摆脱了敌船。

元军的巡逻船被抛在后面。忽然听得船篷上一声尖锐的呼啸，很是动听，像有人吹起口哨。船家们在船头上认真地跪拜行礼，感谢相助的神道。一阵顺风吹过来，船疾速地向上游飞跑。

有了难得的顺风，预计五更时分便可到达真州城下。不想夜深、人静、风竟渐渐停了。天色渐明，离真州城还有二十多里路程。这时，文天祥一行又焦躁起来，既害怕元军派船追来，又怕岸上有骑兵巡查。于是，有人帮着划桨，有人帮着撑篙，有时还跳上岸帮着拉纤。远远地看见城墙了，但是，可望而不可及，硬是到不了眼前。

听船家们说，真州城下的护城河，虽和长江相通，但只有涨潮时才过得去。他们已急不可待，嫌船走得太慢，时间更不能拖延，怎能等待潮涨？文天祥到了离城五里的地方，便离船登岸。只见岸上一片荒凉，不见人影，不闻鸡鸣，苍莽的平原尽头，看得见黑黑的城堞。在他们走近城池的路上，遇见几个行人，打问之下，才知道眼前的城池正是真州。

文天祥一行人来到真州城下，立即被城边的百姓和一些守城士兵们围观起来。大家都问，你们从哪里来？他们告诉大家，是文丞相从镇江逃脱，来投奔真州。这时，一些军官也都出来了，即请文丞相进城。接着，驻守真州的将军苗再成也来迎接，两个人谈说着国事，都激动得涕泪交流，情绪感愤。文天祥被接待至州府之中，住在清边堂。等文天祥的随从们全部到齐，把他们领到值班的厅堂，搜查他们的兵器，因为他们没有兵器，才相信不疑。这时，文天祥暗自庆幸，如果苗再成对他们不信任，不许进城，天地茫茫，何处是归宿呢？

词语注解

①间道：近道。

②泝：逆水上行。

③真州：今江苏省仪征市。

④泣岐：泣为哭；岐是发岔的道路；泣岐，即见到发岔的道路，不知应当怎样走而哭泣。典故见《淮南子·说林训》："杨子见逵路（岐路）而哭之。"

⑤斫案：用刀砍案。汉献帝时，曹操在襄樊打败刘备后，顺流而下威胁东吴孙权，东吴有人主张归降，周瑜力主迎战，孙权拔刀斫案，并说"敢复言迎操者，与此案同"。

⑥若也：若是如果的意思。

⑦郭璞：晋代文人，因劝阻王敦谋反，为王所杀，相传其墓在金山脚下。

⑧老校马：就是养马的老军人。在周代时称养马人为校人。

⑨江干：江边。《玉台新咏》梁元帝"乌栖曲"之一："复值西施新浣纱，共泛江干瞻月华。"

⑩将军地：为将军留了余地。《史记·魏其武安侯列传》："武安谓灌夫曰：'程、李俱东西宫卫尉，今众辱程将军，仲孺独不为李将军地乎。'"

⑪北府老兵思汉官：是用汉光武帝的典故，光武帝定都洛阳、即帝位，一些汉朝原来的校尉老兵掉着眼泪说：不图今日复见汉官威仪。用在这里是比喻一些汉族老兵仍然心向宋朝。

⑫承宣使：是宋朝的一种官职，原名节度观察留后，职责很像以后有的廉访司，故此又称廉车。

⑬批帖：一种官府的文书。

⑭趋承：下级去会晤上级。

⑮椎心：人在悲痛时用手拍打胸部的动作。

⑯渔父：渔翁，这里指余元庆的老朋友，为元军管理船只的人。用“渔父”辞语，也是用伍子胥的典故来作比喻。春秋时，楚平王杀掉伍子胥一家，伍子胥逃奔吴国，走到江边，无船可渡，这时遇上一打鱼的渔父，渔父渡伍过江，救助了伍子胥。

⑰绐：欺骗。《史记·高祖纪》：“乃绐为谒曰‘贺钱万’，实不持一钱。”

⑱负：本意是背扛物，引申有负责、责任等含义。这里是指已经约定了逃亡的船，有一定的责任之意。

⑲趣：催促。《史记·陈涉世家》：“趣赵兵亟入关。”

⑳大冗：众多，繁杂。

㉑差池：差错，错误。

㉒朽索危：指腐朽的绳索，容易中断，十分危险。

㉓目生：指没见过的生人。

㉔罗刹：全名为罗义莎，原指印度土著民族，后雅安利人占领印度后，专指恶人恶事，后更专指恶鬼。

㉕铁门限：比喻为人鬼之分的界限。宋代范成大《石湖集》《重九日行营寿藏之地》诗句：纵有千年铁门限，终须一个土馒头。

㉖俾：使的意思。即杜让刘在妓舍住宿，刘也想使杜得到欢乐。

㉗小番：指元军小兵。番为古代对其他民族的卑称。

㉘徇铺：据《文天祥全集》卷十三校勘记载，明钟越刻本此辞作“巡铺”。用巡铺较好，意为巡逻。

㉙啣枚：枚，古代军人用物，形如筷，两端有带，可系颈上。袭击敌人时，令士兵啣于口中，以避免出声，引起敌人警觉。这里说“学啣枚”，力求肃静。

㉚猜：怀疑，警觉。

㉛甘露寺：在江苏镇江北固山上。三国时，吴国所建，宋代曾迁建。相传建寺时曾降甘露，故名。

㉜褰：揭起衣服。《楚辞·九章·思美人》："因芙蓉以为媒兮，惮褰裳而濡足。"

㉝稽首：古时所行的跪拜礼。

㉞汨罗：汨罗江。借用屈原投身汨罗江的典故，比喻如屈原一样投身于长江。

㉟泝：见本诗注释②。

㊱鲀：一种鱼类，多生于海洋，少数生于淡水。种类较多，不少种类，血液有毒。

㊲蒙冲：同艨艟，古代战船。《后汉书·祢衡传》："后黄祖在蒙冲船上大宴宾客。"

㊳江河田相公：由于在水上驾船，与自然气象关系密切相关，古代对一些自然现象难以解释，只好归结到迷信。这里说的田相公，是因盼望顺风，就真的来了顺风，为什么如此巧合？神助。什么神？有多种多样，但都是在水上活动的劳动者创造的，这次是田相公。

㊴沿：沿字。

㊵沧浪：指青色的河水。晋·陆机《塘上行》："发藻玉台下，垂影沧浪泉。"

㊶濠：护城河，也可作壕。《文选·江淹诗·刘太尉琨》："饮马出城壕，北望沙漠路。"

㊷朔：农历每月初一。

㊸直司：指挥机构的值班处所。

㊹銮江：真州别名。

㊺避堂：停止坐堂审理公务。

诗义串释

定计难　是往南还是往北呢？不少人面对着岔路都要苦苦地作一番抉择；我和随行的义士们，壮志不改初衷，决心北渡长江东逃，从海上奔向故国。如果不是像孙权那样用刀斫案，定下逃跑的决策，谁人敢在深更半夜去突破敌人的重重封锁？

谋人难　回归抗元队伍的思绪，始终在心头缭绕，像空中的乱云；见到人便想求人帮助，逃脱敌人的监管，但心里的话只能讲到三分。万一泄露了逃亡的谋划，只得和郭璞一样，长眠在金山脚下的一片乱坟。

踏路难　在这人烟稠密、古有铁瓮关之称的京口，想逃亡出去谈何容易；一定要寻找一条小路通向长江岸边，才能上船逃逸。什么人能够像古人那样，肯于为“将军”留下一些余地？幸好，老校马还心向宋朝，如同汉光武帝时的校尉，思念着汉官威仪。

得船难　活动了十天，深深苦恼找不到船舟；心中急躁，恨不得捶打自己的胸口，让血与泪一起涌流。像春秋时代的伍子胥，在紧急时刻遇上渔父，上苍派来了救助我们的人物；我们终于和义士相逢，在波涛浩渺的扬子江头。

给北难　千方百计苦苦经营，终于约定了逃亡的船舟；没有想到，恰在这时元军来催促要渡江前去瓜州。如果不欺骗敌人、坚持完成深夜逃脱的计划，在这分界南北的长江之上痛哭而死，天地都帮不了忙，只能陷入无边的悲愁。

定变难　养马的老兵突然变卦，让人觉得这个人做事糊涂；老兵的妻子要去寻找邻居，更让人觉得像朽绳中断，打乱了逃走的全部图谋。假如老太婆真的放开嗓门狂喊，一些生人挺身进来，逃走的企图难免不被暴露。

出门难　恶鬼一样的人物，还在庭院之中活动，让人觉得黑暗的夜色分外清寒；江城的千家万户，不少已燃起灯光，正是灯火阑珊。噩梦即将醒觉，我和伙伴们一定要跳出这钢铁的门限，人世间人、鬼分野的重关。

出巷难　道路是那样交叉纵横，经常需要绕行；我们都换上元军的短衣，排成一个松散的小队，加快步伐，尽快出城。看起来这是一支元军在进行巡逻，手里还打着他们独有的灯笼。

出隘难　袖子里携带了匕首，紧闭着嘴巴，学着古代军人的啣枚疾走。眼看要跨过最后一道关卡，引起一阵马的骚乱，马似乎在怀疑我们有什么“阴谋”。好在暗夜寂寂，天色昏迷，并没有惊起哨兵的酣睡；听，一片鼾声，如同牛吼。

候船难　寻找啊，寻找；等待啊，等待。我们一行人，三个一伙，五个一摊，站立在江边；望眼欲穿，夜色将阑。如果约定的船不能来到，终于失约，我只能把滔滔的长江，当作屈原葬身的汨罗，完成自己的心愿。

上江难　长江两岸停泊了数不清的敌船，把浩瀚的江流挤成一条狭长的河川；我们坐的孤舟像一只伏行的老鼠，不断地滑行向前，向前。船到七里，只听得一声断喝，巡查的船追上来了；没想到江水正在退潮，巡查船被搁浅在沙滩。

得风难　只听船帆上一声清脆、悠长的哨响，船家们个个把手臂高扬；感谢您啊田相公，在这紧要关头您来相帮。崇高的神仙自应扶助人间的正道，虽然在深更半夜，却送来满篷顺风。

望城难　古人有训：走一百里路，要以九十里路作为中途，真是很有道理。已经望见了城头，就是难以走到，路似乎是更加漫长。我们这些人命运不好，会不会功败垂成，在最后途程上被敌人追上？也许是船太慢了，让我们一齐摇橹，飞过这似乎无边无际的水乡。

上岸难　舍船登岸，再走五里便可到达真州。可是，城外郊区榛莽遍地，鬼来到这里也会为荒凉感到发愁。好了，总算遇见了行人。只听他们愁苦地叹息：快走，今天还不知命运若何？昨天，元军的骑兵还来过这边的江头。

入城难　像一群漂泊者，在逃脱敌人的扣压之后，轻身来到真州；真州的太守暂时放下其他公务，高兴地来接待我们，将我们一行收留。想起来不免后怕，如果闭上城门不许进城，呼唤也不理睬，我们一行人前路茫茫，是生是死便难以探求。

真州杂赋七首

予既脱虎口至真州，喜幸感叹，靡所不有，各系之以七言。自正月二十，羁縻北营，至二月二十九一夜，京口得脱，首尾恰四十日。一入真州，忽见中国衣冠，如游浪人乍归故乡，不意重睹天日至此。

一

四十羲娥[①]落虎狼，今朝骑马入真阳[②]。
山川莫道非吾土，　一见衣冠是故乡。

二

予入真州，聚观者夹道如堵[③]。东坡云，被天津桥[④]上人看杀。久无此境界矣。

聚观夹道卷红楼[5]，夺得南朝一状头[6]。
将谓燕人骑屋看，　而今马首向真州。

三

京口船与梢人[7]，北人皆有籍[8]。予所得船，乃并缘北船贩私盐者，船与二水手，皆籍所不及，予是以得济。岂非天哉。

卖却私盐一舸回，　天教壮士果安排。
子胥[9]流向江南去，我独仓皇夜走淮。

四

予以夜遁，北人来早方觉，而吾已在汶上[10]矣。

便把长江作界河，　负舟半夜泝烟波。
明朝方觉田文[11]去，追骑如云可奈何。

五

予逃之明日，北人大索民间，累南人甚多。然予逝矣，不可得矣。

十二男儿夜出关，　晓来到处捉南冠[12]。
博浪力士[13]犹难觅，要觅张良[14]更是难。

六

三月朔旦[15]，予在真州城内，贾余庆在瓜州。皆淮境也，而南北分焉。哀哉。

我作朱金沙上[16]游，诸君冠盖渡瓜州。
淮云一片不相隔，　南北死生分路头。

七

诸宰执自京城陷后，无复远略，北人之驱去，皆俯首从之，莫有谋自拔者。予犯死逃归，万一有及国事，志亦烈矣。

公卿北去共低眉⑰，世事兴亡付不知。
不是谋归全赵璧⑱，东南那个是男儿。

诗作背景

文天祥凭着勇敢和智慧，在众人的帮助下，终于逃脱了虎口。自正月二十日遭到元军扣留以来，到二月二十九日京口逃脱，在元军的扣压下，整整度过了四十天的囚徒生活。当他历经艰险，回到尚在宋军管理下的真州，的确是高兴若狂，《真州杂赋》七首绝句诗，便是他心情的真实写照。

第二首诗是作者初到真州的具体感受。我们试想一下吧，文天祥等一进入真州城内，居民们听说当朝宰相被俘数十天，逃亡来到真州，大家一齐拥到街上一睹宰相的风采，那是多么动人的情景。

元军在京口这一长江的重要港口上，对船舶和操纵船舶的水手们，进行了严格管制，对所有的船舶和水手都作了登记。但是，不管多严密的罗网，总难免有疏漏的地方，他们搭乘的是江北到京口一带贩卖私盐的船，不论是船还是水手，都没有登记，所以让他们逃脱了。

京口脱逃，是文天祥等人在爱国精神的鼓舞下，大智大勇的壮举，也是随从文天祥的志士们与广大百姓共同支持文天祥的行动。无怪乎文天祥到达真州以后，只要一想起这次在京口的逃脱，心里便充满了自豪、得意的感情。

文天祥冒死逃亡，获得了自由，继续抗元，自是他们殷切的愿望。回头看看被迫北行的投降派贾余庆等人，自甘堕落，虽生犹死。作为诗人，怎能不发出深长的慨叹。

词语注解

①羲娥：羲，指中国古代神话中的太阳神羲和；娥，指古代神话中的月亮神姮娥，也称嫦娥。羲娥并称，喻白天、黑夜，即一昼夜。四十

羲娥，就是四十个昼夜。

②真阳：真州，今江苏省仪征市。

③堵：土墙。这里是说，老百姓听说文丞相逃亡到了真州，争着来看，人们站在路边像墙壁一样。

④天津桥：在洛阳西南方，隋炀帝大业元年迁都洛阳时建成。因在天子都城建成一座往来方便、气象宏伟的津梁，取名天津桥。唐代把桥改为石桥，唐肃宗时，广平王到达洛阳，曾在天津桥南阅兵，引起万民空巷来此观看。

⑤红楼：指富家妇女居住的红颜色的华丽楼房。白居易的《秦中吟》诗中有句："红楼富家女，金缕绣罗襦。"

⑥状头：科举时进士及第的第一人称状元，又称状头。宋时，进士的前三名，也可称状头。

⑦梢人：驾船的水手。

⑧籍：指在簿册上登记。

⑨子胥：伍员，春秋时楚人。其父伍奢被楚平王杀害，子胥逃向吴国。

⑩汶上：这是用《论语》书中闵子骞的典故。鲁国的季氏让孔子的学生闵子骞任费地的官员，闵坚辞不受，并说："如有复我者，则吾必在汶上矣。"（如果再来找我，我就一定到汶河以北的汶上去了。）意思是说，我已经走掉了。

⑪田文：孟尝君。用这个典故，是比喻作者和孟尝君逃过秦国的函谷关一样，已经逃脱了。

⑫南冠：原指战国时楚国人戴的一种帽子。后按《左传》载晋侯的典故，又指囚犯或使者。晋侯问："南冠而絷者谁也。"有人答："郑人所献楚囚也。"用在这里，作者自谓为元人的囚徒。

⑬博浪力士：河南原阳县东南有博浪沙，张良曾使力士以大铁锥击秦始皇于此，误中副车。这里是指在博浪沙勇击秦始皇的力士。

⑭张良：战国时韩国人，字子房，五代相韩，秦灭韩，曾结交力士

持大铁锥击秦始皇于博浪沙中，未中。后辅佐刘邦灭秦，封留侯。

⑮朔旦：农历每月初一，地球上看不到月亮的时段，称朔。旦则指平明或夜半。

⑯朱金沙上：指长江岸边的砂石呈赭红色。

⑰低眉：指顺从的神色。

⑱谋归全赵璧：是用战国的蔺相如完璧归赵的典故。秦王要以十五城交换赵国的玉璧，蔺相如携璧入秦，秦王看了玉璧后，并不提交换城池的事，蔺假借璧有小瑕应予指出而索回玉璧，然后责备秦王的失信，并声言如加逼迫，就撞碎玉璧，人与之共亡。秦王答应正式交割，然蔺担心秦王有变，连夜让人把玉璧送回赵国。这里是作者比喻宋朝虽然到了危亡的关头，但自己仍有决心保卫宋朝江山，如同蔺相如保持完璧一样。

诗义串释

一

落入虎狼之口整整四十个昼夜；没有想到，今天骑着马进入真州。谁说宋朝的江山大地，已经不归宋朝所有？看见了真州人穿的衣服、戴的帽子，完全像回到亲爱的家乡优游。

二

聚集起如此众多的人来观望，街上汹涌的人潮涌动于华丽的楼房。满城传颂，江上风帆送来了宋朝有名的状元丞相。他本来被押送燕都，作为俘虏让人登上房顶观看。哪里想到，经过一夜逃亡，回到真州的土地上。

三

卖掉私盐，驾起轻舟，向江北的家乡飞回；上天让驾船的壮士们，果敢地接纳了我们这些乘客，完满地做出了安排。春秋时代的伍子胥受到迫害，逃向江南的吴国；为逃脱元军的魔掌，我只能仓皇地借着夜色飞向江淮。

四

暂且以长江当作敌我分野的界河，半夜三更乘上小舟，逃向浩渺的烟波。第二天清晨元军便会发觉我已出逃，像战国时期秦人发现孟尝君的出奔。他们会集合起骑兵追赶；但是，人已飞越长江天堑，何惧他追兵如云。

五

我和随从共计十二个男子汉，深夜逃出了敌人的关隘；天亮以后，元军派兵搜拿逃犯。还记得秦末的历史故事吗？在博浪沙企图击杀秦始皇的力士，当场已经逃脱，要找幕后策划的张良，岂不更是难上加难？

六

当我踏上岸边赭红色的沙滩，所谓祈请使的诸位先生，也许头戴高冠、身穿袍服，正为渡过瓜州在渡口流连。他们和我仍都在江淮一带，乘坐的也都是同样的船舟；但是，向北和向南，走向死亡还是奔向生路，完全让人可以把良莠分辨。

七

朝廷的高官们一脸顺从的模样，踏上旅途去祈请投降；至于国家的兴亡，一概不去多想。如果没有人像赵国的蔺相如保护玉璧那样，尽力保全宋朝的江山；在中华的东南一隅，还有哪个男子汉称得上刚强？

天下赵

予至真，苗守再成为予言，近有樵人破一树，树中有生成三字，曰：天下赵。亟取木视之，果然。木一丈，二尺围，其字青而深。半树解扬州，半树留真州。三字了然，不可磨也，以此知我朝中兴，天必将全复故疆。真州号迎銮，艺祖[①]发迹于此，非在天之灵所为乎。

皇王著姓复炎图[②]，此是中兴受命符[③]。
独向迎銮呈瑞字，　为言艺祖有灵无。

诗作背景

文天祥到了真州，真州守将苗再成给他说了一条新闻：不久前，真州的一位樵夫锯开了一棵树，树板上竟有生成的三个大字：天下赵。文天祥请苗再成拿木头来看，是确实的。只见树木有一丈高，周围有二尺长，板上的字是深青色的。由于树已锯开，半片送到扬州去了，只有半片留在真州。大家看了，非常高兴，都认为，这是宋朝将要中兴的兆头，国家的疆域一定会得到恢复。文天祥对历史比较熟悉，知道真州又曾改名迎銮，宋朝高宗皇帝为抵抗金兵，在这一带活动了不少时候，还是在这一带登上皇帝的宝座。他暗暗思量，这难道是高宗皇帝给真州百姓预示的吉兆吗？

词语注解

①艺祖：指高宗赵构。是宋徽宗的第九子，封康王。在与金人抗争中，康王曾转战各地，在扬州、真州一带活动了很长时间，后即帝位，称艺祖，故曰发迹于此。

②炎图：火光向上称炎，图指皇家的图录。

③受命符：在古代帝王自称受命于天的一种凭证。

诗义串释

我大宋皇帝在天之灵写出了自己的姓氏，一定是为了恢复红火向上的宏图，无疑宋朝将要中兴，这就是受之于上天的符录。这种带有祥瑞象征的文字，偏偏在迎銮镇这个地方显现，谁能说不是艺祖高宗神明的显出？

题苏武[1]忠节图三首

余在京口城外，日夜求脱不得。间谢村去平江，欲逃又不果。至镇江，事益急。议趣真州，余杜密谋。杜云：事济万幸，不幸谋泄，当死。死有怨乎？余指心誓云：死靡悔。且办匕首，事惧不济，挟以自杀。杜云：亦请以死自效。於是计遂定。既至真州城下，问者群至，告以余在镇江走脱，城子诸校皆出，既延入城，苗守遂见。语国事移时，感慨流涕，即往住清边堂，时从亡者始至也。引至直司，搜身上所藏军器，既无他，然后见信，防闲[2]严密如此。向使一疑字横於胸中，闭门不纳，天地茫茫，何所归宿，嘻其危哉。苗守袖出李龙眠[3]画汉苏武忠节图，求余咏题。抚卷凄凉，浩气愤发，使人慷慨激烈，有去国思君之念矣。遂赋三诗，书于卷后，时丙子三月二日也。文天祥执笔于清边堂之寓舍。

忽报忠图[4]纪岁华，东风[5]吹泪落天涯。
苏卿更有归时国，老相[6]兼无去后家。
烈士丧元[7]心不易，达人知命事何嗟。
生平爱览忠臣传，不为吾身亦陷车[8]。

独伴羝羊海上游，相逢血泪向天流。
忠真已向生前定，老节须从死后休。
不死未论生可喜，虽生何恨死堪忧。
甘心卖国人何处，曾识苏公义胆不。

漠漠愁云海上[9]迷，十年[10]何事望京师。
李陵[11]罪在偷生日，苏武功成未死时。
铁石心存无境变[12]，君臣义重[13]与天期。
纵饶夜久胡麈黑，百炼丹心涅[14]不缁。

诗作背景

真州守将苗再成，当然知道文天祥是当朝著名的状元丞相，文采风流，自不必讲，坚贞爱国，亲眼所见；于是，他拿出了家藏的一幅珍贵的图画，本朝著名画家李龙眠所画的《苏武忠节图》，请文天祥给予题咏。这无疑是个文物鉴赏收藏方面的好主意，李龙眠描摹苏武忠君爱国的壮丽画图，配上文天祥的诗歌和书法，一定更加珍贵。文天祥接过了画卷，不由得回想起这几个月的经历：勤王赴阙，当朝误国，求战不能，谈判被执，在千难万险中逃出虎口，来到这江北一隅的真州。……他心里不能不深感孤苦凄凉，但又觉得一股颇有力度的浩然正气自丹田升起，慷慨激昂，壮情炽烈，在《苏武忠节图》上，一吐胸中堆积的情愫，不正是绝顶佳妙的题目吗？他提起笔来如行云流水一般地写下了三首七律。

词语注解

①苏武：字子卿。汉武帝时被派出使匈奴，受到匈奴无理拘留，但坚贞不屈，后被押送北海牧羊，十九年后，回归汉朝。

②防闲：闲原为木栅之意，指有所防范。

③李龙眠：名李公麟，字伯时。宋熙宁三年进士，曾任检察御史，后辞官归隐龙眠山，自号龙眠居士，擅画人物，史有盛名。

④忠图：指李龙眠所画的苏武图画，即苏武忠节图。

⑤东风：说明时令，写诗在三月二日，正是春天，春天多东风。

⑥老相：文天祥自称，当时文为四十二岁。

⑦丧元：元即首级、头颅；丧指丢掉。

⑧陷车：指被元军扣留，受到关押，陷入囚车之中。

⑨海上：原为海戍，依校勘另一解，戍改上。指苏武被流放到北海之滨去服劳役，北海即现代的贝加尔湖。

⑩十年：诗中用的约数，实际是十九年。

⑪李陵：字少卿，汉武帝时的大将军，与苏武同时人，与匈奴征战中立功甚多，一次战斗中力战无援而降。

⑫境变：原为镜变，依校勘另一解境变，即境遇有所改变。根据是，作者曾有诗："心无随境变，意自与天通。"

⑬君臣义重：封建时代古人认为，君臣的关系是一种大义。《汉书·苏武传》中苏武曾说："臣事君，犹子事父也，子为父死无所恨。"苏武所坚持的就是封建时代的君臣之义。

⑭涅：指染色。缁，指黑颜色。

诗义串释

在仓促的情况下，有人拿出家藏的描绘峥嵘人物的《苏武忠节图》，要我为之题咏；我悲伤的眼泪，随着仲春的东风，难以抑止地飘落、纵横。苏武回归的时候，还有故国存在；我作为年老的丞相，既失掉了祖国，也失掉了家庭。热爱国家的忠烈之士，即使掉了自己的头颅，心也不会有丝毫改变；真正明达的人物，能够掌握自己的命运，也就无可恨憎。我自幼便爱读忠臣传记，深深地仰慕他们忠贞的言行，决不会因为遭到敌人的拘禁而有所变更。

苏武独自伴着一群公羊流浪在北海之滨，我看到他画上的形象，不能不激动得血泪对天流淌。苏武的高风亮节向人们昭示：一个人的忠心和真情，在他生前便可以明确判定；年事老迈以后节操究竟怎样，则要到死后才可以评定妥当。不能坚持节操、为国死难的人，哪里有什么资格去讲活着的可喜；侥幸偷生、苟活的人，又怎能怨恨为国死难是多么令人忧伤。那些为了爱惜自己身家而甘心卖国的人，现在被人驱赶到了什么地方，你们难道认识不到苏武老人的忠心万世流芳。

冷漠的云朵饱含着忧愁，迷漫在遥远的北海之上，经过十几年漫长岁月的折磨，你是那样苦苦盼望着回归到故国的怀抱。李陵投降敌人，犯下的罪行，在于偷生怕死；而你的成功之处，在于虽没有死难，但是坚持了自己的节操。只要一颗忠心像铁石一样，环境的千变万化，绝不会影响思想的坚贞；何况君臣之间的大义重如泰山，和天地一样崇高。纵使外来侵略的尘沙遮黑天空，热爱国家的红心，也不能接受黑色的熏陶。

议纠合两淮复兴三首

予至真州，守将苗再成[1]不知朝信，於是数月矣。问予京师事，慷慨激烈，不觉流涕。已而诸将校、诸幕皆来，俱愤北不自堪。两淮兵力，足以复兴，惜天使李公[2]怯不敢进，而夏老[3]与淮东薄有嫌隙，不得合从[4]。得丞相来通两淮脉胳，不出一月，连兵大举，先去北巢之在淮者，江南可传檄定也。予问苗守计安出。苗云：先约夏老以兵出江边，如向建康[5]之状，以牵制之。此则以通泰军义[6]打湾头；以高邮、淮安、宝应军义[7]打扬子桥；以扬州大军向瓜州；某与赵刺史孟锦[8]，以舟师直捣镇江，并同日举，北不能相救。湾头、扬子桥，皆沿江脆兵[9]守之，且怨北，王师至即下。聚而攻瓜州之三面，再成则自江中一面薄[10]之。虽有智者，不能为之谋。此策既就，然后淮东军至京口，淮西军入金城[11]，北在两浙，无路得出，虏师可生致也。予喜不自制，不图中兴机会在此，即作李公书，次作夏老书。苗各以覆帖副之，及欲予致书戎师及诸郡，并白此意。予已作朱涣、姜才、蒙亨等[12]书，诸郡将以次发。时与议者皆勇跃，有谓李不能自拔者；又有谓朱涣、姜才、各做起来，李不自由者；又有谓李恨不得脱重负，何幸有重臣辅之。予既遣书，盼盼焉望报，天之欲平治天下，则吾言庶几不枘凿[13]乎。

清边堂[14]上老将军，南望天家雨湿巾。
为道两淮兵定出，相公同作歃盟人。

扬州约了约庐州，某向瓜州某鹭州。
直下南徐侯自管，皇亲刺史统千舟。

南八[15]空归唐垒陷，包胥[16]一出楚疆还。
而今庙社存亡决，只看元戎进退间。

诗作背景

文天祥一行十二人到达真州，这时，真州城的南宋守将苗再成，不了解朝廷的讯息，已经好几个月了。一听说文天祥诸人带来了京城的新消息，苗再成部下的将校们、幕僚们都聚拢了来。他们听说，元军步步紧逼，已经占领临安，而宋朝当权的君臣，却节节退让，送出了降表，都悲愤得痛哭失声。苗再成是一位老将，在他的统领下，将校、幕僚们都颇有见解，悲愤之余，大家激动地说：单单凭了我们两淮（淮东和淮西）的兵力，也足以完成复兴大业了。可惜，上天让我们这位李公（指身任淮东制置使、驻扎在扬州的李庭芝）胆子小得要命，怯战不敢前进；夏老（指身任淮西制置使、驻扎在庐州的夏贵）年纪虽大，过了八十，心地却生得狭窄，经常和淮东闹意气，做不到团结对敌。这一次文丞相来到江北，如果能打通两淮的联系，淮东、淮西联合起来，先打掉元军安置在两淮的巢穴，不出一个月，江南的元军断了后路，肯定便要败退无疑。文天祥听了十分高兴，便问苗再成具体做法。苗再成说：办法是有的。应当先约定夏老，由淮西向江边出兵，做出攻打建康（南京）的态势，牵制住元军。淮东这边，由通（通州）泰（泰州）的军队和民军攻打湾头；由高邮、淮安、宝应的军队和民军攻打扬子桥；由扬州的军队攻打瓜州；我和赵孟锦带领水军攻打镇江。我们的行动，应当同时并举，让敌人无法互相支援。何况敌军多是降兵，对元军不满，战斗力不强，胜利是有把握的。如果我们第一步得手，淮东军控制了镇江一带，淮西军控制了建康一带，元军在浙江便没有了退路，有希望活捉敌帅伯颜。文天祥听了苗再成的谋划，觉得很有道理，没有想到宋朝还有这样复兴的机会。于是，立即写出了给李庭芝的信，然后又写了给夏贵的信；并由苗再成写了情况介绍附在函内。最后，大家又建议由文天祥再写一些给淮东武将姜才、朱涣等人的信，鼓励他们投入行动。参与谋划的人情绪都很高涨，有人对李庭芝不抱希望；有人认为，只要把李的部将们鼓动起来，李也就干起来了；也有人认为，李肩上的担子不轻，现在有朝廷的丞相出来帮助他，他不会不高兴的。文天祥当然盼望把希望变成现实，挽救国家于危难之中，把千万百姓从战争的深渊里拯救出来。当然，他的这些想法，实际上是一种奢望，由于种种条件的制约，南宋的败亡，已很难避免。就在他们议论两淮复兴之前的十余日，夏贵早已投降了元军，只是由于消息的阻隔，他们并不了解。而李庭芝对文天祥的到来，更是疑虑重重，哪里有什么复兴的大志。等待文天祥一行的，只能是更惊险、更悲苦、更艰难、也更壮烈的考验。

词语注解

①苗再成：当时任真州安抚使，负责守备真州，是南宋的一员老将。经过直接接触，他对文天祥一行是信任的；但由于李庭芝胆小怕事，鼠目寸光，对文天祥十分怀疑。苗执行了李庭芝的命令，不收留文天祥一行，又不敢对文加以杀害，只做到驱赶出城。后在与元军战斗中，苗战死。

②李公：李庭芝，任宋朝淮东制置使，驻扎扬州。为人怯懦，虽手握重兵，但畏葸观望，无所作为，当年七月，为元军杀害。

③夏老：夏贵，任宋朝淮西制置使，驻扎庐州（今合肥市）。因当时已年高八十余岁，故称夏老。德祐二年二月降元，即在苗再成与文天祥等人议论纠合两淮复兴时，夏已投降元军十余天了，只是由于消息不通，苗等尚不知晓而已。

④合从：合纵。

⑤建康：又称金陵，即南京。

⑥通泰军义：宋时正规军与民军合在一起的称谓，意为通州、泰州正规军与民军合编的军队。

⑦高邮、淮安、宝应军义：意如上注，只是地区不同。

⑧赵孟锦：号称宗室，又称刺史，实际是外地到真州的一位爱国者，作战十分勇敢，苗再成对他十分倚重。后在一次水战中，乘大雾袭击元军，雾散日高，元军见其兵少，追逐不舍，落水而死。

⑨脆兵：脆弱的军队。

⑩薄：攻打。

⑪金城：金陵，即南京。

⑫朱涣、姜才、蒙亨等：都是李庭芝统率下的武官。朱涣后降元。姜才随李庭芝去泰州，拟自海上南逃未成，被俘后被杀于扬州。蒙亨不详。

⑬枘凿：枘是削成的木钉，凿是木头上凿成的孔，古成语方枘圆凿，是说木钉是方形的，木是圆形的，两者不相投合。枘凿则是方枘圆凿的简称，含义相同。

⑭清边堂：真州州衙之旁厅，文天祥进入真州，居住于此。

⑮南八：唐代南霁云。安禄山叛唐，进攻睢阳。张巡、许远坚守睢阳，派部下南霁云到临淮贺兰进明处求援，遭到拒绝。南又回到睢阳，城陷时，南与张巡等一起被俘，敌人逼他投降，这时，张巡喊道：南八，大丈夫死就死，决不能向违反正义的敌人屈服！他和张巡一起就义。

⑯包胥：申包胥，原姓公孙，因封于申地，故名，春秋时楚国大夫。吴国进攻楚国，楚派包胥去秦国求救，秦国本不想出兵，包胥在秦宫之外，哭了七天七夜，终于感动了秦王，派兵救了楚国。

诗义串释

在真州的清边堂上，高坐着一位老将军。面向江南泪落如雨，沾湿了丝巾。他慷慨激昂地议论，淮东、淮西的大军应当坚定不移地出击，再加上丞相的加盟，握有胜券的应当是宋朝的军民。

要约定扬州出兵，也要约定庐州出兵；有人攻打瓜州，也要有人攻打鹭州。攻打南徐州的行动，由我自己承担；还有一位皇帝同姓的刺史，他可以统领水军，发动起千艘船舟。

唐朝睢阳之战，由南霁云突围求援，空手而归，城池终于沦陷；春秋时代，吴国攻楚，楚国的申包胥请求秦国援助，却保住了楚国的江山。现在，国家的命运已到了决定存亡的时刻，只看统兵的元戎们是游移观望，还是决心向前。

出真州十三首

予既为李制使[①]所逐，出真州，艰难万状，不可殚纪。痛哉。

一

予至真州第三日，苗守约云：早食后看城子。予欣然诺之。有顷，陆都统来，导予至小西门城上闲看。未几，王都统至，迤逦出城外。王忽云："有人在扬州，供得丞相不好。"出制司小引[②]，视之，乃脱回人供北中所见，云："有一丞相，差往真州赚城。"王执右语，不使予见。予方叹惋间，二都统忽鞭马入城，小西门闭矣。不复得入，彷徨城外，不知死所。

早约戎装去看城，　联镳[③]壕上叹风尘。
谁知关出西门外，　憔悴世间无告人。

二

制使遣一提举官至真州，疑予为北用，苗守贰[④]於予，云："决无宰相得脱之理。纵得脱，亦无十二人得同来之理。何不以矢石击之?"乃开城门放之使入！意使苗守杀予以自明。哀哉。

扬州昨夜有人来，　误把忠良按剑猜[⑤]。
怪道使君无见解，　城门前日不应开。

三

制使欲杀我，苗守不能庇，将信将疑，而怜之之意多也。

琼花堂[⑥]上意茫然，志士忠臣泪彻泉[⑦]。
赖有使君知义者，　人方欲杀我犹怜。

四

予幸脱身至真州，即议纠帅两淮以图恢复。制使乃疑予为北用，欲见杀。江南与北中，皆知予为忠义，而两淮不予信。予平生仕宦声迹，比比不曾至淮，天地茫茫，与谁语哉。

秦庭痛哭[8]血成川，翻讶中行[9]背可鞭。
南北共知忠义苦，　平生只少两淮缘。

五

予少时曾游真州[10]，至是十八年矣。初望纠合复兴，为国家办大事，乃不为制臣所容，天乎，哀哉。

一别迎銮十八秋，　重来意气落旄头[11]。
平山老子[12]不收拾，南望端门[13]泪雨流。

六

始见制臣小引，备脱回人朱七二等，供云：有一丞相往真州赚城予颇疑北有智数[14]。见予逃后，遣人诈入扬州供吐，以行反间。既而思之，扬州遣提举官来真州见害，乃三月初二午前发。予以二月晦夕逃，朔旦北方觉，然不知走何处。是日使遣人诈入扬州，殆无此理。看来，只是吾书与苗守覆帖，初二日早到。制使不暇深省，一概以为奸细而欲杀之。哀哉，何不审之甚乎。

天地沉沉夜溯舟，　鬼神未觉走何州。
明朝遣间应无是，　莫恐死戎逐客不。[15]

七

予在门外久之，忽有二人来，曰：“义兵头目张路分[16]、徐路分也。”予告以故。二人云：“安抚传语，差某二人来送，看相公去那里。”予云：“必不得已，惟有去扬州见李相公。”路分云：“安抚谓淮东不可往。”予谓：“夏老素不识，且淮西无归路。予委命於天，只往扬州。”二路分云：“且行，且行。”良久，有五十人弓箭刀剑来随。二路分骑马，以二马从予，予与杜架阁连辔而发。

人人争劝走淮西，　莫犯翁翁[17]按剑疑。
我问平山堂下路，　忠臣见诎[18]有天知。

八

予在小西门外，皇皇无告。同行杜架阁，仰天呼号，几赴壕死。从者皆无人色，莫知所为。予进不得入城，城外不测有兵，露立荒垌，又乏饮食。予心自念，岂予死於是乎，为之踟蹰，心膂如割，后得二路分送行，苗守又遣衣被包袱等来还，遂之扬州。是日上巳日[19]也。

千金犯险脱旃裘[20]，谁料南冠[21]反见仇。
记取小西门外事，　年年上巳哭江头。

九

二路分引予行数里，犹望见真州城。五十兵忽龊[22]刀於野，驻足不行。予自后至，二路分请下马云：“有事商量。”景色可骇。下马问云：“商量何事。”云：“行几步。”行稍远，又云：“且坐且坐。”予意其杀我於此矣，与之立谈。二路分云：“今日之事，非苗安抚意，乃制使遣人欲杀丞相。安抚不忍加害，故遣某二人来送行，今欲何往。”予云：“只往扬州，更何往。”彼云：“扬州杀丞相奈何。”曰：“莫管，信命去。”二路分云：“安抚令送往淮西。”予云：“淮西对建康、太平、池州、江州，皆北所在，无路可归。只欲见李制使，若能信我，尚欲连兵以图恢复。否则，即从通州路遵海还阙[23]。”二路分云：“李制使已不容，不如只在诸山寨中少避。”予云：“做什么，合煞生则生，死则死，[24]决於扬州城下耳。”二路分云：“安抚见办船[25]在岸下，丞相从江行，或归南归北皆可。”予惊曰：“是何言欤。如此，则安抚亦疑我矣。”二路分见予辞真确，乃云：“安抚亦疑信之间，令某二人便宜从事。某见相公一个恁么人，口口是忠臣，某如何敢杀相公。既真个去扬州。某等部送去。”乃知苗守亦主张不过，实使二路分觇予语言趋向，而后为之处。使一时应酬不当，被害原野，谁复知之。痛哉痛哉。时举所携银一百五十两与五十兵，且许以至扬州又以十两。二路分则许以分赐金百两。遂行。

荒郊下马问何之，　死活元来任便宜。
不是白兵[26]生眼孔，一团冤血有谁知。

十

二路分既信予忠义，与予中路言：“真州备判司[27]行下，有安民榜云：‘文丞相已从小西门外，押出州界去讫。’”为之嗟叹不已。呜呼，予之不幸，乃至於斯。其不死於兵，岂非天哉。

戎衣啧啧叹忠臣，　为说城头[28]不识人。
押出相公州界去，　真州城里榜安民。

十一

杜架阁几赴壕，以救免。一行人皆谓当死於真州城下矣，后得二路分送行，惟恐有北哨追之。危哉危哉。

有客仓皇欲赴壕，　一行性命等鸿毛[29]。
白兵送我扬州去，　惟恐北军来捉逃。

十二

二路分所引路，乃淮西路。既见予坚欲往扬州，遂复取扬州路。时天色渐晚，张弓挟矢，一路甚忧疑，指处瓜州也。又前某处，扬子桥也，相距不远。既暮，所行皆北境，惟恐北遣人伏路上，寂如啣枚。使所过北有数骑在焉，吾等不可逃矣。

瓜州相望隔山椒[30]，烟树光中扬子桥。
夜静衔枚[31]莫轻语，草间惟恐有鸱鸮[32]。

十三

是日行至暮，二路分先辞，只留二十人送扬州。二十人者，又行十数里，勒取白金，亦辞去，不可挽。扬州有贩鬻者，以马载物，夜窃行於途，曰马垛子。二十人者，但令随马垛子，即至扬州西门。予一行如盲，怅怅然行。呜呼。客路之危难如此。

真州送骏已回城，　暗里依随马垛行。
一阵西州[33]三十里，摘星楼[34]下打初更[35]。

诗作背景

事态的发展并不像文天祥等人想象的那样简单，而是发生了翻天覆地的变化。

文天祥和苗再成议论纠合两淮复兴的第二天，也就是文天祥一行到达真州的第三天，苗再成约会了文天祥，早饭以后去看看城墙上的防御准备，文天祥高兴地答应了。

一位姓陆的都统，陪了文天祥一行，先到小西门城上观看。不久，又来了一位姓王的都统，陪着他们一路走出了城门。正看之间，王都统忽然大声宣布：有人在扬州已经招供出来，说文丞相不是好人！他一面讲，一面拿出了李庭芝制置使衙门的文件，指给大家看，上面说："有人从元军中回来，曾经亲眼所见，由元军派出来一个丞相，到真州去骗取城池。"文天祥要求看看文件，王都统拿了也不许看。文天祥一行当然又惊诧，又着急，十几张嘴不知从何说起，才能解释明白。就在这时，两个都统忽然向马背上猛击两鞭，马突然向城内跑去，进城后，小西门立即关闭起来。文天祥虽然是宋朝的丞相，又在遭到元军扣留后，经过千难万苦，才来到真州，但是却由李庭芝的一纸文书引起，被真州守将驱赶出城了。他们无法回城，天地虽大，向哪里去呢？

据说，李庭芝派了一位提举官，专程到了真州。李不只是怀疑文天祥是元军指派而来，也怀疑苗再成有了二心。派来的提举官转达李庭芝的话说："决不可能有让一个宰相跑掉的事！就算宰相能够跑掉，也决不会有十二个人一同跑掉的事！你为什么不射箭、扔石头，把他们打死在城头之下，反而开了城门放他们进来。"这个话的意思十分明白，苗再成不杀掉文天祥，是可疑的，应该把他杀掉。尽管李庭芝怀疑文天祥，逼迫苗再成把他杀掉，作为下级，苗很难保护他。但是经过几天的接触，信任的程度还是比怀疑的程度多一些。

文天祥受到李庭芝的怀疑，甚至想加以杀害，深感满腹委屈，无比辛酸。使他最想不通的，在江南一带，不论是南宋朝廷上下，还是敌对的元军，没有人不认为他是忠臣的，而偏偏到了江北两淮，竟对他不信任到这种程度。最后，他明白了这层道理，在历年的战乱当中，隔了一条茫茫长江，虽然江北仍然在宋朝的管理之下，而自己为官的声名，在淮北一带的影响还是不大的。在这种情况下，他的委屈向谁去诉说呢？

文天祥看到李庭芝制使衙门的文书是这样写的：有一个从元营逃脱的人叫朱七二，他说："元军派了一个丞相到真州骗取城池。"文天祥起初考虑，这一定是元军用的阴谋诡计，他们得知文天祥逃走，便派人到扬州去制造谣言，用反间计不使李庭芝对文信任。后来，进一步计算时间，细致地加以考虑，才发现：扬州李庭芝派出提举官到真州来杀害文天祥，是三月初二上午。而文天祥从京口逃跑，是二月三十日夜间。三月初一早晨，元军发觉文等逃走，仓促之间，不知他们逃向何处，怎么能够初一日派人到扬州去制造谣言呢？看起来，还是文天祥纠合两淮复兴的信件，和苗再成附写的副帖惹出的祸事，初一日写成，初二日上午送到，李庭芝根本未加认真、细致考量，便断定文天祥是奸细，立即派人前来真州了。

文天祥一行人彷徨无路，不知所之。到什么地方去呢？能够到什么地方去呢？刚刚从敌人元军看押下逃出来，死，也不能回到敌人那里去。而江北的宋军，虽是自己人，但又不予接受，反被驱赶出来。为此，他们在真州城外寸步难行，痛哭，呼号，没有用。太阳渐渐偏西了，大半天没有吃饭，也没有喝水。

就在这时，忽然走来两名民军。两名民军找到文天祥说："我们是民军头目。一个是张路分，一个是徐路分。苗再成安抚要我们来传话，看相公打算去哪里。我们两个也好送你们一程。"文天祥只好告诉他们无地可去的苦处，然后说："实在万不得已，只好去扬州见李庭芝制置使了。"两个路分说："苗安抚作了交代，淮东你们是一定不要去的。"文天祥说："我和淮西的夏老素不相识，而且到了淮西，没有回江南的路，所以淮西是不能去的。我只能听天由命，走去扬州的这一条路！"两个路分说："好！那就走吧。我们送你们走。"说话之间，又来了五十名民军，有人手持刀、剑，有人手持弓、身背箭，护送文天祥一行人上路。两个路分骑上了马。又牵过两匹马来，由文天祥和杜浒两人骑上，连辔前行。

当文天祥一行蹉跎在真州城外，无所适从的时候，他的一些随从们心急如焚，面无人色。杜浒又哭又喊，几次跳向护城河寻死，大家把他拉住。文天祥知道，再回城里的可能是没有的，而在城外又难以停留，元军来了无法抵御。他也看着深深的护城河，心里打算，这里就是自己的归宿了。就在这时候，真州守将苗再成又派人把文天祥等人的简单行李、衣物都送出来了，最后决心奔赴扬州。这一天，是三月初三，正是农历的上巳节。

王、徐两个路分领着文天祥一行，向东北走了没有几里路，在一个回头还可以看到真州城墙的地方，五十个送行的民军突然不走了，并且抽出刀剑，紧密排成行列。两个路分请文天祥下马，说："有事商量！"文天祥看到这个可怕的景象，只得跳下马来，问："商量什么事情？"文天祥知道凶多吉少，说不定就要被杀在这里，反而镇静了许多。只听两个路分说："今天的事，不是苗再成安抚要这样安排的，是扬州的李庭芝制使派人来要杀丞相，苗安抚不忍心干这种事，才派我们来送你出境。你究竟准备向哪里去呢？"文天祥说："我决心去扬州！其他没有地方可去。"两个路分又说："去扬州，扬州要杀丞相，怎么办？”文天祥说：“不管！我只信自己的命运。”两个路分又说：“苗安抚是命令我们把丞相送向淮西的。”文天祥说：“淮西一带面对着南京、太平、池州、江州等地方，都被元军占领了，想回江南，无路可通。我到扬州，李制使要信任我，我将争取他出兵恢复局面，他不信任我，我可以从通州走海路到南方去继续抗元。”两个路分看他不去淮西的意思坚决，便说：“去扬州，李制使会把丞相杀掉。找些山寨躲避一些日子也好。”文天祥说：“多找麻烦干什么！应该活就活，死就死，在扬州决定好了。”这时，两个路分对文天祥小声说：“苗安抚在河边给你们准备了船，如果你们愿意坐船走，只要上了船，是归宋朝，还是投元军，都可以了。”文天祥大吃一惊，连忙说：“这是什么话？这样说，连苗安抚也对我们怀疑了？”两个路分看文天祥真真切切，说的是心里话，便又改了口说：“苗安抚对丞相是相信的，对李制使的命令不能不听，便命令我们根据情况处理。我们看丞相嘴里讲的是实话，肚里装的是真心，我们怎么敢杀这样的人！你既然决心去扬州，我们送你就是。”通过这番话才知道，苗再成实在拿不定主意，才让两个路分带了民军看情况处置，他们的话有真有假，如果回答不当，便会被杀害在原野上，他心里后怕到了极点。文天祥感谢民军的护送，立即让人拿出来一百五十两银子分发给五十个民军。同时，对大家交代，等送到扬州，还可再多给一些银两。对两个路分也答应各给一百两，以表示感谢。

两个路分相信了文天祥是忠臣、义士，一面行进，一面聊天。他们说：“自文天祥相公出了真州城门，备判司衙门专门张贴了安民榜。榜上说：文天祥相公已经从小西门出城，被押送出了真州地界。”说完，还议论、叹息了一番：对本朝的丞相竟然这样处置，苗安抚不敢得罪李制使，才闹出这样的事来。文天祥心里当然更是感慨，在这种寸步难行、左右为难的情况下，没有被两个路分带的兵杀掉，真可说是上天垂怜了。

当文天祥一行走投无路的时候，杜浒差一点就要跳进护城河，大家好歹把他救起来。大家也都议论着说：“既然无处可去，不如死在真州算了！”正在这时，来了两个路分送行。送行，是害怕遇上元军哨马的袭击。被逐出宋军防守的城池，每一步都隐藏着莫大的危险，每一刻都不能预知将要发生什么样的厄运。

两个路分为文天祥一行领路，先向淮西走，后来听文说坚决要去扬州，这时，才又回头向东走。天色已晚，一片黝暗，民军们一手擎着弓，一手抓着箭，一脚深、一脚浅地只顾走。有时他们指指远处，说是瓜州；有时他们又指指远处，说是扬子桥；路过的这些地方，全都是元军占领的城镇。如果遇上元军的骑兵，我们很难抵抗，再想脱逃是难以想象的。

天将傍晚的时候，两个路分先辞别回去了，只留下二十个人。又走了十几里路，二十个人向文天祥一行索要银子，也要辞别回去。这时，天虽然黑了，但碰上了一伙赶着驼马、贩卖货物的商人，二十个民军交待文天祥一行，跟着这些运货物的马垛子，便可以到达扬州的西门，便也回去了。文天祥一行，跟着马垛子，磕磕绊绊，走到了扬州。

词语注解

①李制使：驻扎扬州的淮东制置使李庭芝。

②制司小引：制使衙门的文书。

③联镳：镳指马衔，联镳为几匹马并列而行。

④贰：二心，不忠诚。

⑤按剑猜：不只是猜疑，而是由生疑又做出按剑的动作，准备把对方杀掉。

⑥琼花堂：在扬州东城蕃厘观内，又称琼花台。这里，是以琼花堂代表李庭芝的驻地，并不一定是说李庭芝在琼花台作出杀文天祥的决策。

⑦彻泉：泉指九泉之下。彻泉，是说流泪湿透地下，极言悲痛之意。

⑧秦庭痛哭：指申包胥在秦庭痛哭七昼夜，求秦救楚。

⑨翻讶中行：中行，指中军。典故出于《左传·僖公二十八年》。晋侯把自己的指挥机构编成三行，即左、中、右三行，中行即为中军。文用这一典故，意思是作为地方行政官员，反而疑心属于中枢机构的

丞相。

⑩真州：指宋开庆元年（1259年）作者第二次赴临安廷试时到过真州。

⑪旄头：按古代天文规定，即昴星，象征外来民族，此处指元军。整句诗是说，第二次重到真州，颇有意气，一心扫除南侵的元军。

⑫平山老子：扬州建有平山堂名胜古迹，这里以揶揄的口吻指李庭芝，即扬州平山堂边的老头。

⑬端门：皇帝宫殿正门，泛指皇帝居处。

⑭智数：智谋、计策。

⑮莫恐死戎逐客不：此句颇为费解。文诗误植字较多，虽经多次编校，仍难绝迹。此次注释，得见江西出版之《全集》本“卷十三校勘记”云：“死戎”，别集本均作“元戎”。注者认为，此句“恐”应为“怨”，“死”应为“元”，“莫怨元戎逐客不”，如此则可解为李庭芝口吻，不要怨恨我元戎的逐客，才造成你等的死难。这就刻画出李既不愿意接纳文天祥一行，又怕文等为元军杀害，自己要担当道义的责任，其伪善心理昭然若揭。文字仍旧，仅在注解中说明。

⑯路分：民军中的一种下层职务。

⑰翁翁：老头子，指李庭芝。

⑱诎：冤屈。

⑲上巳日：指农历每个月上旬的巳日。又规定每年三月的巳日是上巳节。后到魏晋以后，有的地方为了方便好记，又以三月三日作上巳节，形成风习。

⑳旃裘：用兽毛织成衣料做成的衣服，由于北方游牧民族多穿此类衣物，这里是以衣物泛指元军。

㉑南冠：指楚囚，见《真州杂赋》第五首注释⑫。

㉒龊：排列得很紧密。

㉓遵海还阙：走海路回到皇帝所在地方。

㉔合煞生则生，死则死：合煞，为南方方言，有应该之意。

㉕见办船：见即现，就是现在已派好船。

㉖白兵：又称白丁，即乡勇、民军。

㉗备判司：具体职责不详，应为当地管理民政之机构。

㉘城头：管理城池的官，此处指苗再成。

㉙鸿毛：用典故比喻人的生命如鸿毛之轻，值不得什么。汉代司马迁在《报任少卿书》中说：人固有一死，或重于泰山，或轻于鸿毛。

㉚山椒：一种丛生的灌木。

㉛衔枚：枚形如短筷，放于口内，两头系带，系于颈上，以免张口出声。

㉜鸱鸮：猫头鹰，夜伏树上，专捕鸟类为食。这里比喻元军的伏兵。

㉝西州：指扬州西门。

㉞摘星楼：在扬州城西北区。

㉟初更：更为我国古代夜间计时单位。一夜分为五更，一更约两个小时。初更，即夜间开始计时的第一个更次。每一更次有人敲锣为号，一更敲一下，间隔一段时间，再敲一下。

诗义串释

一

早晨约会好了，要穿上战时的衣装，去看城墙内外的防御设施；骑马联辔而行走过护城河，一片战乱景象令人叹息。哪里想到，突然发生了变化，陪伴的人打马进城，把我们关在了西门之外；我们这些经过艰难的逃亡者，又受到本朝人的怀疑。在这茫茫的人世，谁人肯于听取我们的解释？

二

扬州的李庭芝制使，昨天连夜派人来到真州；在他眼里，已把忠良看成奸细，准备随时拔剑杀头。你苗再成作为真州的守将，真没有什么见解；前天他们来到真州，绝不应该打开城门，允许逗留。

三

高坐扬州琼花堂上的李庭芝，实在是个茫然无知的人，有眼不识忠良，让一群志士悲痛得眼泪缤纷。幸而真州的安抚使对义士有所理解，对有人想要杀害的忠良，表示了同情，给予了怜悯。

四

我为了拯救国家，像申包胥那样到秦庭求救，痛哭得血泪成河；一个原属于中枢机构的官员，却遭到怀疑，被认为应当受到刑罚不予饶赦。不论在南方的本朝，还是在北方的元军，谁不知道文某坚持忠义？可惜我的声名和影响，在两淮竟是如此微弱。

五

回想起来十八年前，我就到过号称迎銮镇的真州；第二次逃亡来到这里，我仍然意气风发，一心想扫除南侵的元军，为国家雪耻报仇。哪里想到，高居在扬州平山堂边的李庭芝，唆使人把我驱赶，我只能遥望江南方向，泪如雨流。

六

在阴沉沉的天地之间，又是朦胧昏黑的暗夜，一条小船逆水而上，即便是鬼神，也难测知小船逃亡的方向。奇怪事发生在第二天清晨，元军立即去扬州施行反间，这分明是李庭芝要杀害我们，又担心我们对他怨恨，造成我们不得不死的死亡。

七

大家都争先恐后地把我劝导，不要去淮东，扬州的李庭芝老头子，已经把手按上剑柄，准备把你杀掉。反复问询去扬州的路径，作为忠臣受到冤屈，我坚信上天可以帮我分辨明了。

八

付出千金代价，冒着生命危险，从元军魔掌中逃脱出来；谁能料到在同一族类的队伍中，反而被当成了祸灾。终生也不会忘记在真州被驱逐的事，我到每年的上巳节，都应当到江边痛哭一场，以发泄胸中永难舒缓的悲哀。

九

在荒郊野外被叫下马来，一定要问明准备去什么地方；这时才知道，我们的生命是死是活，竟交给送我们的民军视情况安排妥当。如果不是这些民军生有分辨忠奸的眼睛，把我们杀害在无人的郊野，人世间又有谁知晓真相。

十

民军头目啧啧称赞，他们相信眼前确实是大宋忠臣；可惜守城的为官者混沌不清、有眼不识金身。更可叹的是，他们把自己的丞相赶走，使亲痛仇快，十分愚蠢；还在城里贴出安民榜张扬一番，更是蠢上加蠢。

十一

有人仓皇间寻求一死，纵身要跃入城壕，在这样的危难时刻，我们一行人的性命难比鸿毛。所幸真州守将派兵为我们送行，怕的是元军哨马把我们抓获在扬州的城郊。

十二

隔了山椒的矮树丛，可以看见瓜州的模糊光影，近处更有火亮明灭，那便是扬子桥的朦胧灯火。走过这些元军驻扎的城镇，万不可以出声，怕的是荆棘树丛中，元军像潜伏的猫头鹰，等待着把猎物捕捉。

十三

从真州出来送行的人，骑马回去了。在昏黑的暗夜，我们跟了贩运货物的马垛子走向扬州古城。三十里路程，经一阵奔走总算到达，这时扬州城内西北隅的摘星楼上，传来敲打一更的锣声。

至扬州二十首

一

予至扬州城下，进退维谷①，其彷徨狼狈之状，以诗志其概。

予夜行衔枚，至扬州西门惫甚。有三十郎庙，仅存墙阶，屋无矣，一行人皆枕藉[2]於地。时已三鼓，风寒露湿，凄苦不可道。

此庙何神三十郎，　问郎行客忒琅铛[3]。
荒阶枕藉无人问，　风露满堂清夜长。

二

扬州城中打四更，一行人遂入近城西门，漫坐地上。候启门者，无虑百数。城上问何人，从他人应答，予等莫敢语。恐声音不同，即眼生随后。

谯鼓[4]冬冬入四更，行行三五入西城。
隔壕喝问无人应，　怕恐人来捉眼生。

三

予出真州，实无所往，不得已趋扬州，犹冀制臣之或见谅也。既至城下，风露凄然，闻鼓角有杀伐声，彷徨无以处。

怅怅乾坤靡所之，　平山风露夜何其[5]。
翁翁[6]岂有甘心事，何故高楼鼓角悲。

四

制臣之命真州也，欲见杀。若叩扬州门，恐以矢石相加。城外去扬子桥，甚近不测，又有哨，进退不可。

城上兜鍪[7]按剑看，四郊胡骑绕团团。
平生不解杨朱泣[8]，到此方知进退难。

五

杜架阁以为，制臣欲杀我，不如早寻一所，逃哨一日，却夜趋高邮，求至通州，渡海归江南。或见二主[9]，伸报国之志，徒死城下无益。

吾戴吾头向广陵[10]，仰天无告可怜生。
争如负命投东海， 犹会乘风近玉京[11]。

六

金路分谓，出门便是哨，五六百里而后至通州，何以能达？与其为此受苦而死，不如死於扬州城下，不失为死於南。且犹意使臣之或者不杀也。

海云渺渺楚天头[12]，满路胡尘不自由。
若使一朝俘上去， 不如判命[13]死扬州。

七

予方未知所进退，余元庆引一卖柴人至云："相公有福，相公有福！"问："能导至高沙[14]否？"曰："能。"曰："何处可暂避一日？"曰："侬家可。"曰："此去几里？"曰："二三十里。"曰："有哨否？"曰："数日不一至。"曰："今日哨至如何？"曰："看福如何耳。"

路傍邂逅[15]卖柴人，为说高沙可问津[16]。
此去侬家三十里。 山坳聊可避风尘。

八

予从金之说，恐制臣见杀；从杜之说，恐北骑见捕；莫知所决。时晓色渐分。去数步，则金一边来牵住。回数步，则杜一边又来拖行。事之难从违，未有如此之甚者。

且行且止正依违[17]，仿佛长空曙影微。
从者仓皇心绪急，　各持议论泣牵衣。

九

同行通十二人，行止未决。余元庆、李茂、吴亮、萧发遽生叛心。所怀白金各一百五十星上下，竟携以走。

问谁攫去橐中金，　僮仆双双不可寻。
折节[18]从今交国士[19]，死生一片岁寒心[20]。

十

予危急中，随行四人，皆负而逃。外既颠际[21]，内又饥困，行数十步，喘甚，不能进。倒荒草中，扶起又行。如此数十，而天晓矣。

颠崖一陷落千寻[22]，奴仆偏生负主心。
饥火相煎疲欲绝，　满山荒草晓沉沉。

十一

予不得已去扬州城下，随卖柴人趋其家。而天色渐明，行不得进。至十五里头，半山有土围一所，旧是民居。毁荡之余，无椽瓦，其间马粪堆积。时惟恐北有望高[23]者，见一队人行，即来追逐。只得入此土围中暂避。为谋拙[24]甚，听死生於天矣。

戴星欲赴野人家，　曙色纷纷路愈赊[25]。
仓卒只从山半住，　颓垣上有白云遮。

十二

既入土围中，四山阒然[26]，无一人影。时无米可饭，有米亦无烟火可炊。怀金无救也。哀哉。

路逢败屋作鸡栖[27]，白屋荒荒鬼哭悲。
袖有金钱无米籴，假饶有米亦无炊。

十三

土围粪秽不可避。但扫净数尺地，以所携衣服贴衬地面。睡起复坐，坐起复睡。日长难过，情绪奄奄。哀哉。

扫退蜣螂[28]枕败墙，一朝何止九回肠。
睡余扪虱[29]沉沉坐，偏觉人间白昼长。

十四

北法，惟午前出哨，午后各归。若是日起，捱至午后，欢曰："今日得命矣。"忽闻人声喧啾甚。自壁窥之，乃北骑数千，自东而西。於是追咎不死於扬州城下，而被捉於此，苦矣！时大风忽起，黑云暴兴，数点微雨下，山色昏冥，若有神功来救助也。

飘零无绪叹途穷，搔首踟蹰[30]日已中。
何处人声似潮沥[31]，黑云骤起满山风。

十五

数千骑随山而行，正从土围后过。一行人无复人色。傍壁深坐，恐门外得见。若一骑入来，即无噍类[32]矣。时门前马足与箭筒之声，历落在耳，只隔一壁。幸而风雨大作，骑只径去。危哉危哉！哀哉，哀哉！

昼阑[33]万骑忽东行，鼠伏荒村命羽轻。
隔壁但闻风雨过， 人人顾影贺更生。

十六

予与杜架阁，及金应、张庆、夏仲、吕武、王青、邹捷，共八人，在土围中。时已过午，谓哨不来。山下一里，有古庙，庙中有丐妇居之，庙前有井。遂遣吕武、邹捷下山汲水，意或可以得米菜，少救饥饿。不料哨至，二人首被获。二人解所腰白金近三百两，悉以与之。北[34]受金，得不杀。及哨过，二人方回，相向哀泣，又幸性命之苟全。

青衣[35]山下汲荒泉，道遇腥风走不前。
向晚归来号且哭， 胡儿[36]只为解腰缠。

十七

早从卖柴人行，不能前，遂至於土围中。约卖柴人，入城籴米[37]救性命。云："不奈何忍饥一日！城中衙，晡[38]后方开门，米至，则黄昏矣。"是日北数百骑薄西城，於是门不开，卖柴人竟不得出。予等饥窘失措，又以土围中露天不可睡卧。於是下山投古庙中，与丐妇人同居焉。

眼穿只候卖柴回， 今日堡城门不开。
籴米已无消息至， 黄昏惆怅下山来。

十八

既至庙中，坐未定，忽有人携梃至；良久，三四人陆续来，吾意不免矣。乃知其人自城中来。夜讨柴，来早入城赴卖，无恶意也。数人煮糁羹[39]，出其余以遗我。有未冠[40]者一，夕於庭中烧火照明。诸樵亦不睡。予等且困且睡，是不可言。

既投古庙觅藜羹[41]，三五樵夫不识名。
僮子似知予梦恶，　生柴烧火到天明。

十九

予等饥甚，樵者饮食，辄乞其余。破庙何所，风露凄然，仅存身犹不自保。哀哉！

苦作江头乞食翁，　一层破庙五更风。
眼前境界身何许，　始悟人间万法[42]空。

二十

予见诸樵夫，幸而可与语，告以患难，厚许之，使导往高沙。赖其欣然见从。谓此处不是高沙路，方驻堡城北门贾家庄。少驻一日，却为入城粜米买肉，以救两日之饥。又雇马，办干粮，以备行役。於是五更随诸樵夫往焉。时樵夫知予无聊，又有所携[43]，使萌不肖[44]心，得财岂不多於所许？淮人依本份感激，岂亦天意行其间乎。

樵夫偏念客途长，　肯向城中为裹粮[45]。
晓指高沙移处泊[46]，司徒庙下贾家庄。

诗作背景

《至扬州》是与《出真州》紧密相接的又一组诗。这一组二十首诗，细致、生动地记录了文天祥一行，三月初三深夜到扬州后的经历。

他们在初更时分到达扬州西门。由于在动乱的战争年代，又是一个极为生疏的环境，他们也已明确知道，和守卫扬州的宋军打交道，无疑是自投罗网。于是，他们西问东找，寻到了一座三十郎庙歇脚休息。说是一座庙，实际上只有几堵墙还勉强站立着，其实也已经破烂不堪。他们挤在墙边，东倒西歪地睡下来，城上传来的更鼓已是三更。明天等待他们的将是什么命运，谁也无法知晓，过分的疲劳使他们无力多想。

四更时分，开始有行人走向西门。卧倒在三十郎庙内的文天祥一行，休歇了一个更次，便心神不安地爬起来，也来到扬州西门边观望。这时，城下已坐了百十个人。城上不停地问："下面什么人？"下面也不停地答。他们始终没敢回答，害怕口音不对，守军下城捉人。

文天祥一行要到扬州，是不得已的，原只是抱一线希望：李庭芝能够回心转意。及至到了扬州城下，一片战争景象，比真州严重许多，可以听得见城上凄厉的号角，咚咚的战鼓，守城的兵士弓上弦、刀出鞘，戒备十分森严。他们知道，面对凶残的元军，这样严厉的战备姿态，当然是需要的；但是，他们也明确地感觉到，对李庭芝抱回心转意的希望，只是一种不切实际的幻想。

本来，扬州制使李庭芝是要真州安抚使苗再成把文天祥杀掉的。现在，文天祥一行来在扬州西门，他们才真切地意识到，如果用应答的方法向城上喊话，不只叫不开城门，恐怕密集的箭镞和石块便会如雨点般地落下来。何况这里距元军驻扎的扬子桥很近，惊动了元军哨马，更是自取灭亡。

在进退两难的危局下，杜浒认为：李庭芝要杀丞相，扬州是绝不能进的。应该尽快找一个地方躲避一天，以免碰上元军哨兵。然后趁暗夜奔高邮，想办法去通州，再找海船回归江南。在那里，将会见到南去的两位王子，向他们申诉报国的壮志。死在扬州城下，有什么意义呢？

也有和杜浒不同的看法。金应认为：出去扬州，到处是元军的哨马，还要跑五六百里才能到达通州，我们怎么走得到呢？与其奔波受苦而死，还不如死在扬州城下，总算是死在宋朝人手里呀！其实，金应的看法，总还是寄希望于李庭芝不杀的幻想上。

文天祥很难决定去向。正在犹豫之间，余元庆领着一个卖柴人来了。他连声说："相公有福，相公有福！"文天祥便问卖柴人："能给我们领路到高沙吗？"卖柴人答："能。"又问："什么地方可以暂时躲避一天？"答："我家里就可以。"又问："离这里有多远？"答："不过二三十里路。"问："可有元军的哨马？"答："有。但是，几天不来一次。"又问："今天哨马来不来呢？"

答：“那就看福分怎样了。”

天色渐渐亮了，还是定不下去向。一边是金应，拉文天祥决定进扬州。一边是杜浒，拖着文天祥下决心奔通州。那个人拉过去，这个人拉过来，文天祥实在拿不定主意。

正在拿不定主意的时候，有人发现：余元庆、李茂、吴亮、萧发四个人不见了。看来，不论是进扬州，还是奔通州，都一样危险重重，生死难卜，而余元庆是真州人氏，在当地十分熟悉，便趁着天色还未大亮，脚底抹油，跑掉了。严重的是，文天祥是把携带的银子分散保存在各人身上的，四个人每人身上各有一百五十两上下，共六百余两银子被他们带走了。

形势更加危急了。在迟疑不定中，十二个人走掉了四个；继续迟疑，人心更加涣散，何况时间十分急迫，天亮以前必须行动。决心下定了，立即离开扬州城下，随卖柴人先到卖柴人家里躲避一下再走。没有想到，文天祥经过一昼夜的煎熬，去向无定，生死难卜，缺食少饮，彻夜无眠，加上人员的叛逃，心情的沮丧，竟无力行走了。走不了数十步，便喘成一团，倒在草丛里。扶起来再走，走不了多远，又倒下来。

文天祥走不动，实在走不动了。天色大明，已经不宜于行动，才走了十五里路。他们看见一座小土山上，有一些房屋的围墙，原来想是老百姓的住房，现在屋顶全没有了，便钻进去坐下来。围墙圈子里到处是一堆堆马粪，也顾不得了。他们担心，如果元军在白天登高瞭望，看见这十几人结队行走，派骑兵来捉。于是，决定先停在围墙中暂避一时。这个主意未必是好主意，元军来了是逃不脱的，他们只能靠上天的保佑了。

四野寂然无声，连个人影也没有，既没有鸡鸣，也没有犬吠，天地间像是被战乱摧残得完全失去生气。文天祥一行静静地坐在残存的屋框中，大家突然感觉到腹中饥饿难忍，再也鼓不起一点力气。这已是三月初四的上午，他们还是昨天早晨被驱逐出真州之前吃的饭，到现在已经一昼夜有余。他们太想吃一顿饭了，可是这里没有米，有米也没有办法点火烧饭，虽然他们还有银子，但银子解救不了饥饿。

屋子里实在是太脏了，他们略事收拾一下，扫干净几个人可以坐卧的地方，然后把携带的衣物，铺垫上一些，躺倒休息。由于饥肠辘辘，命运难卜，根本睡不着，躺下、起来，起来又躺下，太阳顶在头上，似乎一动也不动。

文天祥一行专门打听过元军在江北的活动习惯，元军大多在上午出行巡逻，派出骑兵哨马。如果一天之中，捱到过了正午，就可以高兴地说："今天，又保住命了！"这天，也就是三月初四将近正午的时候，他们在破烂的农舍里，突然听得一片人喊马啸，原先的寂静完全被打碎了。他们连忙从墙壁的破缝里向外张望，几千名元军骑兵，从路上自东而西，铺天盖地般的压过来。他们被吓得谁也说不出一句话，赶忙坐在破墙下面，脸无人色，思潮翻滚。看来，没死于扬州城下，这次死在元军的刀斧之下，不会有什么疑问了。后悔，已经没有意义。反抗，没有能力。人到这时候，反而安静下来。不知道过了多少时间，突然一阵狂风吹过来，风声压住了元军的喧嚣，天上乌云翻滚，天色变得晦暗，铜钱大的雨点不住地从天上砸下来。

几千骑兵顺着土山向西行进，他们走的路正好从破农舍的断墙后面经过。文天祥几个人紧紧贴住墙壁坐在地上，一动也不敢动，就怕被元军看见。因只隔一堵断墙，马蹄踏地、箭筒碰撞的声音全可以听见，更不要说人喊马叫了。紧靠墙边坐着的人，偶然转一转头，从断墙的空隙处便可看见向前迈动的马腿。如果有一个元军向墙里面伸伸头，便可以发现他们。幸而突然间来了风雨，元军只顾赶路，竟没有人向里面看一眼。实在太危险了，实在太可怕了。

元军的大队人马过去了。文天祥一行八个人，吓得半晌说不出话来。互相看看，文天祥，杜浒，还有金应、张庆、夏仲、吕武、王青、邹捷，全部安全，但只能坐着无力行动。时间已过正午很久，估计大队元军不会再来，他们才渐渐恢复了活力。他们想起来山下有一座古庙，庙前有一口井，喝点水解救一下干渴也好，便派吕武、邹捷两个人去山下打水。过了很久，两个人才哭着回来。原来，两个人下山，正好碰上元军殿后的骑兵，元军抓住他们便要带走。两个人连忙把腰里带的三百两银子都给了元军，才放掉他们。

天又渐渐黑了。几近两天没有吃东西，眼睛里面不住地冒出金花。早晨他们决定在农舍中潜藏停留时，已经考虑到吃饭问题，和引路的卖柴人商量，由他返回扬州，买些米来做饭，不想整整一天不见回来。想来由于元军大队行进距扬州很近，城门不开，进了城也难出来；何况兵荒马乱，怎么还能指望他回来呢。于是，几个人决心下到山下古庙中去。

来到古庙，刚一坐下来，发生了意外情况。一个人扛着棍棒，突然进到庙里。没有多久，又有三四个人，也都拿着棍棒进了庙。打问一下，原来是一群卖柴人，晚上从城里出来，夜里到处搜集一些烧柴，第二天一早再挑进城去卖。他们对人并无恶意，煮了些粥，吃完饭把剩余的粥送给了文天祥一行。晚上，他们在庙内烧起篝火，各人干各人的活路；文天祥一行困饿难支，都纷纷进入梦乡。

太饥饿了！一等卖柴人吃完饭，文天祥一行便主动乞讨吃剩的东西。这一方面说明，在战乱、流亡之中，只逃脱生命的危险还不够，不吃东西也还是活不成；另一方面，到了危急时刻，为了解决饥饿，什么身份地位，是无法顾及的。

和卖柴人混熟一些了，文天祥等人和他们谈话越来越多，答应给他们报酬，请他们带路去高沙，他们也高兴地答应了。不过，卖柴人说："这里不是去高沙的方向。要去高沙，应该去扬州北门外的贾家庄，住上一天，买些米、肉，备上两天的吃食，就好走了。如果雇上牲口驮东西，那就更好。"于是，文天祥一行决心跟卖柴人去贾家庄。文天祥判断，不论从行动，还是从言语上，可以看得出，卖柴人还是老实人。如果听出文天祥一行带有银两，劫财岂不比带路好处更大。说明百姓中多有好人，上天对文天祥还是给予了关心和照顾。

词语注解

①进退维谷：进退都很困难。《诗·大雅·桑柔》："人亦有言，进退维谷。"

②枕藉：有纵有横，互相为枕而睡。

③琅铛：原指铁锁和铁链。这里借用以表示困倦已极。

④谯鼓：谯指高楼。在高楼上夜间打鼓，以分更次，判定时间。

⑤夜何其：问夜里的时间早晚。其为语助词，其读为基。

⑥翁翁：老者，指李庭芝。

⑦兜鍪：古战时将士们戴的头盔。这里是以头盔比喻城上威风凛凛的将士。

⑧杨朱泣：指杨朱走到岔路口，不知走向何方，哭泣起来。典出于《淮南子·说林》。

⑨二主：二主，即吉王赵昰，益王赵昺，从封建宗法关系上称为主上。见《指南录》卷一《二王》诗注释①。

⑩广陵：扬州。

⑪玉京：指皇帝住的地方。

⑫楚天头：古代江苏一带属楚。通州即今南通，靠近东海，意为楚国的尽头。

⑬判命：拼命。

⑭高沙：今高邮。

⑮邂逅：无意间的相遇。

⑯问津：津是渡口，本意是问渡口在哪里，泛指为问路径。

⑰依违：从字面上看，就是依从和违反，即同意与反对，难以定夺。

⑱折节：低头、弯腰，情愿经受委屈。

⑲国士：国家的有识之士，高明人物。

⑳岁寒心：天气寒冷人心不会改变。语出于《论语·子罕》："岁寒，然后知松柏之后凋也。"

㉑颠阸：堕落。《书·微子》："王子弗出，我乃颠阸。"

㉒千寻：古代八尺一寻。这里说千寻，极言很高的意思。

㉓望高：登高瞭望。

㉔为谋拙：作为一种打算，是笨拙的。

㉕赊：遥远。

㉖阒然：没有声息。

㉗鸡栖：像鸡入鸡舍一样栖息。

㉘蜣螂：可以将人、畜粪团成圆球运转回巢的昆虫，又名蛣蜣。

㉙扪虱：捉拿附着衣内的虱子。原指放任、无拘束；这里指睡起无聊。

㉚搔首踟蹰：搔首，即用手抓头；踟蹰，犹豫观望不向前的样子。见于《诗·邶风·静女》："爱而不见，搔首踟蹰。"

㉛溯：逆流之水。

㉜噍类：指活着的人。《汉书·高帝纪上》"（项羽）尝攻襄城，襄城无噍类"。

㉝阑：残尽，即将结束。

㉞北：北方人，指元军。

㉟青衣：汉朝以后，着青色衣服者多为婢女、卑贱者，这里指奴仆。

㊱胡儿：对元军的蔑称。

㊲籴米：买米。

㊳晡：申时，下午四点前后，衙门散值以后。

㊴糁羹：用碎米、青菜熬在一起的粥。

㊵未冠：古男子二十岁行加冠礼，称冠。未冠即不到二十岁男子。

㊶藜羹：用野菜、碎米做成的粥。

㊷法：可泛指一切法则、法度、礼法、佛法等。

㊸有所携：携有财物。

㊹萌不肖：萌生不好的打算。

㊺裹粮：携带的干粮。

㊻移处泊：换个地方停留。

诗义串释

一

这座庙称为三十郎庙，谁又知道三十郎是个什么神明？如果三十郎有知，也许觉得我们这伙发问的行客为什么如此困累，如此惊恐。虽然庙宇颓败，只剩下断壁残阶，我们纵横躺倒，互相枕着别人的身体歇息下来；渺无人声，风寒露冷；清夜悠长，难以入梦，明天等着我们的，谁又知晓是什么命运，什么情景？

二

听谯楼上的鼓点，咚咚咚咚正敲四更，郊外已经有了行人，三三五五地走向西门。隔了护城河，城上不住地发问。我们不敢回答，害怕被听出外地口音，引起官军的疑心，捕捉去送入牢笼。

三

不能不令人惆怅发愁，偌大的天地没有可去的地方；奔波来到扬州，长夜漫漫，更残无眠，找寻不到任何希望。听！城楼上的鼓声何等阴沉，号角何等凄凉，作为扬州领兵的高官，李庭芝这位老头儿，心里有什么不甘心的向往？

四

扬州城上，身着甲胄、头戴兜鍪的将士们，手按腰间的刀剑，不断向城下察看；扬州四郊，元军的铁骑团团巡转。进城？死路一条。不进？同样将面对死难。平生从来不知道面对歧途发愁，这次真真品尝了进、退两难。

五

我肩上扛着一颗头颅，拼死走向扬州；在扬州城下，呼天不应，呼地不灵，陷身在可怜的困境。也许应当继续拼着性命奔向东海，还能够乘风破浪，努力挽救国家的危亡。

六

海波飘渺的楚天尽头，到那里有几百里的途程，元军的铁骑日日巡逻，哪里有轻易走到的自由？如果再一次遭到元军的俘虏，还不如把性命交给自己人，死在扬州。

七

我们争论不休，临岐而泣，在路边偶然向一位卖柴的樵人打问；他说要去高沙才可以找到东去的路径，愿意充当向导带路前进。他又说，从此地到他家不过三十里，不妨跟他回家躲避元军。

八

行走一段，停止一段，没有休止的争论；这个人建议进扬州，那个人建议走通州，真个是决定两难，令人头昏。这时候，东方天空隐约露出曙光，更加触目惊心。大家心绪急躁、神色仓皇，拉扯住我的衣服，哭泣着向我陈诉，我又怎能把各自议论的短长确认。

九

是谁把携带的财物给劫取走了？年轻的兵丁，还有服侍我的仆人，在这困难的时刻，竟然双双不知去向难以找寻。今后，我当然还要主动结交有所作为的人物；但是，一定要经得起考验，无惧环境的变化，在生死关头，同德同心。

十

我像从高高的悬崖边坠落下来，我自己的仆人竟做出了对不起我的事情，在危急的时刻，对我进行了致命的陷害。一昼夜未进饮食的饥渴，一昼夜苦苦奔波的辛劳，把我折磨得难以支持；天虽破晓，我眼睛里还是荒草满山，一片阴霾。

十一

顶着满天星光，决心到樵夫家潜藏；天光越来越亮，道路越来越长。担心碰上元军的哨马，暂时隐蔽在半山上破烂的民房；这民房只是些颓垣断壁，没有房顶，全靠天上几片白云遮挡。

十二

借用路旁败破的农舍栖身，像群鸡钻进鸡舍；漫山遍野不见一个人影，更听不到犬吠鸡啼，鬼到这里也难免悲泣。腹中饥饿，哪里去寻米？身上带的银子已完全失去价值；即使有锅有灶，谁又胆敢把炊烟燃起？

十三

把活跃着蜣螂的堆堆马粪清扫一下，头枕破墙暂把身安；思前想后，这一天，就像把肠子作了整整九次反转。睡觉起来只能低头闷坐，闷坐久了又只能把虱虫捕捉；这悠长的白昼似乎没有尽头，正像人间受不尽的苦难。

十四

自己掌握不了自己的命运，已经到了末路穷途；不断搔抓头皮，身陷绝境，转眼间太阳像火炬高举。忽听得人声呼叫，马嘶长鸣，数千名元军骑兵从山下卷地而过，像海潮汹涌奔逐。谢天谢地，乌云也随着元军来了，推动乌云的是满天狂风，风雨催着元军快走，不允许少有游移。

十五

长昼间，忽然来了大队元军，铺天盖地，浊流汹涌；我们像鼠类爬伏在破屋之内，不知道自己是否还能保住生命。幸得一天风雨催元军快走，流浪者互相看看，感谢上苍又重新给予了我们新生。

十六

派了两个人到山下汲取泉水，道路上被元军抓捕无计返回。一直到很晚才回来，又是诉说，又是掉泪；两个人都说，今天能够回来，全靠把白花花的银子贡献给了元军。

十七

把眼睛已经望穿；盼望卖柴人回来，能带回果腹的食物；哪里想到，元军的兵马惊扰得城门紧闭。买回粮米的希望已经落空；趁着黄昏，满怀惆怅，八个人趄身下山，探寻一下生路。

十八

投向古庙本想寻找一个宿处，没想到在这里还乞讨到野菜糊糊；这虽是萍水相逢的几个樵夫，却给予了我们慷慨的帮助。更可喜的是他们中一个小伙子，似乎知道我害怕噩梦的惊扰，在庭中点起篝火，让我们得到了片刻安寝。

十九

今天在长江之滨当了乞讨的老翁；在一座残败的破庙里，身披着五更的寒风，为了权且充饥，伸手向人讨取吃剩的粥羹。眼前的严峻处境，已经难以估量前面的行程，这才觉悟到人世的一切法度，到了真正的困难面前，完全归于无用。

二十

樵夫们考虑得十分周到，想到去高沙路途迢遥，愿意到城里先买好路上吃的干粮。然后便转向扬州北面的贾家庄，如果能雇上牲口驮东西，我们的旅途，一定会走得更好。

贾家庄

予初五日，随三樵夫，黎明至贾家庄。止土围中，卧近粪壤，风露凄然。时枵腹[①]已经两夕一日半。恳三樵夫入城籴米买肉，至午而得食。是夜，雇马趋高沙。

行边[②]无鸟雀，卧处有腥臊。
露打须眉硬，　风搜颧颊高。
流离外颠沛，　饥渴内煎熬。
多少偷生者，　孤臣叹所遭！

诗作背景

三月初五凌晨，文天祥一行跟随三个卖柴人离开了桂公塘。天亮以后，到达了贾家庄。卖柴人又把他们安置在一个只有墙壁没有屋顶的破屋围中，屋围遮蔽不了风露，又靠近农家积肥的粪堆，在这里坐卧，比在桂公塘的破屋围好不了多少。更难忍耐的是饥饿，到这时，已经两个夜晚、一个半白天没有吃东西了。他们恳求三个卖柴人进城买了些米和肉，到中午才吃了一顿饭。

词语注解

①枵腹：指肚子空无所有，在挨着饥饿。

②行边：走过的地方。

诗义串释

行路走过的地方，连鸟雀也看不到；坐卧休歇的所在，却充满了腥、臊。冰凉的露水把眉毛、胡须沾染得很湿，使眉毛、胡须显得更硬；尖厉的冷风反复吹拂，以至脸上的颧骨显得更高。流离失所，在外面吃够了跋涉苦处，饥渴难忍，身体内受尽困乏的煎熬。多少偷生怕死的人，继续做饱暖的迷梦；为国尽忠的臣子，怎能不慨叹自己的所遇所遭。

扬州地分官[1]二首

初五至晚，地分官五骑咆哮而来。挥刀欲击人，凶焰甚於北。亟出濡沫[2]，方免毒手。急令离地分去。告以入城。云：“入城必被杀。”幸而脱北方之难，不意困折於我土地。天地虽大，无所容身。哀哉。

五骑驰来号徼巡，哆嗦按剑一何嗔。
金钱买命方无语，何必豺狼骂北人。

便当缟素驾戎车，[3]畏贼何当畏虎如。
看取摘星楼咫尺，可怜城下哭包胥[4]。

诗作背景

贾家庄离扬州城不远，元军不到城下骚扰，城外自然是宋军的天下。不知是卖柴人进城购买米、肉走漏了风声，还是村里什么人进城作了报告，天近黄昏时分，五骑马驰进村来。他们找到文天祥一行，自称是扬州宋军的地分官，挥舞着大刀，不住地咆哮，对文天祥一行进行查问。文天祥等人看来人凶横，赶快捧出银子，请求照顾。这时候，他们才发出命令，要文天祥一行赶快离开扬州城外。文天祥等人表示打算进城。地方官们说，进城必定被杀无疑。文天祥等人在大队元军的眼皮下脱险，没想到又遭到自己人的威逼，辽阔的中国大地，竟没有地方收留他们。文天祥悲愤之余，写下了这两首诗。

词语注解

①地分官：按前后左右中划分军队驻地，管理各自地域的军队官员，称地分官。

②濡沫：濡即沾湿，用沫加以湿润，贿赂的意思。

③便当缟素驾戎车：缟素指白色。汉桓宽《盐铁论·非鞅》：缟素不能自分缁墨，贤圣不能自理于乱世。戎车，即兵车，也可泛指军队。这里是说，本来应当像缟素的白色那样鲜明，派出军队出征。

④包胥：申包胥，详见本卷《议纠合两淮复兴》注释⑯。

诗义串释

耀武扬威地跑来五骑马，马上的官员宣称前来巡查；高声喊叫，手按着剑把，胡子翘得很高，眼睛瞪得很大。赶快捧出银子，笑嘻嘻，闭上了嘴巴。我们一直把元军称为豺狼，没想到宋军比元军还差。

本来应当像穿白色衣装那样鲜明，对付敌人应当立即出征；无奈害怕敌军，把元军看得比老虎还凶。摘星楼近在咫尺，可惜不允许自家人走进古城，听任求救的申包胥在城下哭瞎眼睛。

思则堂先生[①]

初四日，予在桂公塘，北骑数千东行，莫知其故。贾家庄有樵夫云："昨夜北营甘泉西，去城四十里，有白须老子，设青罣罳[②]饭於救生寺灶前。称南朝相公。"问其何如？曰："面大而体肥。"以意逆之，则堂家先生也。因知昨日北驱，奉使北去，与其所掠老小辎重偕行。予虽不免颠踣道路，较诸先生，不以彼易此也。先生尝云，某四十规行矩步，今日乃有此厄。流涕二十八字。

白须老子宿招提，香积厨边供晚炊。
借问鱼羹何处少，北风安得似南枝[③]。

诗作背景

后来，文天祥才弄清楚，初四日躲在农居的破墙中，遇上元军的地方，地名叫桂公塘。但是，数千名元军的行动，究竟做什么呢？便不了解了。到贾家庄后，听一个樵夫说：昨天夜里元军在甘泉的西面宿营，离扬州城大约四十里路。元军中有一个白头发的老头儿，在救生寺灶前吃饭，还架设了青色的幔帐，有人称呼他南朝相公。文天祥当即问：老头儿是什么样子？樵夫回答：脸盘很大，身体也比较肥胖。文天祥猜想，这一定是家则堂老先生了。由此判断，昨天的大队元军，便是护送所谓祈请使的队伍，他们把掠夺到的人员、财物一齐送往北方。文天祥从镇江逃亡起，应该说受够了艰辛吧，但这时，他忽然觉得，不管受多大的苦也甘心情愿，如果有人让他和祈请使们换一换位置，那是绝对不能接受的。他又想起，家则堂先生对自己还发表过一个评论：年纪虽然到了四十岁，平日还是规行矩步。听起来这话讲得很有道理。今天之所以遭受这些厄难，不也是按照圣贤制定的忠君爱国的规范行事的结果吗？想到这里，他不禁泪流满面，写下了这首七言绝句的诗篇。

词语注解

①则堂先生：家铉翁。详见《指南录》卷一《则堂二首》注释①。

②青罣罳：青色幔帐，类似于屏风。

③南枝：向南生长的树枝。

诗义串释

白胡子老先生食宿在招提寺中，在香积厨边为他作丰盛晚餐的供奉。我请问一下，在鱼米之乡的长江南北，哪个地方吃不到鲜美的鱼羹？北方吹来的寒风，怎能使树上向南生长的枝叶安静？

高沙[①]道中

予雇骑夜趋高沙。越四十里，至板桥，迷失道。一夕，行田畈中，不知东西。风露满身，人马饥乏，且行雾中不相辨。须臾，四山渐明，忽隐隐见北骑。道有竹林，亟入避。须臾，二十余骑绕林呼噪。虞侯[②]张庆，右眼内中一箭，项二刀，割其髻，裸于地。帐兵王青缚去。杜架阁与金应，林中被获，出所携黄金，赂逻者得免。予藏处距杜架阁不远，北马入林，过吾傍三四，皆不见，不自意得全。仆夫邹捷卧丛荼[③]下，马过，踏其足，流血。总辖[④]吕武，亲随[⑤]夏仲，散避他所。是役也，予自分必死。当其急时，万窍[⑥]怒号，杂乱人声。北仓卒不尽得，疑有神明相之。马既去，闻其有焚林之谋，亟趋对山，复寻丛篁以自蔽。既不识路，又乏粮食，人生穷蹙，无以加此，未几，吕武报北骑已还湾头，又知路边鲇鱼坝，传闻不尽信。然他无活策。黾勉[⑦]趋去，侥幸万一。仓皇匍匐不能行。先是自扬州来，有引路三人，牵马三人，至是或执[⑧]或逃，仅存其二。二人出於无聊，各操梃相随，有无礼之志。逡巡[⑨]行路，无可奈何。至晚忽遇樵者数人，如佛下降。偶得一箩，以绳维之，坐於箩中，雇六夫，更迭负送，驰至高邮城西。天已晓，不得渡，常恐追骑之奄至也。宿陈氏店，以茅覆地，忍饥而卧。黎明过渡，而心始安。痛定思痛，其涕如雨。

三月初五日，　索马平山边。
疾驰趋高沙，　如走阪上圆[10]。
夜行二百里，　望望无人烟。
迷途呼不应，　如在盘中旋。
昏雾腥且湿，　怒飚狂欲颠。
流澌[11]在须发，　尘沫[12]满橐鞬[13]。
红日高十丈，　方辨山与川。
胡行疾如鬼，　忽在林之巅。
谁家苦竹园，　其叶青戋戋[14]。
仓皇伏幽篆，　生死信天缘。
铁骑俄四合，　鸟落无虚弦[15]。
绕林势奔轶[16]，　动地声喧阗。
霜蹄破丛翳，　出入相贯穿。
既无遁形术，　又非缩地仙。
猛虎驱群羊，　兔鱼落蹄筌[17]。
一吏射中目，　颈血仅可溅。
一隶缚上马，　无路脱纠缠。
一厮[18]蹦其足，　吞声以自全。
一宾[19]与一从，　买命得金钱。
一伻[20]与一校，　幸不逢戈铤[21]。
嗟予何薄命，　寄身空且悬。
萧萧数竹侧，　往来度飞鞯[22]。
游锋几及肤，　怒兴空握拳。

跬步[23]偶不见，　　残息忽复延。
当其蹙迫时，　　大风起四边。
意者相[24]其间，　　神物来蜿蜒。
更生不自意，　　如病乍得痊。
须臾传火攻，　　然眉[25]复相煎。
一行辄一跌，　　奔命度平田。
幽篁便自托，　　仰天坐且眠。
晴曦正当昼，　　焦肠火生咽。
断罂[26]汲勺水，　　天降甘露鲜。
青山为我屋，　　白云为我椽。
彼草何芫芫，　　彼水何潺潺。
首阳[27]既无食，　　阴陵[28]不可前。
便如失目鱼，　　一似无足蚿[29]。
不见道傍骨，　　委积有万千。
魂魄亲蝇蚋，　　膏脂饱乌鸢。
使我先朝露，　　其事亦复然。
丈夫竟如此，　　吁嗟彼苍天。
古人择所安，　　肯蹈不测渊。
奈何以遗体，　　粪土同弃捐。
初学苏子卿[30]，　　终慕鲁仲连[31]。
为我王室故，　　持此金石坚。
自古皆有死，　　义不污腥膻。
求仁而得仁[32]，　　宁怨沟壑填。
秦客载张禄[33]，　　吴人纳伍员[34]。
季布[35]走在鲁，　　樊期[36]托於燕。
国士急人病，　　倜傥[37]何拘挛。

彼人[38]莫我知，　　此恨付重泉。
鹊声从何来，　　忽有吉语传。
此去三五里，　　古道方平平。
行人渐复出，　　胡马觉已还。
回首下山阿，　　七人相牵连。
东野[39]御已穷，　　而复加之鞭。
跰足[40]如移山，　　携持姑勉旃[41]。
行行重狼顾[42]，　　常恐追骑先。
扬州二游手[43]，　　面目轻且儇。
自言同脱虏，　　波波口流涎。
白日各持梃，　　其来何翩翩。
奴辈殊无聊，　　似欲为鹰鹯[44]。
逡巡[45]不得避，　　默默同寒蝉。
道逢采樵子，　　中流得舟船。
竹畚当安车，　　六夫共赪[46]肩。
四肢与百骸，　　屈曲如桮棬[47]。
路人心为恻，　　从者皆涕涟。
星奔[48]不可止，　　暮达城西阡。
饥卧野人庐，　　藉草为针毡。
诘朝[49]从东渡，　　始觉安且便。
人生岂无难，　　此难何迍邅[50]。
重险复重险，　　今年定何年。
圣世基岱岳，　　皇风扇垓埏[51]。
中兴奋王业，　　日月光重宣。
报国臣有志，　　悔往不可湔。
臣苦不如死，　　一死尚可怜。

堂上太夫人，　　鬓发今犹玄。
江南昔卜宅，　　岭右今受廛[52]。
首丘[53]义皇皇，　倚门[54]望惓惓。
波涛避江介[55]，　风雨行淮壖[56]。
北海[57]转万折，　南洋[58]泝孤骞。
周游大夫蠡[59]，　放浪太史迁[60]。
倘复游吾盘[61]，　终当耕我绵[62]。
夫人生於世，　　致命[63]各有权。
慷慨为烈士，　　从容为圣贤。
稽首望南拜，　　著此泣血篇。
百年尚哀痛，　　敢谓事已遄[64]。

北以高邮米担济维扬，故自湾头夜遣骑截诸津，鲇鱼坝其一。予是夜若非迷途，四更可达坝所，当一网无遗。乃知一夕仓皇失道，迹若有鬼神鼓动於其间。颠沛之余，虽幸不死，何辜至此极也。

诗作背景

三月初五日夜间，文天祥一行八人，由三个卖柴人引路，又雇了三匹马，由三个马主牵着，从扬州北郊贾家庄出发上路，奔赴高沙。走了四十里路，过了板桥，迷失了道路。后半夜，他们一直走在种庄稼的田地里，分辨不出方向，也寻找不到路径，露水很重，把衣服打得潮湿不堪，弄得人困马乏，并未走出多远。天色渐明，大地上白茫茫的一片，满天迷雾遮住了村庄、树木，两人相遇，难辨面目。又走了一程，雾散失得很快，红日高悬，山，看清了，树，看清了，村庄也看清了。

啊呀！不好！一队元军骑兵突然从正在消退的白雾里冲出，顺着大路迎面而来，幸亏文天祥一行人正走在下山的路上，路边的山坡上生长着一片竹林，密密麻麻，青翠欲滴，从山顶上一直漫下来，不见边际，左右和邻山相连，虽有断续的所在，也不太多。他们来不及考虑，一齐转身钻进了竹林。

二十多骑元军，明明看见十余人、三匹马钻进竹林，先是射出一阵箭，然后打马奔驰过来，绕着竹林呼喊、搜索。就在这第一波袭击中，虞侯张庆被箭射中了右眼，然后被捉，脖子上又被砍了两刀，并被割掉了发髻，剥掉衣服。在元军绕着竹林抓捕，进行第二波袭击的时候，帐兵王青被抓住，捆绑起来给带走了。在竹林中被抓捕的还有杜浒和金应，但他们立即拿出身上携带的银子贿赂元军，得到了幸免。仆夫邹捷躺在丛生的小竹之中，元军的马踏伤了他的脚，血流不断，他忍住疼痛，一动也不动，没有被捉。只有三人安全躲过，没有受伤，也没有被捉。吕武和夏仲，因为隐藏得比较远，元军没有发现他们。而文天祥藏身的地方，离杜浒不远，元军人、马从他身边过了几次，他自己已经觉得难以逃脱，必死无疑，不想却始终没有发觉他。搜捕的元军知道，竹林里还有人没有抓到，扬言要火烧竹林。文天祥找了元军暂停搜查的一个间歇，潜行到邻山竹林里去，危险总算躲过了。为此，文天祥总是疑心，有什么神明救助了他。

元军终于无可奈何地撤退了，文天祥一行再次集合起来。八个人又少了一个。三个带路的人和三个牵马的人，只剩下两人，其余四人不知去向，三匹马也丢失了。吕武报告了一个情况：听当地人讲，这个地区靠近鲇鱼坝，元军驻扎在湾头，他们得知高沙有人夜间运米去扬州，便从湾头派骑兵来堵截。这天夜晚，文天祥一行如果不在高桥迷路，四更天走到鲇鱼坝，便会被堵截的元军一网打尽。现在虽遭受了一定损失，已经是不幸中的幸事了。

他们又鼓起力气上路。剩下的两个带路人，脸上开始露出不可靠的神色，嘴里不断说些不三不四的话，手里经常舞动着棍棒。文天祥一行尽量走得离他们远些，为他们做出的不测举动做好思想准备。所幸半路上遇到了一些樵夫同行，紧张情绪缓和了许多。不知谁在路边找了一个大筐，杜浒他们让文天祥坐进筐里，雇了六个人轮流抬了文天祥走路，这便走快了很多，总算顺利到达高沙城西。当天晚上，他们住在一个姓陈的人开设的旅店里。第二天一早，他们渡到河东，找到了去泰州的航船。这已是三月初七日的上午了。

《高沙道中》这首长诗，既叙述了三月五日夜至三月七日晨文天祥所经历苦难的始末，也抒发了他胸中的块垒，夹叙夹议，自然生动；隔句押韵，共有八十余韵，一韵到底，浑然天成。据推测，是作者在去通州或由通州南下的海船上写成的。

词语注解

①高沙：高邮。

②虞侯：军队中的一种文职官员。

③丛蓁：蓁为杂草。疑为“篆”字之误，篆则是小竹。

④总辖：军队中的一种官职。

⑤亲随：古官员的随从人员。

⑥万窍：窍，指洞穴；万窍怒号，则指众多洞穴都发出巨大响声，即刮起大风。《庄子·齐物论》：“夫大块噫气，其名为风。是唯无作，作则万窍怒号。”

⑦黾勉：努力。

⑧执：被捉。

⑨逡巡：走起路来有所顾虑，一面观望，一面走路。

⑩阪上圆：阪为斜坡，圆是圆形的石头。斜坡上的圆形石头，滚动很快。

⑪流澌：结成了冰碴。

⑫尘沫：尘沙和水沫混合在一起。

⑬櫜鞬：原意为盛弓箭的皮匣。由于作者一行并未佩带武器，似应为一般系在腰间的皮盒。

⑭戋戋：叶子细小、稠密。

⑮鸟落无虚弦：敌人射箭，箭无虚发，并非射鸟，而是箭箭威胁到作者一行，所说“鸟落”，是比喻。

⑯奔轶：奔跑并跳跃。

⑰蹄筌：蹄：罝，相类捕鸟的网；筌：用竹编成的捕鱼工具。

⑱厮：仆从。

⑲宾：宾客即幕僚。

⑳伻：也是指仆从。

㉑铤：是一种短小的矛。

㉒飞鞯：奔跑很快的马匹。

㉓跬步：半步。

㉔相：庇护的意思。

㉕然眉：同燃眉。

㉖断罂：摔破的瓶子。

㉗首阳：是用伯夷、叔齐的典故作比喻。首阳山在山西永济县；殷朝亡后，伯夷、叔齐不吃周朝的粮食，饿死在首阳山下。这里比喻饥饿。

㉘阴陵：是用项羽的典故。项羽在垓下突围，来到阴陵地方（在今淮南），问路于一农夫，农夫误导左行，项羽陷入沼泽，为追兵所杀。这里，是指到了危险的境界。

㉙蚿：又称马蚿，是多足的昆虫。这里是说，多足的昆虫马蚿，已经失掉了足。

㉚苏子卿：苏武。详见本集《题苏武忠节图》注释①。

㉛鲁仲连：鲁仲连反对尊秦为帝。详见《指南录》卷一《愧故人》注⑥。

㉜求仁而得仁：语见《论语·述而》："求仁而得仁，又何怨？"

㉝张禄：战国时魏国人范雎，遭到魏国大夫须贾等人陷害，拷打将死，佯死得脱，后改名张禄，由秦国使臣王稽送往秦国，后任秦国客卿。

㉞伍员：伍子胥。他的父、兄在楚国被杀，出奔到吴，受到吴王重用。

㉟季布：原为项羽的部将，项羽败亡后，他逃到鲁地，卖身给朱家为奴，后朱家发现他是季布，便说服刘邦赦免了他。

㊱樊於期：原为秦国将军，获罪于秦王，逃亡燕国，受到太子丹的

收留。

㊲倜傥：举动豪爽，对人大方。相对于下面的拘挛，即拘谨、小气。这里是指真州守将苗再成，先对文天祥信任，后又相信李庭芝的说法，怀疑、驱逐文天祥。

㊳彼人：指李庭芝。

㊴东野：指东野毕，春秋时鲁国一个善驾马车的人。在《孔子家语·颜回》中，鲁定公曾和颜回谈到驾马车的事。颜回认为，善驾马车，不应把马累得过度，而东野毕使尽了马力，还要加鞭，证明他的马将要累得跌倒。这里，是以东野毕为比喻，作者一行已经疲劳不堪，但还要继续前行。

㊵跰足：脚疲累难行。

㊶勉旃：互相勉励。

㊷狼顾：像狼走路，由于疑心有什么危险，不断四面观看。

㊸游手：不劳动的闲汉。

㊹鹰鹯：专吃小鸟的鹰类飞禽。

㊺逡巡：见本诗注释⑨。

㊻赪：颜色发红，赪肩，磨红了肩膀。

㊼栝棬：一种竹、木做成的家具，可卷放。

㊽星奔：在星光下走夜路。

㊾诘朝：第二天早晨。

㊿迍邅：不断遇到困难。《易经》："迍如邅如。"左思《咏史》："英雄有迍邅，由来自古昔。"

51垓埏：边远的地方。

52廛：古代称一家人找到居住之地，称受廛。

53首丘：传说狐死其头朝向巢穴所在的方向。

54倚门：母亲盼望子女回家。

55江介：江岸。

56堧：江河附近的土地。

㊼北海：指由长江出海，循崇明岛以北航道向北再折南。

㊽南洋：走长江南侧的航道出海。

㊾大夫蠡：范蠡，春秋时越人，助越王勾践灭吴后退隐，游历各地。

㊿太史迁：汉武帝时太史司马迁，放浪形骸，到处周游。

61盘：盘谷，古名胜之地。吾盘，指我的盘谷，即作者家乡的文山。

62绵：绵山，山西介休县，春秋时人介之推居住的地方。

63致命：贡献自己的生命。

64遄：过去，忘记。

诗义串释

三月初五日这一天，我们找好向导，雇好马匹，就要上路；出发点距扬州不远。我们奔向高沙，一路疾走，像从斜斜的高坡上，滚下圆圆的石团。这一夜，我们打算赶二百里路，漫漫长途上，竟看不到多少人烟。忽然迷路了，又找不到人询问路径，好像是在一个圆盘里来回打转。大雾迷漫，潮湿而且腥膻；狂风怒卷，像是发了狂、癫。冰凌挂满了眉毛、胡子；水沫和着尘沙涂抹上皮匣的边缘。天色大亮，终于雾散、日出，这才看得见翠绿的青山和流动的河川。

蓦然看见元军，如同飘忽的厉鬼，跨下剽悍的战马，奔下对面的山峦。幸亏路旁有一片阔广的大竹林，茂密的竹叶，是那样青光戋戋。仓皇之间钻进了竹林，爬伏在丛生的细竹下面；是生，还是死，只能把命运交付给上天。元军的骑兵把竹林包围起来，弓弦频响，接连向竹林发射出了支支利箭。他们绕着竹林奔走搜索，大呼小叫，吵嚷得地覆天翻。战马的铁蹄踏进了绿色的丛林，元军举着刀剑反复出入，把竹林来回贯穿。潜藏在竹林的人们，既没有隐形术，又不能一下逃到别处，成为可使大地收缩的神仙。元军像猛虎，任意驱赶群羊；被驱赶的人像兔子、游鱼，落进了网罗或是筌栏。一个官员被射中眼睛，颈上被砍两刀，霎时间鲜血飞溅。一个士兵被捆绑在马上，即将被带进元军的兵营，根本无法摆脱纠缠。一个仆从被马踏伤了脚，咬牙不敢出声，终于使自己得到保全。一位幕僚和另一个仆从，虽然被捉，但贿赂元军得以逃脱，全靠献出了金钱。只有另一个随从和一名军校，由于躲藏得稍远，侥幸没有受到伤残。可叹的是我自己，总是这样命薄如纸，孤身无所寄托，如同在空中倒悬。我躺在丛生的竹子下面，元军的战马几次往来于我的身边。元军无意中挥舞的刀剑，多次差一点触及我的皮肤；我想奋起反抗，盛怒使我紧握起双拳。和元军相距半步之遥，而未被发现，实在太偶然了，这才使我尚存的一息得以延缓。难以忘记啊，终生难忘！在最紧张的刹那，我像听见一阵狂风起自身边。也许天意对我有什么庇护，神物降临，如龙蛇一样行动蜿蜒。在不知不觉的须臾之间，我得到了再生，如患有沉疴的人，一朝得到愈痊。只听搜捕的元军又传来火烧竹林的命令，更大的危险即将发生在燃眉之间。走一步便要跌一个跟斗，舍了命也要爬向邻近的山峦。这里依然有密密麻麻的竹林可以藏身，任凭你跌坐林间，还是仰天而眠。何况正当晴朗的长昼，太阳晒得五内俱焚，咽喉即将冒出火烟。不妨用一个破瓶汲取一些泉水，喝下去真像甘露一样香甜。啊，让青山做我的房屋吧，让白云做我屋顶的木椽。看青草生长得何等茂盛，看泉水流淌得多么潺缓。可惜我像伯夷、叔齐在首阳山上一样，忍受着饥饿的折磨，像项羽在阴陵问路，已经到了危险的边缘。如同失去双目的鱼，如同百足全无的马蚿。看见过抛弃在大道一旁的白骨吧，神州大地堆积起的同样白骨，何止万千。这许多死去的人，魂魄受到蝇蚋的飞扰，肌肉喂饱了乌鸦和鹰鸢。如果我像早晨的露珠在阳光下消失那样死去，和众多的死者一样遭遇，那实在十分自然。顶天立地的男子汉，最后的归宿不过如此，真不得不发出疑问：为什么会这样？高高在上的苍天！我们的先辈是有智慧的，他们懂得要选择安全的地方居住，决不能轻易踏进充满风险的深渊。那又为什么，让我们献出父母给予的宝贵生命，如同不值钱的粪土，加以弃捐？我自幼想学忠贞不二的苏武，还一直钦慕仗义正直的鲁仲连。我愿意为宋朝皇帝效力，保全社稷，救国救民，这一志向比金石还坚。做人免不了终有一死，我苦苦追求的是决不沾染民族的腥膻。孔夫子说过：只要追求仁爱，是会成为仁人的；怎么会对抛尸沟壑加以埋怨。后来当了秦国客卿的张禄，曾受到秦使王稽的帮助；还有从楚国逃到吴国的伍员。项羽败亡以后，他的部将季布逃到鲁地，为朱家收留；而秦国的将军樊於期得罪了秦王，保护他的是燕太子丹。国家的精英之士是急人危难的，怎能开始接触行为倜傥，随后却断绝情义、目光短浅。有的人对我毫不理解，关上门把我推向敌人，国家复兴的希望也付诸流水，这一恨事使我终生难忘，我会把这一记忆带到九泉。哪里忽然传来喜鹊的鸣叫，好消息响在我的耳边。从这里走出三五里路，有一条大道平平坦坦。路上有了不少的行人，元军的哨兵已经无可奈何地回还。我们转着弯走下山洼，剩下的七个人互相扶持、作着牵连。像古代的东野毕，虽然善于赶车，但马已无力行动，还要继续前进，只能奋力加鞭。两只脚每移动一次，如搬运一座大山，互相帮助是需要的，更需要是互相慰勉。一面走，一面像狼一样四面环顾，怕的是凶横的元军再一次冲到面前。在扬州雇请的向导，只剩下两人了；两个人有些鬼祟，行动、言语全像是游荡的闲汉。他们借遭遇元军多受了惊吓和辛苦，流着口水贪馋得多要酬劳的金钱。两个人各持一条棍棒，面目可憎，常常露出令人可怖的凶残。可恶的奴辈，像是要趁火打劫，一心要当捕食小鸟的鹰鹯。我们无力抵御，只能尽量回避，和他们拉开距离，沉默得如同寒蝉。谢天谢地，半路上遇到了几位樵夫同行，这才像人落中流，却碰上了平稳的舟船。找到了一个竹筐，把我放在筐内，权当安步之车，六个人轮流抬起，棍棒磨红了他们的双肩。我虽有长长的四肢，还有全身数不清的关节，却卷曲在一只不大的筐内，像抬一具卷曲的栝棬。路人看见我这样，不免心生恻隐，我的随从们看了更是鼻子发酸，泪水涟涟。满天繁星，又到夜晚，我们还奔波不停，很晚才到达高沙的西门外边。找一个村野小店暂且休歇吧，心神不定，睡在野草铺成的地铺上，简直如卧针毡。第二天早晨终于找到船过渡到东岸，心里才觉得稍稍心安。人生怎会不遇到一点难处呢？但我这次遭遇的实在是难上加难。一次严重的危险，接着又一次严重的危险，使人困惑、迷惘、早忘记究竟是何月、何年？本来宋朝的基业如泰山一样牢固，文明、教化一直传播到山水迢遥的边远。如果奋发图强，力争国家中兴，我相信太阳、月亮将会放射出更加灿烂的光焰。为了报答国家，作为臣子我是有雄心壮志的，但我却犯下谈判被扣的错误，永远难以雪湔。受够了人世间的苦难，活着真不如死去，真的死了，又有不少牵挂，使人觉得十分悲惨。堂上还有生我养我的母亲，老人的鬓发仍然乌墨如墨，尚未到风烛残年。在风光如画的江南，有我亲爱的故乡，现在，母亲又搬到了广东惠州，一家人生活在温馨的岭南。据说狐狸死后，头要对着巢穴所在的山丘，我怎能不依恋自己的乡土，何况还有众多的亲人正倚门把我思念。

冒着万丈波涛的凶险，我从长江岸边逃亡，不怕无端的风雨，我跋涉在淮河的平原。走北海回归故国，要千折万转，从南洋回去，我还不是一样孤单。我多么想周游祖国大地，学习越国大夫范蠡，放浪形骸，也无妨效仿一下汉太史司马迁。我是多么喜爱可与盘谷比美的文山老家，我当然也心甘情愿像介子推回绵山一样，去耕种家乡的农田。看来，人生一世，在什么事情上贡献出自己的精力和生命，总要有所衡权。可以慷慨激昂、不怕牺牲，去做一个烈士；也可以勤奋恭谨、从容济世，去做一个圣贤。请让我向南跪拜，叩首如仪，动情地写下这泣血的诗篇。纵使是相隔百年，也不能忘记这段令人痛心的经历，亡国的哀伤，应该永远镌刻在后代人的心田。

至高沙

予仓皇至高沙，惊魂靡定。回思初四土围中，初五竹林里，几死於是。使果不免，委骨草莽，谁复知之。

江南自好筑金台①，何事风花②堕向淮。
若使两遭豺虎手，　而今玉也③有谁埋。

予至高沙，奸细之禁甚严。时予以箩为轿，见者怜之。又张庆血流满面，衣衫皆污，人皆知其为遇北，不复以奸细疑。然闻制使有文字报诸郡，有以丞相来赚城，令觉察关防。於是不敢入城，急买舟去。

诗作背景

这是作者抵达高沙后写的诗。

抵达高沙，文天祥一行十分狼狈。试想一下吧，几个农民用竹筐抬着文天祥；跟从他的人，衣衫褴褛不说，浑身上下，脏乱不堪；而其中的张庆由于眼被箭伤，血流满面。不过，这样也有不小的好处，不论什么人，一看便知道，一定是遇上了元军，都给予很大的同情。当时，高沙也还在宋军手里，盘查奸细很严，加上扬州的李庭芝行文各地，说有人假借丞相名义，替元军骗取城池，要求严加提防。他们不敢进城，只能尽快雇了船驶向泰州。

作者回想几天来的遭遇，真觉得惊心动魄，不敢相信这是真的。

词语注解

①金台：黄金台。这是用战国时燕昭王在燕地易水筑台，上置千金，广招天下有才能人士的典故。

②风花：是用《南史·范缜传》上的典故，竟陵王子良曾问范缜，人生为什么有富贵、贫贱之分？范缜解释说，人生如树花同发，随风堕落，有的落在好的地方，有的落在脏的地方，这就分出了高低不等。

③玉也：《晋书·庾亮传》上说，庾亮死后，何充去送葬，很感慨地说：埋玉树于土中，使人情何能已。

诗义串释

本来在江南就可以筑起黄金台，招贤纳士，进行抗元；不知为什么偏偏如同风吹落花一样，流浪到了淮海一带。回想三月初四日在桂公塘农家破屋圈里，三月五日在鲇鱼坝竹林之中，如果遭到豺狼的杀害，就是把尸体比作玉树，恐怕到现在也没有人进行掩埋。

发高沙四首

平淮千里，莽为丘墟，自出高沙，满空暵[①]。高邮水与湾头通，下海陵，入射阳，过涟水，皆其路也。二月六日。城子河[②]一战，我师大捷，人指某处是战场。

晓发高沙卧一航[③]，平沙漠漠水茫茫。
舟人为指荒烟岸，　南北今年几战场。

自至城子河，积尸盈野，水中流尸无数，臭秽不可当，上下几二十里无间断。乃北以二月六日，载奉使柳岳、洪雷震，并辎重俱北。稽家庄击其前，高邮击其腰，北大丧败。柳岳死焉，洪雷震今在高邮。见说北入江淮，惟此战我师大胜。

城子河边委乱尸，　河阴[④]血肉更稀微[⑤]。
太行南北燕山外，　多少游魂逐马蹄。

是日经行战场，四顾阒然。棹人心恙[⑥]，长恐湾头有人出来，又恐岸上有马来赶。正慌急间，偶然舵拆[⑦]。整舵良久。危哉险哉。

一日经行白骨堆，　中流失舵为心摧。

海陵棹子长狼顾[8]，水有船来步马来。

自高邮至稽家庄，方有一团人家，以水为寨。统制官[9]稽耸。其子德润，请乡举[10]。其侄昌，其馆客[11]莆田人林希骥，字千里，林孔时，字愿学，皆锐意於事功者。稽设醴[12]甚至。云："今早报湾头马出，到城子河边。不与之相遇，公福人也。"为之嗟叹不置。愿学同德润，送予至泰州。

小泊稽庄月正弦，庄官惊问是何船。
今朝哨马湾头出，正在青山大路边。

诗作背景

作者一行从高沙乘上船向泰州进发了。没有了跋涉之苦，也没有了冻饿之馁，作为曾任过南宋高官的文天祥，对江北的战后景象有了一次实际的接触。船行不久，船夫们指给他看，上个月（二月六日）在城子河打仗的地方。在这里，宋军打了不小的胜仗。

船走到了城子河一段航程。河的两岸堆积了不少尸体，河里也有死人顺水漂流，由于尸体腐烂，臭味难闻，这一段竟有二十里长短。听说，这是二月六日在这里打了一场恶仗造成的。当时元军用船载了奉命出使的柳岳和洪雷震两个人，还有大量物资，向北运送。宋军方面由稽家庄迎头截击，高邮拦腰猛攻，元军大败。据说元军进入江淮一带，只吃了这一次败仗。

船行走在两岸战场之间，四野没有人声，村庄不见炊烟，岸边白骨累累，芦苇滩血迹斑斑，已经使人毛骨悚然。何况又害怕湾头的元军哨马出来，更令人心情紧张万分。"咣"的一声震响，船猛地晃动了一下，人们失掉自持，连忙转头来看。还好，是把舵的船夫由于心情紧张，手里扶持的舵杆和船舵失拆开了。老大赶忙过去，修好船舵继续前行。

船行到一个名叫稽庄的地方。这是一座水上的村庄，四周靠水的地方修了坚固的水寨。船停靠在寨边做了短暂的停留。听人说，水寨里的统制官名叫稽耸；儿子名叫稽德润，是位秀才；侄儿叫稽昌；寨里还聘请了福建莆田人林希骥（字千里），林孔时（字愿学）两位馆客先生，都是有志建功立业的人物。文天祥一行乘坐的船到稽庄，寨上问明情况，对他们作了接待。主人告诉他们说：今天早晨湾头元军派哨马出来，到了城子河边。你们没有和元军相遇，还是有福气的。稽庄主派了儿子德润和林孔时先生两个人，随船送他们到了泰州。

词语注解

①暵：同“旱”。

②城子河：在高沙城南，东南流向泰州。

③航：就是船。

④河阴：河的南边。

⑤稀微：模糊可见。

⑥心恙：心里有顾虑。

⑦舵折：船和舵分拆开了。

⑧狼顾：传说狼疑心很重，走路时一面走一面观望、回顾。

⑨统制官：起统领、制约作用，属于偏裨职务的中下级指挥官。

⑩乡举：古代考试制度的一种补充，即由乡里直接推荐的优秀人才。

⑪馆客：由主人聘请、仍属于宾客地位、主要从事各种智力活动的人物。如教授子弟学业，参赞政治、经济、军事等活动的幕僚。

⑫醴：甜酒。这里是指设置酒类饮品，进行了礼节性的招待。

诗义串释

躺卧在一只船的舱里，清晨从高沙启航；两岸是漠漠的平沙，船行在茫茫的水乡。船夫遥指着岸边的一片荒滩：“看见没有？那个地方，南北两军今年在那里打过几次恶仗！”

城子河边遗留下多少具尸体啊，河的南岸更是血迹斑斑，尸骸枕藉。在城子河被杀死的元军，应当是燕山前后、太行山南北的青年，他们为元朝贵族进行侵略，牺牲得多么可惜。有多少死在异地的精魂，急于返回家乡，追逐着向北行去的马蹄？

整整一天，都是在人的白骨堆中走过，船夫们因为心里紧张，手下用的劲道不对，竟分拆开掌握的船舵。船在奔赴海陵的航途，船上的人却不断环顾，看水上有无船只追来，还要看沿河岸边有无元军的哨马奔波。

借着清亮的弦月之光，我们的船在稽庄作了短暂的停泊。庄上的官吏连忙惊问：是什么船只？驶向哪里？你们真有好大胆量，今天早晨，湾头的元军哨马还出来巡逻。看见没有？他们走的大路，就靠近青山的山坡。

稽庄①即事②

乃心王室故，　日夜奔南征。
蹈险宁追悔，　怀忠莫见明。
雁声连水远，　山色与天平。
枉作穷途哭③，男儿付死生。

诗作背景

稽庄是高沙城东南十五里城子河边的一个村庄，当作者路过这里的时候，稽庄庄主仍然坚持抗元，并对作者一行热情招待。为此，自然激发起作者的感慨，结合日近的遭遇，写了这首“即事”诗。

词语注解

①稽庄：见《发高沙四首》第四首“诗作背景”。

②即事：古体诗中常见的题，指就眼前接触到的事物抒发感慨。

③穷途哭：意思是走到前面无路的地方，哭着向回走。典故出于

《晋书·阮籍传》："时率意独驾，不由径路，车迹所穷，辄痛哭而返。"

诗义串释

我的心始终向着宋朝王室，不分昼夜地奔走向南。遇到险阻已经无可追悔，怀着满腔忠诚却不敢明言。鸿雁的鸣叫与流水相连，可以传播得很远；远山的色调和苍天同色，一样都是蔚蓝。去作穷途之哭毫无意义，真正的男子汉面对生死，对个人的生命绝不会有所吝惜。

泰　州

予至海陵[①]，问程趋通州，凡三百里河道，北与寇出没其间，真畏途也。

羁臣[②]家万里，天日[③]鉴孤忠。
心在坤维[④]外，身游坎窞[⑤]中。
长淮行不断，苦海望无穷。
晚鹊传佳好，通州路已通。

诗作背景

文天祥一行，三月初七日在高沙上船，经过五天航行，十一日到达泰州。他们要在这里乘船继续东行，奔赴通州，一到泰州，便去打听行程。据当地老乡说，从泰州到通州，要走三百里路，眼下路上既有元军的哨马、又有盗贼出没，很不好走。文天祥的心自然又悬起来。

词语注解

①海陵：今泰州。

②羁臣：古代指在朝廷外面流浪、活动的官员。

③天日：指天上的太阳光辉灿烂，可以明察一切，这里，作者希望太阳能够看到他的忠心。

④坤维：西南方向称坤维。意思指南宋的二王和作者的家庭成员所在，是他关心的地方。

⑤坎窞：小而深的洞穴。

诗义串释

流浪的臣子，离家乡已有万里；天上的太阳，可以观察到我的心思。我的心离不开西南方向，虽然身体并未脱离危险的境地。广袤的淮海大地走不到尽头，像一片苦海无边无际。傍晚时喜鹊传来佳音，去通州的路途还算顺利。

卜 神[①]

通州三百里，　茅苇也还无。
胡骑虎出没，　山䰰[②]鬼啸呼。
王阳[③]怀畏道，阮籍[④]泪穷途。
人物中兴骨，　神明为国扶。

诗作背景

到通州的路，虽然是一条“畏途”，而又不能不走，这只能靠上天保佑，进行占卜向神明问个吉凶了，于是有了“卜神”之举。这当然是迷信，但是，对文天祥来说，对他所处的环境，我们似乎也可以理解：在那个科学不够昌明的年代，又处于完全无助的情况之下，他不依靠神明又依靠谁呢？

词语注解

①卜神：古人以火炙龟甲，看龟甲裂纹以卜吉凶，称卜。后问卜方法较多，但都属于向神明占卜吉凶。

②鼯：俗名飞鼠，又名夷由。是一种鼠类，这里指途中的盗贼。

③王阳：西汉时琅琊人，曾任益州刺史。在任所巡视时，过九折坂险道，回车避险。

④阮籍：见本卷《稽庄即事》“穷途哭”注释③。

诗义串释

泰州到通州的旅途有三百里路，据说茅草、芦苇都不见于沿途。元军像猛虎一样出没其间，山鼠一类的盗贼，也在这里横行无阻。难道像王阳那样，害怕路途危险退缩不前，还是像阮籍路尽而返，抱头痛哭。英雄人物才是支撑中兴基业的骨骼，无所不在的神灵啊，您也应当全力对我们的国家救助。

旅怀①三首

北去通州号畏途②，固应孝子为回车，③
海陵若也容羁客，誊买菰蒲④且寄居。

天地虽宽靡所容，长淮谁是主人翁？
江南父老还相念，只欠一帆东海风。

昨夜分明梦到家，飘飖依旧客天涯。
故园门掩东风老，无限杜鹃啼落花。

诗作背景

在泰州，因为要问明路径，方可决策、租船，文天祥一行住在城外船上等待，前后达十天之久。这十天，使他们劳累的身体得到休息，但担心去通州的水路是否畅通，影响他们精神上的安宁。文天祥在这段时间里，想了很多很多，这是三首抒发旅途怀抱的诗。

词语注解

①旅怀：以旅途中感触到的具体事物，来抒发自己的思想感情。

②畏途：艰险、可怕的道路。《莊子·达生》："夫畏途者，十杀一人，则父子兄弟相戒也，必盛卒徒而后敢出焉。"

③固应孝子为回车：西汉时，琅琊人王阳任益州刺史，在辖区巡视时，路经邛崃山九折坂，山陡难行，险峻异常。便说："父母给了我这个身体，怎能不顾危险，走这样的险路呢?"于是，命令回去。不久，他更采取进一步的打算，辞职回乡了。

④菰蒲：菰即茭白，蒲为蒲草，都是浅水植物。此处是说，如果可以买到水边生长菰蒲的沼泽地，也不妨在此暂且寄居。

诗义串释

从泰州到通州，人人都说是一段可怕的路途；走这样的路，孝子应该回车不去冒险，以免遭到厄难，亲长无人照顾。如果泰州容留我这个流浪的旅人，我宁愿买一块水边生有菰蒲的薄田，在这里暂把身安。

天地虽然十分宽广，但是竟然没有地方让我安身；我不能不发出浩叹，千里长淮的大地，究竟谁是主人？值得宽慰的是，眼前只缺东海的长风，我便可以扬起风帆，去会见我们互相思念的父老亲眷。

记得十分清楚，昨天夜晚睡梦中回到家乡，哪知醒来仍然睡在飘摇的船上，我依旧在天涯流浪。我的家乡一定是门庭萧索、春光不再，只剩下孤单的杜鹃悲啼，为凋落的百花，抒发着无尽的惆怅。

怀则堂、实堂[1]

二先生於予厚，予之惓惓[2]於二先生。知二先生亦惓惓於予也。

白头北使驾双鞯，沙阔天长泪晓烟。
中夜想应发深省，故人南北地行仙[3]。

诗作背景

十天船上的休闲生活，作者想到朝中的挚友。

词语注解

①则堂、实堂：则堂是家铉翁的字。实堂不详。

②惓惓：恳切、真诚之意。《文选·宋玉·神女赋》："褰余帱而请御兮，愿尽心之惓惓。"

③地行仙：闲暇无事，无所拘束的神仙。《楞严经》称：有十种仙，阿难，彼诸众生，坚固服饵，而不休息，食道园成，名地行仙。这里，是指成为长途跋涉的行旅。

诗义串释

已经是满头白发，还要被迫北行，不得不跨上马车的车辕；沙漠是那样辽阔，天际是那样绵长，轻拭亡国之痛的泪痕，面对迷蒙的晓烟。不眠的深夜里，恐怕也会产生对老友的思念；作为老友，我们竟然南北远离，成了身不由己、奔忙于大地的神仙。

贵　卿[1]

贵卿与予同患难，自二月晦至今日，无日不与死为邻。平生交游，举目何在。贵卿真吾异姓兄弟也。

天高并地迥②，与子独牢愁③。
初作燕齐客，今为淮海游。
半生谁俯仰，一死共沉浮。
我视君年长，相看比惠州。惠州。予弟璧也。

诗作背景

十天船上的休闲生活，作者回顾了不久前的凶险遭遇，深感同生死、共患难、战斗情谊的可贵。

词语注解

①贵卿：是杜浒的字，这里称其字而不称名，表示敬重、亲密之意。

②地迥：遥远。

③牢愁：指忧郁不平。唐陆龟蒙《甫里集·纪事》："感物动牢愁，愤时频肮脏。"

诗义串释

在这天高、地远的人世之间，我们共同怀有郁郁不平的忧愁。开始结交，本打算到齐鲁以北的燕地作客，没想到在淮海一带苦苦周游。俯仰之间，为国家尽力奔走，面对生死，决定升华还是沉沦。我是把你当作兄长来看待的，对你，我觉得比惠州的嫡亲兄弟更亲一筹。

忆太夫人

三生①命孤苦，万里路酸辛。
屡险不一险，无身复有身。

不忘圣天子，　儿负太夫人。
定省[②]今何处，　新来梦寐频。

诗作背景

十天船上的休闲生活，作者想到自己的母亲。

词语注解

①三生：指前生、今生、来生。这里极言不幸。

②定省：子女早晚向父母问安为定省。《礼记·曲礼上》："凡为人子之礼，冬温而夏凉，昏定而晨省。"

诗义串释

我命中注定孤单而又辛苦，万里奔波更承受了人间的飘零。多次遭遇危险，绝不是偶然一遇险情；豁上不要性命，反而没有丢失性命。我这样坚持，完全是一片忠心，不忘皇帝的恩遇；作为一个应当对母亲尽孝的儿子，却难免辜负了慈母的亲情。儿子理应对母亲昏定晨省，现在自己到什么地方都难断定；心中有多么惭愧啊，无怪近来频频在梦中看到母亲的慈容。

即　事[①]

痛哭辞京阙，[②]　微行[③]访海门。
久无鸡可听，　新有虱堪扪[④]。
白发应多长，　苍头[⑤]少有存。
但令身未死，　随力报乾坤[⑥]。

诗作背景

这首诗也写于泰州的船上。诗从作者不久前的遭遇写起，主要写目前的感触。

词语注解

①即事：旧休诗中常用的题目，用于对当前的事物发抒感慨。

②痛哭辞京阙：指奉命到元营谈判。

③微行：古代指帝王或官员，不穿官服，少带仆从，不公开身份，到一些地方去，称微行。

④虱堪扪：指应当捉虱虫。扪虱，原指放达任性，晋王猛一面谈论，一面扪虱。

⑤苍头：古代对仆从的一种称呼。

⑥乾坤：天地，这里泛指国家。

诗义串释

要我去出使谈判，在忍不住痛哭的情况下，告别了京城的皇宫；经过千难万险，改名换姓，来到了海门。很久没有听到雄鸡的鸣叫；连日奔波，身上已长了虱虫，急需捉、扪。头上的白发又增长了许多；身边的仆从已少有留存。不管怎样，只要尚存呼吸，生命未死，便要竭尽力量尽到为人的责任。

纪 闲

九十[①]春光好，周流人鬼关[②]。
人情轻似土，世路险於山。
俯仰经行处，死生谈笑间。
近时最难得，旬日[③]海陵闲。

诗作背景

这首诗应写于三月二十日，作者仍然还在泰州城外的船上。已经在泰州住了十天，等待，等待，等待有关路程的消息，也需要等待合适的船只。内心是焦急的，身体却是消闲的，这种心情形成了这首诗篇。

词语注解

①九十：指一季三个月，整整九十天，即第九个十天，已到暮春时候，正是长江南北绿肥红瘦的大好时节。

②人鬼关：生与死、人与鬼的交界处。

③旬日：古人以十日为一旬，作者三月十一日至泰州，在泰州船上已经住了十天。

诗义串释

春天已到了第九个十天，绿肥红瘦，春光满眼；可惜，我们却只能在生与死、人与鬼的分界线上盘桓。人与人的感情比尘土还轻；世间的道路凶险得像攀登高山。低头沉思，仰首慨叹，每走一段路，都让人浮想联翩；也许活着，也许死去，发生变化，就在谈笑的须臾之间。这段时间里，真正难以得到的，还是这海陵的十天休闲。

声　苦[1]

万死奔波落一生，　飘零淮海命何轻。
近来学得赵清献[2]，叫苦时时数十声。

诗作背景

住在船上，免掉了奔波之苦。但怎样顺利地到达通州，还是置放在心上的重负，文天祥免不了长吁短叹，抒发胸中的郁闷，这就产生了这篇短章。

词语注解

①声苦：抒发苦闷的声音。

②赵清献：本名赵抃，湖南衢州人。北宋进士，曾在仁宗、英宗、神宗三朝为官，任过殿中侍御史，敢于与权奸斗争，被号铁面御史。死后，朝廷给予“清献”的谥号。赣州修有他的祠堂，后人重修时，文天祥曾写重修记，载《文天祥全集》。

诗义串释

这一生冒着万死四处奔波；近来的淮海漂流，生命又价值几何？新向赵清献学习了一条生活经验：深深地叹息吧！一天数十声，可以减轻胸中沉重的负荷。

即　事

船只时间锁，　城孤日闭关。
惊心常有马，　极目奈无山。
出路相传险，　行囊愈觉悭。
归心风絮乱，　无奈一生闲。

诗作背景

等待，无所事事的等待，给了作者满腔无可奈何的心情。

诗义串释

船只有时要舱门上锁，孤城白昼竟然闭关。人们最怕的是元军的哨马；放眼看，平原上不见一座山峦。船行的河道，无人不说危险；行囊萧索，一天更比一天清寒。南归的心思如风吹柳絮；人心里着急得无可奈何，但又清闲得无事可干。

发海陵

自二月十一日，海陵登舟，连日候伴问占，苦不如意。会通州六交[①]自淮扬回。有弓箭可仗，遂以孤舟於二十一日早，径发十里。惊传马在塘湾，亟回。晚乃解缆，前途吉凶，未可知也。

自海陵来向海安，　分明如渡鬼门关。
若将九折回车[②]看，倦鸟何年可得还？

诗作背景

作者一行在泰州的船上整整住了十天，要等同船的人，也要打探路途上的情况。后来，终于在二月十一日扬帆上路，走了十里，听说元军哨马到了塘湾，又急忙返回。晚上，才重新登程。至于前途吉凶如何，他们难以预测。

词语注解

①六交：据江西人民出版社《文天祥全集》卷十三校勘记88：鄢本、文柱本、有焕本均作“六校”似应为“校”，即六个低级军官。六交则难解、无解。

②九折回车：见本集《旅怀三首》注释③。这里，用这个典故，是说如果见危险就回车，要到什么时候才能回到江南。

诗义串释

要从海陵奔向海安，简直像过鬼门关一样危险。如果按照王阳那样，车到九折坂下便要回车，我这只飞腾已久的倦鸟，何年何月才能回到江南。

闻　马

二十一夜宿白蒲下十里。忽五更，通州下文字，驰舟而过。报吾舟云，马来，来！於是速张帆去，慌迫不可言。二十三日，幸达城西门锁外。越一日，闻吾舟过海安未远，即有马至县。使吾舟迟发一时，顷已为囚虏矣。危哉。

过海安来奈若何，舟人去后马临河。
若非神物扶忠直，世上未应侥幸多。

诗作背景

船行走了十天。二十一日夜晚，停在白蒲下游十里的地方过夜。五更时分，忽然来了一只通州送信的船，和文天祥一行的乘船擦边而过。只听来船告知：哨马来了！于是，文天祥一行所乘的船，赶忙拉起船帆，起程向通州进发。二十三日，船到达通州西门外。后来听说，文天祥一行的船刚过海安，元军的哨马便到了县城，如果迟走一个时辰，便会被元军掳去。

诗义串释

元军疾驰到海安来，又怎么样呢？我们所乘的船走掉以后，骑兵才到达河岸。如果不是上天扶助这些忠直人士，哪有这么多侥幸的好事，发生在人世之间。

如 皋

如皋县隶有泰州朱省二者，受北命为宰[①]，率其民诘[②]道路。予不知而过之，既有闻，为之惊叹。

雄狐假虎之林皋，河水腥风接海涛。
行客不知身世险，一窗春梦送轻舠。

诗作背景

从泰州到通州的水路，确是难走得很。其中路过的如皋，大家都认为是一个关口。元军来到这里以后，把原来在县衙当衙役的朱省二任命为县官，朱原是泰州人士，对当地民情十分熟悉，经常查问往来的船只。这次文天祥一行过如皋，船家怕他们自相惊扰，有意不先讲朱省二的情况，等船过如皋才讲出来。文天祥在“惊叹”之余，写了这首诗。

词语注解

①宰：县官。

②诘：盘查。

诗义串释

狐狸假借老虎的威风，管辖起风光美丽的如皋，河水染上狐狸的腥臊，连接着东海险恶的波涛。没有想到，路经如皋的旅客，对这些风险全不知晓，在船舱里睡着大觉，春梦连绵中，舟船已经飞逃。

闻 谍

予既不为制钺[①]所容，行至通州，得谍者[②]云：镇江府走了文相公，许浦一路有马来捉。闻之悚然为赋此。

北来追骑满江滨，那更元戎按剑嗔。
不是神明扶正直，淮头何处可安身。

诗作背景

作者一行到达通州以后，听侦察敌情的人员们讲：元军知道文天祥从镇江脱逃之后，曾派了一支人马，顺着许浦的大路来捉拿。为此，写了这一首诗。

词语注解

①制钺：制，裁断，节制，控制之义。钺，古兵器，形如斧，有长柄，象征领兵权。此处指掌握兵权的领导人物。

②谍者：侦察敌情的人。

诗义串释

元军派出来的追兵，布满了长江的北岸；扬州制使李庭芝又把我当成赚城的内奸。如果不是上天愿意扶助正直的人物，淮海平原虽大，哪有我立足的地方让我身安。

哭金路分应二首

金应以笔扎往来吾门二十年，性烈而知义，不为下流[①]。去年从予勤王，补两武资，[②]今春时授承信郎，东南第六正将，赣州驻紥。及予使北，转三官，[③]授江南西路兵马都监，赣州驻劄。予之北行也，人情莫不观望，傔从皆散，虽亲仆亦逃去，惟应上下相随，更历险难，奔波数千里，以为当然。盖委身以从，死生休戚，俱为一人者。至通州，住十余日矣，闰月五日，忽伏枕。命医三四，热病增剧，至十一日午气绝，予哭之痛。其斂[4]也，以随身衣服，其棺如常，翌日葬西门雪窖边。棺之上排七小钉，又以一小板片，复於七钉之上为记。不敢求备[5]者，边城无主，恐贻身后之祸。异时遇便，取其骨归葬庐陵，而后死者之目可闭也。伤哉伤哉。为赋二诗，焚其墓前。

我为吾君役，　尔从乃主行。
险夷宁异趣，　休戚与同情。
遇贼能无死，　寻医剧[6]不生。
通州一丘土，　相望泪如倾。

明朝吾渡海，　汝魄在他乡。
六七年华[7]短，三千客路长。
招魂情黯黯，　归骨事茫茫。
有子应年长，　平生不汝忘。

诗作背景

文天祥一行又减少了一个重要成员。文天祥万分悲痛，一面痛哭，一面提笔写下了这首悲悼的诗篇。

抵达通州十余日之后，闰三月五日，金应突然病倒了。文天祥等人为他请来医生看视，病情不见好转，发起高烧。十一日中午断绝了呼吸。

金应在文天祥身边管理书札往来的工作，类似于秘书，而且一干就是二十余年。文天祥很称赞他，性格刚烈为人正义，绝对不干任何有损于品格的事。文天祥起兵勤王，为金应办了两种武科考试的资格，后来授予了路分的官职。元军进迫临安，文天祥谈判被扣，原来跟从的人，大都逃走了，只有金应始终跟随着，同生死、共患难，千里奔波，忠心耿耿。失掉金应，文天祥悲痛已极，在通州为他安排了后事。

文天祥考虑，这正是兵荒马乱的年代，又加上环境生疏，旅居客地，只买了一口普通的棺材，成殓时也只穿了随身的衣服。第二天，埋葬在通州西门外一座冰窖的旁边。埋葬时，文天祥用了不少心思，在棺木上钉了一排七个小钉，又用一块木板覆盖在七个钉子上面，这样做了记号，以备将来帮他归葬故乡时，便于寻找。

文天祥还把这两首悼念的诗，焚化在金应墓前。

词语注解

①不为下流：不做品格低下的事。

②补两武资：武科考试的乡试、会试及第的两种资格。

③转三官：升调了三种官职。

④歛：又作殓。人死后，穿好衣服，装入棺木，称歛。

⑤求备：追求完备，即丧事更好些。

⑥剧：病更加严重、剧烈。

⑦六七年华：四十二岁。

诗义串释

我是为君王效力，你是跟随主人远行。不管如何艰难，你没有改变主意；不论多么凶险，你始终抱有同情。在众多贼寇面前，你不曾遭到死难；医生却不能医治你的病症，被病魔夺走了生命。在天涯海角的通州，你留下一丘土坟，看着你葬身的坟墓，我怎能不悲哭失声。

明天，我就要扬帆渡海，回归南国了；你的魂魄却不得不留在遥远的他乡。只活了四十二岁，我哀叹你的年岁未免太短；这里离开家乡有三千里之遥，却不能不说路途太长。家乡的亲人招引你的精魂，只会是伤心情黯；而将来把你的骨殖运回老家，又是多么渺茫。好在你的儿子已经长大，终其一生定当不会将你遗忘。

卷四

怀杨通州[1]四首

江波无奈暮云阴，　一片朝宗[2]只此心。
今日海头觅船去，　始知百炼是精金。

唤渡江沙眼欲枯，　羁臣中道落崎岖。
乘船不管千金购，　渔父[3]真成大丈夫。

范叔[4]西来变姓名，绨袍曾感故人情。
而今未识春风面，　倾盖江湖话一生。

仲连[5]义不帝西秦，拔宅逃来住海滨。
我亦东寻烟雾去，　扶桑[6]影里看金轮。

诗作背景

三月二十四日，文天祥一行抵达通州西门外。没有想到，由于李庭芝下发了公文，要各地警惕文天祥赚取城池，管理通州城门的地分官根本不许外地旅客进城。一连几天，反复盘问，逼得文天祥说出了真实身份，不再以刘洙的假姓名和地分官打交道。这样一来，守卫通州的主将杨思复，不能不做出自己的判断：不久前，还得到谍报，元军为了文天祥自镇江逃脱，派了大队人马，顺了许浦的方向前来捉拿。对照之下，显然李庭芝所下的文书是错误的。于是，他相信了文天祥一行的话，不再执行李庭芝的命令，亲自迎接文天祥进城，不只给予了热情接待，还想方设法帮助解决南归的海船。

不久，文天祥和杨思复作了一次深谈，杨给予文天祥一行一艘海船，还向文请求，只要朝廷给自己数百艘海船，他愿意聚集更大的海上军力，南下勤王，以图宋朝中兴。文天祥南归到了永嘉（温州）之后，把这一情况，详细报告了再次出任丞相的陈宜中。陈宜中对这件事将信将疑，派了毛浚到通州去联系，但却不告知文天祥。毛浚到了通州，杨思复向他索要文天祥的信件，毛拿不出来，杨发了怒，几乎要把毛杀掉。后来，通州孤悬江北一隅，走投无路，终于投降元军。当然，这些都是后话。

词语注解

①杨通州：杨思复，号师亮，时任通州团练使，主持通州守卫。称杨通州，古代有以某人原籍或职守地名称谓的习惯，也有可能，因杨后投元，文不愿在题上出杨的名字。

②朝宗：自川入海朝拜的意思。《诗经·小雅·沔水》："沔彼流水，朝宗于海。"

③渔父：渔翁，打鱼的老人。《楚辞·渔父》："渔父莞尔而笑，鼓枻而去。"

④范叔：战国时魏人范雎，在魏国受中大夫须贾毁谤、笞打，佯死逃生，逃至秦国改名张禄，仕秦为相。后须贾出使秦国，范故意穿破衣往见，须贾见其衣敝旧，赠以绨袍。范以为须贾有故旧之情，释放回魏。这里，以范雎的典故，比喻杨思复对自己的照顾。

⑤仲连：见《指南录》卷一《愧故人》注释⑥。

⑥扶桑：神话中的树木，传说日出于其下。《楚辞·离骚》："饮余马以咸池兮，总余辔乎扶桑。"

诗义串释

大江的波涛滚滚，哪里顾得暮云的阴沉；天下的河流虽多，却总要东归大海，这便是我的一片真心。从今天起，我知道这并非易事，还是要把南去的舟楫找寻，必须经过上百次冶炼，才能炼出光彩灿烂的精金。

在江边沙上呼唤摆渡，眼睛盼望得发枯，我这可怜的臣子，在行旅中偏偏遇上崎岖的小路。现在要乘船南归，即使以千两银子为代价也不在乎，伍子胥遇到的渔父，正是我找寻的人物。

范雎西逃秦国，改变了自己的姓名，但受到绨袍的赠予，才深深感受到老朋友的恩情。现在，我们虽还没有会面，你却答应了给以船只的帮助，这种情谊在今天已经绝无仅有，值得我感念终生。

古代的鲁仲连值得大加称赞，绝不尊崇秦国的君王，逃离家园甘愿住在海滨。我也要乘上船，飞向烟波浩渺的海上，东方破晓，红日初升，让我倾心观看那普照万物的金轮。

海　船

海船与江船不同，自狄难[①]以来，从淮入浙者，必由海而通，为孔道也。由是海船发尽。适三月间，方有台州三姜船[②]至，已为曹大监镇[③]所雇。通州有下文字自定回，张少保[④]恰予之以一船，亦是三月方到岸。而予适来，杨守遂以此舟送予，与曹大监俱南向。使有姜船而无张少保一舟，予不能行；有张少保而无姜船，予又无伴。不我先后，适有邂殆，神施鬼设而至也。

海上多时断去舟，公来容易渡南州。
子胥江上逢渔夫，莫是神明遣汝否。

诗作背景

天大的喜讯，终于找到船了。文天祥喜之不尽，认为这是“神施鬼设”，上天相助。

有了通州守将杨思复的接待，文天祥一行得以休整。在这里，他们得到了朝廷的消息，尽管皇帝、太后投降后，已被元军虏之北去，“二王”在浙江永嘉建立了元帅府，由陈宜中丞相、张世杰少保主持组织抗元，蓄谋中兴。文天祥决心尽快乘船回到浙江。早在到达通州之初，他便打听清楚了有关船只的种种情况。原来，海船和江船是不同的。海船要能抗得住海上的风浪，应由熟练的船工驾驶。自从元军进攻以来，从江北到浙江只有海路可通，海船已经全部行驶出海了。三月里，有三只自台州驶来的姜船，已经被等在这里的曹镇太监雇用了。十分凑巧的是，三月里还有一只张世杰少保送文书的船到通州来，到岸的时间和文天祥到通州的时间恰相符合，杨思复团练使便把这条船拨付给文天祥。文天祥十分高兴，没有张世杰派来的船，他无法南归，没有曹镇三条回程的姜船，他结不了伴。所以认为是“神施鬼设”，上天相助，欣然命笔，写下了这首绝句。

词语注解

①狄难：指元军的进攻。狄为夷狄，夷狄进攻造成苦难。

②姜船：姜，古字通强。指坚固的海船。

③曹大监镇：不详其人。从称谓上看，似是太监。战乱中雇海船南去，当是“二王”行朝内廷官员。

④张少保：张世杰。时与陈宜中丞相一起，辅助“二王”抗元。

诗义串释

由于战乱，已经多时断绝了海舟的出航；恰好有因公派来的船将要回程，能够搭乘了去到南方。这颇像伍子胥在江边遇上摆渡的渔父，难道是上天派来了神明相帮？

发通州三首

予万死一生，得至通州，幸有海船以济。闰月[①]十七日，发城下，十八日，宿石港。同行有曹大监镇两舟，徐新班广寿一舟，舟中之人，有识予者。

孤舟渐渐脱长淮，星斗当空月照怀。
今夜分明栖海角，未应[②]便道是天涯。

白骨丛中过一春，东将入海避风尘。
姓名变尽[③]形容改，犹有天涯相识人。

淮水淮山阻且长，孤臣性命寄何乡。
只从海上寻归路，便是当年不死方[④]。

诗作背景

在水手们的一片呼唤声中，浸染着海天风涛颜色的船帆升上了桅杆，船缓缓地驶离了通州港。这是闰三月十七日，文天祥在经历了四十天的囚禁，又经历了四十余天的流亡之后，终于登上了南归的海船，扬起了风帆。他心里既有为国家担忧的悲思，又充满无限希望的欣喜。在长淮之间的流浪生活，使他直接接触了人民所受战争苦难的深重，自己身边的十二个随从也只余下六个人了。但是，不论付出多大的代价，也要坚决抵抗元军的侵掠，不然，何以对得起先辈，何以对得起人民？

和他一起同行的，有曹大监镇的两条大船和一位姓徐的官员乘坐的一条大船，四条船乘风破浪，飞向东海。

词语注解

①闰月：指闰三月。

②未应：不应该的意思。

③姓名变尽：据《集杜诗·行淮东》序中说，作者被逐出真州的第二天，亦即打听路径赴高沙时，开始改变姓名称刘洙，当为三月初四日。

④不死方：本意为不死之药方，秦始皇为求不死，曾派徐市去海外求药。这里比喻从海上回归南方，组织抗元活动，是挽救国家危亡的良药。

诗义串释

孤单的舟船终于离开了长淮，满天星斗灿烂，明朗的月光照彻我的胸怀。今晚分明住宿在海天一角，怎好再说流浪在遥远的天涯。

在人的白骨堆里度过了整整一个春天，现在乘船入海，躲避开这战乱的尘寰。姓氏已改，名字已换，容貌变得如此瘦削、苍老；哪里想到，在这迢遥的异乡，还有人认得出我旧日的容颜。

淮东一带的山，是这样崎岖，淮东一带的水，是如此漫长；流浪在这险山恶水之间，真不知将把性命丢在何方。从茫茫的大海上，寻找一条南归的道路，这才是挽救国家危亡的唯一良方。

石　港

王阳[①]真畏道，季路[②]渐知津。

山鸟唤醒客，　海风吹黑人。

乾坤万里梦，烟雨一年春。
起看扶桑晓，红黄六六鳞。[③]

诗作背景

闰三月十七日航船启碇，十八日宿于石港。踏上了南归的征途，尽管海上仍然有变幻不定的风涛之险，作者的心情平静了许多，写出的诗歌也显得明丽了。

词语注解

①王阳：见《指南录》卷三《卜神》注释③。

②季路：子路，孔子弟子。

③红黄六六鳞：原指鲤鱼。宋代宋庠诗有句："私书一纸离怀苦，望断波中六六鳞。"古代有鱼雁传书的传说，也有古诗说："呼童烹鲤鱼，中有尺素书。""鲤鱼"是淡水鱼，文天祥在石港看到的红、黄色的鱼，应当不是鲤鱼，这只是诗人的泛指，隐喻希望鱼可传书，殷切盼望了解南方的信息之意。

诗义串释

王阳确实害怕道路的崎岖；季路则是逐渐弄清水边的情况。山鸟的鸣叫，把客人从睡梦唤醒；海风能够把人的皮肤吹得黑漆一样。天地宽广，梦境在千里之外；烟雨迷蒙，又是一年的春风浩荡。早早起床可以看东方的日出，早市卖鱼有红有黄，多么盼望鱼腹藏书，把故国的佳音传扬。

卖鱼湾

卖鱼湾，去石港十五里许。是日曹大监胶舟[①]，候潮方能退。

风起千湾浪，　潮生万顷沙。
春红堆蟹子，　晚白结盐花。
故国何时讯，　扁舟到处家。
狼山青两点，[②]　极目是天涯。

诗作背景

闰三月十九日，作者一行的船宿卖鱼湾。这天，同行的船遭到搁浅，要等到涨潮才能启航。

词语注解

①胶舟：在沙洲上搁浅。

②狼山青两点：狼山、在通州南，长江北岸。与狼山相对，在常熟县境，长江南岸有福山。诗句讲“青两点”，是指这两座山的影子。

诗义串释

海风吹起港湾的波浪，潮水涌上了万顷白沙。春天，正是产蟹的季节，到处堆满了春蟹；晚上，银白的光芒来自沙碛上的盐花。什么时候，能听取故国行朝的确讯？航船所到之处，都是我的温暖之家。向南遥望，可以看见狼山、福山两个青色的斑点；向南极目看去，海天深处正是我日思夜想的天涯。

即　事

宿卖鱼湾。海潮至，渔人随潮而上。买鱼者邀而即之，鱼甚平。

飘蓬一叶落天涯，潮溅青纱日未斜。
好事官人无勾当，呼童上岸买青虾。

诗作背景

卖鱼湾待潮时，一幅色彩鲜明的海滨风习画。

诗义串释

乘坐的航船像一片树叶，飘落在海角天涯；太阳已经偏西，海潮飞溅，如同抖动无尽的青纱。喜欢多事的官人，在船上无事可做，呼唤童仆，到岸上去买鲜活的青虾。

北海口

淮海本东海，地於东中，云南洋、北洋。北洋入山东，南洋入江南。人趋江南而经北洋者，以扬子江中渚沙，为北所用，故经道於此，复转而南，盖辽绕数千里云。

沧海人间别一天，只容渔父钓苍烟。
而今蜃起楼台处，亦有北来蕃汉船。

诗作背景

作者的船从长江北路绕行，然后折而向南。这首诗记载了到达航路中最北港口的情况，时间大约是二十一日。本来从长江口出海向南为南洋，向北为北洋，因为长江中的一些沙洲为元军控制，只能向北走北洋再折而向南，作者为此而发感慨。

诗义串释

汪洋大海的无边水域，本来是人间的另一片天地，这里应当只容许渔父垂钓，让老翁清闲地高坐在水上渔矶。现在可好，就在过去人们指看海市的岸边，一样有元军派来的船只。

出海二首

二十一夜，宿宋家林泰州界。二十二日，出海洋，极目皆水，水外惟天。大哉观乎。

一团荡漾水晶盘，四畔青天作护阑。
著我扁舟了无碍，分明便作混沦看。

水天一色玉空明，便似乘槎上太清。
我爱东坡南海句，“兹游奇绝冠平生”。

诗作背景

闰三月二十二日，航船驶过了长江口。面对广阔无边、波浪滔天的海洋，诗人暂时忘却了压在心头的忧患，吟咏出苏东坡的诗句：“兹游奇绝冠平生”。

诗义串释

跳荡着，跳荡着，是那样浑圆无边，像一个晶莹透明的水晶盘。不，还是有边的，辽阔的青天，正是这水晶盘的护栏。让我所乘的一叶扁舟，在这盘里滑行吧，青天、大海、白帆，集成无比完整、壮美的大观。

蓝色的天空，蓝色的大海，像蓝色的玉石那样透明；在海上航行，如同乘上漂浮的仙舟，进入天河，直上太空。体会到苏东坡吟咏南海的诗确实精彩；这一次绝无仅有的海上之旅，新奇、壮美，超过了平生经历的所有旅程。

渔　舟

二十八日，乘风行入通州海门界。午抛泊避潮，忽有十八舟，上风冉冉而来，疑为暴客，四船戒严。未几，交语而退。是役也，非应对足以御侮，即为鱼矣。危哉殆哉。

一阵飞帆破碧烟，　儿郎惊饵理弓弦。
舟中自信娄师德①，海上谁知鲁仲连②。
初谓悠扬真贼舰，　后闻欸乃是渔船。
人生漂泊多磨折，　何日山林清昼眠。

诗作背景

海上也是有风险的。二十八日，南行到通州海门外海，中午泊舟避潮水，忽然有十八只船从上风方向顺风驶来。结伴而行的四只船，一时难以判断来船是什么行径，立即作好戒备。十几只船陆续到了跟前，船老大们沉着地给予应付，最后发现不过是一些渔船，总算没出什么差错，船都陆续开走了。

词语注解

①娄师德：唐朝人，曾任将相等要职三十余年，抗御外来入侵八战八胜，为人有德行，受人信任。

②鲁仲连：见《指南录》卷一《愧故人》注释⑥。

诗义串释

像苍鹰展翅，白帆贴着碧海飞来，激起海上阵阵青烟；船工们感应到了敌意，害怕成了被吞吃的鱼腩，惊慌地打理出自己的弓箭。舟中有人自信忠勇恭谨、有德可信，颇像唐代的娄师德；但是在这人迹罕到的海上，谁又知道一心为国尽忠的鲁仲连。我们最担心遇上海盗的飞舟，走近以后，才知是进行捕捞的渔船。唉，人生世间，漂流在外，谁知道要经过多少磨难？到哪天才能归卧山林，白昼长睡，得到放心的清闲。

扬子江[①]

自通州至扬子江口，两潮[②]可到。为避渚沙，及许浦[③]顾诸从行者，故绕去出北海，然后渡扬子江。

几日随风北海游，回从扬子大江头。
臣心一片磁针石，不指南方不肯休。

诗作背景

《指南录》这个诗集的命名，就是从这首诗的后两句得来的。从通州到扬子江口，可走南路，但南路不少岸边港口为元军占领，所以要走北路绕行，先向北出海，然后过扬子江口。这一绕行，多走了路，多费了时，也给了诗人灵感，把他的爱国情愫，通过磁针的生动比喻，充分表达出来。

词语注解

①扬子江：长江。

②两潮：经两次潮水。

③许浦：位于长江南岸，元军追捕文天祥，在这里部署了人马。

诗义串释

一连几天，扬着风帆，作北海之游；回过头来，再向南方，渡过扬子江入海处的尽头。我的心像罗盘上带有磁性的针，不指向南方，绝不会止休。

使 风

渺渺茫茫远愈微，乘风日夜趁东归。
半醒半困模糊处，一似醉中骑马飞。

诗作背景

雄劲的海风，鼓动起风帆疾驶。风帆像苍鹰的翅膀，在碧海上翱翔。诗人陶醉了，好似饮下千杯美酒。心比风帆更快，早飞到战斗的南方。

诗义串释

越向远看，越显得渺茫、幽微；不分昼夜，乘风破浪，趁海路向故国返回。在船的颠簸中，人已半睡半醒，真好像，真好像喝醉酒骑马飞奔。

苏州洋[①]

一叶漂摇扬子江，　白云尽处是苏洋。
便如伍子[②]当年苦，只少行头宝剑装。

诗作背景

这是诗人过扬子江口，眺望苏州洋的诗。

词语注解

①苏州洋：古指长江口至杭州湾一带水域。

②伍子：指伍员，伍子胥。

诗义串释

一叶扁舟飘飘摇摇渡过了扬子江口，远远的白云尽处便是苏州洋。像当年伍子胥逃向吴国那样辛苦；和他有所不同的，是没有腰悬宝剑，也没穿他身上的衣装。

过扬子江心

大海中一条，自扬子江直上，淡者是，此乃长江尽处，横约百二十里。吾舟乘风过之，一时即咸水。

渺渺乘风出海门，一行淡水带潮浑。
长江尽处还如此，何日岷山看发源。

诗作背景

船到长江入海口，可以明显地看到长江的淡水入海后与海水不同，宽一百余里。过去这一条淡水带，便渐渐行进在海水中了。

诗义串释

乘着渺茫的海风，驶过了大海之门；长江入海的一脉淡水，明显地露出混浊，在海水中回旋腾奔。啊，长江入海的尽头是这样的！什么时候我能登上高山之巅，看看它是怎样在万山丛中发源，千川汇流，一泻千里，永远向着无边的海洋奋进。

入浙东

金鳌山[①]在台州界，高宗皇帝[②]曾舣舟[③]于此。寺藏御书。四明既陷，不知天台存亡。忧心如擣[④]，见於此诗。

厄运一百日，危机九十遭。
孤踪落虎口，薄命付鸿毛。
漠漠长淮路，茫茫巨海涛。
惊魂犹未定，消息问金鳌。

诗作背景

闰三月三十日，文天祥乘船到了浙东台州。到这天为止，距作者正月二十日至元营谈判被元军扣留，整整一百天。这一百天，是天翻地覆的一百天，是出生入死的一百天。不能不使作者回顾、感慨。当然，更令作者感慨的是，终于回到了家、国所在的南方，但当前抗元的形势如何，今后抗元战斗的前景怎样，上岸打听的结果仍是一片茫然。只听说浙江的四明已被元军占领，天台一带的情况不知详情。在元军继续南侵中，他最关心的是二王的信息，不知撤退到哪里。面对着台州境内的金鳌山，他知道宋朝高宗皇帝曾流亡到这里，在中川寺还留下了御书笔迹。难道能向金鳌山打听进一步的消息吗？

词语注解

①金鳌山：在台州象山港附近。

②高宗皇帝：赵构，封康王。金人进攻宋京开封，其父徽宗被虏，康王在抗金转战中即位。

③舣舟：停泊。高宗赵构在台州停泊，当在建炎四年，金兵南侵时。

④擣：同捣，指腹疼，心病。《诗·小雅·小弁》："惄焉如捣"。

诗义串释

遭遇险恶的命运，整整一百天了；百日之中，遇到的危急时刻，何止九十多遭。我孤单的行踪竟像落入虎口，不值钱的生命比不上一根鸿毛。多么落寞啊，江淮之间的莽原荒野；多么渺茫啊，无边大海上的巨大波涛。受到惊吓的灵魂，到现在还难以稳定下来；行朝何在？征程何往？我只能暗暗遥问金鳌山，希望它把最新消息向我传告。

夜 潮

雨恶风狞夜色浓，潮头如屋打孤蓬。
漂零行路丹心苦，梦里一声何处鸿。

诗作背景

这是一幅海上风雨之夜的图景。

诗义串释

凶恶的暴雨，狰狞的狂风，突然袭来，夜色如墨，浓上加浓；潮水不住地涌来，有房屋一样高，猛力击打着船的帆篷。一片丹心为了国家，风雨行舟，旅途飘零，受尽了辛苦；迷惘的梦境中，听得一声大雁的鸣叫，猛地醒来，哪里去寻找这孤单的飞鸿？

乱礁洋[1]

自北海渡扬子江，至苏州洋[2]，其间最难得山，仅得蛇山、洋山[3]大小数山而已。自入浙东，山渐多。入乱礁洋，青翠万叠，如画图中。在洋中者，或高或低，或大或小，与水相击触，奇怪不可名状。其在两傍者，如岸上山。丛山实则皆在海中，非有畔际。是日风小浪微，舟行石间，天巧捷出，令人应接不暇，殆神仙国也。孤愤愁绝中，为之心旷目明，是行为不虚云。

海山仙子国，邂逅寄孤蓬。
万象画图里，千崖玉界④中。
风摇春浪软，礁激暮潮雄。
云气东南密，龙腾⑤上碧空。

诗作背景

从北海起航，渡过长江入海口，然后进入苏州洋，海上很少有山，能看到的，不过是蛇山、洋山等几座山罢了。约在闰三月二十九日，船行进到浙东一带，山渐渐的多了。进入乱礁洋洋面，青翠的峰峦层层叠叠，使人目不暇接，像是进入了画图之中。无数的小山，矗立在万顷碧波之上，有大的，有小的，有高的，有低的，奇形怪状、千姿百态。海水拍击着山岩，声音清脆、低沉，或长或短。船行在这些小山的边缘，简直像进入了神仙世界。文天祥欣赏着这从未见过的奇景，忘记了胸中的愁烦。

词语注解

①乱礁洋：在苏州洋南部，靠近现在的舟山群岛附近。

②苏州洋：古指长江口以南至杭州湾一带海域。

③蛇山、洋山：苏州洋的岛屿。洋山又有大、小洋山。

④玉界：如碧玉一般的境界，比喻大海。

⑤龙腾：作者向往中的南宋形势，度宗之子益王或可登基为帝，继续领导抗元，借对海上景色的描绘，加深理想的色彩。

诗义串释

啊！难道是来到海上神仙居住的国度？这样的奇遇，竟相逢在我孤舟南归的中途。千百座青翠的山岩，装点在碧玉般的境界之中；数不清的奇异形象，构成美丽的画图。海上的清风，摇动着春天的波浪，轻软地跳荡；矗立的礁石，迸激着日暮时的潮水，雄健地敲击起轰鸣的战鼓。东南方的云团是那样的浓密，想是有矫健的长龙飞腾上广无涯际的穹庐。

夜 走

舟入东海。报者云：前有贼船。行十数里，报如前。望见十余舟，张帆噢口，意甚恶。梢人亟取灵山岩路避之。一夕摇船，极其慌迫。际晓，幸得脱去。

鲸波万里送归舟，倏忽惊心欲白头。
何处赭衣操剑戟，同时黄帽理兜鍪[①]。
人间风雨真成梦，夜半江山总是愁。
雁荡双峰[②]片云隔，明朝蹑屩作清游。

诗作背景

船向南走，目的地越来越近，已经进入了东海。忽然，老大派人进舱来报，前面发现贼船。又走一段路，又来报说，贼船并未走开。可以看得清楚，十几只船，从侧面扬帆追来，船上的人手里拿着武器，头上戴着盔帽，嘴里还不断呼喊。看来，不会有什么善意，在这兵荒马乱的战争年代，海上盗贼很多，杀人越货，时有所闻。所幸船老大当机立断，要全船船工都摇起大橹，朝最近的灵山小岛取路，力求避开贼船。夜黑中，船飞速前进。东方熹微，回头看看，已不再见贼船踪影。

词语注解

①兜鍪：古代兵丁戴的头盔，又称胄，秦汉以后称兜鍪。

②雁荡双峰：在雁荡山灵峰寺后，与倚天峰相合如掌，又称合掌峰。诗人写到雁荡双峰，虽然下一句诗有“明朝蹑屩作清游”的字样，实际是笼统而言，只是将来的意思，并非具体的“明天”。

诗义串释

海上的万里长风，吹送着我返回南方的归舟；转眼间产生了新的情况，令人发愁得青丝就要变成白头。这是哪里飞来的船只？船上的人穿着赭黄的衣服，舞动着刀枪，头上戴着同样黄色的盔兜。人世间的风雨变幻真像梦境，夜半摇船，船上似乎是满载了忧愁。计算路程，到雁荡山著名的双峰，只是一片云彩的间隔，如果渡过眼前的厄难，登岸后一定换上轻便的鞋子，到山上作一次清心的旅游。

绿漪堂①

予自海舟登台岸，至城门张氏家，盖国初名将永德②之后。主人号哲斋，辟堂教子，扁绿漪，为赋八句。

义方③堂上看，窗户翠玲珑。
砚里云坛④月，席间淇水风⑤。
清声随地到，直节与天通。
庭玉森如笋，千宵雨露功。

诗作背景

文天祥一行在台州上岸后，很快便到了城门镇。在城门镇居住的张哲斋，对他作了热情的接待。张哲斋是宋朝初期名将张永德的后代，和海上的豪侠人物有非常密切的关系。在接待过程中，文天祥发动他举事抗元，张哲斋也倾慕文天祥忠贞爱国的节操，便决心聚集海上的豪侠人物，写作了动员他们进行抗元活动的文告。后文天祥到了福建福安行朝，提出可以张哲斋的义军攻取明州，遭到陈宜中、张世杰的反对。两年后，元军元帅张弘范南下，看见了文天祥、张哲斋共同起草的抗元文告，便派人抓捕了张哲斋。张哲斋对张弘范说："我生是宋朝人，死是宋朝鬼，进行抗元，有什么不对?"父子二人都被张弘范杀害，这些都是后话。在张哲斋接待文天祥时，张请文作诗，文便以张哲斋家的绿漪堂为题，写了这首诗。

词语注解

①绿漪堂：张哲斋家房屋之厅堂名。据本诗前言，"辟堂教子，扁绿漪"，当为对后代教读的旁厅。

②永德：张永德，字抱一，并州阳曲人。曾在后周、南唐为将，宋太祖赵匡胤即帝位，因曾与赵同为南唐将军，赵十分倚重，屡立战功。

③义方：义方，原指做人的正直，又多指家教。《左传隐公三年》：石碏谏曰，臣闻爱子，教子以义方，弗纳于邪。这里首先说明绿漪堂为教育后代的厅堂。

④云坛：云台。东汉时，洛阳南宫有云台广德殿，明帝图画中兴功臣三十二人于此。

⑤淇水风：指座席之间，仍保留着古代淇水之滨君子们的高尚风习。淇水，在今河南省北部，为古代卫地。《诗经》卫风卷内有《淇奥》诗三章，第一首前两句为："瞻彼淇奥，绿竹猗猗"句，张哲斋家的"绿漪堂"，其堂名的出处就在这里。《淇奥》全诗以绿竹起兴，歌颂淇水滨的君子，文雅、正直，心地广阔，宽容敦厚，这便是淇水风。

诗义串释

这是教导子孙正直做人的厅堂；从玲珑的窗户上，可以看到树林嫩绿有如翡翠。这里的砚池里，可以映出云台的月亮。（云台，是为名将绘容绘貌记功的地方啊，作为后代，怎能忘记先辈的威风。）这里的坐席上，应当经常保留着淇水之滨君子的风度，使人如沐春风。还记得吗？《诗经·卫风》的铿锵的诗句："瞻彼淇奥，绿竹猗猗。"清白名声，随处都可以体现，必须坚持的节操，一定与天意相通。前庭里矗立的山石，如春笋般的茁壮，这可是像雨露施之于草木，经过漫长时间显示出来的真功。

过黄岩

予至淮，即变姓名。及天台境，哲斋张为予觅绿漪诗，予既赋，题云：清江刘洙书。此过黄岩，寄二十字。

魏睢变张禄，① 越蠡改陶朱。②
谁料文山氏， 姓刘名是洙。

诗作背景

台州城门镇的张哲斋，在家里热情招待了文天祥，还请文写了绿漪堂的诗。有意思的是，文天祥自淮北以来改名换姓，已成习惯，题诗之后，署名为：清江刘洙书。当场虽然也作了解释，但在他离开台州去温州的途中，总觉得这个署名不妥，尤其是还和张哲斋相约聚兵抗元共同举事，怎可署假托之名。于是便在黄岩写了这首诗，送给张哲斋。诗简洁如话，爽直天成，表现出诗人的坦荡胸怀。

词语注解

①魏睢变张禄：战国时魏国的范睢，改变姓名为张禄。

②越蠡改陶朱：越国的范蠡，在助越胜吴以后，改变姓名为陶朱公，隐于世。

诗义串释

魏国的范雎，改姓换名为张禄；越国的范蠡，改姓换名为陶朱。谁会料到呢，我文山，也在不得已的情况下，改变了姓名，姓刘，名字是洙。

至温州

万里风霜鬓已丝，　飘零回首壮心悲。
罗浮山下雪来未，[1]　扬子江心月照谁。
祇谓虎头非贵相，[2]　不图羝乳有归期[3]。
乘潮一到中川寺[4]，暗读中兴第二碑。[5]

诗作背景

作者闰三月三十日到达台州以后，听说宋度宗长子益王在温州建立了督府进行抗元，便从陆路赶往温州。四月八日，到达温州后，才知道益王和广王，早在一个月前便撤退到三山去了。他在温州住了一个月，向宋行朝报告了自己的行踪，待命行动，也在这里交结了不少抗元志士。这是他到温州后，在中川寺写的诗。

词语注解

①罗浮山下雪来未：罗浮山，在广东省惠州境；当时，文天祥的母亲、弟、妹、妻、妾、子、女等一众家人，为避元军入侵，到了惠州。雪来未，是以杜甫诗意入诗，杜甫诗《归雁》中说："闻道今春雁，南归自广州。见花辞涨海，避雪到罗浮。是物关兵气，何时免客愁。年年霜露隔，不过五湖秋。"意思是说大雁南飞到广东的罗浮山，似乎是为了远避冬天的飞雪，实际是为了躲避战乱、兵灾。用在这里是说，元军入侵的战乱，是否已影响到家人所在的惠州。

②祇谓虎头非贵相：虎头贵相，是用班超的典故，《后汉书·班超传》：看面相的人说班超“生燕颔虎头，飞而食肉，此万里侯相也。”这里是反用其意，说自己并非是虎头贵相。

③羝乳有归期：见《指南录》卷一《纪事（一）》注释⑦。

④中川寺：温州江心寺。寺在浙江温州市北，在瓯江中间的小岛上。原为两岛，中间有江水流过，岛上庙宇故名中川寺。宋时，四川的和尚清了主持该寺，把中间的江流填塞，使两岛合一，遂改名江心屿，寺亦称江心寺。文天祥至庙时，虽无中川贯流，但仍沿用旧名。

⑤暗读中兴第二碑：唐朝颜真卿曾写过《大唐中兴颂》碑，这就是文天祥认为的中兴第一碑。在中川寺中立有宋高宗赵构在建炎四年写的两块碑：“清耀”“浴光”，文天祥认为这是中兴第二碑。

诗义串释

经过万里漂泊，饱受风霜侵袭，双鬓已经染上银白；追忆自己的经历，回顾走过的足迹，就是激烈的壮心，也不能不感到伤悲。远行到惠州罗浮山下的家人，是否受到战乱的影响；他们哪里想到，扬子江上，凄清的月光，照耀的是谁？从来我都认为，自己并没有生长得虎头贵相，所以才坎坷半生，屡遭劫难，但没有想到竟遇到羝羊生乳，从险境中得到回归。乘着潮水不涨，来到这江心屿上的中川古寺，诵读一下高宗书写的碑文，如果说唐代颜鲁公写过第一块石碑歌颂中兴，这应该是歌颂中兴的第二块石碑。

长溪道中[①] 和张自山韵二首

潮风连地吼， 江雨带天流。
宫殿扃春仗，[②] 衣冠锁月游。[③]

伤心今北府，④ 遗恨古东州⑤。
王气⑥如川至，龙兴⑦海上州。东州。常州也。

夜静吴歌咽， 春深蜀血流。
向来苏武节， 今日子长游⑧。
海角云为岸， 江心石作洲。
丈夫竟何事， 底⑨用泣神州。

诗作背景

这是和张自山的诗。据邓光荐《文丞相督府忠义传》与《宋史》载：张自山，四川人，即张汴，又称张抃。早年曾任职荆湖戍军。文天祥勤王，随文去临安。文被元军扣留，勤王军南返，曾写诗给文。文回到南方与张自山取得联系，和了他一年前的诗作，张自山又写了诗给文天祥，这是文天祥的又一次和诗。这时张世杰已带小皇帝入海，形势十分险恶。文天祥在诗中坚持抗元毫不动摇，还语重心长地鼓励了张自山。张一直追随文天祥抗元，空坑失败，为元军杀害。

词语注解

①长溪道中：具体位置约在福建福州东北一带。

②宫殿扃春仗：指南宋统治者太后、皇帝与投降派大臣投降元军，被元军裹胁到北方去了，南宋皇宫只好从外面关闭，用长大的门栓封锁起宫殿大门。扃，为在外面把门关住的栓。

③衣冠锁月游：此句是作者自谓。指作者以宋方代表到元营谈判，竟被强行扣留，关押一月之久，又被强迫与南宋赴北请降的所谓祈请使一起北行。

④伤心今北府：晋时建都建康（今南京），军府设于扬州，因在建康北，称北府。这里泛指江北，意思为北府之地是让人伤心的，这时，李庭芝已为元军杀掉，扬州已沦陷。

⑤古东州：原注指常州。

⑥王气：象征帝王运数的祥瑞之气。

⑦龙兴：古时认为，龙能变化，可比九五在天，有天子之位，新的王朝即将兴起。

⑧子长游：司马迁，字子长，为撰写《史记》，曾漫游全国。这句诗指张自山，将效仿子长作长途之旅。

⑨底：何，为什么的意思。

诗义串释

潮水吹起大风，拉动大地，不住地怒吼；骤雨如注，和汹涌的江水汇合一起，向天际奔流。寂寞的宫殿，已经从外面加上木杖做成的门栓；无限伤心啊，今天的江北大地，已沦为元人统治；无穷遗恨啊，未能和敌人决一死斗。我唯一的盼望，是象征帝王运数的祥瑞之气，如长河涌流一样地到来，宋朝得以在海上中兴，永远延续太平的春秋。

夜是这样的静谧，吴地的歌声想已凝咽；春天行将残尽，蜀地的鲜血还在渗流。一向仰慕苏武的节操，今天，你却打算效法子长将作漫长的浪游。在遥远的海角，人们常误把渺茫的白云当作海岸；在大江的江心，只有坚固的巨石，才算得上江心的礁洲。大丈夫究竟要完成什么样的事业，怎能用哭泣来感念陆沉的神州。

和自山

去年予陷北，自山自京寄诗，时予已南归，不及领。今闻成诵，追和作彼时语，痛定思痛，痛不可当。

春晚伤为客，　月明思见君。
我方慕苏武，　谁复从田文[1]。
龙背夹红日，[2]　雁声连白云。
琵琶汉宫曲，[3]　马上不堪闻。

诗作背景

回归南方后，文看到一年前张自山写给自己的诗，遂写此诗作和。想起被扣往事，十分痛苦。

词语注解

①田文：孟尝君，战国时，齐国贵族。齐湣公命其出使秦国，遭秦国扣留。靠门客帮助逃离秦国。

②龙背夹红日：龙背上涌现出红色太阳，象征兴旺的气象。

③琵琶汉宫曲：作者自比王昭君出塞。

诗义串释

在春天的夜晚，暗自伤悲，经历了长期漂泊，悲苦地在他乡困顿；月光这样明亮，便想起了老友，真想和你作一次长谈，抒发胸中的郁闷。我在元人的挟持下走向北国，本来想学习苏武的为人做事；没有想到却学了孟尝君，在万难中逃脱敌人的囚禁。龙背上涌现红日，眼前有了希望；南归的大雁高鸣，声声连着白云。你可曾想到，如同王昭君的北去匈奴，频频弹奏着汉宫的曲调，心中的酸楚，在马上何堪听闻。

林附祖

林附祖，福建秀才。去年[1]三月四日，在无锡道中，忽为数酋擒去。指为文相公云：你门年四十，头戴笠，身着袍，脚穿黑靴。文书上载了你们，如何不是。缚至京口，辨验然后得释。附祖名元龙，至南剑为予言。

画影图形正捕风，　书生薄命入罝[2]中。
胡儿一似冬烘[3]眼，错认颜标作鲁公。[4]

诗作背景

这是作者到南剑聚兵时写的一首诗。作者在温州住了几近两个月。在温州，他终于和行朝取得联系。得知益王赵昰在福建省福安（今福州）建大元帅府，他向行朝报告了自己的行踪，留温州待命。他听说行朝的大臣们，春天请益王即皇帝位，以安民心，有利于抗元，但益王年仅八岁，其生母杨淑妃表示拒绝。于是，他写了表章，恳请杨淑妃以国家大事为重，杨淑妃终于同意，五月一日，益王在福建福安登上帝位。在温州，他结识了大量热心抗元的豪侠人士。不只是他的老部下张汴、邹沨、朱华等人都从福建跑来迎接他，就是台州、处州一带的豪杰，如张哲斋等爱国人士，都来“自献”抗元。在温州，他还抽工夫，整理了他的史诗《指南录》，编为四卷。直到五月初，行朝才发出诏令，要他赶去福安。五月二十六日，文天祥到达行都福安。七月四日，离开行都福安。七月十三日，到达南剑（今福建省南平县）聚兵。

文天祥九死一生回到南方，他抱着一腔热忱，准备进行抗元斗争，力争宋朝的中兴。从江淮大地到浙江沿海，他直接接触了下层民众和社会上的各阶层人士，深感抗元复国的事业，还是大有可为的。他希望经过元人攻陷临安一场狂暴的风雨，把卖国投降的思想冲刷干净，把卖国投降的人物加以淘汰。但是，现实是无情的，他赶赴行朝以后，亲身体会到实际情况和自己的想象距离太远。行朝皇帝尚在冲令，真正起作用的大臣是张世杰，张是一员武将，原在淮军中当兵，后来因在抗元战斗中立功，渐渐提升当了军官，当他守鄂州时，朝廷调兵勤王，其他将兵多不听调，只有他绕道而行，受到重用。元军进攻临安，张带兵至定海，后随二王至福州。此人在历史上被誉为“宋末三杰”，其最大特点是抗元坚决，始终没有投降，但也没有远大志向，在强大敌人面前，只能保护了小皇帝一味逃跑。历史证明：在福建不行，逃向广东。在广东不行，便逃到海上。而且十分专擅，听不得不同意见。文天祥到福安后，即被行朝封为宰相，但文看到朝廷的情况，觉得担当宰相的名义，只是一个虚名，远不如离开朝廷，去干抗元的实事，连上奏章请辞不就。后来才改授枢密使，都督诸路军马，到南剑开府聚兵。

文天祥在南剑聚兵，林附祖是南剑都府的幕僚，拜访文天祥时，曾谈到被元军误捕等情况，文天祥以此材料，写了这首诗。林附祖是福州的秀才，名元龙。三月四日，即文天祥在京口逃脱后，在无锡受到元军逮捕，被误认是文天祥丞相。送到京口加以辨认，才得到释放。

词语注解

①去年：似应为今年。据作者《集杜诗·汀洲》序中说："余在剑，朝廷严趣之汀，十月行。"说明当年十月作者即离开南剑。又据《宋史》，景炎元年十一月，南剑为元军占领。故去年为误。

②罝：为捕捉兽类的网。意为被捉拿。

③冬烘：古指迂腐无知的书痴。

④错认颜标作鲁公：唐朝懿宗时，颜标为一介穷读书人，竟被主考官郑薰认作颜真卿（曾被封鲁郡公，世人俗称鲁公）的后代，定为状元。这事被传为笑谈，有人写打油诗讽刺：主司头脑太冬烘，错认颜标为鲁公。

诗义串释

画影图形，捕风捉影。秀才倒运，抓入牢笼。本来要捕文相公，无奈元军太冬烘。前朝笑话今又是，错认颜标为鲁公。

呈小村[①]

予自剑进汀[②]，小村过清流[③]来迎，不图此生复相见。

万里飘零命羽轻，　归来喜有故人迎。
雷潜九地[④]声元在，月暗千山[⑤]魄再明。
疑是仓公回已死，[⑥]　恍如羊祜说前生。[⑦]
夜阑相对真成梦，　清酒浩歌双剑横。

诗作背景

这一首诗是在福建汀州，为幼年时的好友刘洙，号小村，来迎接他而写的。

本来，文天祥五月在行都，曾向张世杰、陈宜中等人提出北还温州组织抗元，但是遭到张世杰等人的反对。如果文天祥北返温州，可北面联系通州的杨师亮，南面依靠张哲斋和台、处二州愿意“自献”的广大力量，仍可形成积极抗元的前方阵地，以图恢复长江下游广大地区。由于张世杰的坚决反对，文天祥思谋进取的打算无法实现。张世杰等人要求文天祥去广州建同督府，不想六月广州降元，在这种情势下，他们才勉强同意文天祥去南剑开府聚兵。

聚兵，是团结爱国力量，发动人民群众的事；在南宋，人人都知道文天祥正直、爱国，不少爱国人士纷纷投奔南剑。他又派杜浒去浙江台温地区，陈龙复去广东漳潮地区，并派吕武去江淮地区发动抗元力量。可是，这些人还没有上路，朝廷又下了严令，要他把督府搬往汀州。张世杰是怎样考虑的呢？主要是不思进取，最担心的不是元军，还是自己，怕文天祥抗元力量壮大，对朝廷形成威胁。这样，文天祥只得于十一月又迁往汀州。汀州虽然地处偏僻，交通不便，但与江西相邻，家乡的战友很多。刘小村便是他幼年时的乡邻、密友，听说他到了汀州，带了发动的义军来看望他。临安被扣，两人分离，天翻地覆，九死一生，重又相会，不能不在思想感情上掀起巨大的波澜。

词语注解

①小村：刘洙，号小村。文天祥幼年的乡邻、挚友。详见《指南

录》卷二《思小村》注释①。

②汀：福建汀州，今长汀。

③清流：属福建省，在汀州东北，又名龙津。

④雷潜九地：汉王充《论衡》认为：雷是潜藏于地的。九地，是比喻藏的深度很深。这里是指，人民中积蓄着抗元力量，临安别后，小村带兵返回江西，现在又带兵出来。

⑤月暗千山：月亮无光，千山也暗淡了。

⑥疑是仓公回已死：仓公即太仓公，汉初临安人，姓淳于，名意，为人治病，能定生死。见《史记·仓公列传》。这里是说，怀疑是太仓公把自己从已死的状态中救过来。

⑦恍如羊祜说前生：晋干宝《搜神记》中故事：羊祜五岁时，让乳母取所佩金锁。乳母说，素无此物。羊祜即到邻舍李姓家桑树内取出金锁。盖羊祜前生为李氏子。这里是说，作者想到自己在战乱中的遭遇，像羊祜讲前一辈子的事一样。

诗义串释

在万里飘零的途中，我的性命比一根小小的羽毛还轻；回到家乡一带，令人高兴的是，有自己的老友来亲自欢迎。古人说，雷藏于地，不论潜藏多么深远，声音还是存在；月亮被云遮住，千山也显得暗淡，但是月亮总要复明。对我来说，不能不疑惑人已死去，是名医太仓公救治复活；想起亲身的遭遇，颇像羊祜回忆他的前生。夜深了，老朋友有说不完的千言万语，相对犹如梦境；我们且饮酒、高歌，再对练一阵剑法，我们共同期待，在抗元的战场上纵横称雄。

二月晦[①]

元年[②]二月晦，予从镇江脱北难。险阻艰难，于今再见。仲春下浣，追感堕泪，八句。

塞上明妃马，[3] 江头渔父船。
新仇谁共雪，[4] 旧梦不堪圆。[5]
遗恨常千古，[6] 浮生又一年。[7]
何时暮春者，还我浴沂天[8]。

诗作背景

这是作者在福建龙岩县写的诗。诗的内容是专为自己在镇江脱逃一周年而作。

日月如梭，转眼间，距离去年从镇江脱逃，已有一年时间了。一年来，脱离虎口，回归南方，披肝沥胆，多方奔走，团结了爱国力量，发动了义军武装，这是值得高兴的。但是，值得忧虑的事太多了：行朝不知振作，是最大的忧虑，张世杰只知道一味回避元军的节节进逼。元军于景炎元年的十一月攻占浙江的处州与温州，不久又攻占了福建的南剑州。十一月十四日，张世杰保护了端宗小皇帝赵昰，逃离了福安。这次的逃跑更加彻底，是制办了许多大船，君臣们逃到海上去了。是敌强我弱、无法抗御吗？据历史记载，当张世杰带了小皇帝入海时，南宋由张世杰直接指挥的正规军尚有十七万人，还有淮兵万人，民军可达三十万。而元军仍然是逼迫谢太后在临安投降的二十万人。张世杰等人，不允许文天祥到温州开府聚兵，允许了到南剑去开府聚兵，又严令他迁去汀州。如果这两个战略要地，有文天祥发动的义兵坚守，何至于福安很快失陷？即使文天祥难以完胜，张世杰以自己指挥的重兵，再作保卫福安之战，也是可操胜券的。可见他不许文天祥去温州，不许文天祥在南剑，不战而逃去海上，实际上是完全断绝了南宋生存的可能性。自十一月十四日以后，在广大的东南陆地上，只有文天祥率领的一支孤军，在江西、福建接壤的山区活动了。景炎二年正月，汀州失守，文天祥从汀州移军漳州龙岩县。在这种形势下，元军加强了对文天祥招降行动，先派投降的参赞吴浚来诱降，被文天祥杀掉了。元军又派罗辉来，文天祥光明正大的说明了自己的态度加以拒绝。二月收复梅州（今广东梅县），在这里，文天祥全家人得到了一次短暂的团聚。面对这样形势，如何纪念二月晦这个镇江脱逃的日子，文天祥的心情可知。他既为自己的斗争胜利感奋不已，又为目前的形势险恶担心，但在他面前没有颓丧，没有彷徨，有的只是必胜的信念。

词语注解

①二月晦：二月的最后一天。这是景炎二年二月的最后一天，距作者在镇江脱逃正好一年。镇江脱逃，则在德祐二年，亦即景炎元年二月最后一天。

②元年：景炎元年，是端宗赵昰即位后的年号。这一年原是宋恭帝赵㬎的年号德祐二年，因赵㬎已为元军掳去燕京，赵昰即位，遂把年号改为景炎元年。

③塞上明妃马：明妃，即王昭君，汉元帝时宫女王嫱。匈奴单于入朝求美女作为阏氏（匈奴称皇后），元帝把昭君赐给他。见《后汉书·匈奴列传》，这里是作者以昭君自比出使元军。

④新仇谁共雪：指从去年底到当年初，元军又攻陷温州、南剑、福安行都、汀州等地，端宗皇帝逃往海上。

⑤旧梦不堪圆：指作者曾要求去台、温二州设府不成，去南剑后又被严令迁往汀州。

⑥遗恨常千古：作者把以往求和和最近逃跑所造成种种遗憾，看作千古恨事，痛感永无挽回之日。

⑦浮生又一年：作者深感虚度光阴，贻误了大好时机。

⑧浴沂天：是用孔子的典故。孔子曾在暮春，带了学生到沂水中沐浴，唱歌而归。见《论语·先进》。这里是说，作者虽在战乱之中，但向往那种和平又具有高水平文化氛围的生活。

诗义串释

像汉明妃一样，被用乘马送往遥远的塞外；但是，不甘心厄运的摆弄，我终于逃出樊笼，依靠着江边渔父摆渡的小船。我和敌寇之间又增加的新仇，没人和我一起湔雪；一直有强国、抗元的梦想，也许永远难把梦圆。这一切将成为千古遗恨，转眼间又无所作为地度过一年。我，呼唤苍天，到哪一年的三月，我能像孔夫子带学生去沂水沐浴，又唱歌、又跳舞，度过美好的春天。

有感呈景山校书诸丈

北风吹春草，　阳鸟①日已至。
天时岂云爽，　人事胡乃异。
三月方皇皇②，　衣冠道如坠。
栋挠榱桷折，③　木颠桢干悴。④
大者怀端忧⑤，　焦头求室毁。⑥
小者嗟行役，　泥涂跋其尾。
长平⑦与新安⑧，露胔⑨如栉比。
赋分本尔殊，　适与天时值。
哲人处明夷⑩，　致命以遂志。
但令守吾贞，　死生浩无愧。

诗作背景

南宋的行朝迁往海上，文天祥遇到了异常的困难。过去，他面对困难写出的诗，总是乐观地充满希望，这首诗和以往有了某些不同，显然还是坚定的，但呈现出了悲观的色彩。正如诗题所标出的，他是“有感”而发，但没有查证到“景山校书诸丈”是一些什么样的人物。诗的写作时间，应是景炎三年的春夏之交。

词语注解

①阳鸟：古人把太阳比似成一只三只脚的大鸟，称为阳鸟。

②皇皇：美盛又急速的意思。

③栋挠榱桷折：屋梁脆弱，房的椽子折断。

④木颠桢干悴：木头已经倒、仆。两端的木柱为桢，两侧的木柱为干，都已破败。

⑤端忧：端为起始、开头，便已开始发愁。

⑥焦头求室毁：救火者遭受烧伤，焦头烂额，反尔不怕房子被烧毁了。

⑦长平：战国时，秦将白起大败赵军于此地，坑赵国降卒四十万人。

⑧新安：河南省县名。项羽曾在此地城南坑杀秦兵二十万人。

⑨露胔：暴露着的腐烂尸体。

⑩明夷：《易经》卦名，离下坤上。意思是：日出光明，但受到了损伤。比喻为主上暗，贤者退避的乱世。

诗义串释

无情的北风，狂吹着春天的芳草；古人认为如大鸟一样的太阳，已经照临到头上。这样的季节，没有让人感到清爽；人事当然也显得异常。暮春三月急速地将要过去，读书人遵循的道理摇摇欲坠，似乎失去了昔日的辉煌。房梁脆弱，屋椽损伤，门窗倒塌，立柱晃荡。大人物怀着最初的隐忧，人已经被火烧伤，哪里还顾及大火烧掉住房。小人物忙于行役、打仗，在泥泞的道路上作着无尽无休的奔忙。到处有密密麻麻的腐烂尸体，和古代杀人如麻的战场，可以说一模一样。按道理，古今历史应当有所不同。但诸多天时的条件正好相仿。聪明的哲人已经明白，这是一个光明受到损伤，贤人应当避让的乱世，只有不怕牺牲，才能遂行自己的志向。我是非常坚定的，恪守自己的坚贞，无论生或死，一腔浩然正气，无愧于自己的天良。

即　事

去年伤北使[①]，今日叹南驰[②]。
云湿山如动，　天低雨欲垂。
征夫行未已，　游子去何之。[③]
正好王师出，　崆峒麦熟时。[④]

诗作背景

这首诗约写在景炎三年四、五月间。

尽管在上一年底，张世杰带了南宋的小皇帝逃往海上，文天祥处于独立支撑的险恶局面，元军攻下汀州，他南下梅州。在梅州，他见到了自起兵勤王而分离三年的全家老幼：母亲，二弟文璧，三弟文璋，夫人欧阳氏，二妾颜氏、黄氏，女柳娘、环娘、监娘、奉娘，子道生、佛生。只有长女定娘、幼女寿娘病死在惠州，不能见到了。他抱着和家人诀别的心情，决心打回老家江西。

文天祥这次向江西的进军是成功的。他取得雩都大捷，接着收复了兴国。他的旧部、朋友、同乡都带义军来和他会合。宋时赣州辖十个县，收复了九个。吉州辖八个县，收复了五个。抚州、饶州、信州、洪州、袁州、南安军也都行动起来，反抗元军统治。邻近的湖南、广东、福建各省也都和江西相响应，到处纷纷起事抗元。在《纪年录》一书中，记载文天祥的胜利之后，还说他的同督府“号令通江淮”，可见声势之大。

这首诗是文天祥进军江西时，在会昌写下的。

词语注解

①北使：指去年在临安，宋谢太后、恭帝投降后，元军强令宋朝官员以祈请使名义北行，还挟持文天祥同路去往燕京。

②南驰：指在广东梅州的活动。

③游子去何之：是一句问话，意思是经常流浪在外的旅人，又要到什么地方去呢？

④正好王师出，崆峒麦熟时：王师，即皇帝的军队，此处指作者指

挥的南宋军。崆峒是山名，在江西赣县南；杜甫诗《送高三十五书记》说：“崆峒小麦熟，且愿休王师”，这里与杜诗相反，是说王师出击，正应趁着麦熟的季节。

诗义串释

去年元军强制所谓祈请使去到北方，挟持我一起走，让人伤心、愤慨；时间过了一年，今天又令人叹息，在敌人的进攻中，不得已而向南驱驰。由于雪把山沾湿，让人觉得山在轻微地颤动；天上的云太浓，雨丝从空中不断下垂，天空显得很低。出征的战士还没有出行，便有人关怀地讯问：“你们这些旅人，又将去向哪里?”“现在正是军队出击的机会，崆峒山区的小麦到了成熟之时”。

所 怀

世途嗟孔棘①，行役苦期频。
良马比君子， 清风来故人。
相看千里月， 空负一年春。
便有桃源②路，吾当少避秦。

诗作背景

在极端困难的形势下，作者不能不怀念自己的战友，不能不顾念未来的前途。“诗言志”，这首诗是对战斗的情谊和命运的归宿，提出自己的看法。

词语注解

①孔棘：孔，窾穴；棘为荆棘。

②桃源：指晋陶潜所著《桃花源记》，虚构出的世外桃源。

诗义串释

人生的途程上，总难免叹息遇上的坎坷与荆棘；行军或劳役中，最苦的是时间的延长或推迟。一匹上好的马，比君子还好相处，会对人有极大的助益；谁都喜欢清风徐来，老朋友来了，真比清风还要惬意。虽然相隔千里，我们可以共同欣赏明月；可惜，难以相见，辜负了又一年的春日。即使真的找到桃花源的路径，我也极少可能不作抗击，而去躲避强秦的统治。

自　叹

草宿披宵露，　松餐立晚风。
乱离嗟我在，[1]　艰苦有谁同。[2]
祖逖关河志，[3]　程婴社稷功。[4]
身谋百年事，　宇宙浩无穷。[5]

诗作背景

这是作者历经重大挫折以后，在景炎三年十一月，写作的一首诗。

文天祥在江西取得的胜利，引起了元朝皇帝忽必烈的最大警觉。元朝贵族统治者知道，逃遁于海上的张世杰，虽然还有宋朝小皇帝作为号召的力量，但绝不会有更大的作为。文天祥尽管是一支孤军，却是元军的心腹大患。于是，在宋景炎二年七月，也就是元至元十四年的七月，大力加强了对江西的军事统制，“置行中书省于江西”，塔外出任右丞，麦术丁为左丞，李恒、蒲寿庚、程鹏飞为参知政事，专门管江西的攻守。元军除了加强编制机构之外，更是大军云集，调来了最强的步军和水军，元军在江南的元帅几乎都到了江西一带。在具体部署上，元军出动重兵先打文天祥攻赣州的张汴，攻永丰的邹沨，攻泰和的黎贵达，与此同时，又派李恒亲率精兵偷袭兴国，直接打击文天祥的首脑机关同督府。

文天祥的对策是怎样的呢？面对这样凶险的形势，他没有退避，而是决心把部队集中到永丰去，永丰在北面，他仍然想北出江淮，长期抗击元军。没有想到，邹㵯的部队，在永丰和敌人打了一天，失败了。文天祥在永丰集中兵力的打算落了空，面对敌人攻占永丰的大军，后有李恒的追兵，西有攻打泰和的精骑，当机立断，向东南撤退。元军元帅李恒，从兴国追到永丰，二百余里，又从永丰跟踪追向东南，又跑了二百余里，真是穷追不舍。为了抵挡追兵，掩护文天祥撤退，宋军进行了可歌可泣的战斗。在东固方石岭，李恒追上了文天祥，宋军老将巩信，只带了几十个战士死守方石岭，吓得李恒疑有伏兵不敢前进。元军只得用弓箭进攻，巩信和战士受了箭伤，仍然和敌人短兵相接，打退进攻。最后，巩信坐在一块巨石上，战士们围在周边，凛然不动，吓得元军长时间认为他们未死，不敢进攻。等到查明巩信和战士们已经战死，文天祥已经远去。在空坑，李恒追上了文天祥，文当时正宿于当地居民陈师韩家里，陈师韩当即送文天祥从山间小路逃脱，传说元军已追及文天祥身后，突然山上滚下一块巨石，塞住小路，文又逃脱。排除掉迷信的因素，这难道不是人民对文天祥的悉心救助吗？更为感人的是，文天祥从空坑逃脱后，又一次将被追到，这时，元军抓到一顶轿子，轿子里的宋军官员，一口承认自己姓文，元军以为是文天祥，送到上级辨认，才认出是通判赵时赏。这时，文天祥早又借机逃脱了。空坑一役，文天祥率领的军队损失很大，遇难和被俘的有：张汴、刘沐、谢杞、许由、缪朝宗、彭茂才、吴文焕等人 。他的老母已在九月病故。他的夫人欧阳氏，以及颜、黄两妾、次子佛生、女柳娘、环娘，也都在空杭被俘。佛生被俘后不久即死于道途。空炕败绩，使文天祥受到极大挫折，但并没有使他消沉，他进入了福建，收拾散兵十月进入汀州，十一月至循州，驻扎在南岭。国事已到了极为艰难的地步，家人已大半被俘虏，前途渺茫，壮志难酬，诗人的志气仍未消沉，而是以旷达的态度，看待一切。

词语注解

①乱离嗟我在：空坑一战，部属不少人死难或被俘，家人已大半死难或被俘，故作者感叹，只剩下自己独存了。

②艰苦有谁同：指在艰难的抗元斗争中，像自己这样备尝苦辛的人几乎没有。

③祖逖关河志：祖逖是东晋时人。建兴元年，率军渡江北上，船至中流击楫而发誓言，“我不能活着平定中原作出贡献，就像这条江的江水永远流逝！”关河志，是指函谷关与黄河一带秦时的边防，这里泛指边疆。

④程婴社稷功：程婴春秋晋国人，为保存赵氏孤儿，立下功业。社稷，泛指国家。详见《指南录》卷一《使北》诗注释⑨。

⑤身谋百年事，宇宙浩无穷：百年事，安定国家的百年大计。但接着说道宇宙的浩渺无穷，则又不得不令人感叹其心胸雄伟。

诗义串释

在郊野中草丛里露宿，身上洒满了夜半的露水；在松林里进餐，迎着扑面吹来的晚风。战争使多少人遭到死难，混乱又使多少人遭到了离散，令人感叹的，我还存在；但我受到的艰苦，又有什么人和我大致相同。为人总要像祖逖那样，立志于保卫国家的疆土；像程婴那样，为保存国家社稷，建立功勋。我愿意为谋取国家生存的百年大计奔走，我们面对的宇宙广阔浩渺，变化无穷。

指南后录

文山诗史注释全编（二）

Wenshanshishizhushiquanbian（er）

卷一（上）

过零丁洋[1]

上巳[2]日张元帅[3]令李元帅[4]过船，请作书招谕张少保[5]投拜。遂与之言："我自救父母不得。乃教人背父母可乎？"书此诗遗之。李不能强，持诗以达张。但称"好人！好诗！"竟不能逼。

辛苦遭逢起一经[6]，干戈落落四周星[7]。
山河破碎风抛絮，身世飘摇雨打萍。
皇恐滩头[8]说皇恐，零丁洋里叹零丁。
人生自古谁无死？留取丹心照汗青[9]。

诗作背景

这是文天祥《指南后录》卷一的第一首诗。也是文天祥第二次被元军俘虏后的第一首诗。

文天祥于宋德祐二年（1276）与元军谈判时被扣留，旋即在镇江逃脱，历经艰险，乘船南归。他继续举兵抗元，虽然也取得了江西于都、兴国等地的大捷，但宋朝的流亡政权积弱难返，王室衰微，权臣无能。在元军的强大压力下，已经无力回天。

宋景炎二年（1277）八月，元军大举南下，分别以陆、海两路，对南宋王朝进行粉碎性的打击。陆路的元军，以精锐的骑兵为主，像暴风一样向文天祥的督府军猛扑过来。元、宋军强弱对比的天平明显偏于元军，文天祥虽做了顽强的抵抗，不得不节节败退，撤出了赣州，撤出了永丰，撤出了兴国。敌人还是穷追不舍，八月二十七日，在永丰县的空坑，不只折损了众多义兵，还牺牲了不少志同道合的将领。他的夫人欧阳氏，两位如夫人颜氏和黄氏，女儿柳娘和环娘，也都在这里被元军俘虏。次子佛生，也在这里和家人失散。宋军部将赵时赏乔装假扮文天祥，以被俘延误元军的追击，使文天祥脱离了危险。

景炎三年（1278）五月，年仅十一岁的宋端宗赵昰在海上流亡中病逝。他八岁的弟弟赵昺即位，诏令当年改元为祥兴元年。宋朝已到了最危险的边缘，但也还有一线生机，就是把抗元力量团结起来，充分用好在海上跟随皇帝的十几万精兵，与孤军深入的元军周旋。当文天祥收集散兵集结在广东潮汕一带，要求觐见小皇帝，和行朝计议未来出路时，竟一再受到行朝权臣张世杰的拒绝。就在这段时间里，文天祥的母亲逝世了，他的十三岁长子道生也病死了。文天祥不受这些变故的影响，苦心经营潮汕，继续抗击元军。

潮汕海上有两支大盗，一支头领叫陈懿，另一支头领叫刘兴，两支盗匪经常在海上袭击商船，劫掠百姓。文天祥一为保护百姓，二为扩大抗元力量，派人剿灭，除掉刘兴，陈懿逃跑。陈懿对文怀恨在心，投降元军，引导元军张弘范由海上至潮阳，并向元军报告文天祥的动向。元军据陈懿的密报，组织精干队伍，化装为乡民，沿着文天祥转移的路线追杀。在五坡岭两军遭遇，经过一番恶战，文天祥的义兵寡不敌众，全军覆没。文天祥第二次遭到元军的俘虏。他的两个随军行动的女儿监娘、奉娘，也死于这次五坡岭的乱军之中。他对失败的前景是有准备的，购买了二两冰片带在身上。不想，被捕后，他吞食了冰片，只昏眩了一阵，竟没有死去。

元军把文天祥送到潮阳，见了元军统帅张弘范。他慷慨求死，张弘范不敢杀他。祥兴二年（1279）新正初二日，张弘范要赶赴厓山，完成消灭宋朝的最后一战。文天祥被关押进舟船，被带去厓山，船行过珠江口外的零丁洋，他回想起自己的生活道路，抗元以来的遭遇，心潮难平，写出了这首感人至深的诗。

正月十三日，船到厓山。张弘范想在发动水军聚歼南宋行朝之前，要求文天祥写信给行朝的权臣张世杰进行招降，便请元军的另一个元帅李恒，到关押文天祥的船上，转达他的意图。文天祥听完李的来意，回答说："我自己救不得父母，难道还能教别人背叛父母吗？"文天祥斩钉截铁地拒绝李恒以后，把《过零丁洋》这首七律诗写给李恒，请他带给张弘范。张弘范看了这首诗，不得不说："好人，好诗！"不再逼迫文天祥写招降书信。

这首诗既是对宋朝败亡所作的挽歌，也是作者对自己抗元几经生死而未取得胜利的悲叹。"人生自古谁无死，留取丹心照汗青"，这两句铿锵的诗句，不知唤起了后世多少仁人志士，为中华民族的延续和兴盛，献出宝贵的生命。

词语注解

①零丁洋：又称伶仃洋。在今广东省珠江口外。

②上巳：有误。古时称三月三日为上巳。文天祥于正月十三日被押送到厓山，与正月十五日上元节相近，应以"上元"为宜。

③张元帅：张弘范，是金国大将张柔之子，当时任元军蒙古、汉军都元帅。

④李元帅：李恒，是西夏人，因曾和文天祥交锋，受到张弘范推荐，任元军蒙古、汉军副元帅。

⑤张少保：张世杰，德祐时任职平江，奉诏入卫，加权校少保，在行朝中掌握兵权。

⑥一经：指儒家一类的经典。文天祥因熟读儒家经典，在南宋得中状元，故说"起一经"。

⑦四周星：周星，指天上星宿转了一周，即一年。四周星，四年。从德祐元年（1275）正月，文天祥起兵抗元，至祥兴元年（1279），整整四年。

⑧皇恐滩：惶恐滩。又名黄公滩。在江西省万安县赣江中间，作者起兵勤王时，曾路经此地。整句诗是回忆当年情景。

⑨汗青：古时发明纸张前以竹简记事，但竹简要经过加工，用火烤

使竹片蒸发水分，形同出汗，才能使用。经过加工的竹简称汗青。又竹简多用以记载历史，这里以汗青作为史册的代用词。

诗义串释

我的生活道路，起始于辛苦地研习儒家一类经典。由于外敌的入侵，我投身干戈遍地的战斗生活，已经四个周年。祖国的山河在敌人的蹂躏下已经破碎不堪，广大人民像柳絮一样，被狂风吹得到处抛散；我个人的遭遇也漂泊无定，像暴雨击打的浮萍，难把身安。还记得，在赣江的皇恐滩头，我惶恐地接受勤王的诏令；哪里想到，在遥远的零丁洋上，由于被俘，只能发出孤苦零丁的慨叹。自古以来，人的一生，谁也难免一死；我只期望，在我死后，热爱国家的红心，永远映照着编成史册的竹简。

元　夕[①]

南海观元夕，　兹游古未曾。
人间大竞渡，[②]　水上小烧灯[③]。
世事争强弱，　人情尚废兴。
孤臣腔血满，　死不愧庐陵[④]！

诗作背景

文天祥于祥兴元年（1279）正月十三日，被元军拘送至厓山，两天后即元宵节。这是他以元宵节夜晚所见写成的诗。

词语注解

①元夕：元宵节夜晚。

②人间大竞渡：虽在南海，但于元宵节进行游泳比赛，似无此风习。可理解为，元军为准备对宋行朝船队发动攻击，船帆往来频繁，海上飞行，犹如竞渡。作者见此景象，引申为元、宋两朝在做“人间大竞渡”，故接下联“世事争强弱，人情尚废兴”两句。

③小烧灯：唐开元年间，玄宗在新春正月，常于宫中林苑连夜点灯，以助游乐，称烧灯。

④庐陵：古庐陵郡，又称吉州。今江西省吉安县。

诗义串释

在南海海上，我亲历了一次元宵节，看到了自古未有的光景。船帆飞掠，人世间最大规模的竞渡比赛。到处灯火辉煌，像为佳节点燃起串串红灯。令人悲叹啊，人类为了私利，不顾生死，也要争谁败、谁胜。令人深思啊，哪个人又能回避朝代的废兴？作为宋朝被俘的孤单臣子，我只能拼着满腔热血，为国殉难；即使死亡，也决不愧对生我、养我的家乡庐陵。

怀赵清逸[1]

压海真何地，　驱来坐战场。
家人半分合；[2]　国事决存亡。
一死不足道，　百忧何可当！
故人髯似戟，　起舞为君伤。

诗作背景

文天祥于正月十三日被押抵厓山，二月初六日元军才发动对宋行朝的总攻击，这是在大战前战场相对沉寂中，他怀念战友的诗作。

词语注解

①赵清逸：查史料中，不见赵清逸此人。而文天祥在厓山即将爆发的宋、元大海战前怀念此人，显然只能是交往较多的战友。有关史料中有赵孟潆，疑赵清逸为赵孟潆之字。赵孟潆与赵时赏与文天祥在江西合军抗元。空坑战斗中，赵时赏被俘时曾假冒文天祥，遭元军杀害，使文得以脱逃。五坡岭战斗中，赵孟潆为文军前锋，文至五坡岭时，赵孟潆已前行十里以外，文军在五坡岭覆没，文天祥被俘，赵未遭毒手，但遁身何处，不得而知。为此，引起文的怀念是合理的，但无史料根据，尚待证实。

②家人半分合：指家人离散、死亡。空坑战斗中，文天祥夫人欧阳氏，两位侧室，小儿子佛生，两个小女儿，被元人俘虏。不久，母亲逝世，长子道生也死去了。五坡岭战斗，两个大女儿也死于乱军之中。半分合，指与夫人等分散，也可兼指和弟弟文璧分离。

诗义串释

我不禁有所怀疑，厓海是个什么样的地方？被俘后被驱赶到这里，让我面对这敌、我两军厮杀的战场。家中的亲人，已有半数陷入敌手；谁能想到，在这里将要决定国家的存亡。战败一死，本来算不了什么；活着忍受悲痛，却更难承当。怀念起胡须硬如长枪的老友，我怎能安坐，起舞而又彷徨；您现在哪里，命运如何，我怎能不为您深感忧伤。

二月六日，海上大战，国事不济。孤臣天祥坐北舟中，向南痛哭。为之诗曰

长平一坑四十万，　秦人欢欣赵人怨。[①]

大风扬沙水不流，　为楚者乐为汉愁。[2]
兵家胜负常不一，　纷纷干戈何时毕？
必有天吏将明威，　不嗜杀人能一之。[3]
我生之初尚无疚，　我生之后遭阳九[4]。
厥角稽首併二州，[5]　正气扫地山河羞。
身为大臣义当死，　城下师盟愧牛耳。[6]
间关归国洗日光，[7]　白蘼重宣[8]不敢当。
出师三年劳且苦，　咫尺长安不得睹。[9]
非无虓虎士如林，[10]　一日不戈为人擒。[11]
楼船[12]千艘下天角，两雄相遭争奋搏。
古来何代无战争，　未有锋猬交沧溟。
游兵日来复日往，　相持一月为鹬蚌[13]。
南人志欲扶昆仑，　北人气欲黄河吞。
一朝天昏风雨恶，　炮火雷飞箭星落。
谁雌谁雄顷刻分，　流尸漂血洋水浑。
昨朝南船满厓海，　今朝只有北船在。
昨夜两边桴鼓鸣[14]，今朝船船鼾睡声。
北兵去家八千里，　椎牛酾酒[15]人人喜。
惟有孤臣雨泪垂，　冥冥不敢向人啼。
六龙杳霭知何处？[16]　大海茫茫隔烟雾。
我欲借剑斩佞臣[17]，黄金横带为何人。[18]

诗作背景

经过了一个月的周密准备，元军于祥兴二年（1279）二月六日，向南宋行朝发动了总攻击。这次厓山大海战，是我国历史上空前未有的，也是人类古代历史上罕见的海上战争。文天祥被元军管押在船上，元军有意识地让他看到战争的全景以及全过程。这种人生经历，在人类历史上，恐怕也是绝无仅有的。根据自己的耳闻目睹以及内心感受，写出的这首诗，既是第一手最可信的史料，也是无与伦比的史诗篇章。

在文天祥的另一部《集杜诗》的记述中，曾精辟、准确地叙述了当时的两军形势。南宋行朝拥有十余万军队，一千多艘船只（而且大船很多），比较熟悉厓山的海情。而元军只有五百条船，竟有二百余条船没有赶到，实际只有三百条船。不说元军北方人多不擅海战，就是操舟水手，也多来自江浙，不熟悉广东海情。如果宋军统帅张世杰敢于主动出击，未必处于下风，在海上歼灭元军大部，不是不可能的。但是，他不敢出战是一贯的，把全部船只龟缩于厓山之内，摆出一字长蛇阵，还用绳索把船绑在一起，不能活动。这样一来，宋军的长处变成了短处，元军的短处变成了长处，孰胜孰败，可想而知。

即使如此，元军还是做了充分准备，不敢有丝毫的马虎。张弘范先占据了厓山山门的咽喉之地，等到二月六日大潮，乘着潮水向北攻击。北面则由李恒率军死死堵截。不论从南或从北进攻的元军，除了使用弓箭之外，都使用了当时世界最先进的武器：炮火。宋军也用炮火还击。风雨交加，潮水汹涌，炮火连天，杀声不断。宋军虽然有许多庞大的战舰，但都用绳索连在一起，元军发挥出陆战的所长，攻下一船，便把船桅上的旗帜砍倒，经过大半天炮火轰击、白刃格杀之后，高耸旗帜的桅杆已经绝无仅有了。

天色将暮，海上迷雾更浓，风雨更大。身为南宋行朝宰相的陆秀夫，看到行朝已难逃覆灭的命运，先把自己的妻子驱入大海，然后负起小皇帝赵昺，跳进汹涌跳动的波涛。张世杰虽然驾船杀出重围，最后走投无路，还是溺海而死。

文天祥被囚禁在船上，虽然不完全知道战争的一些细节，但亲眼目睹了这一幕战争的惨剧。他心痛如割，号啕大哭，心想赴海一死，但元军看管十分严密。痛定思痛，为了记录南宋的覆亡，为了向海上十余万名阵亡将士致祭，他写下了这首沉痛、悲壮的诗篇。

词语注解

①长平一坑四十万，秦人欢欣赵人怨：长平，战国时赵国的城邑。

秦将白起于长平一战，射杀赵将赵括；赵军四十万人投降，白起担心赵卒反复，用欺骗的办法坑杀了赵卒。这两句诗是讲这一历史典故。

②大风扬沙水不流，为楚者乐为汉愁：这两句诗讲楚汉相争时睢水之战的典故。楚汉相争时，睢水之战，楚军杀汉卒十余万人，睢水为之不流，汉王刘邦被围。幸起大风，飞沙走石，天昏地暗，刘邦才得以突围跑掉。

③必有天吏将明威，不嗜杀人能一之：《孟子》书中说，奉行天命，谓之天吏。《书经》上说，“我有周佑命，将天明威”。“不嗜杀人能一之”见于《孟子》。全句的意思是，一定会有执行上天意旨的天吏，来实行赏罚；不以杀人作为手段，统一天下的人，才可以取得统治。

④阳九：术数家以四千六百一十七年为一元，初入元一百零六年内，有九年旱灾，称为阳九。又，道家认为，三千三百年为小阳九，九千六百年为大阳九，天厄谓之阳九。阳九实指灾荒年景，厄运之年。

⑤厥角稽首并二州：厥角稽首，即磕头礼拜。二州，指池州、饶州。德祐元年初，元军侵犯安庆，宋朝派贾似道迎敌，贾竟派人秘密求和，答应宋朝向元称臣，按时交纳金银、绸缎给元朝，极尽磕头礼拜的能事。但元军仍然进兵占了池州、饶州（今安徽贵池、江西鄱阳）一带地方，使南宋都城临安（杭州）处于元军威胁之下。

⑥城下师盟愧牛耳：这是指德祐二年初，元军兵临临安城下，宋朝派文天祥以丞相身份出使元营谈判的史事。按照古礼，两军如果谈判成功，应举行仪式，执牛耳取血盟誓。而文天祥被派与元军谈判，敌军已屯兵都城之外，根本不可能取得成功，反而遭到扣留，文为此愧悔。

⑦间关归国洗日光：这是指文被元军扣留，从镇江脱险逃生，经江北绕行，从海上南归的史事。间关，即曲折、艰苦。洗日光，日光，指皇帝端宗在福安即位，重新沐浴皇恩。

⑧白麻重宣：古代对宰相等高官任命，要用白麻布写成任命诏书。

这是说，景炎元年五月二十六日又一次任命文天祥为右丞相、枢密使，都督诸路军事。

⑨出师三年劳且苦，咫尺长安不得睹：出师三年，是指作者南归后，景炎元年七月在南剑督师起兵抗元，至祥兴元年十二月在五坡岭被俘，实数应为两年六个月，三年是用其整数。长安，泛指国都，这里是指南宋的行朝。不得睹，是说行朝虽距离不远，但几次要求进见，均为张世杰所阻止。

⑩非无虓虎士如林：虓虎，咆哮的猛虎。这句诗意为，不是没有如同咆哮猛虎一样的将士，这样的人物如森林中的树木一样多。

⑪一日不戈为人擒：不戈，缺少了戒备。这句诗意为，在五坡岭由于戒备不够，造成了兵败被俘。

⑫楼船：高大的战舰，上建敌楼可以望远。

⑬鹬蚌：指鹬蚌相持。鹬为鸟类，啄食蚌肉，蚌合拢其壳，夹住鸟嘴，各不相让。这里指两军呈相持状态。

⑭桴鼓鸣：桴为鼓棒。这里指击打战鼓。

⑮椎牛酾酒：椎牛，即杀牛。酾酒，即斟酒。指杀牛、斟酒为士卒庆功。

⑯六龙杳霭知何处：六龙，指皇帝，因皇帝出行，要乘六匹马拉的车子。这里是说，皇帝的踪迹渺无，不知到了哪里。

⑰佞臣：奸臣。指贾似道等误国奸臣。

⑱黄金横带为何人：奸臣们平日腰里束着黄金镶玉的带子，究竟是忠于皇帝、国家，还是谋求自己的私利呢？

诗义串释

战国时，长平一战，坑杀了四十万人；得胜的秦国高兴，败北的赵国悲愤。楚汉的睢水之战，楚杀汉卒十余万，使睢水断流；楚国为胜利欢舞，汉国为失败忧愁。互相征战的兵家，有胜有负，难于摆平。世上的战争到什么时候才能消停？我相信总会有奉行天命的人物，摒弃杀人的恶行，才能有真正的一统。我出生不久，倒没有遭受多少灾害；长大成人，却进入战乱的年代。有人磕头礼拜，情愿向入侵之敌割让土地；最后，捧玺投降，连国家的一山一水都深感羞耻。我身为国家大臣，在与敌人的会谈中遭到拘羁，哪里还谈得上“和谈”的希冀。遍历艰险，走过崎岖，才回归遥远的南方，重新沐浴故国的阳光。朝廷以白蔴布书写的诏书，宣布对我的任命，我怎敢大胆地承当。从南剑起兵重新抗元算起，三年的战斗是如此的艰苦。距离行朝不过咫尺，却不能与新立的君主接触。谁说我们缺少如咆哮猛虎那样的将士，他们多得像森林中的树木。只是一天偶然的缺少戒备，让我又一次成为被俘的囚徒。我亲眼看见，在遥远的南海之角，聚集了上千艘战舰，元、宋两军将在这里进行殊死的搏战。自古以来的战争，难以计算得清爽；我们何曾有过万炮齐鸣，两军搏斗在无边的海上。战船来往巡游，日复一日，东撞西冲，经过了一个多月，如同相持不下的鹬蚌。宋军矢志扶持巍峨的昆仑，元军强横得要把蜿蜒的黄河鲸吞。决战的时刻终于来到，天昏地暗，风吹雨淋，炮火震动起大海的波涛，火箭鸣叫着在敌群中落陨。激烈的搏斗并没有很长时间，谁胜谁负，已经可以分辨；海洋里漂动起战死者的尸体，火光映照着海水，血光一片。不远的昨天，海面上停泊着数不清的宋船；眼前的今天，只有元军的船只，宋船一只也难看见。不远的昨天，宋、元两军的船上战鼓齐鸣；眼前的今天，却只听见元军船上如雷的鼾声。北来的元军，哪一个不是远离家乡八千里的路途？打了胜仗，杀牛，喝酒，怎能不欢欣鼓舞。只有我这南宋孤臣，下雨一样，流着悲痛的泪水；咬住牙关，沉默着，不敢出声，把泪水吞入腹内。谁能知晓，宋朝的天子流落何地？大海上迷雾茫茫，是这样无边无际。我多么想挥动长剑，斩杀宋朝的奸佞权臣啊，你们平日横系着黄金的腰带，究竟是为了谁人？

又六噫[1]

飚风起兮海水飞。噫！
文武尽兮火德微[2]。噫！
鹰鹯相击兮靡所施。噫！
鸿鹄欲举兮将安归。噫！
櫂歌中流兮任所之。噫！
独抱春秋兮莫我知。噫！

诗作背景

这是文天祥为元、宋厓山大海战写下的另一首诗。如果说《二月六日，海上大战……》一首诗，从战争的实际场景出发，抒发出作者强烈无比的悲愤，这一首诗则是以高度概括的手法，表现作者对战争的深刻感受。

词语注解

①又六噫：又，即仍是上面一题的再一次重复。六噫，噫，为惊叹之词。在这首诗中，表达了作者的六个惊叹。

②火德微：古代勇士有五德之说，认为帝王受命登基，正值五行中的火运，称为火德。火德微，是说火德微弱，即帝位在危险的形势之中。

诗义串释

大风在狂吹，海水在飞扬。噫！宋朝的文官武将遭到歼灭性的打击，宋朝帝王的命运已然沦丧。噫！鹰和鹞在天空拼死搏击，我却无计相帮。噫！徒然在胸中怀有爱国的壮志，被俘途穷，只有彷徨。噫！大海是这样浩森，我只能听着船歌，任其飘荡。噫！我坚定的怀抱着《春秋》大义，又何惧不测的命运，把我带向不可知的远方。噫！

哭厓山[①]

宝藏如山席六宗，[②] 楼船千叠水晶宫。
吴儿[③]进退寻常事，汉氏[④]存亡顷刻中。
诸老[⑤]丹心付流水，孤臣血泪洒南风。
早来朝市[⑥]今何处，始悟人间万法空[⑦]。

诗作背景

这首诗当写于宋祥兴二年（1279年）二月初六。文天祥被拘留舟中，直接目击了元军在海上大举进攻宋行朝，宋朝败亡。多少艨艟巨舰，承载着宋朝年幼的皇帝和不少大臣，以及保护他们的军队，在元军猛烈进攻下，一天之间，被彻底击溃了。文天祥在万分悲恸之余，写下了《二月六日，海上大战，国事不济。孤臣文天祥坐北舟中，向南恸哭》以及《又六噫》等诗之后，意犹未尽，写了这首《哭厓山》。诗的尾联，道出了他为国家败亡而产生的悲凉心态。

词语注解

①厓山：元军以海上舰船的军力，击败宋军行朝船队的地点。此地又称厓门山，在广东省新会县南海域，和汤瓶嘴相对，在海上形成门户之状，地势险峻。

②宝藏如山席六宗：宝藏如山，指宋朝被元军追赶下，张世杰主持朝政，抗元无方，拥戴幼帝避入舟船，长期在海上游荡，宫中的不少珍宝都携带在船上。席六宗。席，指祭祀的席位，亦即位置；六宗，指古代通常祭祀的六种神；六种神的说法不一，一说是水、火、雷、风、山、泽；又一说指天、地、四方；还可指佛教的六个不同的教派等。大体可解为：船上还设立着国家祭祀众神的席位。

③吴儿：指吴地的健儿。元军因北人南来不习水战，只好在吴地（江苏、浙江一带）招募了一些擅长于水战的兵勇。

④汉氏：原指汉民族，这里泛指南宋朝廷。

⑤诸老：指主持行朝的一些老臣，主要的有张世杰、陆秀夫等。

⑥朝市：行朝所到之处，自然形成市镇，以买卖生活用品，称朝市。

⑦万法空：法，原为佛家用语，泛指宇宙本原，也可指善恶意念，又可指心灵轨则。也可理解为人类社会的法则、法度。万法空，即一切都成为虚空。这里我们不妨理解为文天祥目击厓山一战，受到的刺激太大，导致他产生一种虚无、失落的消极情绪。

诗义串释

这里的宝藏堆积如山，这里还安置了供奉国家、社稷众神的神殿。这是什么地方呢？重叠、高耸的庞大楼船，一只连接着一只，构成了南海之上的宫殿。进攻的一方，募集了不少吴地健儿，他们熟悉水战，在海上进退自如，不过是平常而又平常的事端。被攻击的一方，由于应对无方，覆亡只在顷刻之间；残存下来的希望，已经不足一线。一些保护幼小皇帝的老臣，虽然都有一片忠心，怎能抵挡住惊涛骇浪的考验？我这个孤单的臣子，在被囚的船上，目击悲惨的景象，血泪洒向南风，只能把无尽的仇恨，向胸中吞咽。用不着预测未来行朝的早市将在哪里，国家已经覆亡，一切归于幻灭，我面对的只是一个没有法理、缺少正义的人间。

言　志

九垠化为魅，[①] 亿丑俘为虏。[②]
既不能变姓名卒于吴，[③] 又不能髡钳奴于鲁。[④]
远引不如四皓翁，[⑤] 高蹈不如仲连父。[⑥]
冥鸿堕矰缴，[⑦] 长鲸陷网罟。

鷃燕[8]上下争谁何？　蝼蚁[9]等闲相尔汝。
狼藉山河岁云杪，[10]　飘零海角春重暮。
百年落落生涯尽，　万里遥遥行役苦。
我生不辰逢百罹，　求仁得仁尚何语。
一死鸿毛或泰山，　之轻之重安所处！
妇女低头守巾帼，　男儿嚼齿吞刀锯。[11]
杀身慷慨犹易勉，　取义从容未轻许。
仁人志士所植立，　横绝地维屹天柱。
以身徇道不苟生，　道在光明照千古。
素王不作《春秋》废，[12]　兽蹄鸟迹交中土。[13]
闰位适在三七间，[14]　礼乐终当属真主。
李陵卫律罪通天，[15]　遗臭至今使人吐。
种瓜东门不可得[16]，　暴骨匈奴固其所。
平生读书为谁事？　临难何忧复何惧！
已矣夫！易箦不必如曾参，[17]　结缨犹当效子路。[18]

诗作背景

祥兴元年（1279）四月十一日后，文天祥听说将被押解远赴燕京，他做了慷慨就义的打算，但也准备了面对更为复杂的斗争。为此，他写了这首《言志》的诗，说明自己成仁取义的意愿，也进一步做好应对多种局面的思想准备。这是文天祥对敌斗争的誓言，也是文天祥对国家、民族的庄严承诺。

词语注解

①九垠化为魅：九垠，指天空最高远处，俗说九重天。又可指地上的九州。魅，妖魔鬼怪，此处指外来元军。

②亿丑俘为虏：亿丑，亿万人民群众。国家破灭，人民都成了

俘虏。

③既不能变姓名卒于吴：这是以汉朝梅福的典故为喻。汉梅福为避王莽篡汉，改变姓名逃去吴地会稽，充当门卒。

④又不能髡钳奴于鲁：这是以汉初季布的典故为喻。季布，原为楚将，多次击败刘邦。刘邦建汉朝后，季布逃至鲁地，伪装朱家之奴。髡，是剃掉头发。钳，是用铁钳锁住脖颈。

⑤远引不如四皓翁：远引，指逃去远方。四皓翁，指汉时的商山四皓，即居住商山的四个白发隐士：东园公，绮里季，夏黄公，甪里先生。

⑥高蹈不如仲连父：高蹈，避世隐居。仲连，春秋时鲁人，为齐攻下聊城，田单建议给予官爵，仲连不受，逃隐于海上。父，古时对男子的尊称，与“傅”同。

⑦冥鸿堕矰缴：冥鸿，高飞的大雁。堕矰缴，被带着丝绳的短箭射落。矰，短箭。缴，丝绳。

⑧鷃燕：鷃，即斥鷃，小鸟，见于《庄子·逍遥游》。燕，燕雀，见于《史记·陈涉世家》。鷃燕都比喻为目光狭隘的小人，无法理解鲲鹏、鸿鹄的大志。

⑨蝼蚁：即蝼蛄、蚂蚁，比喻小人物。

⑩狼藉山河岁云杪：民间相传，狼性狡黠，卧丛草后，起行时将草践踏至乱，以灭掉踪迹，称狼藉。这里河山狼藉指抗元失败形势。岁云杪，指作者在五坡岭被俘，恰在一岁之末。

⑪男儿嚼齿吞刀锯：用唐代张巡守睢阳的典故，表示男子汉不惧死难。张巡在城破之后，受到安禄山部将尹子奇的问话：“我听说您督战的时候，由于大声呼喊，眼角裂开，血流满面，咬牙切齿，牙齿碎了不少？”张巡回答：“我要把你们这些反贼吞下肚子，才如此用力！”尹怒以刀拱其口，牙齿果然剩下不多。

⑫素王不作《春秋》废：素王，古时指具有王者的德行，但无王者爵位的人，有人称孔子为素王。春秋，是孔子所编写的史籍，尊崇周

朝制定的封建制度，防止外族武力的入侵，是此书的主要内容。这句诗是说，孔子已不受尊重，《春秋》一书的大义也已废止。

⑬兽蹄鸟迹交中土：见于《孟子·滕文公》，原话为“兽蹄鸟迹之道，交于中国”。比喻元军入侵中原和南方。

⑭闰位适在三七间：闰位，古时指不具正统地位的君主和朝代，这里指元军的入侵。适在三七间，是文天祥为元朝入侵推算其未来命运，认定元朝不会久长。推定方法套用《后汉书·光武纪》上的话：“四七之际火为主”，意思指由汉高祖刘邦算起，至光武初年，共二百二十八年，只计余数，恰为四七二十八，即迎来光武中兴。文天祥计算宋代赵匡胤即位到厓山兵败，为三百二十一年，尾数二十一恰好三七之数，说明元朝不会久长。当然，这只是他热望宋代中兴、对敌人憎恨的一种想法。

⑮李陵卫律罪通天：李陵、卫律都是汉代大将，战败后投降匈奴。在匈奴，李曾见坚贞不屈忠于汉朝的苏武，自己表示，我和卫律犯的罪，真是上通于天。

⑯种瓜东门：这是用的秦末召平的典故。召平，是秦朝的东陵侯，到了汉朝立国，他成了一介平民，于是便在长安东门外的郊区种瓜，人称东陵瓜。

⑰易箦不必如曾参：易箦，调换床垫子。孔子弟子曾参非常讲究礼制，病重将死，忽然发现身下的床垫了非常华美，认为睡在这样的垫子上不合身份，要求换掉。这句诗是说，不必像曾参这样，对床垫子如此拘泥。

⑱结缨犹当效子路：结缨，接上断了的帽带。有人攻击孔子的另一弟子子路，厮杀中弄断了帽带。子路说：“君子在临死的时候，也不能掉了帽子，这是为人的礼节。”在他接系帽带时，被刺而死。这里是说，应当效法子路，临死也要结缨，不违背君子之风。

诗义串释

广阔的天地之间，突然降临了鬼怪精灵；它们数目不多，却奴役了亿万民众。我不能像梅福那样，为逃避王莽的暴政，到吴地城市去当门卒；也不能像季布那样，剃光头发，钳锁脖颈，到鲁地去做劳苦的壮丁。远离人世，学不了隐居商山的四位老人；避开尘寰，没办法像鲁仲连那样扬帆远行。像飞雁，被带绳的短箭射落；像长鲸，落入渔人的网罟之中。鸿雁竟遭到鷃燕那样小鸟的奚落；长鲸更想不到被蝼蚁“尔汝”相称。大好河山被蹂躏得一片狼藉，我遭遇被俘的命运，正好在一年之尾；漂泊海角，目击亡国之战，恰当暮春的雾霭重重。我的一生，是如此光明磊落啊，哪里想到，等待我的还有艰辛的万里行程。真是生不逢时，还要承受多种劫难啊，我坚信求仁得仁，并不与命运相争。同是一死，有鸿毛、泰山的区分，孰轻孰重，一定要掂量得精细分明。只有妇女，才爱惜头巾、饰物，不敢抵抗；真正的男儿，咬碎牙齿，吞下刀锯，是那样坚定。杀身成仁，可以慷慨地做到；从容就义，需要把对手的伎俩认清。古代的志士仁人树立了榜样，即使维系大地的绳索断绝，也要像擎天高柱一样，屹立天庭。我不惜牺牲自己的生命，维护自己的信念；我追求的伦理，一定会照耀千古，大放光明。正因为拥有王者之道的人，不在王者之位，《春秋》大义已经废弃；兽蹄鸟迹践踏了中原大地，造成了礼坏乐崩。这些不是正位的君王，决不会长久，不嗜杀人，善行仁义的君主终会取胜。李陵、卫律这些汉代投降匈奴的叛将，犯有通天大罪啊，遗臭万年，至今还使人觉得面目可憎。我学不了召平，秦国灭亡，种瓜于长安的东门之外；将一把老骨头抛撒在遥远的匈奴，那就是我死得其所的晚景。自幼便读四书五经，为了什么？死难临头，没有忧愁，更没有惶恐。一切都已结束，生活已到尽头！不必去学曾参，临终还要按照身份，换掉华美的床垫；一定要效法子路，临危要结好断开的帽带，死也要死得从从容容。

南 海

揭来南海上，[1] 人死乱如麻。
腥浪拍心碎， 飙风吹鬓华。
一山还一水，[2] 无国又无家。
男子千年志， 吾生未有涯。[3]

诗作背景

这首诗应写在厓山大海战之后数日。

词语注解

①揭来南海上：揭来，指往来。如司马相如《大人赋》中："回来揭来兮，绝道不周。"这一句诗是指作者被俘后，关押在元军船内，往来在南海之上。

②一山还一水：一山指厓山，一水指南海。

③男子千年志，吾生未有涯：是说，真正的男子汉有流芳后世的壮志，精神是永生的。

诗义串释

身不由己地来往在南海之上；两军搏斗之后，人死得如同乱麻。海水冒着血腥，浪花拍打得人心破碎；风暴任意肆虐，把人的乌发吹满霜花。经过这南海上的厓山一战，宋朝的军民从此既没有了国，也没有了家。真正的男子汉有流芳万世的大志，生命的光辉不会有最后的边涯。

有　感

海阔龙深蛰，[1]　山空鸟杂鸣。
花随春共去，　云与水俱行。
壮士千年志，[2]　征夫万里程。
夜凉看星斗，　何处是搀枪[3]？

诗作背景

根据有些文天祥传记的记载，元军统帅张弘范将文天祥坚贞不屈的情况，上报元帝忽必烈后，忽必烈颇有感叹，说："谁家没有忠臣？"命令给予优待，将文押送燕京。祥兴二年（1279）四月十一日，文天祥听到这个信息，也很有感叹地说："让我在战争中一死，或是受到死刑，不就了结了吗？现在不得一死，逃不脱远去燕京的万里行程，真是痛苦的命运啊！"

词语注解

①海阔龙深蛰：龙深蛰，古代以君主为龙，此时文已知帝昺赴海而亡，比喻为深深蛰伏。

②壮士千年志：作者已坚定"成仁取义"的壮志。

③搀枪：古时称彗星为搀枪。古时认为彗星是不祥之兆。

诗义串释

大海宽广无际，神龙已经潜藏；群山空旷无言，只有鸟类啼鸣。花朵缤纷凋落，和春天一起归去；残云在空中飘动，随了流水远行。真正的壮士，怀有流芳千古的意愿；身不由己的征夫，面临着万里迢迢的旅程。何惧夜凉如水，且看看天上星斗吧；国家遭此厄运，在什么方位上，一定出现了扫帚星。

张元帅谓予："国已亡矣，杀身以忠，谁复书之?"予谓："商非不亡，夷齐自不食周粟。人臣自尽其心，岂论书与不书。"张为改容，因成一诗

高人名若浼，[①] 烈士死如归。
智灭犹吞炭，[②] 商亡正采薇。[③]
岂因徼[④]后福，其肯蹈危机？
万古《春秋》义[⑤]，悠悠双泪挥。

诗作背景

三月十三日，元军关押文天祥的船返回了广州。文天祥等待元军将自己杀害，以殉国家。不想，元军统帅张弘范却对文天祥给予了更高的"礼遇"。张弘范误认为，宋朝已经灭亡，文天祥为国、为君尽忠的思想已无所寄托。便在回到广州的第二天，大摆筵席，宴会麾下的将领，借机会也"请"来了文天祥。在宴会上，张弘范对文天祥说："宋朝已经灭亡了，您为国尽忠的事，也就结束了。您想牺牲性命来报国家，有谁记录您这段历史呢？如果您能像对待宋朝一样对待元朝，大元的贤明丞相，不是先生您还有谁呢？"文天祥回答说："一个国家的大臣，当国家灭亡的时候，不能挽救自己的国家，已经犯了死罪。怎么能够逃掉一死，反尔背叛自己的国家呢？周朝灭亡了殷朝，伯夷、叔齐不吃周朝的粮食，情愿饿死在首阳山上。忠于国家的大义，难道是以国家的存亡做标准吗？我为国尽忠，记录不记录这段历史，我是不会考虑的。"张弘范听了，不知不觉间改变了脸色。这首诗，是文天祥在宴会之后写出来的。

词语注解

①高人名若浼：高人，品德高尚的人。名若浼，姓名像是受到了污染。这一句诗，是指听了张弘范的话，自己品德高洁，姓名受到了污染，沾上了肮脏。

②智灭犹吞炭：此句用战国时晋国智伯的典故。智，指晋国大夫智伯。智伯为赵襄子杀害，智伯的门下豫让要为主人报仇，准备行刺赵襄子，身上染黑，剃去眉毛、胡须，改变容貌；但声音未变，又吞食火炭，烫坏咽喉，以变声音。

③商亡正采薇：此句用周灭殷商时的典故。周朝灭了商朝，商朝的伯夷、叔齐兄弟二人不食周粟，在首阳山采食野菜，最终饿死。

④微：求取。

⑤《春秋》义：指孔子作《春秋》一书，所秉持的政治标准。春秋时期，周朝的各分封国，已不按照周朝分封时的制度行事。孔子在《春秋》一书中，对违反制度，违反君臣名分的行为，做了贬义的表述。

诗义串释

追求名声高尚的人，真是受到了玷污；其实，刚烈的大丈夫正是把死难当作归途。古代智伯虽被杀，他的属下豫让为报仇吞炭变声；殷商亡国，伯夷、叔齐也宁愿采摘野菜充饥，不食周粟。怎么能依靠敌人来祈求福祉？我心甘情愿地走向死亡，决不会屈服。永远遵从君臣的伦理，遵从孔老夫子的《春秋》大义。作为臣子，不能救亡国家，只有潸潸落泪，百身莫赎。

登　楼

茫茫地老与天荒，　如此男儿铁石肠。
七十日来浮海道，　三千里外望江乡。
高鸿①尚觉心期阔，蹇马②何堪脚迹长。
独自登楼时拄颊③，山川在眼泪浪浪。

诗作背景

从诗的内容可以看出，这首诗写于四月十一日以后，在广州为登临高楼而作。“七十日来浮海道”，祥兴三年正月初二，文被元军挟持登舟，初六日至潮阳，十三日至厓山，三月十三日返还广州，正好七十余天。

词语注解

①高鸿：高飞的鸿雁。

②蹇马：跛脚的马。

③拄颊：与柱颊通。即以手顶着面颊。

诗义串释

敢于和古老、无际的天地相比拟，这才是我真正男子汉的铁石心肠。整整七十多天被关在船舱，漂浮在海上；今天登楼远望，可惜看不见三千里外的家乡。如果是高飞的鸿雁，我仍然期盼前程的远大；可惜我只像一匹跛脚的马，怎能承当征途的绵长？一个人独自登楼，怎能不拄颊深思；面对大好山川，无力挽救祖国，怎能不涕泪长流、怅惘迷茫。

海　上

天边青鸟逝，　海上白鸥驯。

王济非痴叔，①　陶潜岂醉人？②

得官须报国，　可隐即逃秦。③

身事盖棺④定，挑灯看剑频。

诗作背景

这是作者滞留广州，等待元军押解北上时的诗作。

词语注解

①王济非痴叔：王济，晋太原晋阳人，晋武帝女常山公主驸马。王济性好奢侈，曾以钱串铺垫马埒，人称金埒。这里是说，王济的奢侈，并非是傻瓜行为，而是别有用心。

②陶潜岂醉人：陶潜，号渊明，晋浔阳人。为彭泽令时，不为五斗米折腰，辞官隐居，以诗酒自娱。这里是说，他虽爱酒，但并非醉人。

③可隐即逃秦：陶潜著《桃花源记》，写桃花源中人，是先辈避秦时乱，到桃花源隐居避世。

④盖棺：指人死后，功过是非可以定论。

诗义串释

天边高翔的青鸟，已经越飞越远；海滨的白色海鸥，驯顺地飞绕着圆圈。古人王济号称奢侈，但决不是乱花钱的傻瓜；隐士陶潜爱喝酒，又岂是嗜酒的醉汉。得到国家官职的人，应当报答国家；要做隐逸，也是为逃避强秦的霸权。我自己已经盖棺论定，深夜醒来，几次挑灯，抚摸锋利的长剑。

战　场

三年海峤[①]拥貔貅[②]，一日蹉跎白尽头。
垓下[③]雌雄羞故老，长安[④]咫尺泣孤囚。
鱼龙沸海地为泣，烟雨满山天也愁。
万死小臣无足憾，荡阴谁共侍中游？[⑤]

诗作背景

这是作者在厓山大战后，不断审视面前的战场，真可谓触目惊心，痛定思痛，然后写出的真情实感。

词语注解

①海峤：指海滨多山的地方。

②貔貅：古代一种猛兽，貔为雄，貅为雌。连称以比喻勇猛之士，或泛指军队。

③垓下：在今安徽省灵璧县东南。楚汉相争后期，刘邦大军围困项羽于此地，项羽遭到覆亡。

④长安：今西安市。战国前，为秦国离宫所在地。后为秦都。汉刘邦建都于此地。

⑤荡阴谁共侍中游：荡阴，古地名，即今河南省汤阴，战国时为赵国城邑。战国时，秦昭王命白起为将，进攻赵国，长平一战，大败赵军，坑杀赵国士兵四十余万人，秦军包围了赵国都城邯郸。魏国派出救赵的军队，行进到荡阴不敢前进。这时魏王又派出使者，设法进入邯郸，说服赵王尊秦昭王为帝，以解邯郸之围。在邯郸为客的齐国鲁仲连闻说后，阻止了赵王，又说服魏王使者。魏国国内也发生了公子无忌窃符以夺兵权的故事，魏、赵联军逼退秦军。诗用“荡阴”一词，是以鲁仲连在紧急关头为赵王策划了救赵良策，设问谁人可以起到这种挽救宋朝的作用。侍中，古代官职，侍从皇帝左右，为皇帝出谋划策。这里用“侍中”一词，也是一种比喻，鲁仲连并非侍中，但起了出谋划策的作用。

诗义串释

三年来，我一直在南海之滨率兵抗元，保卫国家；一天之间，遭到敌人的沉重打击，人被俘虏，愁白了头发。像西楚项羽兵败垓下，羞惭于故国的老友；转眼看行朝被灭海上，孤单的囚徒痛哭得声泪俱下。鱼龙搏斗，大海沸腾，大地也为之哭泣；硝烟满天，炮声隆隆，上天也不免害怕。作为臣子，为国家经历多少苦难，也没有什么遗憾；只是不知道在万分危急的关头，有没有战国时鲁仲连那样的人物，扮演侍中的角色，为国家做出妥善的筹划？

感　伤

地维[①]倾渤澥[②]，天柱[③]折昆仑[④]。
清夜为挥泪，　白云空断魂。
死生苏子节[⑤]，　贵贱翟公门[⑥]。
高庙[⑦]神灵在，　乾坤付不言。

诗作背景

这首诗也是作者亲眼目睹了惊心动魄的搏斗以后，吐露出的心声。国家的败亡，不能不使他有了深沉的感伤，但是，在感伤中，他依然坚定，依然清醒，知晓自己应当把持的方向。

词语注解

①地维：我国古代，以为地是方的，有四个角，各有绳索维系，故称地维。

②渤澥：渤海。

③天柱：在我国古代神话中，认为有柱立于地上，顶着高天，称为天柱。相传共工触不周山，天柱折，地维绝。

④昆仑：在我国古代神话中，昆仑并无确切位置，多为泛称。现在明确在新疆、西藏之间西接帕米尔高原。

⑤苏子节：指汉苏武出使匈奴，义不投降的高尚节操。

⑥翟公门：见《指南录》卷一《和言字韵》注解④。

⑦高庙：指皇帝家族的宗庙。

诗义串释

维系大地的枢纽渤海，已经倾斜；支撑苍天的柱石昆仑，已经崩折。清凉的暗夜，我泪流如雨；仰望着白云，我心魂错愕。面临生与死的抉择，只能学习汉苏武的坚定；更要牢记，翟公在门楣上挂出的分别贵贱的招贴。我相信，祭祀祖宗的庙堂上，神灵依然存在。只可惜，天和地竟一直未发出一语一言的评说！

寄惠州弟[1]

五十年兄弟，　一朝生别离。
雁行[2]长已矣，马足[3]远何之？
葬骨知无地，　论心更有谁？
亲丧君自尽，[4]犹子是吾儿。[5]

诗作背景

这首诗应写在宋祥兴二年初，文天祥被押解从南海之滨回到广州前后。

文天祥兄弟四人，他是长兄。二弟文璧，和他只相差两岁。兄弟二人，一起读书，先后中举，又一起在南宋为官。文天祥被扣，文璧逃亡南归，继续抗元以来，一直在广东惠州任地方官。上年九月，他们的母亲曾太夫人，在惠州逝世。厓山之战前，元军大举增兵广东，文璧无力支撑，献出惠州投降元军，以保全文氏家族的延续。文天祥听到了这一消息，以十分复杂的心情，与文璧通信联系，并写了这首诗。

以文天祥恪守对国家尽忠的节操来讲，他对胞弟文璧的投降，是很难接受的。但从他当时具体处境来考虑，他又受到诸多封建伦理的困扰：自己尽忠难以尽孝，母亲的骨殖还要归葬故乡；自己的儿子在战乱中或是病故，或是死难了。“不孝有三，无后为大”，还要由文璧协助，把侄儿过继一个作为儿子，以延后代。他对自己应当为国尽忠毫不动摇；对母亲尽孝，以及延续宗祀的事务，只能交给文璧办理；这首诗信充分表现这种既复杂而又无奈的心理。

词语注解

①惠州弟：文天祥的二弟文璧。

②雁行：指兄弟间如同雁飞有序的关系。

③马足：指马足健壮擅长行走。

④亲丧君自尽：意为母亲的丧葬大事，只能由你一人去独自处理了。

⑤犹子是吾儿：犹子，从字面上看，即犹如儿子。兄或弟之子，本应称姪，亦可称犹子。这里，文因为儿子在战乱中亡故，嘱托其弟文璧把一个侄儿过继给自己。

诗义串释

我们是共同经历过五十年岁月的兄弟，如今要活生生地宣告别离。像大雁飞行排列的长幼顺序，不得不永远终结；良马虽可远行，但各有目标，并不一致。我将来葬身何地难以知晓，更没有什么亲人，可以让我倾诉心曲。将老母的遗骨归葬故乡，只能由你尽自己的孝心；也希望把你亲生的男孩，过继一个作为我的儿子。

卷一（下）

出广州第一宿

越王台[1]下路，搔首叹萍踪。
城古都招水[2]，山高易得风。
鼓声[3]残雨后，塔影暮林中。
一样连营火，山同河不同。

诗作背景

元至元十六年四月二十五日，元军统帅按照元帝忽必烈的旨意，派了都镇抚石嵩及囊加歹，带了元军押送文天祥起程北行。得知文天祥起程北行的信息，他的弟弟文璧从惠州来看他。文天祥已经知晓，文璧当厓山败亡前后，在惠州投降元军。兄弟这次会见，既是在国家翻天覆地的变化之后，又是在面临生离死别之际，两人都十分痛苦。由于文天祥长子道生已在上年猝然病逝，次子佛生也在空坑战败后失散，兄弟二人商定，以文璧的次子文升过继给文天祥为子。实际上，文天祥把这次兄弟会见，当作了交代后事的诀别，这就更加重了兄弟二人的痛苦。赶来送别的，还有曾和他共过患难的老部下杜浒。文在临安被元军扣留，杜浒曾参与帮助他逃亡。回归南方后，在从事抗元的活动中两人失掉联系。在元、宋最后的厓山之战中，杜浒被俘，因病获释，这次赶来看他，两人自然不免为遭到败亡的国运哀叹，甚至痛哭。杜浒与文天祥话别，不久即离开了尘世。这次跟随文天祥一路走的共为七人。从文的文字记载上看，可知姓名的有四人。有两个人是他的仆从，即刘荣、孙礼。临行之前又来了一位徐榛，他也是文的部属，在五坡岭战斗中脱逃，没有被元军俘虏，闻说文将北行，连忙赶来陪同文一起北上。和文天祥一行一起走的还有一位邓光荐，他是文天祥的同乡，青少年时代两人有过亲切的交往。邓原名邓剡，字中甫，号中斋。曾任庐陵县尉，元军兵围宋京临安时，邓在临安为官。元军占领临安，邓逃回家乡庐陵。元军大举南下，占领庐陵，邓又带领全家南逃。全家死于战火，邓只身投奔南宋行朝，曾被授予礼部侍郎、学士院权宜等职。厓山战败，邓光荐赴海求死，被元军救出。由于元帅张弘范知道邓与文天祥有乡友之谊，指定他陪文北赴燕京。文天祥一行人，在元军的严密看管下，取道北江水路，从广州出发了。阵阵寒风，吹来漫天冷雨，前路一片迷茫，命运将要把他们驱赶到哪里呢？……

词语注解

①越王台：广州北郊的越秀山上，曾建有高台，是纪念秦汉时南越王赵佗的。据《史记·南越列传》载："秦已破灭，佗即击并桂林、象郡，自立为南越武王。"

②招水：指广州得珠江、北江等河流之利。作者被押送去大都，自广州出发，取水路而行，自珠江转入北江。

③鼓声：古代军中以鼓声为进、退之令，点明此次北行由元军押送。

诗义串释

北行经过越王台前，我不禁搔首感叹：自己像浮萍一样的行踪啊，是这样飘荡难安。城市古老，大都有水利的条件，广州正好有珠江、北江的舟行之便。山高容易招风，越秀山有纪念南越王的高台，名声更为久远。急雨渐渐停歇，显现出元军的号令鼓点；天色将暮，树丛中的塔影已变得模糊难辨。到处是元军连营的火光；山，还是过去的山，水，仍在不停地流逝，但已经不是过去的河川。

英德[①]道中

海近山如沃[②]，村深屋半芜。
乾坤正风雨， 轩冕[③]总泥途。
自叹鸢肩[④]薄，谁怜鹤影孤？
少年狂不醒， 夜夜梦伊吾[⑤]。

诗作背景

这是文天祥被元军押解北上，写出的第二首诗。船在凄风苦雨中离开广州，来到英德县界，尽管前途茫茫，作者却仍然心怀壮志。

词语注解

①英德：广东省县名，即今英德县。地处广州之北，韶关之南。

②沃：浇或灌的意思。也有丰美、柔和之意。《诗经·卫风·氓》：“桑之未落，其叶沃若。”

③轩冕：轩，古代公卿乘坐的马车。冕，古代官服的帽子。这里泛指南宋的官员。

④鸢肩：鸢为鹰的一种。鸢肩，指鸟类高耸而无力的肩膀。

⑤伊吾：汉代曾设伊吾卢郡，约在今新疆哈密县一带。这里泛指元军所在的边疆地方。

诗义串释

也许因为靠近大海，群山像被冲洗过那样憔悴；村庄显得深远，由于遭受兵灾，有一半房屋已经荒废。国家正经受着狂风暴雨，原来的官员们，不少人在泥泞的道路上备受苦罪。可叹我的肩膀犹如鸢肩一样单薄，无力高飞冲天；我的身影犹如失群的孤鹤，无力与敌人在战场上做出对抗。但是，我少年时代抗拒入侵之敌的雄心仍在，夜夜梦里驱逐强敌，直到那遥远的塞北。

晚　渡

青山围万叠，　流落此何邦？
云静龙归海，　风清马渡江。
汲滩供茗椀①，编竹当蓬窗②。
一井③沙头月，羁鸿共影双。

诗作背景

这首诗，当作于北江舟行英德之际。

词语注解

①茗椀：椀同碗。茗碗即茶杯。

②蓬窗：以蓬草编成的窗户。

③一井：江边沙滩上存留的一汪汪积水。

诗义串释

层层的青山，似有万重之多；船行何地，完全不明究竟。天上的云十分安静，乘云布雨的蛟龙已经回归龙宫；阵阵清风吹拂，军马渡江也显得轻松。有人到滩头上汲水，准备烧茶饮用；船上的竹篷露出片片空隙，多像似茅屋草编的窗孔。借了月光，到岸上沙井边洗涤一番吧；一只被系着绳子的鸿雁，面对照亮的沙井，却成了两个身影。

珊瑚[1]吟

南方有珍禽，　鸣声天下奇。
毛羽黑如漆，　两脸凝璚脂[2]。
燕赵佳公子，　笼槛以自随。
童子重丁宁，　饮食必以时。
将献上林苑[3]，来巢万年枝[4]。
待之岂少恩，　不免加絷维。
珊瑚真珊瑚，　碎琢良自悲。
中原寒气深，　风土非所宜。

诗作背景

这是一首写于北江舟行途中的诗。诗作采用了寓言诗的形式，深刻、生动地表明了作者对元朝统治者怀柔政策的鲜明态度。

词语注解

①珊瑚：通常指海中珊瑚虫集结而成的树枝状物，可制作贵重的装饰艺术品。此诗则指一种珍贵的鸟类。

②璚脂：璚，与“琼”字同。是一种美玉。脂，指细腻。

③上林苑：汉代在长安附近为皇帝建造的园林。范围较大，中置动、植物，是皇帝游乐、射猎之处。此处则泛指皇家园林。

④万年枝：皇家园林中万年树的树枝。

诗义串释

南方有一种稀奇的禽鸟，由于鸣叫得好听，人们都对它十分珍惜。它的毛羽黑得如漆，脸的两边像润泽的美玉。来自遥远燕、赵地方的贵公子，凶横地用笼子将鸟儿关起。童仆按照主人的吩咐，按时间给鸟儿饮水、喂食。他们打算把珊瑚鸟献给皇帝，关进皇家园林，让它栖息在万年树的桠枝。应当说，他们对鸟儿十分关怀；当然了，笼子的小门可不能不关严密。珊瑚鸟暗自比拟珊瑚树，怎能让人任意截裁，琢磨，不免低声悲泣。北方的冬天多么寒冷啊，那里的风物、土壤，对我绝不适宜！

生　朝①

客中端二日②，风雨送牢愁③。
昨岁犹潘母④，今年更楚囚⑤。
田园荒吉水，　妻子老幽州。⑥
莫作长生祝，　吾心在首丘⑦。

诗作背景

原在题下标：五月初二。作者被押送出广州不久，即迎来了四十四岁的生日。此时舟行已过南雄，将到梅岭。

词语注解

①生朝：生日。

②端二日：古时风俗以五月初称端，五月一日称端一，二日为端二，以此类推，五日称端五日。

③牢愁：指牢骚、忧愁。

④潘母：以潘岳的母亲作比，意为如潘母一样慈祥的母亲。

⑤楚囚：原指春秋时晋侯看到被俘的钟仪，问是什么人？有人告他是郑国献来的楚国俘虏。这里泛指被俘者，亦即作者自谓。

⑥妻子老幽州：指文天祥夫人欧阳氏被俘，闻说已送幽州。

⑦首丘：见《指南录》卷二《思小村》注释⑧。

诗义串释

五月二日，我漂泊在旅途，迎来了风雨，迎来了忧愁。去年此时，我和古潘岳一样，有一位慈祥的母亲；今年，母亲已经辞世，自己也成了阶下之囚。我的家乡吉水已经荒芜；妻子被掳去遥远的幽州。生日这天，无须再祝祷长寿；我的一片心思，如传说的狐狸一样，不管死在什么地方，头颅都将朝向故乡的山丘。

和中甫[①]端午韵不依次

黄茅古道外，　赢马发南州[②]。
有客嗤齐鲁[③]，何人念楚囚？
岁年付流水，　风雨满沧洲[④]。
手把菖蒲看，[⑤]黑头[⑥]非所求。

诗作背景

文天祥在广州起行时，见到同乡、青少年时代挚友邓光荐。此次一路北行，两人互诉别后的经历，唏嘘不已，感慨良多。舟行有暇，两人更以诗歌唱和、各表心曲，写有诗、词十数首之多。这首诗，是文天祥对邓光荐所作以端午为内容诗的和诗。诗作的时间，当在五月初，船行经梅岭前后。

词语注解

①中甫：与文天祥同行之同乡、朋友邓光荐的号。题目表示：这是与邓中甫写端午相唱和的诗，韵脚未按原诗中的次序。

②南州：泛指南方。

③嗤齐鲁：有的印本为“嗤齐虏”。

④沧州：泛指中原大地。

⑤手把菖蒲看：古时风俗，端午节以菖蒲为剑，斩除为害人类的虫豸，求得身体的健壮。

⑥黑头：指身体强健的壮年。唐李颀诗句：“数年作吏家屡空，谁道黑头成老翁。”

诗义串释

望不到头的古道边，长满了茅草；一匹瘦弱的老马，来自遥远的南州。有人暗自不满北方的大兵；没人再顾念被关的罪囚。年华已经交付给流水，飓风豪雨一起蹂躏着神州。为过端午，拿起绿色的菖蒲，做一个身体强健的黑头壮年，已不是我的追求。

又呈中斋

风雨羊肠道，　飘零万死身。
牛儿朝共载，　木客[①]夜为邻。
庾子[②]江南梦，苏郎[③]海上贫。
悠悠看晚渡，　谁是济川人。[④]

诗作背景

这首诗和上首诗背景相同。大约是文天祥写出对邓光荐端午诗的和诗以后，又写了这首诗和下面的诗。

词语注解

①木客：传说中的山上鬼怪。唐皮日休诗《寄琼州木日舍人》："行迁竹王因设奠，居逢木客又迁家。"

②庾子：指六朝时梁国的庾信。梁亡，庾流落至西魏，常怀念故国，作《哀江南赋》。

③苏郎：见《指南录》卷一《纪事》（一）注释⑦。

④谁是济川人：济川，指渡河。这里，诗人隐指祖逖曾击楫中流，自己则兵败被俘，谁是祖逖那样的人物呢？

诗义串释

又是风，又是雨，依然奔波在羊肠小道；经过上万次必死的情况，还在漂泊。漫长的白天，做伴的只有拉车的老牛；夜晚去住宿，只能和山鬼的居处邻接。像六朝时的庾信，做梦也离不开江南；我将会和苏武一样，在寒冷的塞北遭受苦厄。暮色苍茫，来到章水的渡口；谁是今日的祖逖？做一个击楫中流的豪杰。

又

万里论心晚，　相看慰乱离。
丹①成俄已化，璧②碎尚无缁③。
禾黍西原梦，　川原落日悲。
斯文④今已矣，来世以为期。

诗作背景

这是又一首“呈中斋”的诗。当作于船行梅岭前后。

词语注解

①丹：指道家精练而成的药物。

②璧：用玉雕成的圆形、方形艺术品，可供欣赏、保存。大型的极为宝贵。

③缁：原指黑色，布经七次染色称缁。此处指黑色装玉的布袋子或套子。

④斯文：指汉族士人的文化精神生活，如二人的诗歌唱和。

诗义串释

我们同路远行万里，可惜互诉心志已经太迟。互相凝视一下吧，这也许是经过战乱最好的慰藉。如同道士精炼丹药，药正成形，转眼却又化解。也像收藏珍贵的玉璧，璧已破碎，还没找到保护玉璧的缁衣。面对西原即将丰收的禾黍，我们曾拥有保国为民的共同梦想。国家败亡，我们一起被押送远行，望着平野落日，并坐着两个伤悲的行旅。我们斯文的生活即将结束，想要继续，只能把来生作为期许。

竹　间

倦来聊歇马，　随分①此青山。
流水竹千个②，清风沙一湾。
乾坤醒醉里，③　身世有无间。④
客路真希绝，　浮生半日闲。

诗作背景

这是文天祥被押送北上，在广东一段水路中，有时上岸陆行的情况。写作具体时间不详，但反映了艰苦行程中的短暂休憩。

词语注解

①随分：任从自然形成的机缘。

②竹千个：指竹叶茂密，又各呈“个”字形。

③乾坤醒醉里：作者独有的感受。由于身被俘虏，虽仍在原来的天地之间，但虽醒犹醉，迷迷茫茫。

④身世有无间：自己的出身、历史和前途、命运，似有还无。

诗义串释

走得太倦乏了，权且歇下了马；能在这青山下休息，也算是颇有机缘。流水潺潺，竹叶丛生，清风习习，积水一湾。看看天地，觉得像是酒醉，但分明清醒；想想身世，似乎摇荡在有和无的中间。这真是行程中的奇遇，在纷扰的生活中，竟得到了半天的清闲。

越王台[①]

登临我向乱离来，　落落千年一越台。
春事暗随流水去，　潮声空逐暮天回。
烟横古道人行少，　月堕荒村鬼哭哀。
莫作楚囚[②]愁绝看，旧家歌舞此衔杯[③]。

诗作背景

此诗与《出广州第一宿》同一题材，或为以后途中的改作或补作。

词语注解

①越王台：见《出广州第一宿》注释①。

②楚囚：囚人。见本卷《生朝》注释⑤。

③衔杯：举杯饮酒。

[词义串解]

我从战火造成的离乱中走来，登临上这具有千年历史的越王台。美好的春天，正随流水逝去；迟暮的潮声，徒然在梦中萦回。荒烟弥漫了古道，行人是那样稀少；残月落入荒村，似有鬼魂哭泣得十分悲哀。景况虽然凄凉，我怎能以囚徒的心情悲观、绝望；这里，原本是古代帝王的歌舞故地，有人在这里，曾高举起酒杯把哀愁消解。

自　叹

海阔南风慢①，天昏北斗②斜。
孤臣伤失国，　游子叹无家。
官饭③身如寄，征衣鬓欲华。
越王台上望，　家国在天涯。

诗作背景

此诗当写于五月上旬舟行途中，登临越王台之后。

词语注解

①南风慢：傲慢，狂放。

②北斗：北斗七星，即大熊星座的组成部分。

③官饭：被俘后，由敌方供应的饭食。

诗义串释

大海辽阔无边，海上吹来的南风是那样傲慢；天空无比昏暗，指示方向的北斗星也显得歪斜。孤单的臣子万分悲伤，因为亡失了祖国；被俘的囚徒无限感慨，由于没有了故家。吃着供应囚徒的官饭，哪里知道前途的归宿；穿着远行的征衣，两鬓沾满银白的霜花。登上古老的越王台，怎能忍心眺望，家、国何在？徒然望断茫茫天涯。

南华山①

北行近千里，迷复忘西东。
行行至南华，忽忽如梦中。
佛化知几尘？患乃与我同。②
有形终归灭，不灭惟真空。
笑看曹溪水，门前坐松风。

六祖禅师真身，盖数百年矣，为乱兵刲其心肝。乃知有患难，佛不免，况人乎！

诗作背景

文天祥被押送舟行向北，至粤北韶关一带，写作此诗。

词语注解

①南华山：在广东韶关南，为大庾岭支脉，北江支流曹溪由山前流过。山上有南华禅寺，是我国佛教著名寺院，佛教六祖慧能曾在此主持，庙内藏有六祖坐化真身。

②患乃与我同：按原诗注，六祖真身在战乱中曾遭乱兵“刲其心

肝”，作者为此指自己与佛祖一样，受到战争的祸害。

诗义串释

船行向北走过了千里途程，我已迷惘，忘记了西东。一程一程，走到了南华山下，匆匆忙忙，犹如进入了梦境。佛祖坐化已不知经过尘世多少年华？遭受的厄运竟和我们凡人相同。所有形象的东西都将终归幻灭，永不幻灭的惟有纯真的虚空。微笑着目送曹溪水不断流逝，在佛寺门前沐浴着带有树脂香味的松风。

虎头山[①]

早不逃秦帝[②]，终然陷楚囚。
故园春草梦，旧国夕阳愁。
妾妇生何益？男儿死未休。
虎头山下路，挥泪忆虔州[③]。

诗作背景

此诗当作于广东、江西交界一带。

词语注解

①虎头山：从诗作在诗集中的位置顺序，诗句中“忆虔州”的说明来看，当在广东、江西交界一带。

②秦帝：应是秦始皇，但实指元朝统治者，只重强权，不讲正义。

③虔州：即赣州。

诗义串释

我未早做逃避强权的打算，终于陷身成了“罪”囚。只能到梦中追寻故园的春草，祖国的命运如同落日令人忧愁。生如没有廉耻的贱妇与世何益？真正的男子汉为国死难责任未休。脚踏虎头山下的路径。流着眼泪回忆起兵抗元的赣州。

赣　州①

满城风雨送凄凉，　三四年前此战场。②
遗老犹应愧蜂蚁，　故交已久化豺狼。
江山不改人心在，　宇宙方来事会长。
翠玉楼③前天亦泣，南音④半夜落沧浪。

诗作背景

五月二十八日，押解文天祥北行船队到达赣州。这首诗，是文天祥绝食两天后，在赣州写下的。

词语注解

①赣州：今赣州市。是赣南重镇，控制江西、广东两省水路交通的枢纽。元军渡江攻宋时，文天祥在这里奉诏起兵勤王。元军占领江西以后，文天祥又曾两次带兵攻打这里。

②三四年前此战场：指四年前元军攻陷江西，三年前文天祥收复赣南一带时，曾收复赣州。

③翠玉楼：在赣州城北，原名逍遥楼。淳熙年间重建时，以苏轼诗“山如翠浪涌，水作玉虹流”句中“翠玉”二字为名。

④南音：指南方音乐。

诗义串释

风雨笼罩着赣州，大地一片凄凉；怎会忘记，三四年前这里是抗元的战场。作为前朝遗臣，丧失了邦家，还不如蜂、蚁；昔日老友，令人气愤，不少已投敌成为豺狼。江山是不变的，广大人民还思念着故国，抗敌的事业未了，来日方长。翠玉楼前正下着疾雨，上天也为宋朝哭泣，故国的琴音伴随着流水，在凄婉地回荡。

南安军

梅花[①]南北路，风雨湿征衣。
出岭谁同出？　归乡如不归。
山河千古在，　城郭一时非。
饥死真吾志，　梦中行采薇[②]。

诗作背景

押解文天祥北上的船队，于至元十六年（1279）五月二十五日，到达南安军。就在到达南安军的当天，或到达的翌日，文天祥写出了这首诗，决心从此地开始绝食，以求船行至吉州、庐陵一带时，离别人世，为国尽忠。南安军即今江西省大庾县，这里，已将接近文天祥的故乡庐陵。仅只在两三个月之前，这一带还有宋朝军、民进行抗元斗争，押送文天祥的元军将领石嵩和囊加歹十分紧张，生怕在文天祥的家乡有人把文天祥劫走，便下令把文锁在船舱之内。为对付文天祥的绝食，元军准备对文强行灌食。文天祥定下了必死的决心，于五月二十六日，写成一篇《告先太师墓文》和一首《别里中诸友》的诗篇，委派随从孙礼下船走旱路径往家乡庐陵富川，代自己到父亲墓前祭拜，并把致家乡老友的诗送到老友们手上。《告先太师墓文》就是他向父亲诉说自己决心死难的祭文。他与孙礼约定，完成两项委托之后，六月二日到吉州复命。他按照航程预计，到达吉州之日，也会是自己绝食命终之时，葬身于家乡故土，便完成了“狐死首丘”的愿望。

文天祥为父亲写的祭文如下：

告先太师墓文

维己卯五月朔，越二十有六日。孝子某自岭被执，至南安军，谨具香币，遣人驰告于先太师革斋先生墓下。呜呼！人谁不为臣，而我欲尽忠不得为忠；人谁不为子，而我欲尽孝不得为孝。天乎，使我至此极耶！始我起兵赴难勤王，仲弟将家遁于南荒。宗庙不守，迁我异疆。大臣之谊，国亡家亡。灵武师兴，解后归国。再相出督，身荷忧责。江南之役，义声四克。为亲拜墓，以剪荆棘。大勋垂集，一跌崎岖。妻妾子女，六人为俘。收拾散亡，息于海隅。庶几奋厉，以为后图。恶运推迁，天所废弃。有母之丧，寻失嫡子。哭泣未干，兵临其垒。仓皇之间，二女夭逝。剪为囚虏，形影独存。仰药不濒，竟北其辕。系颈絷足，过我里门。望墓相从，恨不九原。爰指松楸，有言若誓。继令支子，实典祀事。有侄曰升，我身是嗣。兴言及此，血泪如雨。呜呼！自古危乱之世，忠臣义士孝子慈孙，其事之不能两全也久矣。我生不辰，罹此百凶！求仁得仁，抑又何怨！幽明死生，一理也；父子祖孙，一气也。冥漠有知，尚哀鉴之。

《别里中诸友》一诗见本集。

词语注解

①梅花：指大庾岭，因岭上梅花很多，俗称梅岭，此处则以“梅花”代称梅岭。

②采薇：指周灭殷商时，商朝的伯夷、叔齐兄弟二人不食周粟，在首阳山饿死的典故。

诗义串释

长满梅树的梅岭啊，分开了南、北的踪迹；无情的斜风细雨啊，打湿了我身上的征衣。走出梅岭，由于人多，已记不起谁和我同行；这样回到家乡，真不如不要回去。故乡的山川，再过千年也会依然存在，我们的城镇眼前却不属于自己。在此地我开始绝食，决心一死；即使在梦中，我也愿效法古代的伯夷和叔齐。

黄金市[1]

闭蓬绝粒始南州[2]，我过青山欲首丘。
巡远[3]应无儿女态，夷齐[4]肯作稻粱谋？
人间早见黄金市，　天上犹迟白玉楼[5]。
先子[6]神游今二纪，梦中挥泪溅松楸。

诗作背景

北行船队沿章水北上，五月二十六日从南安军启航，约在二十七日至黄金市，此诗当写于抵黄金市之当日。据史料记载，文天祥所派随从孙祥先行去庐陵祭拜父亲坟墓，并送达告别家乡友人诗章，就是从黄金市登岸而行。

词语注解

①黄金市：当在南安军（今大余县）、赣州之间的章水岸边。

②南州：指南安军。

③巡远：指唐代张巡、许远守睢阳，对安禄山叛军宁死不屈的典故。

④夷齐：指殷商遗民伯夷、叔齐不食周粟的典故。

⑤白玉楼：相传唐代诗人李贺弥留之际，梦见一红衣人前来相请，说天帝新建一所白玉楼阁，请他去题诗作文。这里，用这个典故表示作者即将离世。

⑥先子：指作者已逝的父亲。

诗义串释

关闭了船篷，从南安军开始谢绝餐饭，我打算像狐狸首丘，葬在故乡的青山。唐代的张巡、许远，死前哪会有小儿女的忸怩；商朝的伯夷、叔齐，怎会为自己的口粮打算？黄金市早就是有历史传承的市镇；离开人世，对我来说已经为时太晚。父亲长眠在故乡已有二十年整，可悲的我，只能在梦中将先人祭奠。

万安县①

青山曲折水天平，　不是南征是北征。
举世更无巡远②死，当年谁道甫申生③？
遥知岭外相思处，　不见滩头皇恐声④。
传语故园猿鹤好，　梦回江路月风清。

诗作背景

押解文天祥的船队，约在五月二十九日到达万安县。这首诗，是文天祥在万安县写下的。

词语注解

①万安县：在赣江下游。为赣州至吉州水路必经之地。

②巡远：指唐代之张巡、许远。详见《黄金市》注释③。

③甫申生：申生，指春秋时楚国申包胥，又称申勃苏。昭王时，吴国攻破楚国，申去秦国求救，申在秦宫外痛哭七日夜，终于求得救兵。甫，古代对男子的一种美称。

④皇恐声：皇恐，指赣江中万安县境之惶恐滩。详见《过零丁洋》注释④。

诗义串释

青山是那样曲曲弯弯，水天是那样相接相连；行程向北向北，再也不是向南向南。世上已很少张巡、许远那样为国捐躯的人物；当代谁还议论申包胥为救国不畏艰难。早已预知，我日思夜想的故土，惶恐滩头已少了船工的呐喊。但愿老家园林中的猿、鹤依然健在；梦中还家，在明月照耀下，清风吹拂着归帆。

泰　和[①]

书生曾拥碧油幢[②]，耻与群儿共竖降。
汉节几度登快阁，[③] 楚囚[④]今度过澄江[⑤]。
丹心不改君臣谊，　清泪难忘父母邦。
惟有乡人知我瘦，　下帷绝粒坐蓬窗。

诗作背景

五月三十日，文天祥在元军押解下，抵达泰和。这首诗，是在泰和船舱中写下的。这天是文天祥绝食的第五天。

词语注解

①泰和：地处赣江下游，万安以北、吉州以南。

②碧油幢：青色的以油布为篷的宫车，供高级官员在宫廷内代步。

③汉节几度登快阁：汉节，指汉代持节旄出使的苏武，此处是作者的自谓。快阁，是泰和县的一处名胜，在慈恩寺普照院南，原名慈代阁，宋时改名快阁。

④楚囚：见本卷《生朝》注释⑤。

⑤澄江：清澈、澄明的江水，此处指赣江。

诗义串释

虽是一介书生，却曾乘坐碧色辇车出入皇帝的宫闱，怎能和朝秦暮楚的小人一起向敌人投降。作为汉臣，几次登临过当地的快阁；成为囚徒，今天却走过家乡的赣江。一片丹心，决不改变君臣之间的情谊；清泪涟涟，永世不忘生我养我的父母之邦。乡亲们会想到，我已十分瘦弱，我正在绝食，孤坐船窗之下等待死亡。

苍然亭[①]

风打船头系夕阳，　亭前老子旧胡床。[②]
青牛过去关山动，[③]　白鹤归来城郭荒。[④]
忠节风流落尘土，　英雄遗恨满沧浪。
故园水月应无恙，　江上新松[⑤]几许长！

诗作背景

水涨风顺，船行加速，六月初一较预定行程提前一天，船队到达了文天祥的家乡吉州。到这天为止，文天祥绝食已经六天。提前到达吉州，出乎他的意料。绝食几天，身心交瘁，但似乎并未到死亡的边缘，这也出乎他的意料。他在深长的感慨中写下这首诗。他还在吉州，和邓光荐作了诗歌的唱和。

词语注解

①苍然亭：亭建在古吉州赣江之滨，现已无踪迹可寻。史志资料中亦无记载。

②亭前老子旧胡床：老子，即李聃，春秋时学者，著有《道德经》，被后世尊为道家鼻祖。胡床，古代可折叠、移动的交椅，少数民族多用，故名。这句诗是作者的回忆，指作者曾在亭前坐在胡床之上躭

读老子《道德经》，喻指当时曾以老子自喻，内心有退隐之意。

③青牛过去关山动：传说老子骑青牛出函谷关西游，关令尹见有紫气照耀，关山为之震动。

④白鹤归来城郭荒：白鹤归来，出自丁令威化鹤的典故。古丁令威学道成仙，化鹤归乡，停在城门华表柱上，有少年要用箭射鹤，鹤忽作人言，劝少年不要杀生，而要学道。文天祥用此典故，把自己比喻为鹤，归来看见的是城市荒芜。

⑤江上新松：比喻人民抗元的新生力量。

诗义串释

微风吹打着船头，缆绳系住了船，也系住了夕阳。（这是我的家乡吉州吗？）怎能忘记苍然亭前捧读《道德经》所坐的一架胡床。老子骑牛西去，引起关山的感动；我像白鹤归来，故乡已变得一片荒凉。一心为国尽忠，最后成了被俘的囚徒；国家沦亡了，英雄们遗下的仇恨流满赣江。故乡的清流、明月没有改变，江边的新松，却正在茁壮地成长。

别里中[①]诸友

青山重回首[②]，风雨暗啼猿。
杨柳溪头钓，　梅花石上尊[③]。
故人无复见，　烈士[④]尚谁言？
长有归来梦，　衣冠满故园。

诗作背景

这是文天祥到南安军后，五月二十六日写《告先太师墓文》的同时，为家乡友好写的一首诗。他自到南安军之日起开始绝食，除祭告父亲决心以死报国外，也向家乡友好表示告别。

词语注解

①里中：指居住相距不远的本乡本土。

②重回首：回忆起过去在家乡的岁月。

③尊：指酒杯。

④烈士：曹操《步出东门行》有句："烈士暮年，壮心不已"。指为国做出贡献的英雄人物，暮年时壮心犹存。

诗义串释

重新回到故乡，处处是熟悉的青山；可惜风雨交加，天色阴暗，只能听见凄楚的啼猿。还记得，溪边垂柳下一起垂钓；还记得，梅花树下大石上饮酒微酣。我处于囚徒的境况，老友们难以相见；壮怀激烈地与你们告别，何须借助语言。不论我漂泊何去，梦中会常归故土；我坚信不论何时回来，家乡人都不会改换汉人的衣冠。

发吉州[1]

己卯六月初一日，　苍然亭[2]下楚囚[3]立。
山河颠倒纷雨泣，　己亥七夕此何夕？[4]
煌煌斗牛剑光湿，　戈铤彗云雷电击。[5]
三百馀年火为德[6]，须臾风雨天地黑。
皇纲解纽地维折，[7] 妾妇偷生[8]自为贼。
英雄扼腕怒须赤，　贯日血忠死穷北。
首阳风流[9]落南国，正气未亡人未息。
青原[10]万丈光赫赫，大江东去日夜白。

诗作背景

船队六月初一提前到达吉州，稍作停留，即扬帆北去。元军船队首领这样处置，是因为吉州是文天祥的家乡，生怕在这里发生意外。文天祥在元军押送下来到家乡，不禁感慨万端，心忧如焚，派出的随从孙礼，本约定六月初二回船复命，目前音讯杳然，更加重了他内心的忧虑。船开始移动了，他强烈地希望绝食得到成功，完成“狐死首丘”之义，但似乎并没有效果，只能满怀悲愤地与故乡诀别，与葬身故土的父亲诀别，写成这首字字饱含血泪的诗。

词语注解

①吉州：今之吉安市。文天祥的家乡是江西省庐陵县南的富川镇，宋时庐陵县归属吉州，泛指吉州为文的家乡。

②苍然亭：见《苍然亭》一诗注释①。

③楚囚：见本卷《生朝》一诗注释⑤。

④已亥七夕此何夕：已亥误，应为乙亥，即宋恭帝德祐元年（1275年）。乙亥七月七夕之日，文天祥呼应宋皇朝勤王号召，从吉州出发赴临安勤王、开始抗元。

⑤戈铤彗云雷电击：戈为青铜器时代之主要兵器，盛行于殷周时代。戈前部为两面刃，既可横击，还可回钩，约长二寸，下装长柄。铤为铁柄短矛。全句意为戈铤等锐利武器的光芒如彗星形成的光云，将对入侵者给予雷电般的打击。

⑥火为德：指皇帝开国元年，正值五行中的火运。

⑦皇纲解纽地维折：皇纲，即皇帝实行统治的纲纪。地维，古人认为地是方的，四角以大绳维系，即地维。全句意为宋遭到元人进攻，宋朝皇帝的纲纪已经崩解了纽结，维系大地的绳子已经折断。

⑧妾妇偷生：妾妇，指没有身份、地位的女人，由于没有羞耻，即使遭到侮辱，仍然活着。

⑨首阳风流：指殷商时之伯夷、叔齐兄弟在商亡之后，不食周粟，饿死在首阳山的气节。

⑩青原：青原山，在吉州庐陵县赣江东侧。文天祥在《复赣守李中丞雷应书》中说："仆家青原深处。"

诗义串释

己卯年的六月初一日，作为囚徒，我站在苍然亭前深深回忆。山河倒悬，风雨如磐，上天也在哭泣，乙亥年的七夕，我永远不会忘记。天上的星斗闪亮，照耀剑光熠熠；地上戈矛如云，发出雷鸣电击。宋朝三百年的历史，以火为德，转瞬间无边风雨来袭，天地昏黑如漆。皇朝的纲纪失掉纽带，国家安全的保证难以维系；无耻女人那样的人物苟且偷生，自甘充当寇痞。真正的英雄扼腕发怒，胡须发赤。怀着满腔忠诚，宁愿一死报国，何惧押送遥远的北地。我追求伯夷、叔齐饿死首阳的壮举，坚信正气不会消亡，斗争不会停息。青原山万丈，发出赫赫光芒，扬子江东流，日夜滔滔不止。

临江军[①]

江岸今多啮，　城居昔屡焚。
市人半伧父[②]，竖子亦将军。
蛟哭金州雨[③]，猿啼玉观云[④]。
周郎[⑤]坟土上，回首泪成痕。

余始至南安军，即绝粒为告祖祢文，别诸友时，遣孙礼取黄金市，登岸驰归。约六月二日复命于吉城下，予以心事白诸幽明，即瞑目长往，含笑入地矣。乃水盛风驶，前一日达庐陵。孙礼期不至。予且行，忍死以待。垂至丰城，忽有见孙礼于他舟，乃悟竟不曾往，为之痛哭流涕。暮，始见主者取孙礼还舟。明早，遂送之丰城县，纵其自便，追之不可及矣。予至是，不食已八日，若无事然。私念死庐陵，不失为首丘。今使命不达，委身荒江，谁知之者？盍少须臾以就义乎！复饮食如初。昔读《左传》申包胥哭秦庭，七日勺饮不入口，亦不闻有它。乃知饥踣西山，非一朝之积也。予尝服脑子二两不死，绝食八日又不死，竟不晓其何如！从者七人，或逃，或死，或逐，今仅存一人，曰刘荣。楚囚之况，宜哉！

诗作背景

押送文天祥的船队于六月初三日到达临江。此诗当作于到临江之后。

从这首诗后的说明来看，文天祥自五月二十五日在南安军决心绝食，力求船到家乡吉州，完成“首丘”之义。为此，他做了细心的安排：写了《告先太师墓文》，也写了《别里中诸友》诗，又专门打发了随从孙礼从黄金市登岸赶赴家乡，以便代自己向父亲以及同乡友人告别。原来预计六月二日孙礼可以在吉州向他复命。不想六月一日船队提前到达吉州，不见孙礼踪影，这已是一个意外。更不想，他到吉州虽绝食已五六日之久，竟安然若素，这又是一个意外。更严重的，过了临江军之翌日，即六月初四，船到丰城，他无意中看见孙礼却在其他船上，而他已经过八天绝食，仍未入弥留状态，这更是最大的意外了！在他的哭闹下，元军押队官员不得不让孙礼来见文天祥。这时文天祥才如大梦初醒，原来元军押队官员了解文的安排以后，把孙礼扣留在其他船上，不许登岸，一路随行，过了吉州。元军押队官员让文天祥了解了这些情况后，第二天一早，便在丰城把孙礼赶走，以免孙礼再次引起文天祥感情波动。

由于文天祥绝食已有八日之久，元军押队官员为防不测，扬言将要掩鼻强行灌食。这时，文的挚友邓光荐和随从刘荣，都力劝文天祥恢复饮食。文天祥经过这次实践，认识到一个人在敌人的扣压下，想死也不是简单的事；一个人的绝食，没有其他条件，几天之中是难以毙命的。更重要的，他顾虑到，即使这样一死，元军把他抛弃荒滩，不明不白，对历史也无法交代。于是他从丰城开始，又恢复了饮食。当然，他的斗争意志并未受到消磨，他坚信“法天不息”的哲学，他仍然保持着自己的“浩然正气”。

过了丰城以后，他的陪同和随从人员有了很大变化，孙礼被元军赶走了，有人离开了，在广州志愿陪他北上的徐榛，在丰城病死了，只剩下一位年幼时的同乡邓光荐，还有一个随从刘荣。令人感动的，在吉州，又自愿来了一位文天祥的老友，到船队求见文天祥，对文说："丞相到北方燕京去，我愿意陪同！"文天祥的这位老友名叫张弘毅，字毅父，或作毅夫，别号千载心。有意思的是，当文在宋朝为官时，多次请他出来任职，他都谢绝了，这次文天祥被俘北行，他却主动出来相陪。他陪文天祥北行到燕京，在元人兵马司监狱附近找了房子住下，经常给文送去家乡饮食，给文以多方面照顾。文天祥在监牢住了三年，他也陪他在燕京住了三年。这些都是后话。当前，他为文天祥带来了不少江南一带的民间消息：如文的另一位朋友王炎午，在文天祥再次被俘以后，几近半年没有消息。他认为文天祥是南宋人民抗元的旗帜，只有一死，既可以成全文天祥的节操，又可以鼓舞人民的斗志，于是写了一篇历史奇文《生祭文丞相文》，在江西南部到处张贴。他的意思是，如果文还活着，以这篇文章催促他快死。当然，文章虽奇，但并不符合文天祥所面临的实际情况，对文的了解也不免存在局限。又如当时江南盛称，不少民间忠义之士，图谋在江南劫夺文天祥。这些信息鼓舞了文天祥的斗志，使他义死首丘的决心有所舒缓，在一段时间内，心里又升腾起希望。

词语注解

①临江军：当在赣江下游，靠近丰城不远处，当时为清江县。今为樟树市临江镇。

②伧父：意为鄙贱之夫。南北朝时南方人漫骂北方人的用语。

③金州：指清江城外江中之金凤洲。

④玉观：指清江县楼梧山玉虚观。

⑤周郎坟：当地传说，三国时吴国周瑜埋骨于清江附近。

诗义串释

江岸已被洪流咬啮得破烂，城市受战火焚烧已有两遍。居民有一半是粗鲁的北方大汉；不大的孩子当上将军那样高官。蛟龙哭泣，在金凤州地方洒下大雨；猿猴哀号，只为乌云笼罩了玉虚道观。人们思念周瑜那样的英雄人物，举头遥望他葬身的所在，不由人泪痕涟涟。

隆兴府①

半生几度此登临，　流落而今雪满簪。
南浦②不知春已晚，西山③但觉日初阴。
谁怜龟鹤千年④语，空负鲲鹏万里⑤心。
无限故人帘雨外，　夜深如有广陵音⑥。

诗作背景

六月初五日，押解文天祥的船队抵达隆兴府，文在隆兴写作此诗。此时，文天祥经过思考，改变斗争策略，已恢复正常饮食。

词语注解

①隆兴府：今之江西省南昌市。

②南浦：在城区外西南方向，系赣江分流之处。王勃《滕王阁序》中有“画栋朝飞南浦云”之句。

③西山：在城区外西南三十公里处。王勃《滕王阁序》中有“珠帘暮卷西山雨”句。

④龟鹤千年：相传龟、鹤都是长寿动物，故曰：龟鹤千年。《抱朴子·对俗》：“知龟鹤之遐寿。”

⑤鲲鹏万里：传说中之大鱼和大鸟。语见于《庄子·逍遥游》：北冥有鱼，其名为鲲，鲲之大，不知几千里也。化而为鸟，其名为鹏，鹏之背不知几千里也。

⑥广陵音：指《广陵散》古琴旋律的音响。晋嵇康被司马昭杀害，

行刑前嵇康要求弹奏一曲，弹奏的便是《广陵散》。

诗义串释

半生之中多次在这里登临；此次又来，霜雪落满了发簪。南浦的春天想来已经过去，西山上云翳遮日，天色开始阴沉。谁还考虑龟鹤的千年长寿？我已白白辜负了鲲鹏万里的愿心。无情的雨帘隔开了我和多少老友；夜深人静，似乎听到《广陵散》绝命的琴音。

湖　口[①]

江湖一都会，　宇宙几兴亡！
走马芦林外，　买鱼茅舍旁。
南人撑快桨，　北客坐危樯。
江水交岷水[②]，东流日夜长。

诗作背景

六月初八，押解文天祥的船队抵达湖口，文在船上写作此诗。

词语注解

①湖口：位于江西北部，即鄱阳湖与长江汇合处。

②岷水：四川中部的河流，与长江交会。

诗义串释

长江和鄱阳湖在此地交会，谁人知道天地间经过了几次兴亡？我们骑马在芦林外走过，为买鱼来到茅屋一旁。南方的水手操着桨，船行如飞；北方来的客人高高地坐在船樯。长江的洪流曾汇合上游的岷江之水啊；正因为源头悠远，东去的江水自然便会洪流久长。

安庆府[1]

风雨宜城路，[2] 重来白发新。
长江还有险， 中国自无人。[3]
枭獍[4]蓄遗育， 鳣鲸[5]蛰怒鳞。
泊船休上岸， 不忍见遗民。

诗作背景

押解文天祥的船队，六月初九日到达安徽省的安庆府。作者在船上作此诗。

词语注解

①安庆府：今之安徽省安庆市。

②风雨宜城路：作者于咸淳五年，曾任职于此，当时为宁国府。这次走的道路，与上次赴任走的道路相同，故有下句“重来”之说。

③中国自无人：作者的气愤之语，言在元军进攻下，宋朝没有抗元的将帅，不少将帅无能误国。

④枭獍：枭，鸟名，食母。獍，又称破镜、破獍，兽名，食父。指叛臣叛将、忘恩负义之人。

⑤鳣鲸：都是大鱼。蛰，指冬眠或潜藏。怒鳞，由于发怒而张开的鳞片。

诗义串释

风雨中又走过这条通向宜城的道路；再次重来，头上满是新生的白发。浩荡的长江，确实是兵家的天险；可叹宋朝竟无人据险，抵抗入侵者的欺压。啮食父母的禽兽已在繁衍后代，善良的大鱼却抿起怒鳞，闭上口牙！船虽停泊，我决心不登江岸，实在不忍心去见千千万万的遗民人家。

池　州①

五老②湖光远，九华③山色昏。
南冠前进士，④北部故将军。⑤
芳草江头路，斜阳郭外村。
匆匆十年梦，⑥故国黯销魂。⑦

诗作背景

约在六月初十日，文天祥被押解过池州时所作。

词语注解

①池州：今安徽省贵池县。

②五老：指庐山五老峰。此山雄伟峻拔，群峰像五个老人并坐，故名。

③九华：指九华山。在安徽省青阳县西南，我国著名佛教圣地，由于山有九峰，又称九子山。

④南冠前进士：南冠，指楚国人的帽子，通常指代囚徒。前进士，则指是前朝进士。五代时，梁震为唐末进士，唐朝衰亡，梁终身自称前进士。文天祥亦自称前进士，表示忠于宋朝。

⑤北部故将军：指汉代李广将军。李曾任北方边郡太守，失职家居时，自称故李将军。

⑥匆匆十年梦：指作者十年前任职宁国府，赴任时经过池州旧事。

⑦故国黯销魂：故国，指南宋。

诗义串释

鄱阳湖的水光照耀下，五老峰显得遥远；有迷蒙的薄雾，青翠的九华山未免昏沉。我这个戴南方帽子的囚徒，不会忘前朝进士的身份；遭到被俘的命运，真像是汉代的故李将军。怎能忘江边大道旁的萋萋芳草，怎能忘斜阳照射下城外乡村？匆匆间，这已是十年前的旧话，故国已成历史，想起来怎能不黯然伤心。

鲁　港[①]

方夸金坞[②]筑，岂料玉床[③]摇。
国体真三代[④]，江流旧六朝[⑤]。
鞭投[⑥]能几日？瓦解[⑦]不崇朝。
千古燕山恨[⑧]，西风卷怒潮。

诗作背景

船从湖口出了鄱阳湖，进入了长江，顺流而下，很快到了鲁港。鲁港！文天祥听到这两个字，心中猛然震动了一下，此地即是奸臣贾似道辜负朝廷的信任，率领十三万人马，在元军进攻下，不战而溃的地方。他站起身来，观察一下长江南、北两岸的形势，不免感慨起来。朝廷倚重非人，以奸佞为“师相”。而“师相”竟谎报军情，称在鲁港铸就“金坞”，可以坚守。他真正想的一直都是暗通元军，祈求苟安。元军进攻，只有逃跑一途。这就使南宋屡战屡败，丢掉了长江上最后一道关卡，遭遇了亡国的命运。他满怀悲愤，挥笔写下了这首诗，时间约在六月初十前后。

词语注解

①鲁港：在今安徽省芜湖市南，是小淮水入长江处的港口。宋理宗德裕元年，宋“师相”贾似道在此拥军十三万，不战而败于元军。

②金坞：坞为小城。金坞，是说以金属筑成的城郭，喻为十分坚固。

③玉床：镶有玉饰的床。此处指宋帝后宫之床。

④三代：通常指古代夏、商、周。此处指宋朝度宗死后，由其子赵㬎即位，（因赵㬎年仅四岁，由祖母谢太后临朝。其祖母谢氏称太皇太后，母全氏称皇太后。）这样，当时南宋最高统治集团即由此祖孙三代组成。

⑤六朝：指汉代以来，在金陵建都的六个王朝，即吴、东晋、宋、齐、梁、陈。

⑥鞭投：指投鞭断流典故，意为军队众多。前秦苻坚将攻晋，有人指出晋有长江天险，应慎重为上。苻坚则认为，以吾众旅，投鞭于江，足断其流。

⑦瓦解：指崩溃之势如瓦器的碎裂。

⑧燕山恨：指南宋太皇太后、皇太后、皇帝投降元军以后，被驱去北方燕山一带。

诗义串释

朝廷上下都为在鲁港筑成的坚固堡垒夸耀，没想到奸佞的欺诈，使皇家的玉床动摇。宋朝祖孙三代共同治国的体制，最终的命运如同江流东逝的六个王朝。夸口投鞭断流，不过几天光景；一旦崩溃瓦解，无人再听朝廷的号召。皇帝被赶去燕山，这是国家的仇恨啊；西风狂吹，卷起千百万人心中的怒涛。

采　石[①]

不上峨眉[②]二十岁，重来为堕山河泪。
今人不见虞允文[③]，古人曾有樊若水[④]。
长江阔处平如驿，况此介然衣带窄。[⑤]
欲从谪仙捉月[⑥]去，安得然犀[⑦]照神物。

诗作背景

约在六月十一日，船队抵达采石。这是文天祥以《采石》为题写的诗。

词语注解

①采石：在今安徽省马鞍山市西南。原名牛渚矶，因盛产五色石，三国东吴时改名采石矶。

②峨眉：指采石矶地方的一处古迹峨眉亭。文天祥自家乡江西吉州至南宋都城临安赴考，曾到过这里，故写“不上峨眉二十岁。”

③虞允文：南宋仁寿人，字彬甫，绍兴二十三年中进士，历任中书舍人、左丞相等职。绍兴三十一年金兵南下，虞至采石督师，曾取得采石之捷。

④樊若水：樊知古，又名若水，字叔清。北宋时长安人，后徙安徽池州，在南唐考进士不中，遂考虑回归北方。归前借到采石矶垂钓为名，观察了江面宽狭等形势，回到宋朝上书请取江南。宋攻南唐时，在采石矶修筑浮桥，与他上报的江面尺寸相符。南唐平后，升官至侍御史。

⑤况此介然衣带窄：意为何况此地长江如衣带般的狭窄。

⑥谪仙捉月：传说李白在采石矶酒醉，跳江捉月而死。

⑦然犀：中国古代传说，燃烧犀牛角可以照见多种怪物。《晋书》载，温峤到了牛渚矶，曾燃犀角以照深水，见水族奇形怪状。

诗义串释

不到采石矶边的峨嵋亭，已经有漫长的二十个年头；这次重来，得以凭吊破碎的山河，痛洒一番悲伤的热泪。多么可叹啊，在当今的宋朝，竟找不到一位在这里大败金兵的虞允文；更不要说找关心战争胜负、心细如发的樊若水。长江开阔的江面，尽管是如同驿路；到这里，竟然如衣带般的狭窄。我真羡慕诗仙李白，在这里赴水捉月；最好是燃起犀角下水，亲眼看一看水中的鬼魅，面目是何等黧黑？

建　康[1]

金陵古会府，南渡旧陪京。[2]
山势犹盘礴，江流已变更。
健儿徙幽土，新鬼哭台城[3]。
一片清溪月，偏于客有情。

诗作背景

八月十二日，押解文天祥北行的船队抵达建康，文天祥登上了江岸。他在建康住了两个月又十二天。这是他在建康写的第一首诗。

词语注解

①建康：今南京。古有金陵、建业等名称。

②南渡旧陪京：宋朝南渡后建都临安，以建康为陪都。

③台城：在今南京玄武湖畔。原为战国时吴之后苑城。晋时又建新宫建康宫。晋、宋称朝廷禁区为台，遂相沿称台城。

诗义串释

金陵啊，你这古老的府城，宋朝南渡后的陪京。周围的群山，依然这样巍峨，濒临的江流，却已经有了变更。听说这里不少壮士被强迫迁移幽燕，又有多少新近被杀的鬼魂，号哭在湖边古老的台城。为什么？为什么？你清溪上的一轮明月，偏对我这个天涯游客如此多情？

金陵驿[1]二首

草合离宫[2]转夕晖，孤云飘泊复何依。
山河风景元无异，城郭人民半已非。
满地芦花[3]和我老，旧家燕子傍谁飞？
从今别却江南日，[4]化作啼鹃带血归。

万里金瓯[5]失壮图，衮衣[6]颠倒落泥涂。
空流杜宇[7]声中血，半脱骊龙[8]颔下须。
老去秋风吹我恶，梦回寒月照人孤。
千年成败俱尘土，消得[9]人间说丈夫！

诗作背景

文天祥的两首《金陵驿》，当写于八月下旬，动身渡江之前。

词语注解

①金陵驿：指作者当时居住的驿馆。金陵，即今南京，宋时称建康。

②离宫：指宋时的行宫。南宋南渡，建康为南宋的陪京，故建有皇帝行宫。

③芦花：指芦荻之花，开在秋天。

④从今别却江南日：在作者看来，离别江南之日，也是永远离别江南的时候，决不会再次回来，故有下句。“江南日”误，应为“江南路。”

⑤金瓯：金瓯，原指盛酒的器物，此处专指国家的江山、版图。

⑥衮衣：封建时代帝王及高级官员所穿的礼服。此处作者指自己。

⑦杜宇：亦指杜鹃，啼时悲切带血。

⑧骊龙：黑色的龙。

⑨消得：以日常语言表示，为“要让”之意。

诗义串释

夕阳斜照着离宫的衰草，将要沉西；一片孤云在天边漂泊，哪里是它的归依？山川的风景仍然如旧；城镇中熙攘的人民，有一半不同于往昔。盛开的芦荻和我的白发一样，显示出苍老；不知故乡旧家的燕子绕傍谁人低飞？从今而后，我将被押解北行，离开江南的道路；要想飞回南方，只能是我沾满血污的灵魂，化作啼血悲鸣的杜宇！

万里金瓯般的国家，失掉了振兴的宏图；经过拼死的血战，失败被俘，锦绣官衣被扯落泥污。我像杜鹃啼血，痛苦地流着眼泪，最终眼泪不过空流；我像黑色蛟龙，面目变得憔悴，颌下竟脱净鬚髯。在秋风的摧残下，我已日益衰老，日夜思虑，加多了病痛；夜半梦回，寒月照射下难以入睡，更显出我是如此人单影孤。从人类长远的历史来看，短暂的成功、失败如同尘土，我所希求的并无过高的奢望，只望人们有所评说：这是个像模像样的大丈夫！

怀忠襄[①]

平生王佐心，[②] 世运蹈衰末。[③]
齐虏[④]谁复封？楚囚讵当脱。[⑤]
金陵虽怀古，[⑥] 尚友在风烈。
褒忠侈遗庙， 夫子我先达。[⑦]

诗作背景

据一篇文天祥的传记上说：文青年时，到本地乡校看到供奉的先贤遗像，有著名的欧阳修、杨邦乂等人，他十分动情地说：不能步先贤后尘，为乡土增光，就算不上男子汉、大丈夫！说明这些本乡本土的著名人物，给他留下了深刻印象。其中杨邦乂，是本朝人士，两人相隔年代并不久远，又是在抵抗金国时壮烈牺牲的，印象尤其深刻。杨邦乂，字晞稷，博古通今，曾登进士第，平生讲求节义。建炎三年，金兵进攻金陵，宋将杜充率军抵御，战败投降。当时宋朝在金陵的高官，大都出城迎降，只有杨邦乂拒不降金。金军统帅完颜宗弼派人许以仍任原职，杨仍坚贞不屈。完颜宗弼在欢宴降官时，传邦乂到场，要他写“死”或“活”二字任择其一。他奋笔写出“死”字，大骂宗弼。宗弼恼羞成怒，杀死杨邦乂，剖腹取心。为了表彰杨的忠义，宋高宗命令为他立褒忠庙，封给他“忠襄”的谥号。

这次文天祥被元军押解来到金陵，不禁怀念起杨邦乂这位乡贤，为此，写出了《怀忠襄》的诗。

词语注解

①忠襄：见本篇诗作背景。

②平生王佐心：是说其人为贤才，可以作为辅佐帝王的人物。

③世运蹈衰末：国家的命运已走向衰落。

④齐虏：指与杨邦乂同时的刘豫，曾被宋任命济南知府，后降金，被册立为帝，佐国号“大齐”，建都大名，后更迁至汴梁。

⑤楚囚讵当脱：指杨邦乂在金陵失陷后被囚，应设法逃脱，继续

抗金。

⑥金陵虽怀古：是说来到金陵，应当怀念先贤。

⑦夫子我先达：尊杨邦乂为夫子，是先生、老师，比较作者来说，已经率先达到忠义爱国的高尚境界。

诗义串释

一生作为贤才，怀着辅佐帝王的大志，可惜国家的命运，已到了行将衰落的绝地。在齐地为虎作伥的刘豫，一再受到异族的封赏，当上儿皇帝；您作为阤下的囚徒只顾对敌斗争，竟忘却逃脱的心机。来到金陵，当然要怀念同出一地的先贤，我自幼便对夫子有无限崇敬，震撼于您的凛然大义。国家褒扬忠义，为您修建了纪念的庙宇，后来者将紧紧追随您忠烈不阿的足迹。

早　秋[①]

只影飘零天一涯[②]，千秋摇落欲何之？[③]

朝看带缓方嫌瘦，　夜怯衾单始觉衰。

眼里游从[④]惊死别，梦中儿女慰生离。

六朝[⑤]无限江山在，搔首斜阳独立时。

诗作背景

作者抵达金陵以后，时当七月早秋。文天祥听说，邓光荐因病不再继续北行，为二人即将告别，写下了这首诗。

词语注解

①早秋：指太阴历七月。

②涯：读“yi”。

③千秋摇落欲何之：古宋玉曾在《九辨》中说：“悲哉，秋之为气也。萧瑟兮，草木摇落而变衰。”杜甫在《咏怀古迹》诗中说：“摇落深知宋玉悲，风流儒雅亦吾师。怅望千秋一洒泪，萧条异代不同时。”这是说，时经多年，而为草木摇落的感慨是一样的。

④游从：指北上同行的同乡挚友邓光荐。抵达建康以后，邓因病去天庆观就医，且不再同行向北，二人即将告别。

⑤六朝：指在建康建都的王朝共有六个：吴、东晋、宋、齐、梁、陈。

诗义串释

只身孤影如同落叶，飘零在天涯；与宋玉一样悲叹，不知将飘落何方？早晨穿衣，由于衣带宽松，才发现自己瘦损；夜晚睡觉，总觉被子单薄，意识到衰老得异于往常。惊闻游伴告别，哪里还妄想再见；睡梦中见到儿女，心里竟然把离别的痛苦暂忘。曾有六个朝代建都于此；多么美好的山河啊，我只能搔首陷入沉思，独自怅望着将落的夕阳。

睡　起

堂堂孤影起闻鸡①，风起高楼鼓角悲。
江海无情游子倦，　岁年如梦美人迟②。
平生管鲍③成何事？千古夷齐④在一时。
坐久日斜庭木落，　浮云灭没漏朝曦。

诗作背景

此诗写于建康，时间难以准确界定。

值得注意的是，文天祥自抵达建康以后所写的诗章中，除了惯常的悲愤之语以外，总是显露出少有的希望之情。如《建康》一诗的尾联说："一片清溪月，偏与客有情。"《早秋》一诗尾联说："六朝无限江山在，搔首斜阳独立时。"这一首诗的尾联又说："坐久日斜庭木落，浮云灭没漏朝曦"。我们还可以从他的《集杜诗·过临江第八十三》序言中看到，他自南安军绝食八天，过临江军，至丰城，未达成"首丘"之志，恢复饮食，固然有"既过乡洲，已失初望。委命荒滨，立节不白"的顾虑，也有"且闻暂止金陵郡，出坎之会，或者有陨自天，未可知也"的这一考虑。据当时情况，金陵地区确实有人策划劫夺文天祥。由此可见，他在诗句中表露的期待之情，并不是无谓的应景语言。

词语注解

①起闻鸡：听到鸡叫起床。

②美人迟：《离骚》句，"惟草木之零落兮，恐美人之迟暮"。"美人"，原喻君王。"迟暮"，指运命的衰落。此处用此语，仍为原意。

③管鲍：指春秋时，管仲、鲍叔牙共同辅佐齐桓公成就霸业。

④夷齐：殷商时人，武王伐纣后，不食周粟，饿死首阳。

诗义串释

我高大的身影，黎明时分闻鸡而起；一阵风飘过高楼，号角的噪声使我愁悲。江海间的连年奔波，游子的身体难免倦怠；历经凶险如同噩梦，未能把君王的命运挽回。我虽然想学习管鲍，又做成什么大事呢？要效法夷齐，他们名传千古，也要有一时的际遇。坐的时间太久，树叶不住飘落；浮云散尽，东方已露出一片亮丽的朝晖。

中　秋

不教收骨瘴江边①，驱向胡沙②着去鞭。
旧夺宫袍③空独步，新餐官饭饱孤眠。
客程恰与秋天半，人影何如月倍圆。
犹是江南佳丽地④，徘徊把酒看苍天。

诗作背景

此诗当写于八月十五中秋节。

词语注解

①瘴江边：唐韩愈诗《左迁至蓝关示侄孙湘》有句：“知汝远来应有意，好收吾骨瘴江边。”“瘴江边”，指有瘴气的江边，原指广东潮州。

②胡沙：指北方胡人居住之地。也是多有风沙之地。

③旧夺宫袍：比喻科举考试为争夺官袍的文字比赛。文天祥曾在南宋科考中取得状元。

④江南佳丽地：谢朓诗《入朝曲》有句：“江南佳丽地，金陵帝王州。”这时文天祥正逗留于这一地区。

诗义串释

不许我绝命在迷漫瘴气的江边，为赶我去向塞北，不断挥动着皮鞭。青年时殿试夺魁，难救国家危亡，不过是徒有虚名；惭愧被俘未死，每天吃着敌人的官饭。多么凑巧，到这里路程走了一半，秋天也正好过了一半；可悲的是全家生离死别，天各一方，无法比天上的明月，是如此团圆。今天，我还滞留在美丽的江南乡土，起立徘徊，举起酒杯怅望着苍天。

和中斋韵　　过吉作

功业飘零五丈原，[①] 如今局促傍谁辕？[②]
俯首北去明妃[③]泪，啼血南飞望帝[④]魂。
骨肉凋残唯我在，[⑤] 形容变尽只声存。
江流千古英雄恨，兰作行舟柳作樊。[⑥]

诗作背景

六月初一日船到吉州，文天祥写了《苍然亭》一诗，同行的同乡友人邓光荐也写了一首。这首《和中斋韵》，是文天祥对邓光荐诗的同韵和诗。

词语注解

①功业飘零五丈原：指三国蜀汉之诸葛孔明，辅佐刘禅伐魏功业未成，病死在汉中五丈原。

②如今局促傍谁辕：局促，仓促之意。傍谁辕，傍为依靠；辕为驾车之木；三字可释为，依靠何人的辕木？

③明妃：汉时之王昭君，封明妃。

④望帝：指杜鹃鸟。相传周末蜀王杜宇，号望帝，死后变成啼血的杜鹃。

⑤骨肉凋残唯我在：骨肉，指血统最近的亲人。近年之内，文母病逝。文夫人欧阳氏、妾颜、黄二氏、次子佛生、二女柳娘、三女环娘，均在战争中失散，或被元军俘虏。长子道生，四女监娘、五女奉娘，因病或因战乱而夭亡。"骨肉凋残"即指这一情况。

⑥兰作行舟柳作樊：木兰作舟，是说给予的待遇很好。柳作樊，则说以柳木作为樊笼。合起来的意思：虽然生活上给予优待，实际上是一个囚徒。

诗义串释

诸葛孔明扶汉的功业未成，命殒五丈原；我也遭到抗元的失败，如驾车的马找不到依傍的车辕。被押解远去北方，像明妃一样不断流泪；一心飞回南国，我只是啼血的杜鹃。所有的亲人都已失去，只剩我孤身一个；我自己也已经面目全非，未变的只有语言。浩荡长江奔流不息，流淌着英雄的仇恨；敌人虽给予种种优待，但终究是一个囚徒，被严密地看管。

再　和

见说黄沙接五原，　飘零只影向南辕。[1]
江山有恨销人骨，　风雨无情断客魂。
泪似空花千点落，　鬓如硕果数根存。
肉飞不起[2]真堪叹，江水为笼海作樊。

诗作背景

在写上首诗的同一天，意犹未尽，作者又依照原诗的韵脚，写出了这首《再和》的诗。

词语注解

①飘零只影向南辕：指文天祥第一次被扣元营，镇江逃亡的往事。

②肉飞不起：作者为自己肉身不能飞起，无法逃出敌人网罗而遗憾。

诗义串释

塞外的黄沙弥漫了高高的五丈原；江海飘零，我孤单的身影驾起向南的车辕。亡国的仇恨，销熔了多少人的生命；无情的风雨，把人折磨得心疲神倦。泪珠像空中的落花，千点、万点；头上的白发只剩下稀疏几根，夫复何言？真可惜，这肉体凡胎难以飞腾，江水是我的囚笼，大海是我的篱樊。

和友人

落落南冠过故都，[1] 近来我意亦忘吾。
骑来驿马身如寄， 遣去家书字亦无。
景伯[2]未囚先立后， 嵇康[3]纵死不为孤。
江南只有归来梦， 休问田园芜不芜。

诗作背景

吉州，是文天祥和邓光荐两人共同的故乡。这首诗，当是船行过吉州时，文对邓诗作出的又一首和诗。

词语注解

①落落南冠过故都：落落，有高超不凡、落落难合之意。南冠，指戴南方帽子的士人。故都，此处指故乡。

②景伯：名种暠，东汉安帝时，河南洛阳人。父曾任定陶令，家财三千万。父死后，种暠将家财散给族人和邻里，后被举为孝廉。顺帝末年，他任侍御史等职，敢于揭发不法，为顺帝所称善。后出任益州刺史时，他又揭发永昌太守向大将军梁冀献黄金器物等，为梁冀怒恨。后巴郡人服直自称“天王”聚众谋反，种暠在平叛时，因部属伤亡过大，为梁冀诬陷，即将被捕入狱。太尉李固上书朝廷，为之说明原委，梁太后赦免其罪。这一典故，说明种暠既敢于揭露邪恶，又能为自己预留退

路，保全自身。

③嵇康：三国时魏国文学家、音乐家，谯郡人，竹林七贤之一。嵇康为人狂放不羁，崇尚老庄，非汤武，薄周孔，后为晋当政者司马氏所杀。

诗义串释

我这个一贯戴南方帽子的囚徒，落落寡合地走过自己的乡土。一段时间以来，自己究竟何在？头脑里不明不白，由于行动全不自主。胯下骑着的，是驿站的马，骑马人如同被运输的货物。托人给家乡送去一番口信，这只是一封不须写、没有字的家书。景伯是个心事细密的人，未遭逮捕先预留了后路；嵇康虽被统治者处死，临死前高奏乐曲绝不孤独。只有在梦中才能再回家乡，哪里还有心再问田园是不是荒芜。

怀中甫 时中甫以病留金陵天庆观

久要①何落落②，末路③重依依。
风雨连兵幕④，泥涂满客衣。
人间龙虎变⑤，天外燕鸿⑥违。
死矣烦公传，北方人是非。

诗作背景

文天祥一行到了建康，第二天就听到一个突如其来的消息：邓光荐因为患病，要到当地的天庆观去就医。而且元军押解的首领决定，邓不再随同押解队伍继续北行。对文天祥来说，这不啻是一个晴天霹雳。他和邓光荐两个人，毕竟是同乡挚友，又在共同抗元保国的事业中，一起战斗，共过患难，有过类似的遭遇。他们当然知道，元军首领同意他们一起北行，是利用他们的友谊，减少文天祥旅途中的抗争。他们也了解，这样同路继续北行，对元军来说，如何消磨文天祥的斗志，力争达到文天祥投降的目的，是没有好处的。因此才有了让邓光荐留在建康就医的举措。

两位爱国者互相告别，心情十分沉重。显然，文天祥继续北上，不投降元朝统治者，想活着回到江南，几乎是不可能的。而邓光荐的病体，能否恢复，也无法预见。不言而喻，两人的离别，带有浓厚的诀别色彩。

邓光荐从年轻的时候起，便热爱诗歌艺术，他爱读诗，也爱写诗。自从元军南侵，江南陷入战乱，国破家亡以后，他更是把自己的一腔悲愤之情，寄托在诗歌写作之中，写了不少诗。近来，他把随南宋行朝漂泊南海以至败亡一段生活中写的诗，作了一番整理，又加上自广州与文天祥一起北行中的唱和，集中在一起，想请文天祥帮他编成一本诗集。现在，二人分手在即，他不好意思开口，但错失了这次机会，也许两个人劳燕分飞，就再难以相见，又何谈编诗？于是，他嗫嚅着说："我尚有一不情之请。我自南海以来写的若干诗章，还想请老友看看，给予指教，并赐一集名。……"文天祥不假思索地说："好啊！我这个元人的囚犯，无事可做，听说还要在建康住一段时光，不正好做这件事情吗？"

接着，文天祥放低了声音，神情严肃地说："值此诀别之际，我也有一事相托。一路来，我已把我的许多遭遇，详细给您讲了。讲的时候我便有一个打算：此次我北去燕京，万无生理，只能以死报国。有劳中甫兄为我写篇传记。"邓光荐一面深深点头，表达理解和同意，但也一面自谦地说："只怕光荐的笔力不够！有损丞相的高风亮节。……"文天祥恢复了洪亮的嗓音："多谢中甫兄！"说着竟深深一揖，邓光荐连忙也拱手还礼。

文天祥不几日便把邓光荐的诗集编辑出来，先理顺了先后次序，后对一些章句作了适当加工，又把两人的途中唱和加了简短的说明，最后为诗集起了一个别致的题名：《东海集》。他在《东海集序》中说："《东海集》者，友人客南海以来诗也。海南诗而曰《东海集》者何？鲁仲连天下士，友人之志也。……"序的结尾进一步说明："余与友人年相若，又同里闬，以斯文相好，然平生落落不相及。及居楚囚中，而友人在行，同患难者数月。其自五羊至金陵所赋，皆予目击，或相唱和。时余坐金陵驿，无所作为。乃取友人诸诗，笔之于书。与相关者，并附。为后之览者，因诗而见吾二人之志。其必有感慨于斯。”

邓光荐对文天祥的承诺也完成了。自他们诀别之后，邓光荐写作了《文丞相传》《文丞相督府忠义传》等文章，是第一个为文天祥立传的人。邓写的《文丞相传》有很强的可信性，对后人写的文天祥传记起了很好的作用。可惜未能传下全文。邓光荐入元以后，终生没有为官，按照文天祥的期许，做了管宁、陶潜那样的隐士。当然，这些都是后话。

词语注解

①久要：要，是枢纽。《论语·宪问》：久要不念平生之言。久要，可指旧约，即曾经有所约定的老关系。

②落落：除落落寡合之义外，还有高超不凡、有志竟成的含义。

③末路：指二人都是在被俘的情况下，相见重逢。

④兵幕：指指挥并赞助军机的幕僚生活。

⑤龙虎变：泛指两个朝廷的生死搏斗，也具体指二人共同经历的厓山大战。

⑥燕鸿：燕，即燕雀等小鸟；鸿，即鹄等大鸟。这里是指大鸟和小鸟的志向相违，志趣不一。

诗义串释

我们曾有过约定，要做出高超不凡的事业；在被俘的末路相逢，竟是如此依依难舍。迎着狂风暴雨，我们有过共同的战斗生活；又被强行押解，在泥泞的征途上一起跋涉。我们都亲眼目击了，人间的生死搏斗；我们共同体会了燕雀与鸿鹄志向的区别。我决心为国死难，请为我写一篇信实的传记，让人们了解我到北方的行止，以便确证对我的认识，是正确还是错讹。

南康军[1]和东坡[2]酹江月[3]

庐山依旧，[4]凄凉处，无限江南风物。
空翠晴岚浮汗漫，[5]还障天东半壁。[6]
雁过孤峰，猿归老嶂，风急波翻雪。
乾坤未歇，[7]地灵尚有人杰。[8]

堪嗟飘泊孤舟，河倾斗落，客梦催明发[9]。
南浦[10]闲云连草树，回首旌旗明灭。
三十年来，十年一过，[11]空有星星发。
夜深愁听，胡笳吹彻寒月。

诗作背景

这是一首词。从广义上看，词也是诗，同样有韵脚，平仄，另外还有曲谱，诗可吟，词则可以唱。随了社会经济条件的发展，在宋代填词十分流行。押解文天祥的船队一路向北，过了隆兴府，进入鄱阳湖一带水域，湖面开阔，可以遥望匡庐名山，文天祥精神为之一振。触景生情，他不能不想起青年时代在这条水路上走过的经历，当然，眼前的遭遇，也不能不让他发出无限感慨，以诗人的心怀写作了这首词作。

词语注解

①南康军：是宋朝行政区划的一种名称，管辖江西鄱阳湖一带地区，下辖星子、都昌、建昌、安义等四县。

②东坡：北宋时的著名文人、诗人、书法家苏轼，苏轼号东坡。

③酹江月：指苏东坡写出的著名辞章《念奴娇·赤壁怀古》。因该词中的最后一句为“一樽还酹江月”，后人常用“酹江月”代替“念奴娇”这一曲牌名。题目中还有一个“和”字，说明这首词是对苏东坡《念奴娇·赤壁怀古》的唱和之作。

④庐山依旧：是说庐山还是过去的样子，因作者曾两次乘船走过庐

山，详见本词注释⑪。

⑤空翠晴岚浮汗漫：在晴天的空明之中，翠绿的山峦和山谷升腾的雾气，都映照在广阔无边的水面之上。

⑥还障天东半壁：仍然是当时中华大地东半部的屏障。

⑦乾坤未歇：连接上面的词意，虽然遭遇入侵，但天地并未停止运转。

⑧地灵尚有人杰：不止山河灵秀，还有众多杰出的人物。

⑨明发：指凌晨即将黎明，或旅人早起上路。

⑩南浦：王勃《滕王阁序》中句“画栋朝飞南浦云”，泛指江西南昌。当时南昌在被元军占领后，正风起云涌地发起群众抗元斗争，下句“旌旗明灭”，即指此。

⑪三十年来，十年一过：这是说作者旅途经过庐山的经历。宋开元元年（1259）赴临安赶考，曾经过这里。宋咸淳五年（1269）入仕后知宁国府，赴任又经过这里。这次被俘押解北上，值元至元十六年（1279），第三次又经过这里。恰巧十年一过，遭遇各有不同。

诗义串释

庐山依然是从前的模样，故国败亡，他心中难免凄凉；但面对的却仍然是锦绣江南的多少人物，无限风光。辽阔的湖面上，万里晴空衬托出苍翠的雄姿，为中华河山的东南半壁，做着坚实的保障。大雁已飞过峭拔的山峰，猿猴也回到山林深处，狂风吹过，湖面上掀起层层雪白的波浪。天地的运转不会停息，在庐山身旁，还有数不清的英雄豪杰，战斗在这灵美、隽秀的地方。

多么令人感慨啊，我只像一叶孤单的扁舟，飘荡在茫茫江上。银河横斜，星斗西落，客梦难成，迟现曙光。怎能忘，南浦的云雾连接着山间杂树，抗敌的旌旗出没在山冈。三十年来如同梦幻，先后三次走过庐山，两鬓空自沾满白霜。夜深愁大难入睡，只听得元人的胡笳悲鸣，寒月西沉好悲伤。

和[1]友驿中言别

乾坤能大[2]，算蛟龙元不是池中物。[3]
风雨牢愁无着处，[4]那更[5]寒蛩四壁。
横槊题诗，[6]登楼作赋，[7]万事空中雪。
江流如此，方来[8]还有英杰。

堪笑一叶飘零，重来淮水，[9]正凉风新发。
镜里朱颜都变尽，只有丹心难灭。
去去龙沙[10]，向江山回首，青山如发。
故人应念，杜鹃枝上残月。

诗作背景

文天祥和邓光荐两位幼年挚友，同路北来，经常写诗唱和，成为被拘禁生活中的一大乐事。这样，互相诵读各人写作的诗篇，自然成为常事。文天祥在江西南康军写出的《和东坡酹江月》的词，邓光荐自然早已读过。到了建康以后，两人即将分离，邓光荐也写了一首《酹江月》词，标为“驿中言别”，抒发离情别意。于是，文天祥又写出了这首《酹江月》，来和“驿中言别”。

邓光荐的《酹江月·驿中言别》原词是这样的：

驿中言别　　友人作

水天空阔，恨东风不惜世间英物。蜀鸟吴花残照里，忍见荒城颓壁。铜雀春情，金人秋泪，此恨凭谁雪？堂堂剑气，斗牛空认奇杰。　那信江海余生，南行万里，属扁舟齐发。正为鸥盟留醉眼，细看涛生云灭。睨柱吞嬴，回旗走懿，千古冲冠发。伴人无寐，秦淮应是孤月。

我们不妨在这里，也把这首词串释一下：

水和天连接在一起，无涯无际；痛恨东风，不去热情的相助英雄。蜀地杜鹃失声，吴下繁花飘零；西风残照下，怎忍见残垣断壁满荒城。更难堪，铜雀台上，二乔深锁；金人辞汉，遗恨无穷。国破家亡的仇恨，凭谁湔雪？看！紫色的剑气直冲九霄！又谁知，敢于斗争的奇杰一事无成。

不敢置信，逃过长江，难免蹈海，死后余生；南行万里，扁舟齐发，无计把大海踏平。为结鸥盟，何惧醉酒；坚信浪涛会升腾，乌云将散净。不敢忘，勇学相如，持璧睨柱；孔明弃世，吓倒魏兵；对强敌怒发冲冠，千古豪情。亲密的朋友即将远行，孤零零的明月映照秦淮，今夜应难入梦。

由于邓光荐和文天祥不只是青年时相知甚深，又经过抗元斗争的共同经历，一起被押解北上的遭遇，两人有着极为深刻的理解，在这坚实生活基础上写出的“言别”的词，应该说十分精彩。文天祥不只很快写出了这首词的和词，还把这首词编入了他的《指南后录》的第一卷下之中。让人想不到的是，经过几百年岁月的变迁，在文天祥诗作不同版本的印刷中，竟让后世的读者把这首词误认为也是文天祥的作品。

文天祥诗词的注家黄兰波先生，在他选注的《文天祥诗选》（人民文学出版社 1979 年版）中说：

《文山全集》主要有两种版本：一种是明嘉靖三十一年鄢懋卿的刻本（以下简称鄢刻本），一种是清雍正三年文天祥十四世孙文有焕的家刻本（以下简称家刻本）。家刻本《酹江月》“水天空阔……”一词，题作“驿中言别”，题下小字注明“友人作”三字。而鄢刻本里把“友人作”的“作”字脱落，并把“友人”二字与“驿中言别”四字相连，刻本也不分字的大小；因而成为“驿中言别友人”这样不够通顺的词题。题下没有另注明作者，很自然地使人误认为这首“水天空阔……”词也是文天祥所作的了。而且明朝的嘉靖三十九年罗洪先的刻本、崇祯二年钟越的刻本，都沿袭鄢刻本的错误，也有迷信明版本的人，对此就不置疑了。因此，明朝陈耀文编的《花尊粹编》、清朝朱彝尊编的《词综》、张宗橚著的《词林纪事》、沈辰垣等编纂的《历代诗余》、江标刻的《文山乐府》、都依据鄢刻本以讹传讹。一直到今人所编的词选（如龙榆生编的《唐宋名家词选》）或文学史里，也多把“水天空阔……”这首词定为文天祥所作，词题也跟鄢刻本的相同。他们却没有想一想“水天空阔……”这首词假如是文天祥所作的，那么，下一首“乾坤能大……”的和作，是谁和谁的呢？

黄兰波先生专对家刻本标题“驿中言别”题下“友人作”做了分析……他们两个将分手离别时，光荐写了《送行》诗及《酹江月·驿中言别》（“水天空阔……”）词给天祥，天祥给他和词（“乾坤能大……”），并取邓光荐客南海以来所作诗，编为《东海集》，写了一篇《东海集序》。在《东海集序》里，皆以“友人”称邓光荐，序文中“友人”凡九见，而没有出现光荐的名字，可见这两首唱和词的标题里用“友人”称光荐，是有成例的。

然后，黄兰波先生又就词的语句内容作了精辟的分析：“邓作原词：‘那信江海余生’句，是自述在厓山跳海自杀未遂，也就是他所作《送行》诗中‘惸惸（音琼，忧苦）蹈海余’句的自述语。”接着他分析了“睨柱吞嬴”，是赞颂文天祥在皋亭山对元军统帅伯颜高度蔑视的气概；“回旗走懿”是表扬镇江脱逃后，南剑聚兵，力图收复江西，于都大捷的事迹。最后说“伴人无寐，秦淮应是孤月”，是预想文天祥北行后，自己留在金陵（秦淮）的孤寂情景。从上面这些词句，很明显地看出都不像天祥的口吻。

黄兰波先生为我们把问题讲得够清楚了。

词语注解

①和：指这首词是对邓光荐《驿中言别》词所作的和词。参见本诗“背景”。

②能大：意为是这样大。

③算蛟龙元不是池中物：算，在盘算中；蛟龙，比喻英雄；元，同原；池中物，池塘中的动物。整句意为，在我看来，英雄原本就不会受制于一定的范围。全句套用《三国志·吴志·周瑜传》中对刘备的描述：“恐蛟龙得云雨，终非池中物也。”

④风雨牢愁无着处：牢愁指忧愁。无着处，没有缓解的方法。

⑤那更：更加，何况之意。

⑥横槊题诗：三国时曹操讨伐孙、刘联军，陈兵长江，不可一世，曾在欢宴时，拿了槊这种武器，吟诵自己的诗歌。

⑦登楼作赋：三国时王粲依附荆州刘表，因不受重用，写《登楼

赋》发泄内心苦闷。

⑧方来：指未来或将来。

⑨重来淮水：作者曾在被元军扣留时，于镇江逃亡到江北淮河流域一带，这次是第二次来，故为重来。

⑩龙沙：指北方沙漠一带地方。

诗义串释

天地之间，是这样辽阔、广大；谁都知道，蛟龙原不是池塘中的动物。无边风雨加重了忧愁，正是百无聊赖的时候，怎忍受四壁高吟、狂呼的寒蛩。曹操纵情，横槊题诗；王粲失意，高楼作赋；多少历史往事，已变成空中的雪花飞舞。大江的流水是不会停滞的，相信有数不清的豪杰正为救亡图谋。

想来可笑，我像一片落叶，漂泊无定，又一次来到淮水源头。恰值金秋，凉风频吹，悲声在树。独自对镜，不免惊悚，青春容貌，全无踪影，只留得无限忠诚在红心永驻。此去遥远的沙漠，怎能不连连回首；但只见，故乡的青山细如发丝，似有还无。别了，故友，只是抛不下殷殷思念，听杜鹃声声，残月落入迷雾。

和王夫人①满江红韵，以庶几后山《妾薄命》之意②

燕子楼中，③又捱过几番秋色。
相思处青年如梦，乘鸾仙阙。④
肌玉暗消衣带缓，泪珠斜透花钿侧。

最无端蕉影上窗纱，青灯歇。

曲池合，高台灭；人间事，何堪说！
向南阳阡[5]上，满襟清血。
世态便如翻覆雨，妾身元是分明月。[6]
笑乐昌一段好风流，菱花缺。[7]

诗作背景

文天祥和邓光荐，被押解到建康前后，看到一首当时在百姓中广为传抄的词作，调寄《满江红》，作者传为原南宋皇宫中的一位昭仪（妃嫔中的衔称），名王清慧，号冲华。在元军逼迫下，南宋朝廷投降，宋朝的全太后和德祐皇帝被元军押解去北方，宫中妃嫔也被驱赶北上。传说王昭仪在途中的驿馆，题壁写了一首《满江红》词，引起传抄流转，号王夫人词。文天祥读了原词，说了一句“惜末句少商量”。（意为：可惜最后一句值得商榷！）然后，写了这首和词。

兹录王夫人原词，以供参考，不另作串释。

王夫人词

太液芙蓉，全不是旧时颜色。尝记得恩承雨露，玉阶金阙。名播兰馨妃后里，晕潮莲脸君王侧。忽一声鼙鼓揭天来，繁华歇。

龙虎散，风云灭；今古恨，凭谁说！顾山河百二，泪流襟血。驿馆夜惊尘土梦，宫车晓转关山月。若姮娥于我肯从容，从圆缺。

词语注解

①王夫人：即王清慧，王昭仪。

②以庶几后山《妾薄命》之意：庶几差不多，近似之意。后山，北宋时人陈师道，号后山居士，彭城人，以擅长写作诗词闻名于当时。他曾写《妾薄命》古体诗。整句是说，这首词以近似陈后山《妾薄命》的意思写出的。

③燕子楼：民间传说唐代贞元年间，张迠封到徐州为官，筑燕子楼

让爱妾关盼盼居住，张死，盼盼在楼中居十五年，后绝食死于楼。

④乘鸾仙阙：比喻王昭仪被选入皇宫。

⑤南阳阡：墓道。陈后山所作的《妾薄命》中有句："起舞为主寿，相送南阳阡。"这里是说祖先坟墓所在的地方。

⑥妾身元是分明月：和上句相连，世上的事"翻手为云覆手为雨"，我还应守身如同明月一样清白。

⑦笑乐昌一段好风流，菱花缺：这出自"破镜重圆"的典故。陈后主之妹封乐昌公主，嫁徐德言。陈国国事混乱，夫妻相约，打破一面铜镜，各执一半作为信物，如果因国乱失散，可在正月二日卖镜于市，以便重见。后来如二人预见，果然得到破镜重圆。菱花，镜子的别称。

诗义串释

居住在燕子楼里，经过了多少次一年一度的秋色？最不能忘记，在美好的青春时代，驾乘高翔的鸾鸟，进入仙境般的宫阙。哀叹眼前，丰腴的肌肤日渐瘦损，衣带显得舒缓；不断伤心落泪，无心管鬟上的花钿攲侧。每一个白天，都怅望窗纱上芭蕉的叶影，每一个夜晚，都任凭青灯自灭。曲池污合，高台坍颓，炎凉人世，何堪诉说？不能释怀埋葬先人的墓地，只留下满襟清血。不管他人世变化，翻手为云覆手为雨，我自己将是被人看得清楚的一轮明月。人们都爱将乐昌公主破镜重圆的佳话流传，可惜的是，他们的菱花镜已经残缺。

代王夫人作

试问琵琶[①]，胡沙外怎生风色？
最苦是姚黄[②]一朵，移根仙阙。
王母[③]欢阑璚宴罢，仙人泪满金盘侧。[④]

听行宫半夜雨淋铃[5]，声声歇。

彩云散，香尘灭；[6]铜驼恨，[7]那堪说！
想男儿慷慨，嚼穿龈血。
回首昭阳[8]离落日，伤心铜雀[9]迎新月。
算妾身不愿似天家，金瓯[10]缺。

诗作背景

文天祥写完为王夫人《满江红》所作的和词，深感意犹未尽。思来想去，又写了这首代王夫人作的《满江红》。

词语注解

①琵琶：汉武帝时，曾以江都王女封为公主，嫁乌孙国王，远行时一路常以琵琶作乐。这里，是以琵琶这种乐器作为诗歌起兴的手法。也包含了借用这一乐器，象征我国古代汉民族女性与不同民族和亲通婚的活动。

②姚黄：我国牡丹花的一种名贵品种。

③王母：我国古代传说中的一位女神，曾在瑶池举行盛宴。南宋末叶，因皇帝幼小，多以太后当国，这里指全太后。

④仙人泪满金盘侧：指汉代在建章宫前曾建一雕塑铜人，手捧承露金盘。传说盘中接到的露水，和玉屑合在一起，喝了可以长生不老。魏明帝时，竟下令将手捧金盘的铜人迁移到前殿，迁移时铜人眼中不断落泪。文天祥这句诗，是借这个故事说铜人的亡国之痛。

⑤雨淋铃：也可作雨霖铃，是古曲牌名。传说唐玄宗因安禄山之叛，南逃蜀地，途中又遇马嵬坡兵变，杨贵妃被缢死。每当夜雨淋铃，唐玄宗便辗转难眠，后命乐工作曲悼念杨贵妃。这里，直解为王夫人听夜雨淋铃，并无不妥。

⑥彩云散，香尘灭：指原来宫中的豪华生活，已成过去。香尘，古

代豪富石崇曾命人把沉香木研成香屑，撒在象牙床上。

⑦铜驼恨：见《指南录》卷一《求客》注释①。

⑧昭阳：汉武帝时，有昭阳殿。这里是指宋朝后宫殿堂。

⑨铜雀：曹操建筑的高台，在此欢宴歌舞。

⑩金瓯：比喻国家土地、主权的完整，如同金子铸成的瓶罐一样。

诗义串释

暗自问讯琵琶，你可知遥远的塞外，是什么样的风光、颜色？我像一株名贵品种的牡丹，被强行移栽，正远离熟悉的宫阙。参加太后欢宴的人们散去，忽传来亡国噩耗。宫中的雕塑铜人，也哭泣不已，泪水沾湿了金阸的一侧。行馆中半夜惊醒，听雨淋风铃，断断续续声不歇。

彩云已散，香尘自灭，铜驼遗恨，不堪诉说！只有真正的男子汉，才会慷慨激烈，咬碎牙齿，任牙龈流出鲜血。永难忘，离开昭阳殿的最后一瞥，正是太阳西落的时刻。更伤心，难推辞铜雀台上迎新月。我作为原来宋宫的妃嫔，已经不愿再过旧时的生活。终生最大的遗恨，如同金瓯的故国，已经残缺。

卷二

予后录诗，以广州至金陵为第一卷。今入淮以后为第二卷云。

发建康[1]

赏心亭[2]下路，拍手唱吾歌。
楼外梁时塔[3]，城中秦氏河[4]。
江山如梦耳，天地奈愁何！
回首清溪[5]曲，长江一雁过。

诗作背景

元至正十六年六月十二日，文天祥到达建康。在元军看押下，他在这里逗留了整整七十二天。原诗题下，标有“八月二十四日”六字，从这一天起，元军押解文天祥渡江北行。

他们为什么在建康停滞这么多时日呢？自广州北行以后，押解文天祥的元军，便不断听到有南宋义民策划劫夺文天祥的消息。到了建康，将由这里渡江北行，与江南地区渐行渐远，已经到了劫夺文天祥的最后时机，不能不认真防范。何况元军又确实收到真州有人策划劫夺文天祥的情报。于是他们便停留下来，不敢轻易行动。

文天祥也借此机会，稍稍得到喘息，缓解一下几个月来的行旅辛劳。由于同行的邓光荐不再北行，将要留在建康，文天祥向邓光荐托付了后事，还为邓光荐的诗作编集、写序。两个人在建康还写了不少诗、词进行唱和。文天祥到建康前后，便从民间渠道得到了有义民谋划劫夺他的讯息，他对前途自然产生了些许乐观的想法，内心升腾起朦胧的希望。

在朝廷的不断催促下，负责押解文天祥的元军官员石嵩，不得不起程了。他请求元军元帅张弘范派遣了水陆两军大队人马，在长江两岸的水、旱两路进行了严密戒备。在江上行船时，文天祥乘坐的船，要有元军的船只夹行在两旁。在陆上行走时，路两边要有元军设立的岗哨。直接押解文天祥的兵力，也做了加强。就是这样，石嵩还决定，押解文天祥渡江要采取秘密行动，不在建康江边直接上船，而是跑到建康东北方向的东阳镇上船渡江。

文天祥辞别了几个月来共患难、相唱和的同行同伴，也辞别了熟悉的江南乡土，不得不在元军的押解下，走向遥远的北方。命运显然是险恶的，头上像悬着一把锋利的剑，即便有一丝希望，那是何等的渺茫啊。但是，他依然从容面对，泰然自若，写出了这首记录自建康起程的诗。

词语注解

①建康：今南京市。

②赏心亭：建康郊区所建游息之亭。宋时王安石罢相后，有人曾以《赏心亭》为题写诗，有句云："青苗助役两妨农，天下嗷嗷怨相公。"

③梁时塔：建康钟山南麓，原有开善寺，南朝梁武帝肖衍在此修筑开善精舍，并修志公塔。

④秦氏河：流经建康城的一条河，由源于句容大茅山和溧水东芦山的两条小河在方山合流而成，名淮水。相传秦始皇在方山曾开河，也称淮水，下流称秦淮河。

⑤清溪：指清澈的河水。又专指汇入沔水的河流。

诗义串释

踏着赏心亭下的小径，拍着巴掌，高唱一曲新歌。告别了，楼外梁代建起的高塔，城中流过的秦淮河。壮丽的江山，真如梦境；天地间弥漫着忧愁，让人无可奈何。回头看看江南清澈、曲折的流水吧，一只孤单的大雁，将把浩荡的长江飞越。

江行有感

葡萄肥汗马[1]，荆棘冷铜驼[2]。
巫峡朝云湿， 洞庭秋水波。
穷愁空突兀[3]，暗泪自滂沱。
莫恨吾生误， 江东[4]才俊多。

诗作背景

原诗题下，标有“二十五日”。从建康东北的东阳镇登船渡江，押解文天祥的船队先走水路北上。一路走来，元军弓上弦，刀出鞘，警戒森严，令文天祥深深“有感”，写下了这首五律。

词语注解

①汗马：指汗血马，古代骏马的一种。

②铜驼：古代宫殿门前安放的铜铸骆驼。晋代索靖知天下将乱，曾指洛阳皇宫外铜驼说：“有朝一日，只能在荆棘丛中看到你了。”荆棘冷铜驼，意指乱世。

③突兀：高大，又指突然。如杜甫《茅屋为秋风所破歌》：“呜乎，何时眼前突兀见此屋。”

④江东：指长江下游东南地区，又称江左。

诗义串释

边地的葡萄，养肥了异民族的骏马；宋王朝皇宫前的荆棘丛中，冻僵了神气非凡的铜驼。巫峡早晨的雾又湿又重，压碎了洞庭湖澄明的清波。无涯无际的愁烦，来得如此突然，禁不住暗自挥泪，泪珠涟涟竟像大雨滂沱。无须再悔恨自己的过错，江南有勇有谋的志士、豪杰，还有很多。

真州驿

山川如识我，　故旧更无人。
俯仰干戈迹，　往来车马尘。
英雄遗算晚，①　天地暗愁新。
北首燕山路，②　凄凉夜向晨。

诗作背景

原诗题下，标有“二十七日”。在元军高度戒备之下，押解文天祥的船队，三天之后到达了江北岸的真州（今江苏省仪征市）。

一路走来，文天祥亲眼目睹了元军的紧张状态，以暗自欣喜的心情，等待着义民前来劫夺的行动。但是，没有动静，一直没有动静地到了真州。这里是他三年以前从镇江逃脱，到达的第一个地方，往事历历在目，城中官民对自己的款待，苗再成的突然反目，这一切，转瞬间已消逝得无影无踪，江淮一带的宋军早已败亡。义民劫夺的谋划，看来也难以实现。……

石嵩丝毫不敢放松警惕，在真州没有停留，船队继续北行了。

文天祥在八月二十七日清晨，船过真州时，写下了这首诗。

词语注解

①英雄遗算晚：指三年前，文天祥在真州谋划重整两淮兵力打击元军。也暗指文天祥预先了解，在北行渡江至真州一段行程中，有义民劫夺自己的谋划没有实现，所以发出慨叹。

②北首燕山路：指押解北行的目的地，是到北方燕山一带的元大都。

诗义串释

这里的山川，应该还认识我的面目，在这里结识的人物，却已经踪影不见。无论是低头还是抬头，看见的都是战争遗迹，还有往来的车马掀起的滚滚尘烟。多么遗憾呵，英雄们的谋划为时已晚，致使天地间新增加了无尽的愁怨。我被敌人押解着奔向遥远的燕山，途经真州的凄凉之夜，真使我辗转难眠。

望扬州

阮籍临广武，[①]　杜甫登吹台。[②]
高情发慷慨，　前人后人哀。
江左遘阳运，[③]　铜驼化飞灰。
二十四桥月，[④]　楚囚今日来。

诗作背景

恐怕还是由于加强警戒的原因，元军负责押解的官员石嵩，不允许船泊扬州。文天祥又一次和三年前的遭遇一样，未能进入扬州，只能遥望扬州抒发感情了。

词语注解

①阮籍临广武：阮籍，三国时尉氏人，字嗣宗，曾任步兵校尉，后世称阮步兵。晋朝统一，阮不满现实，隐居纵酒，被人称竹林七贤之一。广武，即今河南荥阳县东北之广武，隔涧有东、西两城。楚汉相争

时，项羽与刘邦在此相持，东城称楚王城，西城称汉王城。阮籍曾登临广武，慨叹："时无英雄，使竖子成名。"

②杜甫登吹台：相传春秋时师旷吹奏乐曲之台，在今开封市东南禹王台处。又称繁台、讲武台。此句是说，杜甫曾登此台凭吊。

③江左遘阳运：江左，指江南。遘，指遭遇。阳运，即阳九之运，指灾荒、危厄之运，难以挽救之祸，这里指元军的侵略、强占。

④二十四桥月：二十四桥，是古代扬州的名胜，在江苏省江都县西门外。唐代杜牧曾有名句："二十四桥明月夜，玉人何处教吹箫。"据记载，隋代已有二十四桥，以城门、坊市为名。宋代改筑城墙，多桥有存有废，渐难查考。这里以二十四桥为代表，泛指扬州一代的月亮、月夜。

诗义串释

阮籍曾经到过广武，去观察楚汉相争的遗迹；杜甫也曾登上古代师旷进行吹奏的高台。他们在古人的遗迹前情感激越，前人的言行使后人发出痛惜的悲哀。现在，江南遭到元军入侵的厄运，皇宫前的铜驼都已化作尘埃。扬州二十四桥之上的明月呵，作为灾难的见证，我以一名囚徒的身份，怀着无限痛苦，向你走来。

维扬驿

三年别淮水，　一夕宿扬州。
南极山川古，　北风江海秋。
昭君[①]愁出塞，王粲[②]怕登楼。
千载英雄泪，　如今况楚囚！

诗作背景

押解文天祥的船队，不敢在真州、扬州停泊。一直到二十五日傍晚，才赶到扬州附近的维扬驿宿营。

［词语解释］

①昭君：汉代元帝时宫人，名嫱，字昭君。匈奴呼韩邪单于入朝，求美人为阏氏，元帝使昭君与之和亲。

②王粲：三国时山阳高平人，字仲宣，有文名，被称建安七子之一。汉衰颓后，王投荆州刘表，因不被重用，写过一篇《登楼赋》发泄哀怨。

诗义串释

这个夜晚，正好住宿在扬州地界；我离开淮河这一带地方，已经有三个年头。我国南方的山川，是多么古老而又秀丽呀，北方吹来的朔风把长江北岸的东海之滨，变成了萧瑟之秋。像汉代的王昭君，我为了北去边塞满怀忧愁；又像三国时的王粲，为了怀念生养自己的乡土，害怕登临高耸的层楼。事隔千载，想起这些人物的遭遇，英雄也难免落泪，何况我是陷入缧绁的楚囚。

过邵伯镇[①]

今朝车马地，　昔日战争场。
我有扬州鹤[②]，　谁存邵伯棠[③]？
一湾流水小，　数亩故城荒。
回首江南路，　青山断夕阳。

诗作背景

八月二十八日，文天祥在元军的押解下，船过邵伯镇。渡过长江以后，一切平静，愈行愈北，义民劫夺的希望完全破灭了。文天祥在这首诗里发出“回首江南路，青山断夕阳”的叹息。

词语注解

①邵伯镇：在扬州东北四十五里，有水路相通。

②扬州鹤：《说郛》载一故事。几个人各谈自己的向往。一个人说，想到扬州当官。一个人说，想拥有万贯家财，住在扬州享受。最后一个人说，我想既有钱，又要玩得好，当不当官是无所谓的。用一句话表达：腰缠十万贯，骑鹤下扬州。当然，以上三人说的，都是妄想，不可能实现。文天祥这句话是指，当年他在真州曾和苗再成等人设计沿江截击元军，争取挽救危亡的事，计谋虽好，但当时已无条件实现。

③邵伯棠：邵伯，即召伯，召公奭，周代初期曾协助武王灭掉商朝。他经常巡行属地，在甘棠树下处理政事，使人民安居乐业。他死后，因纪念他，人民都不愿伐掉甘棠树。在《诗经》中，也保存了《甘棠》之诗。

诗义串释

今天车马经过的地方，谁能想到，不久前曾是元、宋两军激烈斗争的战场。难以忘记啊，我也有过不切实际“扬州鹤”的向往；更不能设想，有谁人真正对我理解，像周代人民不愿砍掉纪念召公的甘棠。眼前的一湾流水显得多么狭小，几亩大的市镇竟是如此荒凉。回头看看从江南走过来的道路，天边的一抹青山，正遮断沉落的夕阳。

高邮[1]怀旧

借问曾游处，高沙第几山？
潜行鹰攫道，直上虎当关。
一命虚空里，三年瞬息间。
自怜今死晚，何复望生还！

诗作背景

原题下标“二十九日”。船到高邮，不能不激起作者记忆的波澜。这里不正是三年前竹林遇险的地方吗？

词语注解

①高邮：今高邮县。在江苏省中部，大运河纵贯全县，东濒高邮湖。文天祥在三年前，于镇江逃脱元军拘押后，在此地曾遭遇元军，躲入竹林，侥幸得脱。

诗义串释

请问，这个我曾经走过的地方，我迁险的竹林，在哪一座高山？潜行在山间小道，偏遇见鹰隼拦路；爬上高山，又遭遇猛虎把关。想保全性命吗？差一点就成了虚妄的空想；三年已经过去，真像是在转瞬之间。即使今天死去，我恨已经太晚，怎么会再盼望奇迹的生还。

发高邮

初出高沙门，　轻舫绕城楼。
一水何曲折，　百年此绸缪[1]。
北望渺无际，　飞鸟翔平畴。

寒芜入荒落，　日薄行人愁。
行行行湖曲，　万顷涵清秋。
大风吹樯倒，　如荡彭蠡[②]舟。
欲寄故乡泪，　使入长江流。
篙人为我言：　此水通淮头。
前与黄河合，　同作沧海沤。
踟蹰忽失意，　拭泪泪不收。
吴会[③]日已远，回首重悠悠。
驰驱梁赵[④]郊，壮士何离忧！
吾道久矣东，　陆沉[⑤]古神州。
我今戴南冠，　何异有北投。
不能裂肝脑，　直气摩斗牛。
但愿光岳合，　休明[⑥]复商周。
不使殊方魄，　终为异物羞。

诗作背景

八月三十日清晨，船队离开高邮，继续北行。船只从大运河河道进入了高邮湖，秋风鼓起船帆，船行如飞。文天祥眺望着湖上风光，口里吟咏着诗句，完成了这首诗的腹稿。

[词语解释]

①绸缪：缠绵，情谊深长的意思。这里指运河河道设计得有远见，计划周全。

②彭蠡：鄱阳湖的古称。因湖在江西，作者为江西人，引出下句“欲寄故乡泪”。

③吴会：古指吴郡、会稽二郡为吴会，唐代以后则泛指平江（今苏州）一带。

④梁赵：梁，指战国时魏国都城大梁（今开封）。赵，指战国时赵国疆域，今河北省南部，山西省东北部一带。

⑤陆沉：指受到异族入侵，国土沉沦。

⑥休明：有美好、清明、旺盛等义，诗词多用以比喻盛世。

诗义串释

出了高邮的城门，座船绕着城楼飘荡而走。河流是多么曲折啊，开凿运河时，已想到以水护城，真是未雨绸缪。向北眺望，渺茫无际，飞鸟高翔，下面是广阔的平畴。浓绿的杂树一直接到天边，太阳将落，行人怎能不感到忧愁？船往前行，走进一片大湖，万顷茫然，好一片蓝天涵盖的清秋。风是这样大啊，帆樯被吹得倾斜，我们乘坐的船，真像是跳荡在鄱阳湖上的轻舟！想到了故乡，我多想掬一捧热泪寄往故土，让它汇入长江的洪流。不过，舟子对我说道：高邮的水系来自淮河的源头。它将在下流与黄河相会，一起流向沧海的洪漚。一句话加深了我的怅惘，热泪滚滚，无尽难收。离开长江下游的吴地越走越远，回首遥望故乡，更是山高水长、路途悠悠。我将驰驱在梁、赵之地的郊野，人们难以理解，作为壮士，何来离忧？我遵循的为人之道，早已如东流逝水，沉沦的命运已降临居住的神州。我虽然还戴着南方人的帽子，但被关押着，还不是一样向北方行走。不能裂肝碎脑对敌斗争，又怎能让灭敌的豪气直冲斗牛。但愿光明辉耀着山岳，无异恢复了旺盛、秀美的盛世人周。一定不使方正的灵魂有所改变，始终要使世间的一切邪异贻羞。

宝应[1]道中

天阔抟南雁，　淮途长北驱。
甘棠成传舍，[2]　细柳作康衢。[3]

田海[4]随时变，　山河往日殊。
征袍共衮绣[5]，　夜壁一灯孤。

诗作背景

这首诗，是文天祥沿京杭大运河北上，船行宝应道中时写下的，时间应在八月三十日夜晚。

词语注解

①宝应：江苏省县名，大运河从县的中部通过。

②甘棠成传舍：指走过邵伯镇，种植召公甘棠树的地方，成了驿站。

③细柳作康衢：细柳营是汉代的兵营。这里指由元军武装押解文天祥长途跋涉，像住在兵营一样；又不能不把这活动的兵营，看成大道、通衢。

④田海：指桑田、沧海。

⑤衮绣：衮，指高级官员的袍服；绣，指袍服上有绣制的花纹。

诗义串释

广阔的苍天上，有南来的孤雁落寞地单飞，我正在漫长的征途上违反着自己的意志向北驰驱。种植召公甘棠树的地方，成了驿站的房舍；每日移动的军营，成了我必须行走的街衢。沧海、桑田可以随时变换，山岑、河流与往日大相殊异。长途奔波的征衣和我旧日的官服混穿，到夜晚，一盏孤单的灯光在破烂的墙壁上战栗。

淮安军[1]

楚州城门外，白杨吹悲风。
累累死人冢，死向锋镝中。

岂无匹妇冤，定无万夫雄。
中原在其北，登城望何穷。

诗作背景

九月一日，船到淮安军，即今淮安市。在这里，作者看到了一幅战争后的惨景。

词语注解

①淮安军：南宋绍定元年，改楚州为淮安军。

诗义串释

楚州的城门外面，风吹着白杨树，发出悲哀的号叫。这里，埋葬人的坟冢一个连着一个，死去的人，都殒命于战争的枪刀。谁也不敢说，死人里没有含冤死去的女人；但可以肯定，这里难有万夫不挡的英豪。古代争战激烈的中原就在北面；让我们走上城头远望，穷尽眺望的目光，必须要登得更高。

过淮河宿阚石有感

北征垂半年，依依只南土。
今晨渡淮河，始觉非故宇。
江乡已无家，三年一羁旅。
龙翔在何方？乃我妻子所。
昔也无奈何，忽已置念虑。
今行日已近，使我泪如雨。
我为纲常谋，有身不得顾。

妻兮莫望夫，子兮莫望父。
天长与地久，此恨极千古！
来生业缘在，骨肉当如故。

诗作背景

船队在楚州并没有停泊，而是赶时间渡过淮河，夜晚在阚石住宿。过了淮河，南、北方的景象差异，立即显现出来。文天祥的思绪也有了激烈的波动。

诗义串释

踏上向北的征程已有半年，对南方富饶的地方，依依难舍。今天早晨渡过淮河，才突然感觉到已远离温馨的南国。赣江之滨已没有我的故家，三年来，我一直在旅途漂泊。要我去的燕京在哪个方向？听说正是我妻子被俘后所在的处所。过去，我对妻子的命运无暇顾及，现在，却无法摆脱内心的焦灼。一天一天，缩短与妻子间的距离，我热泪涌流，如大雨滂沱。为保卫国家，必须担当应尽的责任，我怎能只顾妻子的安宁生活。我挚爱的夫人啊，你不要指望丈夫的保护；我亲爱的孩子们啊，你不要期待父亲的关切。尽管天地的未来，绵长而又久远，国破家亡的仇恨，却永远不会泯灭。如果我们还有来生的缘分，骨肉至亲的关系，但愿会依然故我。

发淮安

九月初二日，车马发淮安。
行行重行行，天地何不宽！
烟火无一家，荒草青漫漫。
恍如泛沧海，身坐玻璃盘。

时时逢北人，什伍扶征鞍。
云我戍江南，当军身属官。
北人适吴楚，所忧地少寒。
江南有游子，风雪上燕山。

诗作背景

过了淮河，押解文天祥的元军队伍，改乘车马，由陆路北行。九月初二，他们又出发了。

诗义串释

九月初二日，押解我的队伍继续前行，出发的地点是淮安。走了一程又一程，谁能说天地之间不广宽？可怕的是，看不到一家人烧火做饭，到处是漫无边际的荒草滩。车马路上走，像是乘海船。看看天和地，又像坐进玻璃盘。常常遇上北来客，扶着鞍鞯把话谈。都说要到江南去，个个是军官。谁说北方人不适合南方住？怕的是南方天气冬不寒。他们哪里想得到，江南游子往北走，将要冒着风雪上燕山。

小清口

乍见惊胡妇，相嗟遇楚兵。
北来鸿雁密，南去骆驼轻。
芳草中原路，斜阳故国情。
明朝五十里，错做武陵行。

诗作背景

九月初三，押解文天祥的车马队，在淮安西北的小清口镇宿营。作者听说，明天将要到桃源县，这个地名，引起了他的兴趣。

诗义串释

猛然遇见元人的妇女，她们也惊呼少见北归的军兵。向北去的人多如成队的鸿雁；向南去的骆驼没有负重，显得轻松。通往中原的大道旁，芳草连连；回顾斜阳照射下的故国，心怀深情。明天还要赶五十里路，听说要到桃源县境；战祸绵延，怎么错到了神仙居住的武陵？

桃源道中

漠漠地千里，垂垂天四围。
隔溪胡骑过，傍草野鸡飞。
风露吹青笠，尘沙薄素衣。
吾家白云下，却伴北人归。

诗作背景

九月初四日，文天祥在押解中走向桃源县。这首诗是去桃源的途中作者的感受。

诗义串释

一路上，平漠无垠远有千里；蓝天如同帷幕，垂在四周的大地。看，小河的对岸有元军的骑兵走过，惊起草丛中的野鸡乱飞。清风中带着露水，吹湿了头上的竹笠；尘雾中夹杂着沙粒，钻进了我薄薄的布衣。我哪里还有家啊？我的“家”就在蓝天、白云之下；我全家人都遭到元军的掳掠，在元军驱赶下，一步一步向北方“归去”。

桃源县

清野[①]百年久，中原千里赊[②]。
火烟新聚落，　山水旧生涯。
种麦十数亩，　诛茅千百家。
我来行正倦，　何处觅桃花？

诗作背景

作者在号称“桃源”的地方，并没有寻找到陶渊明曾经描绘过的“仙境”。

词语注解

①清野：清旷的郊野。淮河曾是金与南宋的边界，金国在淮河以北空舍清野达百年之久。

②赊：漫漫，遥远。

诗义串释

这里，变成清旷的原野已经百年之久；这里，距离中原还有千里之遥。凭着烧饭的炊烟，可以找到新聚居的农家；他们靠山吃山、靠水吃水，力求把生活重新过好。十余亩地已经种成麦田；不少人家的房顶盖上了茅草。我来到这里，行走得已经疲倦；真不知到哪里才能把桃花源中的桃花找到。

崔镇[①]驿

万里中原役，北风天正凉。
黄沙漫道路，苍耳[②]满衣裳。
野阔人声小，日斜驹影长。

解鞍身似梦，游子意茫茫。

诗作背景

九月初四日，文天祥一行宿崔镇驿，作此诗。

词语注解

①崔镇：在今江苏省泗阳县西北三十里处。

②苍耳：一种野生草类植物，果实有长刺，可黏附在人的衣裤上。

诗义串释

被押解着走过万里中原；北风劲吹，送来了寒冷的秋天。黄沙迷漫道路；苍耳沾满衣衫。原野空旷，显得人声小了许多；太阳偏西，照射得马的影子又长又偏。走到驿站，解鞍休息，如同梦境；作为囚徒，实在是意绪茫然。

发崔镇

高雁空秋兴，寒蛩破晓眠。
淡烟白似海，野水碧于天。
兴废嗟何及，行藏信自然。
南人乍骑马，北客半乘船。

诗作背景

九月初五，从崔镇继续前行。

诗义串释

大雁高飞，增加了人对秋天的意绪；秋虫的鸣叫，打断了人们早晨的睡眠。淡淡的雾霭迷蒙一片，像似大海；野外的水汪，蓝蓝的颜色可比苍天。再叹息朝代的兴废，已没有意义；眼前的行动，只不过听其自然。这就像，南方人乍骑马还不习惯，北方的旅客有半数改乘舟船。

发宿迁县[①]

夜梦入星槎[②]，　晓行随斗柄[③]。
衣暖露自干，　鬓寒冰欲凝。
将军戴铁笠，　壮士敲金镫。
白眼睨青天，　我生不有命。

诗作背景

九月初五日，宿于宿迁县。初六日，继续自宿迁前行。

词语注解

①宿迁县：在江苏省北部。

②槎：指竹或木编制的筏。

③斗柄：北斗七星组成斗和柄的星。

诗义串释

夜晚做梦，乘筏游荡在高高的星空；早起登程，走向北斗七星的斗柄。由于身体温暖，露水沾湿的衣服可以自行烘干；寒风吹拂双鬓，发际的热气就要结成冰凌。看一眼押解的人马，将军头戴坚硬的铁盔，兵士跨马，敲响脚下的铜镫。胜利者不过凭借武力，我瞪起双眼睨视苍天，虽然还活着，已经没有了自己的性命。

中　原

中原方万里，明日是重阳。
桑枣人家近，蓬蒿客路长。
引弓虚射雁，失马为寻羊。
见说今年旱，青青麦又秧。

诗作背景

走进广袤的中原大地，天宽地阔，作者的精神得到了一些舒展，观察身边的生活细节更加细致了。

[诗义注释]

中原地区方圆有一万里，时令却是一致的，明天又到了九月初九的重阳。走近不少种着桑树和枣树的家院；但是，毕竟一路荒凉，到处是野生的蓬蒿，显得旅途更长。押解的元军走得无聊，经常对天上的飞雁引弓虚发；有时他们高喊着丢失马匹，其实是为了解馋要去捉羊。一路来听说今年天气干旱，原野上的麦田，却长满了青青的绿秧。

望邳州

中原行几日，　　今日才见山。
问山在何处？　　云在徐邳间。
邳州山，徐州水，　　项籍①不还韩信②死。

龙争虎斗不肯止，　烟草漫漫青万里。
古来刘季③号英雄，樊崇④至今已千岁。

诗作背景

九月初六日，押解文天祥的队伍，住宿于邳州（今江苏省邳县）。在走向邳州的路上，望着邳州一带的古老大地，作者不禁发出怀古的慨叹。

词语注解

①项籍：项羽。秦末下相（今江苏宿迁西南）人。少时跟从叔父项梁在吴地居住，陈胜、吴广起义反秦，随项梁起兵。在战争中，项羽多次击败秦兵，自立为西楚霸王。又与汉王刘邦进行楚汉之争，历时五年，败亡于垓下（今河南省鹿邑县，又说今安徽灵璧南）。

②韩信：秦末淮阴人。曾参加项梁、项羽反秦武装，不受重用，遂投刘邦。韩信在战争中善于以少胜多，先后定魏、降燕、败齐，在垓下击灭项羽，战功卓著。韩信被封齐王，后徙楚王，都下邳，被人诬告谋反，贬为淮阴侯，次年被吕后设计杀死。

③刘季：汉高祖刘邦，字季。秦末沛县人。曾任亭长，响应陈胜、吴广反秦起义，称沛公。灭秦后，与项羽争雄，进行楚、汉战争四年有余，最终在垓下击败项羽，建立汉帝国，史称西汉。至初始元年，外戚王莽称帝，在赤眉绿林农民大起义中，西汉消亡。

④樊崇：汉山东琅琊人，字细君。汉外戚王莽当政时，曾在莒县起义，转战泰山一带地方，聚众十万余人。由于部众画赤眉以别于王莽官军，称赤眉军，曾攻入长安。刘秀称帝后，樊崇败于刘秀，被杀。

诗义串释

在广阔的中原行走了几天，今天终于看到了青山。要问山在什么地方？就在徐州、邳州的中间。邳州有山，徐州有水。在这一带，项羽战败，再也回不去江东。韩信曾被封楚王，建都下邳，最后也遭到死难。

龙争虎斗没有止期，无边荒草青漫漫。自古传说刘邦是伟大的英雄，但西汉王朝最终被山东好汉樊崇灭掉；而今樊崇何在？他告别这个世界，也已经过去千年。

邳州[①]哭母小祥[②]

我有母圣善，　鸾飞[③]星一周。
去年哭海上，[④]　今年哭邳州。
遥想仲季间，[⑤]　木主[⑥]布筵几。
我躬已不阅，[⑦]　祀事付支子[⑧]。
使我早沦落，　如此终天何！
及今毕亲丧，　于分亦已多。
母尝教我忠，　我不违母志。
及泉会相见，　鬼神共欢喜。[⑨]

诗作背景

九月初七日，押解文天祥的队伍，从邳州出发，向西北迤逦而行。行走不久，太阳从广阔的丘陵上露出头来，文天祥向元军要求停车。只见他悲怆地走下车来，向大路南侧跪拜，行礼如仪后，放声痛哭。他在向北的行程中，早就等待着母亲逝世的周年忌日，哭祭母亲。途中，他一面擦拭眼泪，一面为这首诗斟酌着腹稿。

词语注解

①邳州：古称下邳郡，元、明朝称邳州，现为邳县。在徐州东，属江苏省。

②小祥：古时，父母死后一周年举行的祭礼，称小祥。文天祥的母

亲曾太夫人，于宋祥兴元年（1278）九月七日，在广东惠阳逝世，至文在邳州哭祭，整整一年。

③鸾飞：鸾，相传为凤凰一类的神鸟。古时常以此鸟比喻善良、贤惠的女性。鸾飞，女性去世。

④去年哭海上：曾太夫人于惠阳逝世，文天祥正在广东沿海，故言“哭海上”。

⑤遥想仲季间：古称二弟为仲，四弟为季，这里指二弟文璧、四弟文璋。

⑥木主：古时父母死后，要供奉木质神位，上写父母姓氏、名字，称木主。

⑦我躬已不阅：躬，指身体，即我不能亲身参与。

⑧支子：按古代宗法制度，嫡长子为宗子，其他儿子为支子。文天祥是长子，具宗子身份，但又无法参与祭祀，祀事只能靠支子完成。

⑨及泉会相见，鬼神共欢喜：及泉，是指到了九泉之下，即死后。两句意为：死后当会相见，母子虽成鬼神，也将感到欢喜。

诗义串释

我的母亲圣明而又慈祥，驾乘鸾鸟西去，已整整一年时光。去年在南海之滨，哭母亲的去世；今年我在邳州痛哭，以纪念母亲的小祥。在我的想象之中，远方的二弟和四弟，一定将母亲的神主，供奉在高堂。我作为长子，不能亲临对母亲的祭祀，只好把祭祀的重任托付弟弟们去办周详。命运让我更早地遭受灾难，未能主持母亲逝世周年的大祭，遗憾终生，内心痛伤。母亲的丧葬大事已经完毕，儿子深感母亲的恩情无比绵长。母亲教诲我为国尽忠，我铭记在心，终生不忘。母亲啊，我们会在九泉之下重逢，鬼神相聚，天伦之乐欣喜洋洋。

徐州道中

彭城[①]古官道，　　日中十马驰。
咫尺不见人，　　扑面黄尘飞。
向来汉王缟素师[②]，　　美人燕[③]罢项羽啼。
一时混战四十万，　　天昏地黑睢水[④]湄。
乃知大风扬沙失白昼，自是地利非天时。
汉王[⑤]仓皇问道西，　　一儿一女嘻其危。
太公吕后[⑥]去不归，　　俎上宁有生还时！
未央称寿太上皇，[⑦]　　巍然女娲帝中闱。
终然富贵自有命，　　造物[⑧]颠倒真小儿。

诗作背景

九月初七日，押送文天祥的一行元军，一早离开邳州，向徐州进发。徐州，古称彭城，在这里，楚汉相争时，曾上演过一出雄壮的英雄悲剧：霸王别姬，垓下战死，自然引起文天祥的无尽遐想。

词语注解

①彭城：徐州的古称。

②缟素师：指清爽、简朴的军队。秦末刘邦起义反秦，提出军队以俭素为本，反对秦军的豪奢。

③燕：此处与“宴”同。

④睢水：古称濉河。浪荡河支流，上游在河南睢县以上，下游经安徽萧县、宿县、灵璧、宿迁、泗县等地，入于淮水。

⑤汉王：指刘邦。秦二世元年，聚众响应陈胜、吴广起义，称沛公。后攻入咸阳，接受秦王投降。当时，起义军以项羽军最强，又挟楚王压制刘邦，封刘邦为汉王。楚汉相争四年多，刘邦终于在彭城一带击灭项羽。

⑥太公吕后：指刘邦父与刘邦妻吕雉，曾被项羽俘获。

⑦未央称寿太上皇：刘邦击灭项羽，登基为汉朝第一代君主。刘邦死后，吕后篡汉，曾在未央宫以太上皇名义庆寿。

⑧造物：指创造世界万物的神。

诗义串释

在彭城的古道上，时当正午，有十匹骏马飞驰而过。扬起扑面的黄尘，咫尺之间看对面的行人只是一片模糊。（大道上通常发生的琐事，让我想起，在这里演出过历史大戏的人物。）汉王刘邦带兵，有别于秦国大军的豪奢，非常注重缟素。楚汉之争在此地决战，双方四十万大军，拼杀得如火如荼。只杀得霸王不得不和美人告别，只杀得霸王败逃，无处啼哭。天已昏黄，地已发乌。在濉水河边，看不见濉河的流水，雪亮的白昼竟消失得影踪全无。难道说，战争的胜利只靠地利，而不关天时？（刘邦是伟大的英雄吗？我在思考之余，又难免困惑。）曾记否？刘邦被项羽追赶得东奔西逃，连他的儿女也笑他陷入艰难的泥污。自己的老爹（太公）和老婆（吕后）都被捉去，如同砧板上的鱼肉，成了早晚被吃掉的食物。谁又知道，是否还能生还？谁又能想到，竟是这个同样的吕后，在未央宫竟自称太上皇，连古代的女娲也显得落伍。有人说，富贵由天，全靠命运。难道上天如同调皮的儿童，挖空心思把人捉弄得糊里糊涂？

彭城行

连山四围合，　吕梁贯其中。
河南大都会，　故有项王宫[1]。
晋牧连扬豫，　虎视北方雄。

唐时燕子楼，　风流张建封[②]。
西望睢阳城，　只与汴水通。
大平黄楼赋，[③]　尚能想遗风。
迩来百馀年，　正朔[④]归江东。
遗民死欲尽，　莽然狐兔丛。
我从南方来，　停骖抚遗踪。
故河蓄潢潦，　荒城翳秋蓬。
凄凉戏马台[⑤]，憔悴巨佛峰[⑥]。
沧海变桑田，　陵谷代不同。
朝为朱门[⑦]贵，暮作行旅穷。
乘除信物理，　感慨系所逢。
古来贤达人，　一醉万虑空。
如此独醒何，　悲风逐征鸿。

诗作背景

九月初八日，文天祥在徐州停留了一天。古彭城，是中原的重镇，古代的遗迹很多，他凭吊之余，写下了自己的感慨。

词语注解

①项王宫：项羽起义灭秦后，自立为西楚霸王，在彭城起建项王宫，相传在城之北部。

②张建封：唐邓州南阳人，字本之。建中时，为岳州刺史，贞观时，因功封徐州节度使，后历迁泗州、濠州等地节度使。在徐州时，相传张曾筑燕子楼，安置妓女关盼盼，张死后，盼盼居楼十余年，未再嫁人。唐诗人白居易曾写《燕子楼》诗三首，但未提张建封其名。后有人考证，与关盼盼相恋者应为张建封之子张愔。

③大平黄楼赋：黄楼为徐州城东门。该楼为北宋时苏轼修城时所

造，楼外饰黄色，故名。楼修成后，曾由苏轼弟苏辙作赋，并由苏轼书写，刻成石碑纪念，颇有名声。

④正朔：指一年的第一天。正，一年的开始；朔，一月的开始。古时以皇帝登基为根据以确定正朔，改朝换代，必改正朔。实际上，正朔是某一朝代的标志之一。这里说，“正朔归江东”，是指北宋亡后，徐州百余年中以南宋的正朔为准，沿用南宋的年号、历法。

⑤戏马台：在徐州西南，相传为项羽驯马之地，又名掠马台。

⑥巨佛峰：在徐州西南云龙山，石佛高十余米，相传在北魏晚期雕成。

⑦朱门：古代权贵人物居住处的大门用红色油漆装饰，称朱门。

诗义串释

多少座山峰围拢，吕梁山高耸在当中。黄河以南是南北方会合的地带，所以古代项羽在这里修建了王宫。这里管辖的地带连接着扬州和河南，虎视着北方，巍然称雄。这里有唐代的燕子楼，令人难忘风流太守张建封。这里西面遥望睢阳城池，可以和浩荡的汴水相通。这里有宋代著名文士苏轼修建的黄楼，苏辙为此写赋，尽显遗风。以后的一百余年，此地仍按宋朝的年号、历法，归属于南宋。可惜连年战乱，遗民渐少，城市长满荒草，狐兔滋生。这次我从南方北来，暂停下车马，有幸凭吊遗踪。黄河故道在这里管束着洪水，荒芜的城市到处长满秋蓬。楚霸王的戏马台，是这样凄凉；纪念佛祖的巨佛峰，同样让人伤情。沧海转眼间变成桑田，山谷和丘陵随着年代变更。有人早晨还是朱门中的贵人，晚上便成了被押解的行旅，漂泊无定。人世间不论乘除，总应该遵循一定的道理，不管你有什么感慨，对世间总会有自己的逢迎。自古以来有多少贤达啊，他们不得不只求一醉，万事皆空。可惜我做不到，始终独自清醒；看，一阵悲凉的秋风，正吹送孤独的征鸿。

燕子楼[①]

自别张公子，婵娟不下楼。
遂令楼上燕，百岁称风流。
我游彭城门，来吊楚王阙[②]。
问楼在何处？城东草如雪。
蛾眉代不乏，埋没安足论。
因何张家妾，名与山川存？
自古皆有死，忠义长不没。
但传美人心，不说美人色。

诗作背景

九月初八日，文天祥到达彭城。在这里，他探访了不少历史古迹，项王宫、黄楼、燕子楼、戏马台等。其中，燕子楼不过是一个美丽的传说，甚至连遗迹也没有，但他以极大的热情写了这首诗。

词语注解

①燕子楼：在今徐州市，已无遗址。相传唐代有张姓尚书镇徐州，深爱妓女盼盼，为之筑楼而居，名楼为燕子楼。张死后，盼盼未再嫁，居楼十五年而从未下楼，病逝于此。诗人白居易曾写燕子楼诗三首，诗序言中未提张尚书其名，亦未提盼盼其姓。究其实际，张“尚书”应为张建封，其职非尚书，应为徐、泗、濠节度使；盼盼应为关盼盼。与盼盼相爱，亦非张建封本人，而是其子张愔。文天祥写作此诗，第一句即说明“自别张公子”，显然未受世俗传言的影响。

②楚王阙：项羽建都彭城，应有王阙遗址，从文天祥这两句诗判断，诗文只是到“彭城门”“吊楚王阙”，当时已无楚王阙遗址。

诗义串释

自从永别了两相爱悦的张公子，这位美丽的女人再也没走下层楼。幽居高楼的燕子啊，即使在百年之后，你也堪称风流。我游历了彭城的城门，凭吊了楚王项羽的王阙。我问，燕子楼在哪里呢？有人指着城东的荒地，那里的草色如雪。是啊，美丽的女人代代都有，一位关盼盼埋没了何足论说。她的名字和山川共存，这道理却是为何？人类自古以来，都难免一死，忠诚、仗义的高风，永远不可忽略。感人久远的是她的美丽的心灵，人民关心的并不是她的容貌和颜色。

戏马台[①]

九月初九日，客游戏马台。
黄花弄朝露，古人化飞埃。
今人哀后人，后人复今哀。
世事那可及，泪落茱萸杯[②]！

诗作背景

九月初九日，文天祥凭吊了项羽的又一遗迹戏马台。然后继续北行。

［诗语串释］

①戏马台：在彭城西南，相传为楚霸王项羽驯马之地，又名掠马台。

②茱萸杯：古代风习，重阳节要在衣装上佩戴茱萸的枝条，饮用以茱萸泡制的酒。

诗义串释

九月初九日这一天，我作为旅客，游览了霸王戏马台。盛开的菊花顶着朝霞；古代的人物已化尘埃。今天的人们，为后来者发愁；后人还将替今天的人悲哀。人世的事，是这样无法预料，感慨的眼泪落入纪念重阳的茱萸酒杯。

发彭城

今朝正重九，　行人意迟迟。
回首戏马台，　野花发葳蕤[①]。
草埋范增[②]冢，云见樊哙[③]旗。
时节正如此，　道路将何之？
我爱陶渊明[④]，甲子[⑤]题新诗。
白衣[⑥]送酒来，把菊卧东篱。

诗作背景

看完戏马台，押解文天祥的队伍慢吞吞地登上旅程。

词语注解

①葳蕤：指花开得茂盛，枝蔓丛生。

②范增：秦末鄛（今安徽桐城南）人。随项梁起兵反秦，多有谋略，被项羽尊为亚父。曾多次力促项羽杀死刘邦，未成。后刘邦施用离间计，遭受项羽怀疑，忿而请归，以病卒，葬徐州。

③樊哙：秦末沛人，以屠狗为业。随刘邦起兵反秦，屡立战功。鸿门宴上，保护刘邦安全脱险。后樊哙封侯，并娶吕后妹吕媭为妻。因属吕后党羽，刘邦曾欲杀之，未成。

④陶渊明：陶潜，字元亮，又号渊明，晋浔阳人。大司马陶侃曾孙。曾任州祭酒，后为彭泽令。不为五斗米折腰，弃官归隐，以诗酒自

娱，死后人称靖节先生。

⑤甲子：甲为天干之首，子为地支之首。天干、地支依次配合，可得六十个组合，往复循环，泛指岁月。如杜甫诗："别来频甲子，倏忽又春华。"

⑥白衣：古代泛指不当官的人。但可指为官府奔走的人，如里正。

诗义串释

今天是重阳佳节，行路人即将登程，行动却是那样迟缓。回头看看戏马台，野花繁茂，丛生着密密麻麻的枝蔓。青草已经埋没了范增的坟冢；天上的云朵，使人想起樊哙将军的旗幡。这正是深秋季节啊，我脚下的漫漫长途，何日才能走到它的终端？我羡慕陶渊明这位诗人，不顾岁月流逝，每年都题写新的诗篇。只要为官府跑腿的人送酒过来，便可以把酒赏菊，哪里怕醉倒在东篱的旁边。

沛　歌

秦世失其鹿①，丰沛发龙颜②。
王侯与将相，　不出徐济间。
当时数公起，　四海王气闲。
至今尚想见，　虹光照人寰。
我来千载下，　吊古泪如潸。
白云落荒草，　隐隐芒砀山③。
黄河天下雄，　南去不复还。
乃知盈虚④故，天道如循环。
卢王⑤旧封地，今日杀函关⑥。

诗作背景

原诗题下注明“沛县初十日”。九月初十，文天祥一行到了汉高祖刘邦的故乡沛县（当时属山东，今属江苏省）。在沛县，他写了两首怀古的诗，这是第一首。

词语注解

①鹿：指猎取对象，实际比喻政权。如“逐鹿中原”，指在中原地区进行战争，以争夺全国的统治权。

②龙颜：指封建时代皇帝的形象。

③芒砀山：在安徽省砀山县东南。芒山与砀山，相距八里，合称芒砀山，刘邦起义前曾在此山区藏匿。

④盈虚：指满与空。《易经》：“天地盈虚，与时消息。”《庄子·秋水》：“消息盈虚，终则有始。”

⑤卢王：卢绾，秦末沛人，和刘邦同一乡里，同日出生，关系极为密切，随同刘邦一起反秦。楚汉战争中立功很大，被封燕王。后刘邦死，卢逃去匈奴，被封为东胡卢王。他所率领的队伍，也融入了匈奴民族。

⑥函关：指古函谷关，在今日河南省灵宝县东北。秦时修筑，在山谷中，深险如函，因而得名。新关为汉末所建，在河南省新安县，今存遗址。“今日杀函关”，是指当时步金人后尘的元军进入中原，占据了函谷关天险。

诗义串释

秦王朝将失掉天下，丰沛地方出现真龙天子的形象。多少王、侯和将军、丞相等人物，都出在山东、江苏一带地方。到处有英雄揭竿而起，四海之内不少人称霸称王。当时的纷扰战乱可以想见，百姓有了希望，像是黑暗中看到光亮。我来到这里，这段历史已过千年，凭吊遗迹使人感动得流泪心伤。白云湿润着山上的荒草，芒砀山隐藏起它真实的模样。奔腾澎湃的黄河是多么雄伟啊，由此地莽莽苍苍地流向南方。人世的发展有盈有虚，天道循环无可限量。这一带原是卢王的老家故地，今天杀向函谷关的元军铁骑，也许会有卢王的后代返还家乡。

歌风台[①]

长陵[②]有神气，　万岁光如虹。
有时风雪变，　魂魄来沛宫[③]。
壮哉游子乡！　一览万宇空。
击筑[④]戒复隍[⑤]，帝业慎所终。
重瞳[⑥]爱梁父[⑦]，此情岂不同？
锦衣绚[⑧]行昼，　丈夫何浅中[⑨]！
缅怀首丘意，　自足分雌雄。
尚惜霸心存。　慷慨怀勇功。
不见往来事，　烹狗与藏弓。[⑩]
早知致两生[⑪]，　礼乐三代[⑫]隆。
匹夫事已往，　安用责乃翁。
我来汤沐邑[⑬]，　白杨吹悲风。
永言三侯章[⑭]，　隐隐闻儿童。
叶落皆归根，　飘零独秋蓬。
登台共凄恻，　目送南飞鸿。

诗作背景

这是文天祥在沛县怀古写出的第二篇诗章。这首诗极不寻常，值得我们阅读、欣赏，并加以品评。按说，文天祥是一位封建帝制下培养出的杰出人物，忠君应该是其思想意识的基本特征。有趣的是，在这首诗中，他却以幽默的笔触，揶揄的口吻，刻画了封建时代枭雄刘邦的思想与行为，而且写得极为深刻、生动，入木三分。这充分说明，在外族入侵的战乱中，他已经在一定程度上看到皇帝专权的虚伪与荒唐。否则，他是不可能写出这首诗的。自古来不少人为歌风台写了不少诗，例如唐朝一位诗人陈陶也写过一首题为“歌风台”的诗：“蒿棘空存百尺基，酒酣曾唱大风词。莫言马上得天下，自古英雄尽解诗。”应当说，这也是一首不错的诗，但是与文天祥这首同一题名的诗作比较，我们便可发现，文天祥的思想境界与表现水平，和同是封建时代的诗人相比，是多么不同了。

词语注解

①歌风台：相传为汉高祖刘邦作《大风歌》处，在今江苏省沛县东南泗河岸边。

②长陵：刘邦葬地。在今咸阳市东北，渭水之北。

③沛宫：刘邦称帝后十二年，征英布后过沛，置酒于沛宫，召父老子弟佐酒。沛宫应为刘邦回故乡时之居住处。

④击筑：筑，为古代之一种打击乐器。

⑤复隍：复，指恢复、反复。隍，指城壕无水之乱象。《易经》：“城复于隍，其命乱也。”

⑥重瞳：眼内有两个瞳仁。历史相传，舜目重瞳，此处指舜，舜拥有政权，由尧禅让，舜又禅让与禹。

⑦梁父：是山名。泰山下之一小山名梁父，又称梁甫，在今山东省新泰县西。古代禅让的仪式多在此山举行，故历史相称：封泰山而禅梁父。

⑧绚：指文采，如绚烂。

⑨浅中：肤浅、狭小。

⑩烹狗与藏弓：指不打猎把猎狗煮了吃掉，不打仗把弓扔掉。寓意统治者取得政权后杀戮功臣。

⑪两生：刘邦在与项羽争雄中取得胜利之后，建立汉朝，登基为帝。鉴于刘邦武装集团大都出身于下层，朝廷议事，混乱不堪，谋臣叔孙通建议制定皇权威仪。叔孙通到鲁地征召了三十几位懂得古代礼乐的文化人，来制定礼乐制度。不料征召来的文化人中有两位提出异议。他们说："战争刚刚结束，死的人还未全部埋葬，伤的人也未医治痊愈，现在远不是要搞礼乐的时候。搞礼乐，要国家积德百年以后，才可以考虑。我们认为搞礼乐不合时宜，所以不跟你们去瞎搞！"叔孙通当然不齿于这两个人的鄙陋，和愿意合作的人，制定了一套朝廷礼仪。演习以后，刘邦高兴地说："我这才真的体会到当皇帝高贵的味道！"于是对叔孙通和与他一起制定礼仪的人，做出了重赏。两生，即指那两个表示异议的人。诗句说，早就应请他们来制定礼仪，是以夸张的语气表现刘邦的得意心情。

⑫三代：指夏、商、周，为古代盛世。

⑬汤沐邑：指皇帝赐予诸侯封邑之一种，收入可作诸侯见天子时之用，多在国都周围。汉刘邦以沛地为汤沐邑，表示重视家乡。

⑭三侯章：三侯指人手腕上下之三处脉搏，又三处有浮、中、沉三象。《素问》中说："人有三部，部有三侯，以决生死，以处百病，以调虚实，而除邪疾。"

诗义串释

汉高祖刘邦的陵墓长陵很有神气，多少年来一直放射出虹光。他的魂魄虽爱在这里常住，连天风雪中也会到家乡的沛宫徜徉。

多么雄伟啊，我这个多年游子的家乡！只有在这里，才可以看到宇宙的空旷。击筑演奏，不能把乐章任意反复，当皇帝一定要把晚年安排得稳妥而又安详。重瞳的大舜竟爱上在梁父的禅让，这奇怪的心情真是和我完全两样。身穿锦绣的衣服，当然要行走在白天，怎能说大丈夫浅薄无量？我一直记挂着狐狸首丘的深意，自信可以把雌雄分清，分毫不爽。我会把霸心永存，我会勇敢而又顽强。你难道没有见我怎样处理日常往来的事端？打猎已罢，可以烹狗；用弓已过，应当深藏。早知道建立朝廷礼仪如此重要，我真想把不同意制定朝廷礼仪的两位先生早早请到，将三代以来的礼乐大力提倡。作为一个老爷们，做过的一些事都已过去；作为后辈，你们无须责备我这个老头儿，用不着商量。我来到自己的汤沐邑，历史的悲风狂吹着白杨。我要为你们啰嗦一些有关教导儿童的大事，永远要摸准脉搏，千万遵守医道中的“三候”之章……

叶落总要归根，飘零不知何方。登上歌风台上的人难免凄恻，目送着南飞的鸿雁高翔。

固陵[①]道中三首

一

九天云下垂，　一雨作秋色。
尘埃化泥涂，　原野转萧瑟。
十里一双堠[②]，狐兔卧荆棘。
见说数年来，　中州乍苏息。

二

茅屋荒凉旧固陵，汉王城对楚王城。
徐州烟火连丰沛，天下还来屋角争。

三

固陵城下两龙争，不见齐王[③]来会兵。
勒取河山新分地，项王之后到韩彭[④]。

诗作背景

这三首诗应是文天祥离开沛县，前往鱼台县的途中写成的，时间约在九月十一日。这是据前面《沛歌》题下标明到沛县为初十，后面《发鱼台》标明为十二日，作出的判断。

词语注解

①固陵：古地名。查固陵所在，有两种说法：一说在今河南省淮阳县西北；一说在今河南省太康县南。但二说都解释，楚汉相争时，刘邦追项羽到达此地，命令韩信、彭越率兵到此地堵截，但韩、彭均未到达，使项羽得以脱逃。按资料对固陵的解释，均与文天祥行程不符，不论淮阳或太康，均与沛县、鱼台相去甚远，绝非一日行程。似可理解为文天祥在当地听了一些传说，又以史书为据，写了诗内的情节。

②双堠：古代战争中瞭望敌情的土堆；又可作计算行程的标物。五里一堆称只堠；十里一堆为双堠。此处指双堠。

③齐王：指韩信。

④彭：指彭越。

诗义串释

一

高空乌云低垂，一场秋雨，染就了一片秋色。漫天尘雾化作满路泥泞，原野上凄凉而又萧瑟。每十里便隆起两个土堆，土堆边，树丛下，常有狐兔卧睡。有人告诉我，中原已经复苏，如此这般，怎样让人明白？

二

歪斜的茅屋诉说着满目凄凉，有人告我，这里邻近旧日的固陵。楚汉相争的遗迹还在，楚王城对着汉王城。徐州城的烟火一直烧到丰沛，楚汉双方在这小小角落也要拼死相争。

三

在固陵，两条凶龙恶斗，韩信奉到汉王刘邦的命令，却迟迟不到这里会兵。韩信、彭越是向刘邦勒索新的封号啊，无怪刘邦灭了项羽后，便要杀掉韩、彭！

发鱼台[1]

晨炊发鱼台，碎雨飞击面。
团团四野周，冥冥万象变。
疑是江南山，烟雾昏不见。
岂知此中原，今古经百战。
英雄化为土，飞雾洒郊甸。
天寒日欲短，游子泪如霰[2]。

诗作背景

九月十二日早，押解文天祥的人马，从鱼台县城出发，继续北行。他们已从江苏、安徽、山东相互交接的边地，进入山东西部。

词语注解

①鱼台：山东所属县名。春秋时为鲁国地，鲁隐公曾在此观鱼，故名鱼台。

②霰：雪珠，又称米雪。

诗义串释

吃罢早饭从鱼台启程，零星的细雨飞打着脸面。阴云在四面八方翻滚，天昏地暗像即将发生巨变。山像是江南的山，雨雾中迷蒙一片。这就是我途经的中原吗？这里，从古至今，经历的战争何止百千，多少英雄人物已化成泥土，细雨轻洒，应是为英雄祭奠。在这天气乍寒、白天苦短的季节里，秋风频吹，秋雨连绵，催引着游子的眼泪涟涟。

自　叹

瑟瑟秋风悲，烈烈寒气骄。
蒲柳先已零，松柏何后凋。
天意重肃杀，造物无不销。
强弱有异禀，忧患同一朝。
惟有南山石，千载一岧峣[①]。
人若不自足，空羡王子乔[②]。

诗作背景

行程一天天向北方推延，天气一天天变得清冷。文天祥从没有在北方的秋、冬两季生活过，从鱼台出发，一场无情的秋雨，浇得他身心寒凉，气候首先给了他一个下马威。但是，他坚强地挺住了。

词语注解

①岧峣：指高耸、峻险。

②王子乔：古代传说中的仙人。

诗义串释

萧瑟的秋风发出悲号，凛冽的寒气使人无处避逃。菖蒲和柳树都已零落，松树和柏树为什么最后凋谢？原来，上天有自己的意志，秋天偏重于肃杀，世上万物都难逃命运的飘摇。尽管强弱有不同的禀赋，忧患临头却相同于一夕一朝。只有南山顶上的巨石啊，经历千年风霜，仍然峻拔、挺高。人应该满足于自己的命运，不要徒然羡慕传说中的神仙王子乔。

远　游

黄河流活活，　太行高巍巍。
王屋山以东，　百泉山以西，
邹鲁[①]盛文献，　燕赵多雄姿。
右摩泰山碑[②]，　左蹑函谷泥。
郏鄏[③]吊周公[④]，曲阜拜宣尼。[⑤]
或登广武[⑥]叹，　或上北邙[⑦]悲。
平生几两屐？　汗漫[⑧]以为期。
绝交天下士，　要为男子奇。
吴会偏王业，　中原隔遗黎[⑨]。
安得与黄鹤[⑩]，　比翼天上飞。
江河异风景，　击楫[⑪]感且欷。
阳运遘百六，[⑫]　兴否俄推移。
桑田变沧海，　楚囚发孔悲[⑬]。
我本槛车客，　为我解絷维[⑭]。
青蝇附天骥，[⑮]　万里相追随。
人生尚行乐，　矧[⑯]复新相知。
周道[⑰]思下泉[⑱]，王风[⑲]怀黍离[⑳]。
富贵岂不愿，　忧患那自持！
人命危且浅，　忽若朝露晞。
长恐折我轴[㉑]，　中道[㉒]欲差池。

去我父母邦，我行且迟迟。

听我远游曲，寄我长相思。

诗作背景

迤逦北行，走过了中原大地，进入了鲁、齐、燕、赵等旧国，旅途风景有了改变，节季气象也有了很大差异，这些外在因素，不能不引起文天祥思想情感的波动。这篇《远游》，是他从精神上对北行的一次巡礼。

词语注解

①邹鲁：指今曲阜、邹县为代表的山东南部一带地区。因孔子、孟子、墨子等人都出生在这里，对中国文化有十分重要的影响。

②泰山碑：指秦始皇曾到泰山封禅，在这里树立的碑碣。

③郏鄏：在今河南洛阳市。周成王时定此地为都城，周代有十二王以此地为都，春秋时号为王城。

④周公：姓姬，名旦，又称叔旦、文公。周公是周武王之弟，西周开国元勋，封鲁公，管理鲁国。

⑤曲阜拜宣尼：曲阜为周代鲁国都城，孔子降生于曲阜附近之尼山，并生活于此。此地有孔庙、孔林。死后曾被封为文宣王，故简称宣尼。

⑥广武：古城名，在今河南省荥阳县东北之光武山上。建有东、西二城，相距仅二百步，广武河流经中间。楚汉相争时，刘邦据西城，项羽据东城，互相对峙多日。

⑦北邙：指邙山。山在河南省洛阳之北。东汉及北魏王侯贵族多在此山埋葬。唐人《北邙行》有句："北邙山头少闲土，多是洛阳人旧墓。"后人以北邙泛指墓地。

⑧汗漫：不着边际，又难以稽考。

⑨遗黎：亡国之民。

⑩黄鹤：传说中仙人乘骑之鸟。唐崔颢作："昔人已乘黄鹤去，此

地空余黄鹤楼。”

⑪击楫：即敲打船桨。晋时各地割据，祖逖渡江北伐，船至中流，逖击楫而誓：不能清中原而复济者，有如大江。击楫，比喻如祖逖之气概。

⑫阳运遘百六：指灾难，构成厄运。阳九为天厄，百六为地亏。

⑬孔悲：孔指深远、甚、很之意。形容非常悲伤。

⑭絷维：拴马的绳索。《诗经·小雅·白驹》：“皎皎白驹，食我场苗。絷之维之，以永今朝。”本意是拴马的缰绳，后引申为挽留人才之意。

⑮青蝇附天骥：青蝇是蝇的一种，又称金蝇。曾见于《诗经·小雅·青蝇》：“营营青蝇”。附，指附着。天骥，指传说中上天的神马。整句意：自己像微小的青蝇，附着在天上的神马身上，行走万里。

⑯矧：况且。又，与“亦”意同。《诗经·小雅·伐木》：“矧伊人矣，不求友生。”

⑰周道：弯曲道路的拐弯处。《诗经·唐风》：“有杕之杜，生于道周。”

⑱下泉：泉水向下流。《诗经·曹风》：“洌彼下泉，浸彼苞稂。”

⑲王风：《诗经·国风》中有“王”十篇。

⑳黍离：《诗经·国风·王》之第一篇。其序介绍，西周亡后，周大夫走过故宗庙宫室，遍地禾黍，徘徊难去，乃作此诗。此后即以黍离这一诗题作为感叹亡国的词语。

㉑轴：车轴。枢纽。

㉒中道：中庸之道。无过，无不及。

诗义串释

黄河奔流得是这样活跃，太行山高耸得是这样巍峨。我走到王屋山的东面，百泉山以西的一侧。这里邹鲁一带保留了大量古代文献；燕赵地区历史上出现过无数英杰。右边可以抚摸泰山上古老的秦碑，左面可以眺望函谷关的城堞。到郏鄏去凭吊周公的遗迹，到曲阜拜访仲尼老夫子生活的处所。登上广武，难免对楚汉之争发出感慨；漫步北邙怎能不对逝去深感悲嗟。人的一生谁知道将穿几双屐履？漫无边际令人难以预测。但是，一定要广交天下的有识之士，要成为男儿中的奇特。江东吴地虽然有帝王基业，在中原却遗留了千万黎民难以割舍。多么希望与鸿鹄比翼齐飞，可惜无处找奋翅努力的黄鹤。长江、黄河之间的风景已经变异，即使有击楫壮志也难免心中凄切。进一步遭遇到阳九、百六的厄运，兴盛、否极转瞬间形成转折。桑田变成沧海无可回避，楚囚被折磨得心中泣血。我已成槛车押解的囚犯，还在打着絷维的旗号逼我服帖。妄想把我像青蝇安附在神马的身上，终生追随他们而不自觉。人生本来应当及时行乐，何况又有新朋友把你提携。能得到富贵谁不愿意，怎能甘愿坚持忧患的生活。人的生命充满危险，而且短暂，像清晨的露水禁不住阳光照射。但是，我绝不愿意折损我为人的机键，去走中道，决不能陷入错误的泥沼。离开生我、养我的父母之邦，我走得脚步缓慢，跌跌趄趄。且听我倾诉这首远游之歌，它寄托着我对故国深深的相思情结。

六　歌[①]

有妻有妻出糟糠[②]，自少结发不下堂[③]。
乱离中道逢虎狼，凤飞翩翩失其凰[④]。
将雏一二去何方？岂料国破家亦亡。不忍舍君罗襦裳，
天长地久终茫茫，牛女[⑤]夜夜遥相望。
呜呼一歌兮歌正长，悲风北来起徬徨。

有妹有妹家流离，良人[⑥]去后携诸儿。
北风吹沙塞草凄，穷猿惨淡将安归？

去年哭母南海湄[7]，三男一女同嘘欷。惟汝不在割我肌，
汝家零落母不知，母知岂有瞑目时。
呜呼再歌兮歌孔悲[8]，鹡鸰[9]在原我何为？

有女有女婉清扬，大者学帖临钟王[10]，小者读字声琅琅。
朔风吹衣白日黄，一双白璧委道傍。[11]
雁儿啄啄秋无粱，随母北首谁人将？[12]
呜呼三歌兮歌愈伤，非为儿女泪淋浪！

有子有子风骨殊，释氏抱送徐卿雏，[13]四月八日摩尼珠。[14]
榴花犀钱络绣襦，兰汤百沸香似酥，欻随飞电（一作藿）飘泥涂。
汝兄十三骑鲸鱼，[15]汝今知在三岁无？[16]
呜呼四歌兮歌以吁，灯前老我明月孤。

有妾有妾今何如？大者手将玉蟾蜍，[17]次者亲抱汗血驹。[18]
晨妆靓服临西湖，英英雁落飘璚琚。
风花飞坠鸟呜呼，金茎沉瀣浮污渠，[19]
天摧地裂龙凤殂[20]，美人尘土何代无！
呜呼五歌兮歌郁纡，为尔溯风立斯须。[21]

我生我生何不辰[22]！孤根不识桃李春。
天寒日短重愁人，北风随我铁马尘。
初怜骨肉钟奇祸[23]，而今骨肉相怜我。
汝在北兮婴我怀，[24]我死谁当收我骸！
人生百年何丑好？黄粱得丧俱草草。[25]
呜呼六歌兮勿复道，出门一笑天地老。

诗作背景

文天祥博古通今，爱国爱民，既是一个理智极高、识见很深的人；又是一个感情丰富、自爱爱家的人，对于父、母、妻室、子女抱有深切的柔情。在翻天覆地的战乱中，慈母逝世；空坑一战失败，妻、妾、子、女全家罹难，死的死，被俘的被俘，他自己仅以身免；五坡岑一役，他自己也被敌人俘虏，国破家亡的剧痛，始终重压着他的心灵。在被押解北上的漫漫长途中，风晨月夕，舟车劳顿，无时无刻都要强忍着这种剧烈的痛楚。他熟悉唐代大诗人杜甫的诗作，于是在杜诗《乾元中寓居同谷县作歌七首》的启发下，写出了这篇《六歌》，又称《乱离歌》。通过这首感情真挚、沉郁哀婉的悲歌，我们可以感受到他对妻室、儿女的深情，同时又不能不钦佩他为人的坚强。

词语注解

①六歌：本诗共六章，写了妻、妹、女、子、妾与作者自己。多种文诗版本以此为题，也有的书上题为《乱离歌》。

②糟糠：古时指青年贫贱时结合成婚的妻子。

③下堂：古无离婚之说，以男子为中心，妻有过错，即可斥以离开夫家，称下堂。

④凰：我国古代传说中象征祥瑞的鸟。雄者称凤，雌者称凰。

⑤牛女：指民间传说中的牛郎、织女。

⑥良人：古时结婚夫妻，妇女称丈夫为良人。

⑦海湄：海滨。

⑧孔悲：孔，非常。非常悲伤。

⑨鹡鸰：又可写作脊令，一种小鸟。《诗经·小雅·常棣》：“脊令在原，兄弟急难”。比喻兄弟互相友爱。

⑩钟王：钟即钟繇，三国时人；王即王羲之，晋时人。二人均为大书法家。

⑪一双白璧委道旁：指次女柳娘、三女环娘，在空坑兵败中被俘。

⑫随母北首谁人将：指二女随母北去，谁人对她们帮助、照顾？

⑬释氏抱送徐卿雏：释氏，指释迦牟尼佛。杜甫有《徐卿二子启》，讲徐卿生了两个孩子，其母生子前，曾得梦由释迦牟尼与孔子抱送。这句诗是以徐卿典故比喻文天祥儿子佛生。

⑭四月八日摩尼珠：文天祥子佛生生于四月八日，这天正是佛诞，为佛教浴佛节，故取名为佛生。摩尼为梵语，珠、宝之意。

⑮汝兄十三骑鲸鱼：这是文天祥指他的大儿子道生，十三岁时病死，以“骑鲸鱼”的语言象征死亡，表示禁忌。

⑯汝今知在三岁无：指次子佛生战乱中失散已经三年，不知是否在世。

⑰大者手将玉蟾蜍：文天祥有二妾。年长者姓颜，名靓妆，生女名环娘。此句意：年长的颜氏，手中抱着女儿环娘。玉蟾蜍，古时传说月中有蟾蜍，此处以蟾蜍代月，把爱女比作明月之意。

⑱次者亲抱汗血驹：二妾中年轻者姓黄，名璠英，生子为佛生。此句意：年轻者黄氏，亲手抱持着我们汗血驹一样的儿子。汗血马是古代产于西域的一种骏马，出汗如血，一日千里。驹是小马，比喻儿子佛生。

⑲风花飞坠鸟鸣呼，金茎沆瀣浮污渠：是说在风的吹拂下，花不由自主地飘零了，将落何处无法预测，鸟类只有同情地悲啼而已；金茎比喻汉武帝承落盘的铜柱。

⑳龙凤殂：指南宋当时的统治者皇帝和太后，也都在元军进攻下死难了。

㉑为尔溯风立斯须：斯须，短暂的一小段时间。此句意：为你们迎风站立，短暂的一段时间无言无语。

㉒我生何不辰：我生不辰，即我出生的时辰不好。《诗经·大雅·桑柔》句“我生不辰，逢天僤怒”。

㉓钟奇祸：钟，恰好遭遇。奇祸，难以预料而又难以逃避的大祸。

㉔汝在北兮婴我怀：你在北方，使我萦系挂怀。

㉕黄粱得丧俱草草：黄粱梦，是我国古代寓言味很浓的传说，后有人编成戏剧。是说卢生在邯郸遇吕道士，自叹穷困潦倒，道士给他一个

枕头，让他安睡。睡梦中，卢生经历了富贵荣华的生活，等到醒来，一切都成梦幻，而道士煮黄粱米饭尚未成熟。此句意为：人生中的荣辱得失，像梦幻一样，匆促之间，草草而过。

诗义串释

我有妻子，我有曾经一起共过患难的妻子啊！我们从年轻的时候结合，誓不分离，永共一堂。没有想到，在战乱中，妻子遇上了虎狼一样的敌兵，从此我们像凤凰遇到了灾祸，凤失去了凰。你携带儿女去了哪里？我们遭到厄运，国已破败，家已灭亡。但我不会丢掉你旧日的衣裳，不管天有多久，地有多长，像天上的牛女双星，每天夜里隔着天河，也要相望。啊，啊，这是我唱的第一支歌呀，歌声正长。悲哀的风，尽情地吹吧，在风中，我只有彷徨。

我有大妹，我的大妹在战乱当中全家遭遇了离散。丈夫在抗元战争中牺牲，大妹奉着婆母，携儿带女，远走他乡，堪称良贤。北风吹扬黄沙，草类都已枯黄，你们一家归宿何处，怎把身安？去年母亲去世，全家人在海滨祭奠，独有你不在场，兄弟、幼妹都深切的把你挂念。我的心如同刀割；母亲不知你全家零落，你也无从知晓，母亲已经归天。如果不是这样，母亲逝世时，怎么能闭合慈祥的双眼？啊，啊，这是我唱的第二支歌呀，歌声悲哀，姊妹们如何忍受这样的剧痛，我只能慨叹。

我有女儿，我的女儿美丽、温婉而又善良。大的已经学习书法，临写钟、王；小一些的也开始终日读书，声音朗朗。战乱中，北风狂吹，光亮的太阳，变成了一片惨黄。我的两个宛如白璧的女儿，被双双委弃在道旁。像幼小的雁雏一样，秋天断了食粮，只能跟随母亲北去，生活中更无人相帮。啊，啊，这是我唱的第三支歌，这支歌更加使人感伤。我的眼泪淋浪不已，感伤岂止是单单哀怜自家的儿郎！

我有儿子，我的儿子生长得颇有特殊的风骨。就像佛祖亲自给徐卿抱送的二子，他是在浴佛节出生的一颗宝珠。朱红的榴花和犀角雕刻的饰物，缀满绣花的围嘴，洗儿时用了百沸兰汤，满室内幽雅的香气漂浮；谁想到，风狂电闪，转眼间，如落叶飞坠泥污。你的哥哥十三岁夭折，像骑着鲸鱼，游向了大海；你今年正好三岁，可是，谁也不知你还是有是无？啊，啊，这是我唱的第四支歌，这支歌让我仰天高呼，夜暗灯残，明月照着我何等孤独。

我有爱妾，我的两位妾氏已不知是死是活？年长的一位，手领着我们的女儿；年纪稍小的一位，抱着我们的儿子，我们都把儿子看成未来的英杰。她们都穿着华丽的衣装，来到西子湖滨，秀美、婀娜、玉佩叮咚，似双雁飞落。骤然风起，鲜花纷坠，鸟儿悲啼，花园铜柱上金盘中的玉露流入沟壑。天崩地裂，飓风也都遭受殒殂的命运，任何朝代都难免美人像花朵一样凋谢。啊，啊，这是我唱的第五支歌呀，心情抑郁，歌声摇曳。

我的出生，我的出生似乎没有找到好的时辰。自幼孤苦，从未熟识桃杏花开的美丽之春。北方的朔风，更吹来铁马荡起的烟尘。我哀怜全家飘零的惨祸，如今全家更关心我陷入囚禁。你们来到北方，让我忧心，我也在记挂着死后谁把我收入棺椁。人生百年，不能说分不出美丑，既然是黄粱一梦，要讲得失，确实是不值一问。啊，啊，我的第六支歌无须多唱，仰天大笑，我已对得起古老的乾坤！

发潭口

吹面北风来，　拂鬓坚冰至。

轩冕①委道途，衮绣②易毡毳。

百年杂丑好，　始酬四方志。
浩歌激浮云，　亭亭复揽辔。
羲驭[3]几曾停？谁当扫幽翳[4]？

诗作背景

九月十二日，押解文天祥的元军队伍在潭口过夜，第二天继续上路，向新济州行进。天气更冷了，在北风劲吹之下，已经结了薄冰。文天祥的衣装难以抵御寒冷，元军给他披上一些毡片。

词语注解

①轩冕：指古代公卿具有的轩车和头戴的冠冕，这些都是表示官员爵禄地位的标志。

②衮绣：古代公卿等高贵人物穿着的衣服，上面绣着表示品级的花纹。

③羲驭：古代传说羲和是驾驭太阳的天神。羲驭，意为在羲和驾驭下太阳在运转。

④幽翳：遮掩住光线的云朵。

诗义串释

寒冷的北风扑面而来，抚摸鬓角，冰凌竟结上了头发的边缘。表示高贵身份的冠冕，早被扔到路边，锦绣的官服，为御寒换上了毛毡。人的一生难免丑恶和美好，这才是男儿志在四方的体现。让我心中的浩歌激荡天空的浮云吧，轻揽着马缰，心情是那样坦然。太阳在天神的驾驭之下，何曾有片刻的停顿；期待着谁人将满天的云霾驱散。

新济州

借问新济州，徐郓兄弟国。
昔为大河南，今为大河北。①
垂云阴万里，平原望不极。
百草尽枯死，黄花自秋色。
时时见桑树，青青杂阡陌。
路上无人行，烟火渺萧瑟。
车辙分纵横，过者临岐泣②。
积潦流交衢，霜蹄破丛棘。
江南寒未深，铜炉兽花赤。
为知行路人，铁冷衣裳湿。

诗作背景

九月十三日晚，文天祥一行宿于新济州（今山东省济宁市）。

词语注解

①昔为大河南，今为大河北：指黄河自古以来多次改道，唐末宋初决口次数更多，改道也就更多。这里是指黄河曾在济州北向东北流，济州即在黄河南，后改道向南会淮河入海，济州即在黄河北。

②临岐泣：指行路人面对歧路（分开岔路的路口）不知走哪一条，发愁而哭泣。唐王勃诗言："无为在歧路，儿女共沾巾。"

诗义串释

借问一声，新济州何所在？它是徐州、郓州之间的兄弟之邦。过去它在黄河南面，现在坐落在黄河北面的一旁。天上下垂的乌云，遮蔽了万里之遥，广袤的平原上已看不到天光。原野上的草类大都枯萎，只余下黄色的野菊，抗拒着秋霜。路途上不时看见桑树，青青肥硕的树叶摇曳在阡陌之上。大路上很难看见行人，村落里炊烟稀少，更加重了凄凉。路上的车辙纵横交错，在分歧的路口，常有人显出临歧的彷徨。人烟稠密的街道上，由于地势低洼也有积水；践踏过霜迹的马蹄，又继续踏碎榛莽。此时的江南即便是寒冷，也未必严重；但应当已燃起铜炉，炭火烧得正旺。由此可见行路人的辛苦，像抱着铁块一样的寒冷，雨水无情地淋透了衣裳。

汶阳[1]道中

积雨不肯霁，　行陆如涉川。
青毡纩我后，　白毡覆我前。
我欲正衣冠，　两手如纠缠。
飞沫流被面，　代我泣涕涟。
鸿雁纷南翔，　游子北入燕。
平楚渺四极，　雪风迷远天。
昔闻济上军[2]，又说汶阳田[3]。
我今履其地，　吊古怆苍烟。
男儿欲了事，　长虹射寒泉。

诗作背景

连日阴雨，不知是基于安全的原因，还是由于上峰的催促，元军并不停留，每天继续赶路。九月十四日，他们从新济州出发，冒雨走在汶阳道中。

词语注解

①汶阳：在今山东省宁阳县北。

②济上军：济，指济水，为古代北方重要水系之一。水系分为黄河

北、南两个组成部分：河北部分，导沇水东流入黄河；河南部分则发源自河南，北流至鲁西南，再东北流入黄河。水系变迁很大，又与黄河密切相关，北至山东中部，南至河南，均可称济水。济上军，指济水以北的军事，非指济水上游。所谓军事，指战国时燕、晋侵齐河上地，当时在黄河南岸，即今黄河北岸，沧、德二州地。齐景公以司马穰苴为将，准备收复失地。司马接了任命，但提出一个请求，愿得国之重臣以为监军，以便号令。景公立即答应了这一请求，派重臣庄贾作为监军。庄贾平时深得景公信任，十分骄纵，在司马与之约定出征时间后，竟醉酒误了行期。司马晓以大义，处以军法，立斩庄贾，全军震动。景公听说庄贾误期违法，派使臣来救，司马表示，将在外，君令有所不受，又对使臣进行了处罚。于是军心大振，病者亦请行赴战。燕军、晋军闻之，撤走了河上之军。

③汶阳田：春秋时为鲁国地。齐国曾侵占此地，后归还鲁国。地处汶河之南。

诗义串释

连日阴雨不肯放晴，陆地行走像是趟过河川。黑色的毡片如棉絮一样压在后背，白色的毡片覆盖在胸前。我要把衣服、帽子拉正，两只手无法自主，受到纠缠。风吹细雨洒上脸面，像是眼泪涌流，涟涟不断。看！天上还有鸿雁南飞，作为囚徒，我却要北去燕山。广阔的平野四顾渺茫，风搅着雪花迷蒙了远天。我听说过济水以北，司马穰苴善于领兵征战的故事；又得知孔夫子怎样收复汶阳的丰产良田。今天我脚踏实地到了这里，凭吊怀古，过去的一切已成云烟。大丈夫已做好牺牲的准备，何惜热血化作长虹，映照荒漠中的寒泉。

汶阳馆

去岁营船隩[①]，今朝馆汶阳。
海空沙漠漠，　河广草茫茫。
家国哀千古，　男儿慨四方。
老愧秋雨暗，　孤影照淋浪。

诗作背景

九月十四日，文天祥宿于汶阳馆驿。

词语注解

①船隩：广东省南海地名。上年之当日，文天祥在船隩逗留，处理母亲丧事。

诗义串释

去年的今天，我还在南海之滨的船隩；今年的今天，我却被押解到北方的汶阳。海上的碧空像沙漠般的旷远；平原上的草色苍苍茫茫。国破家亡酿成千古的悲剧，男儿何惧奔走在四方。惭愧的是老来遇上这阴暗的秋风秋雨，孤单的身影在无边的雨幕中彷徨。

自汶阳至郓[①]

渺渺中原道，劳生叹百非。
风雨吹打人，泥泞飞上衣。
目力去天短，心事与时违。
夫子昔相鲁，侵疆自齐归。[②]

诗作背景

九月十五日，文天祥一行从汶阳行进至郓州。

词语注解

①郓：当时为郓州，在今山东省郓城县东。

②夫子昔相鲁，侵疆自齐归：春秋时鲁定公十年，定公与齐景公在夹谷相会，孔子当时在鲁国为相，作为定公的副使，又是会议礼仪的傧相，揭露了齐景公计划劫持鲁定公的阴谋，并说服齐景公归还侵占鲁国的汶阳之田。

诗义串释

中原的道路是这样走不到尽头，回顾劳苦半生反而犯下数不清的错误。无情的风雨把人吹打得狼狈不堪，脏烂的污泥沾满衣服。视力太短看不到天的边际，心思已定与形势全不相符。令人难忘啊，孔夫子作为齐鲁夹谷的傧相，向齐国讨还了被强占的国土。

来平馆

憔悴江南客，　萧条古郓州。
雨声连五日，　月色彻中流。
万里山河梦，　千年宇宙愁。
欲鞭刘豫[①]骨，烟草暗荒丘。

诗作背景

当晚，文天祥宿于郓州之来平馆驿。此地已与山东省会济南府相近，文天祥自然想起南宋初期金兵南侵，在济南曾发生知府刘豫投降金国，并充任金国制造的伪齐国的傀儡皇帝。他对一切投降派都是恨之入骨的，因有此作。

词语注解

①刘豫：宋景州阜城人，元符年间进士及第。南宋高宗建炎年间，刘豫在济南任知府时，金兵南侵，济南被围，刘缒城降金。后受金人册封为大齐皇帝，多次配合金兵进攻宋朝。

诗义串释

面目憔悴的江南旅客，无意中来到萧条的古代郓州。一连五天在淅沥的雨声中度过，午夜间明月突然照彻河中的清流。走过了梦中也无法涉足的万里山河，故国正遭受苦难，心里塞满了大过宇宙的忧愁。（此地距济南不远。济南，不就是投降派刘豫弃守投敌的城州?）刘豫虽死，真想亲手鞭打他的遗体；可惜，荒烟野草早已埋没了他腐臭的骨头。

葬无主墓碑

风雨中见道旁一碑，题云：葬无主墓之记。乃大定戊申所立。雨衣淋漓，字画漫灭，惜不得下马读之。

路逢一石碑，　亭亭傲风雨。
停骖①彷佛看，云是无主墓。
末书戊申岁②，屈指九十秋。
是时龙渡江③，甲子恍一周。
借问葬者谁？　承平百世祖。
亦有周馀民，　战骨委黄土。
大祖下江南，④誓不戮一人。

神孙再立国，⑤　天以报至仁。
大河流血丹，　屠毒谁之罪？
潼关忽不守，　皇皇依汴蔡。⑥
螳螂知捕蝉，　不知黄雀来。
今古有兴废，　重为生人哀！

诗作背景

文天祥在这首诗里，为读者上了一堂生动、深刻的宋代历史课。

从诗的前言说明来看，押解队伍在将到郓州的途中遇到了雨。斜风细雨，泥泞难行，文天祥高坐在车上，只觉得云雾就在身边，视线受到局限。突然间马蹄滑了一下，他侧转一下身体保持平衡，在风雨中蓦然看到大道旁挺立着一块石碑，上写着“葬无主墓之记”几个字，下款是“大定戊申年立”。石碑的石质很差，又加上多年风雨的销蚀，眼前的阴晦，其余的文字很难看清。他正想下车抚碑辨认，押送的元军已耐不住风雨，后面催着快走，他只好抑制住辨认碑文的冲动，让车重新启行。在郓州来平馆中，为避风雨，他们一连住了五天，他一直惦记着这块石碑，写下了这首诗歌。

他熟读史书，当然更了解本朝的历史。他也知道“大定”这个年号，是金国世宗的年号，而和金世宗同时的宋朝皇帝，则是孝宗赵眘。金世宗名完颜雍，在女真族建立的金国中，算得上是一位性格温和一些的君主。南宋的孝宗赵眘，是因为高宗赵构无子，不得已从南迁的皇族中选出的“养子皇帝”。赵眘因为接近过百姓生活，也还算一个关心人民疾苦的君主。宋、金两国经过数十年战乱之后，都需要休养生息，于是双方制定了“乾道和议”，使两国得到了数十年的和平岁月。文天祥虽然没有详细阅读葬无主墓碑的碑文，但从一个“大定”年号，便判定这是在“乾道和约”的影响下，才有了掩埋战乱遗留下的无名尸骨之可能。

令文天祥发出深深慨叹的，还是历史的巨大变迁。让人意想不到，就在宋、金连年战乱之中，战、和纠结之际，数十年来，成吉思汗在漠北崛起了。他以金戈铁马，征服了亚欧两个洲不少国家，在他即将辞世之前，回师东归，灭了西夏。他逝世之后，蒙古军又继续南下，在中原开封围困了南逃的金国君主，最后灭了金国。宋朝的宿敌金国没有了，一个更加强大的元朝崛起在北方，最终宋朝也遭到灭国的命运。

通过无字墓碑，他更形象、更清楚地看到今古之间的兴废，他不能不替战乱中牺牲的先民悲哀。

词语注解

①停骖：三匹马驾车称骖。又指驾车时位于旁边的马。

②戊申岁：本诗前言中也说“大定戊申所立”。查大定戊申年，应为金世宗大定二十八年，南宋孝宗淳熙十五年（公元1188年）。

③龙渡江：指北宋时靖康之变后，北宋为金国所灭，北宋康王赵构由镇江一带南渡长江，在江南建立南宋政权。时为宋建炎三年（公元1129年）。

④大祖下江南：指宋太祖赵匡胤，宋开宝八年（公元975年）征服南唐李煜政权。

⑤神孙再立国：指南宋高宗赵构无子，只好从南迁的皇族中找了一个养子，名赵眘，为南宋孝宗。因他属于太祖赵匡胤的直系后代，故称“神孙”。宋朝自开国皇帝赵匡胤死后，由其弟赵光义继承帝位，以后帝位一直在赵光义世系中传承，自赵眘以后，帝位传承又回到赵匡胤的世系，故称“再立国”。

⑥皇皇依汴蔡：这是指金国的最后一个皇帝金哀宗，被崛起的蒙古军赶出燕京，以后逃到开封，又逃到蔡州，最后遭受覆亡的命运。

诗义串释

路旁挺立着一座石碑，骄矜地迎着雨淋，顶着风吹。停住车马，辨认字迹，上写着“葬无主墓之记”六个大字，让人不禁反复品味。立碑的年月，标明是“大定戊申年立”；屈指算，这座墓到现在已经过九十年的春秋轮回。从修墓到高宗皇帝渡江南下，按干支计算也过了整整一个甲子，六十个年岁。如果要问，进行埋葬的，是何许人？应当是当时过上和平年月的先辈。经过战乱，大宋遗民，多有战死，把他们的忠骨葬入黄土，这当然是充满爱心的行为。太祖下江南征服南唐的时候，曾誓言不杀戮一人，以此树立朝廷的声威。他的嫡系子孙重新掌管国家，也许是上天报偿他的仁爱明睿。令人震撼的是，黄河又突然流淌着鲜血，这是谁人再一次犯下屠杀黎民的滔天大罪？潼关遭到蒙古铁骑的践踏，往日的强敌金国国主逃到汴蔡，就像是即将熄灭的残烛，受到风吹。可叹啊，螳螂捕蝉，没有顾及身后的黄雀；从古至今总会有历史的兴废。我们不能甘心的是，为什么要让无辜的黎民，遭受苦难的伤悲？

发郓州[1]喜晴

烈风西北来，　万窍[2]号高秋。
宿云蔽层空，　浮潦[3]迷中州。
行人苦沮洳[4]，道阻路且修。
流澌[5]被鞍镫，飞沫缀衣裘。
昏鸦接翅落，　原野惨以愁。
城郭何萧条！　闭户寒飕飕。
中宵月色满，　余光散衾裯。
余子戒明发[6]，飞雾霭郊丘。
微见扶桑[7]红，隐隐如沉浮。
身游大荒野，　海气吹蜃楼[8]。
须臾划当空，　六合[9]开沉幽。
千年厌颜色，　苍翠光欲流。
太阳经天行，　大化[10]不暂留。
辉光何曾灭？　晻霭[11]终当收。

严霜下丰草，　长歌夜悠悠。
明日东阿道，　方轨⑫骤骅骝。

诗作背景

九月十五日夜半，文天祥一行在郓州来平馆驿发现，天色已经放晴。十六日清晨，他们从郓州出发。连续九天阴雨之后，尽管路上还有泥泞，晴天还是带给人愉悦的心情。他写出了一首对光明的颂歌。

词语注解

①郓州：在今山东省东平县西南，当时辖郓城、东平、梁山、钜野、嘉祥等地。

②万窍：指广大空间中，无数空隙。在大风天气，风吹过空隙，便要发出呼啸、号叫的声音。

③浮潦：浮，指水在漂流；潦，指路上或洼地都有积水。

④沮洳：指地低洼、潮湿。

⑤流澌：江河解冻后，流动的冰块。

⑥明发：指天将明时。又可指旅途晨发。

⑦扶桑：传说日出自其下的神木。因国多扶桑木，古时曾作为日本代称。

⑧蜃楼：滨海或沙漠地区，因折光形成的城郭、楼房之幻影，称海市蜃楼。

⑨六合：指天地之间的空间，四方加上、下两面为六合。李白诗《古风之三》："秦王扫六合。"

⑩大化：指气象的变化。《荀子·天论》："四时代御，阴阳大化。"

⑪晻霭：昏暗的云气。王安石《定林示道元》："迢迢晻霭中，疑有白玉堂。"

⑫方轨：指两车并行。《战国策·齐》："车不得方轨，马不得并行。"

诗义串释

猛烈的大风来自西北方向，到处呼唤着：到来了，秋天！无边的浓云遮蔽了层层高空；数不清的水汪迷乱了中原的平川。行路人无不苦于泥泞的洼地，这里的道路漫长而又蜿蜒。冰凉的水流披满鞍蹬，风吹起的水沫浸湿了衣毡。昏暗中乌鸦飞不久远，不断落地，使原野更显得愁惨。走过的城镇是何等萧条啊，关上门还显得飕飕风寒。夜半梦醒忽然见月光如昼，明亮的余光照耀得衾裯可见。有人提出明晨上路不要太早，久雨之后难免大雾迷漫。第二天出发，东方微微发红，天际隐隐有上浮和下沉的动感。等我们进入广阔的原野，潮湿的风吹来美丽的蜃楼片片。没有多久，突然东天射出一道光亮，天地之间挣脱了原来的幽暗。我们看到了多少年都没有看到的美好颜色，大地上呈现一片苍翠欲流的光冕。光辉灿烂的太阳高高升起，气象的千变万化，瞬息不停地呈现眼前。光明的世界何曾遭到泯灭？昏暗的云气终于不得不做出收敛。浓重的严霜未压倒丰盛的芳草，长夜未央依然有浩歌震天。明天要走向东阿的大道，也许足以双车并行，让我们期待道路的平坦。

发东阿[1]

东原深处所，　时或见人烟。
秋雨桑麻地，　春风桃李天。
贪程频问堠[2]，快马缓加鞭。
多少飞樯过，　噫吁是北船！

诗作背景

九月十七日，从东阿出发，继续北行。天气放晴，精神有所振作，目不暇接，感慨良多。

词语注解

①东阿：在今山东省中部，济南市西南。

②堠：指标示行程用的路旁土堆，五里称单堠，十里称双堠。

诗义串释

东阿辽阔原野的远处，偶尔可以看见居民和炊烟。秋雨洒遍了种植桑麻的田地，可以想见桃李花开时美丽的春天。为了贪图赶路，频频找向导问询；马已经走得很快，只好缓慢地加鞭。看，河上有数不清的船帆掠过；唉，令人感叹，全部都是元军的舟船。

宿高唐州[①]

早发东阿县，　暮宿高唐州。
哲人[②]达几微，志士怀隐忧。
山河已历历，　天地空悠悠。
孤馆一夜宿，　北风吹白头。

诗作背景

九月十七日晚上，住宿于山东高唐州。

词语注解

①高唐州：在今山东省中部，禹城西南，元时为州，现改为县。

②哲人：指智力、才能超越常人的人物。

诗义串释

早晨从东阿出发，晚上住宿在高唐州。哲人的探求要达到精微的境界；爱国志士怎能不为国家怀着隐忧？故国的山河如此辽阔，我已有了亲身经历；天地无边无际，更显得空旷悠悠。行馆中孤单的一夜寄宿，严寒的北风吹白了旅人的头。

平　原[1]

平原太守颜真卿[2]，长安天子[3]不知名。
一朝渔阳动鼙鼓[4]，大河以北无坚城。
公家兄弟[5]奋戈起，一十七郡连夏盟[6]。
贼闻失色分兵还，不敢长驱入咸京。
明皇父子[7]将西狩，由是灵武起义兵[8]。
唐家再造李郭力，[9]若论牵制公威灵。
哀哉常山惨钩舌[10]！心归朝廷气不慑。
崎岖坎坷不得志，出入四朝老忠节。
当年幸脱安禄山，白首竟陷李希烈[11]。
希烈安能遽杀公，宰相卢杞[12]欺日月。
乱臣贼子归何处？茫茫烟草中原土。
公死于今六百年，忠精赫赫雷行天。

诗作背景

九月十八日，路经平原。文天祥听到“平原”两个字，心头一震。这就是唐朝颜真卿任职太守的地方吗？他亲切地眺望着平原的景色，一片平坦的原野，并无任何险峻可言。正是在这里，颜真卿以一副铮铮铁骨，和自己的兄长颜杲卿配合，完成了阻滞安禄山叛军进攻的脚步，扭转了战局。他心潮起伏，写下了这篇题为《平原》的诗章。

词语注解

①平原：汉代置平原郡。在今山东省平原县西南。

②颜真卿：唐京兆万年人，原籍山东临沂，唐开元朝进士。不依附杨国忠，外任平原太守。安禄山叛乱，河北郡县多降，他与从兄常山太守颜杲卿联军抗敌，河北十七郡响应，牵制叛军。平叛后入朝，历任工部、吏部尚书，代宗时封鲁郡公。德宗时李希烈叛乱，奸相卢杞派颜宣慰叛军，被李希烈缢杀。

③长安天子：指唐玄宗李隆基。

④渔阳动鼙鼓：指唐玄宗天宝十四年，安禄山在河北渔阳起兵反唐。

⑤公家兄弟：指颜真卿及其从兄颜杲卿。

⑥夏盟：指古代各华夏诸侯国间的结盟。

⑦明皇父子：指唐玄宗李隆基，又称明皇，以及他的儿子唐肃宗李亨。

⑧灵武起义兵：指天宝十五年七月，唐玄宗之子李亨在灵武（今宁夏回族自治区灵武县）登基，即唐肃宗。尊玄宗为太上皇。

⑨唐家再造李郭力：李为李光弼，郭为郭子仪。两人同为朔方镇将军，本来互不服气。安禄山叛乱后，玄宗提升郭子仪为朔方节度使成为李光弼上司，李怕郭报复，而郭主动对李团结，二人齐心协力扫清叛乱。

⑩常山惨钩舌：指安禄山经过苦战，攻陷常山，逼迫颜杲卿投降，遭到颜杲卿痛骂。安禄山在洛阳市街以铁钩钩断颜的舌头，又以酷刑将颜处死。

⑪李希烈：唐燕州辽西人。唐德宗时，任淮西节度使，建中三年，自称建兴王，天下都元帅，反唐。建中四年，据汴州称楚帝，唐朝廷派颜真卿对其宣慰，缢杀真卿。

⑫卢杞：唐建中朝曾为相，妒贤嫉能。李希烈叛，派颜真卿为安慰使，对李安慰，李缢杀颜真卿。

诗义串释

唐朝有一位平原太守，名叫颜真卿，安居长安的天子并不知道他的姓名。河北渔阳响起安禄山造反的鼙鼓，黄河以北几乎没有一座守得住的坚城。颜真卿太守和他的从兄颜杲卿，兄弟二人奋力反对叛乱，十七个郡县结成坚固的联盟。造反的叛军闻讯大惊调兵北返，不敢继续前进占领咸阳京城。唐明皇父子慌忙西逃，儿子李亨在灵武发动义兵。唐朝得到延续，靠了大将李光弼、郭子仪，要论牵制的功劳，还要数颜公弟兄。真卿之兄杲卿守常山惨遭钩舌，满腔志气，忠心保卫朝廷。颜真卿虽然是四朝忠节，崎岖坎坷只能特立特行。当年未遭反贼安禄山的毒手，老来却受到另一叛贼李希烈的欺凌。李希烈怎能杀颜公？其实是权臣卢杞借刀杀人充当真凶。乱臣贼子何处无？不过是茫茫荒原草朦胧。颜公就义六百年，功业显赫，精忠为国，像行经中天的万丈雷霆。

发陵州[1]

中原似沧海，　万顷与云连。
大明[2]朝东出，皎月正在天。
远树乱如点，　桑麻郁苍烟。
一雁入高空，　千鸦落平田。
我行天地中，　如蚁磨上旋。
雨痕留故衣，　霜气袭重毡。
健马嘶北风，　潜鱼乐深渊。
噫哉南方人，　回首空自怜！

诗作背景

九月十八日，路经平原，夜宿陵州。十九日凌晨，又从陵州起程。这首诗记途中所见及其感触。

词语注解

①陵州：今河北省陵县。

②大明：指太阳。

诗义串释

辽阔的中原大地，多么像无边的沧海啊，万顷幅员与天边的白云相连。光芒四射的太阳从东天升起，皎洁的月亮还挂在西面的青天。平原上的远树，看着只是斑斑点点，田野里的桑麻，茂盛得犹如一片绿烟。一只鸿雁翱翔在高高的天空，数不清的乌鸦争食在荒野的平川。我踽踽地行走在天地之间，多么像小小的蚂蚁，在一只磨盘上打旋。雨水的痕迹还淹留在衣衫之上，浓重的霜寒，又侵袭进新披的毡片。胯下的健马虽然迎着北风嘶鸣，潜藏的鱼类还是自由地游动在路旁的深渊。唉，我这个生长在南方的人士，不由自主地来到北方，回头望望走过的行程，怎能不发出怜惜自己的哀叹。

献州[1]道中

三年戎服行，[2] 五岭文玉会。[3]
跻攀上崖磴，[4] 厉揭涉潇濑。[5]
十步九崎岖， 山水何破碎！
坐令管仲[6]小，自觉伯夷[7]隘。
乃今来中州， 万里如一概。
四望登原隰[8]，桑麻蔚旆旆[9]。
骅骝出清庙[10]，过都真历块[11]。

历历古战场，俯仰生感慨。
吾常涉重湖⑫，东海际南海。
兹游冠平生，天宇更宏大。
心与太虚⑬际，目空九围⑭内。
男儿不出居，妇人坐帷盖。
反身以自观，须弥纳一芥。⑮
以此处死生，超然万形⑯内。

诗作背景

车子驰驱在广阔的平原上，虽然不免颠簸，还算平稳。文天祥坐在车上，纵横望去，景色很少变化，一望无际，村庄稀疏，树木很少。他不由自主地回想起这次北行的遭遇，如果不这样从南到北亲自跋涉一趟，始终局限于江南一隅，真不能了解国家之大。自己在有生之年，尽管遇到失败被俘的命运，能够亲历国家的宏伟、广袤，也算一种精神上的收获。生在这样伟大的国家，却长期遭受强邻的欺凌，是遗憾的。但是，他坚信这个国家不会沉沦，不会长久任人宰割。他以极为达观的意念，写出了这首《献州道中》。

词语注解

①献州：今献县，属河北省，在河北中部。

②三年戎服行：指文南归后，于宋景炎元年（1276）7月在南剑聚兵起，至宋景炎三年，又改祥兴元年（1278），十二月二十日在五坡岭兵败被俘，两头算起，约领兵三年，实为两年半。

③五岭文玉会：文玉即有文采（花纹）的玉石。会，看见、见过。

④跻攀上崖磴：跻攀，指登攀。韩愈诗《听颖师弹琴》句“跻攀分寸不可上，失势一落千丈强”。崖磴，崖指两边，岸边；磴指石階石桥。整句为攀登到山边。

⑤厉揭涉潇濑：不脱衣涉水称厉；提衣涉水称揭。潇，水清而深；濑，水流湍急。整句是说，根据水的深浅不同，脱衣或提衣走过。

⑥管仲：春秋时齐国人，名夷吾，字仲。初为齐国公子纠之家卿，后为齐桓公之相国，重经济、理财货、富国强兵、九会诸侯、一匡天下，助齐桓公成为五霸之首。

⑦伯夷：是商代孤竹君之子。孤竹君死时，遗命次子叔齐继任。弟弟叔齐让位给伯夷，伯夷不受。兄弟二人逃至周国，周武王伐纣，二人表示反对。商亡后，二人不食周粟，逃入首阳山，采薇而食，饿死在山里。

⑧原隰：指广阔、高低不平之地。《诗经·小雅·信南山》：“畇畇原隰，曾孫田之”。

⑨旆旆：飘摇的样子。《诗经·小雅·出车》：“彼旟旐斯，胡不旆旆?”

⑩清庙：清静、肃穆的庙宇。

⑪历块：土块。

⑫重湖：指重复，一而再。这里指两个湖。

⑬太虚：指高、远的天空。唐孟浩然诗：“太虚生目晕，舟中知天恩。”

⑭九围：古代对九州的别称。指九州多有九处，又都有城而围。唐太宗诗：“昔地一蕃内，今宅九围中。”

⑮须弥纳一芥：须弥，佛教传说中的山名。由于佛法无边，可把一座须弥山纳入小小的芥菜种子之中。

⑯万形：指人世间多种万物，纷繁万形。

诗义串释

穿着戎装，在南方进行了三年抗元战争，经常出入五岭，像见识了富有文采的美玉。不断攀登，走到高山的边缘；多次涉越，踏平了水的湍激。走十步路，有九步崎岖不平，令人不禁感慨，我们的山河何等支离？在这里，即使是管仲，也会无足轻重；在这里，著名的伯夷，也不免显得狭隘。如今我来到中州大地，千里、万里，已连接为一席。四面遥望，无边无际；桑蔴茁壮，何等茂密？骑着马出入清静的庙宇，踏着平整的泥土，走过城邑。亲历了许多著称于世的战场，俯仰察看之余，不免感慨系之。走过多少广阔的湖海，在东海曾飞舟驰过，还曾漂流到南海的边际。我的游历成了一生的骄傲，亲身体察了广阔、宏大的天宇。眼睛似乎可以看穿九霄之外，心绪到达了无涯无际的太虚。多么令人遗憾啊，作为妇女，只知道稳坐在帷幔之内；作为男子，一生未曾走出自己的居室。我反观一下自己，广阔无比的须弥世界，人只是其中一粒小而又小的芥菜种子。用这个想法去面对生死，一切将超越万形，完全无须再作什么算计。

滹沱河[1]二首

过了长江与大河，　横流数仞[2]绝滹沱。
萧王[3]麦饭[4]曾仓卒，回首中天感慨多。

风沙睢水终亡楚，[5]　草木公山竟蹙秦。[6]
始信滹沱冰合[7]事，　世间兴废不由人。

诗作背景

九月十九日清晨，文天祥从陵州出发，经献州，跨越滹沱河。

词语注解

①滹沱河：在河北省西部。发源于山西省五台山一带山区，流经太行山广大地域，进入河北平原，与子牙河汇流后称滹沱河。

②仞：我国古代计量长度的单位。具体长度说法不一，有七尺、八尺、五尺六寸等说法。

③萧王：指后汉光武帝刘秀。王莽篡汉，天下大乱，宗室刘玄称帝，封刘秀为萧王。

④麦饭：指刘秀在河北征战时，由蓟县南下，至饶阳无蒌亭，疲惫中得部将冯异所进豆粥。至南宫，遇大风雨，又得冯异所进麦饭，增进体力，然后渡滹沱河。后刘秀登帝位，曾赐冯珍宝、衣服、钱帛，并赐诏："仓卒无蒌亭豆粥、滹沱河麦饭，厚意久不报。"

⑤风沙睢水终亡楚：睢水，项羽被刘邦击败之处，在今安徽省灵壁县。

⑥草木公山竟蹙秦：晋时前秦符坚率军攻晋。淝水战后，秦军大败，在八公山上风声鹤唳，草木皆兵。

⑦滹沱冰合：刘秀在河北时，自蓟县败逃南撤至饶阳，自称是邯郸使者，始得食，又怕被识破，仓促南行至滹沱河，无船可渡，适遇冰合，遂得过。

诗义串释

我渡过长江，渡过黄河，又渡过流水几丈宽的滹沱河。萧王曾在这里仓促地赶食麦饭，回首眺望高天，怎能不感慨良多。

漫天风沙的睢水河边，楚霸王终于败亡；八公山上草木皆兵，符坚的大军人心惶惶。萧王刘秀在危急中，滹沱河水冰合得过，让人相信不论成功与失败，早由上天安排妥当。

河间[1]三首

夜宿河间，恰家则翁[2]寓焉，因成三绝。

空有丹心贯碧霄，　泮冰亡国不崇朝。[3]

小臣万死无遗慨，　曾见天家十八朝。[4]

南归雁荡报郎君⑤，　老子精神健十分。
不为瀛洲⑥复相见，　阿戎⑦翻隔万山云。

江南车盖走燕山，　老子旁观袖手间。⑧
见说新诗题甲子，⑨　桃源元只在人间。

诗作背景

九月二十日，日间走过滹沱河，夜晚宿于河间。在河间住下以后，文天祥听到了一个信息，被元军强制作为祈请使赴北的家铉翁则堂老先生正在河间。自己与家同朝为臣，对他的正直十分敬仰，便去看望了家铉翁。

原来，家铉翁随所谓祈请使一行到了燕京，坚不降元为官，被贬河间。他便在这里开馆教书为生，教授的是古籍《春秋》，讲解伦理正义的传统。他到燕京后，听说文天祥的大妹文懿孙因丈夫抗元牺牲，株连被俘关押在燕京，便拿出他北来随身携带的银两，从狱中赎出懿孙，等待可靠关系一同回乡。文天祥向铉翁连连感谢，两位忠贞爱国的人物，得到战乱后难得的相会，既为国家的败亡深感悲痛，也为各不相同的苦难遭遇，唏嘘不已。到了互道保重、不得不相别之后，文天祥在河间驿馆连夜为铉翁老人写了这三首绝句。

词语注解

①河间：今河北省河间县。

②家则翁：家铉翁，号则堂，故文天祥称之家则翁。南宋眉州人，曾任常州地方官，有政声，后官至瑞明屏学士，签书枢密院事。元兵至临安近郊，丞相吴坚、贾余庆等遵上意投降，并传檄宋境降元，他拒绝在檄文上用印。旋由元军指令与吴坚等作为祈请使赴燕，但家坚不为官，被元迁贬去河间为民，开馆授徒，至元三十一年南归，不久逝世。

③泮冰亡国不崇朝：泮，原为春秋时鲁国河流名；泮宫，是鲁国在泮水上修筑的宫殿，鲁僖公曾在此饮酒作乐，但泮宫具有学宫的含义，

即读书人、学者学习的场所。汉文帝时曾制定制度，皇帝学宫称辟雍，诸侯学宫称泮宫。科举时代考中秀才，即称入泮。整句诗的含义是说，国家遭到异国侵略，泮水已经结冰，文化衰落了，所以家铉翁这样饱学的老人，也对当前执政的朝廷不加尊崇了。

④曾见天家十八朝：指宋朝自赵匡胤开国至厓山灭亡，共经历十八代皇帝。“曾见”是指宋朝十八代皇帝经历的基业，不是亲见了十八代皇帝。

⑤郎君：在汉代，年得二千石以上的大官，可以任其子弟为郎。后世、门生、故吏多称原来长官或师门的子弟为郎。此句中的郎君当指家铉翁之子。

⑥瀛州：指河间府，今河北河间县一带地方。北魏时置瀛州，并河间郡。隋唐时废郡存州。五代时，石敬瑭割燕云十六州给契丹，即包括瀛州在内。宋升州为府。

⑦阿戎：指从弟，即堂兄弟。晋时称从弟为阿戎，至唐时仍有这种风习。文天祥与家铉翁并非堂兄弟，这样自称，是表示亲密无间，也是表示十分尊重与爱戴。

⑧老子旁观袖手间：不加闻问之意。

⑨见说新诗题甲子：题写新诗只写甲子何年，不写什么朝代，年号等。

诗义串释

白白怀有一颗爱国的红心，映照着高远的碧霄；亡国之后，泮河结冰，文化无用，也便不去尊崇当政的皇朝。作为臣子，死一万次也没有遗憾，曾经亲身经历过有十八代传承的天朝。

我南归到雁荡山区的时候，曾经把您的信息报告给您家的郎君，讲到老人家的精神和身体都强健十分。如果不是这次在河间与老兄重逢欢聚，小弟我一直认为，我们之间相隔着万重云山。

江南不知有多少车马来到遥远的燕山，老人家只是袖起双手，做着旁观。听说您作出新诗，题写款识时只写甲子，不写年号，您真是把居住的人间，看作了避秦的桃源。

保州[1]道中

昨日渡滹沱，　今日望太行。
白云何渺渺，　天地何茫茫！
落叶混西风，　黄尘昏夕阳。
牛车过不住，　毡屋行相望。
小儿骑蹇驴，　壮士驾乘黄。
高低叶万顷，　黑白草千行。
村落有古风，　人间无时妆。
宋辽旧分界，　燕赵古战场。
蚩尤[2]乱涿野，共工[3]谪幽邦。
郭隗[4]致乐毅，荆轲[5]携舞阳。
臧卢[6]互反覆，安史[7]迭披猖。
山川一今古，　人物几兴亡。
江南占毕生，　往来习羊肠。
天马载青蝇，[8]　电秣驰康庄。[9]
适从何有来，　如此醉梦乡。
感时意踟蹰，　惜往泪淋浪。
历阶起玉环，[10]　左计由石郎。[11]
天地行日月，　万代乘景光。
昼夜果可废，　春秋诚荒唐。

吾生直须臾，　俯仰际八荒⑫。
来者不可见，　远游赋彷徨。

诗作背景

九月二十一日，文天祥从河间出发，当晚到达保州。这首长句是他在去保州路上的所见、所思。

词语注解

①保州：今河北省保定市。

②蚩尤：其说不一。一说为古九黎族酋长；一说为炎帝之臣。曾与黄帝大战于涿鹿之野，战败被杀。

③共工：古代神话中说，他曾与颛顼争夺帝位，怒触不周之山，天倾西北，移动了日月星辰，地不满东南，遭洪水漫延。古代典籍记载，他是尧帝之子，犯有罪过，被舜帝流放于北方幽州一带地方。

④郭隗：战国时燕国人。燕昭王为向齐国报仇，广招人才，并向郭请教策略。郭告之说："爱惜人才，请从我始。"昭王为他修筑了住室，并尊之为师，很快造成影响，招来乐毅等一批人物。

⑤荆轲：战国末年卫国人，游历燕国，被燕太子丹尊为上卿，派他到秦国刺杀秦王政。在秦宫刺秦王未中，被杀死。

⑥臧卢：指秦末汉初，汉刘邦反秦灭楚之后，先以臧荼为燕王，后令卢绾诛杀。又以卢绾为燕王，又疑卢绾反，命樊哙击之，卢绾逃投匈奴。

⑦安史：指唐代安禄山、史思明。天宝十四年，二人在范阳起兵作乱，前后九年，被平息。

⑧天马载青蝇：天马比喻日奔千里的良马，青蝇飞附在马尾上，也可以一天飞奔千里。这本是比喻颜渊追随其师孔子，因而出名受益的，文天祥活用了这个典故。

⑨电秣驰康庄：电抹，指如同电闪，在手一抹的短暂时间之中。

《文山诗选注》一书注家张玉奇先生指出“秣”字误，应为“抹”。张玉奇先生并例举范成大句：“一笑流光飞电抹”。今遵照此解。全句可理解为，如同闪电在一抹的短暂中，正飞驰在康庄大道。

⑩厉阶起玉环：厉阶，指祸端。这句诗是说，祸端起自唐玄宗宠爱杨玉环的女色。但这只是一个比喻，实际是指宋理宗宠爱贾妃。唐玄宗宠爱杨玉环，致使其兄杨国忠当权误国，宋理宗宠爱贾妃，也使其兄贾似道当权误国。

⑪左计由石郎：左计即下策，坏主意。石郎即石敬瑭。石原为后唐河东节度使，后勾结契丹灭后唐，割燕云十六州与契丹，年献帛三十万匹，受封为后晋皇帝，自称“儿皇帝”，称契丹首领为“父皇帝”。这也是比喻，实指南宋当权者与投降派大臣。

⑫八荒：指八方极远的地方。如贾谊《过秦论》有言：“吞并八荒之心”。

诗义串释

昨天渡过滹沱河的河水，今天可以遥望到太行山的山冈。白云是那样飘渺，天地是那样苍茫。凌厉的西风吹卷着落叶，昏黄的尘土迷蒙了夕阳。无数牛车不停地走过，人在车上的毡房中隔窗相望。小孩子骑着瘦弱的驴，当兵的壮士骑着骏马意气昂扬。地里的庄稼有高有低，无边无际；荒原上的草色有深有浅，莽莽苍苍。村落里的农家颇有古风，装束纯朴，没人显露新奇的模样。啊！这里是大宋国与辽国的分界，这里是古代燕国与赵国互相征伐的战场。在古代，蚩尤曾在涿郡作乱被杀；还有共工战争失败，被流放在幽州地方。在这里，燕国重用了郭隗，而招致乐毅等人的来到；也是在这里，荆轲为了报恩，带上秦舞阳去行刺秦王。在汉初，卢绾与臧荼在这里反复充当燕王，都是刘邦导演的闹剧；在唐朝，安禄山和史思明为反唐，在这里逞过疯狂。争夺富饶的山川，古今没有不同，多种多样的人物代表着朝代的兴亡。我原是南方一个求读圣贤古籍的书生，习惯于奔走的道路颇像羊肠。有些人如同托载于骏马的青蝇，虽然是追腥逐臭，却奔驰在大道康庄。我不知道如何适应这种情况，苦闷而且激愤，真像是进入醉梦之乡。在现实生活的矛盾中不知所措；一想起历史的曲折，更难禁热泪流淌。帝王走上祸灾的台阸，常常起于女色，荒唐莫过于热爱杨玉环的唐明皇；为国家、民族出坏主意的人，则是五代时蓄意对敌屈膝的石敬瑭。但是，天地的运行，以日月昭告天下，它们温暖、清澈的光辉预示着吉祥。白昼、夜晚互相交替如果可以打乱，春天、秋天的季节循环岂不变得荒唐？人的一生，尽管是非常短暂，俯仰之间，依然可以眺望到四极八荒。国家未来的命运，我难以准确预见，且高歌《远游》的诗篇诉说衷肠。

保涿州[①]三诗

赵太祖墓[②]　　在保州

我行保州塞，　御河直其东。
山川犹有灵，　佳气何郁葱。
顾我巾车囚，　厉气转秋蓬。
瓣香欲往拜，　惆怅临长空。

楼　桑　　故宅近涿县三十里

我过梁门城，　楼桑在其北。
玄德已千年，　青烟绕故宅。
道旁为挥泪，　徘徊秋风客。
天下卧龙人，[③]　多少空抱膝。

涿　鹿[④]

我瞻涿鹿野，　古来战蚩尤。

轩辕⑤此立极，玉帛朝诸侯。
历历关河雁，　随风鸣寒秋。
迩来三千年，　王气行幽州⑥。

诗作背景

文天祥九月二十一日到保州，在保州滞留了八天。二十九日自保州继续北行，三十日早晨过白沟河，晚宿于梁门。他听说赵太祖墓在保州附近，作为被元军俘获的宋朝臣子，元军不允许文天祥去祭拜，是可以想象的，文只能写诗深表遗憾。至于刘备的故乡楼桑，他也只是听说尚有刘备故居，并没有亲到其地，诗中主要写的还是作为“卧龙人”“空抱膝”的痛楚。

词语注解

①涿州：今河北省涿县。

②赵太祖墓：误。应为“赵太祖祖茔”。文天祥当时受到条件的限制，没有将“赵太祖墓”与“赵太祖祖茔”分别清楚。赵匡胤出生在保州，故里在这里，而死后葬在巩义，号永昌陵。在保州的只是赵匡胤的祖坟，埋葬的是他的先辈。

③天下卧龙人：指后世如诸葛亮等辅佐历代君王的人物。

④涿鹿：在今河北省西北部，与北京市接邻。

⑤轩辕：指黄帝。神话传说与历史典籍中，均以之为中华文明的始祖。《史记》载，黄帝为少典之子，姓公孙，名轩辕。

⑥幽州：古九州之一。春秋时为燕国地，辖有东至辽宁，西至河北大部分地方。

诗义串释

赵太祖墓

我走过保州的州城，赵州河在州城以东。（这里是我宋朝的发祥之地啊）山川似乎充满灵性，气象是那样奇丽，树木是如此葱茏。我自顾是一个被押解的囚徒，在敌人的严苛对待下，直如一颗被玩弄的秋蓬。真想到墓前跪拜，终于没能成行，只能惆怅地仰望长空。

楼 桑

我走过梁门城的地界，听说刘备的家乡楼桑就在城北。蜀汉先主刘备已是千年前的人物，据说绿树成荫还围绕着他的故宅。在路旁，我不免轻轻拭泪，秋风中，惋惜他恢复汉代的壮志未遂。更悲叹学步卧龙的后来者，多少人无力回天，空留下无尽的惭愧。

涿 鹿

我眺望涿鹿的原野，在这里，我们的祖先黄帝，曾经大战过蚩尤。轩辕黄帝以坚毅、勇敢取得胜利，受到诸侯的拥戴，无愧地戴上高贵的冕琉。现在，只望见河边稀落的大雁，不断发出长鸣，无惧寒秋。祖先的功业，已有三千年的历史，我感到王者的霸气依然运行在幽州。

过梁门[①]

一一金瓯[②]在，双双镇璧[③]全。
土花[④]开旧国，风絮渡江船。
南北分新统，　江淮号极边。
更和天堑失，　回首惨啼鹃。

诗作背景

九月二十九日，文天祥离开保州，当晚宿于梁门。在宋代历史上，梁门曾是抵抗辽、金的南下，抗战不屈，长期坚守，造成重大影响的地方。这些历史，文天祥是不会忘记的。

词语注解

①梁门：在今河北省徐水县。本为易州宥戎镇，五代时北周改称梁门口寨。北宋时辽军南下，宋将魏能坚守梁门，辽军久攻不下，有铜梁门之称。

②金瓯：指黄金造成的罐形器皿。由于不易破损，比喻疆土完整、坚固。

③镇璧：镇字有安定、常久之意。璧为用玉雕刻而成的珍贵艺术品。

④土花：指苔藓。李贺诗《金铜仙人辞汉歌》："三十六宫土花碧。"

诗义串释

一个一个金瓯还健在，一双一双镇国的玉璧也都保全。苔藓开放在旧国的版图，在无边风絮中启动了南渡长江之船。从此，统一的国家分成了南北两地，长江以北的淮河，成为国家的北边。更加令人痛心的，天堑同时遭到失陷，梁门上空留下回头悲啼的杜鹃。

白沟河[①]

昔时张叔夜[②]，统兵赴勤王[③]。
东都[④]一不守，羸马迁龙荒。
适过白沟河，裂眦须欲张。
绝粒不遄死，仰天扼其吭。
群臣总奄奄，一士垂天光。
读史识其地，抚卷为凄凉。
我生何不辰，异世忽相望。

皇图遘阳九[5]，　天堑满飞蝗[6]。
引兵诣阙下，　捧土障澜狂。
出使义不屈，　持节还中郎[7]。
六飞[8]独南海，　金钺[9]将煌煌。
武侯空威心，　出狩惊四方。
吾属竟为虏，　世事吁彼苍。
思公有奇节，　一死何慨慷！
江淮我分地，　我欲投沧浪。
沧浪却不受，　中原行路长。
初登项籍宫，　次览刘季邦。
涉足河与济，　回首嵩与恒。
下车抚梁门，　上马指楼桑。
戴星渡一水，　惨淡天微茫。
行人为我言，　宋辽此分疆。
悬知公死处，　为公出涕滂。
恨不持束刍[10]，　徘徊官道傍。
我死还在燕，　烈烈同肝肠。
今我为公哀，　后来谁我伤？
天地垂日月，　斯人未云亡。
文武道不坠，　我辈终堂堂。

诗作背景

九月三十日清晨，文天祥一行过白沟河，傍晚过楼桑，晚宿涿州。

白沟河引起他更大的感触，这里不仅在北宋时代便是宋、辽的交界，还是北宋名臣张叔夜殉国的地方。张叔夜和文天祥的遭遇有不少相同之处，他们都是科考出身，都在朝内为官，又都出任地方官员，在外族入侵危及京城时，又都组织地方武装到京师勤王，又都在战争中为敌军俘虏。张叔夜被俘北来，至白沟河，扼吭而死。文天祥对张叔夜十分钦佩，对自己未来的命运已做了足够的准备。在这种情况下，他写下了这篇题为《白沟河》的诗篇。

词语注解

①白沟河：今河北省高碑店东、自北而南的白沟河。故道在今白沟河北，东流经霸州与信安镇北，至天津一带与诸水会合。宋、辽时以此为界，亦称界河，故道明代以后已湮没。

②张叔夜：北宋时开封人，字嵇仲。大观四年进士出身。历任右司员外郎、中书舍人、礼部侍郎。后知海州，镇压宋江等农民起义。又知济南、青州。靖康元年，金人南下，请以骑兵断金兵后路，朝廷未予同意。又徙邓州，领三万兵入卫京师，与金兵力战被俘。汴京陷，拒不签名拥戴张邦昌傀儡政权。金人俘宋二帝北上，张叔夜亦被迫北上，途中绝食，至白沟河自行扼吭而死。

③勤王：本意是为帝王尽力办事。后专指帝王受到威胁，出兵支援救助为勤王。

④东都：指北宋都城东京，今开封市。

⑤阳九：见《指南后录》卷一上《二月六日，海上大战》注释④。

⑥飞埠：埠，查无此字。似应为“蝗”。喻南宋将领虽守天堑，但不过是飞蝗一类害虫，消耗国家资材，对保卫国家并无用处。

⑦中郎：官名。宫中护卫、侍从一类官职。又指将帅之幕僚。

⑧六飞：指古代帝王乘六匹马拉的车。又指奔跑如飞。

⑨金钺：古代用以砍杀的一种武器，类于大斧，装长柄。

⑩束刍：束，指绑、系。刍，是喂牲口的草。《诗经·小雅·白驹》：“生刍一束，其人如玉。”指应为张叔夜献上草束以表尊敬。

诗义串释

北宋时有一位张叔夜，曾领兵到国都东京去勤王。东京失陷以后，被金兵俘虏，把他迁徙到边荒。在北渡白沟河的时候，他拒绝受辱，炸开胡须，瞪裂眼眶，绝食没有达到绝命的目的；仰面对天，自己扼住喉咙，断气而亡。多少被俘者大都逆来顺受，只有一位烈士在天地间闪耀出光芒。细读历史才了解他的事迹，手握书卷不免心中凄凉。我出生是如此不对时辰，和张叔夜不同时代，遭遇却颇为相像。我们的命运属于阳九一类的厄运，保卫国家守卫天堑的官员大都像害虫飞蝗。我们响应号召，出兵保卫国都，不过是手捧着不多的泥土，幻想去堵住洪水的发狂。仗义出使，我们不会屈服于对手，手持节旄，归来依然交还于朝房。我们的指挥机构奔跑如飞，后来更长期驰骋南海，手持金钺的将军望起来意气昂扬，指挥军队的大员空有威武的心思，随君出狩徒然惊动四方。我等竟遭到敌人的俘虏，这样的事实怎能去呼吁于上苍。我非常钦佩先生的高贵节操，不惜生命，一死报国，是何等慨慷。在江淮一带熟悉的地域，我也曾打算奋身一跃，投入沧浪。这一打算难以达成，被迫走向北国，路途是这样漫长！我访问了项羽的宫殿，游览了刘邦的家乡。渡过了黄河与济水，想看一下嵩山和恒山，已经要靠回头遥望。下车，抚摸一下梁门；上马，分辨一下楼桑。今天一早，顶着星辰，渡过又一条河流，夜色初褪，天色是这般苍茫。有的行人告诉我说，这里原是宋国、辽国交界的地方。想起先生在这里死难，为先生悲痛一哭，涕泪彷徨。遗憾未能献上束刍以表尊敬，下了车彷徨在官道一旁。我决心和您一样，在燕地一死，轰轰烈烈，同样肝肠。我现在为先生悲哀，不知道谁将为我感伤？大地间永远有日月的照耀，我们不论是活着还是死去，都一定要堂堂皇皇。

怀孔明[1]

斜谷[2]事不济，将星殒营中。
至今出师表，　读之泪沾胸。

汉贼明大义，赤心贯苍穹。
世以成败论，操懿[3]真英雄。

诗作背景

渡过长江北来，进入从未走到的中原大地，文天祥凭吊了不少古迹，缅怀了不少古人。走过保州、涿州以后，距离押送他到达的目的地愈来愈近，梁门、白沟河这些与宋朝抵抗辽、金史事有关的地方，更触动他思潮的汹涌。从不少古人身上，他总结了得失，坚定了方向。

他把孔明写在第一首，显然是尊崇孔明的忠义。孔明尊崇汉的正统地位，与所谓汉贼不两立的精神，使他倾倒。他更欣赏刘备、孔明互相信任、合作的君臣义气。

词语注解

①孔明：三国时蜀国丞相诸葛亮，号孔明。
②斜谷：在今陕西省中部。孔明病逝，则在五丈原。
③操懿：曹操、司马懿。

诗义串释

斜谷的战事胶着、难以取胜，蜀国的元戎病殒在前方的军营。他为出征写作的《出师表》奏章，后世人读来，都感动得泪水沾胸。他明确区分汉朝与汉贼的凛然大义，一颗忠义的赤心，永远照耀历史的苍穹。世上只有唯功利是图的“成败论”者，才把曹操、司马懿这等人物看成英雄。

刘　琨[1]

中原荡分崩，　壮哉刘越石！
连踪起幽并[2]，只手扶晋室。

福华天意乖，　匹磾[3]生鬼蜮。
公死百世名，　天下分南北。

诗作背景

第二首他写了刘琨。他欣赏刘琨在乱世中独立支撑危局，对晋室尽忠、对国家负责的精神。

词语注解

①刘琨：晋代中山人，字越石。愍帝时，曾任大将军，都督并、冀、幽三州军事。晋朝南渡后，长期坚守并州，与石勒、刘曜相对抗。后兵败投段匹磾，为段杀害。

②幽并：指幽州和并州，即今北京市与太原市。

③匹磾：段匹磾，晋时鲜卑族段部统帅，怀帝曾任其为左贤王。建兴二年，段被任用为幽州刺史。刘琨失并州，至幽蓟一带，段推刘为大都督，共伐石勒，后将刘杀害。后段败于从弟末波，又败于石勒部将孔苌，为石勒杀害。

诗义串释

中原动荡分崩离析的时候，出现了伟壮的将军刘越石。踪迹相连，先后在幽州、并州起兵，独立支撑风雨飘摇的晋朝王室。可惜福星暗淡，天意乖张，遭到杀害，死于段匹磾的阴谋鬼蜮。将军虽死，留下百世善名；只可惜，从此后天下分离为南北两地。

祖　逖[1]

平生祖豫州，　白首起大事。
东门长啸儿，[2]　为逊一头地。

何哉戴若思③，　中道奋螳臂。
豪杰事垂成，　今古为短气。

诗作背景

第三首他写了祖逖。他欣赏祖逖收复故国失地的坚定态度，并敢于和本阵营中不同意见的人进行斗争。

词语注解

①祖逖：晋范阳遒县人，字豫州。少慷慨好义，广读诗书。入仕后，累迁至太子中舍人，豫章王从事中郎等职。晋室大乱逖率部属渡江，中流击楫而誓："不能恢复中原，再次渡江北归，有如大江！"后自募军，恢复黄河以南的晋土。

②东门长啸儿：指刘琨。青年时曾与祖逖为友，听说逖被用，曾表示：吾枕戈待旦，志枭逆虏，常恐祖生先我着鞭。在晋阳被敌兵围困中，琨曾登楼长啸退敌。

③戴若思：戴渊，字若思，晋时广陵人。少好游侠，常在江淮间攻掠商旅。陆机知其才能，将他荐于赵王司马伦，后曾任豫章太守、征西将军等职。后大将军王顿举兵反，戴率军平叛，战败被杀。

诗义串释

综观祖豫州的一生，重要的事迹是晚年为国家恢复失地。这让曾在城门上长啸破敌的朋友，整整低了一头的差距。朝廷在疑虑中派来戴渊，有戴渊的掣肘，他只能郁郁辞世。英雄的伟业不得已而中断，读这段历史，谁人能不为之短气？

颜杲卿

常山[1]义旗奋，范阳[2]哽喉咽。
胡雏[3]一狼狈，六飞入西川。[4]
哥舒降且拜，[5]公舌膏戈铤。
人世谁不死，　公死千万年。

诗作背景

这是文天祥歌颂古人的第四首诗，显然他敬仰颜杲卿宁死不屈的高风亮节。

词语注解

①常山：汉代在河北省中部置常山郡，辖地唐河以南，内丘以北，河北省中部偏西一带。唐代以后，又扩展至正定、井陉一带。

②范阳：原在今河北省宝兴一带。历代多有变迁，后治所改为涿县一带，又改为幽州，曾管辖京东、京西一带地方。

③胡雏：对不同民族的鄙视用词。意为不同民族的小伙子们。

④六飞入西川：六飞，古代指帝王所乘六匹马拉的车子。这里指在安禄山叛乱中，唐明皇西逃去了四川。

⑤哥舒降且拜：哥舒即哥舒翰，原为突厥族后裔，世居长安。为王忠嗣衙将时，立有功劳，曾被封西平郡王。安禄山反朝廷，起用为元帅，守潼关，出战不利，向叛军投降，被杀。

诗义串释

是您在北方的常山高举起义旗，把安禄山巢穴范阳的咽喉阻断。造反的叛逆们狼狈为奸，把皇帝逼迫得远逃四川。正因为守卫潼关的大将哥舒翰战败投降，才使安禄山对您进行了致命摧残。世上谁人能免掉一死呢？您的死难，将使人纪念千年、万年。

许　远①

起师哭玄元，　义气震天地。
百战奋雄姿，　脔妾士挥泪。
睢阳水东流，　双庙②垂百世。
当时令狐潮③，乃为贼游说。

诗作背景

文天祥对许远，同样是敬佩他忠于国家、视死如归的精神。

词语注解

①许远：唐朝玄宗时的睢阳（今河南省商丘市）太守，与张巡等名将一起抵抗安禄山叛军，坚守睢阳前后达九个月，最后城破被杀害。

②双庙：睢阳人曾在战后建庙，纪念张巡、许远，称双庙。

③令狐潮：原为唐朝雍丘县令，投降安禄山后，不止领军为叛军冲锋陷阵，还为叛军当说客进行劝降。

诗义串释

联合起军民，抵抗叛军，正义之气感天动地。坚守睢阳二百多个日夜，为了士卒果腹，竟不惜杀掉自己的妾氏。睢水永远东流，许远与张巡的英名将长垂后世。令狐潮曾为叛贼游说，跳梁小丑也会被人们记忆。

过雪桥琉璃桥①

小桥度雪度琉璃，更有清霜滑马蹄。
游子衣裳如铁冷，残星荒店野鸡啼。一作乱鸣鸡

诗作背景

十月初一清早，押解文天祥的元军队伍走过雪桥、琉璃桥两座小桥，经过漫长的旅途，到达元朝的都城大都郊区。目的地即将到达，文天祥的心情可知。这首诗看来只是记录行程即景，其实还是说明了文天祥冷静面对压力的心态。

词语注解

①雪桥、琉璃桥：接近元大都（今北京市）郊区的两座桥。据当代考证，琉璃河桥，其规模次于卢沟桥，文天祥走过的琉璃河桥，已毁于元末。明代嘉靖年间，在原桥地点又修了新桥。

诗义串释

走过了雪桥、琉璃桥两座不大的桥；马踏桥上的清霜，不断滑动着马蹄。浪迹北国的游子，穿的衣服如铁板一样冰冷；天上的残星不断隐没，荒村的雄鸡陆续高啼。

己卯十月一日至燕，越五日，罹狴犴[①]，有感而赋。一十七首

一

直弦不似曲如钩，　自古圣贤多被囚。
命有死时名不死，　身无忧处道还忧。
可怜杜宇[②]空流血，惟愿严颜[③]便斫头。
结束长编[④]犹在此，灶间婢子见人羞。[⑤]

二

落落南冠自结缨，[6] 桁杨[7]卧起影纵横。
坐移白日知何世， 梦断青灯问几更。
国破家亡双泪暗， 天荒地老一身轻。
黄粱得失俱成幻，[8] 五十年前元未生。

范晔在狱中为士题扇云："去白日之皎皎，即长夜之悠悠。"

三

心期耿耿浮云上， 身事悠悠落日西。
千古兴亡何限错， 百年生死本来齐。
沙边莫待哀黄鹄[9]， 雪里何须问牧羝[10]。
此处曾埋双宝剑， 虹光夜指楚天低。[11]

四

寥阳殿上步黄金，[12] 一落颠崖地狱深。
苏武[13]窖中偏喜卧， 刘琨[14]囚里不妨吟。
生前已见夜叉面， 死去只因菩萨心。
万里风沙知己尽， 谁人会得广陵音[15]！

五

亦知戛戛楚囚难，[16] 无奈天生一寸丹。
铁马行鏖南地热，[17] 赭衣坐拥北庭寒。[18]
朝餐淡薄神还爽， 夜睡崎岖梦自安。
亡国大夫谁为传， 只饶野史与人看。

六

风雪重门老楚囚[19]，梦回长夜意悠悠。
熊鱼自古无双得，[20] 鹊雀如何可共谋。[21]
万里山河真堕甑，一家妻子枉填沟。
儿时爱读忠臣传，不谓身当百六秋。[22]

七

听着鹃啼泪满襟，国亡家破见忠臣。
关河历落三生梦，[23] 风雪飘零万死身。
丞相岂能堪狱吏，故侯安得作园人。
神农虞夏吾谁适？[24] 回首西山继绝尘。

八

风前泣灯影，日下泣霜花。
钟信[25]忽然动，屋阴俄又斜。
闷中聊度岁，梦里尚还家。
地狱何须问，人间见夜叉！

九

风霜阴忽忽，天地澹悠悠。
我自操吴语，谁来问楚囚？
寂中惟灭想，达处尽忠忧。
手有韦编[26]在，朝闻夕死休。[27]

十

环堵尘如屋，[28] 累然一故吾。

解衣烘稚虱，匀锁[29]救残须。
坐处心如忘，吟馀眼已枯。
不应留滞久，何日裹籧除[30]？
吴杀诸葛谨，以籧除裹而弃之。

十一

浩劫风尘暗，衣冠痛百罹[31]。
静传方外学[32]，晴写狱中诗。
烈士惟名殉，真人与物违。[33]
世间忙会错，认取去来时。

十二

俨然楚君子[34]，一日造王庭[35]。
议论探坚白[36]，精神入汗青[37]。
无书求出狱，[38] 有舌到临刑。[39]
宋故忠臣墓，真吾五字铭。

十三

两月缧囚[40]里，一年忧患馀。
疏因随事直，忠故有时愚。
道在[41]身何拙，心安体自舒。
近来都勘破，人世只蘧庐[42]！

十四

衮衣坐缧绁，世事亦堪哀。
枕外亲炊黍，[43] 炉边细画灰。[44]
无人泪垂血，[45] 何地骨生苔。[46]

风雪江南路，　梦中行探梅。

十五

我自怜人丑，　人方笑我愚。
身生豫让癞[47]，背发范增疽[48]。
已愧功臣传，　犹堪烈士书。
衣冠事至此，　命也欲何如？

十六

久矣忘荣辱，今兹一死生。
理明心自裕，神定气还清。
欲了男儿事，几无妻子情。
出门天宇阔，一笑暮云横。

十七

珙壁衣冠十六传，　更无一士死君前。[49]
自惭重赵非九鼎，　犹幸延韩更数年。[50]
孟博囊头真自爱，[51]杲卿钩舌要惟怜？
人间信有纲常在，　万古西山皎月悬。

诗作背景

在元军押解下，文天祥于元至元十六年（1279）十月初一，到达了元大都，即燕京。他们是当年四月二十二日由广州登程北上的。在南方，借助于舟船，到北方，借助于车马，历经风晨雨夕，千辛万苦，用了整整一百五十八天，到达了目的地。

元朝廷的当政者，秉承皇帝忽必烈的意旨，对南宋王朝的高官采取怀柔政策，尽最大的力量予以招降，以利对南宋子民施行统治，是非常清楚的。但是，对被俘的文天祥到达大都，并没有加以认真的准备。当押解的元军们簇拥着文天祥走进会同馆时，馆人问明原委，加以拒绝，不予收留。原来所谓会同馆，是接待来朝廷朝拜官员的机构，理所当然地不收囚犯。僵持了很长时间，才找了一处小院落，把文天祥安置在一所偏房之中。这一天，馆中人对文天祥根本未加理睬。

第二天下午，他们忽然对文天祥变了态度，待如上宾，不只有了丰盛的饭菜，也撤换了幔帐、被褥。问问馆人，小伙子回答说："禀报了博罗丞相，这是他的交代！"文天祥听到这个讯息，采取了不食不寝的应对；面对丰盛的饮食，不抬眼去看，只吃自己买来的食品；更不进华美的幔帐睡眠，有时竟坐着通宵达旦。接连两天，元人展开了劝降活动。先是派降官留夢炎来劝降。留夢炎和文天祥有着同样经历，也曾在科举考试中高中状元，同样在南宋任职过丞相。元人原想留夢炎的出现，会对文天祥有较大的震动，没想震动确实很大，文见到留夢炎当即义愤填膺，大骂他背负国家、人民，忘恩负义。留夢炎劝降一套说辞，连一句也难启口，只好灰溜溜地走开了。元人又派来了跟随太后一起投降的小皇帝赵㬎，元人还是梦想用皇帝来影响文天祥，说明皇帝已降，忠于赵宋已无意义。哪里想到，文天祥确有忠于宋朝的思想，但他心中的宋朝，并非仅仅限于赵姓皇帝，也涵盖了广大的人民，悠久的历史、文化，以及锦绣的河山、家园。他看到原来的小皇帝，仍然遵循一贯的礼仪，一面行礼，一面敦请他回南方去，继续抗元。小皇帝不知怎样应对，有口说不出什么话来，也只好退出了馆舍。据文天祥的挚友邓光荐写的《文丞相传》所载，元人为了动摇文天祥的意志，还曾使用更加恶毒的伎俩，让被俘在元人宫廷服劳役的文天祥女儿柳小娘、环小娘，与文作了一次短暂的相会；在相会中，让文知晓确切的信息：被俘的欧阳夫人也在元宫劳役。使用这种骨肉亲情来伤害他，逼迫他投降。他遭受的痛苦，是常人无法想象的，他满怀对亲人的热爱，但坚不投降的意志，丝毫也没有动摇。

在无计可施的情况下，元朝的一个当政者阿合马亲自出场了。阿合马是元朝的平章政事，与宋朝的丞相职务类似，执掌的权柄不小。他来到行馆，先找到厅堂，召唤文天祥问话。文天祥来到，按通常礼貌拱拱手，然后按照常规找座位坐下来。阿合马开口了："知道我是什么人吗？"文天祥说："听得馆中人说，有丞相来，不知是否？”阿合马大模大样地说：“既知我是丞相高官，为何不作跪拜？”文天祥立即回答：“我是南朝丞相，见一个北朝丞相，焉能跪拜？拱手招呼足矣。”阿合马无话好说，无可奈何地向随从自己的官员们说：“这个人的生死由我决定。但是，他竟然……”他的意思想说，“竟然还这样倔强”。话还未出口，文天祥已站起身来高声斥责：“亡国之人，只求一死！我的生死，哪里用你决定。”两人的谈话无法继续，阿合马只好结束这次谈话，无精打采地离开了行馆。

十月初五日，博罗、阿合马、张弘范等，就如何处理文天祥的问题进行了商谈。他们一致的意见，要以强硬的态度来压制他就范。从这一天起，把文天祥投入牢狱，脖颈上戴了重枷，双手也缚在枷上，行动完全没有自由。文天祥所携带的衣物、银钱，完全由牢狱掌管，不得自行动用。还规定他一天的饮食费用，不得超过一钱五分银两的所值。不用说，随从文来到大都的诸人，也不许随时看望。正是这样，才形成了诗歌所说的“己卯十月一日至燕，越五日，罹狴犴”的全部意涵与背景。自被俘之日起，早已是“楚囚”的身份，“罹狴犴”，灾难则更加深重：整天披枷戴锁，吃着低劣的饭食，还要自己烧饭；有时在狱吏的呵斥下，要去浇灌菜园；终日在极肮脏的环境里坐卧，身上生了虱虫以至疥癣……其实，他对这一切早有充分的精神准备，“亦知戛戛楚囚难”一句诗，便足以说明。他挺过了一切磨难，“朝餐淡薄神还爽，夜睡崎岖梦自安。”

这样双方僵持了一个月，到了十一月初二日，牢狱宣布：“疏枷！”表示宽待。初五，文天祥被押解到枢密院，看来又要问讯。不想一直等到正午，又被押回。据说官员公事繁忙，未及相见。而且一连四天，天天如此，使人不禁连想，见一次官员，并非易事。文天祥看在眼里，笑在心里，玩弄这些伎俩，竟像对付小孩子的手段！到了初九日，才真正见到了官员，双方面对面进行了激烈的斗争，唇枪舌剑争辩了近十几个回合，元朝官员竭尽全力想在精神上压倒文天祥，最后却被文天祥压倒了。一进厅内，文天祥只认识博罗和张弘范两个人，便气定神闲、潇洒轩昂地按照中原文化，长揖作礼。通事喊起来：“跪！”文天祥昂然高呼：“南人见北人，已用南礼，安得言跪？”博罗也呼叱拉文跪倒，文就势而坐再不起身。元卒数人，有人拉，有人按，强要文跪，文只是挣扎拒不就范。博罗看这不是办法，只好挥挥手，制止了众人，第一个斗争回合便以博罗认输而告结束。通事向危然正坐在地上的文天祥问："你有何话说？"文天祥坚定而又明确地回答："自古以来，经历了许多朝代，总是有盛衰兴亡。今日之事，天祥愿忠于宋代社稷，任凭诛戮，幸早施行。"文天祥主动阐明自己的意愿，让通事无话再说，只好闭口不言。博罗总算盼到文天祥开口说话，便以为有了继续对话的希望，立即插嘴问："你说经历了许多朝代，总有盛衰兴亡，不妨给我们讲讲，都经过了几王几帝？……"文天祥立即不屑地回答："这又不是生员考试，我哪里有闲暇和你讲什么历史！"博罗等人又输了第二个回合。博罗颇不甘心地自我解嘲说："因为你讲到兴亡，我才问你几代几王的事。你不讲也罢。我且问你，有人出城投降，把城池、土地交给战争胜利的一方，后来却又不辞而别，偷偷溜走。你能说说这是谁人吗？"通事把博罗的话翻译结束，文天祥已经听明白，博罗想用元军打到临安郊区，自己奉命出城与元军谈判，被元军强行扣留，自己在镇江逃亡的往事来打击自己。于是便不徐不疾地反驳说："可惜你对这段历史并非亲历，以无稽之谈归罪于我，岂可得逞。我到元营是责备你们擅动干戈，背信弃义，希望你等有所悔悟，两国重归和好。如果我是到元营投降，你们欢迎还来不及，怎么会扣留我呢？如果我是到元营议降，我还逃跑干什么？我们宋朝还有两个王子在浙江，我是记挂着辅助二王，继续抗元，才逃亡出走，不辞而别……"文天祥娓娓而谈，说得博罗面红耳赤，无话好说。听到这里，他强词夺理地说："你们宋朝的太后、皇帝已经投降，跟随我们元朝来到北方。你辅助二王，岂不背叛了你的皇帝，这是不忠！"张弘范也帮腔说："这是篡国！"文天祥神情变得更加严肃起来，他说："你们听说过吗？民为贵，社稷次之，君为轻，国家并非某一人之国家，当危亡之际，有人臣、民众的拥戴，何篡之有！"话说到这里，胜负已可看到；但是，博罗还是不甘心，他仗着胜利者的优势，再一次强词夺理："你应当保护你的皇帝出走，不要投降，才是忠臣。你应当率兵出战，与我们伯颜丞相决一死战，才是忠臣！你立二王，有什么功劳？"文天祥回答说："这些事，宥于形势，未能做到；但是，做忠臣，则无早、晚之分，时至今日，我仍可做到。臣下救国家，是应尽责任，讲什么功劳不功劳！"博罗冷笑一声："既无功劳求取，又是徒劳无益，何必去做！"文天祥是个真挚决不作伪的人，即便对敌人亦复如是，他认真地说："国家遭遇艰险，如同父母身患重病，明知难以保全，怎能有不去求医问药、施行救助之理？"他知道对敌人用讲道理的办法，是讲不通的，绕多少圈子，斗多少回合，可以打败对方，但不会动摇对方的立足点，更不要说改变对方的想法。纠缠无益，便开门见山讲出自己的意愿："文天祥有死而已，无须多言！"博罗与文天祥斗了几个回合，虽然屡斗屡败，但他总盼望对方有转弯的时候，所以还有一定的耐心。转了很大圈子，他听文天祥又回到原点，便再也忍耐不住了。他一拍桌子，大声吼叫："你想死，我偏不让你死，就这样关押下去！"文天祥不禁笑起来说："我求死，是遵照古圣先贤的大义。你关押我，有什么用呢？"博罗气得胡须抖擞，大喊大叫，通事不作翻译，不知他说些什么。最后，有人带文天祥走，文天祥整整衣装，昂然而去。数数他们的辩驳，整整九个回合，全都以博罗的失败而告结束。

以上就是《己卯十月一日到燕，越五日，罹狴犴，有感而赋》十七首诗的写作背景。可以想象，十七首诗，是他到达燕京以后，元人由于招降不果，将他投入监牢而写出的直接感受。写一十七首诗，是有一个过程的。从此以后，"罹狴犴"成为他的正常生活。元人总是盼望他投降，不愿杀死他；元人也知道，他是坚强的，和他接触，难以取得任何效果。于是他在燕京监牢，前后被关押了三年又两个月零九天之久。

词语注解

①狴犴：古代传说龙生九子，均不成龙。其四子为狴犴，形似虎，立于狱门，故狴犴是象征牢狱之灾的形象。

②杜宇：原是古代蜀帝的名字，又称望帝。传说死后化成了杜鹃鸟，又称为杜宇。《文选》左太冲《蜀都赋》中有言："鸟生杜宇之魄"。

③严颜：三国时，临江（今四川省忠县）人。益州牧刘璋任其为巴郡太守。刘备入川，严率军守土，兵败被擒。张飞怒其抵抗，将斩杀，严神色无变。张飞敬其为人，遂释放，待如宾客。

④长编：指文天祥写的几本诗集。

⑤灶间婢子见人羞：意思是只管炉灶间做饭的丫环，没有经历大的场面，见了外人便害羞。作者是用这种玩笑语言对敌人表示蔑视。

⑥落落南冠自结缨：这是作者用孔子弟子子路的典故。子路与敌对势力对战，因为帽子歪了，便结上帽带，为此被杀。文天祥以此自喻。

⑦桁杨：加在颈上或脚上的刑具。

⑧黄粱得失俱成幻：据唐沈既济《枕中记》所述：严生在邯郸旅店遇见道者吕翁。生自叹贫困，吕授之以枕，生入梦境。在梦中经历荣华富贵，及至梦醒，煮的黄粱米饭尚未煮熟。后人以此故事比喻人生富贵，不过是黄粱一梦。作者在这里说明，不论得失如何，已经都成为幻影。

⑨黄鹄：天鹅，形如鹤，色苍黄。

⑩牧羝：见《指南录》卷一《纪事》（一）注释⑦。这句诗是说，无须去问公羊是否产子。

⑪此地曾埋双宝剑，虹光夜指楚天低："双宝剑"是讲"丰城剑气"的典故。三国之后，晋将灭吴，晋臣有人提出，天象可见吴地有剑气，征伐恐有不利。重臣张华认为，剑气非吴所恃，遂发兵灭吴。吴灭，张华派雷焕为丰城令。雷到丰城，经查访，掘监狱之地四丈余，得一石匣，内存两剑，一剑刻字为龙泉，一剑刻字为太阿。此后，吴地剑气消失。文天祥采用这一典故，说明江南人杰地灵，还有恢复南宋的潜力。但是，面对现实，他也看到，元人所在的北方虹光满天，兴盛无比，南方天空暗淡、低矮，于是接着写出了"虹光夜指楚天低"的诗句。

⑫寥阳殿上步黄金：古代进士及第，多在寥阳殿受皇帝接见。这是作者回忆曾经历过的殊荣。

⑬苏武：西汉时杜陵人。武帝时，任中郎将，出使匈奴，为匈奴单于扣留。因拒不投降，被驱之北海，牧羊十九年，始终手持汉节，节旄尽脱。后昭帝即位，与匈奴和亲，苏武始得归汉，封关内侯。

⑭刘琨：见本卷《刘琨》注释①。

⑮广陵音：三国时魏人嵇康善鼓琴。晋时被杀，临刑时曾奏琴曲

《广陵散》，并慨叹所奏为绝响，后世遂以《广陵散》比喻绝响之音。

⑯亦知戛戛楚囚难：戛戛，形容困难而费力。如古文中说：戛戛乎其难也。

⑰铁马行鏖南地热：鏖，应为麈。是说骑了马在南方行军、打仗，暑热难耐。

⑱赭衣坐拥北庭寒：赭衣，即囚服。穿了囚服，在监牢静坐，即使拥有其他衣物，在北方的冬天，也是寒冷难耐的。

⑲楚囚：见《指南后录》卷一下《生朝》注释⑤。

⑳熊鱼自古无双得：指《孟子》书中所说，熊掌和鱼不可兼得的比喻。

㉑鹄雀如何可共谋：指黄鹄与麻雀这两种鸟类不可同谋，他们的翅膀不同，没有共同语言。

㉒不谓身当百六秋：百六，指厄运。道家认为，“天厄”谓之“阳九”，“地亏”谓之“百六”。整句是说，不相信“百六”“地亏”的厄运之秋。

㉓关河沥落三生梦：“关河”一词，原出于《史记·苏秦传》，指秦国地理形势，“东有关河，西有汉中，南有巴蜀，北有代马”。关指函谷等雄关，又指黄河等天险。也可泛指国家边境以关隘、河流划出的明确界限，以保国家的安全，是终生的梦想。

㉔神农虞夏吾谁适：这句是说，神农氏、有虞氏、夏禹等古代圣人很多，我要跟从谁人呢？

㉕钟信：钟声报来的信息。

㉖韦编：古代书籍以竹或木的薄板书写而成，用皮条串起，称韦编。

㉗朝闻夕死休：孔子说的“朝闻道夕死可矣”。

㉘环堵尘如屋：环堵，四面都围着墙的小屋。尘如屋，这里说的屋，是指帷帐。这一帷帐，是灰尘结成条、网而成的。这个“屋”字，也可写成幄。

㉙匀鏁：鏁与锁字同。指刑具上的锁链把胡须夹住，要把锁链匀动一下，救出被夹的胡须。

㉚籧篨：很粗的竹席。

㉛百罹：罹，忧患，苦难。百罹，多种苦难。《诗经·王风·兔爰》言："我生之后，逢此百罹。"

㉜方外学：指世俗之外的学问。即不受传统礼教约束的佛家或黄老之学。

㉝真人与物违：意为一个真正的人，与世俗一定相违背。

㉞楚君子：还是楚囚的意思。《左传》成公九年中说，晋景公问钟仪，南冠而縶是什么人？回答说，是郑人献来的楚囚。接着景公经过和被俘者直接接触，其人原是乐师，回答问话十分得体，景公便说：楚囚，君子也。……

㉟造王庭：造，即到达。王庭，君王所在。这里实指元大都，即燕京。

㊱探坚白：指战国时名家间有关"坚白"的论辩。公孙龙学派提出"离坚白"的论题，并以"白马非马"加以论证，其实是夸大了事物的差别性，而忽视了事物的同一性。惠施学派不赞成公孙龙的论点，则强调了事物的同一性，而抹杀了事物的差别性。双方各有其片面性，又各执一词，争论不休。文天祥这句诗，只是作一个比喻，说他和元人的激烈争辩，似乎是理论上的探讨。下一句诗立即否定了理论探讨的比喻，元军侵掠南宋，不论采用任何借口，都改变不了战争的根本性质，这是对战争不同的看法，而不是什么理论探讨。所以他说"精神入汗青"，应当记入史册。

㊲汗青：见《指南后录》卷一上《过零丁洋》注释⑤。

㊳无书求出狱：汉代，梁孝王听了谗言，把邹阳关入监牢，即将杀他。邹阳在狱中写了书信为自己辩白，梁孝王看他讲得有理，便放他出来，待为上客。文诗反其意，我没有书信请求出狱。

㊴有舌到临刑：这里用颜杲卿的典故，表示自己也有舌头，可以被钩。

㊵缧囚：指囚犯。缧为绳索，引申意指牢狱。

㊶道在："道"，指作者追求的理念。"在"，指仍然还在坚持不变。

㊷蘧庐：又称传舍，即旅舍。宋苏轼诗句："人生何在非蘧庐，故山鹤怨秋猿孤。"

㊸枕外亲炊黍：除了睡觉之外，还要自己操办烧饭。有一段时候，元人监牢断绝了千载心每日送饭，要文天祥自己料理饭食。

㊹炉边细画灰：闲来他在炉边灰土上写字解闷。

㊺无人泪垂血：流泪，但还不至于流出血来。

㊻何地骨生苔：不知死在何地，哪里还考虑骨头上是否生出苔藓。与上句连同一起，是文天祥对敌人的迫害发出豪言。

㊼豫让癞：豫让，战国时期的刺客，曾为智伯之宾客。赵襄子灭智伯，豫让漆身为癞子，拔掉须眉，改变容貌，又吞火炭，变更嗓音，谋刺襄子为智伯报仇，后被捉自杀死。

㊽范增疽：范为秦末鄛人。年七十，辅助项羽反秦，项尊其为亚父。范屡劝项羽杀死刘邦，项未听其计。后又中刘邦反间之计，疑范有异心，范愤而离去，背生疽而死。

㊾珙壁衣冠十六传，更无一士死君前：这是指宋朝从赵匡胤登基为帝，至恭宗赵㬎，共十六代皇帝，在此期间，没有一个读书、科举出身的文臣，为争论朝政提出不同观点，而遭受到死刑的情况。据史料记载，赵匡胤曾在宫内立有碑石，称"石刻遗训"，要他的后辈皇帝认真遵守。遗训只有两条：一条是优待让位与宋的后周王室柴氏，另一条是不许因为言论不当，而处死读书出身的文臣。这个碑碣秘密立于后宫，只有后代皇帝登上皇位，才可阅读。这个碑碣的存在，直到金国占领开封，才被人发现。文天祥对第二条是颇感自豪的，所以写在自己的诗内。这确是封建时代为政的一条英明决策。

㊿自惭重赵非九鼎，犹幸延韩更数年：前句是文天祥自责自己勤王救国时，曾提出将赵昰、赵昺两位幼年的皇子，尽快迁离临安，当时这一措施是忠于赵姓王室的，但更重要的还是应当从整个国家着想。后句

则是说这样做和秦末时张良一样，反秦虽是为了恢复韩国，但最后也只能让韩国又延长了数年时间。历史的发展确如文天祥所言，没有恢复南宋的全面筹划和策略，只考虑赵姓王室的延续，不过只能延长数年南宋的存在，终归趋于败亡。

㉛孟博囊头真自爱：孟博，本名范滂，后汉桓帝时汝南人，自幼即能坚持清操，举孝廉后为官，敢于揭露不法，拔除陋行。后为人诬为构陷，被称“范党”，拘禁狱中。审讯之前，因同案人多病，常自请三木囊头，曝晒于阤下候审。三木，即以木制刑具，枷于项，拘手、足；囊头，则是以物覆盖头上。他虽自觉遵守法度，但敢于为自身辩护，常常可使问官感动、折服。

诗义串释

一

紧绷的直弦，当然不同于弯钩；这就说明了古来的圣贤，为什么遭到禁囚。人的生命死亡，而名字不会泯灭。身体没有病患，还要考虑为人之道有无隐忧？可怜啊，高鸣的杜宇空自流血；忠于其主的严颜情愿砍头。我未写完的诗集不妨了结，就像在炉灶边干活的丫环，见人还羞。

二

我戴着南方人的帽子，临死也要自己从容地连结上帽子的珞缨；尽管戴着刑具起卧，身影依然有纵有横。每日静坐看日影移动，不知到了什么世代；半夜梦醒，面对青灯，询问人现在几更？想起国破家亡，只能暗自落泪；哪里管他地老天荒，反正是一身轻松。人生如梦，不论得失已成幻影，一切都像五十年前尚未出生。

三

心中的期望，明明白白地标志在青天之上；自身的遭际，却飘飘摇摇得像落日沉西。在历史长河中，国家的兴亡，不知出现多少差错；人生百年，无论如何生死，一来一去，总算得相互补齐。在沙漠的边缘上，无须为黄鹄悲哀；放牧的原是公羊，更不用去考虑羊的产子。这里是埋藏过双宝剑的地方啊，虹光映照着夜天，显得楚地的天空是那样又暗又低。

四

在寥阳殿上走一步，像黄金一样珍贵；从高崖上往下跌落，如进入地狱一样深沉。苏武住在地窖，很喜欢卧倒休息；刘琨被囚，照样按习惯把诗歌高吟。我在生前，已看见夜叉恶鬼的面目，如果死去，也只是因为我对敌人还有善心。面对无边风沙，深切了解我的知己已经伤逝，还有什么人能懂得《广陵散》的乐音？

五

我知晓当囚徒是戛戛其难的事；无可奈何情况下，一片丹心成就了这一身份。乘骑战马行军、征战，难忍南方的暑热；坐拥衣被，北国监牢的严寒更加刺骨钻心。早餐虽清淡，食罢却精神十分清爽；睡眠尽管并不舒适，梦境倒也安稳。遭到亡国命运的士大夫，无人为之立传，不妨凭借野史、口传，任人评论。

六

风雪敲打着关押囚犯的重重狱门，长夜漫漫中，梦里归来，意绪悠悠。自古以来人都说，鱼和熊掌不可兼得；哪里知道，鸿鹄与麻雀绝不可能共谋。万里河山就像摔碎的锅釜；我一家老幼平白无端填补了渠沟。小时候，我是多么爱读忠臣的传记啊，根本不相信，志士仁人抵挡不住“百六”“地亏”的厄运之秋。

七

听着杜鹃的鸣叫，眼泪滴湿了衣襟；只有到国破家亡的时候，才能看清谁是忠臣。生平一直梦想，国家疆域以关隘、河流为界，清清爽爽；最后在风雪飘零中，只落下万死难赎的躯身。曾经任职丞相，怎能和一伙狱吏相比；前朝的候王，怎能当作一个种菜园的平民？神农、虞、夏都是我尊崇的圣明帝王，我只能学习夷齐的回归西山，谢别凡尘。

八

有风吹拂，灯影晃动，难免流下眼泪；红日照射，霜花融化，暗自又把泪垂。钟声忽然敲动，报来时间的信息；屋宇的阴影，转眼中倾斜，远远离开了原位。烦闷中，无可奈何地度过时日；睡梦里，有时还向故乡返回。无须问讯，居住的是一座地狱；这里虽在人间，但看见的，却是数不清的魔鬼。

九

风霜阴惨惨得可怕；天地悠远得无际无边。我一个人讲着江南的土话，没有人和这个讲“蛮语”的楚囚交谈。寂静，寂静，寂静得消失了思想；达观，达观，仍然是一片忠心，考虑国家的忧患。所幸手里还有祖宗留下的书籍，朝闻道夕死可矣，不要留下任何遗憾。

十

在窄小的房子里，灰尘结成了幔帐；形容枯槁，骨瘦如柴，但依然是本来面目。脱下衣衫，烘烤衣上的寄生虱虫；匀动锁链，救出被夹住的须胡。整天坐在这里，忘记自己的存在；吟诵过诗篇，眼睛已经干枯。不应当在这个世界上滞留太久，哪一天才盼到裹上籧篨。

十一

浩大的劫难，使风尘显得更加暗淡；中原地区的衣冠人物，遭遇到痛苦的百般折磨。安静中传播着方外的学问；只要晴天，便坚持写作狱中的诗歌。做一个殉国的烈士，当然爱惜自己的声名；当一个真正的人，一定会与世俗不合。人世间做事仓忙，说不定要犯错误；要认清一去一来，孰大孰小的大节。

十二

很严肃的模样，但是一个被关押的楚囚，有一天，被押送到遥远的燕京。经过激烈辩驳，好像是探讨玄虚的“坚白”理论；议论的内容实际上应载入记录历史的汗青。我不会学习汉代的邹阳，上书请求出狱；只记得唐代的颜杲卿，遭到钩舌的酷刑。死后立一块五个字的墓碑，“宋故忠臣墓”，是我最希望的墓志铭。

十三

两个月来，当了遭受缧绁之苦的囚徒，才知道这正是一年多忧患生活的结局。不要责备我过分疏狂，我坚持的只是事物的曲直；因为我为国尽忠，才显出我做事似乎蠢愚。遵循纲常伦理，有什么笨拙？心里只要安定，身体依然舒适。近来我已把世事看破，来到人间一趟，你只当住过几十年蓬草覆盖的居室！

十四

穿过朝服，上过朝堂的人，无端地陷入缧绁；人生的遭遇，不能不令人悲哀。离开睡觉的枕头，还要给自己烧饭；火炉旁边的灰堆，正好仔细地写字消遣。难免哭泣，但眼睛里还没有流出鲜血；不知将死何地，完全不须考虑骨头上是否生出青苔。风雪无边，迷漫了回归江南的道路；睡梦中，还在漫无边际地寻找将要吐蕊的新梅。

十五

我在怜悯别人的丑陋；别人也在嘲笑我的痴迷和愚鲁。身上像豫让一样，生了癞疮；脊背长了范增患过的痈疽。惭愧于人们把我当作功臣的传说；我确实以烈士的心情，给亲人写过家书。我的为人处世大体这样，命中注定，又待何如？

十六

忘掉光荣和耻辱，已经是很久的事情；只等待一死，了却自己的生命。道理已经明白，心情自然宽解；精神得到安定，气宇更加清明。男子汉的事业即将终结，几乎断绝了妻室儿女的感情。走出狱门，天地是何等壮阔；微笑着与人世告别，望一眼暮云当空。

十七

宋朝人穿戴着老祖宗传下来的衣服、帽子，还保存着玉璧珍宝；传承了十六代的帝王，从没有一个读书科考出身的官员死在皇帝面前。我很惭愧，一向忠于皇帝，而忽视了整个国家；但也庆幸像张良那样，把国家延长了几年。孟博主动请求“囊首”，完全是出于自爱；颜杲卿被叛乱者钩掉舌头，原不是要人悯怜。我坚信人间还是有纲、常的规矩，千万年后，西山上的月亮依旧高悬。

和夷齐西山歌

歌曰：“登彼西山兮，采其薇矣。以仁易暴兮，不知其非矣。神农虞夏忽然没兮，我安适归矣？吁嗟徂兮，命之衰矣！”后二千余年，某乃倚歌而和之曰：

小雅①尽废兮，　出车采薇②矣。
戎③有中国兮，　人类熄矣！④
明王不兴兮，　吾谁与归矣？
抱春秋以没世兮，甚矣吾衰矣！

诗作背景

《夷齐西山歌》，见于司马迁著《史记》中之《伯夷列传》。文天祥引用了夷齐的全诗，但把原诗中“以暴易暴兮”一句录为“以仁易暴兮”，说明他维护周朝为正义一方的观点。更重要的是，他“倚歌而和之”的内容，是站在不同民族、不同国家的立场上，说明了元朝取代宋朝的非正义性。

词语注解

①小雅：古代经典《诗经》部分篇章的总称。其内容多为西周晚期、东周初期贵族饮宴集会时的乐歌。少部分为批评当政者的过失，抒发群众怨愤的民间歌谣。

②采薇：采集山野中的蕨菜。蕨菜，一种可食用的野菜。

③戎：古时对西部不同民族的通称。

④人类熄矣：指人类社会已没有正义可言。

诗义串释

我们民族的传统诗歌已被废弃了呀，我只好乘了车子到郊野去采蕨菜。文明的中国被不同民族霸占了呀，人类的正义之光已经熄灭。贤明的君主缺少兴盛的命运呀，我将以谁作为依归？我只有胸怀《春秋》

大义离开人世呀，不能不深长哀叹，我已经日渐衰微！

又从而歌之曰

彼美人[1]兮，　西山之薇矣。
北方之人兮，　为吾是非矣！
异域长绝兮，　不复归矣。
凤不至兮，　德之衰矣！

诗作背景

作者写了上面的和作，意犹未尽，又写了这一首和诗。这一首诗作者把自己也放进去，比喻为一个年轻的姑娘。

词语注解

①美人：美丽的姑娘。

诗义串释

品德和容貌都好的姑娘啊，已不受人的爱慕，成了西山坡上的蕨菜。北方来的暴力，不讲是非，强要把她的命运安排。她将要殒命于他乡异域啊，永远怀念着故乡，不复归来。美丽的神鸟凤凰不会飞来了，人类的德性已经衰败。

十二月二十日作

家国哀千古，　星霜忽一周。

黄沙漫故道，　白骨委荒丘。
许远[1]死何晚，李陵[2]生自羞！
南来冠不改，　吾且任吾囚。

诗作背景

十二月二十日，是文天祥永远也不会忘记的日子。正是去年的这一天，他在广东海丰以北不远的五坡岭，受到元军追兵的突然袭击。在猝不及防的情况下，敌军骑兵直接进入他的驻地，使他遭到被俘的厄运。一年来，他亲眼目睹了宋朝在南海上的灭亡，他自己也从南方被押解到北方，关押在监牢之中。他在思绪汹涌、心潮难平的情况下，写出了这首诗。

词语注解

①许远：见本卷《许远》一诗注释①。

②李陵：汉代陇西成纪人，名将李广之孙。武帝时，任骑都尉。天汉二年，率步兵五千人战匈奴，兵败投降。

诗义串释

我为家国的不幸，深怀着无尽的悲哀。去年今天，我被俘虏，转眼间天上的星斗旋转了一周。北风吹起黄沙，迷漫了古老的大道；战争把多少白骨委弃在大野荒丘。把我比唐代的许运，我死得太晚太晚；我又像汉代的李陵，活得多么可羞可羞。虽然来到北方，我戴着南方人的帽子不会改变，且听任敌人把我关进牢笼作为死囚。

二十四日　俗云小年夜[1]

壮心负光岳，病质落幽燕。
春节前三日，江乡正小年。

岁时如有水，风俗不同天。
家庙荒苔滑，谁人烧纸钱？

诗作背景

十二月二十四日，是己卯年的小年夜。这虽是他被俘后的第二个小年夜，但去年的小年夜，正当他被俘不久，服脑子（中药冰片）自杀未遂之时，对此日已无从记忆。他为小年夜写的这首诗，是根据家乡民俗的角度来写的，充满了深切的爱国激情。

词语注解

①小年夜：古以农历十二月二十四日为小年。古时以立春为春节。此日是春节的前三天。

诗义串释

惭愧啊，我虽有冲天壮志，但辜负了天上的太阳、巍峨的山岳；只落得一身伤病，卷曲在幽燕的牢监。春节的前三天，在我的家乡，这是人称的小年。由于有了年节，时间快如流水；人民风俗的不同。犹如头顶着不一样的青天。后人已无法对先人祭拜，家庙中的苔藓，一定又湿又滑，还有谁人去为祖先焚烧纸钱？

立　春

无限斜阳故国愁，　朔风吹马上幽州①。
天翻地覆三生②劫，岁晚江空万里囚。
烈士丧元③端不惜，达人知命复何忧！
只应四十三年死，　两度无端见土牛④。

诗作背景

古以立春为春节，十二月二十六日当为春节。这是文天祥为庚辰年春节写的一首即事诗。

词语注解

①幽州：指当时的元大都，即今北京。

②三生：佛教用语。指前生，今生，来生。

③丧元：元指人首，即头。丧元，即被斩首，杀头。《孟子·滕文公下》："勇士不忘丧其元。"

④土牛：以泥土堆成的牛形泥塑。古代农历腊月（十二月）送出土牛，象征送出寒气。立春再制土牛，象征助于农耕。宋陆游句："老夫一卧三山下，两见城门送土牛。"

诗义串释

在无数次斜阳的映照下，我总是为故国的命运忧愁。朔风猎猎劲吹，把我胯下的瘦马吹到了幽州。天已翻转，地已倾覆，我怎能不受劫难？岁已将尽，江天寥阔，我已是经过万里行程的死囚。真正的烈士，本不惜抛掉头颅；达观的人已经知道命运归宿，还有什么忧愁？我本来应该四十三岁离开人世；没有想到竟然又两次见到立春的土牛。

己卯岁除[1]

岁除破衣裳，　夜半刺针线。
游子长夜思，　佳人不可见。
草枯稚驴吼，　灯暗饥鼠现。
深室闭星斗，　轻裘卧风霰。

大化[2]忽流斡，　浩劫荡回转。
冠屦失其位，　侯王化畸贱。
弓戈叱奇字[3]，　刀锯摧頩弁[4]。
至性讵可迁，　微躯不足恋。
真人坐冲漠[5]，　死生一乘传[6]。
日月行万古，　神光索九县。[7]

右自己卯十月一日至岁除所赋。当时望旦夕死，不自意蹉跎至今！诗凡二十余首。明日为商横执徐岁，不知又当赋若干首，而后绝笔云。己卯除日姓某题。

诗作背景

这是文天祥为己卯年除夕写的一首即事诗。从诗中，我们可以真切地感受到他遭受的牢狱生活，半夜驴叫，饥鼠乱窜，孤灯下缝补破衣，随时都可能为国捐躯，但是又对未来充满信心。这是何等感人至深的形象啊。

词语注解

①己卯岁除：指己卯年的除夕之夜。

②大化：指人生的重要变化。《列子·天瑞》："人自生至终，大化有四。婴孩也；少壮也；老耄也；死亡也。"也可理解为指生命的过程。

③奇字：汉代王莽篡政时期，自称发现了古书（指孔府壁中藏书）和奇字。据后人考证，所谓奇字，即大篆。当时谓为籀文。

④頩弁：在一般字书中，查无"頩"字。疑为"頩"字之误。读作见，意为颧骨，引申可指朴质、诚实之貌。弁为古人穿礼服时戴的帽子。頩弁，指衣冠整齐的老实、诚恳人物。

⑤冲漠：恬静、清虚。唐韦应物句："归当守冲漠，迹寓心自忘"。冲谟与冲漠同义。

⑥乘传：古代驿站用四匹下等马拉的车。

⑦神光索九县：神光，即神奇的光芒；索，谓索取，探求；县本字为悬，即悬疑。

诗义串释

除夕之夜我在缝补破衣，夜深了，还在用针吃力地连缀着棉线。异地漂泊的游子边缝边想，自己的亲人已永难再见。也许食草已尽，驴子半夜狂吼；灯光太暗，饥饿的老鼠没有顾忌地到处乱窜。房屋紧闭，室内看不见星斗；轻薄的衣装抵挡不了北国的严寒。难以让人忘怀的，还是国家发生了翻天覆地的变化，劫难在每个人身边回旋。帽子和靴鞋失掉了原来的位置，侯王一类贵族突然变得卑贱。在弓、戈等武器上不应铸造难识的古字；刀锯当然能够摧毁衣帽齐整、诚恳朴实人的颜面。但是人的性情却难以轻易改换，尽管微小的躯体并不值得留恋。一个真正的人，恬静而又虚寂，把生死看得不过像坐上乘传。太阳和月亮是万古不灭的，神奇的光芒，可以让人们探索到这一最大疑悬的答案。

卷三

予《指南后录》第一卷，起正月十二日《过零丁洋》；第二卷，起八月二十四日《发建康》。今第三卷，盖自庚辰元日为始。文山履善甫序。

元日　庚辰岁

铁马风尘暗，金龙①日月新。
衣冠怀故国，鼓角泣离人②。
自分流年③晚，不妨吾道④春。
方来⑤有千载，儿女枉悲辛。

诗作背景

这是文天祥在元大都狱中，为庚辰年（公元1280年，元至元十七年）元月初一写的一首诗。也是《指南后录》第三卷第一首诗。

文天祥于上年（己卯年，公元1279年，元至元十六年）十月一日，被押解抵达大都。十月初五，由于文天祥坚不降元，元朝廷将他移送到兵马司监狱。屈指算来，他在监狱已经住了八十余天。当然，这只是一个开头，前景是可以想见的。这首诗说明，他已做了足够的思想准备。

词语注解

①金龙：指每天早升、晚落的太阳。在这样不断运转中度过了岁月。

②离人：离别、分散、信息已断绝之人。

③流年：指年华、光阴，比喻其易逝如水。

④吾道：指自己所坚持的信念与道理。

⑤方来：即将要来到的。

诗义串释

从事战争的兵马搅起漫天灰尘，把天空遮暗；岁月的金龙飞翔了一年，为日月重换了新天。北地的鼓角高鸣，反引来流浪者的哭泣；他们怎能不怀念南国的故乡，还有世代穿戴的冠冕。苦于牢狱的灾难，时间似已迟滞，年关来得太晚；但是，我相信，这决不妨碍冬天过后，仍然是春天。未来无穷无尽，还会有千年万载；只可惜，我年轻的儿女们，眼前却正在遭受无边的灾难。

正月十三日

去年今日遁厓山，　望见龙舟①咫尺间。
海上楼台俄已变，　河阳车驾②不须还。
可怜羝乳③烟横塞，空想鹃啼月掩关。
人世流光忽如此，　东风吹雪鬓毛斑。

诗作背景

一年前的今天，文天祥在元军强制下，在船上亲眼目睹了厓山海战，南宋自此遭到灭亡的命运。印象太深刻了！为此，他写了这首诗。

词语注解

①龙舟：指小皇帝赵昺乘坐的船。

②河阳车驾：指北魏孝明帝元诩与生母胡太后争权，拟在河阳发动政变。胡太后发觉后，先发制人，杀死元诩，立三岁元钊为帝。大都督尔朱荣又以为元诩复仇为名，借皇室贵族由河阳至河阴迎驾之机，将胡太后及文钊溺死河中，立元子攸为帝。诗用此典故比喻太后、幼子被溺水上，颇合“车驾不须还”的情节。

③羝乳：汉苏武被匈奴扣留，流放在北海放牧羝羊，并告以羝羊产仔即可归汉。羝是公羊，无产仔可能，喻回归无望。

诗义串释

今天，正是去年我被押解到厓山的日子，可以看见我宋朝君主的龙船，距离不过在咫尺之间。没有想到，用舟楫筑成高高楼台，在敌人的攻击下，很快便塌陷了；这象征国家的败亡，溺水死亡的君主已永不回还。我也许要像汉朝的苏武一样，无限期的流落荒漠，虽然渴望化作杜鹃啼血南归，现在却只能被深锁重关。转眼周年，时光如同电闪；雪花吹满双鬓，显露出雪迹斑斑。

上元怀旧

禁门①三五金吾②夜，回首青春忽二毛③。

池上昔陪王母④宴， 斗中今直贵人牢。

凤生江海龙游远，月满关山鹤唳高。
梦到钧天灯火闹，依然彩笔照宫袍。

诗作背景

上元就是正月十五日，又称元宵节。在这一天，文天祥很自然地想起了许多往事。

词语注解

①禁门：指皇家宫廷之门，非近卫及通籍之臣不能出入。

②金吾：皇帝出行仪仗队中，由专人手执的仪仗棒，以铜制成，两头包金。执之，以防皇帝遭到袭击，名为执金吾。

③二毛：老年人头发斑白，称二毛。

④王母：又称西王母，为我国古代神话人物。

诗义串释

记忆犹新，在皇宫殿前度过的元宵夜晚，面对着皇宫仪仗，心里是何等自豪；转瞬间，青春不在，满头青丝变成了黑白相间的二毛。皇家上苑中，我曾参加过太后的盛宴；今天，我居住的斗室，却是异国权贵关押我的囚牢。江海上的风暴，已让苍龙游离远去；月亮普照下山川清澈，显得仙鹤的啼声更高。今夜的梦境，是何等绮丽呵，我梦见满天的焰火喧闹下，手持一支发光的彩笔，照耀着我身穿的绚丽宫袍。

先太师[1]忌日

太师忌汗漫，　二纪[2]似跳丸[3]。
弟妹俱成立，　家乡忍破残。

衣冠晨月暗， 坟墓夜风寒。
万里逢先忌[4]，无言把泪弹。

诗作背景

五月二十八日，是文天祥的父亲文仪逝世的忌日。这是他在狱中为纪念父亲逝世写的诗。

词语注解

①先太师：指作者的父亲文仪。先，说明已逝世。

②二纪：古代纪年，有十二年为一纪的说法。二纪，指二十四年。

③跳丸：古代杂技之一种，是抛掷弹丸的技艺。这里的跳丸比喻时间流逝的迅速。

④先忌：先，指逝去的父亲。忌，为忌日，逝世之日。

诗义串释

回想父亲的逝世，已经遥远；二十四年流逝，如同杂技耍动的跳丸。当年幼小的弟妹，现在都已长大；家乡却在战争中受到无边的摧残。我们虽然仍穿戴着旧时的衣冠，却像是在早晨的残月下那样暗淡。您的儿女被抛撒在天南地北；您在家乡的坟墓，孤单地强忍着夜风的酷寒。我在万里之外度过老父亲的忌日，无话可说，只能悲痛地把眼泪频弹。

遣 兴[1]

一落颠崖不自由， 春风相对说牢愁。
稚驴黑月光中吼， 饥鼠青灯影下游。

岂料乾坤成堕甑[②]，　始知身世是虚舟[③]。
遥怜海上今尘土，　前代风流不肯休。

诗作背景

此诗按其排序，应作于庚辰年四月至五月。

词语注解

①遣兴：排遣兴致的意思。诗中表现了一些狱中琐事，但仍然寓有深刻的含义。

②堕甑：甑是锅；堕，指堕地。摔碎的破锅。

③虚舟：空船。也可比喻胸怀坦荡。如《晋书·谢安》："太保沈浮，旷若虚舟。"

诗义串释

人从高高的悬崖落下，从此就身不自主；在牢狱中，只能对春风诉说忧愁。月光昏暗，幼小的驴子被惊吓得半夜狂叫；灯影朦胧，老鼠为寻食盲目地到处游走。谁能料到，朗朗乾坤竟像铁锅摔破；事到临头，才知道人的命运像浪涛上的小舟。遭到南海败亡的君臣们，想已化为尘土；但是，前朝的一代风流，怎么会就此罢休。

四月八日

今朝浴佛[①]旧风流，身落山前第一州。[②]
赣上瑶桃俄五稔[③]，海中玉果[④]已三周。
人生聚散真成梦，　世事悲欢一转头。
坐对薰风开口笑，　满怀耿耿复何求。

诗作背景

这是作者写于庚辰年（1280）四月初八，纪念次子佛生的一首诗。

按照佛教习俗，夏历四月初八为浴佛节，或称佛诞节，庙中应举行浴佛仪式，以纪念佛祖的诞生。文天祥的第二个儿子恰好出生在这一天，故出生后起名佛生。[不过，关于佛生的出生日期，文天祥在《纪年录》中曾说："丁卯、壬寅、甲午、丙寅，次男佛生生。"他记录的甲子记时为咸淳三年（1267）正月初六，明显与《四月八日》这首诗的说法不相符合。从文天祥为次子起名"佛生"来看，应是佛生出生于"四月八日"。]

佛生于三年前，即宋景炎二年（1277）八月十七日，在元军袭击下，在江西永丰县空坑被俘。被俘时，原与其母欧阳夫人及其姊柳小娘、环小娘等同在一起，押送过程中，佛生失散，不知去向。

在抗元战争中，文天祥的母亲病逝，妻、妾均已被俘或失散，长子道生于祥兴元年（1278）病逝，次子佛生被俘后失散，女儿们已被俘，在燕京元宫劳役。他写这首诗纪念佛生的生日，心情的悲苦是可以理解的，他坚定的抗元意志，也是非常感人的。

词语注解

①浴佛：按佛教传统，夏历四月初八日为释迦牟尼诞生日，佛教信众在这一天进行浴佛活动，又称灌佛。

②山前第一州：指江西吉安，坐落在青原山前。

③稔：指榖物成熟，如称一年一稔。

④玉果：形容新成熟的水果，如同美玉。

诗义串释

今天是佛祖诞生，为之洗浴的节日；正好在这一天，我的次子出生在青原山前的吉安。在我们父子的欢聚中，赣地的桃子成熟了五次；就是仙岛上的玉果生长周期较长，也算得上经历了三次回环。人生的欢会和悲离，原不过像梦境一样；世事中幸福与苦厄的变化，只是在转头之间。想起这些往事，面对着薰风吹拂，只好开口苦笑；我已无所企求，但又怎能无所思念。

夜　起

梦破东窗月半明，　此身虽在只堪惊。
一春花里离人泪，　万里灯前故国情。
龙去想应回海岛，[①]　雁飞犹未出江城。
客愁多似西山雨，　一任萧条白发生。

诗作背景

此作当写于庚辰年（1280）春末、夏初的不眠之夜。

词语注解

①龙去想应回海岛：文天祥虽然在厓山海战中，亲眼目击了南宋王朝的覆亡，但在元人牢狱中的不眠之夜，仍然在渴望有宋朝的王室在海上坚持抗元。

诗义串释

梦境破碎，东窗上月光朦胧；此身尚存，真是使人疑惊。春花璀璨，反让离人不断落泪；故乡万里，更激起怀念家国的深情。苍龙游走，理应回到可以栖息的海岛；大雁高飞，却未能离开熟悉的江城。旅客的离愁，多得像西山飘落的雨点，无可奈何地任凭满头的白发萌生。

端午感兴三首

千金铸镜[①]百神愁，功与当年禹服侔。[②]
荆棘故宫魑魅走，　空余扬子水东流。

当年忠血堕谗波，　千古荆人祭汨罗。[③]
风雨天涯芳草梦，　江山如此故都何！

流棹西来[④]恨未消，鱼龙寂寞暗风潮。
楚人犹自贪儿戏，　江上年年夺锦标。

诗作背景

这是文天祥为纪念庚辰年的端阳节而写的三首七绝。

词语注解

①千金铸镜：指端阳节的设立，如同广大群众以千金的代价铸就了一面明镜，永远以习俗的力量纪念屈原。

②功与当年禹服侔：禹服侔，指对古代治水的大禹应当佩服。他们的功绩相比，大体上可以等同。

③千古荆人祭汨罗：千余年来，荆楚人民都一直在端阳节这一天祭奠屈原。

④流棹西来：指诗人被元军押解渡江西向而行的现实生活。

诗义串释

这一节日是以千金的代价，铸就了一面明镜，品评着历史人物，让众多的神灵不免忧愁；被纪念的人，即便是历史上大禹，也要钦佩，他们的功绩难分先后。楚国的宫殿现在已长满荆棘，只留下魑魅还在原地悠游；长江无尽的波涛仍然在不断的东流。

满腔热血的忠臣，被投入谗言的狂波；多少年荆楚的人民却不会忘记祭奠汨罗。无边的风雨打不碎芊芊芳草的梦境，故国的山河永远铭记楚国都城发生过的感人情节。

我从西面的楚地走过，亡国之恨在心中久久难消；无论是龙还是鱼，都在潜伏不动，似乎已完全平息了风潮。令人遗憾，有的楚人还在贪恋儿童的嬉戏，汨罗江上年年都竞渡龙舟，争夺锦镖。

见艾[①]有感

过眼惊初夏，　回头忆晚春。
已怜花结子，　又见艾为人。
故国丹心老，　中原白发新。
灵修[②]那解化，清梦楚江滨。

诗作背景

这首诗的写作，当在《端午感兴三首》的写作前后不久，同为纪念庚辰端午之作。

词语注解

①艾：一种草类，又名艾蒿。有香气，可驱蚊、蝇。古时可比喻老人，因为它对人有不少好处。又可比喻少女，温婉、馨香。

②灵修：灵指神灵，修指修远，即神明又有远见的意思。在屈原《离骚》一诗中，比喻君王。在本诗中，显然与君王无涉，而是作者的自谓。

诗义串释

眼前的光景，使人惊觉已到初夏；重启记忆，才能想起已逝的晚春。花落结子，人们不免感叹；更乐见茂盛的苦艾杀虫、驱蚊，处处助人。热爱故国的丹心，可惜日渐衰老；跋涉走过中原，满头白发竟是如此簇新。人的灵魂何曾有丝毫的变化，依然是美善、修远；即便是睡梦中，仍然行走在故乡的江滨。

自 叹

绿槐云影弄黄昏，　月照牢愁半掩门。
一片心如千片碎，　十分须有二分存！
沙边黄鹄[①]长回首，江上杜鹃[②]空断魂。
竖子溷人[③]漫不省，红缨白马意轩轩。

诗作背景

燕京的初夏，景物有了变化，人们的活动增多。文天祥以这首诗，记录下自己的心情和闻见。

词语注解

①黄鹄：天鹅。形如鹤，色苍黄。汉昭帝始元元年，有黄鹄下太液池，昭帝为之作歌：黄鹄飞兮下建章，羽肃肃兮行跄跄。

②杜鹃：鸟名。又名子规、催心。白居易诗："其间旦暮闻何物？杜鹃啼血猿哀鸣。"

③竖子溷人：竖子，年纪不大的小子。溷人，糊涂而不明事理的人。

诗义串释

随着绿槐树上的云影变幻，飘散开暗淡的黄昏；月光弥漫着愁烦，映照着半掩的牢门。我的一颗心，已经碎成千片，十分胡须不过还有两分留存。多么像停留在沙滩上的黄鹄，不断回顾飞过的漫天征程；又像是江上悲啼的杜鹃，喉中滴血染红了声声啼音。看！那些为虎作伥的投降者，何曾有亡国之痛？头戴红缨帽，跨下大白马，来去匆匆，意气薰薰。

七　夕[1]

大地风尘恶，　长天岁月奔。
忧来浑是感，　梦破与谁言？
缑鹤[2]空回首，河牛[3]暗断魂。
吾今拙又拙，　无复问天孙[4]。

诗作背景

这是庚辰年的七月初七夜，为纪念传说中的牛郎、织女在鹊桥相会，文天祥写出的五言律诗。

词语注解

①七夕：夏历七月初七夜晚。我国民间传说，天上的星宿织女思凡，到人间与牛郎相爱，男耕女织，十分幸福；但因触犯了天条，天上的王母罚他们到天上银河两边生活，只能隔河相望。后来，王母为怜悯他们的相思之苦，又传命禽鸟七月初七夜，在银河搭成鹊桥，让他们一年相会一次。

②缑鹤：缑，指剑柄上缠绕的系绳。缑鹤，意指以系绳系起的仙

鹤，难以飞起，受到控制。

③河牛：指牛郎在银河之滨放牧的老牛。

④天孙：织女星。

诗义串释

大地上迷漫着邪恶的风尘，广阔天宇中的岁月飞奔。忧愁涌来，随处都令人反感；梦想破碎，无人可以问讯。像鹤被系上绳子，空自回头；老牛不许行动，暗自断魂。我现在真是愚蠢加上愚蠢，已无须再去询问聪明的星宿天孙。

有　感

丁丑岁八月十七日，家人陷。今恰三周，而予在行。既十阅月矣，有感而赋。

平生心事付悠悠，　风雨燕南老楚囚[①]。
故旧相思空万里，　妻孥不见满三秋。
绝怜诸葛隆中意[②]，赢得子长[③]天下游。
一死皎然无复恨，　忠魂多少暗荒丘！

诗作背景

八月十七日，正是三年前的这一天，文天祥率军在江西抗元，遭到元军的长途奔袭，形成在永丰县空坑的溃败。在这次败绩中，不只文天祥率领的义军受到沉重的打击，他的家人——妻、妾、子、女也全部被元军俘获。在空坑大败三周年的日子里，他写下了这首七律。

词语注解

①楚囚：见《指南后录》卷一《生朝》注释⑤。

②诸葛隆中意：指诸葛亮在隆中时，胸怀辅助刘备恢复汉室的雄心壮志。

③子长：汉太史司马迁之字。见于扬雄著《法言寡见》。

诗义串释

平生最关心的国事已经绝望，在燕京经受风雨的囚徒抛弃了希求。深深怀念的故友远隔万里；不见自己的妻儿已有三秋。诸葛亮在隆中的壮志难以实现，只能让人痛惜；被迫学汉代太史公司马子长对天下的壮游。为国死难，心地坦然不存留恋，多少忠于祖国的灵魂，被抛撒在荒野的坟丘。

感　怀

己卯八月二十四日，予以楚囚[①]发金陵，十月一日至燕。越五日，罹狴犴[②]。今为庚辰中秋后九日。感怀四十字。

去岁趋燕路，　今晨发楚津。
浪名千里客，　剩作一年人。
镜里秋容别，　灯前暮影亲。
鲁连[③]疑未死，聊用托芳尘。

诗作背景

八月二十四日，正是一年前文天祥被押解从金陵动身奔赴燕京的日子。作者以揶揄的口吻，对这一遭遇写成了这首五律。

词语注解

①楚囚：见《指南后录》卷一《生朝》注释⑤。

②狴犴：见《指南后录》卷一《乙卯十月一日至燕，越五日，罹狴犴，有感而赋》注释①。

③鲁连：见《指南录》卷一《愧故人》注释⑥。

诗义串释

去年走上奔赴燕京的途程，恰在今天离开金陵的江边。在押解下，成了一名游走千里的旅客；依然活着，又经历了人生一年。不愿面对镜子里衰颓的面貌；看看灯前的身影，倒还觉得习惯。古代的鲁仲连难道还没有离开人世？怎能奢望他继续存留在尘世人间。

哭母大祥[①]

九月七日，先母夫人大祥之辰。某为子不孝，南望呜咽。为哀章一首。

前年惠州哭母敛[②]，去年郊州哭母期[③]。
今年飘泊在何处？　燕山狱里菊花时。
哀哀黄花如昨日，　两度星周俄箭疾。
人间送死一大事，　生儿富贵不得力。
只今谁人守坟墓，　零落瘴乡一堆土。
大儿狼狈[④]勿复道，下有二儿并二女。
一儿一女亦在燕，　佛庐设供捐金钱。
一儿一女家下祭，　病脱麻衣日晏眠。
夜来好梦归故国，　忽然海上见颜色。

一声鸡叫泪满床，　化为清血衣裳湿。
当年嫠纬[5]意谓何？亲曾抚我夜枕戈。
古来全忠不全孝，　世事至此甘滂沱[6]。
夫人开国分齐魏，[7]生荣死哀送天地。
悠悠国破与家亡，　平生无憾惟此事。
二郎已作门户谋，　江南葬母麦满舟[8]。
不知何日归兄骨，　狐死犹应正首丘。[9]

诗作背景

庚辰年的九月初七日，是文天祥的母亲逝世两周年。在这一天，文天祥在狱中写诗纪念，以尽按古礼父母去世两年应进行的大祥祭礼。

词语注解

①大祥：按《礼记》记载，古时父母去世一年称小祥，两年称大祥，应进行祭奠。

②敛：为死者更换衣装，称小敛；入棺或埋葬，均称大敛。

③期：指母丧的一周年。

④狼狈：传说中，狼狈为两种狼类动物，狈前腿特短，需搭在狼的身上一起行走，失狼则难行。以此语形容其狡黠，又可形容遇到困难很难处理。

⑤嫠纬：这是“嫠不恤纬”一语的简略。嫠，指寡妇；纬，织布的横线；全语谓，寡妇不关心织布的横线，而担心国亡祸及，表示忧家国之殷切。《左传鲁昭公二四年》：“嫠不恤其纬，而忧宗周之陨。”

⑥滂沱：形容雨水密、疾。这里是形容流泪之多。

⑦夫人开国分齐魏：宋景炎三年（1298）八月，行朝封文母曾氏为齐魏国夫人。九月七日，文母逝世。

⑧麦满舟：这是助人丧事的典故。宋范仲淹派儿子纯仁到苏州运小

麦。船到丹阳，遇见石曼卿，得知石正为无钱埋葬亲人忧愁，纯仁即将所运小麦赠送给石。还家后，向父报告这一情况，范仲淹听了说，何不连船一起给他？纯仁回答，已经把船一起给他了。

⑨狐死犹应正首丘：见《指南录》卷二《思小村》诗注释⑧。

诗义串释

前年在惠州哭母亲的殡敛；去年在邳州哭母亲逝世的周年。今年我漂泊在什么地方呢？正在燕地的牢狱里度过秋天。黄色的菊花和过去开得没有两样，天上的星宿却如飞箭一样，转了两圈。人世间为父母送葬是一件大事，儿子没有为母亲尽力，枉自在朝廷为官。现在谁在母亲的坟边守护呢？只有孤寂的土堆，冷清地坐落在荒山。我这个母亲的长子被关在牢狱，母亲的另外两儿两女也同样艰难。一子一女也来到这遥远的燕地，只能给些钱请寺庙设供以了心愿。另外的儿女只能各自在家祭奠，患病再加上悲痛，脱掉丧服一定久久难眠。昨天夜晚，我在梦境中回到家乡，像是在海上仙山见到了母亲的慈颜。凌晨鸡叫把我惊起，泪流千行，直把衣襟沾湿得点点斑斑。当年寡居的母亲一直关心着国家的大事，曾鼓舞我说：保卫国家一定要枕戈达旦！母亲又说：尽忠难以尽孝，忠孝不必强求两全。我虽然努力遵照母亲的话做，尽忠未能成功，尽孝也不能完成心愿。母亲曾被国家封为齐、魏两国夫人，逝世后，又被子女哀切地送还在天地之间。儿子痛楚的是，国家败亡，家庭破碎，除此而外，并无遗憾。二弟为保存门户已经作了谋划，为母亲举行葬礼，也有众多亲友作了助捐。只不知哪一天归葬儿子的遗骨，像狐死首丘一样，回归祖茔，永远祀奉父母和祖先。

哭妻文[1]

烈女不嫁二夫，忠臣不事二主，
天上地下，惟我与汝。呜呼哀哉！

诗作背景

监牢中的岁月，艰苦而又漫长，文天祥的诗作多以时序、节令而发感兴，离不开他的思绪所及。这是他为被元人俘虏的夫人写的话，寥寥数语，情感至深。

词语注解

①哭妻文：作者为自己妻子的不幸遭遇而“哭”，难以成诗。为此，以《哭妻文》为题，说明只是几句深情之语。

诗义串释

贞烈的女子不嫁第二个丈夫；忠良的臣子不追随第二个君主。从天上到地下，只有我和你，你和我呀，我们将永远为伴！我和你！啊，我是多么悲哀，啊，我是多么痛苦！

重阳[1]三首　　庚辰

飘零万里若为家，　一夜西风吹鬓华。
只有新诗题甲子[2]，更无故旧对黄花[3]。

江南秋色满梧桐，　回首青山万事空。
怕见镜中新白发，　长将破帽裹西风。

风卷车尘弄晓寒，　天涯流落寸心丹。
去年醉与茱萸[4]别，不把今年作健看。

诗作背景

作者纪念庚辰年重阳节的诗。

词语注解

①重阳：农历九月初九日，为重阳节。按传统习俗，是登高节日，杜甫诗言："重阳独酌杯中酒，抱病起登江上台。"

②甲子：甲为天干首位名称，子为地支首位名称。干支各有十二个名称，互相配伍，可得六十整数，如甲子、乙丑等。六十年轮回重复，简称一甲子。

③黄花：菊花。《淮南子》言："菊有黄华"。

④茱萸：一种植物，有香味。我国古代风俗，九月九日在重阳节佩戴茱萸，并用茱萸做成香袋，可避邪驱蚊。王维诗言："遥知兄弟登高处，遍插茱萸少一人。"

诗义串释

万里飘零，所到之处都成了故家；强劲的西风吹动我花白的鬓发。（因为亡国，已没有皇帝的年号）我新写的诗歌，纪年只题甲子；（连年战争中，故旧星散）更没有亲朋好友，和我一起观赏重阳的菊花。

江南的秋色想已染遍梧桐，想看家乡的青山，只能在睡梦之中。害怕面对明镜，只因新添的白发丛丛；只好把破帽紧压头顶，对人只说，难忍受塞外的西风。

风吹走车子碾起的尘土，也播散开凌晨的清寒；虽然在天涯沦落，却仍然保持着丹心一片。去年的今天，酒醉后狂言，和茱萸永别，本来没有再做今年仍然健在的打算。

己卯十月一日，予入燕城。岁月冉冉，忽复周星[1]。而予犹未得死也，因赋八句

去冬阳月朔[2]，吾始至幽燕。
浩劫真千载，浮生又一年。
天南照天北，山后接山前。
梦里乾坤老，孤臣雪咽毡[3]。

诗作背景

十月初一日，是文天祥被押解到燕京一周年，因有是作。

词语注解

①周星：见《指南后录》卷一上《过零丁洋》注释③。

②阳月朔：阳月，农历十月的别名。朔为农历每月初一日。两词相连，指十月初一日。

③雪咽毡：意为和汉苏武一样，在北海牧羊，隆冬无物充饥，只能吞雪咽毡。

诗义串释

去年冬初的十月初一日，我来到这北方的幽燕。经历了一场千年不遇的浩劫啊，没有想到，在这里度过了生命中的一年。天上的阳光，从天南照到天北；地上的山川，山后接着山前。在梦中，我感到天地都已经衰老，只剩下一个孤单的臣子，嚼着雪吞咽下腥膻的毡片。

己卯十月五日，予入燕狱，今三十有六旬。感兴一首

石晋旧燕赵，[1] 钟仪新楚囚。[2]
山河千古痛，风雨一年周。
过雁催人老，寒花送客愁。
卷帘云满坐，抱膝意悠悠。

诗作背景

又一个应当纪念的日子！十月初五日。这是文天祥被送入燕京牢狱的一天。他心计缜密地算了细账，自去年十月初一日入狱算起，整整在牢狱生活了三百六十天。于是，他写了这首诗。

词语注解

①石晋旧燕赵：石指石敬瑭，原为后唐河东节度使，后引契丹兵灭掉后唐，契丹封他当了后晋皇帝。石当上傀儡皇帝以后，尊契丹皇帝为父，自称儿皇帝，并将燕北一带的燕云十六州割让给契丹。

②钟仪新楚囚：见《指南后录》卷一《生朝》注释⑤。

诗义串释

这里是后晋石敬瑭割让给契丹的古老燕赵，居住着我这个新的楚囚。事隔千年，由于割让，山河仍然感觉痛楚；面对风雨，我整整经历了全年的一周。大雁频频飞过，催促人日渐老迈；花开得稀疏，衬托出无尽的忧愁。浓云翻滚，狂风把破帘高高掀起，我抱膝面对，心情悠然如旧。

去年十月九日，余至燕城。今周星①不报，为赋长句

君不见常山太守②骂羯奴③，天津桥④上舌尽刳。
又不见睢阳将军⑤怒切齿，三十六人同日死。
去冬长至前一日，朔庭呼我弗为屈。
丈夫开口即见胆，意谓生死在顷刻。
赭衣冉冉生苍苔，书云时节忽复来。
鬼影青灯照孤坐，梦啼死血丹心破。
只今便作渭水囚⑥，食粟已是西山羞⑦。
悔不当年跳东海，空有鲁连⑧心独在。

诗作背景

诗题有误。“去年十月九日”，“十”字后，“月”字前，应漏“一”字。据查证，元至元十六年（1279）（己卯）十月初一日，文天祥被押抵大都；十月初五日，被关入兵马司监狱；十一月初九日，元朝枢密院对文进行提问。此题不可能是“十月九日”。又，诗中有句：“去冬长至前一日”，说明这一天是冬至前一天，按夏历节气，也不可能是“十月九日”。“余至燕城”，应理解为所至为元大都内城元朝枢密院，不是泛指燕京都城，因十月初一日，作者已到燕城。这些问题，一经读过全诗，稍作计算，便可释然。

词语注解

①周星：见《指南后录》卷一上《过零丁洋》注释③。

②常山太守：唐代颜杲卿。

③羯奴：詈骂异族的贬义语。

④天津桥：在今洛阳市西南。原为隋炀帝所建，横跨洛水，求其天汉津梁的气象。唐安史乱时，安禄山杀死颜杲卿在天津桥上。

⑤睢阳将军：唐代睢阳守将张巡。

⑥渭水囚：战国时，秦商鞅在渭水河边曾杀囚犯七百余人。文诗比喻自己已是死囚。

⑦西山羞：伯夷叔齐在西山不食周粟，作者对比感到羞愧。

⑧鲁连：见《指南录》卷一《愧故人》注释⑥。

诗义串释

您听说过吗？唐朝的常山太守颜杲卿，詈骂了叛乱的安禄山，在天津桥上，舌头遭到钩剺。您还听说过吗？唐朝的睢阳守将张巡，因为坚守睢阳反对叛军，和他的部属三十六人，一同受到屠戮。去年冬至的前一天，元朝官员找我问话，我对他们毫不屈服。大丈夫一开口就显露出胆量，死在眼前，义无反顾。从此后身陷狴犴，囚衣上生长了苍苔，日以继夜，夜以继日，转眼间完成了一年的反复。梦中啼血，丹心不改，斗室青灯，形单影孤。像渭水河边的囚徒一样，我也是一个等待行刑的死囚；我每天继续饮食，一想到伯夷、叔齐不食周粟，便深感羞辱。我是何等懊悔，何等懊悔啊，当年没有纵身跳进东海，空有学习鲁仲连的一番心术。

冬　至[1]

书云今日事，[2]　梦破晓鸣钟。
家祸三生劫[3]，　年愁两度冬。
江山乏小草，　霜雪见孤松。
春色蒙泉里，　烟芜几万重。

诗作背景

写作上一首诗的第二天，便是冬至节。来到北地的第二个冬天即将开始，他坚强地向往着隐藏在深深流泉下的春天。

词语注解

①冬至：我国农历二十四个节令之一。此日白昼时间最短，太阳照射开始向北移动，白昼开始增长，是北半球冬季的开始，故称冬至。

②书云今日事：意为按照历书规定，对今天冬至节日有一套说法。

③三生劫：按佛教说法，人有前生、今生、来生三生，三生都遭受了劫难，言劫难之深重。

诗义串释

今天到了一年的冬至节，清晨报晓的钟声，打破了我的梦境。家里遭到三生劫难的灾祸，连年陷入愁城，已经捱过了两个寒冬。酷寒之下，万里江山连小草也不生长；连天的霜雪，只看见挺立的孤松。蕴含生意的春色，深深掩藏在流泉之内；压抑春意的烟霾无边，谁能知晓有几多万重？

戊寅腊月二十日，空坑败被执，于今二周年矣。感怀八句

横磨十万①坐无谋，回首蹉跎海上州②。
太傅③只图和药了，将军④便谓斫头休。
乾坤颠倒真千劫，身世留连复一周。
一死到今如送佛，空窗淡月夜悠悠。

诗作背景

诗题有误。题既标明为“戊寅腊月二十日”，“戊寅”即宋景炎三年，四

月端宗赵昰逝世，立卫王昺，改纪年为祥兴元年。这年的腊月二十日，文天祥于广东潮州境内五坡岑，突遭元军袭击被俘。故“空坑败被执”应为“五坡岑败被执”。读这首诗的内容，即可证实。

词语注解

①横磨十万：指精锐善战的士卒有十万之众。

②海上州：指海中的陆地。这里是指南宋行朝的大量船只形成的所谓陆地。

③太傅：古代辅佐太子的官职。但诗中所说的太傅，应为泛指文官，而不是专指某人。

④将军：泛指当时的武将。

诗义串释

拥有精锐善战的十万精兵，像是锋利的长剑，却缺少破敌的宏谋；不堪回首，海上蹉跎，空有数不清的船舟。文臣们只打算失败了服毒一死；武将们常讲，掉了脑袋就算罢休。我没想到，天地倒置经历了千般劫难，但求一死，也难以做到。转眼间，天上星宿旋转了一周。我只求一死啊，胜过成佛；无意于空对淡月，夜色悠悠。

得儿女消息

故国斜阳草自春，争元作相①总成尘。
孔明已负金刀志，② 元亮犹怜典午身。③
肮脏④到头方是汉，娉婷更欲向何人？
痴儿莫问今生计，还种来生未了因。

诗作背景

这是庚辰年春，具体时日不详，文天祥突然收到一封女儿的来信，然后写出的一首诗。原来，空坑失败以后，文天祥的妻子欧阳夫人，两位妾氏颜氏和黄氏，以及女儿柳娘和环娘，全都遭到元军的俘虏，一直音信全无。文不知黄氏与颜氏已在湖南、广东等地先后死难。更不知欧阳夫人和女儿柳娘、环娘已被元军押解至都城大都，拘留在东宫，令他们穿戴着道士的道服、道冠，以女道士的身份，每日从事劳役，完全失掉了自由。文天祥被押解到大都以后，元朝廷的当事者们秉承大汗忽必烈的意旨，寄希望于文天祥的变节投降，这一如意算盘彻底落空，才想起利用亲属关系来动摇文天祥的意志。在元朝廷权贵们的精心设计下，以柳娘的名义写出了一封给父亲的信。对亲人，文天祥当然有着无尽的思念；对亲人的信息，文天祥当然有无比的关心。但是，审时度势的结果，以这一首诗作出了回答。

词语注解

①争元作相：指作者自身经历，曾作出努力，争取科举高中状元，后来在国家危难之际，又被封丞相。

②孔明已负金刀志：指诸葛亮已经辜负辅助刘备恢复汉室的壮志。金刀是繁体刘字组成的两个部分，比喻刘备。

③元亮犹怜典午身："典午"是三国时蜀国谯周使用隐语造成的典故。一次，谯周写了两句隐语告知文立："典午忽兮，月酉没兮。""典"与"司"字都有掌管的含义，"午"字又与甲子轮换中"马"的生肖相关，故"典""午"隐指"司马"，成为晋朝的代称。文诗虽用此典，但与谯周无关，而是说，陶渊明还怜惜自己曾在司马氏的晋朝为官。

④肮脏：这里不指脏乱、污秽之意，而是刚直、倔强的意思。李白诗言"有如张公子，肮脏在风尘"。

诗义串释

在对故国的无限思念中，太阳渐渐回暖，小草盼来了又一年的新春。回想自己的生活道路，荣登金榜，被点状元，一直到被任为丞相，这一切都成了记忆中的烟尘。孔明已辜负刘氏主上希望他延续汉室的壮志；陶渊明仍爱惜自己曾追随司马氏的忠心。刚直、倔强的人才是真正的硬汉，绝不会向什么人低头弯腰去献殷勤。我深爱的孩子们啊，不要问询爹爹今生的打算；我们父女间的热爱，只能来生再接续没有了结的缘分。

除夜二首　　庚辰

门掩千山黑，　孤灯伴不眠。
故乡在何处？　今夕是穷年[①]。
住世真无系，　为囚已自然。
劳劳空岁月，　得死似登仙。

岁暮难为客，　天涯况是囚。
乾坤还许大，　岁月忽如流。
梦过元无梦，　忧多更不忧。
屠苏[②]儿女态，肯作百年谋！

诗作背景

文天祥的整个庚辰年，在牢狱度过了。如果算上去年到燕京后的近三个月，在牢狱中被关已超过一年。他在庚辰年的除夕之夜，写下这两首五律。

词语注解

①穷年：穷，指穷尽。一年最后一个月是小月，时日无多，俗称穷年。

②屠苏：酒名，在古代风俗，正月初一全家团聚饮屠苏酒。苏轼诗言“但把穷愁博长健，不辞最后饮屠苏”。

诗义串释

关上门，把浓黑的群山掩在门外，一盏孤灯伴着我长夜不眠。故乡，故乡在哪里呢？今天，二十九日的晚上已是除夕，只能算是穷年！虽然还在人世，已和人世脱离干系；成为一个囚徒，应当是十分自然。免于消磨大好的岁月，但求一死，岂不是登天成了神仙？

一年将尽，流浪者不免艰难；远在天涯，何况还是囚犯。天地这样广大，无涯无际；岁月如同流水，一年一年。已经从梦境中出来，不会再重新入梦；忧愁很多，哪里还有隐忧？虽然是过年，完全无须再弄屠苏酒一类物事，我宁肯暗作百年后的筹谋。

元日二首　　辛巳

金虬[①]衔日出，铁骑勒春回。
天上青门[②]隔，人间白发催。
霜寒欺旧草，　山晚放新梅。
环堵甘牢落，　东风枉却来。

惭愧云台[③]客，飘零雪满毡。
不图朱鸟[④]影，犹见白蛇年[⑤]。
宫殿荒烟隔，　门庭宿草连。
乾坤自春色，　回首一潸然。

诗作背景

辛巳元日，这是文天祥在元大都监牢中，经历的第二个新年的正月初一。作为一个决心牺牲的囚徒，逢年过节，心境自然是复杂的。他对自己的祖国，已然绝望，但他渴望着正义，对未来仍然有着憧憬。这两首五律，是他复杂心境的写照。

词语注解

①金虬：金龙。见本集《元日》注释①。

②青门：汉朝长安都城的东南门，原名霸城门，因门呈青色，俗称青门。也可泛指长安城门。魏阮籍诗句："昔闻东陵公，近在青门外。"

③云台：泛指高耸入云的台阁。东汉宫中曾建云台，设功臣画像于其中。

④朱鸟：又作朱雀，是星宿二十八宿中南方七宿的总名。整个星座呈鸟形，南方属火，故称朱鸟。杜甫诗言："南狱配朱鸟，秩礼自百王。"

⑤白蛇年：写诗的当年为蛇年。

诗义串释

金龙把朝阳衔出沧海；时间的骏马飞奔，把春天追回。天上有青门的间隔；人间有白发相催。寒霜偏偏欺凌衰草；山野的暗夜中绽放新梅。四周的景物依然冷落，东风早于时令，已频频向大地拂吹。

曾经到过云台高阁的贵客，难抑心中的愧惭；只落得飘零天涯，雪花洒满毡制的衣衫。更没有想到，无意看南天朱鸟星宿的光影，哪里还要经历这新的蛇年。荒烟把宫殿隔离得更远；门庭中荒芜的野草连成一片。天地间虽然又将装点起春天的景色，回想起往事难免眼泪潸潸。

初六日即事

车马燕山闹，　谁家早管弦？
开门忽见雪，　拥被不知年。
箧破书犹在，　炉残火复燃。
偷桃[1]昨日事，回首哭尧天[2]。

诗作背景

诗题开门见山，说明是辛巳年元月初六日写成的即景诗。诗像一幅素描画，活画出文天祥看到的新春正月场景，以及他的思想动态。

词语注解

①偷桃：古代神话中传说，天上神仙王母种下仙桃，三千年结一次果实。又说，汉代东方朔曾三次偷食仙桃。

②尧天：古代指帝王有德的太平盛世为尧天舜世。这是文天祥回忆宋朝的生活。

诗义串释

燕京街市车马喧闹，谁家这样早便吹奏起管弦？开门看，天上正飞舞着雪花；盖着棉被酣睡，不知新年过到第几天。竹箧已经破烂，里面的书倒还存在；炉子虽然残损，但仍然燃烧着火焰。东方朔偷吃王母培育的仙桃，不过是前人的幻想；我回首往事，不免痛哭，对宋代的太平盛世怀着无限留恋。

人　日

今年为蛇年，　此日是人日[1]。

江右一龙钟[②]，山中旧占[③]毕。
独坐守大玄[④]，一笑发狂疾。
悠悠王正[⑤]意，哀涕感麟笔[⑥]。

诗作背景

辛巳新正初七，文天祥写了这首诗。

词语注解

①人日：指夏历的正月初七。按古代沿袭的风俗，正月初一应为鸡日；初二应为狗日；初三应为猪日；初四应为羊日；初五应为牛日；初六应为马日；初七为人日。这一习俗反映了我国古代社会对畜养的一定认识。

②龙钟：指老人。

③旧占：占指占卜，以所卜征兆予知吉凶。旧占，指过去已占卜过。

④大玄：深奥、神妙的道理。如《老子》中说：玄之又玄，众妙之门。

⑤王正：正，指平正、端正，又与邪相对立。这种正，又是君王统领的结果，故曰王正。《诗经·大雅·文王有声》："维龟正之，武王成之。"

⑥麟笔：麒麟是古代传说中的神兽，象征祥瑞。麟笔指美妙的文章。

诗义串释

新年是蛇年；今天是人日。作为一个生长在江南的老人，住在山乡时，便已占卜完毕。我独立地坚信深奥、玄妙的道理，仰天大笑像是发了狂疾。悠久的历史长河中，确实有不偏不颇的正意；让我放声一哭吧，感动我的是祥瑞之笔写出的真理。

自 叹

功业羞前辈，形骸感故吾。
屡判嵇绍血，几无庆公须。[1]
落落惟心在，苍苍有意无？
江流总遗泪，何止失吞吴[2]。

诗作背景

这首诗的写作时间，应在辛巳新春后不久。因从诗的内容看，诗人还在由于节令引起的身世感叹的亢奋之中。

词语注解

①屡判嵇绍血，几无庆公须：这两句诗，十分费解。费解处在于，前一句诗，提到的嵇绍是一正面历史人物，作者为何对他屡“判”？后一句诗，则是对庆公这一负面历史人物，作出表示“几无”其“须”，究竟是什么含义？诗题是“自叹”，这两个人物又与作者的自叹是什么关系？令人百思不得其解。

思考之余，细读所根据的版本。据编者的说明，这个经过点校的本子，是以“明嘉靖三十九年（1560）张元瑜刻《文山先生全集》为底本”，参考了“清道光二十五年（1845）文柱刻《重刊文信国公全集》，简称文柱本”和“清同治七年（1868）景莱书室刻《文信国公集》，简称景室本”。也参考了“清宣统二年（1910）范祎刻《文山别集》，简称别集本”。新点校本对这两句诗各作了点校的附注。前一句诗的附注说：“判”，文柱本，景室本均作“拌”。后一句诗的附注说：“无”，景诗本，别集本均作“爇”。这才稍稍找到了理解这两句诗的门路。当然点校者对文的全集点校，是作了很大贡献的，集中了多种版本，比较了不同字句的得失，对读者理解文天祥的文章诗歌起了很好的作用。但对这两句诗中的两个字作出的选择，却值得作一番商榷。分析说明如下：

前一首诗，笔者认为，选择“拌”字要比选择“判”为好。为什么呢？先说嵇绍其人。嵇为西晋时谯郡人，嵇康之子。经山涛荐举，历任秘书丞，汝阴太守，徐州刺史等职。惠帝时，更署为侍中。永安元年，从惠帝讨成都王颖，败于荡阳。嵇以身护惠帝，为乱兵所杀。此人显然是作者眼中的正面人物，似乎完全不需“屡判”其“血”，而有所疑义。这里如选用“拌”字，虽然不是非常理想，但是，要比“判”字好了不少。“拌”字有混杂不清的含义，是作者自叹自己有多次流血牺牲的可能遭遇，自己的流血牺牲的可能性，和嵇绍的流血牺牲是相似的，同一性质的，所以屡屡拌杂不清。

后一句诗，如选用“爇”字，作“几爇庆公须”，就十分精当和精彩了。庆公何许人也？历史上可以称庆公的，只有春秋时鲁国的庆父一人，又称仲庆父或共仲。他是鲁庄公的族兄，曾主谋杀害过鲁国两个国君；鲁有民谚说：庆父不死，鲁难不已。对这种人，文天祥是绝不会拿自己与之比拟须的“有”“无”的。何况要和庆父比拟胡须的“有”“无”，又有什么意义？经查“爇”字，读音热，对这个字的解释是：点燃，放火燃烧。《周礼·春官·垂氏》有言：凡乂，以明火爇燋。如用“爇”字，整句诗可理解为文天祥的自叹，我几乎多次想放火燃烧掉庆父这种人的胡须。如果我们再稍加想象，和文打交道的元人贵族，留一部大胡子，还不是一件极可能的事吗？写得何等生动？何等传神？

应当感谢点校本的编者，正是他们的严肃工作作风，留下多种版本的不同字词作为附注，笔者才有这一得之见。是否可信，原文仍旧，在此注释中说明，以求教于学者与读者。

②失吞吴：失，可释为失掉，过失。吞，可释吞咽掉、消灭。吴，除了是古国名、地名之外，有大声说话，喧哗、斥责之义。整句可解为，我的过失，岂止是对敌人缺少严厉斥责。

诗义串释

与前辈们比较功业，不免感到羞惭；看看自己的形象，应当说，还是原来的模样。每每拌搅不清，自己身上的血迹，和嵇绍的血迹有何不同？我和他一样，多次可能被敌人杀死在战场；有时我真想放一把火，烧掉元人贵族的浓密胡须，不许他像古时庆父那样猖狂。我庆幸，光明磊落的心境还在，苍苍白发并非受到什么影响。大江的洪流当中，谁知道有我多少眼泪？我遗憾的，对敌人太缺少严厉斥责，应当更加强悍，压制住敌人的霸道、强梁。

元夕[①]二首

灯火喧三市[②]，衣冠宴九宸[③]。
金吾[④]不禁夜，公子早行春。
梦断青山远，愁侵白发新。
燕山今夕月，清影伴孤臣。

飘零竟如此，元夕几堪怜。
南国张灯火，燕山沸管弦。
相思云万里，剩看月三年。
笑与东风道，浮生信偶然。

诗作背景

新春正月的元宵佳节，是明月、花灯的节日，是欢会、团圆的节日。这些，和被囚禁的文天祥都没有任何关系，他只能在回忆中寻觅过往节日的光影，这更增强了和眼前牢狱生活的对比度。

词语注解

①元夕：元宵夜，正月十五日夜晚。

②三市：指虽然不多，但是最繁华的闹市。

③九宸：九指多数；宸为房屋密集之地。全句诗意：多数的屋宇之内都有衣冠楚楚的人们在欢宴。

④金吾：见《指南后录》本卷《上元怀旧》注释②。

诗义串释

灯节的喧闹，一直欢腾在繁华的闹市；衣冠楚楚的宴会，欢聚在绝大多数的屋宇。都城禁区全部开放，形成了不眠的节日；公子们争相郊游，去探寻春天的信息。这一切，构成我对元宵节的记忆，像天际青山一样遥不可及。无边的忧愁，使我头上的白发不断新添，燕山上的清冷月亮，照着我狱中独坐，一片清辉显出我是如此的形单影只。

飘零在天涯一隅，这样度过元宵，并不求有人悯怜。心里想着南国的灯火，耳朵里却沸腾着燕山的管弦。故国万里，依然保留着深切的思念，这样的元宵之夜，已经连续三年。让我向东风说一句真情话：一个人如此遭遇，绝不是由于无缘无故的偶然。

先太师[①]忌日[②]

万里先人忌，　呼号痛不天。
遗孤余二纪[③]，旷祀[④]忽三年。
永恨丘园隔，　遥怜弟妹圆。
义方如昨日，　地下想兴然。

诗作背景

这是文天祥为纪念二月二十八日、父亲逝世之日写的诗。

词语注解

①先太师：文天祥的父亲，文仪。

②忌日：古时父、母死亡之日称忌日，禁饮酒作乐，并应向父母祭祀。后父母死日、生日均称忌日。这里是指文父逝世之日。

③二纪：古代纪年单位，十二年为纪。二纪，即二十四年。

④旷祀：由于战争等原因，没有祭祀。

诗义串释

万里之外纪念先人的忌日，呼号痛哭，消失了继续生存的信念。父亲逝世已经二十年有余；没有向父亲祭祀，匆匆也已三年。不能不痛恨山川的隔阻；差强人意的是弟、妹两家尚可在家祭奠。您的儿子仍然坚持大义，一如过去；父亲在地下，想必也会含笑九泉。

上 巳[①]

予自丙子上巳日，真州屏之城门外，于今忧患逾六年。俯仰时节，为之慨然。

昔自长淮树去帆，今从燕蓟眺东南。
泥沙一命九分九，风雨六年三月三。
地下故人那可作，天涯游子竟何堪。
便从饿死伤迟暮，面对西山[②]已发惭。

诗作背景

又到了三月初三（辛巳年的上巳日）了。在六年前，丙子年（宋德佑三年）的上巳日，文天祥不顾元军的挟持，从镇江逃脱到真州，又被真州宋将苗再成逐出城外。他回忆起当时走投无路、惊险万分的情况，不免感慨系之。

词语注解

①上巳：农历每月上旬的巳日。三月的上巳，为古代节日。汉代以前，上巳必定为巳日。魏以后，上巳定为三月初三，不一定为巳日了。

②西山：指伯夷，叔齐坚持不食周粟，饿死的地方。

诗义串释

六年前，我在长淮一带，树立起逃亡的风帆；今天，只能在遥远的幽燕眺望东南。生命如同泥沙，已经有九分九厘注定丧失；经过六年风雨，又到了三月的第三天。多么羡慕不少故友葬身地下，我仍是天涯游子，情何以堪？没有做到绝食以告别人生的迟暮，面对西山的远影不免愧惭。

寒　食[①]

予不登丘陇拜清明寒食，八年矣。癸酉，湖南；甲戌、乙亥，章贡；丙子，淮东；丁丑，梅州；戊寅，丽江浦；庚辰，燕山狱中。今辛巳，犹未得死。和《上巳》韵写怀。

苦海周遭断去帆，　东风吹泪向天南。
龙蛇泽[②]里清明五，燕雀笼[③]中寒食三。
扑面风沙惊我在，　满襟霜露痛谁堪。
何当归骨先人墓，　千古不为丘首[④]惭。

诗作背景

辛巳年的寒食、清明将至，文天祥想到，已有八年之久，自己未能祭扫先人墓葬。为此，仍用《上巳》一诗韵脚，写下了这首《寒食》。

词语注解

①寒食：古代的一个节日，在清明节前一天或两天，又指从上年冬至节后一百零五天。相传，介之推辅佐晋国公子重耳登位为文公后，归隐山中，文公下令烧山，也要请他出来做官，他被烧至死未出。为纪念他，规定寒食节禁火做饭，仅吃冷食。

②龙蛇泽：指池泽之中龙蛇共处。

③燕雀笼：指将燕雀等小鸟关在一处的笼子。

④丘首：见《指南录》卷二《思小村》注释⑧。

诗义串释

在苦海中挣扎，断掉了船帆，东风吹拂我的眼泪洒向南天。在龙蛇泽中度过了五次清明；被关在燕雀笼一样的牢狱，也有三年。风沙扑面，惊觉自己的存在；霜露满身，深重的辛苦谁可比堪？为什么要把老骨头归葬在先人的墓地？自古以来无人为狐死首丘感到愧惭。

览镜见须髯消落，为之流涕

万里飘零等一毫，　满前风景恨滔滔。
泪如杜宇[①]喉中血，须似苏郎[②]节上旄。
今日形骸迟一死，　向来事业竟徒劳。
青山是我安魂处，　清梦时时赋大刀。

诗作背景

诗作动机已见于标题。写作日期约在辛巳暮春。

词语注解

①杜宇：见《指南后录》卷二《己卯十月一日至燕城，越五日，罹狴犴，有感而赋》注释②。

②苏郎：见《指南录》卷一《纪事》（一）注释⑦。

诗义串释

飘零万里，不过像一根毫毛；看着眼前的光景，仇恨难消。眼中涌流的泪水，堪比杜宇鸟喉中的鲜血；脸颊上的胡须，像是牧羊苏武破败的节旄。形骸残存，只不过推迟了死亡的时日；没有想到，苦心经营的抗元事业竟是徒劳。哪里的青山，是我安魂的处所啊？梦境中我已多次看到闪着光亮的大刀。

自　叹

门掩牢愁白日过，　不应老子坐婆娑[①]。
虽生得似无生好，　欲死其如不死何！
王烛[②]高风真可挹，鲁连[③]大节岂容磨。
东流不尽铜驼[④]恨，四海悠悠总一波。

诗作背景

在文天祥的诗史之作中，《自叹》的诗题不少。本来经历了朝内的“和战”争议，对入侵者的严重斗争，他就有很多的感悟加以“自叹”。现在，面对生死的抉择，他的“自叹”更加深刻了。

词语注解

①老子坐婆娑：老子，老人的自称。婆娑，指放荡不羁之状。

②王蠋：战国时齐国画邑人，没有为官，但有贤明之声。刘湣王十年，燕军进攻齐国，请他出任将军。他拒绝燕军的封官，自缢而死。

③鲁连：见《指南录》卷一《愧故人》注释⑥。

④铜驼：见《指南录》卷一《求客》注释①。

诗义串释

牢门关住了悲愁，这样度过了一个个白天；真不应该让这个老头子如此拖衍。人虽然还活着，远不如死了更好；求死不得，更加让人难堪。王蠋的高风，确实值得效仿；鲁连的大节，怎能容许磨难？江河东流，诉不尽铜驼的仇恨；四海滔滔，不断掀起抵抗的波澜。

端午初度二首

死所初何怨，　生朝只自知。
颇怀常枤[①]意，忍诵蓼莪[②]诗。
浮世百年梦，　高人千载期。
楚囚[③]一杯水，胜似九霞卮[④]。

向来松下鹤，　今日傍谁门？
梦见瑶池[⑤]沸，愁看玉垒[⑥]昏。
所思多死所，　焉用独生存。
可惜菖蒲老[⑦]，风烟满故园。

诗作背景

初度，指人的出生之日。文天祥于宋端平三年五月初二日子时，生于江西庐陵富田村。五月初二日与中国传统节日端午相连接，间隔只有短短三天，所以他习惯于把自己的生日和端午节合并在一起看待。

词语注解

①常杕：杕，读若龙音，指樟树。常杕，查无此名词。似为“章杕”，读音相近，为樟树之一种。

②蓼莪：《诗经·小雅·谷风》之篇名。诗篇内容为孝子对亡故父、母的悼念。

③楚囚：见《指南后录》卷一下《生朝》注释⑤。

④九霞卮：卮，酒杯。又称九霞觞。

⑤瑶池：古神话中，神仙王母居住的地方。

⑥玉垒：为防外敌侵入，在边疆所筑堡垒。玉垒，是对本国防御设施的美称。

⑦菖蒲老：菖蒲，生长在水边的水草，极易衰败。

诗义串释

我对死在哪里，本没有任何考虑；自己的生日，当然只有自己清楚地知晓。一直怀有樟树一样高大的志向；也愿意忍着心痛，诵读怀念双亲的诗稿。人生是一场超不过百年的梦；人格是否高尚，还要经过千年的大考。作为囚徒，今天能饮一杯清亮的水，胜似高举玛瑙酒杯一样高傲。

一向受我热爱的一羽松下仙鹤，今天不知依傍谁人的家门？瑶池虽美，我梦见池水鼎沸；边疆的堡垒高耸，我分明窥见迷雾昏沉。我想的只是不拘一格求得一死，国破家亡怎允许一己独存？多么遗憾啊，菖蒲已经衰败，战乱的风烟笼罩着家乡的故园。

端午即事

五月五日午，　赠我一支艾。
故人不可见，　新知万里外。
丹心照夙昔，　鬓发日已改。
我欲从灵均①，三湘隔辽海。

诗作背景

辛巳年（1281）端午节，有人赠与文天祥一支苦艾。借了这个发生在眼前的琐事，他写了这首诗。

词语注解

①灵均：屈原。屈原号灵均。

诗义串释

五月初五日，端午节的正午，有人赠送我一支艾。老朋友已经多年不见；后来新结交的知己，远在迢遥的万里之外。我的一颗红心，依然照耀往昔的岁月；双鬓的发丝已把颜色更改。端午，这是为屈原设立的节日，我甘心向这位先贤学步；不过，我当前的所在，与遥远的三湘，还隔着辽东的大海。

感　伤

家国伤冰泮①，妻孥叹陆沉②。
半生遭万劫，　一落下千寻③。
各任如曹④命，那知吾辈心。
人谁无骨肉，　恨与海俱深。

诗作背景

世间最大的感伤，都被文天祥遭遇到了。国，他的皇帝与朝廷，都消亡了。家，他的母亲在战争中病逝了；妻、妾、子、女、除了在战争中死亡以外，悉数被元人俘虏。他是坚强的，斗争的意志并未消沉，威武不能让他屈服，富贵不能把他引诱，甘愿一死报国。正因为热爱国，热爱家，想到这些，他才更不能抑制自己深切的感伤。

词语注解

①冰泮：泮，原为鲁国河名，鲁国在此修筑宫殿，作为学宫。读书人中秀才后即称入泮。冰泮，意为泮水结冰。

②陆沉：指国家被占领，即国土沦丧。

③千寻：古代以八尺为一寻。千寻，说明其长度难以比拟，并非八千尺的确切数字。

④如曹：曹即普通人；又指晚辈的多数。

诗义串释

家庭和故国遭受变故，泮水结冰，文化遇到厄运；我的妻室和儿女也都遭遇了沉沦。未活过半生，我经历了万种劫难，境遇越来越坏，如同一落千寻。只能听任儿女们各自的命运，他们未必理解老一辈为国死节的忠心。谁人不疼爱自己的骨肉？我对强敌的仇恨，像大海一样深沉。

五月十七夜大雨歌

去年五月望，　流水满一房。
今年后三夕，　大雨复没床。
我辞江海来，　中原路茫茫。

舟楫不复见，　车马驰康庄。
矧[①]居圜土[②]中，得水犹得浆。
忽如巨石浸，　仓卒殊彷徨。
明星尚未启，　大风方发狂。
叫呼人不应，　宛转水中央。
壁下有水穴，　群鼠走踉蹡。
或如鱼泼刺，　垫溺无所藏。
周身莫如物，　患至不得防。
业为世间人，　何处逃祸殃？
朝来辟沟道，　宛如决陂塘。
尽室泥泞涂，　化为糜烂场。
炎蒸迫其上，　臭腐熏其旁。
恶气所侵薄，　疫疠何可当！
楚囚[③]欲何之？寝食此一方。
羁栖无复望，　坐待仆且僵。
乾坤莽空阔，　何为此凉凉？
达人[④]识义命，此事关纲常。
万物方焦枯，　皇皇祷穹苍。
上帝实好生，　夜半下龙章[⑤]。
但愿天下人，　家家足稻粱。
我命浑小事，　我死庸何伤！

诗作背景

辛巳年入春以来，燕地干旱。端午过后不久，燥热难耐。五月十七日夜，突然下起滂沱大雨。文天祥以写实的手法描绘了他在灾害天气下的遭遇。

词语注解

①矧：读若审。指齿龈。古有笑不至矧之说。又可作“况且”意的语助词，这里是指人居监牢，处境尴尬之言。

②圜土：监牢。

③楚囚：见《指南后录》卷一下《生朝》注释⑤。

④达人：看得清楚世事、通达情理的人。

⑤龙章：指上天的注定。

诗义串释

去年五月十五日，大雨降水满一房。今年五月十八日，更见大雨水漫床。辞别南方江和海，走过中原地茫茫。再也不见船帆飞，只见车马跑康庄。何况住在监牢中，得水如同得酒浆。半夜轰然如同大石撞，水涌室内人仓皇。启明大星不见影，大风劲吹发了狂。高呼狂喊无人应，不知所措水中央。水灌墙角洞穴内，群鼠出洞走踉跄。有的像鱼出水跳，有的乱钻无处藏。鼠小尚且难逃避，人对祸患何可防？人称世间万物灵，然无措施逃祸殃。天亮来人开渠道，池塘决口一个样。满房泥泞半尺深，就像一个烂泥塘。潮湿温热如蒸笼，腐气薰人心发慌。臭气一阵又一阵，瘟疫袭人怎抵挡？室内囚徒怎么办？吃饭睡觉在此房。人遭关押难通融，坐以待毙等死亡？天高地阔虽广大，灾祸面前没商量。达观之人看得远，大灾大难关纲常。北方土地正干旱，赤地千里求雨忙。上天关心人受苦，派遣雨神甘霖降。但愿天下老百姓，家家富足有余粮。一己生命何足论，一命呜呼谢上苍。

筑房子歌

自予居狴犴[①]，一室以自治。

二年二大雨，　地污实成池。

圄人[2]为我恻，畚土以筑之。
筑之可二尺，宛然水中坻。
初运朽壤来，臭秽恨莫追。
掩鼻不可近，牛皂鸡于埘。
须臾傅黑坟。千杵鸣参差。
但见如坻平，粪土不复疑。
乃知天下事，不在论镃基[3]。
苟可掩耳目，臭腐夸神奇。
世人所不辨，羊质而虎皮。
大者莫不然，小者又何知。
深居守我玄[4]，默观道推移。
何时蝉蜕[5]去，忽与浊世违。

诗作背景

经过大雨的冲刷，兵马司监牢中的囚犯已难以安身，狱卒们不得不稍作修整。在狱卒的劳作中，文天祥获得了不少感悟。

词语注解

①狴犴：见《指南后录》卷二《己卯十月一日至燕，越五日，罹狴犴有感而赋》注释①。

②圄人：圄为监牢。圄人即管监牢的人。

③镃基：即农具锄头。也可写作兹基。《孟子》有言："虽有镃基，不如待时。"

④玄：指深奥，玄妙。

⑤蝉蜕：又写作蝉退。即蝉蜕变之壳。这里比喻如蝉蜕壳一样，得到解脱。

诗义串释

自从我被关监牢，一间土房成了我的小天地。没有想到，两年下了两次大雨，房子里硬是变成水池。狱卒大发慈悲，运了土来修理房子。填高了不过二尺多，在水中隆起一块新土地。狱卒开始运土来，又脏又臭难比拟。掩起鼻子不喘气，才知晓他们运来了牛栏、猪圈的烂污泥。脏土积得像个黑坟堆，然后千杵万锤砸整齐。地面平如镜，粪土无气息。方知天下事，不必看初起。不去细追究，腐臭变神奇。世人难分辨，羊皮画虎衣。大事都这样，小事更难知底细。不怕世事变化多，我有我的老主意。但愿我和浊世快离别，好比是夏日鸣蝉蜕层皮。

七月二日大雨歌

燕山五六月，　气候苦不常。
积阴绵五旬，　畏景淡无光。
天漏比西极，　地湿等南方。
今何苦常雨，　昔何苦常旸！
七月二日夜，　天工为谁忙？
浮云黑如墨，　飘风怒如狂。
滂沱至夜半，　天地为低昂。
势如蛟龙出，　平陆俄怀襄。
初疑倒巫峡，　又似翻潇湘。
千门各已闭，　仰视天茫茫。
但闻屋侧声，　人力无支当。
嗟哉此圜土[1]，战胜非高冈。
赭衣[2]无容足，南房并北房。

北房水二尺，　聚立唯东厢。
桎梏[3]犹自可，凛然覆穹墙。
嘈嘈复杂杂，　蒸汗流成浆。
张目以待旦，　沉沉漏何长！
南冠者为谁？　独居沮洳[4]场。
此夕水弥满，　浮动八尺床。
壁老如欲压，　守者殊皇皇。
我方鼾鼻睡，　逍遥游帝乡。
百年一大梦，　所历皆黄粱[5]。
死生已勘破，　身世如遗忘。
雄鸡叫东白，　渐闻语声扬。
论言[6]苦飘扬，形势犹仓黄。
起来立泥涂，　一笑褰衣裳。
遗书宛在架，　吾道终未亡。

诗作背景

自从五月十七日夜晚大雨之后，一连近五十天，元大都阴沉不雨，闷热异常。到了七月初二日的夜晚，在电闪雷鸣中，才又落下了另一场特大暴雨。

词语注解

①圜土：监牢。原指以土筑墙，绕成一圈，置罪人于内，不允外出。

②赭衣：古代罪犯多穿赭红衣。此处指罪犯。

③桎梏：指脚镣、手铐等刑具。

④沮洳：指地势低洼、潮湿。

⑤黄粱：见《指南后录》卷二《己卯十月一日至燕，越五日，罹狴犴，有感而赋》注释⑤。

⑥论言：各种各样的议论。

诗义串释

燕山五六月的时节，气候苦于不够正常。连绵不断的阴雨已达五十天，阴郁的苍天之下，一切都暗淡无光。天像神话中所说，天上不断漏水，地上到处流淌。真不知老天为什么下雨不停？北方南方变一样。更不知不久前，为什么每天挂太阳？七月二日半夜天，不知上天为谁发癫狂。浓云黑如墨，大风吹翻江。大雨如注似瓢泼，天地倒置大变样。东海蛟龙出了海，平原陆地变汪洋。我疑心长江巫峡从天倒，又像是湘江洪流泛潇湘。千家万户入梦境，未眠之人心茫茫。只听有的房屋墙壁倒，无人有力去抵挡。啊，这所关押罪犯的大监牢，本来就是有意挑选的洼地方。罪犯人数又太多，倒了房子，只好南北两房合一房。此房积水两尺深，人只能拥挤站在室东厢。脚镣、手铐都没戴，阴森可怖挂满墙。大家又是吵来又是叫，满身大汗像是进澡堂。瞪着眼睛盼天明，无奈黑夜长又长！哎，那个戴着南方帽子的人是谁呀？他单独住着一间小黑房。今天大水灌满屋，恐怕要漂起他的床。我的小房墙壁确实险，狱卒多次照看无主张。只有我打着呼噜睡大觉，逍遥自在游梦乡。人生百年像梦境，经历再多只是黄粱梦一场。生死大关都看破，出身、遭遇全遗忘。忽然雄鸡一声叫，东方发白泛亮光，这时我才听得人吵嚷。有人哀叹一夜千种苦；有人议论雨难停住天发黄。我起身站在泥淖中，笑着拍拍自己的破衣裳。好！架子上的书籍都还在，我的为人之道没有消亡。

咏　怀

阴阳相烹煎，　天地一釜鬵[①]。
人生居其间，　便同肉在砧。

热犹以火燎，　湿犹以汤浔。
一岁一锻炼，　老形忽骎骎[2]。
吾生四十六，　弱质本不任。
矧[3]当五六年，患难长侵寻。
子卿牴羊节，[4]　少陵杜鹃心。[5]
酷罚毒我肤，　深忧烦我襟。
嗟嗟夏涉秋，　天道何其淫！
或时日杲杲，　或时雨淋淋。
方如坐蒸甑[6]，又似立烘煁[7]。
水火交相禅[8]，益热与益深。
宛转儿戏中，　日夜空呻吟。
何如真鼎镬，　殊我一寸金。
脱此寒暑壳，　谁能复岖嵚[9]！

诗作背景

这一年，频繁而又经常反复的酷热和暴雨，对北地的居民形成严重的折磨。被关押在牢狱中的文天祥，由于没有自由，处处受到严格管制，所受的折磨更甚于常人。这首诗，真实、确切地描写了他经历的生活，更奇特地记录了他的奇思异想。

词语注解

①灊：读音塩，或浸。古水名，从长江流出的支流称沱；从汉江流出的支流称灊。这里，则泛指水。

②骎骎：指马奔走得快速、急迫。此处是指人衰老的形态来得快速、急迫，如同马的奔走。

③矧：读若审。有况且、又、亦之义。

④子卿牴羊节：见《指南录》卷一《纪事》（一）注释⑦。

⑤少陵杜鹃心：少陵，为杜甫字。全句是说，在唐安史战乱中，杜甫有很多诗，以杜鹃比喻对国家的忧心。

⑥甑：读若曾。本指瓦制的煮器。后亦指蒸器。

⑦煁：读若禅。可以移动的炉灶。

⑧禅：原指皇帝祭祀、巡游等活动。又有传承、禅让等义。这里指水火相变换，传承。

⑨岖嵚：指山地险峻难行。

诗义串释

阴、阳两种力量，本来是互相熬煎，互相浸润；天和地就像无比大的锅，注入了无限多的水分。我们生活在天和地的中间，真像是把一块肉放置在砧板。热了，像锅下燃起了旺火；湿了，像放进汤里慢慢来炖。一年中，一次暑热，一次严寒，使人受到锻炼；形体的衰老，自然会不期而然地来临。我已有四十六岁的年纪，体质柔弱，本来就受不了寒暑的浸淫。何况又遭遇五六年的战争岁月，被抛入患难的泥沼中，不停地翻滚。像汉朝苏武那样，手持汉节，牧羊在北海；像诗人杜甫听杜鹃的悲鸣，一次比一次忧心。如同受到酷刑，残忍地毒害我的肌肤；深沉的忧愁，无情地烦扰我的心魂。深可叹息啊，从夏天又将过渡到秋天，如此反复折磨，哪里是把天道遵循？有的时候，骄阳似火，有的时候，暴雨倾盆。正坐在火炉里，又烘又烤；立时又转移到蒸锅中，又湿又闷。水和火互相交替，不断加大火的热度，水也在继续加深。最顽劣的孩子也想不到，这样恶作剧，让人无分昼夜高声呻吟。远不如架起一口真正的大锅，下面燃起真正的火焰，把我烹煮得只剩下骨头一根。这样把不耐寒、不耐暑的躯壳脱掉，谁还能再让我遭受这难以忍受的苦辛？

移司即事

自大雨后，兵马司墙壁颓落，地皆沮洳，囚不可居。七月五日，移司宫籍监①。予以诘朝行②，诗以记之。

燕山积雨泥塞道，大屋欹倾小屋倒。
赭衣棘下无颜色，仓卒移司避流潦。
行行桎梏如贯鱼，怜我龙钟迟明早。
我来二十有一月，若书下下③几一考。
梦回恍忆入新衙，不知传舍④何时了。
幸有痴儿了家事，九牛一毛亦云小。
天门皇皇虎豹立，下土孤臣泣云表。
莫令赤子尽为鱼，早愿当空日杲杲。

诗作背景

七月初二夜大雨以后，兵马司监狱已难于关押犯人。七月初五日，元朝廷决定把犯人迁移至宫籍监。

词语注解

①宫籍监：金、元时的官署名。职掌宫内、外的监户，以及皇室的土地、钱财及诸多大、小事务。

②诘朝行：指早晨、天亮以后。唐储光羲句：“诘朝砺斧寻，视暮行歌归。”

③若书下下：书，指古代有关占卜一类的书；下下，指占卜到的结果，按等级区分，属于下下最不好的级别。

④传舍：古时称供旅人临时住宿的旅店。

诗义串释

燕山连日阴雨，泥泞塞满了道路，大房子歪斜、小房子倾倒。穿赭衣的囚徒已经无法关押，只好仓卒中搬迁，躲避洪涝。一行行披枷带锁的囚犯鱼贯而行；怜悯我的衰颓，告知我：行动在明天一早。我来燕京已有二十一个月，真像是书上说的，遭到下下的命运，又像是经过一场大考。似在梦中，觉得进了一座从未见过的衙府，但住的总是旅舍，这一命运何时可了？所幸有人照料生活，当然是九牛一毛的琐事，大事很少。最后看到一座虎豹踞立的大门，我作为人世的一介孤臣，免不得在门前祝祷：请上天不要让百姓变成鱼虾，尽快使蓝天上的红日高照。

宫籍监五首

兵马司移寓宫籍监，予监一室，颇潇洒。明窗净壁，树影横斜，可爱也。赋五绝。

尘满南冠岁月深，　暂移一室倚旃林[1]。
天怜元是青山客，　分与窗根两树阴。

壁间颇自有龙蛇[2]，元是谁人小住家。
不似为囚似为客，　倚窗望断暮天涯。

曾过卢沟望塔尖，　今朝塔影接虚檐。
道人心事真方丈[3]，静坐日长云满帘。

军衙马足起黄埃，　门掩西风梦正回。
自入燕关人世隔，　隔墙忽送市声来。

新来窗壁颇玲珑，　尽把前时臭腐空。
好丑元来都是幻，　蘧庐④一付梦魂中。

诗作背景

七月初六日，文天祥被迁宫籍监。他暂住的房子，大约是元朝官吏的居室。这一组诗，记录了在宫籍监的生活感受。

词语注解

①旃林：旃，原指赤色曲柄的旗，此处泛指旗。旃林，即很多的旗帜。

②龙蛇：此处指壁上悬挂的字画。

③方丈：指一丈见方。此处比喻人的想法受到局限，不过在方丈之间。

④蘧庐：见《指南后录》卷二《己卯十月一日至燕，越五日，罹狴犴，有感而赋》注释㊷。

诗义串释

灰尘落满我戴的南方帽子，只因来到北方的时间，已经算得长远。暂时搬迁的一座房子，靠近一片如林的红旃。（这是一些元军的旗帜呀！）也许是上天怜悯我这热爱山林的旅客，我居住的房间窗外，恰恰有两棵大树的绿荫连绵。

这房子墙壁上还挂着一些笔走龙蛇的字画，大概本来是什么人的住家。住在这里，哪里像关押囚犯，如同征途中进了旅店；我身倚窗台，禁不住隔窗眺望遥远的天涯。

走过卢沟桥的时候，曾望见远处的塔尖；住进这里，塔影正连接居室的屋檐。说明人的想法总受到一定的局限；日长如年呀，我只是静坐，观望云影移动在垂挂的窗帘。

元军的军马踏起一片黄色的烟尘；房门挡住了西风，人还是从睡梦中惊醒。来到燕京，我已与人世隔绝；从墙外忽然听见街上喧嚷的市声。

新住的居室修建得十分玲珑，囚室中的臭味一扫而空。房室的差别虽然很大，对我却都是一片朦胧；住在哪里，我都像在睡梦之中。

还司即事二首

兵马司苦于地窄，其东偏有大宅，官买之以广治所，旧厅事遂为空闲。七月十一日，囚自官籍监悉归狱。旧厅事之西有一室，处予其间。其地高燥而空凉，萧然独往，寂无来人，又一境界也。五言八句二首。

幕燕方如寄，屠羊忽复旋。
霜枝空独立，雪窖[①]已三迁。
漂泊知何所？逍遥付自然。
庭空谁共语？拄颊望青天。

秋声满南国，一叶此飘蓬[②]。
墙外千门迥，庭皋四壁空。
谁家驴吼月，隔巷犬嗥风。
灯暗人无寐，沉沉夜正中。

诗作背景

七月十一日，借住于宫籍监的囚犯又被迁回了兵马司。原兵马司东面的一所大宅院，被兵马司官署收买过来，扩大了房舍，这便有了周转的条件，对监牢进行整修。文天祥暂时被安置在原兵马司厅堂西面的一间小屋里。这两首诗专写小屋给他的感受。

词语注解

①雪窖：南宋高宗时，朱弁与王伦出使金国，为金人扣留，在驿中忍饥抗寒，不为所屈。还朝后，王伦向皇帝报告了朱弁的坚强，还献上朱弁为徽宗赵佶在金逝世所写的悼文，文中有句："叹马角之未生，魂消雪窖。"高宗为之感泣。雪窖是为抗北方严寒采取的一种措施。

②飘蓬：蓬为蓬蒿，又名飞蓬。秋天草枯，可随风飘飞。

诗义串释

帷帐上居住的燕子只能是寄宿；将被屠宰的羊已被牵走，不过又暂时回还。像在霜天树枝上临空独立；住在积雪的地窖，经过了三次搬迁。漂泊无依，谁知道又要去哪里？拿定主意，一切听凭自然。空旷无人的庭院中无人共语，托着面颊怅望高高的青天。

远在南国的故乡，秋声一定在静夜中鸣啸不停；最早感知秋天的一片落叶，像流水中的飘蓬。监牢墙外千门万户绵延无尽，庭院中厅堂高耸却四壁空空。谁家的毛驴看见月亮胡乱地吼叫，巷子里的狗也在狂吠，一定是听到什么风声。室灯昏暗，被关押的囚徒尚未入睡，黑夜正浸漫在深沉之中。

还 狱

予自宫籍监还兵马司，止予旧厅事西偏之室。狱户既葺，以八月七日复返故处。向之所谓臭腐湿蒸，依然故在。回视吾所挟，亦浩然而独存。作古风一首。

人情感故物，　百年多离忧。
桑下住三宿，　应者犹迟留。
矧兹方丈室，　屏居二春秋。
夜眠与昼坐，　隤[①]乎安楚囚。
自罹大雨水，　圜土俱荡舟。
此身委传舍，　迁徙无定谋。
去之已旬月，　宫室重绸缪。
今夕果何夕？　复此搔白头。
恍如流浪人，　一旦归旧游。
故家不可复，　故国已成丘。
对此重回首，　汪然涕泗流。
人生如空花，　随风任飘浮。
哲人[②]贵知命，乐天复何求！

诗作背景

监牢修葺结束，囚犯们多返原处。八月初七日，文天祥回到住过两年的囚室，写了这首《还狱》。

词语注解

①隤：指下降，或被绊倒。

②哲人：见《指南后录》卷二《宿高唐州》注释②。

诗义串释

人对自己熟悉的东西，总是怀有深情；正因如此，人生的途程中更容易产生离别的忧愁。在一棵桑树下住宿三个晚上，答应别人的呼喊难免迟滞。何况我在一间房内，居住过整整两个春秋。夜晚睡眠和白天安坐都在这里，监牢就是这样对待死囚。自从遭遇了特大的暴雨，房子周围已经可以撑船行舟。我在监牢，只是暂时休息，搬移到哪里，只能遵从牢狱的筹谋。搬离开已经一个多月，没想到还住进厅堂作了一番周游。今天是什么样的日子啊？又回到原先居住的囚室，我不禁激动得搔动白头。真像是一个流浪汉，突然间又回到“故家”的门口。故家！故家已经不能再到；故国！故国已经荒芜成陵丘。重新回头想起这些，怎能抑制悲痛的情感，涕泪涌流。春尽花将落，随风任去留。哲人知道命运的归宿，我愿意快乐地离开人世，没有任何要求。

先两国[①]初忌[②]

北风吹黄花，　落木寒萧飕。
哀哀我慈母，　玉化炎海秋。
日月水东流，　音容隔悠悠。
小祥哭下邳，　大祥哭幽州。
今此复何夕？　荏苒三星周。
嗟哉不肖孤，　宗职[③]旷不修。
昔母肉未寒，　委身堕寇仇。
仰药早云遂，　庶从地下游。
太阿[④]落人手，死生不自由。
南冠坐绝域，　大期落淹留。
白华下玄发，　碧藓生缁裘。

心口自相语，　形影旁无俦。
空庭鬼火闵，　天黑对牢愁。
鱼轩[5]在何处？魂魄今安否？
儿女各北归，　坟墓委南陬。
寒食雨凄凄，　盂饭谁与投？
荆棘缠蔓草，　狐兔缘荒丘。
长夜良寂寞，　与我同幽幽。
我心亦劳止，　我命实不犹。
昨夕梦堂上，　乐昔欢绸缪。
觉来尚恍惚，　血涕连衾裯。
晨兴一瓣香，　痛如螫在头。
吾家白云下，　万里同关忧。
遥怜弟与妹，　几筵罗庶羞。
既伤母在殡，　又念兄在囚。
兄囚不足念，　毋亦为母谋。
三圣[6]去已远，穹垠莽洪流。
缅怀百世虑，　白骨甘填沟。
冥冥先大夫[7]，郁郁苍松楸。
防山[8]迄合葬，瞑目复何求！

诗作背景

转眼间又到了九月初七日，文天祥母亲的忌日。文天祥在北来途中的邳州写过诗，纪念母亲逝世一周年，到燕京后，他又写诗纪念母亲逝世两周年。按照礼仪，逝世三周年为初忌，他又为母亲写了这首长诗。

词语注解

①先两国：作者的母亲曾被封为齐、魏国夫人，故称“先两国”。

②初忌：父母逝世之日的三周年，称初忌。

③宗职：是指作者作为父母的宗祀，即专负祭祀责任的长子具有应尽的职责。

④太阿：古宝剑名。春秋时，欧冶子为楚王共铸三剑，太阿为其中之一。这里是泛指宝剑已在元人之手，自身无法决定命运。

⑤鱼轩：古代以鱼皮或兽皮装饰的车子。称鱼轩，多为贵夫人所乘。此处是说母亲出行所乘的车子。

⑥三圣：圣人，是古时普遍奉为楷模的人物。三圣，则其说不一。《孟子》一书，以大禹、周公、孔子为三圣。《汉书》则以尧、舜、禹为三圣。

⑦先大夫：指作者的父亲文仪。

⑧防山：山名。在山东曲阜南，又名笔架山，是孔子父、母合葬之处。这里说，像孔子父母合葬在防山一样，父母已经合葬。

诗义串释

北风吹拂着盛开的菊花，树叶飘落，寒风飕飕。我慈爱的母亲，逝世在南海之滨的清秋。岁月易逝，江海东流，音容渺渺，思念悠悠。还记得，我哭母亲的小祥，在旅途中的下邳；我哭母亲的大祥，在北方的幽州。今天是什么日子呀？母亲逝世到今天，天上的星宿整整转了三周。啊，母亲，我是个不孝的儿子，没有尽到子嗣的责任，无可原宥。当母亲去世肌肉未寒，我不得不去对付入侵的寇仇。战争遭受失败，儿子服毒自裁，我多么想跟随母亲到阴世悠游。不过，利剑在敌人手上，儿子的生死不能自由。我已落入绝境，情愿以死报国，但又不知什么时候？儿子的满头黑发已经衰败，苔藓竟弥漫在黑色的衣裘。心问口，口问心，监牢中只能自语；影随形，形随影，生活中别无伴俦。空旷的庭院中，鬼火都显得暗淡；漆黑的暗夜无眠，难免牢愁。啊，母亲，我不知道，您在阴世出行的车子放在哪里？您的魂魄是否安泰，慈祥是否依旧？您的儿女大都先后来到北地，把您的坟墓留在遥远的南州。寒食时节会有凄凉的风雨，儿挂心由谁人把供奉的饭菜送投。想必是，坟前荆棘纠缠着蔓草，狐兔在坟墓前后周游。夜长更加寂寞，与儿子身陷牢狱一样，心情幽幽。儿子是这样思念您，但是，命运又是这样令人诅咒。昨天晚上，我梦里回到故家的堂屋，全家人和过去一样欢聚绸缪。醒来以后，更加留恋梦境，血泪纵流，沾湿了身边的衾裯。起床后，我给母亲奉上一瓣心香，疼痛啊，如蝎子蜇在额头。我们全家都在青天、白云之下，相距万里，同样为互相关切而深深忧愁。最值得怜爱的，是弟弟和妹妹，恐怕他们已罗列了果与酒。他们既为母亲去世悲伤，又惦记着长兄远为燕京之囚。其实，无须记挂长兄，亦不要再为母亲身后事继续图谋。早已去世的先辈，已经走得很远，和我们距离迢遥，中间似还有莽莽洪流。他们会理解后辈人的忧患，自己甘愿把白骨填入渠沟。在冥冥之中，我们的父亲，精神会如苍松和高楸。二老已经妥善地合葬一起，一定瞑合双目，无所需求。

重　阳①

万里飘零两鬓蓬②，故乡秋色老梧桐。
雁栖新月江湖满，　燕别斜阳巷陌空。
落叶何心定流水，　黄花无主更西风。
乾坤遗恨知多少？　前日龙山③如梦中。

诗作背景

这是文天祥在辛巳年九月初九日为重阳节写的诗。

词语注解

①重阳：见《指南后录》本卷《重阳三首》注释①。

②蓬：见本卷《还司即事》注释②。

③龙山：在今湖北省江陵县西北。晋大将军桓温曾在此登山。途中

其部属孟嘉落帽而不觉，桓温令人嘲之，孟嘉即时作答，并解其嘲，众人叹服。作者以此典故言往昔重阳宴饮之乐。

诗义串释

经过万里飘零，两鬓已如蓬草一样干枯；故乡的梧桐老树，想必一样面对秋风。衰颓的巷陌，说明旧时燕子不再归来；暗淡的新月，映照着遍地哀鸿。叶子飘落在流水，无心主宰自己的命运；菊花失去主人，何以度过严酷的寒冬。天地间存留下的遗憾，谁又能知道多少？往昔重阳佳节宴饮的乐事如在梦中。

又三绝

世事濛濛醉不知，　南山秋意满东篱。
黄花何故无颜色？　应为元嘉以后诗。①

人间万事转头空，　皂帽飘萧一病翁。
不学孟嘉②狂落魄，故将白发向西风。

老来忧患易凄凉，　说到悲秋更断肠。
世事不堪逢九九，　休言今日是重阳。

诗作背景

还是前面一首诗的题目：重阳，又写了三首绝句。

词语注解

①应为元嘉以后诗：元嘉是南朝宋文帝刘义隆的年号。刘义隆是刘

裕之子，好大喜功，轻信臣下的不实之词，草率起兵伐金，遭到失败。这句诗是接着上句的提问作出的回答，意为应是元嘉以后虚夸不实的风气对写诗所造成的影响。

②孟嘉：东晋时武昌人，字万年。曾随桓温任参军，性嗜酒而举止不乱，常赴桓之宴，外出时风吹帽落而不自觉。

诗义串释

我对当前的世事，已如醉酒一样，浑然不知；转眼间南山的秋色挂满东篱。为什么盛开的菊花失掉了昔日的艳丽？难道是徒有形式，华而不实，像五代时元嘉朝代以后的歌诗？

人世间的事情虽多，转眼成空；我成了头戴青色小帽，头发稀疏的一个病翁。即使这样，也不学孟嘉那样的狂放，宁愿脱掉小帽让白发对着西风。

老年遭遇忧患，容易感到凄凉；如果加上悲秋，岂不更加哀伤？世事最怕“九九”这个气运已尽的数字，很不情愿讲说，今天是登高的节日“重阳”。

小　年①

燕朔逢穷腊②，江南拜小年。
岁时生处乐，　身世死为缘。
鸦噪千山雪，　鸿飞万里天。
出门意寥廓，　四顾但茫然。

诗作背景

辛巳年又到年尾了。这是文天祥在元大都兵马司监牢中度过的第三个新年。农历春节的前三天，俗称小年。除夕将至，他写了这首诗。

词语注解

①小年：一种说法，农历十二月二十四日称小年。又一种说法，春节前三日为小年；除夕之前一夕称小年夜。此诗似指后一种小年的说法。

②穷腊：农历每月的天数不等，有的三十一天，有的三十天。如腊月（十二月）为三十天，即称穷年。又泛指腊月到一年将尽。

诗义串释

燕京到了一年穷尽的腊月；在江南，这时正过小年。过年，本是人们生活中的乐事，对面临死亡的人来说，多过一个年，也是一种因缘。乌鸦悲啼，千百座山峦都布满积雪；鸿雁高飞，正翱翔在万里长天。我偶然步出牢门眺望，面对辽阔大地，只觉得四顾茫然。

除　夜

乾坤空落落，　岁月去堂堂。
末路惊风雨，　穷边饱雪霜。
命随年欲尽，　身与世俱忘。
无复屠苏[①]梦，挑灯夜未央[②]。

诗作背景

这首诗，既是文天祥对在牢狱中度过的第三个除夕的感叹，也是他对在牢狱中度过的第三个除夕，作出的纪实描绘。

词语注解

①屠苏：见《指南后录》本卷《除夜二首》注释②。

②夜未央：黑夜未尽，称夜未央。三国时曹丕诗言："明月皎皎照我床，星汉西流夜未央。"

诗义串释

天地广大，显得辽阔无边；岁月无限，消失得脚步匆忙。走入末路，更惊风雨的狂暴；到了边地，强忍飞雪寒霜。一年到头，生命也许将尽；自己的出身和经历，差不多都已遗忘。没有了过年欢饮屠苏酒的向往；一盏昏黄的孤灯，陪伴我长夜未央。

壬　午①

丙子上巳前二日②，予至真州。今俯仰六周星矣。抚时念事，为之流涕。聊写我心，质诸鬼神尔。

忆昔三月朔，　岁在火鼠乡。③
朝登迎銮镇④，　夜宿清边堂⑤。
于时坌飙雾，⑥　阳精⑦黯无芒。
胡羯⑧犯彤宫⑨，犬戎⑩升御床。
惨淡铜驼⑪泣，　威垂朱鸟⑫翔。
我欲疏河岳⑬，　借助金与汤⑭。
吾道率旷野，　绕树空彷徨。
慷慨抚鳌背⑮，　艰关出羊肠。

扶日上天门，　随云拜东皇[16]。
祖逖[17]誓兴晋，　郑畋[18]义扶唐。
人谋岂云及，　天命不于常。
泗水沉洛鼎，[19]　苏丘植汶篁。[20]
瑶宫可敦后[21]，　玉陛单于王[22]。
革命[23]旷千古，　被发绵八荒[24]。
海流忽西注，　天旋俄右方。
嗟予俘为馘[25]，　万里劳梯航[26]。
秋风上瓯脱[27]，　夜雪卧桁杨[28]。
南冠郑大夫[29]，　北窖苏中郎[30]。
龙蛇共窟穴，　蚁虱连衣裳。
周旋溲渤间，　宛转沮洳场。
漠漠苍天黑，　悠悠白日黄。
风埃满沙漠，　岁月稔星霜。
地下双气烈，[31]　狱中孤愤长。[32]
唯存葵藿心[33]，　不改铁石肠。
断舌奋常山[34]，　抉齿厉睢阳[35]。
此志已沟壑，　余命终岩墙[36]。
夷吾[37]不可作，　仳连[38]久云亡。
王衍[39]劝石勒[40]，　冯道[41]朝德光[42]。
末俗正靡靡，　横流已汤汤。
馀子不足言，　丈夫何可当。
出门仰天笑，　云山浩苍苍。

诗作背景

壬武年关之后，文天祥被关押在元大都兵马司，已经两年有余。他已做好充分的思想准备，义无反顾，殉国以终。元人不放弃要他投降的希望，无限延长羁押的时间，不只加重了对他肉体上的折磨，身体健康每况愈下，而且更加沉重地折磨他的精神。文天祥是坚强的，面对壬午新的一年，从思想上加强了对抗的力度。这首诗以纪念逃亡到达真州六周年立意，但以壬午为题，充分透露了其中原委。

词语注解

①壬午：元至元十九年（1282）。

②丙子上巳前二日：丙子，即宋德祐二年，又改景炎元年（1276）。上巳，古节日。汉代以阴历三月上旬巳日为上巳；魏晋以后，定为三月三日为上巳。文天祥所说“上巳前二日”，即为三月初一。

③岁在火鼠乡：指丙子这年为鼠年。

④迎銮镇：宋代时的真州。五代时曾名迎銮镇。今江苏省仪征县。

⑤清边堂：真州州衙旁厅堂名。文天祥逃亡至真州，曾住宿于此。

⑥于时坌飙雾：尘埃飞扑，形成烟雾的时候。

⑦阳精：指太阳。

⑧胡羯：泛指与宋相邻接的不同民族。

⑨彤宫：彤，指朱红色。彤宫，即朱红色的宫殿。

⑩犬戎：泛指不同民族。

⑪铜驼：见《指南录》卷一《求客》注释①。

⑫朱鸟：见《指南后录》本卷《元日二首》注释④。

⑬河岳：指黄河与五岳。古时祭祀山河，以河岳作为象征。

⑭金与汤：指地区或城池的巩固，如钢铁般坚固，如热水之不可临近。《后汉书·光武纪下》：“金汤失险，车书共道”。

⑮鳌背：古代相传，大地为神鳌之背。这里指战争中经过的高山。

⑯东皇：天神。屈原《九歌》第一篇即《东皇太一》。

⑰祖逖：见《指南后录》卷二《祖逖》注释①。

⑱郑畋：唐荥阳人，字召文，曾中进士，历任中书舍人等职。黄巢

起义占领长安时，他任凤翔陇右节度使，曾战败黄巢部将高让，纠合藩镇兵力合围长安。后称病解职，在成都逝世。

⑲泗水沉洛鼎：夏禹曾铸九鼎，象征九州地方。三代时，鼎为帝王传国之宝，秦灭周，鼎应归秦。但宋国太丘陷落，鼎被沉入泗水。秦始皇巡游过彭城时，曾令千人下水寻取而未得。说明洛鼎沉泗，并未以帝王意志为准。

⑳苏丘植汶篁：苏丘，误。应作“蓟丘”。指将燕蓟北方的篁竹，种植在齐国的汶阳。

㉑可敦后：我国古代相邻之鲜卑、突厥、回纥、蒙古等民族，其最高统治者均称可汗，其妻称可敦。

㉒单于王：单于，匈奴首领之称号。在匈奴语中单于为广大之意，单于王为最高首领。

㉓革命：实施变革以应天命。古代认为帝王受命于天，朝代更替即为革命。

㉔八荒：八方荒远，偏僻之地。

㉕馘：读若见。古代战争中，割取俘虏左耳，以多少计功，称馘。

㉖梯航：在古代，视梯为登山工具，船为航海工具。万里劳梯航，是说行路万里，要动用陆海交通工具。

㉗瓯脱：古匈奴词语，指两国边境上各不相属土地的两边，供各自屯戍，守望之用。《史记·匈奴列传》：“中有弃地，莫居，千余里，各居其边为瓯脱。”

㉘桁杨：加在颈上或脚上的刑具。

㉙郑大夫：指唐郑畋。

㉚苏中郎：指汉苏武。

㉛地下双气烈：指牢狱中的腐臭之气与潮湿之气。

㉜狱中孤愤长：指狱中囚徒在极孤独状态下，悲愤不满的情感异常强烈。

㉝葵藿心：指向日葵始终倾向太阳，比喻以下对上之忠心不渝。杜

甫诗："葵藿倾太阳，物性固莫夺。"

㉞常山：见《指南后录》卷二《颜杲卿》注释①。

㉟睢阳：见《指南后录》卷二《许远》注释①。

㊱岩墙：有倾倒危险的高墙。

㊲夷吾：夷有平顺、喜悦等义。吾，指自己。可解为我追求平顺，求得欢欣。

㊳仳连：《诗经·王·中谷有蓷》句："有女仳离，嘅其叹矣。"此处作者反其意而用，仳，指地位低微的人，连是互相连结起来，但已做不到了。

㊴王衍：晋琊玡临沂人，好谈老庄，经常变换观点，被人戏称"口中雌黄"。曾任中书令、太尉等要职。在贵族相互争权，农民起义不断，匈奴大举进攻形势下，无所作为。后为石勒所败，被俘投降，劝石勒称帝，以求苟活。最终为石勒所杀。

㊵石勒：为十六国后赵的创立者。上党武乡人，少年时行贩为生。农民起义中，投刘渊，被用为将，发展为一方割据势力，建立后赵政权，称赵王。死后，子弘继位，为石虎所杀。

㊶冯道：五代时瀛州景城（今河北省交河县）人。曾在后唐、后晋朝历任宰相。契丹灭后晋，又在契丹政权中任太傅，后又在后汉政权中任太师、又在后周任太师，中书令，由于历任了五个朝廷的高官，广招非议。他自号长乐老，作了一篇《长乐老自叙》以解嘲。

㊷德光：辽太宗耶律德光，契丹名尧骨。辽太祖次子，天显元年，太祖死被立为帝。灭后唐后，又连年进攻后晋。大同元年攻下后晋都城开封，建大辽国。这时，冯道主动去朝见。德光问他，你为什么来朝见我，冯答，我无城无兵，哪敢不来朝见呢？回答颇得德光欢心，叫他当了太傅。

诗义串释

记得那是三月初一日。按甲子的排序，那一年是丙子，鼠年。清早，我进入真州城内，古称迎銮镇；夜晚，便在清边堂上安眠。当时正是强敌入寇，满天尘埃变成黑雾，太阳已经消失了光焰。入侵者占据了都城的宫阙，登堂入室，坐上了皇帝御床的边缘。皇宫门旁的铜驼，在暗自哭泣；军阵中绘着朱鸟的旗帜，已被抛在路边。我凭着保卫故国河岳的壮志，誓建金城汤池，力求恢复国家的尊严。我们志同道合的人，在旷野集结；如何打击敌人？心急如焚，着急得在树林中打转。我们健步登上鳌山之背，慷慨激越；我们奔走在羊肠小道，举步维艰。攀登上天门，想把太阳的位置扶正；随着飞云飘动，想去拜见东皇神仙。一心要向誓言兴晋的祖逖学步；无限尊崇正义扶唐的郑畋先贤。人的谋划，很难说完美无缺；即使是天意，也有时不同于正常的运转。黄河改道，夺取泗河的下游入淮，谁想到竟吞没了周代帝王的洛鼎；这就像栽种燕蓟的篁竹，去点缀齐国汶阳的丘山。美玉装饰的宫殿中，住进了号称可敦的王后；玉石雕砌的阤石上，晃动着单于王的黄衫。自认为受命于天，改朝换代便可传之千古，披着长长的头发，环视八方，没有什么东西可以入眼。大海的波涛，从此忽然向西涌流，天和地转眼间逆向旋转。深可悲叹啊，在这场战争中，我沦为俘虏，被押解奔波万里，动用了车马，还动用了舟船。在萧索的秋风中，行经过历史上两国间各不相属的地带；在连天的风雪下，我戴着沉重的刑具，深夜难眠。我像戴着南方人的帽子被俘的郑国大夫，也像是手持汉节牧羊的苏武，仍然把故国怀恋。经常是，龙与蛇共住一个穴窟；蚂蚁、虱虫更是在衣内乱钻。终日周旋在黑暗的牢房，这里不只是低洼与潮湿，大便、小便要在同一个房间。北方的荒漠无边，苍天显得低矮，生活苦闷，白昼悠长，太阳也不免暗淡。大风刮起尘埃，在沙漠上空翻滚；岁月不断反复，熟稔的星月继续绵延。住在这里，到处是潮湿的水气和腐朽的臭气，无限期的拘禁，真使我忧愤不甘。犹如葵花向阳，我保持着爱国的忠心，像铁石一样，绝不会有所改变。牢记颜杲卿在常山被勾断舌头，仍然与敌人奋战；不忘张巡在睢阳被拔掉牙齿，依然保持着尊严。我的志向已定，不惜一死填身汫壑，未来的命运，如同置身于一堵危墙的下边。梦想有平顺的生活，追求欢乐，是我不会做的事；联合起地位低微的人们抵抗，可惜已时过境迁。王衍想劝石勒回心转意，当然是罔费心机；冯道朝见德光，倒确实是历史的必然。当前浅薄的恶俗，正在风靡一时，与传统的道德伦理相悖反的歪论，竟公然互相流传。我现在的处境，已难把思想表达，立志当一个顶天立地的大丈夫何等困难。当我走出狱门的时候，一定会仰天大笑；看云山浩瀚，连接着无涯无际的苍苍青天。

生　日

忆昔闲居日，　端二逢始生。
升堂拜亲寿，　抠衣接宾荣。
载酒出郊去，　江花相送迎。
诗歌和盈轴，　铿戛金石声。
于时果何时？　朝野方休明[①]。
人生足自乐，　帝力无能名。
譬如江海鱼，　与水俱忘情。
讵知君父恩，　天地同生成。
旄头忽堕地，[②]　氛雾迷三精。[③]
黄屋朔风卷，[④]　园林杀气平。
四海靡所骋，　三年老于行。
宾僚半荡覆，　妻子同飘零。
无几哭慈母，　有顷遭溃兵。
束兵献穹帐，　囚首送空囹。
痛甚衣冠烈，[⑤]　甘于鼎镬烹。
死生久已定，　宠辱安足惊！

不图坐罗网，　四见槐云青。
朱颜日复少，　玄发益以星。[6]
往事真蕉鹿[7]，浮名一草萤。
牢愁写玄语[8]，初度感骚经[9]。
朝登蓬莱门[10]，暮涉芙蓉城[11]。
忽复临故国，　摇摇我心旌。
想见家下人，　念我涕为倾。
交朋说畴昔，　惆怅鸡豚盟。[12]
空花从何来？[13]为吾舞娉婷。
莫道无人歌，　时鸟不可听。
达人贵知命，　俗士空劳形。
吾生复安适？　拄颊观苍冥。

诗作背景

文天祥的生日是五月初二日。壬午这一年的生日前后，他写了这首《生日》为题的诗。这首诗中，他描绘青年时代过生日的潇洒生活，与现时的遭遇作了鲜明对比，实际上也是对和平的向往与对战乱的谴责。然后，他又描绘了梦境中的故乡之行，对比了生与死的差异，他对自己提出“吾生复安适”这样尖锐的问题。当然，答案早就作出了，就是他数十年热爱国家的言行，坚决反元的斗争实践。

词语注解

①休明：美好、旺盛之意。《后汉书·班固传》：“将军以周邵之德，立乎本朝，承休明之策，建威灵之号。”

②旄头忽堕地：旄头，古以旄牛之尾装饰旗杆上端，称旄头。旄头堕地，意思是发生战争。

③氛雾迷三精：三精指日、月、星，又称三光。整句与上句同义。

④黄屋朔风卷：黄屋，指皇帝的车盖，车盖以黄缯为里，故名。整句说，皇帝的车盖受到朔风狂吹影响，已被卷掉。

⑤痛甚衣冠烈：意为最痛苦的是衣冠受了剧烈的影响。实指衣冠，泛指文化传统，包括生活的多个方面。

⑥玄发益以星：玄为黑色。黑发变成斑白。

⑦蕉鹿：《列子·周穆王》故事：郑国有人在郊外打死一头鹿，怕人看见，用芭蕉叶盖上，以便无人时取回。因为想到这个办法，十分得意。不想没有标明盖鹿的地方，后来找不到鹿在何处，甚至误以为梦中所为。故事的含意是，得失无常，真假难辨。

⑧玄语：玄妙之语，指空话。

⑨骚经：屈原的长诗《离骚》。

⑩蓬莱门：仙境中的地名。

⑪芙蓉城：也是仙境中的地名。

⑫惆怅鸡豚盟：这是说，自己有惆怅，和一些同僚之间，常常是如鸡和豚不是同类，难有共同语言。

⑬空花从何来：空花，即虚幻之花，实际上是指人的妄想。南朝萧统有句："意树登空花，心莲吐轻馥。"文诗本句是说，这种虚幻的花朵是怎样形成的呢？

诗义串释

记得那是青年时闲居的时候，端阳节前五月初二日，正好是我的生日。先到厅堂上，向双亲拜贺；然后，轻提长衣下裾，接受宾朋的祝贺情谊。接着载上酒赶赴郊外，眺望着江上泛起的浪花，感受对我相迎的乐趣。和朋友们诗歌唱和，不只是写在纸上，朗诵起来，其声音犹如金石掷地。生活这样美好，也许有人会问，那是什么年代？那正是朝野十分美好的时候，国家可谓风光旖旎。人们大都是知足常乐，对皇帝，大家也没有企望他具有无上英明的能力。我们都像在江海中生活的鱼类，鱼和水都十分自由、自在，忘乎所以。当然，我们也都知道，君主对我们有着父亲一样的恩情，天地之间的正常规律便是如此。突如其来，天降狂飙，把旗杆上端的旄头吹落；风裹着尘雾，把天上的日、月、星辰全部蒙迷。北风卷飞了皇帝的车盖，铁骑践踏得园林坍圮。四海之内，到处是兵戈纵横；整整三年，抵抗强敌，竟只能老于行旅。我的部属、幕僚，有一半在战争中牺牲；我的妻子飘零到何方，也难知悉。没多久，我痛哭慈母在战乱中辞世；紧接着，我自己又遭到敌兵的劫持。我被捆绑着献入篷帐；作为囚徒，在囹圄中进行着万里传递。不同的衣冠，造成我剧烈的痛苦，我宁愿在鼎镬中被烹致死。是生是死，我早已下定决心；受宠受辱，对我来说，毫不惊奇。没有想到，在罗网中生活了漫长的岁月，四度看狱中槐树的绿叶遮住树枝。脸上的血色，一天比一天更少，银白的雪花，落满了发丝。想起往事，让人难辨真相，得失无法计算；尘世的浮名犹如野草中的流萤，更是扑朔迷离。在无边的牢愁中，写写自己的空话，到了生日更感悟屈原《离骚》的宏旨深意。我可以在凌晨的梦寐中，登上蓬莱仙岛的大门；也可以在深夜的沉睡中，涉足芙蓉城的石级。最美的梦，是忽然回到深深怀念的故国。只有在这里，更能感动我的情思。我是多么想念家中的每一个亲人，知道他们一想起我，便会动情地悲泣。我会和老朋友们倾诉往事，当然也不免惆怅，像鸡与猪没有共同语言，我和有的人确实难有相互理解的深意。这些梦境当然虚妄，但如花朵一样美好，它们从何而来？难道为安慰我，才来展示它们的绮丽？且不要说，没有人为我唱歌，追赶时令的鸟，叫得再好，也难免让人鄙弃。真正懂得人生的人，可贵在已看到命运的归宿，只有愚笨的俗人，才去枉自做费力的劳役。我怎能为了一己的安适，继续苟活，且让我托起下巴，注视着高远的苍冥沉思。

端 午

五月五日午， 薰风自南至。
试为问大钧[①]， 举杯三酬地。
田文当日生，[②] 屈原当日死。[③]
生为薛城君， 死作汨罗鬼。
高堂狐兔游， 雍门[④]发悲涕。
人命草头露， 荣华风过尔。
唯有烈士心， 不随水俱逝。
至今荆楚人， 江上年年祭。
不知生者荣， 但知死者贵。
勿谓死可憎， 勿谓生可喜！
万物皆有尽， 不灭唯天理。
百年如一日， 一日或千岁。
秋风《汾水辞》，[⑤] 春暮《兰亭记》。[⑥]
莫作留连悲， 高歌舞槐翠。

诗作背景

这首诗当写在壬午年端午节前后。文天祥从端午节纪念古代诗人屈原说起，以诗歌的形式，痛快淋漓地讲出了他对人生价值的看法。他坚定了为国献身的决心，“莫作留连悲”，乐观地相信牺牲的价值，“高歌舞槐翠”。

词语注解

①大钧：指天，大自然。钧，为古代制造陶器的转轮，自然界形成的万物，如同制陶转轮造成的多种陶器，故称自然为大钧。

②田文当日生：田文，即孟尝君，战国时齐国贵族，五月五日出生，继承其父靖郭君田婴的封爵，在薛地（今山东南部薛城）为公，以好客名闻天下，号称门客三千。

③屈原当日死：屈原，名平，字原，战国时楚国人。曾辅佐楚怀王，封三闾大夫，后遭奸人进谗，被贬谪后，写作《离骚》等诗篇，于五月初五日自沉汨罗江。

④雍门：战国时齐人，居于雍门，名周，人称雍门周。周擅操琴，见孟尝君，奏琴感动孟尝君痛哭流涕。

⑤秋风《汾水辞》：汾水，即山西汾河，源于山西宁武县，为黄河支流。汉武帝曾在汾河上乘船饮宴，写作《秋风辞》，文中有句："泛楼船兮济汾河，横中流兮扬素波。"《汾水辞》应即《秋风辞》。

⑥春暮《兰亭记》：指晋王羲之的传世名文《兰亭集序》。

诗义串释

五月初五日的正午时分，温暖的热风从南方吹来；我有些疑问，很想试问天地，连举三杯美酒，浇酬在尘埃。我们知道：战国的孟尝君在今天出生；和他同时代的屈原，却在这同一天，离开了世界。前者生活得很好，当了著名的薛城君王；后者投身在汨罗江心，无数百姓为他的死去深深悲哀。田文高贵的厅堂上，不少狐兔在游荡，也还有雍门周这样的琴师，演奏得让人涕泣伤怀。在历史上，一条人命，如同草叶上的一滴露水，才华、地位、一风吹过，永远不再。为什么，人世上还是有烈士壮怀激烈？他们的声名，绝不像东逝的流水，不再回来。一直到今天，荆楚一带的人民不忘屈原，浩渺的江边，年复一年，都对他进行祭拜。人们并不觉得，只要活着，就有了荣耀；反而认为，为正义死去，可贵而又光彩。不要说，人死了便面目可憎，无所作为；不要说，不管怎样，活着的人便幸哉乐哉。万事万物，既有初始，也会有终结；永不消亡的，只有天道、真理，可以持续千年、万载。一百年可以和一天没有任何不同；一个昼夜，可以顶一千年的岁月，并不奇怪。我们灿烂的文化中，描写秋兴，有汉武帝的《汾水辞》；吟诵春暮，有写作《兰亭集序》的王羲之这样奇才。我不为留恋这些，发出苦痛的悲叹，坚信为国捐躯，像高歌舞蹈的茂密绿槐。

自叹三首

猛思身世事，　四十七年无。
鹤发俄然在，　鸾飞久已殂。①
二儿化成土，②　六女掠为奴。③
只有南冠在，　何妨是丈夫。

北辙更寒暑，　南冠几晦冥。
家山时入梦，　妻子亦关情。
惆怅心如失，　崎岖命复轻。
遭时命如此，　薄分笑三生。④

疾病连三次，　形容落九分。
几成白宰相，⑤　谁识故将军？⑥
暗坐羞红日，　闲眠想白云。
苍苍竟何意，　未肯丧斯文。⑦

诗作背景

壬午之春，文天祥健康状况明显下降。先是病目，左眼忽然失明，看不见东西。后是在谷道部位生了癕疽，无法坐卧。身体不支，诗写得少了，这是他最后写的三首自叹的诗。

词语注解

①鸾飞久已殂：指作者的母亲，很久前已逝世。

②二儿化成土：指两个爱子道生、佛生。前者在战乱中病死；后者在战乱中丢失，也凶多吉少。

③六女掠为奴：文的六个女儿为：长定娘，次柳娘，次环娘，再次监娘，再次奉娘，再次寿娘。长女、幼女病死；柳娘、环娘，在空坑之

败中被俘；监娘、奉娘死于潮阳之败。“掠为奴”，是泛指，实则为柳娘、环娘。

④薄分笑三生：佛家谓人有三生，即前生、今生与来生。此句诗是说，自己没有福分，三生都遭遇厄运，未免可笑。

⑤几成白宰相：原指无宰相官职，而有宰相权势的人。此处作者反其意用之，指自己虽临危受命为宰相，但几乎是白宰相。

⑥谁识故将军：没有谁人还识得过去的将军。

⑦未肯丧斯文：斯文，原指古礼乐制度。后来扩展可指儒者和文人。杜甫有句：“斯文崔魏后，以我似班杨。”文诗此句是说：不肯丧失我具有的高度文化所形成的精神品格。

诗义串释

忽然想起自己的经历，四十七年已经过去。满头青丝转眼变成白发，慈爱的母亲久已谢世。两个爱子在战乱中化成尘土，六个爱女被掠成为奴隶。只有我还照旧戴着南方人的冠冕生活，无愧是一个大丈夫，顶天立地。

按当地时令更换着寒暑，仍然穿戴南方的衣冠，经历着黑夜、白天。故乡的山川，常常进入梦境；对妻子仍然怀着关切的思念。无限的惆怅中似乎有所失落，崎岖的遭遇让人觉得生命不免轻贱。终于明白这便是自己的命运，不止一生，包括前生和来生，都没有福分，可笑亦复可叹！

一连患了三次大病，容颜损害掉九分。几乎成了一个白白挂名的宰相，哪里还有人识得旧日的将军？坐在昏暗的地方，羞于见到阳光；睡觉失眠，遐想着天外的白云。苍茫之中，究竟还有什么想法？其实，想不通的，不过是绝不愿意失掉读书人的斯文。

病目二首

近来烦恼障，　左目忽茫茫。
聂政[①]心虽碎，刘伶[②]醉未忘。
问天天不应，　食日[③]日何伤。
万想由来假，　收拾太乙光[④]。

向来岩下电[⑤]，无故眩生花。
达摩[⑥]面向壁，卢仝[⑦]一塌沙。
灯前心欲碎，　镜里鬓空华。
何日看明月，　沉沉斗柄斜。

诗作背景

到元至元十九年（1282），壬午，文天祥在元大都监牢，已经关押两年有余。冬天的严寒，夏日的酷热，粗劣的饮食，长期的思虑，彻底破坏了他的健康。首先反映在眼睛上，左眼忽然看不见东西，好像视力全失，右眼也疼痛难忍，流泪不止。他赖以消磨时光的读书、写诗等活动，全部无法进行，只能终日苦坐。夜晚失眠，也只有坐以达旦。他有时烦躁难安，自觉来日无多，好在他已把所写的《指南后录》《集杜诗》等诗集都编辑成册；这年春天，他也写好了衣带赞，准备刑前系在身上。这两首题为《病目》的诗，是他《指南后录》诗集第三卷的最后一首诗。

词语注解

①聂政：战国时赵国人，韩烈候时，韩相侠累与严遂有仇，严遂要他行刺侠累，侠累走告烈候。侠累被杀后，聂政自杀死。

②刘伶：西晋沛人，竹林七贤之一。晋成帝时，曾为朝廷策问，主张无为而治，被认为无能受罢免。性嗜酒，经常纵饮酣醉。

③食日：疑有误。按古籍《尚书》汤誓言：“时日曷丧，予及汝皆

亡”，当以“时日”为是。想在历代抄编中产生讹误。改为“时日”并无碍诗义，“时日曷伤”，义为这个令人痛恨的太阳，什么时候完蛋啊！

④太乙光：古代称，形成天地间万物元气的为太乙光。又，天上星宿紫微宫附近之星为泰一。此处应指后者，比喻目光。

⑤岩下电：岩石下面闪耀的电光。

⑥达摩：古提达摩的简称，是吐蕃末代赞普。曾受反佛教贵族拥立，废佛教，终为僧人刺杀。

⑦卢仝：唐范阳人，自号玉川子。无意仕进，曾隐于少室山，后居洛阳，死于甘露之变。

诗义串释

近来十分烦恼，身体出了故障；左边的眼睛忽然看不见东西，迷迷茫茫。聂政心虽破碎，眼睛依然明亮；刘伶饮酒常醉，看见的东西却不会遗忘。我的仇恨深切，经常盼望令人痛恨的太阳赶快灭亡，但对太阳并无戕伤。多种多样的想法，都只是想象，最要紧的，还是要保留住这宝贵的太乙之光。

我的眼睛一向如山岩下闪耀的电光，忽然无缘无故发生晕眩，然后产生了昏花。如果像达摩那样面壁九年，也就用不到眼睛；怕的是像唐朝卢仝，看什么都是一片塌沙。灯下更看不见任何东西，着急得心都要碎；照照镜子，空对着双鬓的白发。什么时候能重新仰视明月啊，多么想亲眼望望北斗七星的斗柄横斜。

吟啸集

文山诗史注释全编（三）

Wenshanshishizhushiquanbian（san）

《吟啸集》简释

《吟啸集》不是文天祥亲自编辑成书的诗集。这部诗集的形成，有它特殊的背景和独有的价值。

文天祥坚不投降，被关押进监牢以后，燕京人民对他的风骨十分景仰，成了当时街谈巷议的重要话题。有人热爱文天祥的诗作，也有人热爱文天祥的书法，经过住在监外照顾文天祥生活的千载心（张弘毅），传播了不少。一些道长、乐师进监探视，也带出一些文天祥写作的诗篇。这些诗作深受群众喜爱，互相传抄，奉为至宝。随着关押时间的延长，传抄的诗篇越积越多。据流传的说法，燕京的热心人，为满足群众的需求，把这些流传的诗集中起来，刻版印刷，定名《吟啸集》。

这部《吟啸集》的出版问世，实际上要比《指南录》《指南后录》的出版要早。后来，历代出版文天祥诗歌时，编者们仍然保留了《吟啸集》的独立地位。有些诗，如著名的《正气歌》等篇，原本在《指南后录》中，后来的编者也都把这些诗继续留存在《吟啸集》之内。

在元朝统治的情况下，《吟啸集》的出版，充分说明了人民群众对文天祥的崇敬，对他的诗歌的热爱。

后代出版文天祥诗歌的编者们，把《吟啸集》收入文天祥的诗歌著作之内，也充分说明他们对《吟啸集》的尊重，认识到了这本诗集独有的价值。

正气歌

予囚北庭[1]，坐一土室。室广八尺，深可四寻[2]，单扉低小，白间[3]短窄，污下而幽暗。当此夏日，诸气萃然；雨潦四集，浮动床几，时则为水气；涂泥半朝[4]，蒸沤历澜，时则为土气。乍晴暴热，风道四塞，时则为日气；檐阴薪爨，助长炎虐，时则为火气；仓腐寄顿，陈陈[5]逼人，时则为米气；骈肩杂遝，腥臊污垢，时则为人气；或圊溷[6]，或毁尸，或腐鼠，恶气杂出，时则为秽气。迭是数气，当侵沴[7]鲜不为厉[8]，而余以孱弱俯仰其间，于兹二年矣，无恙，是殆有养致然。然尔亦安知所养何哉？孟子曰："吾善养吾浩然之气。"[9]彼气有七，吾气有一，以一敌七，吾何患焉！况浩然者，乃天地之正气也。作《正气歌》一首。

天地有正气，　　杂然赋流形。
下则为河岳，　　上则为日星。
于人曰浩然，　　沛乎塞苍冥。
皇路当清夷，　　含和吐明庭。
时穷节乃见，　　一一垂丹青[10]。
在齐太史简，[11]　在晋董狐笔，[12]
在秦张良椎，[13]　在汉苏武节。[14]
为严将军头，[15]　为嵇侍中血，[16]
为张睢阳齿，[17]　为颜常山舌。[18]
或为辽东帽，[19]　清操厉冰雪；
或为《出师表》，[20]鬼神泣壮烈；

或为渡江楫，[21]　慷慨吞胡羯；
或为击贼笏，[22]　逆竖头破裂。

是气所磅礴，　凛烈万古存。
当其贯日月，　生死安足论！
地维[23]赖以立，　天柱[24]赖以尊。
三纲[25]实系命，　道义为之根。[26]
嗟予遘阳九[27]，　隶也实不力。[28]
楚囚缨其冠，　传车送穷北。[29]
鼎镬甘如饴，[30]　求之不可得。
阴房阒鬼火，　春院閟天黑。
牛骥同一皂，[31]　鸡栖凤凰食。[32]
一朝濛雾露，　分作沟中瘠。[33]
如此再寒暑，　百沴自辟易。[34]
嗟哉沮洳场[35]，　为我安乐国。
岂有他缪巧，　阴阳不能贼。
顾此耿耿在，　仰视浮云白。
悠悠我心悲，　苍天曷有极。
哲人[36]日已远，　典刑在夙昔。[37]
风檐展书读，　古道照颜色。[38]

诗作背景

《吟啸集》既是当时民间辑录、出版的文天祥诗歌选集，它把《正气歌》作为诗选的第一首，是有很高水平和见地的。这首诗，不仅总结了文天祥在南宋为官、为元军所俘的人生经历，也从哲理的高度，阐明了我国自古以来一直为古圣先贤传承的发扬正气、袪除邪恶的光辉传统。这首诗，列举出很多事例，形象生动、深入浅出、无可辩驳地描绘出“扬正、袪邪”的道理和实践，教育并启发了无数后来者。

此诗，写于元至元十八年辛巳（1281 年）夏，是在文天祥牢狱生活实际中产生的。他在诗的前言中说，他在夏天的牢狱中深受多种邪恶之气的侵袭，有潮湿的水气，泥土蒸沤的土气，闭塞闷热的日气，簷下烧饭增温的火气，储藏杂物的米气，缺少洗浴的人气，死人、腐鼠造成的秽气等七种之多。但他在这种环境里，以孱弱之躯，生活了两年，却没有受到危害。他认为，这是他以浩然正气，敌住了多种邪气的结果。为此，他写出了这首《正气歌》。诗作虽然来源于牢狱生活，但其概括表现的深刻含义远不止于这些，诗人能够战胜邪恶的浩然正气，是他高度爱国主义精神的升华，是我国人民标榜传承的道德力量。

词语注解

①北庭：指元人朝廷。

②寻：古时以八尺为一寻。

③白间：泛指门旁装饰的白壁。此处指窗。

④涂泥半朝：地上泥泞，要半个上午才稍干一些。

⑤陈陈：陈陈相因，原本陈旧，时日延长，更加陈旧。

⑥圊溷：读青混，即厕所。

⑦侵沴：恶气侵入。

⑧鲜不为厉：鲜指少。厉指疾病。很少不引起疾病。

⑨吾善养吾浩然之气：此语见于《孟子·公孙丑》。孟子曾对浩然之气作出解释：至大至刚，以直养而无害，塞于天地之间。又说，浩然之气配义与道，集义所生。我们似可理解，浩然之气就是一种至大、至刚，不屈、不挠，按照伦理、道德的规范认识、行事的正气，是人的一种主观精神状态形成的气质、禀性。

⑩丹青：我国古代以丹册纪勋，青史纪事。丹青泛指史书。

⑪在齐太史简：这是春秋时齐国的历史典故：齐国权臣崔杼杀死国君齐庄公，齐国太史（专职记录历史的史官）在史册上如实记录："崔杼弑其君。"崔杼发怒，杀掉太史。太史之弟继续担负其兄职务，仍然如其兄一样记载这件事。崔杼又把他杀了。简为竹简，古代以竹简记录历史。

⑫在晋董狐笔：这也是春秋时的典故，但故事发生在晋国：晋灵公想杀他的大臣赵盾，赵盾在逃。赵盾的弟弟赵穿把晋灵公杀死，迎回赵盾。晋国的太史董狐便书写下："赵盾弑其君"。赵盾否认这种写法，认为杀晋灵公的实为赵穿。太史董狐解释说：你是大臣，逃亡并未离开晋国，有人杀死国君，你不平定国家的乱局，就应负起杀死国君的责任。孔子曾评论说：董狐是一个好的史官。

⑬在秦张良椎：秦统一六国后，张良找到一位力士，准备用一百二十斤重的铁锥，在搏浪沙中刺杀秦始皇。结果只击中副车。

⑭在汉苏武节：汉朝时苏武持汉朝廷颁发的节旄出使匈奴，为匈奴扣留。苏武在匈奴牧羊十九年，始终手持节旄，不辱使命。

⑮为严将军头：汉朝末，严颜守巴郡，为张飞俘虏，张飞劝其归降。严颜表示，只当断头将军，不当归降将军。

⑯为嵇侍中血：晋惠帝时，有人发动叛乱，侍中嵇绍冒死保护惠帝，为叛军所杀，鲜血溅到惠帝衣上。平定叛乱后，惠帝为纪念嵇绍的死难，告人不要洗掉嵇侍中血迹。

⑰为张睢阳齿。见《指南录》卷一《言志》注释⑪。

⑱为颜常山舌：见《指南后录》卷二《平原》注释⑪。

⑲或为辽东帽：汉末时，管宁避中原战乱，隐居辽东。管居住辽东三十年，戴黑布帽子，为人讲学。魏文帝、明帝都慕名封他为官，他一并推辞不出。

⑳或为《出师表》：指诸葛亮在三国蜀汉坚持伐魏，两次在临行前向蜀汉后主刘禅上出师表章，史称前后《出师表》。

㉑或为渡江楫：指晋时祖逖，当晋朝大乱逖率部渡江南去，船至中流击楫而誓："不能恢复中原，渡江北归，有如大江。"后自募军，恢复黄河以南为晋地。

㉒或为击贼笏：唐德宗时，朱泚叛唐，逼迫段秀实随从自己。召段议事时，段秀实以手中所持笏板，猛击朱泚，大骂狂贼，表明自己反对叛乱的立场。

㉓地维：古代神话中认为，地是方形的，四角都有大绳系起。地维，即指系起大地的绳子。

㉔天柱：古代神话中认为，天是由高大的柱子顶起的，即天柱。地维、天柱两句，是说，不论是地维还是天柱，都是靠正气支持，才能起到应起的作用。

㉕三纲：指当时封建社会的三条基本的主从规律：君臣、父子、夫妇。

㉖道义为之根：是说，要以道义作为为人的根基。

㉗阳九：见《指南后录》卷一上《海上大战，国事不齐。孤臣天祥坐北舟中，向南恸哭，为之诗曰》注释④。

㉘隶也实不力：隶，原指奴隶，这里实指有所隶属的人。如文天祥本人，位列公卿，在他自己看来，则隶属于皇帝、国家。实不力，指从斗争实际来看，不够得力。文天祥看南宋的败亡，是把自己摆进去的，自己力不从心，这既有自责的成分，也比较客观、实际。

㉙传车送穷北：传车，指古驿站中的车辆，可以一站一站的传送。穷北，指较远或最远的北方，这里指元大都，即今北京。

㉚鼎镬甘如饴：鼎镬，是指煮食物的大锅；古代有用鼎镬煮人的酷刑，此处指后者。甘如饴，这是文天祥的态度，把烹之鼎镬的酷刑视作如吃饴糖一样心甘情愿，并无畏惧。

㉛牛骥同一皂：骥，指骏马。皂为槽。这句是说牛马养在一起，比喻虽同是狱中囚犯，但身份、案情有所不同。

㉜鸡栖凤凰食：鸡栖即鸡舍。意为凤凰在鸡舍中与鸡同食，与上句寓意相同。

㉝分作沟中瘠：分，料想，理当。瘠，指未完全腐烂的尸体。

㉞百沴自辟易：百沴，多种病症。辟易，逃避，没有受到侵害。

㉟沮洳场：低洼潮湿的地方。

㊱哲人：指提出浩然正气概念，通晓哲理的人物。

㊲典刑在夙昔：指齐太史、晋董狐等十二人，他们的事迹已经记录

在史册。古刑字同于型字。

㊳古道照颜色：古来讲求浩然正气的道理，仍然照耀着作者的容颜，焕发出光彩。

诗义串释

在天地之间存在一种浩大、刚正之气，它多姿多采地体现在万事万物之中。在地上，它成为江河湖海、高山峻岭；在天上，它成为太阳、月亮，以及众多的群星。对人来说，这称为浩然正气，它丰盈、充沛，弥漫于大地，充塞于苍穹。当国家的命运处于清平的时代，一些胸含中和之气的名臣，拥戴出圣明的朝廷。到了局势困难的时代，更可以看清人发扬正气的节操，一位一位都名垂千古，形象被绘之以丹青。在齐国，有太史兄弟二人为记录真实历史，不惜献出生命；在晋国，也有一位太史董狐，敢于用春秋笔法判明善恶。在秦代，张良为故国复仇，向秦始皇举起铁椎；在汉代，苏武在异国放羊十九年，仍手持祖国颁与的旄节。三国时代，颜严将军战败被俘，高喊不怕杀头；晋朝时候，侍中嵇绍为保护皇帝流尽鲜血。唐朝的张巡，为坚守睢阳，痛恨叛军，咬碎牙齿；还有，颜杲卿为痛骂敌人，被勾断口舌。东汉时候的管宁，为避乱世，戴一顶黑帽，隐居辽东，坚决不当魏国的官员，节操可比冰雪。三国时期的诸葛亮，为反对汉贼，写过两篇《出师表》，即使是鬼神，也会感动于他为人的壮烈。东晋将军祖逖，为发誓收复失地，渡江南下时，慷慨奋发的中流击楫。唐朝的忠臣段秀实，高举手中的笏板，曾经把逆贼的头颅打裂。这些人物身上，体现出来的浩然正气，万古长存，磅礴凛冽。正气可以与日月相贯通，个人的生死，实在不值得考量。广阔的大地，靠正气来稳定；崇高的天宇，靠正气支撑，在宇宙中高张。纲常和伦理，靠正气来维系；道德和正义，靠正气立定根砥，才能战胜强梁。令人悲叹啊，我遭到国家覆亡的厄运，作为臣子为国救亡，实在没有足够的力量。虽遭俘虏，我仍然戴着南方人的帽子；被装入囚车，押送到遥远的北方。不论以什么刑罚处死，我都甘之如饴；无奈求之不得，壮志难以报偿。总有一天会受到灾难、疾病的侵袭，我的尸骨将会抛入沟渠，虽然死去，也难以忍受无边的肮脏。没有想到，我在这里竟生活了两个寒暑，却未受到任何邪恶与疫病的侵袭。真是令人悲哀啊，这么一个低洼潮湿的所在，成了我饮食、睡眠的“安乐”家居。难道我有什么法门妙诀？对寒暑、潮湿，以及一切灾病都能躲避。其实，我不过凭借着耿耿忠心的浩然正气，把富贵、物欲，看作天上的浮云，和当今的人世疏离。真正让我悲哀的，是我的国家，我的人民；请问苍天，什么时候才到达国家、人民苦难的终极？古圣先贤距离我们虽然日渐久远，但是他们作为光辉的榜样一如往昔。在牢狱的屋檐之下，我不断展读圣贤的教诲，他们以浩然正气指引的道理，永远铭刻在我的心里。

遇灵阳子谈道，赠以诗

昔我爱泉石，　长揖离公卿。
结屋青山下，　咫尺蓬①与瀛②。
至人不可见，　世尘忽相缨③。
业风④吹浩劫，蜗角⑤争浮名。
偶逢大吕翁⑥，如有宿世盟。
相从语寥廓，　俯仰万念轻。
天地不知老，　日月交其精。
人一阴阳性，　本来自长生。
指点虚无间，　引我归圆明⑦。
一针透顶门⑧，道骨由天成。
我如一逆旅，　久欲蹑屩⑨行。
闻师此妙诀，　蘧庐⑩复何情。

诗作背景

文天祥早在走上仕途不久，便与道家人物有所接触，对道法表现出一定兴趣。陷入大都之狱，元朝廷为争取文投降为己所用，并不限制一些出家道人访问文天祥，希望对文天祥造成影响，软化他反元的思想。这些出家道人都和文大谈道法，但目的各不相同：有的仰慕文天祥的为人，支持他的爱国热忱，鼓舞他的抗元行动；有的则秉承元人意图，绕了圈子为元人说项。其实，文天祥世界观基本上属于儒家的忠君、爱国的思想，他对道法的兴趣，是因为现实生活中的矛盾困扰，寻求哲学上的解脱。在狱中，访问他的出家道人态度不同，他也用不同态度对待他们。灵阳子情况不详，从诗歌内容上看，两个人谈道还是融洽的。这首诗写于宋祥兴元年（1279），元至元十六年，十二月十一日。

词语注解

①蓬：蓬蒿。秋枯根拔，风卷而飞，故又名飞蓬。

②瀛：大海或水池。这里是指水池。

③缨：古时帽子下面的带子，上面系于帽，下结于颐下。又指缠绕。

④业风：指善恶之业使人轮回三界，比喻为风。

⑤蜗角：指蜗牛的角，即极小境界。为小事而争，称蜗角之争。

⑥大吕翁：大吕，古乐律名。古代乐律共十二，阴阳各六。六个阴律都称吕，第四为大吕。

⑦圆明：丰满、完整、光明。道家语。

⑧顶门：人体之最上端，又称脑门。

⑨蹑屩：蹑，指踩或踹。屩，指鞋。

⑩蘧庐：指旅舍。《庄子·天运》：“仁义，先王之蘧庐也。止可以一宿，而不可久处。”

诗义串释

过去我很喜爱泉水和山石，所以，作揖为礼，告别了朝堂上共事的公卿。青山之下，盖起居室，虽然咫尺之大，周围有青青的草地，也有明净的池水盈盈。可惜归隐林下，从未见过什么高人；尘世间忽然又为我缚上驾车的长绳。影响善恶、轮回的北风吹来浩劫，蜗牛角上米粒大的地方，也要为利益斗争。偶然的机缘遇上一位精通音律的长者，我们像有宿世交谊的友朋。相互长谈，议论风生；俯仰之间，我们性灵所至，万念俱轻。他告诉我，天和地是不知衰老的，天上的太阳和月亮总是交流着真精。人的本性与日月相同，从来就阴阳相通；由此可知，人同样应当不老长生。这位长者指点我看到人生的虚无，引导我追求圆满，归结光明。一针扎透顶门，道骨原来天成。我像一个急于前行的旅客，早已蹑起足、踹着鞋，奔向前程。听过老师告知的妙诀，终于明白了，尽管旅途中只住一宿，也应当永远系连着自己的深情。

岁祝犁单阏、月赤奋若、日焉逢涒滩[①]，遇异人，指示以大光明正法[②]。于是，死生脱然若遗矣[③]。作五言八句

谁知真患难，忽悟大光明。
日出云俱静，风消水自平。
功名几灭性，忠孝大劳生。
天下惟豪杰，神仙立地成。

诗作背景

这首诗和上一首诗同日写出。粗看起来，文天祥似乎在灵阳子讲说的道法影响下，已把生死置之度外，人世的功利，根本不值得挂怀。其实，他一面讲：“功名几灭性，忠孝大劳生”，紧接着还是坚持他自己的世界观：“天下惟豪杰，

神仙立地成。”他认为，抵抗外侮，热爱国家的英雄人物，立地可成为神仙！

词语注解

①岁祝犁单阏、月赤奋若、日焉逢涒滩：按照我国古代辞书《尔雅》释天篇中的解释，这些词语，是以干支纪时的名称：意为己卯年、十二月、十二日。

②大光明正法：按道家的说法，大光明为光明的境界；正法是正常的法则。

③死生脱然若遗矣：是说，这样便可以使生死的问题得到解脱。

诗义串释

谁人懂得真正的患难？忽然觉悟到伟大的光明。太阳出来，云朵显得寂静；风声消停，水波显得坦平。争取功名，几乎毁了人的本性；追求忠君、孝亲，足够勤劳终生。普天之下只有英雄人物顶天立地，这才是真正的神仙修炼成功。

庚辰四十五岁

东风昨夜忽相过，天地无情奈老何！
千载方来那有尽？百年未半已为多。
君传南海长生药，我爱西山饿死歌[①]。
泡影生来随自在，悠悠不管世间魔[②]。

诗作背景

这首诗当作于庚辰年的正月。这一年是元至元十七年（1280），作者四十五岁。在国破家亡，身陷缧绁，求死不得的情况下，迎来正当壮年的四十五岁，新年伊始，春天来临，他的心情可以想见。诗歌表现出无比的坚定，无比的达观。

词语注解

①我爱西山饿死歌：指殷代伯夷、叔齐，在周灭殷后，不食周粟，在首阳山采薇为生，最后饿死的故事。西山即首阳山。“我爱西山饿死歌”，表示作者愿意学习伯夷、叔齐的节操。

②世间魔：按佛教教义，违反善事的神怪可称魔，又指各种困难为磨难。这里，文天祥指的是元朝敌对力量以及对敌斗争中的各种困难。

诗义串释

昨天的夜间，忽然有东风吹过，天地间季节转换的规律无情，人人都要面对衰老无可奈何！时间无限，再度过千年，也不会穷尽；但对我来说，活了还不及百年的一半，已经太多。有人在传播，来自南海的长生不老的药物；我心中最爱吟唱的，却是伯夷、叔齐饥饿而死的谣歌。水中的泡影，是生成还是破灭，完全可以任随其便，我只是悠然自得，面对人世的恶魔和苦厄。

早　秋

寒魄澹玄河，① 商飙栗明发。②
羁人坐环堵③，壮士衣穿褐④。
晋陵⑤谁复新，秦陵⑥尚云秣。
夫君百世心，患不在饥渴。

诗作背景

北方的秋天来得早，夏日的暑热消失不久，早晨和晚上便有了浓浓的秋意。从内容上看，这首诗似乎是庚辰年初秋写成。显然，在时序的更迭中，文天祥最难忘记的，还是国家兴亡的大事；由于主客观条件的限制，他的认识，又不能不受到一定的局限。

词语注解

①寒魄澹玄河：寒魄，指新月初出或将没时发出微弱光芒的月亮。澹，有恬静、安定之义。玄河，天青色、显得深奥的北方天空。

②商飙栗明发：商飙，即寒风。《文选》陆机诗《园葵》句："时逝柔风戢，岁暮商飙飞。"栗，由于寒冷，引起微微发抖。明发，指黎明。《诗经·小雅·小宛》句："明发不寐"。全句意：黎明前的寒风把人吹得打战。

③环堵：四边都有墙壁。陶渊明《五柳先生传》句："环堵萧然"。

④褐：粗毛或麻制成的短上衣。

⑤晋陵：古郡名。晋时称毘陵郡，为避东海王世子司马毘的名讳，改郡名为晋陵。隋大业初年恢复旧称毘陵郡。唐代又改称晋陵。

⑥秦陵：指在陕西省临潼县东之秦始皇陵。

诗义串释

将要西沉的月亮，发出微弱的光芒，映照着深沉的北天，黎明前的寒风，把人吹得禁不住打战。被关押的囚徒，危坐在四围的高墙之内，看管的壮士都穿着随时搏击的短衫。晋陵，这个地名，是谁在不断翻新，又不断恢复；而秦始皇的陵墓，却一直隐蔽在丛林密布的云山。看来，作为帝王应当有长远的心思，一时间的饥渴不一定是了不起的忧患。

偶　成

昨朝门前地寸裂，　　今朝床下泥尺深。
人生世间一蒲柳①，　　岂堪日炙复雨淋。
起来高歌《离骚》②赋，睡去细和《梁父吟》③。
已矣已矣尚何道，　　犹有天地知吾心。

诗作背景

诗像是单调生活中，一朵寂寞开放的小花。描绘的生活，多么实在，吐露出的心迹，多么坦然！

词语注解

①蒲柳：菖蒲和柳树，都是秋天最早衰败的植物。

②《离骚》：是战国时代楚国诗人屈原之长篇抒情诗。这首诗写了屈原的经历，抒发他的爱国热情，也表述了他对奸邪的愤懑。

③《梁父吟》：又称《梁甫吟》。梁父为山名，在泰山之下，有人死后葬于梁父，奏乐怀念曲名为《梁父吟》，歌词也多豪迈慷慨。有传说，诸葛亮为纪念其父而作。

诗义串释

昨天门前的土地干的裂开了缝隙；今天床下满是雨水泡湿的污泥。人生活在世间，像蒲草、柳树一样早衰，哪里经得起太阳炙烤和暴雨的淋漓。我一早起身，高吟屈原大夫的《离骚》；睡到床上仔细推敲为《梁父吟》作和的诗句。快把人世的一切结束，结束；我相信天、地都会了解我的心迹。

感兴二首

万里云山断客魂，　浮云心事向谁言？
月侵乡梦夜推枕，　风送牢愁昼掩门。
苏子窖[1]中闲日月，石郎家[2]里旧乾坤。
朝闻夕死[3]吾何恨，坐把春秋[4]子细论。

东风吹草日高眠，　试把平生细问天。
燕子愁迷江右月，　杜鹃声破洛阳烟。
何从林下寻元亮[5]，只向尘中作鲁连[6]。
莫笑道人空打坐，　英雄收敛便神仙。

诗作背景

这是文天祥在狱中有所感触，即兴写出的诗。写作时间难以考定。

词语注解

①苏子窖：指苏武在雪原上以窖为居，比喻自己的牢狱生活。

②石郎家：泛指当时的燕京，是五代时石敬瑭居住的旧地。

③朝闻夕死：语见于《论语》。孔子说：“朝闻道，夕死可矣。”意思是早上听到了真理，下午死去也是值得的。

④春秋：古代编年史的总称。古各国，后各代，均有以春秋为名的史书。孔子曾以鲁国史为据，编写春秋。这里作者说的“坐把春秋仔细论”，是指前者。

⑤元亮：晋朝著名隐逸陶渊明字元亮。

⑥鲁连：鲁仲连。见《指南录》卷一《愧故人》注释⑥。

诗义串释

万里云山阻断了游子思乡的心魂；凝望着浮云，满腹心事无人倾谈。月光打扰了回乡的梦境，推枕不眠；清风吹送牢愁，只好将牢门轻掩。像苏武那样，住的房舍不好，却过着消闲的岁月；这原是石敬瑭的故地，仍然是陈旧的山川。追求朝闻道夕死，我并没有遗憾；端坐着细读《春秋》，把历史评判。

东风吹拂芳草，我却在监牢日日高眠；不睡时，我试把自己的经历请问苍天。燕子不免发愁，迷茫的月光下，看不清楚江南；杜鹃声声哀啼，扰乱了洛阳的炊烟。在历代众多隐逸中，难以寻觅元亮的路径，最终只能在尘凡的世界里充当鲁连。不要耻笑我向道士学习，每天装模作样的打坐；既然做不成英雄，只好收敛行为来做神仙。

自　遣

诗余眠白日，　饮后坐清风。
万事乘除里，　平生宠辱中。
心无随境变，　意自与天通。
莫笑邯郸梦[1]，惺惺[2]更是空。

诗作背景

“自遣”，是自己对自己排遣。文天祥有什么问题需要自己排遣呢？读过这首诗后，我们便会明白，这是对元人苦心孤诣进行诱降活动的回答。

词语注解

①邯郸梦：见《指南后录》卷二《六歌》注释㉕。

②惺惺：指生性聪明的人。所谓惺惺相惜，即聪明人爱惜聪明人。

诗义串释

写诗的余暇，白天也可以睡觉；小饮以后，很喜欢坐对清风。世上无论有多少事，不过都在“乘”“除”之间；我自己的生活道路，“荣”“辱”二字可以概括一生。心思绝不会随着遭遇而有丝毫的变化，意志一定会与天理紧密相通。请不要嘲笑还有人睁着眼在做黄粱美梦，所谓“惺惺相惜”更是痴心妄想，到头来只能是一片虚空。

有　感

石郎①草草割山川，一落人手三百年。
八州②风雨暗连天，三皇五帝③如飞烟。
人人野祭伊水边④，《春秋》⑤断烂不复传。
白头潦倒今鲁连⑥，夜深危坐日晏眠。

诗作背景

这一首《有感》的诗，是文天祥身居祖国的古幽燕之地，触景生情，想起了幽燕的历史，为国家而感，为人民而感。

词语注解

①石郎：指石敬瑭。石为五代时后晋之建立者。曾为后唐明宗之婿，助后唐称帝，先后任保义、宣武等地节度使。后反后唐，在契丹援助下，灭后唐，建后晋称帝。为谢契丹支持，称契丹主为父皇帝，自称儿皇帝，并割幽蓟十六州给契丹，每年向契丹朝贡。

②八州：泛指整个中国。

③三皇五帝：三皇指我国传说中之远古帝王，说法不一。一说为天皇、地皇、人皇。另有说为伏羲、神农、黄帝等。五帝，指传说中之古

代五个帝王，说法不一。一说为：伏羲（太昊）、神农（炎帝）、黄帝、尧、舜。又一说为：黄帝、颛顼、帝喾、尧、舜等。

④伊水边：伊河。在地处中原的河南省，由卢氏县发源，经嵩县、伊川、洛阳，在偃师县流入黄河。

⑤《春秋》：见《吟啸集·感兴二首》注释④。

⑥鲁连：鲁仲连。见《指南录》卷一《愧故人》注释⑥。

诗义串释

石敬瑭无耻地把祖国山河割让，大好河山落入他人之手，竟有三百余年。这些地方的人民，在阴暗中遭受着风雨，老祖宗三皇五帝已成了空中飞烟。人们只能在伊水之滨对先人进行野祭；记载中国历史的《春秋》，已经朽烂。我这个满头白发、穷愁潦倒的囚徒，只能想着历史，一夜夜危坐难眠。

闻季万至

去年别我旋出岭，[1] 今年汝来亦至燕。
弟兄一囚一乘马， 同父同母不同天。
可怜骨肉相聚散， 人间不满五十年。
三仁[2]生死各有意，悠悠白日横苍烟。

诗作背景

此诗写于元至元十七年五月，文天祥听人说，二弟文璧来到燕京，写了这首诗。季万，是文天祥对他二弟文璧在家庭中昵称的号。

文天祥兄弟四人，二弟名文璧，字文溪，三弟早死，四弟文璋。他与文璧同举本郡贡士，又先后参加殿试，大哥先考取进士第一名，二弟次年考取进士。兄弟二人在宋同朝为官，元军南侵，又同抗元军。文天祥二次被俘，宋朝败亡以后，文被押北赴大都。文璧这时在广东惠州为官，从保存文氏家族出发，带领惠州降元。文璧无意再任元朝官吏，但元朝极力笼络原宋朝官员以利统治，下诏封他为惠州总管并兼任府尹，还要他到大都觐见皇帝，在不得已情况下，来到大都。

文天祥听到文璧投降的信息，内心十分痛苦，这与他忠心报国，不惜一死的理念，形成巨大的反差，总觉得这有损文氏家族的声誉，如同在澄明、高远的蓝天上，无端吹来一股黑烟。这首诗表现出他自己极端痛苦而又无可言说的内心境界。

其实，文天祥的思想存在很大的矛盾。他对国家要尽忠，而是不惜一切，准备一死；但是按照儒家的道德标准，既要为国尽忠，又要为父母尽孝，还要尽力避免“不孝有三，无后为大”的传统。他怎样克服这一巨大的矛盾呢？他对文璧的降元不满，却又不得不把父、母的安葬；并救出被掳至北方的胞妹懿孙，带回家乡；由于战争中子嗣尽亡，提出以文璧之子文升作为自己的子嗣；并请文璧设法归葬自己的遗体等后事托付给文璧。

文天祥思想上的尖锐矛盾，在现实生活中得到了某种平衡。首先，他毫无动摇地坚持了自己为国捐躯的忠诚信念，虽然不免痛苦，用这首诗，与文璧划清了界限。文璧完全理解哥哥的想法，同样怀着难以言说的痛苦，由于等待元帝忽必烈的召见，虽在燕京逗留几近一年之久，始终未与文天祥会面，兄弟之间以书信的方式交代了后事。文璧返回南方之前，送给文天祥四百贯元钞，以作狱中的花费，文天祥如数退还，并说明：“此逆物也，我不受。”他以凛然大义，保持了节操。对文璧说来，此次北行，接受了胞兄的嘱托，一一加以完成。他南行带回了懿孙胞妹。回南以后，他把母亲安置在广东的灵柩移葬于家乡。他遵照文天祥的嘱托，把儿子文升过继为天祥之子，并在天祥就义以后，由文升接回了欧阳夫人，奉养如同亲母，供之终老家乡。他还想方设法搜求文天祥的遗著，编辑成书，教育后人。虽他大节有亏，但弥补了文天祥的诸多遗念，赢得了家乡亲友的尊重。

词语注解

①去年别我旋出岭：去年，指己卯（1279）年五月。别我，文璧曾送别文天祥。旋出岭，作者自谓；旋，随即、很快；出岭，是走过大庾岭。

②三仁：指商纣王时三个当时的名臣：微子启，比干，箕子。孔子曾讲说："殷有三人焉。"这里，文天祥以殷代三人比喻自己兄弟，各自有各自的遭遇，自己为国死难是尽忠，并鼓励维护文氏家族的延续是尽孝，各行其志。

诗义串释

去年，你为我送别后，我很快越过了大庾岑；今年，你也来到这遥远的幽燕。没有想到，我们兄弟二人，一个成了囚徒，一个当了官员，真正是同父、同母，但头上不是同一个青天。可怜啊，同胞骨肉从相聚变成了离散，我们共同生活的岁月，不过是区区五十余年。像殷朝末年的三位名臣一样，对生死的意念各不相同，正如晴朗的蓝天上，高挂太阳，也飞舞着苍黑的云烟。

自　述

赤舄[①]登黄道[②]，朱旗[③]上紫垣[④]。
有心扶日月，　无力报乾坤。
往事飞鸿渺，　新愁落照昏。
千年沧海上，　精卫[⑤]是吾魂。

诗作背景

没有详加统计，文天祥在狱中写下了多少《自叹》《自遣》《自述》的诗，肯定不在少数。在这些以描绘自我为主的诗篇里，他叙述了自己的亲身经历，他剖拆了自己的内心境界，他宣示了牺牲自我的决心。他一而再，再而三地写作这个主题，究竟是为了什么呢？作为一个将生死置之度外的人来说，似乎他已无很大必要单纯宣扬个人。他是以自己国破家亡的个人感受，来唤醒国人，唤醒后世，才不厌其烦地，以血、泪以至生命，熔铸成这些描述自己的诗篇。

词语注解

①赤舄：古代帝王、贵族为典礼仪式所穿的红色礼鞋。

②黄道：古代天文学中，太阳光线在地球移动的轨迹。又指天子行经的道路。

③朱旗：红色的旗帜。

④紫垣：原为星座名，即紫微星。又指皇帝住的宫闱禁地。

⑤精卫：古代神话传说，炎帝的小女儿，游东海溺死于海上，其灵魂化为精卫鸟，衔西山之木石填海。

诗义串释

皇帝的红色礼鞋走上他应当行走的甬道；朱红色的旗帜插上了宫禁的墙垣。我一片丹心挽救国家的命运，可惜没有力量掌握天地的运转。过去的往事已如大雁一样飞过，眼前的忧愁如日落西山，被笼罩上夜暗。精卫鸟是我不死的灵魂，为弥补未完成的心念衔石填海，月月年年，永远永远。

不　睡

终夕起推枕，　五更闻打钟。
精神入朱鸟[1]，形影落卢龙[2]。
弭节[3]蓬莱岛，扬旗大华峰[4]。
奔驰竟何事，　回首谢乔松[5]。

诗作背景

这是文天祥记录不眠之夜的诗章。

词语注解

①朱鸟：天上星宿二十八宿，南方七宿的总名。因合在一起像鸟形，南方属火，赤红色，故名朱鸟。

②卢龙：古地名。指今唐山、承德一带。这里，泛指北方。

③弭节：指把行驶的车子停住。弭，停止。节，管理车子进、退的机关。又指马鞭，用鞭子让马慢下来。屈原《离骚》句："吾令羲和弭节兮，望崦嵫而勿迫。"

④大华峰：指华山。

⑤乔松：指古代传说中的仙人王子乔和赤松子。

诗义串释

经过一夜睡眠，醒来推开脑下的头枕，恰好传来敲打五更的钟声。思绪还萦绕在南方朱鸟的星宿，形体却被羁留在朔北的燕京。回想梦中，曾居留在蓬莱仙岛，在西狱华山，高举旗帜登上最高的山峰。到处奔波，究竟为了何事？这次要感谢仙人们在梦中授予的神功。

冬　晴

北国天寒少，南方地气来。
年光如箭去，世事正轮回[①]。
可怪新祈雪[②]，相思久别梅。
夜阑灯坐暗，独自拨残灰。

诗作背景

北方阴沉的冬天，竟出现了晴朗，太阳照耀得燕京温暖如春。文天祥同时又听说一些宋朝遗民抗元的传闻。这给文天祥制造出一片少有的好心情。

词语注解

①轮回：佛家语，指命运的变换。

②祈雪：求雪。类似求雨的迷信活动。

诗义串释

酷寒的北风突然停息了狂吹，南方的暖风悄然来到朔北。一年年的时光如箭一样飞过，人间的争斗也许出现了轮回。让人觉得奇怪，有人在祈求降雪，我却深切的思念怒放的冬梅。夜已渐深，灯光显得暗淡，独自坐在炭火前，我兀自拨弄残灰。

自　叹

可怜大流落，　自发鲁连翁[1]。
每夜瞻南斗[2]，连年坐北风。
三生遭际处，　一死笑谈中。
赢得千年在，　丹心射碧空。

诗作背景

如果说到自己，文天祥当然有很多话讲。不过，他遵照儒家风范，讲自己并不太多。这首“自叹”的诗，没有为自己慨叹什么，只是老老实实讲自己的思想、行为，并且以坚定的信心展望未来。

词语注解

①鲁连翁：鲁仲连。见《指南录》卷一《愧故人》注释⑥。

②南斗：俗称的南斗星，共六星，又称斗宿。

诗义串释

可怜啊，人生的途程中，遇到这样大的流落；让我这个白发苍苍的老翁，和鲁仲连具有了相同运命。在牢狱中，每个夜晚都瞻望熟稔的南斗；一连几年，到冬天都要强忍北国的寒风。难以忘怀这一生的遭遇，但求一死，只当笑谈一样轻松。我坚信不疑，千年后这种牺牲精神照样存在，赤热的红心永远映照着湛蓝的天空。

读赤壁赋前后二首

昔年仙子谪黄州，　赤壁矶头汗漫[①]游。
今古兴亡真过影，　乾坤俯仰一虚舟[②]。
人间忧患何曾少，　天上风流更有不？
我亦洞箫吹一曲，　不知身世是蜉蝣[③]。

一笑沧波浩浩流，　只鸡斗酒更扁舟。
八龙[④]写作诗中案，孤鹤来为梦里游。
杨柳远烟连北府[⑤]，芦花新月对南楼[⑥]。
玉仙来往清风夜，　还识江山似旧不？

诗作背景

文天祥在狱中以读古代诗文打发漫长的岁月。他曾集杜甫的诗句，表达南宋衰亡的史事，共得二百题。这是他读苏轼所写著称于世的《前赤壁斌》和

《后赤壁赋》以后，写出的两首诗。

词语注解

①汗漫：指轻松、随便。

②虚舟：指空船。或轻便的船。陶潜有诗："虚舟纵逸棹，回复遂无穷。"

③蜉蝣：一种小昆虫，身长不足一寸，四翅，腹部有二尾，多为绿色，寿命仅几个小时，以生命短促著名。

④八龙：东汉时，荀淑有八个儿子，名俭、绲、靖、焘、汪、爽、肃、敷，都很有名声，人称八龙。后指有才名的兄弟为八龙。唐沈诠期曾有诗句："家传七豹贵，人擅八龙奇。"

⑤北府：东晋时建都建康（今南京市）。其军府设在广陵（今扬州市），位于建康之北，故称广陵为北府。

⑥南楼：古代楼名，又称玩目楼。在湖北省鄂城南，故又称南楼。

诗义串释

过去东坡仙人被贬谪到黄州，在长江赤壁边作清闲的漫游。在古今兴亡中，这不过是一幅潇洒的景象，让人感到天地间不论俯仰，不过是只空虚的船舟。人世上可能遭遇的忧患不少，谁知道天上这样的韵事还是有无？让我拿起洞箫吹奏一曲，且忘掉人生在世，不过像生命短促的蜉蝣。

真是令人欣然，看不尽的烟波浩渺，滔滔长流，面前有佳肴、美酒，人乘着一叶扁舟。如古人那样热爱写作，人人都有很高的才情；但偏偏又有孤单的野鹤来到梦中同游。岸边的杨柳如烟，连接着北面的城镇；银色芦花上的新月，正好陪衬着南楼。如果东坡仙人在这清风之夜归来，还能不能辨认这美丽的江山是否如旧？

读　史

自古英雄士，　还为薄命人。
孔明①登四十，韩信②过三旬。
壮志摧龙虎，　高词泣鬼神。
一朝事千古，　何用怨青春！

诗作背景

文天祥热爱读历史，他也热爱深思历史。这是他对历史人物如何作出历史贡献的一则思考。

词语注解

①孔明：见《指南后录》卷二《怀孔明》注释①。

②韩信：秦末淮阳人。从项羽反秦，后归刘邦，拜为大将军。伐魏、平赵、降燕、定齐，围项羽于垓下，项羽战败自杀。刘邦封韩为楚王。后为吕后所杀。

诗义串释

自古以来的英雄人物，大多都是一些薄命之人。诸葛孔明四十余岁才出山；韩信领兵，年纪已过了三旬。人有了雄伟的志向，可以降服龙虎；提出高明的谋略，可以感动鬼神。一旦完成了宏伟的事业，能够传诵千古，又何必痛惜无所作为的青春。

自述二首

当年嚼血洒铜驼①，风气悠悠奈若何！
汉贼②已成千古恨，楚囚③不觉二年过。

古今咸道天骄子，老去忽如春梦婆。[④]
试把睢阳双庙[⑤]看，只今事业愧蹉跎。

江南啼血送残春，漂泊风沙万里身。
汉末固应多死士[⑥]，周余乃止一遗民[⑦]。
乍看须少疑非我，只要心存尚是人。
坐拥牢愁书眼倦，土床伸脚任吾真。

诗作背景

这又是一首“自述”。读来可以深一层理解，文天祥对自己的内心世界，描绘得何等真切；对自己的处境，又是何等的无奈啊。

词语注解

①铜驼：见《指南后录》卷二《江行有感》注释②。

②汉贼：指宋朝众多降元的大臣，铸成千古遗恨。

③楚囚：见《指南后录》卷一下《生朝》注释⑤。

④老去忽如春梦婆：一位老婆婆，在苏轼被贬官后，对苏进行劝导，要他把昔日的富贵看成一场春梦，达观的加以对待。此处是说，到了老年竟变成看破世道的老婆婆了。

⑤睢阳双庙：见《指南后录》卷二《许远》注释②。

⑥汉末固应多死士：指汉朝到了末叶，自然应当多一些敢于牺牲性命的臣子，来保卫汉代的基业。

⑦周余乃止一遗民：指周朝以后，绝不会止于一个遗民，还向往着故国。

诗义串释

记得当年和强敌交涉，不惜磨破嘴皮，咬牙嚼血，把鲜血洒向宫门前的铜驼；痛心的是，投降的风气弥漫，令人无可奈何。患有软骨病的汉贼们，铸成了亡国的千年大恨；我被执成为囚徒，也已经度过两年的岁月。难忘在科考场中，我曾被视为天之骄子；哪里想到，老来却成为潦倒在睡梦之中、看破世事的老太婆。让我看一看纪念睢阳两位英雄的庙宇，实在惭愧，抗元的事业无成，举步蹉跎。

不会忘记我被驱北来，正当温馨的南国在流血悲啼中送别春天。孱弱的身躯跋涉万里，受尽无边风沙的摧残。汉朝末年固然有很多为国献身的死士；周朝亡后，向往故国的遗民，绝不会少得可怜。乍看起来胡须不多，一定疑心这不是我；其实，只要丹心留存，我依然活在人间。心怀牢愁，看书已看得眼睛发花，且让我卧身上床、伸开腿脚；一片真心绝不会有丝毫改变。

不　睡

频搔白首强忧煎，细雨青灯思欲颠。
南北东西三万里，古今上下几千年。
只因知事翻成恼，未到放心那得眠。
眼不识丁马前卒，隔床鼾鼻正陶然。

诗作背景

长时期的牢狱生活中，文天祥虽然已把自己的生死置之度外，但依然在忧国、忧民、忧家，夜晚的失眠是经常的事。这是他记录不眠之夜的诗章之一。

诗义串释

不断抓搔着白发下的头皮，强自忍受着忧思的熬煎。室外飘洒着细雨，屋内青灯是如此黯淡。思想翻腾得无涯无际：南北东西三万里，古今上下几千年。多知道世事，多增加烦恼；放不下心事，怎能得到安眠？一个大字也不认识的狱卒，正在床上鼾声如雷睡得香甜。

夜起二绝

惆怅高歌入睡乡，梦中魂魄尚飞扬。
起来露立频搔首，夜静无风自在凉。

三年独立已成僧，欲与何人说葛藤。
夜夜隔墙囚叫佛，三生因果[1]伴孤灯。

诗作背景

文天祥的不眠之夜不尽相同，这是另一种形式：睡至夜半，醒来难以继续入睡。这两首绝句，记录了他夜半失眠的情况。

词语注解

①因果：按佛教轮回的说法，善因可得善果，恶因可得恶果，所谓三世因果循环不失。

诗义串释

尽管怀着深沉的惆怅，还是在兴奋的高吟中进入梦乡；睡梦中竟然魂魄飞天，漫步在星空，意气昂扬。梦醒起身，小立在星天之下，夜静无声，纹风不动，心内却阵阵发凉。

一个人独自生活，已经成了和尚，和任何人没有关系，扯不上籐秧。每天夜晚都听见囚徒念佛，隔墙的因果，伴随孤灯的微光。

偶赋

苍苍①已如此，《梁父》②共谁吟？
袖有忠臣传③，床无壮士金④。
收心归寂灭，随性过光阴。
一笑西山晚，门前秋雨深。

诗作背景

文天祥长期生活在牢狱之中，与世隔绝，孤寂苦闷，应当是必然的。但是，他有为国献身的坚定思想，又有异常深厚的文化素养，一切安之若素，以不变应对万变，反而以丰富的精神生活，点缀起他苦难的牢狱灾祸。在《吟啸集》中，有一些《偶赋》《偶感》的诗，实际上是单调生活中，寂寞开放的花朵。

词语注解

①苍苍：可泛指青黑色或灰白色。这里指头发已经斑白，

②《梁父》：见本集《偶成》“梁父吟”注解③。

③袖有忠臣传：文天祥传记上说，他自幼就爱读忠臣传。北上途中，他带了一些史籍，故说“袖有忠臣传”。

④床无壮士金：古代忠臣、志士为救国家，常以重金结交壮士，劫杀强敌。作者遗憾于“床无壮士金”。

诗义串释

头发斑白，已到了这般模样；和我一起吟咏《梁父》的，还有谁人？袖子里装着忠臣的传记；床头上已没有酬谢壮士的金银。收起飞扬的心思，渐渐走入寂静、幻灭；一切听从自然，稳度光阴。西山在苍茫中隐没了身影，又过去一天，嘴角边闪出一丝苦笑；且静看门外的秋雨霖霖。

送武夷赵王宾道士三首

风流不比贺家狂，① 潇洒黄冠②意更长。
自有武夷溪九曲，③ 鉴湖何必问君王。④

萧然被褐不求知， 归倚溪船理钓丝。⑤
却笑荆山空自售，⑥ 未应有智不如葵。⑦

懒从原上访桃花⑧ 又不青门去种瓜⑨。
传得神仙蝉蜕法， 君如觅我问烟霞⑩。

诗作背景

这一组一题三首的诗，还有下面一题四首的诗，都是文天祥早期从政时写出的。赵王宾道士生平不详。从题目上看，可知来自遥远的福建。再从诗的内容上看，两人的晤谈，是投机的。文天祥向这位道士畅谈了自己的心曲，还另写了四首有关文人、高士文化生活内容的“琴、棋、书、画”的诗。

词语注解

①风流不比贺家狂：贺家狂，指唐代贺知章。贺知章为越州永兴县人，号季真。唐证圣初年，官封银青光禄大夫，授秘书监，有文名，性狂放，善书法。晚年自号四明狂客，曾请求皇帝敕赐鉴湖，于此终老。这句诗是说，赵王宾道士在文采风流方面虽比不上贺知章的狂放。

②潇洒黄冠：赵王宾道士很潇洒的戴着说明道士身份的黄冠。

③自有武夷溪九曲：是说赵王宾道士来自武夷山，便拥有了武夷山的九曲清溪。武夷山在福建省崇安县西南。其山绵延一百余里，共三十六峰，溪流蜿蜒共有九曲。

④鉴湖何必问君王：接上句而来，意思是没有必要为索取鉴湖，去请求君王。

⑤归倚溪船理钓丝：由上句相接，指文天祥在度宗咸淳二年（1266），因受人诬陷，回乡隐居。

⑥却笑荆山空自售：可笑自己如卞和一样，拿了荆山之玉作为珍宝，但是并不为人欣赏，空自赞叹。

⑦未应有智不如葵：不应当忘记以自己的智慧判断，犹如葵花一心向日，也就可以了。

⑧访桃花：指陶渊明所作的《桃花源记》中的桃花源。意为桃花源本是隐逸之士的精神向往，是寻找不到的。

⑨青门去种瓜：见《指南后录》卷一上《言志》注释⑯。

⑩觅我问烟霞：意为如果我会金蝉脱壳的法术，你即使去问讯烟霞，也无法问到我了。

诗义串释

论风流潇洒，虽然难以和唐朝诗人贺知章相比拟，穿一身道袍，戴一顶黄冠，这样的风度还是更为悠长。你来自武夷山的九曲清溪，原不必像老贺那样，为了索取鉴湖去请求君王。

我也曾穿一身布制的短衫，不求知名于世，回到老家斜倚船头整理钓鱼的长丝。可笑的是像卞和一样，献宝而不被接受，虽算不上傻瓜，远不如转动花冠以护根底的葵花。

我懒于在大山、高原访求桃花源，也不会到青门去垦田种瓜。只期望有神仙传授我金蝉脱蜕的仙术，道长再想找我，只能去问迷茫的烟霞。

送赵道士琴棋书画四首

不知甲子[1]定何年，　题满柴桑[2]日醉眠。
意在不言君解否？　壁间琴本是无弦。琴

我爱商山茹紫芝[3]，　逍遥胜似桔中时。[4]
纷纷玄白方龙战，[5]　世事从他一局棋。棋

蔡邕[6]去后右军[7]死，谁是风流入品题？
只少蛟龙大师字，　至今风骨在浯溪。[8]书

欲觅龙眠[9]旧时事，　相传此本世间无。
黄金不买昭君本[10]，　只买严陵归钓[11]图。画

诗作背景

见《送武夷赵王宾道士三首》“诗作背景”。

词语注解

①甲子：见《指南后录》卷二《发彭城》注释⑤。

②柴桑：古地名。在今江西省九江市西南。在汉末时，刘备与孙权联合拒曹，在此地决策。又是晋陶渊明归隐之地。

③商山茹紫芝：商山，在陕西省商县东南，地形险峻，林木幽深。茹紫芝，是一种类似灵芝的植物。这句诗是表现作者热爱下棋，十分喜爱商山以灵芝类植物做成的棋子。

④逍遥胜似桔中时：是借用一则象棋故事，来说明下棋的快乐。唐牛僧孺《幽怪录》中有一则记事，说巴邛人在桔园采摘，见到比三只斗还大的两只桔子，剖开一只，桔内竟有两位老者对弈。一位老者说，桔中对弈比在商山还快乐，就是怕被俗人摘下桔子。文天祥这句诗，是

说，下棋时忘记一切忧烦，比桔中对弈还更快乐。

⑤纷纷玄白方龙战：指棋局中黑白棋子纷乱不堪，双方战斗方殷。

⑥蔡邕：东汉陈留人，字伯喈。蔡博学多才，擅辞章，精音律，又工书画，书法水平很高。灵帝时，为董卓党事，死狱中。

⑦右军：晋朝大书法家王羲之，因曾任右军将军，世人称王右军。

⑧风骨在浯溪：在湖南省祁阳县西南，唐诗人元结在此筑台、亭，将自己写的《大唐中兴颂》，请书家颜真卿书写，摹刻于江畔石壁之上。颜真卿为人正直，书法又为后世推崇。故文天祥讲书法的诗中，称赞书法的风骨在浯溪。

⑨龙眠：本为山名，在安徽桐城西北，与舒城、六安交界处。宋舒州李公麟，擅丹青，画名著显，归老此山，号龙眠居士。此处指画家李龙眠。

⑩昭君本：昭君，见《指南后录》卷二《维扬驿》注释①。本指昭君画像之册。

⑪严陵归钓：严子陵钓鱼台，在浙江桐庐县西富春山。严子陵，名严光，东汉光武帝时人，少曾与刘秀一起游学，刘秀称帝后，即化名隐于富春山，子陵钓台即其钓鱼之处。

诗义串释

琴

这是一张不知什么年代制作的古琴；上面题字说，曾在柴桑经过周瑜的醉眼顾盼。您也许难以设想，其实这张琴意在不言。请看，此琴在壁上高挂，琴上竟然无处装弦。

棋

我很喜爱商山紫芝做成的棋子，用它下棋，逍遥的心情胜过桔中对弈的老汉。黑白棋子纷乱不堪，象征着双龙激烈的对战，世上变化的形势，本来就如同棋局一盘。

书

古代的书法名家蔡邕不在了，王羲之也已去世，谁的书法风流，可以作为永恒的话题？我们不免遗憾，少了蛟龙般字迹的大师；值得庆幸，表现出中国文字的风骨，还有山川秀美的浯溪。

画

真想寻觅古代画家李龙眠的笔迹。找到一本画册，据说再难得到更好的本子。不会拿黄金的代价，去购买昭君的画像，想要的只是一幅严陵的回乡垂钓，我情愿在上面题写赞赏的歌诗。

读杜诗

平生踪迹只奔波，偏是文章被折磨。
耳想杜鹃[①]心事苦，眼看胡马泪痕多。
千年夔峡有诗在，[②]一夜耒江如酒何！[③]
黄土一丘随处是，故乡归骨任蹉跎。[④]

诗作背景

文天祥文化素养很高，也许由于遭遇上有一定共同之处，热爱唐代大诗人杜甫的诗歌。元至元十七年（1280）新春之后，他集杜甫五言诗句，详细记述了南宋灭亡前后的历史，计二百首，总名为《集杜诗》。这首诗，是他读杜诗的感受，写作时间难以判定，当在完成《集杜诗》前、后。

词语注解

①杜鹃：指杜甫诗集中，不少以杜鹃为题的诗，寓有怀念君主的含义。

②千年夔峡有诗在：指杜甫在夔州居住将近两年，曾在这里写过很多诗篇。杜甫的著名诗篇《秋兴》八首，也在这里写成。夔州，今四川奉节。

③一夜耒江如酒何：耒江，湖南省内水名。杜甫晚年从瞿塘顺江而下，到了湖南，在耒阳作客，遇到大水泛滥，县令用船把他接到，以牛肉、白酒招待他，大醉而死。但这只是一种说法，有人考证杜甫病逝于湘江舟中。

④故乡归骨任蹉跎：指杜甫在湖南逝世，灵柩暂留岳州，家中无力运回故乡入土。直到杜甫死后四十三年，才由杜甫的孙子杜嗣业，运其祖父灵柩回到河南偃师安葬。

诗义串释

读您的诗作，便想起您经历的生活。您的足迹走遍华夏，可以用两个字加以说明：奔波！真让人想不明白，为什么一位诗人偏受折磨？您听了杜鹃鸟的啼叫，便苦苦的想起国事。您目击叛乱的铁骑，泪珠连连，越滴越多。即使是跨越千年，雄伟的夔峡也还会记得您精彩的诗；难免令人遗憾，您在耒江醉酒辞世，而又无可奈何！人不论死在何处，都不过是一丘黄土，何必再挂心归骨，蹉跎了几多年月。

夜

秋光连夜色，万里客凄凄。
落木空山杳，孤云故国迷。
衾寒霜正下，灯晚月平西。
梦过重成梦，千门鸡乱啼。

诗作背景

牢狱住久了，自然会有独特的体会。这首诗是文天祥为牢狱生活描绘的一幅速写画。这幅速写，不只有形象，还充分渲染出了思想和感情。

诗义串释

秋天的风光笼上夜暗的暮色，离家万里的旅客，心情无限凄凉。万木凋谢，让空山显得飘渺；云雾相遮，已难判定故国的方向。盖的被衾耐不住夜寒，兴许是高天正降着严霜；油少灯残，才望见已经平西的月亮。本已从梦中醒来，又重新进入梦境；千家鸡啼，唤来了满天曙光。

雨 雪

秋色金台路①，殷殷②半③马蹄。
因风随作雪，有雨便成泥。
过眼惊新梦，伤心忆旧题。
江云愁万叠，遗恨鹧鸪啼。

诗作背景

南方人士来到北方，冬天看到雪，不只是新鲜，更容易记忆起过往曾经经历的雪天。雪变成了雨又不禁联想起雨后的泥泞，从而引起思虑。

词语注解

①金台路：金台，黄金台的简称。黄金台，是古时帝王招收贤才的地方。

②殷殷：切实而又诚恳。

③半：指整体的一半。

诗义串释

浓重的秋色装点着赶赴科考的道路，雪花堆积得没过半个马蹄。因为风寒，天空飘洒着雪花，雪花夹杂着雨水，路上踏成了烂泥。记忆虽已久远，却勾连起不久前的遭遇；触及伤心的痛苦，自然又忆及长期关切的话题。如同心中的忧愁，江上的云朵有千层、万层，鹧鸪低沉的悲鸣，唱出我遗恨无穷的心曲。

偶成二首

灯影沉沉夜气清，　朔风吹梦度江城。
觉来知打明钟未，　忽听邻家叫佛声。

乌兔①东西不住天，平生奔走亦茫然。
向来鞅掌②真堪笑，烂漫如今独自眠。

诗作背景

这是又一首记录睡梦醒来，难以继续入睡的诗。

词语注解

①乌兔：古代神话说，日中有乌，月中有兔，形容为金乌，玉兔。因而合称日月为乌兔，即太阳和月亮。

②鞅掌：指人事务繁忙，无暇顾及个人琐事。唐白居易诗句：“公门苦鞅掌，尽日无间隙。”

诗义串释

灯光暗淡、阴沉，因为夜静，室内显得凄清；室外的朔风送我入梦，只身到了熟稔的江城。一觉醒来，不知几更几点，只听见邻家在低声诵念佛经。

太阳、月亮，自东而西，不停息的奔忙；我一生也是到处奔走，回顾足迹，难免迷茫。走入公门以后事务繁杂，连自己的生活琐事也难顾及，想来不免发笑；现在好了，恢复了“天真”的生活状态，想睡便睡，随时都可以进入梦乡。

上冢吟

湘人有登科者，初授武冈尉，单车赴官守，名家正择婿，尉本有室，隐其实而取焉。官满，随妇翁入京。自是舍桑梓，去坟墓，终身不归。后官至侍从。其糟糠妻居母家，不复嫁，岁时为夫家上冢，妇礼不废。友人作古诗一首曰：《上冢吟》。某读之，为之感慨。因更广其意，赋五言一篇。

余昔从君时，　上堂拜姑嫜[①]。
相携上祖塚，　岁时持酒浆。
姑嫜相继没，　马鬣[②]不在乡。
共君瓯盂饭，[③]　清涕流襦裳[④]。
君贫初赴官，　有家不得将。
妾无应书儿[⑤]，松槚[⑥]自成行。
君别不复归，　岁月何茫茫。
长安拥朱绶，[⑦]　执雁事侯王。[⑧]
岂无一纸书，　道路阻且长。
年年酹寒食，　妾心良自伤。
君家旧巾栉[⑨]，至今袭且藏。
谅君霜露心，[⑩]　白首遥相望。

诗作背景

这又是一首文天祥早期的诗。它带有浓重寓言风味，写得形象真切、感人。诗人在诗前说明：有湖南人科举得中，朝廷授给他龙冈尉的官职。有一家名门正在择婿，准备嫁女。这位龙冈尉本来在家已有妻室，但谎称未娶，遂与这家名门之女成就了婚姻。龙冈尉任职期满，随岳父家迁往京城居住，并升了高官，从此死心塌地脱离家乡，终身不再回去。他原来在家成婚的发妻，一直得不到丈夫的音信，但也没有再嫁，虽然居住母家，过年、节时，仍然遵照礼仪，到夫家的祖上坟茔扫墓上坟，以尽孝道。有人就此事写了一首古诗《上塚吟》。文天祥颇有感慨，又“广其义”写了这首诗。为了当前的富贵，抛弃掉故家，忘记掉祖先，而由被抛弃的妻子，为之祭奠祖先，按时祭扫，这在南宋覆亡前后，从统治国家的皇亲贵戚，到作威作福的大小官僚，当不在少数。

词语注解

①姑嫜：古儿媳称丈夫的父、母为姑嫜。

②马鬣：指坟墓上的封土。古时修筑坟墓时多筑了一种特定的形状，称马鬣封。

③共君瓯盂饭：我代替您给父母供上以碗盂所盛的米饭。

④襦裳：襦指上半身穿的短衣。

⑤应书儿：古代妇女难以支撑门户，有儿子可以应接书信，称应书儿。

⑥松槚：松、槚两种树木，古时多用以制作棺木。两种树木生长较慢说树已“自成行”，足见时间已然不短。

⑦长安拥朱绶：诗中女子想象中，丈夫在京城已经当官，拥有皇帝授予的朱红色的绶带。

⑧执雁事侯王：执雁，指执行拘捕一类的任务。这里说，执行任务以为侯王服务，并不局限于拘捕一事。

⑨旧巾栉：巾为拭手之巾，栉为梳发之梳。泛指梳洗用具。

⑩谅君霜露心：写诗中女子的心情：我理解丈夫有一颗像霜雪一样洁净的心。

诗义串释

记得我开始跟随夫君的时候，来到堂屋敬拜婆母和公爹。后来又一起祭拜祖上的坟茔，带上酒浆献给先人，心情是那样亲切。婆母和公爹相继离开人世，可惜应当为父母坟墓封土的儿子，却与家乡远别。我代夫君为父母供养盂饭，感激养育之恩，涕泪滂沱。我深知夫君家道贫穷，且又是初入仕途，虽然父母双亡，有家难归。我没有为夫君生育下可以应接书信的儿子，转眼间父母坟墓旁的松树、楸树长成了行列。您走了不再回来，我迷迷茫茫，真难数清我们离别了多少岁月。我知道，您可能在长安被封官职，佩戴着朱红色的绶带，为侯王跑腿奔波。但为什么不抽空写上一封书信？难道说，只因为道路漫长，发生了阻绝。每一年的寒食节，我都去祖坟祭扫，心里不能不忐忑又加伤嗟。夫君家里的梳洗用具，至今我还在使用，爱惜不舍。我知道，您有一腔霜雪般清亮的心肠，我们即使白了头发，两颗心仍然遥遥相悦。

西瓜吟

拔出金佩刀，　　斫破苍玉瓶。
千点红樱桃[①]，　　一团黄水晶。
下咽顿除烟火气，　入齿便作冰雪声。
长安清富说邵平[②]，争如汉朝作公卿。

诗作背景

暑热的夏天，火伞高张，日长难耐。友人送来一枚当地产的大西瓜，剖开共食，暑气顿消。这自然是一首好诗的材料。

这首诗写得愉悦、轻松，当不是在燕京监牢中的作品。

词语注解

①红樱桃：黄瓤的西瓜，往往是紫红色的瓜籽。

②邵平：指召平。秦时广陵人，曾被封为东陵侯。秦亡，汉封官不就，家贫，种瓜于长安城东。由于所产西瓜甜美，号称东陵瓜。

诗义串释

拔出金子铸成的佩刀，斫破碧玉雕就的园瓶。显露出千颗紫红的樱桃，映衬出一团橙黄的水晶。吃下咽喉，顿时除去烟火般的暑气；咀嚼时，可以隐隐听到冰雪碎裂之声。当然要赞美在长安种瓜、清正而又富有的召平，比得过跟随刘邦去当什么公卿。

有感

已矣勿复道，　安之如自然。
闲陪黄嬭（妳）①坐，倦退白衣眠。
一死知何地，　此生休问天！
怪哉茨野客②，宿果③堕幽燕。

诗作背景

在诗篇数量并不太大的《吟啸集》中，有三首标题同为《有感》的诗。从字面直观来看，所写的自然是他在牢狱中产生的感想。细读以后，才发现他的感想不只十分独到，而且十分深刻。这首诗，他想的是自己的命运，尽管“一死知何地？”但非常坚定，非常明确，“此生休问天！”

词语注解

①黄嫲（妳）：又作黄奶。指书卷。或阅读中瞌睡。

②茨野客：茨，茅草，有覆盖屋顶之用。野为山野。

③宿果：指宿命中的因果。

诗义串释

抗元事业已经结束，无须再去多说；对这一情况安之若素，十分自然。闲来陪着书卷相对而坐；疲倦了，退回居室，和衣而眠。死亡的结局已可预知，但不知将在何地？一生的是是非非，不须再问苍天。真是令人奇怪呀，原本来自山野茅屋的旅客，宿命的结果，却落在遥远北方的幽燕。

为或人[①]赋

悠悠成败百年中，　笑看柯山局未终。[②]
金马胜游成旧雨，[③]　铜驼遗恨付西风。[④]
黑头尔自夸江总，[⑤]　冷齿人能说褚公。[⑥]
龙首黄扉[⑦]真一梦，梦回何面见江东。[⑧]

诗作背景

这首诗当写于文天祥被押送到元大都不久，即元至元十六年（1279）的冬天。

元朝廷秉承丞相孛罗的意图，想方设法对文天祥进行诱降的攻势。经过他们挖空心思的设计，先找了南宋的投降官员留梦炎前来劝降。元朝廷找留梦炎对文劝降，是颇有心机的：留梦炎和文天祥是南宋不同科的状元，又都曾任南宋的宰相；留梦炎高中状元、荣登相位，都早于文天祥，当文天祥考试时，留还是主持考试的官员，按惯例是文的座师。他们认为，由留梦炎出马劝降文天祥，最有说服力，同样是状元宰相，又是文天祥的座师，这样的人都投降了元朝，用不着多说，他一出面，便形成最大的示范作用。哪里想到，文天祥一见留梦炎的面，便把他痛骂了一顿，斥责他为人卑劣，为虎作伥。留梦炎灰头土脸地退出牢狱。文天祥为此人写下了这首诗。

词语注解

①或人：指留梦炎。文诗以或人代其姓名，有不屑一写之义。留为浙江衢州人，曾考中宋朝状元，并曾任职宰相。降元后，曾任礼部尚书、翰林学士承旨等职。

②笑看柯山局未终：柯山，指古代传说中之烂柯山。我国烂柯山有两处，一处在陕西省西安；另一处在浙江衢县南。传说晋代时，有樵人王质进入山中，见二童子在树下下棋，王质将所携柴斧置地而坐旁观棋局。一局棋罢，童子指着王质坐旁的斧柄说："你的斧柄（柯）已经朽烂了！"王质回到村里，乡邻老人等已去世，同辈人多已白发苍苍。他记着童子的话，遂以烂柯（斧柄朽烂）作为山名。文诗用这一典故说明：当代的棋局远未终结，不要用眼前的胜败来做定论，说明文天祥还希望南宋有人出来挽救危局。

③金马胜游成旧雨：金马，原指汉宫金马门。金马玉堂，则指翰林院。旧雨，指老友。这一句诗，说明作者与留梦炎，都曾中过进士，为此而为旧日朋友。

④铜驼遗恨付西风：铜驼遗恨，指亡国之恨。付西风，交付给西风，即忘记。整句是斥责留梦炎忘记了亡国之恨。

⑤黑头尔自夸江总：江总，南北朝时，曾在梁国为官，后入陈国为官，陈亡又入隋朝为官。他不只一生转换了多个朝廷，还以原来曾任过的官职为荣，作为投降后任职的资本。黑头，指原在某朝任职时，头发尚黑；头发白了，又另换了一个朝廷为官。这句诗是说，留梦炎头发尚黑，自夸过去的作为和职务，投降元朝为官，和江总完全相同。

⑥冷齿人能说褚公：褚公，即南朝刘宋朝廷之大臣褚渊，曾任尚书右仆射，身为皇家的驸马，宋明帝临终嘱托他辅助小皇帝。后来褚渊竟协助肖道成篡夺帝位，被封为南康郡公。由于名节恶劣，被人耻笑，以至被称见之齿冷。连他的儿子褚贲都深感羞耻，终生不愿为官。这句话是说，留梦炎的节操，只能令人牙齿发凉，是和褚渊一样的人物。

⑦龙首黄扉：龙首，指进士及第的第一名，俗称状元，又称鳌头。黄扉，即黄色的门户，宰相处理政务的房子有此特征。用这两个词语，是指留梦炎在南宋经历中的特征，曾中状元，并任过宰相。

⑧梦回何面见江东：何面见江东，是以项羽的典故嘲讽留梦炎。项羽在垓下大败，逃亡至乌江，乌江亭长，告知项羽：江东虽小，地方千里，拥众千万，也足可称王。项羽反尔说：我率江东子弟八千人过江，现在，只我一人回去，就是江东人对我怜悯允我称王，我有什么脸面去见江东父老？这句话是说，等到你迷梦初醒，又有什么面目见家乡的父老呢？

诗义串释

在久远的历史长河中，不能只看百年以内的局面；如果不信，不妨看看烂柯山上的棋局，并未分出胜败。同样在科考中高中，出入金马门的旧友，怎么能把亡国大恨，向着萧索的西风抛开？如同古时的江总一样卖国求荣，为了抬高身价，还自夸年轻时的官阶。难道不怕人们会像对待褚公一样鄙视你，撇着嘴不以为然，情愿冷风把牙齿冻坏。在宋朝，你中过状元，任过宰相，都已经成了梦境；梦醒以后，还有什么脸面再见家乡的父老和同侪？

世　事

世事孤鸿外，　人生落日西。
棋淫[1]诗兴薄，书倦梦魂迷。
汨汨驰还坐，　悠悠笑即啼。
一真吾自得[2]，开眼总筌蹄[3]。

诗作背景

长期被关闭在监牢，有时也会听到宋朝遗民继续坚持抗元的信息。具体事件的时间，已难以查考。这首诗反映出文天祥对事件既关切又无奈的心情。

词语注解

①棋淫：指下棋入迷，心神久久浸沉在棋局之中。

②一真吾自得：作者自谓，只要达到了我内心真正追求的目的，我是自鸣得意的。

③筌蹄：《庄子·外物》有言："筌者所以在鱼，得鱼而忘筌；蹄者所以在兔，得兔而忘蹄。"意思是说，为了捉鱼，人们做了竹笼，捉到鱼，人们把竹笼忘掉；为了捕兔，人们设了绳套，捕到兔，人们又把绳套忘掉了。这个寓言是说为了达到某种目的，设置了某种工具也就是采取了某种手段，达到了目的，又把工具或手段给忘记了。作者在这里反其义而用，只要达到目的，不要顾及筌蹄的限制。

诗义串释

眼看当今的世事，如眺望孤单的大雁，飞翔在高天；哪里管自己的命运已像落日一样，坠向西方的天边。过分沉溺在棋局之中，写诗的兴趣不免冷淡；读书阅读到精神倦怠，睡梦中容易神迷心乱。激动得眼泪涌流，人依旧稳坐安然。想到痛苦的情况，却哑然失笑，不过这笑声比哭泣还要悲惨。维持真正自我的面目，把自得的心情放在心里吧；君不见，睁开眼到处是限制人们行动的蹄筌。

断　雁

断雁西江[1]远，无家寄万金[2]。
乾坤风月老，　沙漠岁年深。
白日去如梦，　青天知此心。
素琴弦已绝，　不绝是南音。

诗作背景

相传古代以鸿雁代人传递音信，这首诗的题目明白表示与鸿雁断绝了任何关联。又，杜甫诗云："烽火连三月，家书抵万金。"意思是说，战争的烽火连续烧了三个月，一封报平安的家书，可抵得万两黄金那样贵重。文天祥遭遇的情况，是国破家亡，家已经没有了，也就没有了寄出或收到"家书"的可能。他遭遇的景况，只能说与雁断绝了关联。他把这种深沉的感受，写成了这首诗，读了不能不使人感到极度的痛楚。

词语注解

①西江：珠江的干流，由广西进入广东西部后，称西江。作者此时已无家可言，但弟、妹仍在广东。

②万金：指杜甫的"烽火连三月，家书抵万金"。无家也便无法寄出贵重如万金的家书。

诗义串释

传书的鸿雁与遥远的西江断绝了音信，我从此没有家，也就没有必要寄出家书价值万金。天地之间即便是清风明月也会衰老，万顷沙漠一年一年只能加深。多少个白天无端飞逝，宛如梦境；只有高远的青天了解我的真心。闪耀华彩的瑶琴弦已崩断；还没有完全消失的，只剩下我说话的乡音。

有　感

心在六虚①外，不知身网罗。
病中长日过，　梦里好时多。
夜夜频能坐，　时时亦自歌。
平生此光景，　回首笑呵呵。

诗作背景

决心为国捐躯，一切置之度外。他忽然感到，有了这一伟大的解脱，既轻松，又愉悦，无怪要“时时亦自歌”，“回首笑呵呵”了。

词语注解

①六虚：指上、下、四方。《列子·仲尼》：“用之弥满六虚，废之莫知其所。”

诗义串释

心思全都在六虚之外，不去想陷身于高大的网罗。在病中度过了漫长的岁月，睡梦中遇到的好事竟然很多。一夜一夜频频地坐着度过；时常也不自觉地唱歌。一生中经历过不少光景，回顾起来不免笑声呵呵。

感怀二首

交游兵后似蓬飞，　流落天涯鹊绕枝。
唐室老臣唯我在，①　柳州先友托谁碑？②
泥涂犹幸瞻佳士③，甘雨如何遇故知④。
一死一生情义重，　莫嫌收拾老牛尸。

伏龙欲夹太阳飞[⑤]，　独柱擎天力弗支。
北海风沙漫汉节[⑥]，　浯溪[⑦]烟雨暗唐碑。
书空已恨天时雨，　惜往徒怀国士知。
抱膝对人复何语，　纷纷坐塚卧为尸。[⑧]

诗作背景

这是文天祥深深感念故乡老友张弘毅，专程到燕京来照看自己写出的两首诗。张弘毅，字毅甫，号千载心，江西吉水人。张是文天祥年轻时的老友，与文相知很深。文科举高中进入仕途，多次诚恳相招请他出来为官，张多次婉言谢绝，无意进入南宋官场。文天祥响应朝廷召唤，起兵抗元，他热心支持；闻听抗元失败，文被执成俘，他痛哭失声。文被元军押送远赴燕京，船过吉州时，他想方设法探看了老友，当时元军警戒甚严，文又正在绝食，难以倾谈。他只简单明了地告诉文天祥："千载愿与丞相同去燕京！"于是他克服困难，充分准备，终于来到燕京。在燕京，他在文天祥居住的兵马司监牢附近住下，每日为文做好家乡的饭菜，送进监牢；文天祥有病痛，他为之煎药熬茶；他更随时告知文监外的各种信息，对文天祥做了无微不至的生活照料。这两首诗，应当是在张弘毅来到燕京不久，文天祥深感于张来燕照料的一片真情所写出的。

文在燕京就义的第二天，张弘毅随同欧阳夫人，与江南十位义士一起，埋葬文天祥的遗体于燕京小南门外五里的道旁。不久，他又背负着专门装盛文天祥齿、发的木匣送回家乡。当然，这已是后话了。

词语注解

①唐室老臣唯我在：唐室，是作者以古喻今，指宋朝廷。全句是说，宋朝廷的老臣有的逃亡，有的投降，只有我还坚持节操未变。

②柳州先友托谁碑：柳宗元贬至柳州，被称呼为柳柳州。他记得曾将父亲旧友之名刻于父亲墓碑。作者借此想到自己也有不少老友应刻碑上，但不知托谁为自己撰写碑文。

③佳士：古时对品行、才能俱优的读书人称佳士。

④故知：故为故旧，知为知己，即有长期交往相知极深的朋友。

⑤伏龙欲夹太阳飞：作者常自喻诸葛孔明，这句诗是说像孔明一样，有志扶宋朝皇帝高飞。

⑥汉节：节，古代出国使臣手中所执的符节，可以表示使节身份，并作为诚信的证明。由于国家不同，身份各异，所持节符也各不相同，有玉符、角符等区别。汉节，指汉代苏武出使匈奴时，所持的符节。

⑦浯溪：在湖南省祁阳县城西南二公里。唐元结曾居此地，撰写《大唐中兴颂》，并请著名书法家颜真卿书写，刻于此地石壁。

⑧纷纷坐塚卧为尸：意为纷纷扰扰都不过是坐如坟墓，躺倒即尸体。

诗义串释

往日的朋友，经过战乱，像野草的种子都已飞散；心如鹊鸟飞绕树枝怀念着故国，人已流落到天边。唐朝衰亡后老臣星散，宋朝的老臣只剩下我还存在；柳宗元曾记下先辈的友人在墓碑之阴；但真不知找哪位老友把自己的碑文写撰。在泥泞不堪的路途之中，有幸遇到青年时代的好友；他乡得见故知，如久旱逢雨一样甘甜。人在生死的关头，才能显出情义，盼望老友不要嫌弃，帮助我这头老牛，把尸体收敛。

潜伏的龙想要扶持起太阳高飞；我奋力抗元，独柱擎天，力量难以支持。被俘解北，像汉时苏武傲对北海的风沙；可悲的是，无边烟云笼罩着浯溪，“大唐中兴”的碑碣晦暗难识。我携带的书籍不断丢失，可恨遭到不停的阴雨；怀念故国，珍爱往昔，只有真正的国士知悉。我在狱中一直紧抱双膝，对人无言而又无语；面前纷扰的人们，哪个不是坐着像座坟墓，躺倒与尸体无异？

梅

梅花耐寒白如玉，干涉春风红更黄。[①]
若为司花[②]示薄罚，到底不能磨灭香。

诗作背景

这也是文天祥早期诗作。在冰天雪地的严酷环境下，璀璨开放的寒梅，被人们由衷的赞赏。文天祥爱慕梅花的坚强，更欣赏梅花的高洁和芳香。

词语注解

①干涉春风红更黄：这是指在春风的影响下，梅花在不同地区有所变化，如红梅、腊梅等。

②司花：按照我国传统的说法，专有管理花开、花落的神祇，称为司花，应为女神。

诗义串释

冬天的梅花耐得严寒，洁白如玉，在春风的干扰下，颜色变得有红、有黄。为此，高傲的梅花对司花女神表示惩罚，一定不能允许磨灭掉我原来的芳香。

又

香者梅之气，白者梅之质。
以为香不香，鼻孔有通窒。
我有天者[①]在，一白自不易。
古人重伐木[②]，惟恐变颜色。

大雅[3]久不作，　此道岂常息。
诗翁言外意，　不能磨灭白。

诗作背景

诗人写了前面一首赞颂梅花的诗，觉得意犹未尽，又写了这一首诗。当然，文天祥是借对梅花的赞颂，表达自己的追求与向往。

词语注解

①天者：指思维中坚强的自信心，又可指尊重天然，看重本色。

②伐木：指花卉植物的嫁接技术。

③大雅：《诗经》的组成部分。《诗经》的“大雅”，多为西周初期的诗歌。雅，古代视为正声，有别于邪恶、低俗等内容。反映的内容多为有关王政的重大措施与事件。唐李白诗有言：“大雅久不作，吾衰竟谁陈?”

诗义串释

香气，是梅花的韵味；洁白，是梅花的本质。判断梅花香还是不香，还要看人的鼻孔是否通畅，还是窒息。我是尊重自然，看重本色的人，深知保持洁白很不容易。古人十分重视选择母本伐木嫁接，最担心繁殖时改变了颜色。《大雅》新歌的传统久已失传，保持梅花的本色可惜已不为常人熟悉。请注意诗人的言外之意，爱惜梅花，一定不能忽视她的洁白如玉。

石三峰为示十字云：“昔日乘龙贵，今朝汗马劳。”为足六句

云低昏海日，　风急拂洪涛。
昔日乘龙①贵，今朝汗马②劳。
纨绮③污尘土，珠玉委蓬蒿。
若作凄然赋④，吾将仆⑤命骚⑥。

诗作背景

文天祥早期诗歌中，有一些与道家人物交往的诗歌。可见喜好与道家一类人物交往，在文天祥的生活中，确实存在。他面对人生途程中的诸多矛盾，常常研读老、庄著作以求自解，为此接触一些道家人物交流认识，是容易让人理解的。

石三峰，其人已不可考。从标题上看，他写了十个字，“昔日乘龙贵，今朝汗马劳”，只是客观地说文天祥的生活遭遇，倾向模糊。文天祥在这十个字前后，补写了六句，凑成了一首五言律诗。文增加的六句，不只含义鲜明，毫不模糊，连同原来的两句一起看，原来的两句，含义也不模糊了。

词语注解

①乘龙：指人的经历不平凡。乘六龙以御天；又如龙一样乘时而动。

②汗马：战马疾驰出汗，指有战功。

③纨绮：纨为白色细绢。绮指织纹起花的丝织物。

④凄然赋：晋向秀《思旧赋序》有句：“寒冰凄然。”这是说，写的是凄凉悲伤的文章。

⑤仆：古时指奴仆，即供劳役差遣的人。这里是自谦词，指自己。

⑥骚：指古时楚国屈原所作的《离骚》。后又称与《离骚》相似的诗文为骚体。

诗义串释

云雾太低，使海上的太阳昏沉无光；风力很疾，吹拂起大海的波涛。过去曾经是乘时而动的贵人，今天不能不饱受战争的辛劳。像优质的丝绸沾染上泥土，又像珠玉的饰物扔进了丛生的蒿草。如果要写一篇凄凉悲伤的《凄然赋》，我会把自己诗章归入骚体，学习屈原写作的《离骚》。

题延真罗道士玉涧

双双夹方流①，知有至妙蕴。
山石发清晖， 草木得馀润。
泉源皆宝气， 樵牧骇潜匽②。
仙翁独危坐， 华池养水性。
神泽③温而栗，骨峭老益劲。
苔矶枕泓碧， 时有鱼出听。
縻琼饭④潺湲，冲淡意无朕。

诗作背景

连同本题以下至《浩浩歌》，均为文天祥早期作品。罗玉涧道士，其生平不详。他访问文天祥，文为他写了这首诗。

词语注解

①方流：方，指合并，如方舟即两船合并。方流，指两条湍急涌泻的瀑布合并成一条瀑布。

②潜匽：指潜伏在岩石下面的流水。

③神泽：容貌具有神奇的丰泽。

④縻琼饭：词语用得怪异，似来自《离骚》句："折琼枝以为羞兮，精琼縻以为粻。"縻为糜字古写。縻琼指玉屑。整句诗是说，潺潺流水里，像夹带着晶莹的玉屑。

诗义串释

两块巨石中间，夹着一条合二为一的激流，让人感到这里有微妙的藏蕴。山石闪耀着清亮的光，石边的草木都得到流水的余润。泉水的源头蒸发着神秘的宝气，樵人和牧人有时可以看到宝气中令人惊异的景蜃。一位仙翁在这里独坐，面临仙池修养精神。他的神采温和而又稳重，他的骨骼瘦削但显苍劲。一块长满苔藓的石头，一头儿高耸，另一头儿却伸入池水，石头边经常有鱼儿伸头出水，倾听仙翁的声音。像夹带着玉屑的潺潺流水，潺缓而过，世俗已被冲淡，仙翁的意识已经与世界无关。

听罗道士琴二首

断崖千仞碧，下有寒泉落。
道人挥丝桐，清风转寥廓。
飘飘襟袂举，水纨不禁薄。
紫烟护丹霞，双舞天外鹤。

吾闻泗滨磬，暗含角与徵。
又闻天乐泉，净洗筝笛耳。
如何碧一泓，乃此并二美。
兰田沧海意，[1]请问玉溪子。

诗作背景

这位为文天祥弹琴的罗道士，和上一首新的“罗道士玉涧”应为一人。因本题第二首诗尾句“请问玉溪子”，令人联想罗道士名玉涧，号玉溪子。由于其生平不详，谨此存疑。

词语注解

①兰田沧海意：疑兰田一词有误，查无此语。误可能有三：一为桑田沧海之误，将桑田误写兰田；二为因桑田沧海多用，想提高桑田价值，代以产玉著名之蓝田，误出蓝为兰；三为兰字写对了，田字应为“甸”，意为大量种植兰草之土地。只好兰字不动，串释用桑田意。

诗义串释

千丈悬崖被苍苔、野草装点得碧绿，下面有寒泉流泻，像是无数块碎玉互相撞击。道人挥弹着丝桐古琴，一阵清风飘拂，吹向寥润的天宇。襟袂轻轻飘起，纨绡薄似蝉翼。天际有紫烟遮住红霞，一对洁白的仙鹤似仙女起舞，在天心冉冉飞起。

我听到泗水之滨编磬的旋律，反复着“角”与“征”的音响。又听到快乐的自然流泉，洗净了“筝”和“笛”一类乐器带给我的忧伤。像置身一泓澄明、碧丽的溪水面前，兼有了乐观又悠远的向往。啊，乐曲向我充分展现桑田变为沧海的意象。请问玉溪子大师，这一理解是否妥当？

贫女吟四首

春

柴门寒自闭，　不识赏花心。
春笋翠如玉，[①] 为人拈绣针。

夏

竹扇掩红颜，　辛苦纫白苎。
人间罗雪香，[②] 白苎汗如雨。

秋

西风两鬓忪，　凉意吹伶俜[③]。
百巧不救贫，　误拜织女星。

冬

巧梳手欲冰，　小鬟为寒怯。
有时衿肘露，　颇与雪争洁。

诗作背景

作者以贫女为题，刻画了一年四季中，贫穷劳动妇女的美丽形象，在一定程度上反映出自己的妇女观。在当时的封建社会中，妇女尽管地位低下，却是吃苦耐劳，积极勤奋的社会力量。还应看到，这首诗也有一些“寓言诗”的味道，描绘了贫女的形象，赞颂了妇女的美德。

词语注解

①春笋翠如玉：指贫女纤美的手指。

②人间罗雪香：夸赞贫女织成的麻布。像有香味的雪。

③伶俜：孤单无经。古诗《为焦仲卿妻作》有句："昼夜勤作息，伶俜萦苦辛。"

诗义串释

春

天气寒冷，柴门早已关闭；春花如锦，但从没有赏花的芳心。两只手如春笋一样，温婉如玉；一向都为了别人，辛勤的拈动绣针。

夏

一把竹扇遮掩不住青春的容颜，趁昼长整日辛苦织着白苧。人都说，织出的蔴布比得上喷香的雪。有谁知道，织蔴布的人涌出的汗水犹如雨淋。

秋

飒爽的西风吹拂得双鬓蓬松；本来窈窕，凉意下更显得俜伶。是不是错误的拜求了天上的织女星？学到多少巧工，也难救生活的贫困。

冬

巧梳出新的发型，手被冻得冰冷。为怕酷寒，微微皱起双眉。急着参加劳作，有时露出小臂；玉洁冰清，可以与白雪比美。

名姝吟

丈夫至白首，　钟鼎垂功名。[①]
未有朱门[②]中，而无丝竹声。
与主共富贵，　不见主苦辛。
名姝从何来，　婉娈出神京。
京人薄生男，　生女即不贫。

东家从王侯，　西家事公卿。
吾行天下多，　朱紫稀晨星。[3]
大都不一一，　甚者旷数城。[4]
如何世上福，　冉冉归娉婷。
乃知长安市，　家家生贵人。

诗作背景

这也是针砭宋朝社会弊病的一首诗。封建时代的高层人物，要过纸醉金迷的腐朽生活，需要所谓“名姝”为其“服务”。这就是“名姝”的来历。“名姝”已经成了宋朝腐朽风气的一种。正是这些腐朽风气，对大宋江山起到了销蚀作用。

词语注解

①钟鼎垂功名：钟鼎，为古代青铜器的泛称。古青铜器上多有表示功绩的铭刻文字，故说“垂功名”。

②朱门：红漆漆成的大门。古代王公贵族家的府第之门多用红漆漆成，以示尊贵。

③朱紫稀晨星：古代高官服色多用朱紫，所谓红衣紫绶。高官很少，故言稀如晨星。

④甚者旷数城：这句诗是说，稀如晨星的高官，其中豪富者可以抵得上几座城市。

诗义串释

作为大人物，到了白发满头的时候，在铁钟铜鼎上，都会镌刻上立过功勋的大名。这种人物居住在红漆大门之内，总能够听到丝竹演奏的美妙乐声。这里的女主人，并没有见过大人物的辛苦，却被人尊为名姝，一样享受着尊荣。这些名姝从何处而来呢？她们温婉，娇贵，大都来自神圣的京城。京城的人对生儿子看得淡漠，生一个女儿，便以为今后可以告别贫穷。嫁到东家，跟随了王侯；嫁到西家，陪伴了公卿。我走过天下不少地方，深知穿红挂紫的大人物，稀少得如清晨的星星。当然，他们一位一位都不会一样，其中富有的可以抵得上几座大城。跟随大人物，才能享受大的福分，来自京城的名姝们，每一个都是娉娉婷婷。由此我才知道，为什么在古代的长安，一家一家都望眼欲穿，企盼着贵人出生。

东方有一士[①]

万金结游侠，　千金买歌舞。
丹青[②]映第宅，从者塞衢路。
身为他人役，　名声落尘土。
他人一何伤，　富贵还自苦。
东方有一士，　败垣半风雨。
不识丝与竹，　飞雀满庭户。
一饭或不饱，　夜梦无惊寤[③]。
此事古来多，　难与俗人语。

诗作背景

这首诗和《名姝吟》有共同之处，都是讲南宋社会弊病的，不是文天祥被关押在燕京牢狱时所作。

文天祥在这首诗里，刻画了当时社会上两种人的形象：一种人凭借家庭的豪富，以金钱当资本，用媚俗作手段，趋炎附势，结交权贵，到头来难以取得真正的名声、地位。另一种穷苦的读书人，安贫乐道，绝不随波逐流，更不媚俗取宠，反而心安理得。诗作对前者作了讽刺，对后者只作了平实的叙述，作者的爱憎已明确的得到表达。

词语注解

①东方有一士：东方有一位这样的读书人。

②丹青：指绘画。

③惊寤：寤，睡梦之中。惊，受到惊吓。

诗义串释

拿万两黄金结交侠客，用千两黄金去购买歌舞女郎。美妙的绘画，映照着府第，追随者满街满巷。这一切不过是为了巴结、钻营，颇有名声，最后还是随着尘土飞扬。虽然号称富贵，但是辛苦备尝，下了力气，却没有沾光。另外有一种文士，这种人多半出在我们东方。住的房子墙垣破败，来了风雨，一半地方不能遮挡。根本不会识别丝、竹做成的乐器，像叽叽喳喳的麻雀，在庭院里又叫又嚷。一日三餐，多半难以吃饱，夜晚睡觉，从来没有噩梦制造惊慌。自古以来，这种人，这种事，颇不为少，请原谅，我很难给俗人讲说清爽。

陈贯道[①]摘坡诗如寄以自号，达者之流也。为赋浩浩歌[②]一首

浩浩歌，　　人生如寄可奈何！
春秋去来传鸿燕，　　朝暮出没奔羲娥[③]。
青丝冉冉上霜雪，　　百年欻若[④]弹指过。
封侯未必胜瓜圃，　　青门老子[⑤]聊婆娑。
江湖流浪何不可？　　亦曾力士为脱靴[⑥]。
清风明月不用买，　　何处不是安乐窝？
鹤胫岂长凫岂短，[⑦]　　夔足非少蚿非多。[⑧]

浩浩歌，　　　　　　　人生如寄可奈何！
不能高飞与远举，　　天荒地老悬网罗。
到头北邙[9]一抔土[10]，万事碌碌空奔波。
金张许史[11]久寂寞，　古来贤圣闻丘轲[12]。
乃知世间为长物[13]，　惟有真我[14]难灭磨。

浩浩歌，　　　　　　　人生如寄可奈何！
春梦婆，　　　　　　　春梦婆[15]，
拍手笑呵呵，是亦一东坡，非亦一东坡。

诗作背景

一位道长来访问文天祥。这位道长姓陈，名贯道。他有备而来，从北宋苏东坡的诗歌中摘采了好多有关“人生如寄”的句子，如“吾生如寄耳，旧计失不早”。又如，“人生百年如寄耳，七十朱颜能有几?”等。其用意是浅露的，不过是说，人生如同投宿旅舍，数十年转瞬可过，应当爱惜生命，及时行乐。无论这位道长是有意还是无意，对文天祥强调“人生如寄”的概念都只能起到动摇文天祥锐意进取，为国为民贡献力量的负面作用。文天祥既是一个尊崇孔孟学说的坚定儒家，但又为了解脱现实生活的种种矛盾，涉猎过古典的老、庄哲理以及道家经典，他把陈贯道道长尊为道家中的“达者”，写了这首《浩浩歌》。

《浩浩歌》通篇闪耀着睿智，运用道家的辞彙、概念，坚持儒家的精神实质，熔道家、儒家为一炉，强调了积极的个人追求，突出“真我”的高度价值。最有意思的，陈道长既然拿苏东坡说事，文天祥不止通篇也拿苏东坡说事，反复高歌：“人生如寄可奈何!”还在诗的最后，讲出了春梦婆与苏东坡的故事，礼貌地向陈道长作答：“是亦一东坡，非亦一东坡。”

词语注解

①陈贯道：一位道士，生平不详。从诗题上看，由于摘苏东坡诗中

“如寄”一语，文称为“自号达者之流也”。

②浩浩歌：浩浩，意为浩大、悠远之歌。

③羲娥：羲和，我国古代神话中的太阳神，诗中指太阳。娥，即嫦娥，诗中指月亮。

④欻若：读作小。与“欻”相同，“欻若”即忽然之间，或不大一会儿。

⑤青门老子：青门种瓜的老者，指秦汉交替时的召平，在秦时为侯，入汉后拒绝为官，种瓜度日。

⑥力士为脱靴：李白奉唐玄宗诏入宫，曾得意的让太监高力士为自己脱掉靴子。

⑦鹤胫岂长凫岂短：鹤胫，即仙鹤的腿骨。凫为野鸭。全句意为为什么仙鹤的腿长，野鸭的腿短。

⑧夔足非少蚿非多：夔足，夔为古代神话传说中的独脚兽；蚿则是一种长了很多脚的昆虫。全句意为夔的脚并不能说少，而蚿的脚也不一定多。

⑨北邙：指北邙山，在洛阳北。东汉、魏国王室及大臣多葬于此地。泛指古墓地。

⑩一抔土：意为一捧土，即坟墓。

⑪金张许史：指汉朝昭帝时的权贵，金日弹、张世安，汉宣帝时的外戚，许氏、史氏两大家族。

⑫丘轲：孔丘、孟轲。

⑬长物：古代语言中，指多余、无用之物。

⑭真我：佛家语。指精神之我，而非肉体之我。

⑮春梦婆：当苏东坡遭受打击，贬斥外地时，一位爱读苏东坡诗歌的老太婆对苏东坡说：把昔日的富贵生活，看成一场春梦，就可以求得心理上的平衡。文天祥把这位老太婆名为春梦婆。把她的话，作为警世名言。

诗义串释

让我唱一支浩大悠远的歌，人生像寄宿一样无可奈何！大雁和小燕，一年中秋来春去，秋去春来；太阳和月亮，早晚出没，如同穿梭。头上的黑发渐渐沾上霜雪，人生百年，一弹指的工夫即将走过。受封为王侯，未必胜过种瓜，秦汉间的召平老头，怪不得舞蹈婆娑。唐代大诗人李白浪迹江湖，没有什么不好，皇帝召见，他也敢高声呵斥力士来脱靴。风月无须掏钱买，到处都是安乐窝。谁能责备仙鹤的腿长，野鸭子的腿短？谁又能评说夔的脚少，蚿虫的脚多？可贵的是各有各的追求，各取其宜，也许是最理想、最美好的解脱。

让我唱一支浩大悠远的歌，人生像寄宿一样无可奈何！人生在世难以登上青天，天在上，地在下，就像一架网罗。到头来，谁也逃不过死亡，用尽心思，劳碌一生，白白奔波。历史上权贵知多少，有哪家皇亲贵戚未泯灭？只有古圣先贤传千古，千代难忘孔丘与孟轲。由此可知，人世间多余的事物实在不少，只有体现真正自我的形象永难磨灭。

让我高唱一支浩大悠远的歌，人生像寄宿一样无可奈何！不要遗忘为东坡夫子指引迷津的老婆婆，“昔日富贵，一场春梦！”婆婆告知东坡说。（不要忘记为东坡夫子指引迷津的老婆婆，“昔日富贵，一场春梦！”婆婆告知世人说。）让我们永远记住这个告诫，拍拍双手笑呵呵。做得对，是这位风流的苏东坡，做不对，也是这位风流的苏东坡。

所　怀

万里青山两鬓华，　老臣无国又无家。
乾坤局促笼中鸟，　风雪飘零粪上花。
岁晚江空人已逝，　天寒日短路何赊。
书生不作纲常[①]计，闻是东门已种瓜[②]。

诗作背景

监牢只能限制文天祥的行动，不能限制文天祥的思想。他想国家的命运，他想人民的痛苦，他想抗元事业的得失，他也想为人处世的哲理。这首诗，是他想起同朝为臣的同僚们，有的在抗元战争中献出了生命，有的投降做了官员，投降也未必得到什么好的下场。

词语注解

①纲常：三纲五常的简称。三纲指封建社会中的三种极重要关系：君臣、父子、夫妇；五常则指封建社会应当遵守的通常要求；说法不一，一种指父义、母慈、兄友、弟恭、子孝。一种是仁、义、礼、智、信。

②东门已种瓜：见《指南后录》卷一上《言志》注释⑯。

诗义串释

踏遍了万里青山，两鬓已满是银发；作为国家老的臣子，已经没有“国”，也没有“家”。天地虽大，我却没有活动余地，如同笼中之鸟；北国苦寒，在风雪飘零中，犹同粪堆上的小花。年尽月到，江天空阔，不少亲人、朋友已离开人世；天寒地冻，冬日苦短，路在何方，难以寻查。有些人读书虽然不少，但是已忘掉纲常，听说他们中有人也到长安郊外开始种瓜。

五月二日生朝[①]

北风吹满楚冠[②]尘，笑捧蟠桃[③]梦里春。
几岁已无笼鸽客[④]，去年犹有送羊人[⑤]。
江山如许非吾土，宇宙奈何多此身。
不灭不生[⑥]在何许？静中聊且养吾真。

诗作背景

这首诗应写于元至元十七年（1280）五月二日，这一天是文天祥四十五岁生日。

词语注解

①生朝：生日。

②楚冠：指南方人的帽子。

③蟠桃：我国古时风俗，祝寿用蟠桃，或以面粉做成桃形祝寿，比喻王母祝寿开蟠桃盛宴。

④笼鸽客：古时风俗，为人奉送寿礼，以笼畜鸽雀赠人。笼鸽客，即提了鸟笼送礼的客人。

⑤送羊人：也是指为祝贺寿诞，赠送羊为贺礼的人。“笼鸽客”“送羊人”两句是说，由于战争，已几年没有人提了鸟笼来送寿礼，去年还有送羊祝寿的人。去年的情况，是文天祥虽已被俘，即将被押送北行，但身边还有邓中甫等友人，更有多年在一起的随从。

⑥不灭不生：佛家、道家都认为有永恒不灭的精神，在文天祥看来，即人的浩然正气。

诗义串释

北风狂吹，帽子上落满灰尘；满面笑容手捧蟠桃祝寿，只是梦中的春天。几多年已没有为祝寿，手提鸟笼送礼的宾客；不过去年还有送羊祝寿的友人。江山依旧，但已不是自己国家的土地；宇宙无边，无奈我却没有地方可把身安。“不生不灭”的境界，不知哪里可以找到？暂时的安静中，聊且养护我的本真。

胡笳曲[1]（十八拍）

庚辰中秋日，水云慰予囚所，援琴作《胡笳十八拍》[2]，取予疾徐，指法良可观也。琴罢，索予赋胡笳诗，而仓卒中未能成就。水云别去，是岁十月，复来。予因集老杜句成拍，与水云共商略之。盖囹圄中不能得死，聊自遣耳。亦不必一一学琰语也。水云索予书之，欲藏于家。故书以遗之。浮休道人文山[3]

一　拍

风尘澒洞[4]昏王室[5]，天地惨惨无颜色。
而今西北自反胡，　西望千山万山赤[6]。
叹息人间万事非，　被驱不异犬与鸡。
不知明月为谁好，　来岁如今归未归？

二　拍

独立缥缈之飞楼[7]，　高视乾坤又何愁！
江风萧萧云拂地，　笛声愤怒哀中流。
邻鸡野哭如昨日，　昨日晚晴今日黑。
苍黄已就长途往，　欲往城南忘南北。

三　拍

三年奔走空皮骨[8]，　三年笛里关山月[9]。
中天月色好谁看？　豺狼塞路人烟绝！
寒刮肌肤北风利，　牛马毛零缩如猬。
塞上风云接地阴，　咫尺但愁雷雨至。

四　拍

黄河北岸海西军[10]，　翻身向天仰射云。

胡马长鸣不知数，　衣冠南渡多崩奔。
山木惨惨天欲雨，　前有毒蛇后猛虎。
欲问长安[11]无使来，　终日戚戚忍羁旅[12]。

五　拍

北庭[13]数有关中使[14]，飘飘远自流沙至。
胡人高鼻动成群，　仍唱胡歌饮都市。
中原无书归不得，　道路只今多拥隔。
身欲奋飞病在床，　时独看云泪沾臆[15]。

六　拍

胡人归来血满箭，　白马将军若雷电。
蛮夷杂种错相于[16]，　洛阳宫殿[17]烧焚尽。
干戈兵革斗未已，　魑魅魍魉[18]徒为尔。
恸哭秋原何处村？　千村万落生荆杞。

七　拍

忆昔十五心尚孩，　莫怪[19]频频劝酒杯。
孤城此日肠堪断，　如何不饮令人哀！
一去紫台[20]连朔漠，　月出云通雪山白。
九度附书归洛阳，　故国三年一消息。

八　拍

只今年才十六七，　风尘荏苒[21]音书绝。
胡骑长驱五六年，　弊裘何啻[22]连百结。
愁对寒云雪满山，　愁看冀北是长安。
此身未知归定处，　漂泊西南天地间。

九　拍

午夜漏[23]声催晓箭，　寒尽春生洛阳殿[24]。
汉主山河锦绣中，　可惜春光不相见。
自胡之反持干戈，　一生抱恨空咨嗟。
我已无家寻弟妹，　此身那得更无家！
南极一星朝北斗，　每依南斗[25]望京华。

十　拍

今年腊月冻全消，　天涯涕泪一身遥。
诸将亦自军中至，　行人弓箭各在腰。
白马嚼啮黄金勒，　三尺角弓[26]两斛[27]力。
胡雁翅湿高飞难，　一箭正坠双飞翼。

十一拍

冬至阳生春又来，　口虽吟咏心中哀。
长笛谁能乱愁思。　呼儿且覆掌中杯。
云白山青万余里，　壁立石城横塞起。
元戎小队出郊坰[28]，　天寒日暮山谷里。

十二拍

洛阳一别四千里，　边庭流血成海水。
自经丧乱少睡眠，　手脚冻皴皮肉死。
反鏁[29]衡门[30]守环堵，稚子无忧走风雨。
此时与子[31]空归来，　喜得与子长夜语。

十三拍

大儿九龄色清彻，　骅骝作驹已汗血。[32]

小儿五岁气食牛，　冰壶玉鉴悬清秋。
罢琴惆怅月照席，　人生有情泪沾臆。
离别不堪无限意，　更为后会知何地！
酒肉如山又一时，　只今未绝已先悲。

十四拍

北归秦川[33]多鼓鼙，　禾生陇亩无东西。
三步回头五步坐，　谁家捣练[34]风凄凄！
已近苦寒月，　惨惨中肠悲。
自恐二男儿，　不得相追随。
去留俱失意，　徘徊感生离。
十年蹦踘[35]将雏远，　目极伤神谁为携？
此别还须各努力，　无使霜露沾人衣。

十五拍

寒雨飒飒枯树湿，　坐卧只多少行立。
青春欲暮急还乡，　非关使者征求急。
欲别上马身无力，　去住彼此无消息。
关塞萧条行路难，　行路难行涩如棘。
男儿性命绝可怜，　十日不一见颜色。

十六拍

乃知贫贱别更苦，　况我飘转无定所。
心怀百忧复千虑，　世人那得知其故。
娇儿不离膝，　哀哉两决绝！
也复可怜人，　里巷尽呜咽。
断肠分手各风烟，　中间消息两茫然。

自断此生休问天，　　看射猛虎终残年。[36]

十七拍

江头宫殿锁千门，　　千家今有百家存。
面妆首饰[37]杂啼痕，　　教我叹恨伤精魂。
自有两儿郎，　　忽在天一方。
胡尘暗天道路长，　　安得送我置汝旁！

十八拍

事殊兴极忧思集，　　足茧荒山转愁疾。
汉家山东二百州，　　青是烽烟白人骨。
入门依旧四壁空，　　一斛旧水藏蛟龙。
年过半百不称意，　　此曲哀怨何时终！

诗作背景

这是一篇大型的组诗，也是一首“集杜诗”，即全诗都是集杜甫诗句而成。

写成这首诗，其过程可以成为一篇独立成章的故事。文天祥被元人关押到大都监牢的第二年，即元至元十七年（1280），中秋节这一天，突然有人来监牢看望他。此人姓汪，名元量，号水云，浙江钱塘（今杭州）人。水云是原南宋宫廷内供职的琴师，宋投降后，元军把南宋宫廷上、下人等，全部押送大都，他也到了大都元宫。由于他怀有弹奏古琴的绝技，受到元帝忽必烈的欣赏，被赐给黄冠道士的身份。水云也是一位具有很高水平的诗人，和文天祥见面之后，两人便谈起了诗，一见如故。文天祥对水云的诗十分赞赏，称赞为“如风墙陣马，快逸奔放”；文天祥还为水云的诗，写了热情的歌诗：“南风之薰兮歌无弦，北风其凉兮诗无传。云之汉兮水之困，佳哉斯人兮水云之仙。”

水云是带了琴来的，以演奏乐曲来对文天祥表示深情的慰问。他为文天祥演奏的是《胡笳十八拍》，相传这首乐曲的辞曲，均为汉代末蔡琰（字文姬）

所作，内容抒写她战乱中多年流落匈奴的去国怀乡之情，十分感人。水云选择这首乐曲对文天祥演奏，当然是考虑到文当前的处境，用心是很深的。

乐曲如行云流水，开始了演奏。好的器乐曲演奏是可以让人听出形象来的，美妙、缥缈的旋律，让文天祥忘记了当前的苦难，进入了艺术的化境。他像是回归了和平、安静的生活，一位文雅、贤淑的姑娘如在目前，吟诗、操琴……入侵的铁骑打破了这和谐、美好的氛围，姑娘被劫掠到了塞北，尽管遥远的异地，有辽阔的草原，有蓝天，有白云，甚至也有热烈的爱情，但她始终想念着家乡，想念着亲人，想念着与她面对的绝不相同的文化生活，一句话，想念着自己的祖国。她的想念是深沉的，是无尽的，只有音乐可以表现其万一，真的是九曲回肠，缠绵无尽。当祖国派人来接她回去，她要与亲生的儿女告别，自然又引起内心新的波澜。回到祖国，看到战争的遗迹，人民的苦难，她又不能不引起痛心的悲伤。文天祥与蔡文姬的遭遇有相仿的地方，他听着乐曲，无法控制自己的情感，一直流着眼泪，最后竟哭出声来。当水云奏完最后一句乐曲，文天祥还在深切的悲痛中，难以抑止。

演奏者和欣赏者都又回到现实生活中来了。文天祥感动地说：“演奏得好！太感动了！谢谢，谢谢！”水云却说：“谢什么？能为您演奏，是我的一大幸事。我一直有一个想法，您有与蔡文姬相同的遭遇，如果有您新写的《十八拍》歌词，当然让这首乐曲更加生色。”文天祥答允了水云的要求，只是急切之间，完成不了。水云高兴地表示，不久将要离开大都，返回南方老家，临行前来取即可。

到了这年十月，大都又面临新的严冬，水云决心离开。离开之前，他又到监牢看望了文天祥，文天祥拿出这一《胡笳曲》组诗，说明是集杜甫诗句而成，而且他亲自书写成篇，交给了水云。两个人临别之前，互相勉励，坚持保守民族节操。水云又嘱文天祥：“必以忠孝白天下”，并说明自己“将归死江南”。水云回归南方以后，野鹤闲云，行踪无定，莫知所终。

这一组诗有一个艺术特点：集杜甫诗句而成。《集杜诗》写宋代败亡史实，以概括性较大的诗句表现，较为契合。此诗写个人遭遇，需具体描绘，有时跳动较大。诗主要写蔡文姬，但又兼及文的感受，甚至还有第三人称的叙述，欣赏时应予注意。

词语注解

①胡笳曲：胡笳，我国古代北方民族使用的管乐器，其音色高亢、悲凉，有极大特色。相传由张骞自西域引进，乐器现已失传。胡笳曲，即以胡笳为主要乐器演奏的乐曲。

②《胡笳十八拍》：胡笳曲一拍为一章节，十八拍为十八个章节。汉末蔡琰（字文姬）流落南匈奴，曹操派人赎回，复嫁董祀。相传蔡以自己的经历为本写出歌词，由董祀合乐为“十八拍”。

③浮休道人文山：文山是文天祥的别号，这是因他曾在家乡文山地方修屋居住，因以地名为号。浮休道人的署名则是他被关进大都监牢后才使用的。有的关于文天祥专著中解释，这是根据庄子外篇《刻意》第十五中说的“其生若浮，其死若休”的含义而起的别号，说明他已将生死置之度外。“道人”说明他已出家，其实他只是读过道家理论。

④澒洞：指连绵不断。

⑤王室：指古代帝王之家。此处可泛指国家。

⑥赤：此处指空旷无物。非指红色。

⑦飞楼：此处指高楼。杜诗《白帝城最高楼》中有句：“城尖经仄旌旗愁，独立缥缈之飞楼。”

⑧空皮骨：指奔波无度，人瘦得皮包着骨头。

⑨关山月：汉乐府横吹曲名，此曲多表现边塞士卒离别、思乡之情。

⑩海西军：海西为古国名。《后汉书》有载，指大秦国，在波斯湾之西，故名。此处泛指有不同民族之军，并非一定为海西国之军。

⑪长安：今西安，秦、汉、唐之国都。此处泛指都城。

⑫羁旅：羁留在外乡，难以返还故乡。

⑬北庭：泛指汉时北匈奴首领居住的地方。

⑭关中使：关中即今陕西省大部地区。此地古时东有函谷关，西有大散关，北有肖关，南有武关，故称关中。此处泛指汉代来的使臣。

⑮臆：指胸部。又指主观方面。

⑯错相于：相于，指互相亲近，互相友好。杜甫诗《赠李八秘书别三十韻》中有句："此行非不济，良友昔相于。"错相于，指亲近的人很多。

⑰洛阳殿宫：洛阳，在河南省洛水之阳故名。东汉以此地为都城，此处系泛指都城，并不限定洛阳当地。

⑱魑魅魍魉：我国古代魑魅指山神，魍魉则指山川间的精怪，又指水怪。这里泛指多种多样的坏人。

⑲恠："怪"字的异体写法。

⑳紫台：蓝色与红色相结合为紫色。朱紫，即红和紫色，多指古王侯的服色。这里指紫色的高台，喻与高官有关的建筑。

㉑荏苒：指时间不知不觉之间，已推移向前。陶渊明诗《杂诗·十》中有句："荏苒经十载，暂为人所羁"。

㉒啻：只是，无异等意。古代《书经·泰誓》有言："不啻若自出其口"。

㉓漏：古时之计时器，称铜漏。形似铜壶，装水其内，钻小空使可漏水，计漏水多少以定时间。

㉔洛阳殿：见本诗注⑰。

㉕南斗：我国古星象中之斗宿，在南天，共六星。

㉖角弓：用动物角类切片，来装饰射箭之弓，称角弓。

㉗斛：古粮食量器。十斗为一斛。

㉘郊垌：垌，指遥远的郊外。

㉙鏁：同锁字。古代刑具上的锁具，以铁链勾连，绕在颈上并加锁。

㉚衡门：简陋的房屋，横木下即为门。晋陶渊明诗有句："寝迹衡门下，邈与世相绝"。

㉛与子：与，古语中指和自己同国、党同的人。子是君子，有一定身份的人。此处可理解为来寻访的使者。

㉜骅骝作驹已汗血：骅骝，即赤红色的骏马。汗血，古代骏马之一

种。汉武帝征大宛，曾获汗血马。汗血，指马汗由前腿间流汗如血，可跑一日千里。这句话是说，赤红色的骏马，在幼小的马驹时期，已显现出汗血马的特点。

㉝秦川：指今甘肃大散关以北，渭河流域一带，因古代为秦国所有，称秦川。

㉞捣练：古时称洗衣、洗布时之捶打动作为捣。捣练指捶打白色的丝绢，进行洗涤。

㉟蹴踘：古代军中习武时的一种游戏，颇类今之足球。

㊱看射猛虎终残年：这句诗可作象征性的理解，并非真的看射虎，意为看人间的斗争，如战争或各种矛盾，以终残年。

㊲面粧首饰：指古代妇女化装所用的首饰等物。

诗义串释

一　拍

接连不断的风沙，把祖国的国运吹打得暗淡无光；天和地都显得凄惨，到处都是尘雾茫茫。西北边疆的强敌侵入神圣的国土，遥望着千山万壑，无计抵挡凶暴的强梁。多么令人叹息呵，人间的一切都被改变，人民被驱赶得像鸡犬一样。天上的明月依旧皎洁，她无从知晓人民的变化；无法预测明年此时，能不能回到生我养我的家乡？

二　拍

独自登上旷远、缥缈的高楼，望着广袤无垠的大地，不免油然产生无边的哀愁。萧瑟的朔风吹送浮云掠地而过；婉转的笛声激荡着浩渺的河流。邻家的鸡啼犹如悲苦的夜哭，日复一日；昨夜天晴得极好，今天却乌云满天，黑暗得让人诅咒。仓皇之间，忽然想打点行装，当然是要回归南方；但不知哪边是北，哪边是南，怎能迈步行走？

三　拍

三年来东奔西走，风餐露宿，人已瘦损得皮包着骨头；三年来一直倾听诉说离情的笛声，有家难归，有国难投。高悬中天的明月，已经无人玩赏，豺狼遍地，哪里还允许行人悠游？朔风犹如刀剑，侵逼人的肌肤；牛马也缩成刺猬一样，被冻得不住发抖。天上乌云压着乌云，沉重的压向地面，雷鸣接着电闪，即将要暴雨如注，怎能不令人愁上加愁。

四　拍

黄河北岸的海西军地区，驻屯着北方民族的军队，军士们每日操练，弯弓仰射，瞄准天上的白云。北方民族的战马奋蹄长啸，漫山遍野，不知其数；穷兵黩武，造成了南方文士东逃西奔。山上的林木森森，天上也有四合的阴云，眼看山雨欲来；真的像前有毒蛇，后有猛虎，令人惊吓得失掉灵魂。每一天都盼望故国有使臣派来北地，可是音讯渺茫，只能羁身异乡，忍受着无尽的酸辛。

五　拍

北方民族当政的酋长，经常派出使者访问关中；他们飘然而至，来自遥远的流沙。这些人深深的眼窝，高高的鼻梁，欢歌宴饮，如同还家。然而我，没有朝廷的正式文书，却无法回到中原老家；路途遥远，应有数据可查，途中的险阻，竟比天还大。多么希望肋插双翅奋翼高飞，可惜又染病在床；让眼泪任情的洒落胸前吧，我只能仰面看着白云苍狗的变化。

六　拍

北方民族的勇士征战归来，血迹沾满了箭镞；将军骑着白色的骏马归来，奔驰得像天上的雷电。可惜他们的队伍由多民族构成，文化、习俗差异很大，战争中不免烧杀，焚烧尽了洛阳华丽的宫殿。连年的战乱频仍，像妖魔鬼怪竞相为害，祸乱了美好的人间。秋天的原野上，到处可闻哭声，荆棘丛生，原来的村落已难寻见。

七　拍

遥想过去十五岁时的年月，还有孩子气，童心未损伤；聚会时频频举杯劝酒，豪气敢冲天。强敌围困孤城，又大言以酒浇愁，忧伤得肝肠寸断，增加了熬煎。被驱离朱紫聚散的楼台，来到塞北的荒漠，才知道皎洁的明月，也曾出没在雪山上的云烟。九次向家乡寄出书信，三年只听到一次有关故土的传言。

八　拍

如今我的年龄不过十六七岁，光阴飞快地度过，和家乡的联系，已经音讯杳然。战争还在残酷的继续，皮衣已穿得鹑衣百结，褴褛不堪。怀着满腔的忧愁，面对满山寒雪，无奈中忽发奇想，权且把存身的冀北，当作曾经居住过的国都长安。无人知晓我将在何处定居，怕的是将要浪迹天涯，终身飘泊在天地之间。

九　拍

滴漏声声，送走了长夜，迎来了拂晓；冬去春来，向往着故国京城的宫殿。汉家山河一定美丽得如一片锦绣。可惜无边的春光，我却无缘相见。自从外敌入侵，动起了干戈，我只能抱恨终生，空自嗟叹。温暖的家不复存在，弟妹们如落花一样离散，仰视长天无一言。虽然十分遥远，天上的南极星总是朝着北斗，我只能像南极星一样，向故国发出内心的呼唤。

十　拍

这年是一个暖冬，腊月天却冰化雪消；我流浪在天涯，距家乡路途遥远。将军们突然从军中回来，士兵们的弓箭悬挂在腰。白马戴着黄金的勒口，三尺的角弓，拉开它，要有高举两斛粮食的力道。大雁的翅膀，沾了水很难飞高；有人一箭射落了两只飞不高的雁鸟。

十一拍

冬至以后的小阳春又已到来；我嘴上吟咏着诗句，心里充满了悲哀。谁人在吹奏长笛，扰乱了我的思绪；召唤大家饮尽杯酒，各自排遣。雪白的浮云，青绿的山峦，绵延万里；上面有为征战树立的工程，壁立的石城，高耸的横砦。带队的首领率队走上山野，在这天寒日暮的山谷里，将有什么行动，让人疑猜。

十二拍

离开自己的国家，到了数千里之外；边疆战争频繁，血流可以汇成大海。经过严重的离乱，每天已没有安稳的睡眠；北方的严寒把手脚冻得皴裂，皮肤受到损害。反锁起简陋的蜗居，面对不会讲话的墙壁；小孩无忧无虑，面对风雨，依然玩得高兴烈采。就在这天，追寻我的使者突然来到，且喜今晚可与使者们长谈为快。

十三拍

我在北疆生的大儿子正好九岁，非常聪明懂事，有望长成骅骝骏马，将和汗血宝马一样奔驰。小的儿子五岁，有不小的食量，志气豪壮，像冰壶、玉镜一样清澈，对生活加以好奇的睥睨。停下抚琴的手，让月光照着我坐在席上惆怅，人生中的无限深情，促使我流泪沾衣。离别自己亲生的骨肉，让我如何割舍？何况以后的相会，谁又能预测日期和地址？不要看眼前相聚的欢乐，没有相互告别，我已悲痛得难以抑制。

十四拍

回到故国的秦川一带，听到了此地喜爱敲打的鼓声；痛心的是，地里的庄稼不成垅、不分行，生长得没有方向。我兴奋得走一走，就要回头观望，看一看又要坐下重新打量；听，有捣练的响声，是谁在秋风中正为冬衣奔忙？已经临近严冬，内心不禁悲伤，留在北国的两个爱子，不能跟随亲娘。去和留都不合理想，让人徘徊又彷徨。十年的抚养，如同军营中的训练；习惯于携手同行，离别之后，身边已经没有儿郎。要努力习惯母子分离的生活，不要让寒霜凉露沾湿儿的衣裳。

十五拍

淅淅沥沥的冷雨，把枯树淋得透湿；我整日坐卧，很少行走和站立。叹息青春已届迟暮，急着赶回故乡；并非是使者为找到我，归途上赶路过急。每天上马时，我是那样全身无力；行走与住宿，并没有确切的消息。走过的边塞一带地方十分荒凉，沙尘迷漫，怪石嶙峋，到处有长满尖刺的荆棘。奉命迎还我的士兵们太辛苦了，若干天的奔波，很难看到他们脸上有欢乐的颜色。

十六拍

人都说贫贱是悲惨的，哪里知道，世上有些事比贫贱还要悲惨；我一生身不由己，居无定所，想起来，使人难以心甘。我有数不清的忧愁，生活中的思虑，历数一下，可以成千上万；只可惜世人无法理解，我只能深深感叹。我的两个儿子，自幼绕膝欢笑，忽然两相分离，何异于地覆天翻？我和儿子，都一样命运悲惨，任何人听了我们的遭遇，都不觉热泪涟涟。母子分离，已令人肝肠寸断，从今后互通音信，也定将难上加难。未来的运命如何，无须再问苍天；只能冷眼看别人为生活搏斗，自己的余力只能勉强地度过残年。

十七拍

江边的宫殿空无一人，千把铁锁锁住了千座殿门。千家人家的市镇，多数已经逃散，不过只有百家尚存。十室九空，抛弃掉的首饰上，还可以看到血泪的痕迹，连想一下主人的命运，怎能不让人痛伤精神？面对不幸的场景，又想起自己的两个儿郎，每天绕膝度日月，忽然天各一方难闻问。路途是这样遥远，向南走一步，离儿子远一步，我已经永远不能和儿子再亲近。

十八拍

天下事的发生和发展，各不相同，有的让人兴趣盎然，有的让人无比愤慨；奔波无度，双脚磨出厚茧，难以行走，成了令人忧愁的祸灾。太行山东的二百个州县，到现在，烽火余烬依然冒出青烟，白骨遍地，无人加以掩埋。每一所房屋，都是四壁空空；单凭一池污水，决不会让蛟龙当成大海。回顾五十年不称意的人生，胡笳一曲怎能说尽我的悲哀？

集杜诗

文山诗史注释全编（四）

Wenshanshishizhushiquanbian（si）

《集杜诗》简释

《集杜诗》，是文天祥采集唐代大诗人杜甫的诗句，来记述南宋抗元，最终遭到败亡的史诗。

元至元十六年（1279）冬，文天祥被押解至元大都，因他拒不投降，被关入监牢。他决心一死报国，从这年冬起，至翌年春天，仅用三五个月的时间，完成了这部史诗。全诗二百个题目，每题四句，每句五字，即二百首五言绝句。每句诗都采用杜甫诗句，每句诗都注明了杜诗原作的题目。（题目的用字作了省略，查对起来，颇不容易。）

我们只要对这部史诗做一番浏览，便会惊奇地发现，集别人的诗句，表现自己要写的内容，是一件极不简单的事。这种写作方法，古已有之，多是文人雅士的文字游戏。运用这种形式，编成宏伟史诗，在古今中外的历史上，实为绝无仅有。选集杜诗，不是他的即兴行为，文天祥醉心于祖国传统文化的崇高、深邃，杜诗是传统文化的巅峰之一，集杜诗表现宋代历史，可以讲出自己不便直接讲出的语言，更能引起后代人的理解与共鸣，他的用心极为深切。

这部史诗的具体构成是这样的：一，开头以四十四首诗，讲了南宋灭亡的经过。二，从第四十五首至五十二首，写了为国死事的人物。

三，从第五十三首至一百零四首，表现了文天祥自身的抗元经历。四，从一百零五首至一百三十八首，介绍了自己一起抗元的战友。五，用十八首诗，写了自己的家人。六，以七首诗，表述了怀念家乡的深情。七，从一百六十三首起至一百九十一首，对自己内心进行了剖析。八，最后，以九诗对当时世道发出了感慨。

由于对文天祥《集杜诗》认识不够，注释者原认为，这些诗不是文的原著，又都是五言诗，言简意明，无须注解和串释。后来，才进一步认识到，这一想法是不妥当的。《集杜诗》是文天祥史诗构想的鲜明体现，是史诗的重要组成部分。它表现了南宋消亡的完整过程，挖掘了悲剧形成的深层原因，也描绘了这一历史阶段中宋朝的各种人物，文天祥不只把自己置身其中，还认真地剖析了自己的内心。《集杜诗》虽然不是文的原著，但是文将杜甫的诗句选录过来，表达的却是文的意念。正是在这些再认识的基础上，注释工作才重新逐首作了注解和串释，并加强了［诗作背景］的编写。

自序

余坐幽燕狱中，无所为，诵杜诗，稍习诸所感兴，因其五言，集为绝句，久之，得二百首。凡吾意所欲言者，子美先为代言之。日玩之不置，但觉为吾诗，忘其为子美诗也。乃知子美非能自为诗，诗句自是人情性中语，烦子美道耳。子美于吾隔数百年，而其言语为吾用，非情性同哉！昔人评杜诗为诗史，盖其以咏歌之辞，寓纪载之实，而抑扬褒贬之意，灿然于其中，虽谓之史，可也。

予所集杜诗，自余颠沛以来，世变人事，概见于此矣，是非有意于为诗者也。后之良史，尚庶几有考焉。岁上章执徐、月祝犁单阏、日上章协洽，文天祥履善甫叙。

是编作于前年，不自意流落余生，至今不得死也！斯文固存，天将谁属？呜呼！非千载心，不足以语此。壬午正月元日，文天祥书。

社稷 第一

三百年宗庙社稷，为贾似道①一人所破坏，哀哉！

南极连铜柱②，　　煌煌太宗③业。
《送李晋肃入蜀》　　《北征》
始谋谁其间④，　　风雨秋一叶。
《苦热呈阳中丞》　　《故李光弼司徒》

诗作背景

社稷，原指土地与谷类粮食作物。古代帝王以祭祀土地和谷物神祇之地为社稷，实为农业立国之象征。《集杜诗》第一首诗题为“社稷”，是有道理的。但有意思的是，小序未讲“社稷”本题，而是直讲破坏“社稷”的人物是贾似道，足见文天祥把贾似道作为南宋衰亡的罪魁祸首。

词语注解

①贾似道：南宋理宗、度宗两朝把持朝政大权，贵为丞相、太师的奸臣。台州天台人。其父贾涉为官多年。贾似道年少无行，靠父亲名声，其姐又是理宗的宠妃，登龙为官，作恶多端。开庆年间，蒙古军攻鄂州，贾私自向蒙古军称臣纳币，蒙军退去，诈称胜利，被提升丞相。襄阳失守，隐瞒不报。咸淳十年，失陷鄂州，弃守鲁港，败走扬州，始被革职，被监送漳州，为监送者于途中杀死。

②南极连铜柱：南极，误，应为南纪。南纪，原指江汉一带，后泛指南方。铜柱，汉马援征南方，曾立铜柱，标明汉朝疆域。

③太宗：杜甫原诗指唐太宗李世民。此处指太祖赵匡胤之弟，初名匡义，改名光义，又改名赵炅。赵匡胤死后，赵光义扬言遵母命继位为北宋第二代皇帝。他虽仍按太祖原定策略统一宇内割据政权，有所作为，但晚年传位子孙，对太祖子孙危害有加，为宋人诟病。文在这首诗小序中明确指出：“三百年宗庙社稷为贾似道一人所破坏”，《集杜诗》却选“煌煌太宗业”之句，下面一句又选“始谋谁其间”？选用诗句，当然有一番深意，封建时代的臣下，不能直接责指皇帝，巧妙的用发问

的语句指出："始谋谁其间"（是谁人制定了国家大业的制度?）下面一句诗，看起来似乎并没有回答提出的问题，其实正是问题的答案。这是说，宋朝重用丞相形成病弊，皇帝又错用亲近，成为权臣，使国家形势变为："风雨秋一叶"。

④间：原为"问"，误。据《杜诗详注》，应为"间"。本句原诗题全称《舟中苦热遣怀奉阳中丞通简台省诸公》。

诗义串释

光辉的铜柱，支撑起南方的天宇，太宗皇帝继续开拓了煌煌基业。谁人谋划了国家的典章制度？无边的风雨吹落了第一片秋叶。

理宗度宗　　第二

先帝弓剑远，　永怀侍芳茵。
《送谭二判官》《送汝南郡王琎》
今朝汉社稷，　为话涕沾巾。
《喜达行在所》　《送司马入京》

诗作背景

理宗，名赵昀，宋太祖赵匡胤十世孙。南宋宁宗无子，昀被选入宫，宁宗死，立为帝。端平元年，宋与蒙古连兵灭金国，后又受蒙古侵扰。理宗即位之初，尚知自强，后宠爱贾妃，重用贾妃之弟贾似道，在贾专权下，国势衰颓。理宗晚年无子，在贾似道把持下，以理宗弟继位，称度宗。度宗，名赵禥。朝政仍为贾似道把持，封贾为太师。赵禥沉溺于酒色，贾似道则擅权乱政，南宋遂不可收拾。文天祥虽把贾似道视为南宋衰亡之罪魁祸首，但第二诗即以理宗、度宗为题，说明他看南宋衰亡的根本原因，其帝王是有责任的。

诗义串释

靠着弓箭起家的先帝们已经远逝，陪侍先辈的岁月成了珍贵的记忆。说起大宋王朝衰颓的开端，怎能不涕泪交织把衣襟沾湿。

误国权臣　　第三

似道丧邦之政，不一而足，其羁虏使，开边衅，则兵连祸结之始也。哀哉！

苍生倚大臣，　北风破南极[①]。
《送韦中丞之晋》　《北风》
开边一何多？　至死难塞责。
《前出塞》　《吴侍御江上宅》

诗作背景

宋理宗景定元年（1260）夏，蒙古立忽必烈为帝，以郝经为国信使，派往南宋访问。元朝廷的这一举措，一是通报忽必烈的登基，二是想借此与南宋通好，求得多年征战后休养生息。贾似道竟对郝经一行人的到宋，瞒骗理宗不报，郝经一行人入境后，被拘禁于真州军营。后理宗曾查问此事，贾似道一味推脱，使郝经一行在真州被羁留达十六年之久。一直到贾似道鲁港败逃，元朝又派人查问，贾似道才礼送郝经归元。此事成为元大举进攻南宋的借口之一。

词语注解

①南极：泛指南方。

诗义串释

北方凛冽的朔风劲吹南天，广大百姓倚靠皇帝的重臣保护家园。为什么一次次无端开启与邻国的衅隙？就是交出性命也难把责任承担。

泸州大将　　第四

西南失大将，带甲满天地。

《客居》　　《送远》

高人忧祸胎，感叹亦歔欷！

《山寺》　　《羌村》

诗作背景

据历史记载，泸州大将应是指宋嘉熙初年，任京（西）湖（北）安抚使的孟珙。孟为枣阳人，四世祖孟安曾在岳飞麾下征战有功。其父也在襄樊一带抗金立功。珙曾参加与蒙古军并肩消灭金国的战争，后在抗元战争中多次立功。嘉熙二年，珙率军光复襄阳，为确保南宋西翼的安全，还兼有四川宣抚使的职务。孟珙于宋理宗淳祐六年（1246）九月病故。宋理宗赵昀决定以贾似道接替孟珙之职。就在京湖安抚使的职位上，贾似道演出了暗中投降、伪装战胜的丑剧，骗取了丞相的职权。他继续擅权误国，干出不少倒行逆施，断送了南宋政权。

诗义串释

西南边疆病逝了一员大将，他一生统率雄师保卫了国家。今后将倚靠谁人呢？有识见的人最忧虑用人不当，放心不下。

襄　阳　　　　第五

十年杀气盛，百万攻一城。
《北风》　　《遗怀》
贼臣表逆节，胡骑忽纵横。
《往在》　　《严公武》

诗作背景

襄阳位于长江中上游之江北，可控制长江上游四川及下游湖北之广大地域，是兵家必争之地。自宋朝与蒙古合谋在中原一带，消灭金国势力以后，宋与元军便在荆襄一带展开激烈争夺，十余年中襄阳多次易手。最后一次的襄阳之战，在南宋理宗景定五年，即元至元元年（1264），是决定南宋命运的关键战役。这时，元军围困襄阳，已有五年之久，上年又丢失了与之互为倚靠的樊城，贾似道当了丞相，对襄阳支援不力，宋将吕文焕投降了元军。

诗义串释

十年漫长的时间，这里被杀气笼罩，前后曾有百万军兵争夺一座孤城。叛逆的臣子抛弃掉忠贞的节操，元军的铁骑终于纵横逞凶。

荆湖诸戍　　　　第六

长啸下荆门，　胡行速如鬼。
《春日梓州登楼》《塞芦子》
门户无人持，　社稷堪流涕！
《水槛》　　《西阁呈元二十一》

诗作背景

荆湖诸戍，指京西（首都临安之西）、湖北（荆襄大片地域）的南宋防御体系。古代军制有封建性，南宋长江中游一带防军，多由吕氏家族或部属统领，襄阳守将吕文焕投降，长江中游的整个防御体系，便丧失了战斗力。

诗义串释

元军呼啸着占领了荆门，行动的快速如同飘忽的鬼魂。国家的门户已没有人把持，社稷将亡，怎能不令人泪珠滚滚。

黄州　第七

始谓虏以襄阳船自汉入江，后乃知虏之未渡，蕲黄已先降。故其渡也，襄汉、蕲黄之船皆在焉。

桓桓陈将军，东屯大江北。
《北征》　《行官张望》
化作虎与豹，楚星南天黑。
《夏日叹》　《晚登瀼上堂》

诗作背景

此诗指黄州守将陈奕投降元军。据史载，元军由汉江入长江，攻黄州，黄州降。文天祥在这首诗的小序中说，实际上，“蕲黄已先降”，因为双方的船只均未行动，说明元军未至黄州，守将陈奕已树起降旗。

诗义串释

拥有勇武外貌的陈将军，驻军在长江中游的北岸。忽然改换了旗帜，楚地的明星泯灭，朗朗青天变得一片黑暗。

阳罗堡　　第八

夏贵自阳罗堡之败，顺流而下，沿江南岸，纵兵放火，归庐州解甲。当是时，其心已无国矣。似道建督至江上，夏贵不得已出见，斩以衅鼓，东南再造之机也。失此不图，社稷为墟。哀哉！

日色隐孤戍，　大江声怒号。
《发秦州》　　《大雨》
朝廷任猛将，　宿昔恨滔滔。
《又上后园》　《送王砅使南海》

诗作背景

襄阳宋军投降后，元军兵分两路：一路由伯颜率领，攻郢州阳罗堡，渡江后向东南进军，直趋南宋都城临安。一路由阿术率领，攻打鄂州，控制长江中游。元至元元年末，伯颜攻下郢州后，据守阳罗堡的宋将夏贵，弃堡逃回庐州。元军于是渡江。

诗义串释

太阳西沉，隐没在孤立的堡垒后面，长江的波涛愤怒地发出号叫。朝廷听任将军不战而逃，对败类不作处理遗恨滔滔。

京湖宣阃　　第九

开庆己未，江陵阃帅，自上而下，奔救鄂渚，令朱祀孙任宣阃。乃自鄂渚，走还岳阳。朱与夏通，任长江之责，一上而一下，使中流荡然，虏安行入无人之境，国安得不亡？呜呼！痛哉！

正当艰难时，　　岂无济时策。
《送樊侍御汉中》　　《遣兴》
连樯荆州船，　　悠悠回赤壁。
《雨》　　《过南岳入洞庭》

诗作背景

宣阃，宋代官府的简称，全称为宣抚处置使司，职管一个地区的行政事务，也督办军旅事务。这首诗是说敌人元军深谋远虑，部署周密，而宋军一方，所用的宣抚使人员都是朱祀孙、夏贵这样不负责任的人物，致使元军在长江中游纵横自如，如入无人之境。

诗义串释

国家遭遇到极度的困难，难道就没有挽救的策略？无奈大将只知道退避，听到敌讯立即逃向另一个安乐窝。

渡　江　　　　第十

常时江水风波，不可狎视。虏渡江时，水乃镜平，岂非天哉！

济江元自阔，　　轻舟下吴会[1]。
《行次古城泛江》　　《逢刘主簿弟》
南纪[2]收波澜，　　吾将罪真宰。
《衡山县学》　　《剑门》

诗作背景

阳罗堡陷落后，元伯颜挥军渡江而南。南宋并非无力抵抗，但将无斗志，夏贵弃堡东逃。战争是人与人的争斗，如果将帅不能率领士兵抵抗敌人，靠天险挡住敌人，当然是一种奢望。文天祥选用杜诗“吾将罪真宰”，是不公平的。当然，文并非不知，只是借这一诗句，表达自己的爱国真情而已。值得关注的是，在阳罗堡陷落前不久，南宋度宗逝世，在贾似道把持下，立年仅四岁的赵㬎为帝，由太皇太后谢氏听政，南宋灭亡的命运已经无可逃避。

词语注解

①吴会：古吴国地。今江苏省一带地方。

②南纪：泛指南方。

诗义串释

不管什么人渡江，长江应当同样宽广，元军直下江南，舟船竟像是长了翅膀。难道长江收窄了江面，敛起了波涛？我只能诅咒上天的安排实在荒唐。

鄂州　　第十一

先时李雷奋为郡守，十月，以台论罢。至是无正官。张宴然以城降。金汤重镇，正风寒中而去正守，当国者，独何心哉？

鄂渚分云树，　春城带雨长。
《过南岳入洞庭》　《入行军六第宅》
惜哉形胜地，　河岳空金汤[1]。
《怀锦水居止》　《入衡州》

诗作背景

鄂州，即今之武昌市，是控制长江中游的要津。攻鄂州元军，由阿术率领。据守该地的宋军将领是张宴然，十二月开城投降元军。

词语注解

①金汤：金城汤池的简称。意为经认真设防的城、区，如钢铁般坚固，有深水相护。

诗义串释

长江中游的平原被片片云树分割，可以想象，这里的繁盛城镇在春雨中的无限风光。锦绣江南被强敌占领，心都在疼啊，纵横千里的腹地，哪里是防守的金汤？

江　州　　　　第十二

戎马断天宇，　落日九江流。
《送魏六丈交广》　《送李功曹荆州》
元恶迷是似①，　化作长黄虬②。
《入衡州》　《奉同郭给事》

诗作背景

江州，即今之九江市。鄂州降元后，沿江各地守军，多为原宋将吕文焕部属，遂望风而降。黄州守将陈奕，安东州守将陈岩，江州守将吕师夔，都投降了元军。

词语注解

①元恶迷是似：元恶，指投降将领。迷是似，混淆视听，掩盖投降丑行。

②长黄虬：虬，是无角龙。长而黄色的无角龙。

诗义串释

铁蹄踏碎了完整的天宇，太阳沉没，多少条江河断了水流。强敌入侵，有些人颠倒是非，把入侵者的队伍当作黄色的龙虬。

安庆府　　第十三

岸转异江湖，　江水流城郭。
《过南岳入洞庭》《春日梓州登楼》
鸱鸮志意满，　山鬼独一脚。
《病柏》　　《怀台州郑司户》

诗作背景

安庆府，即今安庆市。元军势如破竹锐意东进，宋朝安庆的地方官是范文虎。范文虎是贾似道的女婿，为解襄阳之围，一面派范率兵增援襄阳，一面在暗中唆使范不要迅速行动，以保自身安全。至使襄阳在被围数年之后，守将终于投敌。在朝中众多官员的反对下，他不给范文虎任何处罚，反而让范当了安庆府的地方官。这种人物面对元军的进攻，怎能坚决保卫国家疆土？投降，自然是他必然的归宿。

诗义串释

堤岸变动，江湖自然和往日不同，江水漫流，淹没了城郭。食肉的恶鸟鸱鸮意得志满，只有一只脚的山鬼到处跳跃。

鲁港之遁　　第十四

己未鄂渚之战，何勇也！鲁港之遁，何衰也！人心已去，国事瓦解。当是时，惟豪杰拔起。首祸之权奸，无救祸之理，哀哉！

出师亦多门，　水陆迷畏途。
《后出塞》　《赠送十八贵》
蹭蹬麒麟老，　危樯逐夜乌。
《赠射洪李四丈》　《过南岳入洞庭》

诗作背景

元军于长江两岸齐头并进，直指临安。贾似道不得不出师抵御，他集中了号称十三万众的人马，到芜湖的鲁港迎击敌人。他不去考虑击败敌人之策，还是想用乞降的办法，派人给元军统帅伯颜送上南方特产的水果，表示愿意称臣求和，遭到伯颜拒绝。在元军火炮的攻击下，贾似道拼凑起来的夏贵水军，又一次临阵溃退，逃去淮西。贾似道麾下的另一支军队由孙虎臣率领，号称精锐。临战，孙虎臣向贾似道哭诉："吾兵无一人用命！"（我的兵没有人还听从命令！）贾似道本无心打仗，遂和孙虎臣一起乘船，连夜逃向扬州。于是，鲁港宋军全线崩溃。这就是奸臣贾似道的鲁港之遁。

诗义串释

出师御敌的大军竟是多门多类，面临畏途，水陆两军都迷失了方向。一只麒麟走上险途也要遭难，更像是暗夜海上盲目追逐飞鸟的船航。

建康府　第十五

亭亭凤凰台①，江城孤照日。
《凤凰台》　《登牛头山亭》
胡来满彤宫②，驱马一万匹。
《往在》　《北征》

诗作背景

建康府，即今南京市，长江下游的重镇。宋德佑元年，元至元十二年（1275 年）三月，元军元帅伯颜率军进入建康。当时，当地缺粮，并有疫病传染，伯颜开仓赈灾，救助病民，受到民众拥戴。经忽必烈批准，伯颜驻节此地。

词语注解

①凤凰台：原杜诗凤凰台，指甘肃成县凤凰山之台。此处则指建康南凤凰山之台。

②彤宫：指帝王居住的宫殿。

诗义串释

凤凰台依然高高矗立，展翅欲飞，可惜美丽的江城已面对落日。外来的军兵践踏着重重宫殿，听说入侵的剽悍战马多到万匹。

相陈宜中　　第十六

鲁港败后，陈宜中当国，首斩殿帅韩震胁迁之议，差强人意。宜中实无经纶，至秋托故遁归，及不得已，十月再来，则国事去矣。哀哉！

苍生起谢安①，翠华拥吴岳。
《宴王使君宅》　《壮游》
可以一木支，俯恐坤轴弱。
《水槛》　《青阳峡》

诗作背景

陈宜中是浙江永嘉人，性格复杂多变。他在太学读书时，曾与太学生员共六人，揭发官员丁大全不法情事，受到打击报复。丁大全失势，陈得平反，廷试获第二名。进入仕途。他巴结贾似道，官运亨通，不断提升。贾似道鲁港败逃，他误认为贾已死，上书请求治贾误国大罪。有人传言，任职宫廷禁军首领之贾似道亲信韩震，将武力劫持太后及皇帝迁都，陈寻求力士击杀韩震，受到朝廷重视。在临安危难中，朝廷提升他为丞相、左丞相。

词语注解

①谢安：东晋时阳夏人。四十岁后始出仕为官，前秦符坚率兵攻晋，谢安于淝水大胜秦军，并乘机收复北方大片国土，声名大振。

诗义串释

苍生多么渴望出现谢安这样人物挽救危亡，葱郁青翠的森林簇拥着高大的吴地山岳。愿高大的树干撑起青天，最担心作为大地的中轴，不能柔弱。

召张世杰　　第十七

京师内空，赖张世杰一军自荆湖至。

诏发西山将，　熊虎亘阡陌。
《送郭中丞》《赠王思礼司空》
笳鼓凝皇情，　佳气向金阙。
《赠左仆射严武》　《北征》

诗作背景

张世杰原为湖北郢州守将。当元伯颜军沿江东进临安形势下，宋朝廷发文号召各地军兵、官吏勤王，响应者不多，除江西文天祥外，张世杰也率兵入卫，途中还收复了饶州。至临安后，丞相陈宜中因张来自沦陷地区有所怀疑，改换了张的部属，另率别部，从事抗元。

诗义串释

朝廷向将军们发布了抗敌的命令，如熊似虎的健儿誓死保卫神圣的疆域。号角长鸣，战鼓频敲，凝聚了皇家的期待，坐落在都城的宫殿，一时迷漫着祥云佳气。

镇江之战　　第十八

张世杰率舟师趋金山，约殿帅张彦，自常州陆出京口，扬州兵出瓜洲。三路交进，同日用事。既而扬州失期，先出取败，常州竟不出，世杰多海舟，无风不能动。江水平，虏以水哨马，往来如飞，遂以溃败。呜呼！岂非天哉！

海潮舶千艘，　肉食三十万。
《送王硃使南海》　《昔游》
江平不肯流，　到今有遗恨。
《陪王使君泛江》　《北游》

诗作背景

宋德祐元年秋七月，张世杰、刘师勇、孙虎臣等以水军集于镇江长江江面迎击元军。元军大将阿术用火攻，并多用弓箭，击败宋军，张世杰退圌山，刘师勇退常州，孙虎臣退真州。

诗义串释

千艘兵船靠大海来潮才能行动，三十万大军肉食相养已成骄兵。江上无潮无风竟成了噩耗，在敌围攻下，遭到溃败，遗恨重重。

将相弃国　　第十九

丙子正月十八日，虏至高亭山。是夜四鼓，宜中逃；翌日，世杰逃。

扈圣登黄阁，　大将赴朝廷。
《奉赠严八阁老》　《草堂》
胡为入云雾，　浩荡乘沧溟。
《送高司直阆州》　《桥陵诗二十韵》

诗作背景

宋德祐元年正月十八日，元军兵临临安城下，元帅伯颜约丞相陈宜中会谈，凌晨四更，陈后悔赴约的承诺，私自离开临安，逃亡浙江南方。第二天，奉命带兵勤王的张世杰看到形势险恶，勤王无望，也率军逃离临安，奔赴浙南一带。

诗义串释

高官作为扈从进入了皇家宫殿，大将响应征召，带兵赶赴朝廷。为什么再也听不到他们讯息？难道他们飘飘荡荡、去了号称太虚的高空。

京　城（一）　　　第二十

当宁①陷玉座，　两宫弃紫薇。
《往在》　　　《咏怀》
北城悲笳发，　失涕万人挥。
《夏夜叹》　　《送卢十四弟》

词语注解

①当宁：宫殿门内、屏障前的空间，称当宁。古时皇帝接见诸侯时，由御座立起见礼称当宁而立。

诗义串释

当宁位置中的皇帝玉座即将坍陷，两宫太后抛弃了紫薇宫庭。皇城以北回荡着胡笳悲鸣，多少人涕泪交织为亡国伤恸。

京　城（二）　　　第二十一

黄屋①朔风卷，　园林杀气平。
《故秘监苏源明》　《送郭中丞太仆》
宫殿青门②隔，　永怀丹凤城③。
《送贾阁老出汝》　《送覃二判官》

词语注解

①黄屋：皇帝出行乘坐的车乘。

②青门：原指京城城门。此处泛指宫殿之门。门漆青色，故名。

③丹凤城：泛指都城。

诗义串释

北来的朔风狂吹皇家的车乘，杀气的重压下，园林失去了秀美。巍巍的青门把深宫和尘凡隔开，到今天才知道昔日的荣华值得珍贵。

陵　寝（一）　　　第二十二

五陵[1]花满眼，　霜露在草根。
《别何邕》　　《阆州东楼》
冥冥子规[2]叫，　重是古帝魂[3]。
《法镜寺》　　《杜鹃》

词语注解

①五陵：汉代初始几位皇帝，建陵墓时必迁国内豪富到陵墓近处居住，形成市镇。著名者五，为：长陵，安陵，阳陵，茂陵，平陵，号称五陵。

②子规：又称杜宇，即杜鹃鸟。

③古帝魂：传说古杜宇在蜀地为帝，后让位于有功的臣下，自身变鸟，受人敬重。

诗义串释

著名的五陵到处有鲜花开放，霜雪在草根上凝结，为花草供给营养。莽苍的原野上，杜鹃鸟高声歌唱，呼唤后人对古代蜀地帝王的高风敬仰。

陵　寝（二）　　第二十三

旄头彗紫微，　蚩尤塞寒空。
《衡山县学》　《赴奉先县咏怀》
愚智心尽死，　飘荡随高风。
《听何氏歌》　　《遣兴》

诗义串释

旗杆旄头上方的彗星侵犯了紫微，类似蚩尤的人物阻塞在高寒的天空。不论愚人还是智者，都死了心不抱希望，飘荡吧，任你把我们吹到哪里，随着高风。

江　陵　　第二十四

高达，京湖名将。己未，解围鄂州。贾似道许以建节，竟不与；而移以与吕文德，达怨望久矣。至是为京湖制置，以城降，宣阃不能制。城初陷，朱祀孙仰药不得死，既而亦降焉。

闻说江陵府，　今又降元戎。
《峡隘》　　《客居》
甲外控鸣镝，　肩舆强老翁。
《赠王司空思礼》《王十五前阁会》

诗作背景

宋德祐元年夏，京湖宣抚朱祀孙，湖北制置副使高达，在江陵降元。本来，高达曾经在元军攻鄂州时，为鄂州解围立功。贾似道事先答应提升他的职务，解围后又食言而肥，高达心中不满。元军进攻江陵前，攻下沙市时曾大事烧杀，对高达震动很大，便立意投降。朱祀孙原想服毒殉国，不想未能死成，也投降了元军。

诗义串释

从江陵府传来了不好的讯息，又有大将投降了敌军。在护身的铠甲外面卸脱了弓箭，一顶小轿把一位老人送进元军的辕门。

淮西帅　　　　第二十五

夏贵既失长江，惟恐督府有成，无所逃罪；又恐孙虎臣以后进为将有功，总统出己上，日夜幸其败覆。督府既溃，归庐州，竟不出，朝廷屡诏勤王，若罔闻知。国亡，乃以淮西全境献北为己功焉。于是贵年八十余矣。“老而不死是为贼”，其贵之谓欤！

借问大将谁，　战骨当速朽。
《后出塞》　《前出塞》
逆节同所归，　水花笑白首。
《赴奉先县咏怀》　《送王砯使南海》

诗作背景

淮西帅，即夏贵。他率领水军，已经临阵脱逃了两次。一次在阳罗堡；一次在鲁港。都是重要的关键时刻，不战而逃。他逃回庐州，闭关自守，宋朝廷要他去保卫临安，他置之不理。最后，他把整个淮西和他率领的军队一起降元，为元朝立了一功。这时夏贵已经八十多岁，故文天祥骂他“老而不死是为贼”。

诗义串释

借问一声，这位将军是谁呀？他浑身上下的骨头，应当尽快烂掉。

像回家一样顺当，背叛了忠于国家的大节；江流中的水花都笑他，白白在人世走了一遭。

扬州　　第二十六

李庭芝在扬州十余年，畏怯无远谋，惟闭门自守，无救于国。及景炎登极，以为首相。乃引兵轻出，渡海南归。朱焕寻以城献虏。哀哉！

城峻随天壁，　胡来但自守。
《白帝城》　　《潼关吏》
士卒终倒戟，　仰望嗟叹久。
《赠王司空思礼》　《九成宫》

诗作背景

李庭芝是扬州多年的地方官。他先世是汴梁人，战乱中南迁。嘉熙年末，蒙古军攻荆州，李向荆州主帅孟珙上书，表效力之志，受到孟的嘉许。淳祐年后，李中进士，为孟珙掌管机宜。孟珙死，李感孟知遇之恩，扶孟柩葬之湖南兴国，并为珙居三年丧。贾似道当权，留李任扬州地方官。贾似道兵溃芜湖，李一直严守扬州。南宋降元，益王在福建称帝，曾封李为右丞相。李令部下朱焕守扬州，自率七千兵东去泰州，拟转而乘船南去。不料朱焕降元，元军在泰州俘李，杀之于扬州。

诗义串释

坚固的城墙像天生成的壁垒，对付敌人只知道闭门守卫。麾下的士卒终于倒戈投敌，让人不得不嗟叹感喟。

京湖两淮　　第二十七

东南兵力，尽在江北，金城汤池，国之根本。高以荆州降，夏以淮西降。李死，淮东尽失，无复中原之望矣。哀哉！

荆扬风土暖，　大城铁不如。
《秋行官张望》　《潼关吏》
泰山忽破碎，　流落随丘墟。
《登慈恩塔》　《五盘》

诗作背景

文天祥用这首诗做了一个小结，是说南宋的主要军力都在江北，高达在荆州投降，夏贵在淮西投降，李庭芝在扬州败亡，已经完全无力控制长江流域，国家灭亡的命运已无可挽回。

诗义串释

荆州、扬州的风土相当温暖，战争中，这样大城的坚固竟不如一块铁片。高大的泰山忽然破碎，人民流落只能认随异乡的丘山。

景炎拥立　　第二十八

予自苏州归阙，建议出二王于闽广。及虏至，二王方出宫，苏刘义、陆秀夫遇二王于温。时陈宜中海船泊清澳门，诸人往邀之，共图兴复。益王始建元帅府，及张世杰自定海至，同趋三山。以五月一日，益王登极，改元景炎。

汉运初中兴，扶颠待柱石。
《述怀》　《入衡州》

畴能补天漏，登阶捧玉册。
《寄岑参》　　《往在》

诗作背景

宋度宗死后，贾似道立赵㬎为帝。谢太后降元，谢与赵㬎，都被元人送往北方。度宗还有两个儿子赵昰、赵昺，在临安被围时，文天祥建议，出逃浙江，在浙江由大臣陆秀夫、张世杰等人，拥立赵昰为帝，以景炎为年号，故称景炎拥立。

诗义串释

如同汉初兴起的运命，真正走上顺途，还需要支撑的柱石。谁人能修补上天造成的漏洞？这种人应当登上金阶，捧起玉册。

福安府　　第二十九

崔嵬扶桑日，　阔会沧海潮。
《幽人》　　《桔柏渡》

倾都看黄屋[①]，　此意竟萧条。
《送班司马入京》　《赠韦左丞》

诗作背景

福安府，即今福建省之福州市。因益王赵昰在此称帝，年号景炎，将福州改名为福安府。

词语注解

①黄屋：指皇帝乘坐的车驾。

诗义串释

自东方升起的朝阳，宏伟，壮观；眼光放开些，还会看到广大沧海的汹涌海潮。整个行都应当争看皇帝乘坐的黄屋，没有想到，这种景象显得萧条。

幸海道　　第三十

自三山登极，世杰遣兵战邵武大捷，人心翕然。世杰不为守国计，即治海船，识者于是知其陋矣。至冬闻警，即浮海南去。天下事是以不可复为。哀哉！

天王守太白①，立国自有疆。
《九成宫》　《前出塞》
舍此复何之，已具浮海航。
《后游修觉寺》　《壮游》

诗作背景

景炎元年十一月，元军攻占福安府。在张世杰主持下，赵昰并其弟赵昺，其母杨氏均登海舟，漂泊福建、广东沿海海域。

词语注解

①天王守太白：杜甫诗原指唐肃宗在安史之乱中流亡登基，曾驻陕西凤翔，当地有太白山。

诗义串释

历史上有的皇帝亲自守卫险峻的高山，一个国家不能没有自己的疆土。抛开这些道理，还有什么办法？大臣拥护着皇帝，已经开始登上航船，到海上漂浮。

景炎宾天　　　第三十一

御舟离三山，至惠州之甲子门驻焉，已而迁官富场。丁丑冬，虏舟来，移次仙澳。与战得利，寻望南去，止碉（一作硇川，下同。）景炎宾天，盖戊寅四月望日也。呜呼！痛哉！

阴风西北来，　青海天轩轾①。
《北征》　　《送从弟亚》
白水暮东流，　魂断苍梧帝②。
《新安吏》　《赠秘书监李邕》

诗作背景

景炎宾天，指赵昰于景炎三年四月十五日在碙川一带海舟上病逝。

词语注解

①轩轾：原指车的前后、高低不同，轻重各异造成矛盾，现指矛盾中有所反复。

②苍梧帝：《山海经》：南方苍梧之丘，苍梧之渊，中有九嶷山，舜所葬。苍梧帝当指舜。

诗义串释

西北方吹来一股阴风，在青海的天宇经过反复，确定了风向。白水河依旧朝暮流淌，又一位苍梧帝魂归天上。

祥兴登极（一）　　第三十二

戊寅四月十七日，卫王登极于硇川。

浮龙倚长津，　参错走洲渚。
《别蔡十四著作》　《入衡州》
苍梧云正愁，　初日翳复吐。
《登慈恩塔》　《法镜寺》

诗作背景

赵昰病逝后，张世杰、陆秀夫拥立卫王赵昺为帝，年号称祥兴。以下以“祥兴”为题的诗共八首，可与文天祥《指南后录》卷一上：《二月六日，海上大战》《又六噫》《哭厓山》《言志》《南海》《有感》等诗互相参阅。

诗义串释

善于浮游的龙离不开大海，参差错落地绕走过多少洲渚。苍梧帝仙逝的地方愁云迷漫，朝阳被阴云遮蔽，随即又将光芒吐露。

祥　兴（二）　　第三十三

六月，世杰自硇川北还，至厓山止焉。厓山乃海中之山，两山相对，延袤中一衣带水，山口如门，世杰以为形胜，安之。

南游炎海甸，　沃野开天庭。
《送魏六丈》《桥陵诗二十韵》
真龙竟寂寞，　乾坤水上萍。
《雷》　《衡州送李大夫》

诗义串释

在南方的海域游荡，皇家的宫殿巍峨地展现海上。真龙天子在海上寂寞无边，海中的浪花难把强敌抵挡。

祥　兴（三）　　　第三十四

己卯正月十三日，虏舟直造厓山，世杰不守山门，作一字阵以待之。虏入山门，作长蛇阵对之。二月六日，虏乘潮进攻，半日而破，死溺者数万人。哀哉！

弧矢暗江海，　百万化为鱼。
《草堂》　　《潼关吏》
帝子留遗恨，　故园莽丘墟。
《过南岳入洞庭》　《逃难》

诗义串释

密集狂飞的箭镞遮暗了南海，万千禁军被变成待捕的鱼。年幼的皇帝留下永远的遗恨，把大海的波涛当成了故园的丘墟。

祥　兴（四）　　　第三十五

世杰于战败后，乘雾雨晦冥，以数舟遁去。

朱崖云日高，　风浪无晨暮。
《遣遇》　《怀台州郑司户》

冥冥翠龙驾，　今复在何许？
《雨》　　《宿清溪驿》

诗作背景

这首诗的前言说，张世杰在厓山海战之后，不知何往，其实，诗的内容是讲南宋小皇帝赵昺的命运。据历史有关记载，在元军强攻下，张世杰驾小船突围而走。走前，曾去赵昺所乘大舟，未寻及赵昺，遂脱出重围。他在海上见到已溺水而死的杨太后，世杰葬之海滨。等待赵昺不见，只得驾船远去。

诗义串释

太阳高照映红了山崖，海上风大浪高，无论是早晨还是黄昏。迷蒙中难看见帝王的车驾，人人都想知晓小皇帝去向何处的佳音。

祥　兴（五）　　第三十六

初，行朝有船千余艘，内大船极多。张元帅大小船五百，而二百舟失道，久而不至。北人乍登舟，呕晕，执弓矢不支持，又水道生疏，舟工进退失据。使虏初至，行朝乘其未集击之，蔑不胜矣。行朝依山作一字阵，邦缚不可复动，于是不可以攻人，而专受攻矣。先是，行朝以游舟数出，得小捷。他船皆闽浙水手，其心莫不欲南向。若南船摧锋直前，闽浙水手在北舟中必为变，则有尽歼之理。惜世杰不知合变，专守法。呜呼！岂非天哉！

六龙[①]忽蹉跎，　川广不可溯。
《别唐诚》　　《送汝阳王琎》
东风吹春水，　乾坤莽回互。
《送程录事》　　《怀台州郑司户》

词语注解

①六龙：指皇帝的车乘用六匹马拉。

诗义串释

六匹骏马拉的皇帝车驾忽然蹉跎不前，南方的疆土已经无法面对。多么梦想一夜间东风吹起春水，乾坤倒转，逆顺互回。

祥　兴（六）　　　第三十七

幽燕盛用武，　六合已一家[①]。
《昔游》　　　《后出塞》
眼穿当落日，　沧海有灵查[②]。
《喜达行在》　　《喜晴》

词语注解

①六合已一家：贾谊《过秦论》：以六合为家。六合，指天地之间，东西南北四方之内。

②查：同槎。即船。

诗义串释

北方幽燕地方盛行征战，古训也说：大丈夫以四海为家。把眼望穿，被诅咒的太阳应当落下，走避沧海，难有上天的神槎。

祥　兴（七）　　第三十八

客从南溟来，　黄屋今在否？
《客从》　《留别张使君》
天高无消息，　未忍即开口。
《幽人》　《述怀》

诗义串释

有人从南海来到这里，人们急于问询皇帝的车乘是否还在。没有确切讯息，不愿意明确回答，默默无言，不把口开。

祥　兴（八）　　第三十九

南岳配朱鸟①，　地轴为之翻。
《望北》　《晦日寻崔戢》
皇纲未为绝，　云台②谁再论？
《北征》　《览柏中丞官制》

词语注解

①朱鸟：南方七星的总名，又称朱雀。七星连结之虚线如鸟形，故名。我国古天文学以四个星宿标志四方，朱鸟标示南方。

②云台：后汉洛阳南宫广德殿，画三十二中兴功臣于此，又称云台。

诗义串释

南岳和天上的朱鸟互相配合，不想地轴发生了翻滚。宋朝的皇纲也许不至灭绝，请问谁是辅佐中兴的云台功臣？

陈宜中　　第四十

丁丑冬，御舟自谢女峡归硇川，陈宜中船相失，莫知所之。

管葛本时须，　经纶中兴业。
《别张十二建封》　《述古》
有志乘鲸鳌，　南纪[1]阻归楫。
《送王砅使南海》　《赠李光弼》

诗作背景

陈宜中反复无常，南宋形势不好，逃亡而去，稍见缓解复出为官。他随小皇帝在南海漂泊，在回归硇川时，又逃亡走掉。文天祥“莫知所之”，其实，他乘船逃去占城，即今越南中南部。

词语注解

①南纪：泛指我国南方。

诗义串释

管仲、诸葛亮这些名臣的出现，是当时的需要，时势要求他们完成国家中兴的大业。有的人虽然有志于乘上鲸鱼之背，中国广袤的大地已难以接受他的归楫。

张世杰（一）　　第四十一

世杰得士卒云，每言北方不可信，故无降志。闽之再造，实赖其力。然其人无远志，拥重兵厚资，惟务远遁，卒以丧败。哀哉！

南国卷云水，　黄金倾有无①。
《舟中苦热》　　《遣怀》
蛟龙亦狼狈，　反复乃须臾。
《溪涨》　　《草堂》

诗作背景

张世杰厓山突围而出，本想远去占城，遭到部下反对，只得回到广东恩州（今阳江）一带内海，遇飓风，跌坠海中溺水而死。文天祥因张胸无大志，评价不高。但文对张坚持到最后覆灭，其节操还是称许的。

词语注解

①黄金倾有无：指古剧孟史事。剧孟，汉洛阳人，以侠义闻名，死后无十金之财。

诗义串释

您在南国掀动了云朵和水流，与人交往，常常不计囊中黄金的有无。蛟龙也有狼狈的时候，转瞬间命运发生了反复。

张世杰（二）　　第四十二

长风驾高浪，　偃蹇①龙虎姿。
《龙门》　　《病柏》
萧条犹在否？　寒日出雾迟
《上水遣怀》　《早发射洪》

词语注解

①偃蹇：汉司马相如《大人赋》有句："绸缪偃蹇"。有矫健、张

扬含义，又有傲慢意。

诗义串释

长风劲吹，使得云、水高飞，矫健地舞动出雄伟的形状。也有萧条无力的时候，像冬天的太阳，只能迟缓地从雾霾中露出微弱的光芒。

苏刘义　　第四十三

苏，京湖老将。虽出吕氏，乃心专在王室。永嘉推戴，实建大功。后世杰用事，志郁郁不得展，其人刚躁不可近，然能服义，终始不失大节。厓山与其子俱得脱，亦不知所终。

骅骝事天子，　龙怒拔老湫[1]。
《送高司直》　《送韦十六评事》
鼓枻视青旻[2]，烈风无时休。
《寄薛三郎中》　《登慈恩塔》

诗作背景

苏刘义，原为京湖地区老将，后归李庭芝节制。他本属于投降元人吕氏将领系统，后在浙江拥立赵昰、赵昺，成为南宋流亡王朝的将领，一直坚持到厓山海战，不知最后的归宿。

词语注解

①老湫：深水池塘。

②青旻：青色的天空。

诗义串释

他是一匹永远忠于天子的骅骝骏马。无惧真龙怒降暴雨，把深水池塘淹没。鼓起全力，仰视青空，摇桨飞渡，海上的狂风绝不会停住。

曾渊子　　第四十四

曾渊子，元贬雷州，御舟南巡，复与政事。厓山之败，曾欲赴水，为苏父子所留，同得脱。其家竟没虏，后还五羊，有人见其子雷郎者焉。哀哉！

子负经济才，郁陶[①]抱长策。
《别唐诫》　《贻华阳柳少府》
安得万里风，南图回羽翮。
《夏夜叹》　《送严公入朝》

诗作背景

曾渊子，原为南宋内廷官吏，被贬去广东雷州。当南宋流亡王朝逃至海南，他又参与了保护幼帝。厓山海战失败，曾投水自尽，为苏刘义救起，一起脱逃。

词语注解

①郁陶：经反复思考，郁结于心，既有思虑，也有看法。

诗义串释

先生拥有管理经济的才能，对什么事都成竹在胸、计划周详。如果有吹彻万里的长风，他会为南方谋划，振翅翱翔。

江丞相万里　　第四十五

先生居饶州，虏入城，先生投府第中池水死。其弟万顷，于厅事上披执，杀死。哀哉！

星坼台衡地[1]，　斯文去矣休！
《送苏州李长史》　《送王信州崖北》
湖光与天远，　屈注沧江流。
《过洞庭》　《奉同郭给事》

诗作背景

江丞相万里字子运，都昌人，曾在南宋任吉州知州，监察御史，侍讲等职，与贾似道不合，外放，曾被封左丞相兼枢密使。咸淳九年，江已七十六岁，闻襄阳失守，时居饶州，挖池于后院，题字“止水”于其上，人多不晓其意。江说，我虽不在其位，应与国共存亡。元军攻下饶州，江跳入止水而死。

词语注解

①星坼台衡地：星坼，指星宿崩殒。台衡地，台指三台星，衡指北斗七星中的三星，二者均在象征帝星的紫微近旁这一区域，并象征宰辅重臣。

诗义串释

象征宰辅大臣的巨星突然崩殒，满腹才华的学者离开了人世。阳光下池水映着远天，河流在此地拐一个弯，水声有如哭泣。

赵倅昂发　　第四十六

虏至池州，倅昂发蜀人，夫妇自经死。

风雷飒万里， 大江动我前。
《大雨》 《水会渡》
青矜一憔悴， 名与日月悬。
《衡山县学》 《陈拾遗故宅》

诗作背景

倅，即古行政官员之副职，所谓副。赵昂发，查无其人。经查《宋史》四百五十卷，“列传”第二百九“忠义”五内，有赵卯发，其事与诗之小序完全相合：为蜀人，在池州死难，又，夫妇自经死。“昂”字应为“卯”字之误。卯发，蜀昌州人。职为池州通判。元军渡江，池州主官逃走，由赵管州事。元军进城，赵与妻雍氏书写十六字：“君不可叛，城不可降，夫妻同死，节义成双。”二人盛装自缢而死。

诗义串释

漫天风雷可以声震万里，再加洪流奔腾，都难惊动他分毫。一领青衫并不显得憔悴，他的大名与日月一样照耀。

将军王安节　　第四十七

常州败，虏生获王安节，不屈而死。虏谓过江以来，武人忠义者，惟王安节一人。安节乃节度使王坚子也。

激烈伤雄才， 直气横乾坤。
《金华山观》 《别李义》
倜傥汗血驹， 见此忠孝门。
《别张建封》 《柏中丞除官制》

诗作背景

将军王安节，其父名王坚，曾任节度使职，守合州有功。安节兄弟五人，在守合州时，随其父立有战功，均被封官。贾似道鲁港之遁时，安节驻军江陵，遂离职去临安，募兵守城，与张世杰并肩而战。后守常州，与元军伯颜对垒，安节挥双刀巷战，臂伤被俘，元人问其姓名。安节高喝："我王坚之子安节也！"不降被杀死。

诗义串释

过分激烈有伤英雄的才智，正直的禀性支持他在天地间立身。多么像倜傥俊秀的汗血宝马，象征他有忠义的灵魂。

李安抚芾　　第四十八

肯斋先生，蜀人，寓居衡阳。乙亥，留梦炎为潭帅。梦炎归相，始起先生为代。先生仓卒运掉，城守甚备。及城陷，先生杀其家人，乃自焚死。哀哉！

杀气吹沅湘，高兴激荆衡。
《入衡州》　《李八判官》
城中贤府主，千秋万岁名。
《课伐木》　《梦李白》

诗作背景

李芾，任职为湖南安抚使。年少时，即有盛名。曾任职为湘潭、德清、永州等地的地方官。咸淳六年，入知临安，因贾似道家人不法，秉公处理，得罪贾，被罢官。贾败亡后，李复职潭州，兼湖南安抚使。元军攻湖南、守湘阴数月之久，元军攻城更急，行将不保。芾召部下沈忠，要求沈尽杀全家，而后杀李。沈叩头辞以不能，芾坚持不许，忠泣取酒饮其家人尽醉，然后杀之，芾亦死难。沈忠自尽。

诗义串释

他抗敌的杀气一直激荡在沅、湘两江，威名远播，可以传颂到荆、衡两州。湖南人民都称赞贤良的官长，牢记他的坚贞到万代千秋。

李制置庭芝　　第四十九

庭芝得爰立之命，引兵至泰州，为虏所困。泰州孙九卖城，庭芝被执，诛于扬州市。虽无功于国，一死为不负国矣。

空留玉帐术①，那免白头翁。
《送严公》　《陪章留后》
死者长已矣，淮海生青风。
《石壕吏》　《送高司直》

诗作背景

这首诗讲李庭芝的结局。在《集杜诗》《扬州第二十六》一诗“李庭芝”注释中已说明他的结局，可参阅。

词语注解

①玉帐术：在中军帐中定下的策略。具体所指李庭芝撤退前作了各种部署。

诗义串释

白白使用兵法，做了撤退的举措，头发雪白的老翁却难以逃脱。人已死难无计挽回，广大淮海地区落入敌军的掌握。

姜都统才　　第五十

淮东猛将，扬州前后主战，皆其人也。及泰州破，被执，虏爱其才勇，啖以官爵，不肯降，骂诸负国者。临刑，含血以喷，骂虏不绝口。其英风义烈，淮人言之，无不伤叹。惜哉！

屹然强寇敌，古人重守边。
《赠王司空》　《后出塞》
惜哉功名忤，死亦垂千年。
《薛大保》　《义鹘》

诗作背景

姜才，都统是他的官职。濠州人，出身于淮南军中，人虽短小，却精悍异常，十分善战，勇猛过人。宋亡后，一直率所部转战苏北，坚不降元。元军围泰州，值姜才背部有伤，难以战斗，城破被俘。元将阿术知其名，劝姜降，遭严拒，被杀于扬州。

诗义串释

坚强屹立敢与敌军对峙，与古代名将一样重视守卫边地。这些业绩并不是你求取功名的举措，为国死难才说明你垂范后世的壮志。

张制置珏　　第五十一

蜀之健将，元与昝万寿齐名。昝降，张独不降。行朝擢授制阃，未知得拜命否？蜀虽糜碎，珏竟不降，为左右所卖，珏觉而逃遁，被囚锁入北。不肯屈，后不知如何。

气敌万人将，独在天一隅。
《杨监画鹰》　　《遣怀》
向使国不亡，功业竟何如！
《九成宫》　　《别张建封》

诗作背景

张珏，制置是他的官职。张为陇西凤州人，青年从军，在战斗中立功，多次提升，官至都统制，人称“四川虓将”。德祐元年末入重庆任制置，元军进攻重庆，张部属降元，张逃亡未成，被俘送京师，途中解弓弦自杀。

诗义串释

这是一位豪气万丈、力敌万人的大将，独自一人可以支撑天的半边。如果，如果国家不亡，谁知道他能为国家作出多大贡献？

陆枢密秀夫　　第五十二

字君实，文笔英妙，自维扬幕入朝。京师陷，永嘉推戴有力。及驻厓山，兼宰相。凡朝廷事，皆秀夫润色纲纪之。厓山陷，与全家赴水死。哀哉！

文彩珊瑚钩，　淑气含公鼎[1]。
《奉同郭给事》　　《张九龄》
炯炯一心在，　天水相与永。
《严武》　　《渼陂西南台》

诗作背景

陆秀夫，枢密为官职。楚州盐城人，宝祐四年进士，为李庭芝幕僚多年。德祐元年，二王到温州，秀夫与苏刘义赶赴温州追随、辅佑。后陈宜中、张世杰亦至，共同拥立益王赵昰为帝。逃亡飘海，赵昰病逝，秀夫又与群臣共立卫王赵昺为帝。厓山海战中，元军猛攻宋军舟船，秀夫以形势危急，负赵昺赴海，君臣共死于海上，年四十四岁。

词语注解

①淑气含公鼎：指其诗有味可品，如鼎内之羹。

诗义串释

写作的文采如美妙的珊瑚宝钩，诗歌的香远气息值得人久久品评。对皇家怀一颗炯炯发光的心，只有青天碧海比得上您的高风。

勤　王　　　　第五十三

甲戌冬，诏天下勤王。予守章贡，首应诏，意同志者，当接踵而奋，已而竟无应者。予遂以孤军赴阙，世事不济，殆由于此，哀哉！

出师亘长云，尽驱诣阙下。
《后出塞》　　《往在》
首唱恢大义，垂之俟来者。
《衡山县学》　《苏源明》

诗作背景

南宋咸淳十年（1274）七月度宗病逝，元军大举进攻，长江中游不少城市不战而降。十一月谢太后一面督促贾似道出岳阳击元军，一面发布《罪己诏》，号召全国发起勤王之师。文天祥在翌年的正月十三日，接到这道诏书，还接到了单独给他的圣旨：要他迅速发动勤王义士，前赴行在。他捧着诏书，哀痛大哭，立即决心变卖家产，毁家纾难，招募人马，共赴国艰。

诗义串释

我们出师勤王，天上出现了长长的彩霞，为支援皇帝，要长驱到京都城下。这是臣下应遵从的大义，谁能漠不关心，不去保卫自己的国家？

苏　州　　　　第五十四

予领兵赴阙，时陈宜中归永嘉，留丞相梦炎当国。梦炎意不相乐，出予以制阃，守吴门。寻以独松事急，陈丞相、留丞相，陈枢密文龙，连书趣还宿卫，予不得已行。未几，姑苏陷。哀哉！

嵯峨阊门[1]北，　朱旗散广川。
《北游》　　《钱裴二端》
控带莽悠悠，　惨淡陵风烟。
《送韦十六评事》　　《草堂》

诗作背景

苏州，可参阅《指南录》卷一《赴阙》一诗。

词语注解

①阊门：古苏州城之西门称阊门。因城门取类天门的阊阖，故名。

诗义串释

在嵯峨高耸的阊门北面，红色的旗帜飘摇在广阔的平川。一定要控制京都外围的重要地带，不管多大困难，也要平熄燃烧初起的火焰。

拜　相　　　　第五十五

予自吴门还，遣守独松，戍余杭。丙子正月初二，除知临安府，辞不拜。引轻兵至阙，陈大义，不得见。十八夜，宜中逃。次日早，予除枢密使，午拜丞相枢密使，都督诸路军马。然事已无及，无可奈何矣。予不敢当亡国之名，请有危难捐躯而已。

我来属时危，　朝野色枯槁。
《九成宫》　《送长孙侍御》
倚君金华省①，不在相逢早。
《张九龄》《赠射洪李四丈》

诗作背景

文天祥勤王，既受皇室倚重，又受重臣猜忌，二十余日内，先让他去守苏州，后调他去守独松关，又让他任临安知府，最后又让他任职右丞相兼枢密使。元军大军压境，朝廷张皇失措，无论怎样调派都已无济于事。

词语注解

①金华省：古代官署名，司职审查皇帝颁布的诏令，总结政策执行的得失，是封建时代辅助皇帝的重要机构之一。

诗义串释

我在危急的时刻到来，朝野上下像大旱的禾苗一片枯槁。只能倚靠多少贤明的前辈，尽管和他们并没有相逢得更早。

出使　　第五十六

初，宜中蒙蔽外庭。如遣使北军，求议和约，见伯颜于长安堰，已而不如约。故虏径至高亭山，要以相见，宜中遂逃。上下皆莫知其详。予既辞相印不拜，遂奉上命，以议和为名，在虏营，虏强以降。余见伯颜，开陈大义，词气慷慨，虏颇倾动。寻留不遣，而丞相吴坚、右丞贾余庆，同知枢密院谢堂以下，竟自纳款。余责伯颜留使失信，及数虏罪恶，以死自誓，而一无所及矣。痛哉！

隔河见胡骑，朝进东门营。
《前出塞》　《后出塞》
皇皇使臣体，词气浩纵横。
《寄崔部事》　《春陵行》

诗作背景

出使，可参阅《指南录》卷一《自叹》《铁错》《纪事六首》《纪事》诸诗。

诗义串释

相隔一条河流，便看到了敌方的骑兵，迎着晨光，我走进对方营盘的大门。我是来谈判的使臣，怎能不以浩然正气，磅礴语言来面对敌人？

发京师　　第五十七

自国都失守，应降表及行下省札，播告归附，皆不敢使余闻知。予居虏中，欲求速死。虏卫守甚严，务为涂塞耳目。二月八日，大臣吴坚、贾余庆、家铉翁、刘岊，皆以祈请使为名，下船诣北庭。虏忽驱余并行，余不肯往，被其捽迫，不得已行至谢村，几逃去。

东下姑苏台，挥涕恋行在。
《壮游》　　《北征》
苍茫云雾浮，风帆倚翠盖。
《发秦州》　　《幽人》

诗作背景

发京师，可参阅《指南录》卷一《使北》诗。

诗义串释

急切间我被强迫走向姑苏，洒下热泪留恋皇帝的所在。此次行旅到处弥漫着云雾，切盼航船的风帆，不要离开绿树丛丛的翠盖。

去镇江　　第五十八

余至京口，北行有日矣。余欲引决，同行士杜浒曰："且逃，逃不获，死未晚也。"遂谋走真州。时江中皆北船，偶物色一空船，在虏籍外，捐重资约之。二月晦日夕，一更后，予约同行十一人潜出邸，挟刃自随，不济则自杀，幸而安行无虞。遂溯流而上，虏船绵亘江上，几不得出。三月朔抵真州，今而后喜可知也。

京口渡江航，　穷途仗神道。
《送许八拾遗》　《送魏六丈》

萧条向水陆，　云雨白浩浩。
《入衡州》　　《送长孙侍御》

诗作背景

去镇江，可参阅《指南录》卷二《镇江》《渡瓜州》《回京口》《沈颐家》，《指南录》卷三《脱京口》诸诗。

诗义串释

航船渡过长江，来到京口江面，穷途末路，只有把命运交给上天。萧萧长江上经历了数不清的奇险，云低雨密中逃亡者爬上江岸。

至真州　　　　　　第五十九

余至真州，登城四望，徘徊感叹。守苗再成，慷慨有志略，闻余言，踊跃思奋。余即作书，报制阃李庭芝。及约淮西夏贵，又作诸州太守书，约以兴复。苗守遣人四出导意。两日久，与余讲进取方略。使天命再宋，是行也，中兴之机也。一人狐疑，事乃大缪。惜哉！

万里长江边，去国同王粲[1]。
《送高司直》　　《通泉驿》
青山意不尽，皇天照嗟叹。
《上牛头寺》　《舟中苦热》

诗作背景

至真州，可参阅《指南录》卷三《真州杂赋七首》《题苏武忠节图三首》《议纠合两淮复兴三首》《出真州十三首》。

词语注解

①王粲：汉末著名学者，依附荆州刘表十余年，曾著《登楼赋》，抒怀乡、去国之情，后归曹魏，名列建安七子之一。

诗义串释

在浩荡长江的岸边。漫天乌云中看见了一线青天。不料想，青山还另有不同的心意，上苍只有发出一声深深的长叹。

行淮东　　第六十

李庭芝闻余至真州，以为来说城，遣使数十辈来莅杀予，苗再成不肯，然不得不出予以自白。以上巳日，给余出城门，闭城不答，余欲赴濠死。未几，苗遣五十人送行。行五十里，布刃于野，诘问甚久。使一语可疑，即为草间血矣。其人信余言，为之叹惋，送至州境。夜至扬州西门，欲扣城入，前却数四，四人逃去，余与七人走荒野空屋中。是日，虏万骑自屋后过，幸而苟免。自是变姓名，趋高邮。初五夜行，屡迷失道。旦迂虏哨，各鸟兽窜伏，缚去一人，杀伤一人，又幸喜脱。余时日夜在死亡中，惊惴危惧，饥饿无聊。人生逆境，有如此者。哀哉！

客子中夜发，　月照白水山。
《赴奉先县咏怀》　《彭衙行》
悲辛但狂顾，　浩荡前后间。
《怀台州郑司户》《宿清溪驿》

诗作背景

行淮东，可参阅《指南录》卷三《至扬州二十首》《高沙道中》《至高沙》《发高沙四首》等诗。

诗义串释

漂泊的旅客半夜踏上征途，月亮惨白的光芒映照着路旁的小山。含着满腹悲辛疯狂四顾，前一步还算平稳，后一步可能遭受锋利的刀剑。

自淮归浙东　　第六十一

余高邮道中，遇哨得脱。行数十里，匍匐不能行，幸遇村夫，雇倩箩抬入郡。又有被伤者，扶持强行，血衣淋漓，见者伤惜。初七日至郡，地分官盘诘甚至，称制置司有报，文丞相来说城，合一路觉察，不纳南来人。余等既变姓名，地分官见有伤者，不疑，听下船去，沿途历尽艰险，得至泰州城下。伏十余日，趋通州。自下船后，哨骑或隔五里，或隔十里，惊惶连日，达通州城。反复诘问，数日不纳。不得已，从地分官吐实语，太守杨思复遂得覆护生圃子内大舟中，然后以海舟送归浙东。船中遇风波，屡覆，又遇贼追逼数四。是行寄一生于万死，不复望见天日，至永嘉，惟存六人。

北走惊险难，　十步一回首。
《彭衙行》　　《相从歌》
碧海吹衣裳，　挂席上南斗。
《又上后园山脚》《别张使军》

诗作背景

自淮归浙东，可参阅《指南录》卷四《怀杨通州》《发通州三首》《渔舟》《夜走》等诗。

诗义串释

江北逃亡，惊险加上艰难，回头看看来路，不免心惊胆战。碧海在望，海风吹动衣衫，扬帆出海，愿好风助我高飞向南。

至福安　　　第六十二

益王以天下兵马都元帅，卫王以副元帅，建号于永嘉，随趋三山开府。予四月八日到永嘉，则元帅舟去已一月矣。亟使副守李珏驿报行府，陈丞相即遣人来，议拥立事，余深赞大议。五月一日登极，予以观文殿学士侍读，召赴行在。二十六日，至行都，即再相。然国方草创，陈宜中尸其事，专制于张世杰。余名宰相，徒取充位，遂不敢拜，议出督。

握节汉臣回，麻鞋见天子。
《郑驸马》　　《述怀》
感激动四极，壮士泪如雨。
《严武》　　《听杨氏歌》

诗作背景

益王、卫王（赵昰、赵昺）到了浙江永嘉，便以天下兵马都元帅、副元帅的名义进行活动。一个月之久后，陈宜中听说文天祥到了永嘉，便派人找文商议拥立赵昰为帝，文天祥表示赞成，五月一日赵昰在福安宣布登基。文到了福安，行朝要他任职丞相，文看到陈宜中掌管行朝事务，张世杰掌管军事，当一名丞相实际起不了多大作用，便婉言谢绝，要求到地方去从事抗元，离开行朝。

诗义串释

手持节旄的使臣回到祖国，脚穿草鞋去向天子进谒。朝臣们深感难有的激动，武士们的眼泪如天雨骤落。

福安宰相　　　　第六十三

余至通州，地分官以制置司文移为说，甚作难阻，余不得已吐实以通。杨帅守思复乃云："谍报：许浦有马，根寻文丞相。"甚信余言，不直制司。予然后得杨守存恤，遂遵南归，及过明州东门，有列岸数百艘，初不知为虏把隘船也，后问之东门道士云，是日虏头目见船过，闻左右曰："此何船？"皆以渔舟对，遂得善去。呜呼！危哉！杨守为余言，欲得海船数百艘，当约许帅文德。拥兵勤王，慨然有誓清之志。予至永嘉，即详报，陈丞相不以为信，乃遣毛浚之通州，而不以告余。浚至通州，守问予何以无书，遂发怒，浚几不免。浚出，而通遂降虏矣。惜哉！

纷然丧乱际，　反复归圣朝。
《柏中允除官制》　《郑虔》
秉钧孰为偶，　扶颠永萧条。
《赠李八判官》　《李光弼》

诗作背景

福安宰相，指陈宜中，这首诗专讲陈宜中的一段公案，说明陈的狭隘、无能。序言中说，文到通州（今南通），要通过通州团练使杨思复帮助找船南归。杨思复不仅帮助找到了船，还向文表示，只要行朝支持，他可以动员另一位领兵的将领许文德，想办法带几百只船，到南方保大宋的皇帝。文天祥见了陈宜中，认真地作了报告。不想，陈宜中却瞒着文，派毛浚去了通州。杨问毛，为什么不带文天祥的信件？大怒之下，差一点杀掉毛浚。等毛浚一走，杨思复投降了元军。

诗义串释

面对外敌入侵造成的纷乱，我经过意想不到的曲折回归朝廷。可惜缺少人秉公配合，孤掌难鸣，扶颠救危的艰难，终于无计匡正。

南剑州督　　第六十四

始余至永嘉，留一月候命。永嘉及台处豪杰，皆来自献，愿从海道作战守规模。予至福安，欲还永嘉谋进取，庙谟不以为然，遂议开督于广。广陷，乃出南剑开府，聚兵财为收复江西计，于时幕府选辟，皆一时名士。宜中既弃临安，及三山登极，欲倚世杰复浙东西，以自洗濯，所以阻予永嘉之行。后取定海兵败，李珏为制阃，众方思用予，悔已不及。惜哉！

剑外春天远，　江阁邻石面。
《送班司马入京》　《简严云》
幕府盛才贤，　意气今谁见。
《次古城店》　　《白马》

诗作背景

文天祥愿意到地方组织抗元，到哪里去呢？他在永嘉住了一个多月，很多浙江当地人都愿意与他一起合作。但是陈宜中不赞成，他想让张世杰在浙江打开局面。文提出到广州去，元军又攻下了广州。于是只好到南剑州去，即今之福建省南平市。文天祥在南剑，很快开创了新的局面。

诗义串释

南剑州的春天来得比较迟缓，临江的楼阁紧挨着峭壁的石面。在这里，我遇到如云一样多的贤才，高昂的抗敌士气非常少见。

汀　州　　　　第六十五

予在剑，朝廷严趣之汀。十月行，十一月至汀州，而福安随陷，车驾幸海道矣。事会之不齐如此，哀哉！

雷霆走精锐，斧钺下青冥。
《送樊侍御》　《送李大夫》
江城今夜客，惨淡飞云汀。
《出郭》　　《薛判官》

诗作背景

文天祥在南剑州，招集了不少兵马，很多抗元战士集中在他的麾下。这时，陈宜中又以朝廷的名义，指挥他改驻汀州，他到了汀州，元军攻下了福安。陈宜中、张世杰保护着小皇帝走上了海上漂泊之路，联系更加困难，形势越加紧迫。

诗义串释

电闪雷鸣，精锐出动；高举斧钺，走下山岭。可惜这都是梦中进军的场景。汀州今夜将迎接众多宾客，浓重的云朵伴我们来到这座江城。

梅　州　　　　第六十六

予至汀，汀守可疑，汀兵非素所拊循，寇兵自赣自剑交至。丁丑正月，行府遂引兵趋漳州、龙岩，谋入卫漳、潮。道阻，三月入梅州，时麾下颇不循法，斩二部统，军政一新焉。

楼角凌风迥，孤城隐雾深。
《东楼》　　《野望》

万事随转烛，秋光近青岑。
《佳人》　　《伐木》

诗作背景

宋景炎二年初，元军进逼汀州。文天祥率军转战漳州、龙岩一带。本想南去潮州，追寻行朝，但道路已为元军阻断，只好奔赴梅州。

诗义串释

凌厉的秋风碰到屋角会骤然翻回，孤单的小城隐藏，全靠雾霾深沉，人间万事随着灯烛旋转，在高高的崖岸远望，澄明的秋光越来越近。

赣　州　　　　第六十七

五月，引兵自梅出岭，时赣、吉兵皆来会。六月，大捷于雩都，进攻兴国县，县返正。于是驻屯，遣大兵攻赣州，又以偏师出吉州。赣诸县皆复，虏号令惟行于城中。吉水、永丰、万安、永新、龙泉，以次皆复。临、洪、袁、瑞，莫不响应，诣军门请约束者相继。兴国、黄州新复，皆来请命。汀州有伪天子黄从，斩首至府，上下翕合，气势甚盛。天若祚宋，则是举也，幸而一捷，国事垂成之候也。

崆峒杀气黑，洒血暗郊垌。
《壮游》　　《薛判官》
哀笳晓幽咽，石壁断空青。
《留花门》　　《西阁》

诗作背景

文天祥实际是与元军进行游击战。五月，他领兵继续北上，进入江西会昌，取得于都大捷，又进攻吉州、赣州，收复了吉水、永丰、万安、永新、兴国等县大片国土，造成很大声势，一时间号令可通江淮。

诗义串释

崆峒山上升腾起黑色的杀气，鲜血流淌在城市的四郊。胡笳悲切的音调有如呜咽，石壁断绝之处晴空高渺。

江　西（一）　　　第六十八

行府偏师出吉州者，战于钟步，不利。攻赣兵不幸相继而败，行府孤立。时处置安抚邹洬，聚兵数万，在永丰境，行府引兵就之。会其军亦溃，而虏自后追及，不可支。虽人谋之不臧，殆天意之未顺。每一念此，气殪欲绝。哀哉！

东望西江水，高义在云台[①]。
《第观》　　《建封》
到今用钺地，霜鸿有余哀。
《草堂》　　《金华山》

诗作背景

由于实力上的悬殊，战争中的顺境，不会长期属于宋军。到了七月以后，元朝调集兵力，重点对付文天祥在江西的反击，先击败了围攻赣州的宋军，又以主力袭击驻在兴国的文天祥指挥部，穷追不舍，他全家都被元军俘虏，在部属掩护下，文天祥仅以身免。

词语注解

①高义在云台：云台，汉宫中的高台。后汉大臣阴兴，曾在此受皇帝的委托。

诗义串释

眼望西江的流水沉思，汉家在后宫对臣下的重托感人至深。当今用兵征战的地方，霜天鸿雁的鸣叫仍然带着哀音。

江　西（二）　　第六十九

旄头初俶扰[①]，义士皆痛愤。
《将适江陵》　《草堂》
乾坤空峥嵘，　响者留遗恨。
《面鹘》　《空灵岸》

词语注解

①俶扰：开始发生动乱。

诗义串释

旗杆顶上的旄头开始受到惊扰，引起抗元义士们的共同痛愤。天广地大空有峥嵘的外貌，没有亲身体察只能遗恨。

复入广　　第七十

行府败于江西，收散兵复入汀，寻出会昌，入安远，趋循州。

是冬，屯南岭。戊寅二月，出惠州海丰县，驻于丽江浦，遍遣间使，沿海访问车驾。六月，翠华至厓山，行府移船澳。八月，进少保信国公，职任依旧。行府欲赴阙，张世杰阻隔于中，不果行。

东浮沧海漘[①]，南为祝融客[②]。
《薛郎中》　　《咏怀》
漂转混泥沙，　迫此短景急[③]。
《柴门》　　《龙门镇》

诗作背景

文天祥在空坑失败，受到极大挫折。十月，收集残军，回到汀州。十一月，又转到循州（今广东龙川县）。又一年（景炎三年）的二月，他率军到了广东潮州的海丰，意在寻访在海上漂泊的行朝。六月，与行朝取得联系。八月，晋封他为少保信国公，但是不同意他面见小皇帝。

词语注解

①漘：指水边、海边。上面平坦，下临深水。读若神。
②祝融客：南岳衡山有祝融峰，意为到南方作客。
③迫此短景急：日影移动很快，所见光景短时即过。

诗义串释

向东我走到大海的边缘，向南，我成了南方的远客。和泥沙相混，随着战争的洪流漂移，行程无限，显得迟缓；日影急迫，举步蹉跎。

驻惠境　　第七十一

朱凤[①]日威垂，　罗浮[②]展衰步。
《北风》　　《咏怀》

北风吹蒹葭，送此齿发暮。
《秋行官张望》　　《雨》

诗作背景

驻惠境，惠即广东惠阳。在此地文母曾太夫人病逝，长子道生亦病死于此。

词语注解

①朱凤：凤比喻君子。杜甫诗有《朱凤行》，诗有句："山岭有凤声嗷嗷，侧身长顾求其曹，翅垂口禁心劳劳。"

②罗浮：广东中部有罗浮山，山有洞，传说居洞中可长生。

诗义串释

朱凤垂下翅膀，不复往日的风范，罗浮山下举步艰难。寒冷的北风摧残着蒹葭，从此开始了我牙齿动摇，头发脱落的暮年。

驻潮阳　　第七十二

十月，引兵趋潮阳。稍平群盗，人心翕然。

寒城朝烟淡，江沫拥春沙。
《吴侍御宅》　　《远游》
群盗乱射虎，回首白日斜。
《雷》　　《喜晴》

诗作背景

驻潮阳，十一月，文进驻潮州潮阳县。

诗义串释

城市已经荒芜，早晨少见炊烟，江上漂泛的泡沫漫上沙滩。抗元军的后方怎能忍受群盗作乱，让太阳正常地发散温暖的光熖。

同府之败（一）　　第七十三

十一月，谍报虏大众至漳、泉，度势不敌，移屯将趋海丰，为虏骑追及于中道。时行已数日，不为备，仓卒溃散，遂被执。

送兵①五千人，　散足尽西靡。
《北征》　　《种莴苣》
留滞一老翁，　盖棺事则已。
《雨》　　《赴奉先县咏怀》

诗作背景

同府之败，第七十三、第七十四同此题。十二月十五日，拟离广东，再入江西。二十日，海盗陈懿引元军轻骑追击，在五坡岺被俘，服毒自尽而未死。

词语注解

①送兵：从兵。指所率领的兵士。

诗义串释

随从我一起抗元的五千军兵，像遭到暴雨袭击，被驱赶得星散披靡。滞留下的一个老翁，盖棺定论，他在世上的一切有了结局。

同府之败（二）　　第七十四

自国难后，行府白手起兵。辗转患难，东南跋涉万余里，事不幸不济，然臣子尽心焉而已。成败，天也。独奈何哉！

翠盖蒙尘飞，仗钺奋忠烈。
《咏怀》　　《北征》
千秋沧海南，事与云水白。
《张九龄》　　《王思礼》

诗义串释

皇帝车乘上的翠盖被逼得到处飞动，拿起武器、凭着忠心，保护皇室。在遥远的海南进行了生死搏战，结局竟像是白云、流水一样，令人叹息。

南　海（一）　　第七十五

今被执后，即服脑子约二两，昏眩久之，竟不能死。及至张元帅所，众胁之跪拜，誓死不屈，张遂以客礼见。寻置海船中，守护甚谨。至厓山，令作书招张世杰，手写诗一首复命，末句云：人生自古谁无死？留取丹心照汗青。张不强而止。厓山之败，亲所目击，痛苦酷罚，无以胜堪！时日夕谋蹈海，而防闲不可出矣。失此一死，困苦至于今日，可胜恨哉！

开帆驾洪涛，血战乾坤赤。
《遗遇》　　《送李判官》
风雨闻号呼，流涕洒丹极。
《草堂》　　《别蔡著作》

诗作背景

可参阅《指南后录》卷一上《过零丁洋》《二月六日，海上大战，国事不济。孤臣天祥坐北舟中，向南恸哭，为之诗曰》《又六噫》《哭厓山》《言志》《南海》《有感》《张元帅谓予："国已亡矣，杀身以忠，谁复书之。"予谓："商非不亡，夷齐自不食周粟。人臣自尽其心，其论书与不书?"张为改容，因成一诗》等诗。

诗义串释

扬起风帆前进，踏着波涛搏战，殊死血斗，把天地沾染得一片赤红。暴风骤雨压不住狂呼，哭泣流涕，我为王朝的败亡哀痛。

南　海（二）　　第七十六

南海春天外，只应学水仙。
《送段功曹》　《舟中》
自伤迟暮眼，为我一潸然
《寓目》　《李使君》

诗义串释

春天已到，南海却在春天的外边，人，生活在船上，变成了"水仙"。人已衰老，年届迟暮，眼目伤残，还是免不了哭泣，终日以泪洗面。

至广州　　第七十七

自厓山至五羊，壮哉郡，真形胜之国也。往年虏平其城，收复后，不能完整为守国计，哀哉！吾国之无人乎？

南方瘴疠地，　白马东北来。
《雷》　　　　《白马》
长城扫遗堞，　泪落强徘徊。
《李弼》　　　《郑驸马楼台》

诗作背景

至广州，可参阅《指南后录》卷一上《登楼》《海上》等诗。

诗义串释

这是南方发生瘴疠的地方，有人骑着马从远方杀来，并不认为此地美好。真正是攻进长城，把长城拆掉，让人心疼得落泪，又不能不反复思考。

至南安军　　第七十八

予四月二十二日，离五羊。五月四日，出梅岭，至南安军。钥置舟中，予不食，拟至庐陵得瞑目，庶几首丘之义云。

短日行梅岭，天门①郁嵯峨。
《哭李常侍》　《别唐诚》
江西万里船，归期无奈何。
《春夜留宴》《何将军山林》

诗作背景

至南安军，可参阅《指南后录》卷一下《南安军》诗。

词语注解

①天门：指湖南大庸县天门山。

诗义串释

用短短的时间，便到了梅岭，不久，又看到巍峨的天门山。乘坐航船长途奔波去向江西，何时到达家乡，只能去问苍天。

过章贡　　　第七十九

峑峒地无轴，　江山云雾昏。
《送从弟亚》　　《别李茂》
萍漂忍流涕，　故里但空存。
《入行军六弟宅》　《后出塞》

诗作背景

过章贡，可参阅《指南后录》卷一下《赣州》诗。

诗义串释

峑峒名山没有了轴承支撑，祖国的河山到处是云雾迷蒙。我像水上的浮萍随水飘动，故乡对于我，只不过是心中的幻影。

至吉州　　　第八十

挂帆远色①外，缅邈怀旧丘。
《雨》　　　　《破船》

江水风萧萧，乌啼满城头。
《枯败渡》　　《发秦州》

诗作背景

至吉州，可参阅《指南后录》卷一下《苍然亭》《别里中诸友》《发吉州》诸诗。

词语注解

①远色：指遥远之处，只可看到颜色的地方。

诗义串释

挂起风帆，旅行在通常的人世之外，还是记挂着自幼生活所在的丘山。江水浩渺，风声萧萧，乌鸦乱啼，城头旗变。

吉　州（一）　　　第八十一

泊舟沧江岸，身轻一鸟过。
《课伐木》　　《送蔡师鲁》
请为父老歌，歌长击樽破。
《羌村》　　《屏迹》

诗义串释

泊船在家乡的江岸，孑然一身，如同一只飞鸟从故园飞过。多么想为家乡父老高歌啊，哪怕歌曲过长，边唱边敲，把酒樽敲破。

吉　州（二）　　　第八十二

戚戚去故里，我生苦飘零。
《前出塞》　　《通泉驿》
回身视绿野，但见西岭青。
《送李校书》　　《扬旗》

诗义串释

怀着悲凄的心情离别家乡，我活着，还要远走天涯苦苦飘零。回头看家乡的绿色田畴，青青的西岭无言，对我满含深情。

过临江　　　第八十三

自离南安军，五日而至庐陵，七日过临江，八日至丰城。余虽不食，未见其殆，众以饮食交相逼迫。予念既过乡州，已失初望，委命荒滨，立节不白。且闻暂止金陵郡，出坎之会，或者有陨自天，未可知也。遂复饮食，勉徇众情。初，众议以予渐殆，欲行无礼，掩鼻以灌粥酪，至是遂止。乃知夷齐之心事，由其独怒荒山，故得行其志耳。

独帆如飞鸿，清江转山急。
《赠苏溪》　　《早发射洪》
回首白云多，山寒夜中泣。
《何将军山林》　　《龙门镇》

诗作背景

过临江，可参阅《指南后录》卷一下《临江军》诗。

诗义串释

船帆像大雁的翅膀，顺着江流围着山边旋转，显得江流更加湍疾。青天上白云朵朵，无边无际，寒风挟着严霜，大山也被冻得掩面哭泣。

过隆兴　　第八十四

隆兴自陷没后，忠义奋起，几于返正。屠灭殆尽，过而伤之。

临江久徘徊，　再读徐孺碑①。
《山寺》　　　《张九龄》
交游飒向尽，　到今耆旧悲。
《饯裴二端公》　《病枯》

诗作背景

过隆兴，可参阅《指南后录》卷一下《隆兴府》诗。

词语注解

①徐孺碑：后汉徐穉，字孺子，江西豫章人，人称南国高士。唐张九令曾立“徐征君碣”，碣文有云：唐开元十五年，忝牧兹邦，风流是仰。在悬榻之后，想见其人。

诗义串释

久久地在江边徘徊，多么想再读一读后辈纪念徐孺的碑文。转眼间老友们飘零星散，今天只能为昔日的故旧伤心。

江　行（一）　　第八十五

畏途随长江，万里沧茫水。
《白沙渡》　《忆郑南玭》
游子去日长，壮心不肯已。
《成都》　　《戏赠友》

诗作背景

江行第八十五，由此诗起，至第八十九，共五首，可参阅《指南后录》卷一下《湖口》《安庆府》《池州》《鲁港》《采石》《建康》诸诗。

诗义串释

在长江上航行，已成我的畏途，沿江上下，我受过数不清的挫折。游子已经把过多的时日消磨，为国家救亡扶危的壮心并未泯灭。

江　行（二）　　第八十六

江水东流去，浮云终日行。
《陪王侍御宴》　《梦李白》
别离经死地，饮啄愧残生。
《郑驸马池》　　《草堂》

诗义串释

江水永不停息地向东流淌，浮云自由自在地在天际徜徉。再次回到这遇险逃生的绝地，依然活在世上，心生惭愧，面目无光。

江　行（三）　　　第八十七

萧萧白杨路，死人积如丘。
《李邕》　　　《遣怀》
大江东流去，苍山旌旆愁。
《成都》　　　《韦评事》

诗义串释

萧萧的白杨树耸立在大路两旁，数不清的死人堆积得小山一样。长江东流，不分昼夜，苍山如同忧愁，压抑在人们心上。

江　行（四）　　　第八十八

连山暗烽燧，川谷血横流。
《送从弟亚》　《送樊侍御》
挥泪临大江，上有行云愁。
《送韦讽》　　　《遣兴》

诗义串释

互相连结的山峦，竟让烽火遮暗，战争中的屠杀，使鲜血在谷川横流。面对大江禁不住挥泪，天上的行云也为人类的浩劫愁忧。

江　行（五）　　　第八十九

六月六日，过隆兴。十二日，至金陵囚邸。八月二十三日，渡江北行。事会多有可慨，尚何言哉！

朔风飘胡雁，　江城带素月。
《遣兴》　《听杨氏歌》
安得覆八溟[1]，　滂沱洗吴越。
《客居》　《喜雨》

词语注解

①八溟：溟为大海。八溟指多个大海。

诗义串释

北风劲吹，促大雁向南飞翔，寂寞的江城上镶嵌一弯暗淡的素月。我渴望翻转过庞大的海洋，让滂沱大水把敌人践踏过的吴越洗过。

北　行（一）　　第九十

八月二十六日，至扬州。九月初一日，哭母小祥于邳门外。初九日，至徐州，吊项羽故宫地，登黄楼台读子由赋。十二日，至沛县，县有歌风台。十五日，至东平府。十七日，至高唐州。十八日，过平原。二十日，至河间府。二十一日，至保定府。

浮云暮南征，我马向北嘶。
《前出塞》　《白沙渡》
荆棘暗长原，子规昼夜啼。
《园官送菜》　《客居》

诗作背景

北行，自此诗起至第九十五，共六首，可参阅《指南后录》卷二《发建康》起至《过雪桥琉璃桥》大量诗歌。

诗义串释

在苍茫的暮色中，一朵浮云向南飘动，我跨下的马北行中不住地长啸。荆棘遮暗莽莽苍苍的荒野，杜鹃鸟不分昼夜地啼叫。

北 行（二） 第九十一

清秋望不极，中原杳茫茫。
《野望》 《成都》
游子怅寂寥，下马古战场。
《桔柏渡》 《遣兴》

诗义串释

清秋的景色望不到边际，中原的风光更是迷迷茫茫。游子怅惘于眼前的寂寥，且跨下征鞍，凭吊古代的战场。

北 行（三） 第九十二

浮云连海岱，寒芜际碣石。
《兖州城楼》 《昔游》
落景惜登临 ，人烟渺萧瑟。
《杜侍御江楼》 《北征》

诗义串释

天上的浮云连接起大海、高山，荒凉的莽原上残存着古老的石碣。景物落落可惜无计欣赏，人烟稀少，村庄渺茫，天地间一片萧瑟。

北　行（四）　　第九十三

平野入青徐，桑柘叶如雨。
《兖州城楼》　《昔游》
信美无所适[1]，沉思情延伫。
《成都》　《雨》

词语注解

①信美无所适：见王粲《登楼赋》“虽信美而非吾土兮”。无所适，难以适应。

诗义串释

平原连着平原，无边无际，桑树、柘树的叶子不透风丝的稠密。赞叹这美好的地方，但难适应，伫立在这里，我不免深深沉思。

北　行（五）　　第九十四

乾坤几反覆，乘陵惜俄顷[1]。
《苏侍御涣》　《渼陂西南台》
怀古视平芜，令人发深省。
《遣怀》　《游奉先寺》

词语注解

①乘凌惜俄顷：乘凌：见《风赋》，“乘凌高城，入于深宫”。俄顷：见《江赋》，“倏忽数百，千里俄顷。”

诗义串释

天地间经过多少次反复，高大的城池挡不住敌人，失败于俄顷。遥望着广袤的田原，让人不得不深自悟省。

北　行（六）　　第九十五

游子无根株，世梗悲路涩。
《赠李四丈》　《送程录事》
关山雪边看，愁思胡笳夕。
《秋行官张望》《喜达行在所》

诗义串释

游子是缺乏根株的流浪者，世道埂阻，途路难行，令人忧伤。漫天飞雪让关山更加壮美，触动愁思的笳声，在夕阳下缭绕抑扣。

至燕城（一）　　第九十六

十月一日，至燕城。越五日，送千户所枷禁。十一月初一日，苏枷。初九日，领赴北庭引问。余不跪，抗词不屈。寻复还狱，待死以至今日云。

往在西京时，胡星坠燕地。
《往在》　　《别唐诫》
登临意惘然，千秋一拭泪。
《登惠义寺》　《酬薛判官》

诗作背景

至燕城，自此诗起至第九十八，共三首。可参阅《指南后录》卷二《己卯十月一日至燕，越五日，罹狴犴，有感而赋》诗。

诗义串释

当我远在迢遥的南方，曾远望一颗星星坠落在幽燕。来到当地，心里一片惘然，我不信星象的吉凶，宁静地把泪痕擦干。

至燕城（二）　第九十七

浩荡想幽冀，行行郡国遥。
《夏日叹》　　《野望》
天寒落万里，回首向风飚。
《遣兴》　《官定后戏赠》

诗义串释

听说远去幽冀，便想到祖国的广大，经历漫长行程，更知晓路途的迢遥。到了万里之外，才体会到什么是寒冷，回头看看来路，风沙满天，云雾滔滔。

至燕城（三）　　第九十八

百年不敢料，先后无丑好。
《龙门阁》　《遣兴》
绝境与谁同，飘泊南庭老。
《送裴二》　《舟中》

诗义串释

谁也不敢妄言百年以后的情景，更不能用先后的顺序来定丑陋与美好。身处绝境，一人一个模样，离开温馨的南方，只能在飘泊中把生命终了。

入　狱（一）　　第九十九

阴房[①]鬼火青，　白日亦寂寞。
《玉华宫》　《昔游》
自非旷士怀，　居人莽牢落[②]。
《登慈恩塔》　《送樊侍御》

诗作背景

入狱，自此诗起，至第一百零四，共五首。可参阅《指南后录》卷二末及卷三诸诗。

词语注解

①阴房：指牢房。

②牢落：意为寥落。

诗义串释

阴湿的牢房飘动着青色的鬼火，长长的白昼，深陷无边的寂寞。我是个缺少旷达胸怀的人，住在这里，只能百无聊赖，更加寥落。

入　狱（二）　　第一百

天黑闭春院，　今如置中兔。
《大云寺》　《怀台州郑司户》
人间夜寥阒，永日不可暮。
《夜听许十诵诗》《夏夜叹》

诗义串释

天黑了，紧紧闭上了院门，我像被捕的兔子，关入笼子，主人才算心安。夜晚毫无声息，似乎离开了人间，真惧怕明天的长昼，又将永远盼不到黑天。

入　狱（三）　　第一百零一

行行见羁束，斯人独憔悴。
《写怀》　　《梦李白》
欲觉闻晨钟，青灯死分翳。
《游奉先寺》　《宿凿石浦》

诗义串释

每走一步都要受到严苛的管束，囚徒在种种虐待下分外憔悴。长夜不眠，将睡时听到晨钟，点了一夜的灯已经灭掉，牢里面更加暗黑。

入　狱（四）　　第一百零二

劳生共乾坤，　何时有终极。
《写怀》　　《别赞上人》
灯影照无睡，　今夕复何夕。
《大云寺》　《赠卫八处士》

诗义串释

劳困的生活好像与天地共存，无论什么时候都不会终结。灯影照射下难以入睡，想今想古，但不知这一天是何年何月？

入　狱（五）　　第一百零三

眼前列杻械，①　熊挂玄蛇吼。
《草堂》　　《上水遣怀》
夜看丰城气，②　朝光入瓮牖。
《咏怀》　　《晦日寻崔、李》

词语注解

①杻械：指手铐等刑具。读若扭。

②丰城气：指丰城剑气。丰城，汉时江西南昌县地，晋时改名丰城。有关典故，见《指南后录》卷二《己卯十月一日至燕，越五日，罹狴犴，有感而赋》，注解⑪。

诗义串释

一堆刑具罗列在面前，颇类熊罴的狱卒吼声震天。昨天深夜我分明看到丰城的豪气，清晨，果然有朝霞的红光直映窗前。

入 狱（六） 第一百零四

徘徊虎穴上，吾道正羁束。
《寄赞上人》 《观水涨》
落日将何如？清文动哀玉。
《宴历下亭》 《别薛判官》

诗义串释

像是在虎穴的周围徘徊，我尊崇的道理正受到无理的欺凌。红日西沉又将怎样？清丽的文章像敲击美玉发出新声。

怀 旧（一） 第一百零五

自百五至百九，皆怀念故人为王事而没者，固多不能尽纪。呜呼哀哉！自百二十六至百三十八，皆师友之际，同列之情，死生契阔，不能自已也！

风尘淹白日，乾坤霾涨海。
《寄第五弟》 《将适江陵》
为我问故人，离别今谁在？
《送高司直》 《怀灞上游》

诗义串释

漫天灰尘，掩没了太阳，雾霾密布，像大海膨胀。我对老友们遥相问讯，战乱中别后，谁还活在世上？

怀　旧（二）　　第一百零六

天寒昏无日，故乡不可思。
《石龛》　《赤思》
访旧半为鬼，惨惨中肠悲。
《赠卫处士》　《送方书记》

诗义串释

天气寒冷，昏昏沉沉迷失了太阳，思念故乡，已经想得不愿再想。遍问故旧，半数成了鬼魂，沉重的悲惨，塞满了中肠。

怀　旧（三）　　第一百零七

故园花自发，无复故人来。
《忆弟》　《昔游》
乱离朋友尽，幽珮为谁哀！
《遣怀》　《雨》

诗义串释

故园中的花只能自开自败，再没有人为欣赏花朵而来。战争造成的离乱，朋友间情谊已断，腰间的玉佩低鸣着悲哀。

怀　旧（四）　　第一百零八

故人入我梦，相视涕阑干。
《梦李白》　　《彭衙行》
四海一涂炭，焉用身独完？
《逃难》　　《垂老别》

诗义串释

在梦中我见到了老友，相对无言，两个人都流泪不干。整个国家到处遭受苦难，哪有人能求得个人的平安？

怀　旧（五）　　第一百零九

中夜怀友朋，百年见存没。
《宿清溪驿》　　《郑公虔》
风吹苍江树，寒月照白骨。
《雨》　　《北征》

诗义串释

中夜难眠，深深怀念多年共事的友朋，遗憾于不及百年，我们这些人已分有、无。清风不停地吹拂江边的树木，寒月无言映照着地上的白骨。

金　应　　第一百一十

承信郎路分金应，元备笔扎使令，性刚知义，随勤王入京。余陷虏，左右星散，惟应无叛去志。在镇江，得同脱，狼狈淮东，备尝艰苦。至通州，以忧郁病死，葬城下。哀哉！

追随三十载，艰难愧深情。
《送顾文学》　《羌村》
何处埋尔骨，呼号傍孤城。
《鹿头山》　《怀郑司户》

诗作背景

金应，一位性格刚毅，很有义气的人物，一直跟随文天祥处理秘书一类的事务。文勤王入京，为他办了承信郎、路分的官职。文天祥被派往元营谈判被扣留，跟随文的一些工作人员，大部走散，他毫不动摇，仍留在原来的岗位上。文从镇江逃亡，九死一生，逃到通州，金应在通州得病死。《指南录》卷三《哭金路分应二首》可参阅。

诗义串释

你跟随我，已经有三十年之久，历经艰险，愧对你追随的深情。在苦难中死去，何处埋葬你的遗体？痛苦呼号中相别，你且安睡在这敌后的孤城。

张　云　　　第一百一十一

路钤张云，元吉州敢勇将官，随阃勤王。余既陷虏，张云引兵自婺、建、剑、汀归里。虏已据吉城，云不胜愤。七月，引所部袭虏于南栅门，击杀甚众。本为散退之计，会天明战渴，赴江饮水，寻被冲，溺死。使能少忍，当为吾用。哀哉！

痛愤寄所宣， 四方服勇决。
《义鹘》 《北征》
壮士敛精魂， 里巷犹呜咽。
《客居》 《赴奉先县咏怀》

诗作背景

张云原来是吉州敢勇军带兵的军官，随文天祥勤王。文去元营谈判被扣，张云便带了自己营下的队伍，历经曲折，回了江西吉州。这时，元军已占领吉州，张云十分愤慨，便发动袭击，杀伤不少敌人。天亮以后，由于干渴到江边饮水，落水死难。

诗义串释

无论口头还是行动，你都痛恨外来的入侵，四方亲友也都钦佩你的勇敢和果决。痛惜我们的壮士收敛起精魂，街巷邻里难以抑制哭泣和呜咽。

刘钦贡元 第一百一十二

字敬德，吉州贡士。素有志气，好功名，上下今古，健于议论。余开府汀城，敬德来宁都，就招谕使邹沨。会虏暴至，竟死乱兵中。同时死者：鞠华叔、颜斯立、颜起岩，皆郡之英俊，能为时立事功者。天生人才若此，曾未施一技，速折乃尔。哀哉！

文章日自负，去家死路旁。
《苏公源明》《上后园山脚》
高视见霸王，感子故意长。
《剑门》 《赠卫处士》

诗作背景

刘钦，这是一位吉州有贡生头衔的读书人，有较高文化修养，懂得古今历史。文天祥在汀州时，刘钦从宁都来参加抗元。成为招谕使邹沨的部属。在与元军的战斗中，遭到死难。和他一起牺牲的有鞠华叔、颜斯立、颜起岩等人，都是来自吉州的读书人。

诗义串释

你对自己的文才颇为自负，哪里想到死在乱军冲杀的路旁。永难忘你傲视敌军的气概，深感你热爱故国的情义绵长。

吕武　　第一百一十三

环卫官吕武，太平人，面旗为军。余陷虏，应募随从北行。其人劲烈，面折人，触忌讳不避。然忠鲠，人皆服之。余与同脱镇江，行淮东，患难中赖以自壮。及开府南剑，遣其结约江淮。道寻阻，武间关数千里，即余于汀、梅，挺身寇寨，化贼为兵。方将数千人出江西，以无礼于士大夫，遭横逆死。死之日，一军为流涕。哀哉！

疾恶怀刚肠，世人皆欲杀。
《壮游》　　《不见》
魂魄犹正直，回首肺肝热。
《南池》　　《铁堂》

诗作背景

吕武，太平州人，出身于步兵。文天祥谈判被扣，被强迫北行，吕武被招募跟随。文在镇江脱逃，吕武一直随行，受到极大困苦。在南剑招兵时，文派吕到江淮一带发动民众，后又回到汀州。吕为人正直，有事可做到直言不讳。派他率兵去江西抗元时，得罪于当地士绅，被杀。

诗义串释

你有一副疾恶如仇的刚正心肠，世人皆曰可杀，你早亮出了刀枪。走在前进的路上，一步也不歪斜，谁能测度清楚你肝肺的热量？

巩宣使信　　第一百一十四

团练使、都统、招谕使巩信，荆湖老将，沉勇有谋。奉朝命，引所部随府。予自兴国趋永丰，虏追在后，于东固方石岭下大战。信据险坚立不动，中数箭死，土人葬之如生。寻奏赠清远军承宣使，立庙战所，而迄未有以慰忠魂也。哀哉！

壮士血相视，　斯人已云亡。
《严公武》　《杨监草书图》
哀哀失木狖[1]，　夜深经战场。
《吴侍郎江上宅》　《北征》

诗作背景

巩宣使信巩信，宣使为其职务之简称。本来是荆湖地区的老将。后来隶属苏刘义，苏将巩介绍给文天祥。文由兴国退向永丰时，在东固方石岭与追兵激战，巩信据险杀敌，中箭而死。当地人感其英勇，为之修庙以作纪念。

词语注解

①木狖：长尾猴。《楚辞·九歌·山鬼》："猿啾啾兮狖夜鸣。"又，见《淮南子·览冥》："猿狖颠蹶而失木枝。"杜诗用《淮南子》释。

诗义串释

撤出战斗，满身血迹的壮士互相顾盼，传说老将已战死在沙场。木狖失手于树枝，使人悲痛，多少人静无声息地在战场徜徉。

张秘撰汴　　第一百一十五

秘阁修撰、广东提举、督府参谋张汴，蜀人。尝为二吴客，佐荆湖幕，习兵事。予自赣勤王，汴即入幕。开督后，领袖一府，知无不为。空坑之败，秘撰易军士皂衣，伏草中，死乱兵。后邹处置得其尸，棺敛焉。哀哉！

入幕旌旗动，　挥翰绮绣扬。
《别魏侍郎》　《汝阳王琎》
烟雾蒙玉质，　斯人今则亡。
《赴奉先县咏怀》　《遣兴》

诗作背景

张汴，他的职务是秘阁修撰，颇有文采，曾以张自山字与文唱和，见《指南录》卷四《长溪道中》《和自山》二诗。张是四川人，原来任吴渊、吴潜的幕僚，曾经在荆湖一带参赞过军事。文天祥在江西起兵勤王，他参加为文的幕僚，能够在十分艰难的局面下，完成独当一面的任务。空坑失败，他换了士兵的服装，藏在草丛中躲避元兵的追捕，被元军杀害。邹沨看到他的尸体，找到棺木把他掩埋。

诗义串释

有你出谋划策，旗帜都飘动着欢迎；你挥笔写出的文字神采飞扬。战争的烟尘蒙蔽起你的丰姿，谁不痛惜你在战乱中的死亡。

缪朝宗　　　第一百一十六

环卫官、知梅州缪朝宗，淮人。有意气，尝为常熟郛氏客，从余于平江。予归福安，自婺间道来相从。精练干实，孜孜奉公，军府器械，悉出其手。空坑之败，自经于山间。哀哉！

空荒咆熊罴，摧残没藜莠。
《课伐木》　《枯棕》
平生江海心，其人骨已朽。
《破船》　《喜晴》

诗作背景

缪朝宗，此人曾任过梅州的地方官，当文天祥到平江抗元时，参加过文天祥的队伍。后来，文天祥到了福建，他又追来相随。曾经专门管理过抗元队伍的军械供应。在空坑失败中自杀而死。

诗义串释

这是一头空旷荒野上的瘦弱熊罴，又像一棵严酷条件下生长不过蒺藜的禾苗。他虽有赴江蹈海的雄心壮志，在盼不到黎明的暗夜只能骨碎形销。

闽三士　　　第一百一十七

督机秘书谢杞、督干架阁许由，督干架阁李幼节，闽士之秀，皆登科。杞太学名士。空坑之败，不知所终。哀哉！

俊逸鲍参军①，优游谢康乐②。
《忆李白》　《石柜阁》

豺虎正纵横，　南行道弥恶。
《久客》　　　《青阳峡》

诗作背景

闽三士第一百一十七，这一首诗，连同下一首诗，是纪念参加文天祥抗元队伍的福建籍文士们的。这些文士是谢圮、许由、李幼节、吴文焕、林栋等，大都在空坑之败中死难。

词语注解

①俊逸鲍参军：鲍参军，即鲍照。南朝人，擅写诗。唐诗人杜甫曾在《春日忆李白》一诗中称：俊逸鲍参军。

②优游谢康乐：谢康乐即谢灵运。南朝谢玄之孙，袭封康乐公。博览群书，兼工书画，为官不得意，肆意遨游，人称谢康乐。

诗义串释

一位俊逸颇像鲍照的为人，另一位很像热爱遨游的谢康乐。可惜豺虎正在南国纵横，人们行走的通途，到处充满险恶。

诸幕客　　　第一百一十八

督府架阁吴文焕、督遣林栋等，皆闽士。有干实，宣劳幕府。空坑之败，被执，寻遇害。哀哉！

入幕未展才，辛苦在道路。
《赠李八判官》《送高司直》
回首一茫茫，风悲浮云去。
《送李判官》　　《遣兴》

诗义串释

为我充任幕僚的俊秀们未能充分施展才华，只为与元军周旋、奔波，受够了苦辛。回首顾念，遗恨茫茫，北风怒号，卷走了片片浮云。

赵太监时赏　　第一百一十九

直宝章阁、军器太监、督府参议官、江西招讨副使赵时赏，宗室。有志气，首宰旌德，以一县抗虏，数有功。京师陷，入闽，行朝擢知邵武军，以弃城罪去。自余开督，随府典兵，数将偏師，以当一面。神采明隽，议论慷慨。空坑之败，走之吴溪，寻被执，于隆兴遇害。哀哉！

豪杰贵勋业，宗支神尧后。
《送殿中杨丰》《赠李八判官》
平生白羽扇，郁结回我首。
《严武公》　　《述怀》

诗作背景

赵时赏，曾任军器太监，太监为职名。是皇帝赵姓同族，当过地方官，还当过江西招讨副使。文天祥开府招兵，他参加率领兵马，能独当一面。空坑之败，他已突围而出，乘轿赶路，突遭元军拦截查问，他自称姓文，元军误为捉住文天祥，遂上送至元帅李恒处。李找人辨认，才弄清他是赵时赏。这样，迟滞了元军的追击，帮助文天祥的脱逃。赵在隆兴被元军杀害。

诗义串释

您是一位把勋业视为珍宝的俊杰，又是皇族宗室的后裔。为抗敌大业，您出过不少主意，痛心于您的牺牲，使我频频追忆。

刘　洙　　　第一百二十

宣教郎、督府机宜、带行大府寺簿刘洙，字渊伯，予邻曲朋友。从勤王，补官。予陷，渊伯领诸军还。及予归国，渊伯收部曲赴府，会于汀，专将一军，为督帐亲卫。沉实有谋，圆机应物。凡江西忠义，皆渊伯所号召。昼夜酬应，精力不倦。会病剧乍起，空坑之败，不得脱，遇害于隆兴。长子同日刑，次子贡元死空坑乱兵。余收其第三幼子，亦没于广。哀哉！

王翰[①]愿卜邻，嵇康[②]不得死。
《赠韦左丞》　　《遣兴》
落月满屋梁，　悲风为我起。
《梦李白》　　《金华山观》

诗作背景

刘洙，是文天祥吉州同乡好友，自文勤王起，即随文抗元。文与元军谈判被扣，刘率军回乡。文逃回南方，刘又率军至汀州会合。刘能团结乡亲，共同抗元，是文助手之一。空坑之败，因病被俘，死难于隆兴。

词语注解

①王翰：王翰，字子羽，唐并州晋阳人，进士出身，曾任道州司马。卜邻，实为择邻，即选择邻人居住。

②嵇康：嵇康，字叔夜，三国时魏谯郡人。为魏国宗室之婿，官至中散大夫。为人多才艺，善养生、操琴，放荡不羁。入晋，对现实不满，与阮籍、山涛等人常作竹林游，人称“竹林七贤”。为求养生，品尝金石药物，多次涉生命险。后为司马氏统治者疑忌，遭到杀害。

诗义串释

将您比为王翰，企望卜邻而居，将您比为嵇康，多次遇险也没有死去。月亮西沉，映照我的屋梁，悲哀的风声随着对您的思念而起。

孙㮚　　第一百二十一

宣教郎、带行监官告院、知吉州龙泉县孙㮚，予长妹夫也。予引兵出赣，其邑人奉㮚，以邑返正。寻为亲党所陷，遇害于隆兴。哀哉！

故人有孙宰，　义均骨肉地。
《彭衙行》　《钱裴二端公》
连为粪土丛①，　挥手洒衰泪。
《往在》　《别建封》

诗作背景

孙㮚，文天祥大妹的丈夫。原在吉州龙泉县为官，在元军进攻形势下，有人向元军举报，在隆兴遇害。

词语注解

①粪土丛：唐诗记安史之乱中皇族被辱有句："昔有匣中玉，今为粪土丛"。指同受迫害。

诗义串释

老朋友孙㮚是一位家乡的地方官，我和他的义气，即使骨肉一般的田地也可均等分摊。虽被人看作连结的"粪土堆"，思念他，挥手无措，衰泪涟涟。

彭司令震龙　　第一百二十二

宣教郎、带行大社令、知吉州永新县彭震龙，予次妹夫也。性跌宕，喜功名。起兵随勤王。及归，郡邑已陷，乃结湖南诸峒豪杰谋兴复。余出江西，即以县返正。虏遣军攻之，其亲党内应，被执，遇害于郡城。哀哉！

堂上会亲戚，可怜马上郎。
《送李校书》　　《白马》
呻吟更流血，干戈浩茫茫。
《北征》　　《南池》

诗作背景

彭震龙，文天祥二妹的丈夫。称之司令，是因他带行过大社之令。他曾随文天祥起兵勤王，文谈判被扣，彭返乡，又结交湖南少数民族抗元。文率兵至江西，恢复了他所在的永新县，元军进攻，经有人举报，被杀。

诗义串释

我们是血缘关系的亲眷，我更爱你是一位马上将军。听说你的流血牺牲，这是战乱时代并不意外的音信。

萧从事焘夫　　第一百二十三

从事郎萧焘夫，永新人。工诗与字，从予山中久。其兄敬夫，诗尤豪俊，亦尝客吾门。焘夫从勤王，得官。及归，赞彭司令收复乡邑，规以正道。予至兴国，诣府白事，意气慷慨。邑城陷，兄弟俱不免。哀哉！

洒翰银勾连，翩跹山颠鹤。
《陈拾遗故宅》《西阁曝日》
惨淡斗龙蛇，及兹叹冥漠。
《喜晴》　　　《青阳峡》

诗作背景

肖焘夫，从事是他的职务名，永新人。曾与其兄敬夫一起随文天祥作门客。文勤王时，焘夫相随，后返乡，与彭震龙一起抗元。文率兵回江西，曾去军中见过文。后来，元军占领永新，兄弟皆被杀。

诗义串释

挥洒书翰像银钩互相勾连，身姿翩跹似挺立山颠的仙鹤。惨淡经营敢于和龙蛇作殊死的斗争，敌强我弱令人深自慨叹地走向冥漠。

萧架阁　　第一百二十四

督干架阁监军萧明哲，字元甫，吉州贡士。性刚毅，遇事有胆气，明于大节。予至汀梅，来从督府幕。及出江西，监赣县义兵，收复万安县，寻复龙泉。行府败，元甫入野陂，连结诸寨拒虏，被执，死于洪。哀哉！

诸生旧短褐，张目视寇仇。
《桥陵》　　　《送韦评事》
高义终焉在，白骨更何忧。
《送王信州》《得弟观书》

诗作背景

萧架阁，名明哲，号元甫，架阁为其官职名。也是文天祥同乡，吉州人。文到汀州、梅州时，他到文天祥的督府当幕僚。文回到江西，他曾率领赣县义兵，收复万安、龙泉县。文在江西失败，他曾联系少数民族抗元，后来被捕，死难。

诗义串释

虽是一位书生，却穿着劳动人的短衫，对入侵者总是瞪着一双大眼。一生始终坚持崇高的正义，死后也不会忘记生前的忧患。

陈督干　　第一百二十五

督干监军陈子敬，赣人，以资力雄乡里。旧从予游。行府至汀，子敬招集义兵，置屯皂口，以据赣下流，遏虏船往来。及行府攻赣，子敬行其谋，功效甚著。行府败，举兵黄塘，连结山寨不降。重兵袭溃，不闻所终。哀哉！

挺身艰难际，虎穴连里闾。
《送韦评事》　《课伐木》
高天意凄恻，同尽随丘墟。
《送韦讽》　《谒文公上方》

诗作背景

陈督干，名子敬，督干是他的职务。江西人，战争之前便和文天祥熟悉。文到汀州，陈即招集义兵，驻扎皂口，控制起赣江下游，阻断元军交通。文带兵回江西，他这样做，产生明显的效果。文在江西失败后，陈联系少数民族抗元，被元军击溃后，不知所终。

诗义串释

艰难的时刻挺身而出，家居挨着虎穴也无所畏惧。上苍对英雄充满同情，让他永远长眠在家乡的丘墟。

陈少卿　　第一百二十六

带行太府少卿、福建提刑、督府参议官陈龙复，泉州老儒，号清陂先生。丙辰登科，沈厚朴茂，有前辈风流。平生所历州县，皆以清俭著名。余开府南剑，辟入幕，老成重一府。寻遣往漳、潮计事。行府自江南再入广，先生聚兵循梅来会。后分司潮阳，应接诸路，四方豪杰，翕然响应，积粮治兵，行府由是趋潮阳。及移屯，为虏所追袭，先生遂不免。时年七十三。哀哉！

卿月①升金掌②，老气横九州。
《江陵送马大卿》　《送韦评事》
前辈复谁纪？　吾道长悠悠。
《李公邕》　《发秦州》

诗作背景

陈少卿，即陈龙复，福建泉州人，是一位上了年纪的读书人，考中过科举，号清陂先生。文天祥在南剑州开府，他曾在文处做过幕僚，后来被派往漳州、潮州。文从江西再次回广东，他又到梅州见文，联系各地义兵，筹备军粮供应，做得很好。后来在潮阳一带被元军追袭时，老先生以七十三岁高龄，遭到了死难。

词语注解

①卿月：皇帝内廷执事的高官被称卿士，这些卿士分管各项事务是

以月计时的，几个月轮换，几个月休息，故称卿月。

②金掌：古时官吏被调入皇帝内廷，有希望得到升迁，又将掌更大权力，通常称为内擢。这种内擢又称金掌。

诗义串释

您被国家重用，有了“金掌”的身份，真可称为老气纵横九州。遗憾是：记得前辈，给予拔擢的人已经很少，朝廷中的正气增长得慢慢悠悠。

邹处置（一）　　第一百二十七

兵部侍郎、江东西处置副使、督府参赞军事邹沨，字凤叔，吉水人。慷慨有大志，以豪侠行台郡间。从予勤王，补武资至将军。景炎换文，以寺丞领江西招谕副使，聚兵宁都，气势甚盛。宁都被执，变姓名为卜者，虏不知其为招谕使也。入赣城得脱，寻聚兵永丰、兴国间，行府奏授江西安抚副使，统兵数万，攻兴国县。寻会行府，至县返正，别军复永丰，进授江东西处置副使，屯兵永丰境上。以乌合，一日而溃。行府失助，于是有空坑之败。哀哉！

东郊暗长战，　死地脱斯须。
《吴侍御江上宅》　《将适江陵》
庾公兴不浅[①]，　居然屈壮图[②]。
《张九龄》　《别苏徯》

诗作背景

邹处置，即邹沨，处置为其职务，吉水人。文天祥勤王，从而得武职至将军。景炎年号以后，封江西招谕副使。在宁都聚兵抗元，有几万人，气势很盛。曾被元军俘获，变姓名伪称算命先生得以脱身。攻复兴国、永丰等县，失败后南去广东。文天祥被俘后，邹处置在元军追击下，自杀身亡。

词语注解

①庾公兴不浅：《晋书》：庾亮镇守武昌，与佐吏共登南楼。亮至，诸吏避。亮曰：诸君且住，老子于此，兴复不浅。

②屈壮图：《陆机集》有句："雄心摧于弱情，壮图终于衰志。"

诗义串释

城东没有攻守，但经过暗战的争拗，没有生机的死地，脱离开是为上好。虽然有庾亮那样的生活兴致，在强敌高压下，壮图终于付诸飘渺。

邹处置（二）　　第一百二十八

行府再入广，奏以公充都督府分司，置司永丰、兴国间，接应江淮。虏自隆兴遣大兵攻袭，公万死一生，备经艰难，竟得脱。引江西兵入广，会行府于潮阳。及移屯，公为殿，事出不虞，虏至麾下，火急自刭，扶入南岭，逾十日死。是行，公所将皆江西头目。以取行府为名，使行府入江西，十万众立办，天之未启中兴也，奈何！公有子甚俊，先卒。家人散失无余，公尝谓予，欲立富田邹氏子为嗣，不果，至是绝。哀哉！

方当节钺用[①]，不返旧征魂。
《柏中丞除官制》　《东楼》
凄凉馀部曲，　发声为尔吞。
《送郭中丞》　《别李义》

词语注解

①方当节钺用：意为应当授之旌节，给予重用。

诗义串释

本来应当对你表彰并给予重用，可惜已经不能唤回你的灵魂。你的部属感到无比的凄凉，想对你表示慰藉，难过得把声音咽吞。

刘监簿（一）　　第一百二十九

宣教郎、带行军器监簿、督府机宜刘子俊，字民章，吾乡之杰也。尝领漕贡。余开督兴国，民章来计事。行府败，民章收散兵于洞源，接应诸郡县。寻引军入广，道遇虏，溃亡。未几，再招集，与邹处置同诣行府，会于潮阳。越二十日，而行府败。民章被执，莫知所终。哀哉！

艰难奋长戟，高义薄曾云。
《潼关吏》　　《彭衙行》
死为殊方鬼，三夜频梦君。
《客堂》　　《梦李白》

诗作背景

刘监簿，即刘子俊，监簿为其职务。庐陵人，与文天祥家居相距甚近，幼年时，二人关系友善。文天祥抗元回到兴国，他曾参与赞助机宜。空坑兵败后，率兵南下广东，又败。收集兵力后，与邹沨同去潮州。文天祥受到袭击，刘子俊被俘，自称文天祥。不久，文亦被俘，二人互争为文，元军辨认真假以后，刘子俊被杀。

诗义串释

为抵抗敌人，艰难地挺起戈矛，义气直冲天上的层云。不信你战死沙场，一连三天夜晚，我都梦见你的英魂。

刘监簿（二）　第一百三十

秀气冲星斗，壮笔过飞泉。
《赠李八丈》　《李十五丈》
旧游易磨灭，魂伤山寂然。
《汝阳王琎》　《妻子入蜀》

诗义串释

你灵秀的气概直冲天上的星斗，你雄浑的笔触像飞泉跃过山峦。可宝贵的昔日交游永难忘记，我魂丧情牵地怀念你，大山也感动得寂然无言。

萧　资　第一百三十一

阁门路铃萧资，本书吏也。少年给使令，稍长通文墨，圆机善处事。性和厚，上下信爱。予家先避地入广，资于患难中扶持尽力。及行府江西之败，卫护大夫人，全督府印，有功。后在兵间，调和诸将，应府中碎务，皆其领摄，腹心之良也。潮阳移屯，道遇虏，资以病体被害。哀哉！

主当风云会，谢尔从者劳。
《病柏》　《遣兴》

感恩义不小，魂独委蓬蒿。
《送卢侍御》　《送王砅》

诗作背景

萧资：又名肖资，是文天祥的部属，职务是书吏，即小秘书。文天祥一家避战乱去广东，肖帮助很大。后经历兵败，他护卫文夫人及家人，并保管文督府印信，一直到处理文家事务，对文忠心扶助，起很大作用。潮阳一战，肖患病被害。

诗义串释

主人参与了保卫国家的风云际会，感谢你随从我付出了劳辛。义薄云天，你对我作出了最大的帮助，病中被害，委身蓬蒿，无计安魂。

杜大卿浒（一）　第一百三十二

司农卿、广东提举、招讨副使、督府谋官杜浒，字贵卿，丞相立斋之侄也。性刚猛，为游侠京师。予北行，浒愿从，镇江之脱，浒之力也。匍匐淮甸，卫护艰虞，忠劳备尽。呜呼！可谓义士。

昔没贼中时，中夜间道归。
《送韦评事》　《后出塞》
辛苦救衰朽，微尔人尽非。
《遭田父泥饮》　《北征》

诗作背景

杜大卿浒，即杜浒，字贵卿，文因与杜曾共患难，相知甚深，爱称大卿。杜浒是曾在南宋任职丞相的杜範之姪，性格刚猛，气宇豪侠。德祐年初，朝廷号召勤王，他集合民兵四千人，参与文天祥守卫平江。后文到临安，他亦相从，有人派文去元营谈判，杜力争不可，为人驱逐。文被扣留，又遭强迫北行，杜挺身而出，愿随文去北。途中文得脱逃，实受杜浒帮助甚大。文南归后，杜又在文部署下，参与招兵聚财，与文失散重又相随。天祥至潮州，杜建议文去海上，文未接受，至遭被俘。杜以海舟进入厓山，兵败被俘。文在广州，曾见到杜浒，后杜忧愤逝世。可参阅《指南录》卷二《杜架阁二首》《脱京》《出真州十三首》《至扬州二十首》诸诗。

诗义串释

当我被敌方扣留的时候，竟然幸运地得到深夜逃亡。是你千辛万苦把我从苦难中救出，没有你，我早就不是现在的模样。

杜大卿浒（二）　　第一百三十三

浒从予南还，佐府南剑。寻遣往台、温，招集兵财。福安陷，相失，浒趋行朝，久之，奉朝命至行府。值江西之败，又与跋涉艰难者年余。及行府移屯潮阳，浒护海舟。寻趋厓山，与行府遂隔。及厓山溃，浒并陷焉。余至五羊，浒来见，病无复人形。在虏网罗中，无所容力，寻闻死焉。哀哉！

高随海上槎，子岂无扁舟。
《夜宴》　　《寄薛郎中》
白日照执袂，埋骨已经秋。
《送樊侍御》　　《破船》

诗义串释

你曾想象借着高远的月光，攀登海上的航船，其实回归南方我们并不缺少船舟。还记得我们告别，你的上衣正映照一片阳光，你离开人世却已经过去了一个春秋。

徐　榛　　第一百三十四

（诗原阙）

正将徐榛，温州人。其父官湖北，榛往省，迷失道，归行府。后生精练，以笔札典机密，小心可信。予被执，榛得脱，自惠州来五羊，愿从北行。扶持患难，备殚忠款。道病，至丰城死焉。

徐榛：浙江温州人，其父在湖北任官职，去父处探望，遇上文天祥勤王，参加文抗元军。文天祥在潮阳被俘，徐已脱逃，又从惠州赴广州，志愿随文北行，一路对文悉心照顾，忠心耿耿。船至隆兴病逝。

林检院琦　　第一百三十五

宣教郎督机检院林琦，闽士。余屯余杭时，琦结集赭山忠义，捍御海道，得官。及南剑开府，琦来，外有文采，内甚忠实，数随患难，劳而不怨。及行府潮阳之败，琦不能脱。虏屯惠境，逃去，寻又被获。虏遇不以礼，至建康病死。虏自谓琦不肯自爱，如于沿道浸水，务自残灭之类。琦可谓不降其志者矣。哀哉！

时危抱佳士，惨淡随回鹘。
《贻华阳柳少府》　《北征》
佯狂真可哀，死泪终映睫。
《不见》　《李光弼》

诗作背景

林检院琦，即林琦，检院为其职称，福建人。德祐二年元军迫近临安，林集结数千人保护海道交通，立了功。文天祥在南剑招兵抗元，林琦参加作为幕僚。一直到潮阳，文被俘，林也被俘。林到惠州逃跑，又一次被俘。在建康，林忧愤而死。

诗义串释

危急时刻需要更多优秀的人物帮助，他敢于和山区的少数民族抗元合作。对敌周旋，他佯狂发疯，死后眼中的泪珠映亮了眼睫。

曾先生　　第一百三十六

秀峰曾先生凤，予师也。太学释褐，累迁监丞。会京师乱，走衢、衢寻陷。及景炎登极，衢添倅萧雷龙，首倡返正。先生自衢来剑，随行府之汀。丁丑春，以梅州添差通判，将行，会行府移屯，先生挈家，避地于汀之乡落。六月，以病死。其子三贵自吉来奔丧，不能返丧。幸其一家归至瑞金，三贵复病死于道，先生妻亦卒，惟女在，不知所之。先生遭值虏难，以清文粹德，一不施于世，流落以死，家乃俱丧。哀哉！

江海日凄凉，　贤圣尽萧索。
《遣兴》　　《西关》
西河共风味[1]，　顾步涕横落。
《衡山县学》　《郭代公故宅》

诗作背景

曾先生，是文天祥的老师，名曾凤。曾在太学当官员，临安战乱，避至衢州。文天祥到南剑开府，曾到南剑，还随文去了汀州，在汀州乡下避战乱时病逝。其儿子三贵来汀奔丧，归途中在瑞金逝世。

词语注解

①西河共风味：西河，指山西省古河东郡黄河西岸地，靠近龙门。春秋时，孔子弟子子夏曾在此地授徒，并为魏文侯师。后世颇有文名，有学者称："企怀风味，镜心象迹。"

诗义串释

从长江到东海，一天比一天凄凉，圣贤人物更是萧索到了极限。您仍然按照古传师道教导学生，看见您走路的姿态，感动得泪落胸前。

邓礼部　　第一百三十七

光荐，字中甫，予郡人。自虏度岭，及广陷，避地深山。适强寇至，妻子儿女等匿暗室，寇无所睹，焚其居，十二口同时死。中甫随驾至厓山，除礼部侍郎。己卯春，除学士院权直。未数日，虏至，厓山溃，中甫赴海，虏舟拔出之，张元帅待以客礼。与余俱出岭，别于建康。呜呼！中甫祸难之惨不减予，而独免北行，幸而脱归。为管宁，为陶潜，不亦善乎！

南宫①吾故人，才名三十年。
《别长诚》　《问郑景文》
江城秋日落，　此别意苍然。
《赠侍郎四舅》　《送韦书记》

诗作背景

邓礼部，即邓光荐，是文天祥的同乡。元军攻厓山时被俘。为押解文天祥自广州北去途中安全，元军遣邓同路北行，至金陵后，邓因病获释。在《指南后录》卷一上中，有《和中甫端午韵不依次》《又呈中斋》《又》《和中斋过吉作》《再和》《和友人》《怀中甫》及《南康军和东坡酹江月》词等多篇诗词可资参考。

词语注解

①南宫：原为星宿名。汉代起，多以此称尚书令官员，后更可称礼部官员。此处称南宫，因邓曾任礼部侍郎。

诗义串释

这是我幼年时的同乡故旧，他负有才名，已经三十个春秋。在这江城秋天日落的时刻，我们互相告别，心绪茫茫，不顾忧愁。

家枢密铉翁　　第一百三十八

则堂先生家铉翁，蜀名家，有学问，举动必以礼，朝中老成典刑也。当国都不守，先生签书枢密，见虏持正议。左丞相吴坚，右丞相贾余庆，以省札遍告天下，令以城归附。先生不押字，虏自省中胁以无礼，公不为动，竟未如之何。后以祈请使为名，群诣北庭，既至，上书申祈请之议。忤北庭意，留燕邸，已而移渔阳，又移河间。如我朝羁置特官，给饮食而已。余过河间，得一二相见。先生风采，非复宿昔，而忠贞俨然。使人望而知敬。呜呼！其可谓正人矣。

出处同世网，高谊迈等伦。
《郑公虔》　《别蔡著作》
异方惊会面，慰此真良臣。
《送韦别驾》　《寄唐使君》

诗作背景

家枢密铉翁，家铉翁，枢密为其职务。四川人，为人正直，在国家危难中，忠贞不二，文天祥誉为“正人”。其事可参阅《指南录》卷一《则堂二首》，卷三之《思则堂先生》，《指南后录》卷二《河间三首》等诗，及其注释。

诗义串释

我们一起出身在皇家的朝房，崇高的友谊远超通常的交往。经过乱离，在遥远的异地又得幸会，深感慰藉，国家还有这样的忠良。

坟墓　　第一百三十九

予甲戌春，自衡阳宪节归，赴赣州省拜坟墓。及乙亥五月，奔祖母丧。至门，以起复。六月望日，出从戎事，与宗族乡党永诀云。

别离已五年，不及祖父茔。
《赠苏四徯》　《后园山脚》
霜露晚凄凄，痛哭松风回。
《出郭》　　《北征》

诗义串释

已经有整整五个年头，我没有祭拜祖、父的坟茔。严霜、寒露增加了每个夜晚的凄凉，我只能遥望坟茔痛哭，伴着悲哀的松风。

宗　族　　　第一百四十

西江接锦城[①]，　山阴[②]一茅宇。
《送李肃》　　　《遣兴》

宗族忍相遗，　　乾坤此深阻。
《送崔都水》　　《宿清溪驿》

词语注解

①锦城：又称锦官城。即成都。

②山阴：又古称会稽。即今绍兴市。

诗义串释

我的家族据说来自四川的锦城，再往前述，先辈曾住过古会稽的茅屋。源远流长，绵延至今，天地间空间很大，人类从来不惧险阻。

母　　　第一百四十一

先母齐魏国太夫人，盖自虏难后，弟璧奉侍赴惠州，弟璋从焉。已而之广、之循、之梅。余来梅州，母子兄弟始相见。既而鱼轩出江西，寻复入广。夫人游二子间，无适无莫，虽兵革纷扰，处之怡然。戊寅，行府驻船澳，弟璧仍知惠州，弟璋复在侍夫人药。八月，两国之命下，时已得疾。九月七日寅时，薨逝，弟璧卜地于惠、循之深山间。不肖孤已矣！未有返葬夫人期。不知二弟何时毕此大事？身陷万里缧绁中，岁时南望呜咽云。

何时太夫人，上天回哀眷。
《送李校书》　　《大雨》

墓久狐兔邻，呜呼泪如霰。
《送汝阳王琎》　《白马》

诗作背景

文天祥的母亲曾太夫人，名曾德慈，是吉州泰和县梅溪人。为了孩子读书，延师教学，卖掉自己的首饰。文天祥起兵抗元，她支持儿子毁家纾难，曾受南宋朝廷封为齐魏国夫人。自元人进攻后，天祥弟文璧即接母亲到了广东惠州。然后，在两年之后，即景炎三年（1277年）三月才在梅州与文天祥相聚过一次。这次全家相聚，相会有文与母外，还有文的夫人欧阳夫人，文的两位如夫人颜氏和黄氏，文的两个儿子，道生和佛生，四个女儿，柳娘、环娘、监娘、奉娘，还有文的两个弟弟，文璧和文璋。除了文的另外两个女儿，长女定娘，幼女寿娘，已病死于惠州外，全家人在战乱中难得的聚会一处。相聚后不久，九月七日，曾太夫人病逝，文璧暂葬母在惠州，尚未归葬故土。

诗义串释

我的母亲曾经受到封赏，在外敌入侵的非常时刻，得到国家的眷顾。老人的墓修成很久，怕已与狐兔为邻，想到这些，泪飞如霰，呜乎呜乎。

舅　第一百四十二

予以楚囚过西昌，闻舅家杌陧。自是南望孤云，每念我母，不胜渭阳之情。

萱草①秋已死，　岁暮有严霜。
《从孙济》　《北游》
落日渭阳②情，　涕泪溅我裳。
《送翁统军》　《贻华阳柳少府》

诗作背景

文天祥有舅二人，大者名曾棐，小者名曾椠，为泰和梅溪人。文与母感情至深，对舅氏十分敬爱。诗序说明，文被囚北行，过泰和时，听说舅家很不安定。元军统治下，不安全是必然的。他思念去世的母亲，自然也产生了对舅舅的牵挂。渭阳情指甥舅之间的亲情。

词语注解

①萱草：又名鹿葱，忘忧，金针花。有指母亲的含义，古时惯例母居北堂，例种萱草，故称母为萱堂。

②渭阳：指舅氏。《诗经·秦风·渭阳》：我送舅氏，日至渭阳。

诗义串释

美好的萱草，秋天已经枯死，岁暮将至，还有凛冽的寒霜。太阳西沉，我记挂着舅舅的安危，涕泪交流，沾湿了衣裳。

妻　　第一百四十三

丁丑八月十七日，空坑之败，夫人欧阳氏、女柳娘、环娘、子佛生、环之生母颜、佛之生母黄，并陷失。寻闻自隆兴北行，惟佛生已死。人世祸难，有如此者。哀哉！

结发为妻子，仓皇避乱兵。
《新婚别》　《破船》
生离与死别，回首泪纵横。
《别贺兰銛》《示宗文宗武》

诗作背景

妻，即文天祥的夫人欧阳夫人，庐陵永和镇人，出身读书世家，贤惠善良。在抗元战争中，跟随丈夫东奔西逃，历经艰险，绝无愠色。景炎二年八月，在空坑被元兵追击兵败，欧阳夫人，文的如夫人颜氏、黄氏，子佛生，女柳娘、环娘，被元军所俘。欧阳夫人与柳、环二女，被送至燕京元人宫廷劳役。

诗义串释

结发以来，夫妻间有着大海般的深情，从未想过，还要逃避入寇的乱兵。我们经历了千难万险、生离死别，回顾舛途，怎能不老泪纵横。

二　女　　第一百四十四

床前两小女，各在天一涯。
《北征》　《送高书记》
所愧为人父，风物长年悲。
《赴奉先县》《送杨监入蜀》

诗作背景

二女，指柳娘与环娘。

诗义串释

床前嬉戏的两个娇女，已不知被战乱隔绝在天涯的何方。我愧为人父，无力保护女儿，蹉跎终年，忍受着无法忍受的悲伤。

次　子　　第一百四十五

渥洼骐骥儿，众中见毛骨。
《送李校书》　《送魏六丈》
别来忽三载，残害为异物。
《四松》　《北征》

诗作背景

次子，指佛生。

诗义串释

小儿子像新生的马驹，受人关注，马驹幼小，却显出超然的毛骨。和儿子离开三个年头，战争，这个遭人诅咒的恶魔，竟将幼小的生命吞没。

妻　子（一）　　第一百四十六

妻子隔绝久，飘飖若埃尘。
《述怀》　《寄薛郎中》
漠漠世间黑，性命由他人。
《赠蜀僧》《怀台州郑司户》

诗作背景

妻子，连同下一首，指欧阳夫人和子、女。

诗义串释

我和妻子隔绝得已经很久，各自随风飘散，如同不能自主的埃尘。外敌入侵，人世变得冷漠、黑暗，我辈的生死，已经听凭他人。

妻　子（二）　　第一百四十七

世乱遭飘荡，飞藿共徘徊。
《羌村》　　《昔游》
十口隔风雪，反畏消息来。
《赴奉先县咏怀》　《述怀》

诗义串释

外敌入侵，夫妻遭受飘荡的命运，如同野草的种子，飞散在海角天涯。暴风雪把一家十口强行吹散，畏惧噩耗，反而害怕家人的消息传来。

长　妹　　第一百四十八

余长妹适孙氏，不幸孙氏倾覆，家没入燕。妹奉孙氏生母，携子肖翁、约翁及一女，零丁孤苦，客食万里。妹虽患难中，侍养抚教，各尽其所，可谓贤矣。哀哉！

近闻韦氏妹，　零落[①]依草木。
《元日》　　《佳人》
深负鹡鸰诗[②]，　临风欲痛哭。
《得舍弟消息》　《阆州东楼》

诗作背景

长妹，指文天祥的大妹懿孙。懿孙嫁龙泉县孙㮚，孙因抗元被杀，家产被没收。懿孙及婆母、子肖翁、约翁及一女，均被罪送燕京。后受家铉翁资助赎出，由文璧携之回南。

词语注解

①零落：草衰称零。木衰曰落。

②鹡鸰诗：见《诗经·小雅·常棣》："鹡鸰在原，兄弟急难。"

诗义串释

听说嫁到夫家的长妹，家庭像秋风下的草木遭到零落。兄妹间无计救助，深有惭愧，想起来痛苦无泪、心如刀割。

长子　　第一百四十九

予二子，长曰道生，姿性可教，不幸乱离，随家飘泊。空坑之败，能脱身自全。钟爱于太夫人，以疾，后太夫人六十日，死于惠阳郡治中，生十三年矣。哀哉！

大儿聪明到，青岁已摧颓。
《刘少府山水障》　《昔游》
回风吹独树，吾宁舍一哀。
《樊侍御》《赴奉先县咏怀》

诗作背景

长子，即道生。在曾太夫人逝世后两个月，也因病死于广东惠阳。道生死时，已十三岁。

诗义串释

大儿子非常聪明，少年时代便受到摧残。回旋的风吹折独立的树，作为父亲，我只能深切悲叹，眼泪潸潸。

二　女　　第一百五十

予六女：长定娘，次柳娘，次环娘，次监娘，次奉娘，次寿娘。丙子，定娘、寿娘以病死于河源之三角。丁丑，柳娘、环娘陷。惟监娘、奉娘得存。戊寅，潮阳之败，复死乱兵中。哀哉！

痴女饥咬我，郁没一悲魂。
《彭衙行》　《遣怀》
不得收骨肉，痛哭苍烟根。
《佳人》　《送樊侍御》

诗作背景

据诗前小序解释：文天祥共有六女，按年龄次序：长女定娘，次柳娘，次环娘，次监娘，次奉娘，再次寿娘。德祐二年（景炎元年），定娘、寿娘病死于广东惠阳。柳娘、环娘，在空坑为元军俘去。到祥兴元年，潮阳失败，文天祥被俘时，监娘、奉娘又死于乱军之中。这里“二女”是指监娘和奉娘。

诗义串释

傻女儿小时候饥饿了只知咬人，战争中离开人世值得悲叹。孩子死了，连骨肉也无法收殓，痛哭中，深恨敌寇入侵燃起的狼烟。

弟（一）　　第一百五十一

余二弟：长璧、次璋。璋自船澳奉母丧趋惠州别；璧来五羊别。自是骨肉因缘，堕寥廓矣。哀哉！

兄弟分离苦，凄凉忆去年。
《送弟频颖》　《倚仗》

何以有羽翼，飞去堕尔前。
《梦李白》　　《彭衙行》

诗作背景

自此首起，至“弟第一百五十四”共四首，均写其弟。文天祥有弟二人，一名文璧，一名文璋。文在小序中说明：与文璋相别，是母亲去世时，在惠州；与文璧相别，是在广州北行前，文璧曾到广州送别。

诗义串释

嫡亲兄弟分离开，十分痛苦，去年和二弟、三弟离别更是凄凉。幻想生出坚硬的翅膀，高飞青空，坠落在你们的身旁。

弟（二）　　第一百五十二

棣华晴雨好，风急手足寒。
《和宋太少府》　　《水会渡》
百战今谁在，羁栖见汝难。
《忆弟》　　《寄弟》

诗义串释

棠棣之花无论晴雨一样美好，疾风暴雪，让手足同受酷寒。经历多次抵抗敌人的苦斗，谁还健在？出生入死，才更知你们的艰难。

弟（三）　　第一百五十三

沙晚鹡鸰寒，风吹紫荆树。
《寄弟丰》　《得弟消息》
忍泪独含情，江湖春欲暮。
《郭中丞》　《宴胡侍郎》

诗义串释

沙洲夜晚，鹡鸰相拥抵抗寒冷，劲风狂吹，鹡鸰牵手驻足紫荆。忍住眼泪，深情关注着兄弟，南国的春天即将远行。

弟（四）　　第一百五十四

不见江东弟，急难心惘然。
《元日示宗武》　《义鹘》
念君经世乱，卧病海云边。
《送班司马入京》　《所思》

诗义串释

久矣不见客居江东的兄弟，他肯定遭遇苦厄，令人惘然。祈望他逃过劫难，且卧病将息，在海天的一边。

次　妹　　第一百五十五

予次妹自永新归宁，不与彭氏之难。乱离中，随母两国夫人上下，自船澳奉丧趋惠阳。兄妹不复见矣。哀哉！

天际伤愁别，江山憔悴人。
《出郊》　　《送孟仓曹》
团圆思弟妹，传语故乡春。
《又示两儿》　《赠别何邕》

诗作背景

次妹，指文的二妹淑孙。淑孙嫁永新县彭应龙。在战乱中，她一直在曾太夫人身边。文天祥在小序中说，与淑孙妹相别，是在惠阳奔母丧时，以后即未再见。

诗义串释

在遥远的天涯，最让人痛苦的是亲人离别，山河和人民都憔悴得无法辨认。多么企望和弟、妹们重新团聚呵，那将是喜归故乡、迎来新春。

思故乡（一）　　第一百五十六

自一百五十六，至一百六十二，共七首，皆思故乡怀故山之情。余始创文山，其间水石竹木，萧然有辋川盘谷之趣，盖将终焉。承平时，乡曲宾朋，日夕宴聚，乐以忘忧，真人世之清福。今思之，非惟平生故人，半为尘土，而故乡万里，并隔世外，惟死则魂识归吾故乡耳。哀哉！

天地西江远，无家问死生。
《送崔侍郎》　《忆舍弟》
凉风起天末，万里故乡情。
《忆李白》　《江楼夜宴》

诗义串释

我的家乡是天地间偏远的西江，没有家，也无须再问死生。凉风从遥远的天末吹来，身在万里之外，依然怀着思念故乡的深情。

思故乡（二）　　第一百五十七

江汉故人少，东西消息稀。
《赠弟赟善》　　《忆弟》
异花开绝域，野风吹征衣。
《游何将军山林》《别赞上人》

诗义串释

江汉一带地方老朋友很少，寂寥中难把任何信息听到。像孤零零的花朵开放在险绝的地方，旷野的飙风吹得我的衣衫飘飘摇摇。

思故乡（三）　　第一百五十八

老夫悲华年，天涯故人少。
《听杨氏歌》　　《送弟》
每望东南云，决眦入归鸟。
《遣兴》　　《望岳》

诗义串释

年龄老大不免悲痛失去的年华，更难堪人在天涯，故人很少。望着东南方的云霓都觉得亲切，凝视中远远看见归巢的飞鸟。

思故乡（四）　　第一百五十九

人生无家别，亲故伤老丑。
《无家别》　《述怀》
剪纸招我魂，何时一樽酒。
《彭衙行》　《忆李白》

诗义串释

人已活到无家可以告别，亲戚故旧一定衰老而且丑陋。即使自己剪纸为自己招魂，也难预料什么时候供上祭奠自己的旨酒。

思故乡（五）　　第一百六十

春水满南国，惨淡故园烟。
《遣遇》　《陈拾遗故宅》
三年门巷空，永为邻里怜。
《遣兴》　《草》

诗义串释

春水想已弥漫了南国，故乡也会冒起来惨淡的炊烟。老家门巷空空已经三年，必将引起邻里们永远的悯怜。

思故乡（六）　　第一百六十一

迢迢万里余，绝域谁慰怀。
《前出塞》　《赠李五丈》

我圃日苍翠，回首望两崖。
《雨》　　　　《柴门》

诗义串释

距离家乡有万里之遥，在这举目无亲的异乡无人慰怀。家乡的园圃应当照旧苍翠，终生难忘故乡的山崖。

思故乡（七）　　第一百六十二

春日涨云岑，故园当北斗。
《过津口》　　　《月》
窈窕桃李花，纷披为谁秀？
《喜晴》　　　《九日》

诗义串释

云蒸霞蔚的美好春天，故乡家园恰恰坐落在北斗星的下面。桃李花开窈窕艳丽，不知何许人正在对美景欣赏、流连？

杂然写其本心（一）　　第一百六十三

自一百六十三，至一百九十一，共二十九首。杂然写其本心。

陶潜[①]避俗翁，庞公[②]竟独往。
《遣兴》　　　　《雨》
明明君臣契，　牢落[③]吾安放。
《牵牛织女》　　《郑公虔》

词语注解

①陶潜：即晋代之陶渊明。原为官，后不为五斗米折腰，辞官隐居。著述影响很大，有《桃花源记》《五柳先生传》等，并有诗集传世。

②庞公：据《淮南子》载："为江海之士，山谷之人，细万物而独往。"说明这也是一位隐士，研究多种东西都要直接独自观察。

③牢落：有荒廢意。

诗义串释

陶潜是一位逃避世俗的老者，庞公为认清事物，经常会亲自考察。君臣之间的关系非常明确，不能有所荒废，更不容有丝毫变化。

杂然写其本心（二）　第一百六十四

吴楚东南坼[1]，风云地一隅。
《登岳阳楼》　《地隅》
蹉跎暮容色，　不敢恨危途。
《重过何氏》　《北风》

词语注解

①坼：读若希。指裂开。

诗义串释

在国家吴楚一带地方，被撕裂开一条缝隙，狂风乌云汇聚在一隅。生活变得蹉跎难行，势同垂暮，无计逃脱面对的危机。

杂然写其本心（三）　　第一百六十五

风烟渺吴蜀，云帆转辽海。
《柴门》　　《后出塞》
丧乱纷嗷嗷，尚愧微躯在。
《遣遇》　　《与严二奉礼别》

诗义串释

战争的风烟弥漫了吴蜀，我也曾乘着帆船走过江、海。纷乱的形势让人叫苦，十分惭愧，我微弱的身躯依然健在。

杂然写其本心（四）　　第一百六十六

惊风翻河汉，鹑首[1]丽泥涂。
《有怀》　　《将适江陵》
吾衰将焉托，愁绝付摧枯[2]。
《遣怀》　　《北征》

词语注解

①鹑首：星宿名。南天朱鸟七星之第一、二两星，称鹑首。

②愁绝付摧枯：查杜诗，此句未见于《北征》。意为只能忧愁到枯萎才是了结。

诗义串释

突然刮起的疾风掀起天河的波涛，天上的星斗朱鸟照耀着泥泞的路途。我已衰老，将来后事托予谁人？忧愁无解，只能抛弃脑后，不去念顾。

杂然写其本心（五）　第一百六十七

阴风千里来，惊浪满吴楚。

《吴侍御江上宅》　《雨》

世事两茫茫，飘泊欲谁诉？

《赠卫八处士》　《又雨》

诗义串释

阴风自千里外刮来，吴楚一带地方到处是惊涛骇浪。世事迷茫，让人看不明白，飘泊无依，心中的苦楚向谁言讲？

杂然写其本心（六）　第一百六十八

平生方寸心，誓开玄冥北[1]。

《舟中苦热》　《后出塞》

岁暮日月疾，我叹黑头白。

《写怀》　《酬薛判官》

词语注解

①玄冥北：见《楚辞》："历玄冥以邪征。"《淮南子》："北方，水也，其帝颛顼，其佐玄冥。"泛指北方。

诗义串释

平生最关心的事不过在方寸之间，曾经誓言要为国收复玄冥以北的地区。岁月过去得飞快，转眼到了暮年，悲叹满头青丝吹满银白的飞絮。

杂然写其本心（七）　　第一百六十九

今吾抱何恨，恨无匡复姿。
《赠别》　　《送樊侍御》
含笑看吴钩，回首蛟龙池。
《后出塞》　　《咏怀》

诗义串释

我曾自问，终生有什么怨恨？最恨的是，自己少了匡复国家的才质。尽管我手举吴钩，从未消沉，与入侵者进行过殊死的搏击。

杂然写其本心（八）　　第一百七十

天长眺东南，衰谢多酸辛。
《郑公虔》　　《汝阳王琎》
丈夫誓许国，直笔在史臣。
《前出塞》　　《李公光弼》

诗义串释

面对浩渺长天，我经常眺望东南，深深感谢那里的人民，心里含满酸辛。我曾经发出誓言，献身国家，是否完成了志愿，要靠手秉直笔的史臣。

杂然写其本心（九）　　第一百七十一

天衢①阴峥嵘，岁寒心匪他。
《赴奉先县咏怀》《送严使君》

平生独往愿， 零落首阳阿[2]。
《立秋后题》 《过宋之问旧庄》

词语注解

①天衢：指天上的街道。

②首阳阿：首阳的山间。指殷商时，伯夷、叔齐不食周粟，饿死在首阳山。

诗义串释

高天阴沉，显得森严，心地安宁，无惧寒冷的冬天。我平生有志走自己的路，甘愿零落在首阳的山间。

杂然写其本心（十） 第一百七十二

济时肯杀身，惨淡苦士志。
《寄唐使君》 《送李大夫》
百年能几何？终古立忠义。
《别唐诚》 《陈拾遗故宅》

诗义串释

为了时势的需要，不惜牺牲生命，这就是过惯惨淡生活读书人的志向。人生百年算不上太久，只希冀在历史上留下堪称忠义的形象。

杂然写其本心（十一）　第一百七十三

绝域三冬暮，　垂老见飘零。
《送十七舅》　《送李大夫》
林气森喷薄，　意钟老柏青。
《过郭代公故宅》《送程录事还乡》

诗义串释

人到了绝境，又遇上冬天将尽的迟暮，垂垂老矣，只能承认日渐飘零。气象萧疏的森林依然有蓊郁身影，看，林中的老柏树枝桠坚挺、叶色青青。

杂然写其本心（十二）　第一百七十四

仰看八尺躯，不要悬黄金。
《别张建封》　《苏公源明》
青青岁寒后，乃知君子心。
《枯椶》　《张九龄》

诗义串释

仰望高天，挺立着昂扬的八尺之躯，腰间不需要黄金的腰带作为支撑。冬天严寒中依然有松柏长青，此时才可见真正君子的昭昭心迹。

杂然写其本心（十三）　第一百七十五

小人困驰骤，后生血气豪。
《九日》　《遣怀》

世事固堪论，我何随尔曹。
《园官送菜》　《飞仙阁》

诗义串释

小人遇到困难会驰驱攀缘，年轻人遭受不平血气冲天。世事固然应当分析、评论，我怎会追随某些人，贻笑人间。

杂然写其本心（十四）　第一百七十六

天地日蛙蝇，劳生苦奈何。
《张九龄》《饯嘉州程都督》
聊欲从此逝，人少豺虎多。
《送樊侍御》　《别唐诫》

诗义串释

天地之间，每一天都少不了蚊、蝇，加上不堪劳苦的生活，真是无可奈何。有时想从此告别人世，这个世界直正的人太少；而豺狼、猛虎太多。

杂然写其本心（十五）　第一百七十七

男儿生世间，　居然成濩落[①]。
《后出塞》　《赴奉先县》
鸾凤有铩翮[②]，　虹蜺就掌握[③]。
《寄唐使君》　《扬旗》

词语注解

①濩落：《庄子》：“瓠落无所容”。瓠，与濩读相通，落，零落。

②铩翮：指鸟类伤了翅膀。

③虹蜺就掌握：《羽猎赋》：“虹蜺为缘。缘，旗上系也”。此句指掌握了虹霓，即可使旗帜舒卷随人。

诗义串释

男儿生活在人世之间，竟然零落得不容于他人。就是凤凰也有失意的时候，如果执掌了旗帜，将使之飞舞入云。

杂然写其本心（十六）　第一百七十八

鸾凤不相待，　白鱼困密网。
《暇日小园》　《过津口》
但讶鹿皮翁[1]，　冥冥任所往。
《遣兴》　《薛少保画鹤》

词语注解

①鹿皮翁：见《列仙传》：古淄川人，可治理山泉利人，食芝草，饮泉水，为避世隐者。山水溢漫，下山治水常著鹿皮衣，故得此名。

诗义串释

我和妻子长期失散不知音讯，像被捕捉的白鱼困在密网。即使敦请仙人鹿皮翁代为寻找，任其所往，他也摸不到方向。

杂然写其本心（十七）　第一百七十九

威风高其翔，老鹤[①]万里心。
《晦日寻崔、李》　《遣兴》
脱略谁能驯，兀兀[②]遂至今。
《薛少保画鹤》　《赴奉先县》

词语注解

①老鹤：杜甫原诗指晋代嵇康。《世说新语》："人言嵇康如野鹤之在鸡群。" 此处应为文以老鹤自喻。

②兀兀：契阔。

诗义串释

颇有威严地在高天飞翔，老鹤具有观察万里的机心。他洒落不羁，谁能加以制服？机警、契阔，满不在乎地活到而今。

杂然写其本心（十八）　第一百八十

大寒霜雪繁，萧萧北风劲。
《赤谷》　《羌村》
高鸟黄云暮，斗上捩孤影[①]。
《送殷参军》　《义鹘》

词语注解

①斗上捩孤影：斗，非星斗。《蜀志·谯周传》有语："险阻斗绝"。指高、险，与今之"陡"字同义。捩，读若历，指盘旋。

诗义串释

天气寒冷，频繁地降下霜雪，萧萧长鸣的北风劲吹。高飞的孤鸟何惧天将垂暮，在险绝的天际自由地盘旋高飞。

杂然写其本心（十九）　第一百八十一

乾坤沸嗷嗷，名系朱鸟影。
《送王砯》　《张九龄》
寥落寸心违，斯文亦吾病。
《送何侍御》　《早发》

诗义串释

天地间像沸腾一样高鸣不平，万民心系南宫朱鸟的踪影。我内心是那样寥落、虚空，默默告别，讲求斯文，正是我患有的病证。

杂然写其本心（二十）　第一百八十二

儒冠多误身，识字用心苦。
《赠韦右丞》　《阮隐居》
斯文忧患余，郁郁流年度。
《宿凿石浦》　《雨》

诗义串释

戴上儒者的帽子，实在是自误自身，认字、读书要经过多少艰难。坚持斯文还要饱经忧患，只能怀着抑郁苦度流年。

杂然写其本心（二一）　第一百八十三

名贤慎出处，志士怀感伤。
《自施州归》　《赠李四丈》
犹残数行泪，引古惜兴亡。
《登牛头山》　《壮游》

诗义串释

出名的贤者讲自己的历史十分慎重，有理想的智者总是怀着感伤。我脸上常常残留泪痕，那是我关怀历史，有感于国家的兴亡。

杂然写其本心（二二）　第一百八十四

读书破万卷，许身亦何愚！
《赠韦右丞》《赴奉先县咏怀》
赤骥顿长缨，健儿胜腐儒。
《述古》　《草堂》

诗义串释

读书超过万卷之多，愚蠢地陷身在读书人的行列。红色的骏马可以驰骋千里，马上的健儿肯定在决斗中胜过腐朽的儒者。

杂然写其本心（二三）　第一百八十五

萧条四海内，慷慨有余悲。
《别唐诚》　《水槛》

路逢相识人，开怀无愧辞。
《前出塞》　　《咏怀》

诗义串释

举目看萧条的四海，慷慨之余难免有残存的悲哀。走上通衢，相识的人可能还有，但不会有愧悔的言辞，出自我良善的胸怀。

杂然写其本心（二四）　第一百八十六

高歌激宇宙，岁晚寸心违。
《衡山县学》　《赠韦赞善》
忠贞负冤恨，奸雄多是非。
《李公邕》　　《咏怀》

诗义串释

高唱一曲壮歌在宇宙间激荡，一年将尽，心胸之间并不觉得顺畅。怀着一颗忠贞的心，反尔背负冤恨，诡诈的奸雄手握着是是非非。

杂然写其本心（二五）　第一百八十七

丈夫四方志，丧乱饱经过。
《前出塞》　　《寓目》
清心听鸣镝，衰老强高歌。
《听许十诵诗》　《别唐诚》

诗义串释

大丈夫应当有应对四方的壮志，饱经战乱，不免有悲伤失落。静下心来且听一下鸣镝的呼啸，不顾衰老，还是想仰天高歌。

杂然写其本心（二六）　第一百八十八

茫然阮籍[1]途，益叹身世拙。
《早发射洪》　《北征》
零落蛟龙匣[2]，开视化为血。
《李公光弼》　《客从》

词语注解

①阮籍：三国时魏国尉氏人，曾任步兵校尉，人称阮步兵，颇多才艺，闻名于世。由于生活在魏、晋两朝交替世代，对现实多有不满，饮酒谈玄，忘情山水，成为当时“竹林七贤”之一。

②蛟龙匣：据《西京杂记》记载，汉代规定，皇室诸王获罪被赐死，均先予以一匣，称蛟龙匣，内装珠襦等物。据《霍光传》载，霍光被赐死，也先送了蛟龙匣，开了臣下也可以送匣的先例。

诗义串释

身不由己茫然地走上阮籍的道路，不能不深自叹息命运低劣。说不定我能“荣幸”的得到一具蛟龙盒，打开盒盖，里面装有象征斩杀的鲜血。

杂然写其本心（二七） 第一百八十九

天地有逆顺，　　惆然难久留。
《崔少府》　　　《发秦州》
当歌欲一放，　　河汉[1]声西流。
《晦日寻崔、李》　《登慈恩塔》

词语注解

①河汉：《广雅》："天河谓之天汉，亦曰河汉。"魏文帝诗："天汉回西流。"

诗义串释

人活在天地之间，总会有顺逆不同的境遇，心怀怅惘，深知难以在人世久留。多么想仰天高歌，吐一吐心中的郁闷，让歌声顺着高高的天河涌流。

杂然写其本心（二八） 第一百九十

万古一死生，　　谁是长年者？
《咏怀》　　　　《玉华宫》
我何良嗟叹，　　短褐即长夜[1]。
《盐井》　　　　《遣兴》

词语注解

①短褐即长夜：这一诗句选自杜甫《遣兴》："吾怜孟浩然，短褐即长夜。"孟浩然，唐代著名诗人，隐居鹿门山，以诗自娱，年四十，游京师，应进士试不第，还襄阳卒于家。短褐，是古代平民所穿之粗布短衣。这句诗的含义，是说虽是著名诗人，但未改平民身份，仍穿平民

粗布短衣离开人世、进入长夜。

诗义串释

万古以来人总要过生死的关隘，没有一个人是真正长生不老的神仙。无须怨尤，也不要嗟叹，正如孟浩然短衣长逝，命运使然。

杂然写其本心（二九） 第一百九十一

高官何足论，寂寞身后事。
《佳人》 《梦李白》
物理固自然，愿闻第一义。
《盐井》 《谒文公上方》

诗义串释

对于某些高官没有什么评论，离开人世我宁愿默默无言。事物的规律，重要的在于自然。什么是人生的第一要义？我很想听一听诸位的高见。

叹世道（一） 第一百九十二

自一百九十二起，至二百，泛然为世道感叹。

古来遭丧乱，丈夫多英雄。
《西阁曝日》 《牵牛织女》
悠悠委薄俗，岂非吾道东[1]？
《入衡州》 《赠苏四》

词语注解

①岂非吾道东："吾道东"，原出于东汉之马融、郑玄。郑玄就学于马融门下，玄辞融归，融喟叹谓人曰："吾道东矣"。这句话是指郑玄将会以所学流传于关东。杜甫用这一典故写成诗句："岂非吾道东"。文天祥录用这句诗，意谓"这不就是现实生活中的吾道东吗?"特别感人的是，文用这一典故讲宋人夫妇抗元，是极为深刻有创造性的认识。

诗义串释

自古以来国家遭到祸乱，一些妇女随从丈夫成了英雄。这种现象，已变成人们熟知的风俗，好啊，这岂不是为国死难的"大道"，得到众多人士的遵从?

叹世道（二）　　第一百九十三

蝮蛇暮偃蹇[①]，猛虎凭其威。
《简崔评事》　　《遣兴》
真宰意茫茫，　六合人烟稀。
《遣兴》　　《北风》

词语注解

①偃蹇：高耸，灵活义。

诗义串释

天将黑，蝮蛇开始活跃；没有对手，猛虎凭着威势横行。主宰世界的神灵意气迷茫，天地间只能人烟稀少，四望空空。

叹世道（三）　第一百九十四

黎民困逆节，残孽驻艰虞。
《登瀼上堂》　《过南岳》
孰云网恢恢，自及枭獍徒[①]。
《梦李白》　《草堂》

词语注解

①枭獍徒：枭，恶鸟，食母。獍，恶兽，食父。

诗义串释

黎民百姓在入侵者进攻下面临困境，也有一些败类在艰难中反得幸存。古语说，天意如有网罗，坏人总有报应，枭獍之徒终将得到应有的教训。

叹世道（四）　第一百九十五

眼中万少年，得志行所为。
《别张建封》　《咏怀》
白马蹴微雪，追随燕蓟儿。
《遣兴》　《王公思礼》

诗义串释

眼看颇不算少的年轻人，志得意满，为所欲为。骑着白马，踏着雪花，追随入侵者，为狼作狈。

叹世道（五）　　第一百九十六

客从何乡来，挟矢射汉月。
《病柏》　　《留花门》
杀身傍权要，门户有旌节。
《三歌》　　《遣兴》

诗义串释

请问贵客从何处而来，张开弓弩遥射本地的月亮。拼着性命也要靠近豪强，说不定能有领受旌节的荣光。

叹世道（六）　　第一百九十七

关河①霜雪清，故人亦流落。
《送远》　《送裴五赴东川》
夷歌奉玉盘，　悲君随燕雀。
《杨六判官》　　《赠何邕》

词语注解

①关河：指国家所属的关隘和河流。

诗义串释

国家的山河受到霜雪的打击，故旧老友也遭到流落的厄运。在入侵者的欢歌中奉上玉盘，追随燕雀，我只能对这种人发出悲悯。

叹世道（七） 第一百九十八

渔阳豪侠地，北里富熏天。
《后出塞》 《遣兴》
快马金缠辔，但遇新少年。
《送从弟亚》 《遣怀》

诗义串释

渔阳是个豪侠会聚的地方，在北方又是富可熏天的所在。行走如飞的骏马戴着黄金的辔头，骑马的少年不亦快哉。

叹世道（八） 第一百九十九

南北逃世难，始闻蕃汉殊。
《逃难》 《草堂》
天下今一家，中原有驱除。
《鹿头山》 《留花门》

诗义串释

为求生计，由北而南地逃避战乱，才知道入侵者与本土人并不一般。天下人合成一家原是好事，同是主人，最好不要再互相驱赶。

叹世道（九） 第二百

茫茫天造间，高岸尚为谷。
《宿花石戍》 《水槛》

百川日东流，势阅人代速。

《别赞上人》《三川观水涨》

诗义串释

在浩荡的天、地之间，高高的堤岸忽然变成谷底的平川。大江、小河还一样的日夜东流，人间的生活，我坚信一定会变化和递转。

临刑诗歌

文山诗史注释全编（附录）

Wenshanshishizhushiquanbian（fulu）

临刑诗歌

（歌）

昔年猃狁[1]侵荆吴[2]，恃其戎马恣攻屠。
忠臣义士有何辜？　举家骨肉遭芟锄[3]。
我宋堂堂大典谟[4]，可怜零落蒙尘污。
不君之海不复都，[5]　天潢[6]失散知有无！
诗书礼义圣贤徒，　竭心罄志尽匡扶。
驱驰岭表万里途，　如何天假此强胡[7]！
宗庙不辅丹心孤，　英雄丧败气莫苏。
痛哀故主双眸枯，　今朝此地丧元颅[8]。
英魄直上升天衢[9]，神光皎赫明金乌[10]。
遗骸不惜弃草芜，　谁人酬奠致青刍[11]？
仰天长恨伸呜呼！

（诗）

昔年单舸走维扬，　万死逃生辅宋皇。
天地不容兴社稷，　邦家无主失忠良。
神归嵩岳[12]风雷变，气吐烟霞草树荒。
南望九原[13]何处是？尘沙黯淡路茫茫。

衣冠七载混毡裘，[14]　憔悴形容似楚囚。
龙驭两宫[15]崖岭月，貔貅万灶[16]海门秋。
天荒地老英雄丧，　国破家亡事业休。
惟有一腔忠烈气，　碧空长共暮云愁。

诗作背景

这三首就义时的歌和诗，当然不可能载于文天祥自己编就的诗集之内。原稿见于明朝人赵弼的《效颦集·文文山传》。此诗思想、感情、遣词、造句，均与文天祥其他诗的基本格调大体符合，唯诗中自称“英魂”“英雄”，似不类文天祥口吻，有人质疑为元人伪作。但至清朝初叶时，文天祥十四世孙文有焕刊刻《庐陵文丞相全集》，集中收录了本诗，并由文天祥十六世孙文凤翀、文凤翔增加了诗题及序言。此后，此歌、诗即广为世人所接受。

自元至元十六年（1279 年）十月初一起，文天祥被投入元朝大都监牢，历经至元十七年（1280 年），至元十八年（1281 年），已经在监牢被关押了两年有余的漫长岁月。把他关这样久，不作处理，是什么原因呢？这主要由于元朝君、臣寄希望于文天祥投降元朝为官，这将极大有利于元朝对宋遗民的统治。而文天祥不惜一死，也绝不投降，一定要忠于自己的国家和广大的人民。这就形成了难以解开的死结，用武力不能征服的僵局。

到了至元十九年（1282 年）年初，文天祥患了痈疽，不久又患了眼疾，左眼几近失明，身体健康每况愈下。元帝忽必烈向近臣咨询，问道：“南人丞相中谁是贤才？”众人异口同声回答：“文天祥。”忽必烈表示，不妨加以重用，委以大任。宋朝的降臣中，有人把这一消息告知文天祥，遭到文天祥的坚决拒绝。

就是这样，忽必烈也没有下杀害文天祥的决心。不过，这一年大都发生了一些不测事件，让忽必烈的心弦紧绷起来。一件是阿合马事件。阿合马本是元朝的宠臣，忽必烈对他很是倚重，但阿合马为人骄横，贪权不法。元朝，是以蒙古族为主建立的政权，不同民族本来便有一些矛盾，借了反对阿合马的口实，抓住忽必烈到上都避暑的时机，有的汉人串连起来，举行暴动，杀死了阿合马。忽必烈果断地平息了暴动，但也对阿合马开棺问罪。事情得到平息，不想又出了第二件事，大都盛传即将发生变故的谣言，不只说天上有妖星侵犯象征皇帝宝座的紫微星，还有鼻子有眼地说，有人聚众要劫取丞相。于是，忽必烈接受了一些官员的建议，将宋朝投降的原皇太后和小皇帝迁出大都。但对文天祥进行招降的心思仍然不死，他决心亲自出马劝文降元。这年的十二月初八，文天祥被押解到忽必烈的宫殿，以传统的拱手长揖尽了宾客之礼，侍卫们呼叫着要他跪拜，文岿然不为动。忽必烈制止了侍卫，令官员传话给文天祥："你在大都已经住了很久，如能回心转意，像在宋朝为官一样，在元朝为官，我可以封你仍然任丞相之职。"文天祥明确回答："我在宋朝考取过状元，后任职丞相，宋朝灭亡，应当一死报国。"忽必烈又说："不愿当丞相，也可以做枢密。"文天祥又明确回答："除却为国死难，别无所求。"忽必烈默然无语，只好示意臣下，押解文天祥返还牢狱。在元朝的权臣中，当然不会没有主张杀掉文天祥的人，在忽必烈对文天祥的态度有了直接的感受后，忽必烈同意了这些人的建议。

第二天，即十二月初九日，文天祥终于完成了自己的追求，元朝廷组织了行刑的队伍，由监斩官率领，来到监狱，对文天祥宣布死刑。行刑的队伍来到监狱，敲着锣鼓，吹着喇叭，文天祥听到这凄厉、怪异的音乐，便向相处三年之久的狱卒告别，平静地听任行刑队为他戴好刑具。当他被行刑队簇拥着走出兵马司监狱，口里便吟诵起这首歌。

刑场设在大都西南隅的方向，地名称为柴市。面对围观的众多百姓，行刑的官员有人大声宣告："文天祥丞相，是宋朝的忠臣。我元朝大皇帝，也封他来做丞相，他不答应，但求一死。大皇帝接受了他的意愿，赐他一死。他和其他罪犯受刑完全不同，望广大百姓，有所了解。"然后，转头对文天祥恭敬地说："丞相还有什么话说？皇帝有旨，您回心转意，我等回奏，即可免死。……"文天祥厉声回答："只求一死，别无话说。"他转身问围观的百姓，哪一面是南方？百姓指给他方向以后，他从容而又严肃地跪倒在地，南向叩首，向自己的家国告别。然后，索要纸笔，写下了这两首临刑七律。掷笔于地，南面趺坐，在百姓饮泣中，从容就义。

忽然，一匹奔马飞驰而来，马上的元军校尉向着刑场高呼："刀下留人！刀下留人！"原来，元帝忽必烈又突然反悔，下达诏令，停止行刑。但是，已经迟了。刑场周围百姓们的饮泣，瞬间变成一片痛哭。

词语注解

①猃狁：我国古代对北方部分少数民族的称谓，这里是文天祥借用来称元人、元军。

②荆吴：荆，指荆州地区。吴，指苏、杭地区。实泛指长江中、下游广大地域，亦即当时南宋偏安情况下，所管治的主要地域。

③芟锄：修剪，锄掉。比喻元人用管理植物的办法，来对待人民。

④典谟：指我国古代国家制定的典章制度，说明我国具有高度文明，远不同于当时的不同民族。

⑤不君之海不复都：不君，是指君王已经不像君王；之海，是指流浪到了海上；不复都，已经不能回到都城。

⑥天潢：指皇家族裔，即皇亲贵族。

⑦强胡：胡，古时对少数民族的通称，带有一定的贬意。强胡，指强悍的少数民族。

⑧元颅：人的头颅。

⑨天衢：升天的大道。

⑩金乌：指太阳。

⑪青刍：新割下的青草。古时祭奠亲人多用一束新割的青草，献于墓前，就是致青刍。

⑫神归崧岳：语见于《诗经·大雅·崧高》："崧高维岳，骏极于天。维岳降神，生甫与申。"崧岳，指高大的山岳。这四句话的意思是：高耸而且庞大的山岳，险峻达于高天。山岳上降生了神灵，就是甫和申这两个人。文天祥并非简单套用这个典故。他说"神归崧岳"，是说自己的魂魄，又回到原来所在的山岳，不言而喻，他把自己比喻为甫或申中的一人。

⑬九原：指埋身之地，即墓地。原指山西省永绛县北，晋国卿大夫的墓，后用以泛指墓地。

⑭衣冠七载混毡裘：七载，七个年头。指德祐二年（1276）南宋在谢太后主持下，投降元军，至元十九年（1282），文天祥殉国被杀，共七年。整句诗说，在这七年中，穿戴汉族的衣服、帽子的人，和穿毡衣、毛皮的人，混杂在一起。

⑮龙驭两宫：龙驭，即用龙驾御的车子，也就是皇帝乘坐的车驾。

两宫，指太后与皇帝。连接一起，指南宋的行朝，既表示皇帝乘坐车驾的行动，又是太后、皇帝分别居处的行宫。

⑯貔貅万灶：貔貅，指军队。万灶，烧饭的锅灶有万数之多，足见人数众多，还有一定实力。

诗义串释

（歌）

记得当年外敌入侵我南宋的疆土，凭借着兵骄马悍，任意对人民杀戮。保卫国家的忠臣、义士，有什么错误？他们的满门骨肉，都一起遭到芟锄！我们宋朝具有光辉、正统的地位，在历史的经典中，记载着典谟；可怜啊，可怜，竟被入侵者欺凌得蒙上尘污。君王已经不像君王，逃到海上，回不了国都；皇族贵裔失散得不知有无。读过诗书、懂得礼义的圣贤之徒，竭尽自己的心智，对君王进行忠心的辅助，驰驱在崇山峻岭，无惧于万里征途，无奈上天偏向强梁，对正义却一再作忤。连祭奠祖先的庙宇也无计保卫，一片丹心深陷于孤独无助；只因为一再失败，胸中的气愤怎能缓苏？为国家的衰亡哀痛，两眼哭泣得已经干枯；今天，终于完成了宿愿，为国家献出了头颅。我的灵魂，将要飞升到无尽的天宇，明亮皎洁的神光，一定会超过人们称道的金乌。我的尸骨，不惜抛弃于草莽荒芜，更不去预想谁人去祭奠，为我送上青刍！让我仰天高呼，有恨难消啊，呜乎，呜乎！

（诗）

难忘当年，凭借一叶扁舟，飞向维扬；为辅佐宋朝帝王，万死一生挺险逃亡。没有想到，皇天后土不支持社稷中兴，国家没有了君主，臣下之中也缺少忠臣和良将。风起雷鸣，我的神魂将回归缥渺的高山；气爽天高，更显出人世间草木凋敝，到处荒凉。遥望南天，不知何处是我葬身的墓地？漫天都是尘沙，只看见雾霭渺渺，路途茫茫。

穿戴汉人衣冠的宋朝君臣，混杂在毡衣、皮裘的行列，已经七年；形容憔悴，无异于被关押的囚犯。在南方流浪的行朝，从陆地漂泊到大海；久久怅望着故国，何惧厓山顶上的月亮，抛洒着寒光；千军万马陷入绝境，遭遇到人世间最凄凉的秋天。苍天已经荒凉，大地变得老迈，国殇的英雄已把身上的鲜血流完；祖国已经破灭，家庭不复存在，抗敌的事业成为梦幻。只有一腔永不屈服的浩然正气，纠集着满含愁恨的暮云，在万里长空弥漫。

衣带赞

吾位居将相，不能救社稷，正天下，军败国辱，为囚虏，其当死久矣。倾被执以来，欲引决而无间，今天与之机，谨南向百拜以死。其赞曰：

孔①曰成仁②，孟③曰取义④。
唯其义尽⑤，所以仁至⑥。
读圣贤书，所学何事？
而今而后，庶几无愧。

诗作背景

元至元十九年初（1282），文天祥长期在监牢生活条件下，不堪折磨，突然在臀部生起痈疽，持续发烧，身体健康严重恶化。他担心发生不测，便悄悄准备了后事。其实，他被羁押以来，他已向弟弟文璧交代了为父、母迁葬、祭祀的大事，向子、女交代了自己下定了为国死难的决心，自己完成的抗元诗稿，也都作了结集、整理，做好了交代。还有什么后事需要做好呢？他想到，自己为国献身以后，是会有人评论的，见仁见智，任凭评说好了！但是，最了解自己的，还是自己，自己不能不对自己的一生，作一个恰如其分的结语。于是，他强忍着病痛，写了这首诗并序言，认真地抄录在衣带上。

文天祥就义的第二天，即元至元十九年（1282）十二月初十，被掳至元宫廷服劳役的欧阳夫人接到通知，允许她去大都西南隅的顺承门外柴市，收殓丈夫的尸体。到了刑场，在十位江南义士的帮助下，他们一起办理为文天祥进行收殓的后事，在文天祥的衣带上，发现了文天祥的诗和诗前序言，依前人例，称之为《衣带赞》。赞，有赞、颂的含义；但是也有昭告之义，是古代文体形式的一种。这里，重要的是取后一种含义，并非单纯指前者。欧阳夫人和众义士将文天祥的遗体，暂葬于大都小南门外五里处的大道之旁。

不久，专程赴大都，在监外照料文天祥生活的千载心（正名张弘毅），携带了文天祥在狱中的遗齿、落发及剪下的指甲、部分文稿，返还家乡。

文天祥就义的第二年，他的灵柩运回江西庐陵。又一年，文的家人把他安葬在家乡富田的鹭湖。

让我们怀着诚敬的心情默念：为国献身的英雄永垂不朽。

词语注解

①孔：指孔子。孔子，名丘，字仲尼。春秋后期鲁人，儒家学说之创始者。主张“仁”的学说，其内涵包忠、孝、信、义、礼等内容，但基本思想在于提倡人与人的关系以“仁爱”为本，简言之为“爱人”，即“己所不欲，勿施于人”（自己不能接受的事，不能要求别人接受）。但是他又主张“君君、臣臣、父父、子子”，各自按照本分，不能动摇基本的社会秩序。在春秋战国时期，孔子的学说只是众多学说之一。汉代以后，以孔子的学说作为封建文化的传统，对后世影响很大。

②成仁：成就仁爱为本的事业。

③孟：指孟子。孟子，名轲。战国时，邹人，曾受业于孔子之孙子思。孟子对儒家学说多有发展，提出“民为贵，社稷次之，君为轻”“人无不善，水无不下”等观点，并强调“万物皆备于我”的主观能动精神。他还以生活中的简单事例，生动说明“义”的重要性：“鱼，我所欲也，熊掌，亦我所欲也；二者不可得兼，舍鱼而取熊掌也。生，我所欲也，义，亦我所欲也；二者不可得兼，舍生而取义也。”

④取义：舍生取义的简化语。指为了完成义举，不惜牺牲生命。
⑤义尽：牺牲生命，完成义举，为义做到了最大努力。
⑥仁至：追求到了真正的仁爱。

诗义串释

孔子教诲我们：要热爱国家，热爱他人；
孟子教诲我们：要遵守道德规范，做到鞠躬尽瘁。
做人，要有崇高的德性，
才会具有仁爱的精神。

读圣贤书，要牢记圣贤的教诲，
宁愿牺牲生命，也要仁至义尽。
海可枯，石可烂，
不会产生丝毫的愧怍之心。

注释后记

历经相当漫长的时日，终于完成了文山诗史的注释，作为注释者，我松了一口气。值此录排即将完成之际，回想一下注释历程，觉得有些事应当做一下阶段性的交代。为此，写了这篇后记。

有了和文山诗史朝夕相处的长期接触，更坚定了我的认识，这确是一部思想深邃、结构宏伟、内容悲壮的史诗巨制。作者是我国历史上光彩夺目的爱国主义英雄人物之一，他坚忍不拔的斗争实践，勇于献身的牺牲精神，永远垂范于后世。以他的经历为主线的史诗，用近千首“绝句”“律诗”“古风”等不同古典诗歌组成，其中不乏可以传之久远的佳作、警句。我们更不能忽略，以这些短诗构筑在一起，形成的史诗总体，开创了更广阔的格局，具有了更巨大的感人力量。这不是新的发现，更不是创见。早在文天祥动手写作《指南录》第一首诗，他入狱后，集杜甫诗句表现宋朝衰亡，他想要写的就是历史，就是南宋亡国的悲剧。我们顺着这一条思路，让更多的人，尤其年轻一些的人，对这段史实有更多的了解，还是有意义的。总之，先辈留给我们的宝贵遗产，我们应当有充分认识，让认识不断深化，不断发展，把宝贵遗产变成精神财富。

经过实践体会到，为文山诗史做注释，远不是一项轻而易举的工作。我又是一个没有受过文史专业训练的人，面对复杂的南宋历史，已经深感生疏，一接触文山诗史，可说是困难重重。诗史中写到的人物，皇亲国戚，文武百官，敌我双方，贤良奸邪，所在多有。诗歌反映的生活，更是天文地理，风俗人情，历史掌故，生活细节，无不描绘。文天祥的诗讲求典雅，用典故极多，弄懂一个典故，常常要查许多书，要用不少时间。过程相当努力，虽然注释完成了，疏漏肯定会有，谬误也许难免。殷切希望接触这本书的读者发现问题，不吝指正。如有条件，我愿为疏漏作补充，为谬误作纠正，进行一次修订。为这个史诗巨著，把注释做得好一些，是应尽的责任。

应当感谢众多研究文天祥事迹、诗歌的专家、学者，写出了不少有关文天祥的专著，他们是先行者。没有这些先行者的著述指引，对文天祥，我只知道他的名句“人生自古谁无死，留取丹心照汗青”，此外别无所知。20 世纪 80 年代，一本万绳楠先生著作，河南人民出版社出版的《文天祥传》，给了我最初的震动。随后，又陆续读到江西人民出版社出版的《文天祥全集》，人民文学出版社出版黄兰波先生选注的《文天祥诗选》，江西人民出版社出版张玉奇先生选注的《文山诗选注》。全集给了我“史诗”的概念。两部选集让我读懂了文诗的精彩篇章。为此，把注释过程中参考所及的书目，单独表列于后，以表感谢。

还要感谢法律出版社的同志，是他们满腔热情对本书进行了编辑和出版。

顺便也对一直关心注释工作并给予支持的朋友及全体家人，表示谢意。

参考书目

1. 万绳楠：《文天祥传》，河南人民出版社 1985 年版。

2.《文天祥全集》，江西人民出版社 1987 年版。

3. 黄兰波选注：《文天祥诗选》，人民文学出版社 1979 年版。

4. 张玉奇选注：《文山诗选注》，江西人民出版社 1986 年版。

5. 张公鉴：《文天祥生平及其诗词研究》，商务印书馆 1988 年初版。

6. 杨正典：《文天祥的生平和思想》，齐鲁书社 1992 年版。

7. 修晓波：《文天祥评传》，南京大学出版社 2002 年版。

8. 俞兆鹏、俞辉：《文天祥研究》，人民出版社 2008 年版。

9.《宋史》，中华书局 1985 年版。

10.《历代纪事本末》，中华书局 1997 年版。

图书在版编目(CIP)数据

文山诗史注释全编 / 韶音注释. -- 修订本. -- 北京 : 法律出版社, 2019
ISBN 978-7-5197-3305-6

Ⅰ. ①文… Ⅱ. ①韶… Ⅲ. ①宋诗-注释 Ⅳ. ①I222.744

中国版本图书馆CIP数据核字(2019)第054921号

文山诗史注释全编(修订版)
WENSHAN SHISHI ZHUSHI QUANBIAN
(XIUDINGBAN)

韶 音 注释

责任编辑 黄倩倩
装帧设计 汪奇峰

出版 法律出版社
总发行 中国法律图书有限公司
经销 新华书店
印刷 固安华明印业有限公司
责任校对 胡湲卿 周合芝
责任印制 陶 松

编辑统筹 学术·对外出版分社
开本 710毫米×1000毫米 1/16
印张 46
字数 745千
版本 2019年4月第2版
印次 2019年4月第1次印刷

法律出版社/北京市丰台区莲花池西里7号(100073)
网址/www.lawpress.com.cn
投稿邮箱/info@lawpress.com.cn
举报维权邮箱/jbwq@lawpress.com.cn
销售热线/010-83938336
咨询电话/010-63939796

中国法律图书有限公司/北京市丰台区莲花池西里7号(100073)
全国各地中法图分、子公司销售电话:
统一销售客服/400-660-6393
第一法律书店/010-83938334/8335
西安分公司/029-85330678
重庆分公司/023-67453036
上海分公司/021-62071639/1636
深圳分公司/0755-83072995

书号:ISBN 978-7-5197-3305-6
定价:160.00元